YAN Lianke

AUSSI DUR QUE L'EAU

Roman traduit du chinois par
Pierre-Mong Lim

OUVRAGE PUBLIÉ AVEC LE CONCOURS
DU CENTRE NATIONAL DU LIVRE

Éditions Picquier

Ouvrage publié sous la direction de
CHEN FENG

DU MÊME AUTEUR
AUX ÉDITIONS PICQUIER

L'Enfant de Tianhu
Elles
La Mort du soleil
Un chant céleste
La Fuite du temps
Les Quatre Livres
Les Chroniques de Zhalie
A la découverte du roman
Bons baisers de Lénine
Songeant à mon père
Les Jours, les Mois, les Années
Le Rêve du village des Ding
Servir le peuple

Titre original : *Jianying ru shui*

Mas de Vert
B.P. 20150
13631 Arles cedex
www.editions-picquier.com
Mise en page : Atelier Baie
En couverture : Courtesy of the artist and Eli Klein Gallery
© Zhong Biao
Conception graphique : Picquier & Protière
ISBN : 978-2-8097-1682-5

1

RENCONTRE DE HASARD ET RÉVOLUTION

Au nom de la révolution

Quand je serai mort, au calme, je reconsidérerai ma vie, mes propos, mes démarches et ma marche, ainsi que l'énigme de cet amour de crotte de bique, de caca de chien. Là-bas, ce sera un doux pays, la destination idéale pour la réflexion. La réflexion, là-bas, aura la beauté légère des chatons de saule soulevés par le vent, elle aura la splendeur d'une fleur de pêcher. Mais en cet instant, au nom de la Révolution, ils ont déjà pointé sur l'arrière de mon crâne et de celui de Rouge Mei les canons qui nous exécuteront. La mort s'est bloquée en travers de la gorge de ma réflexion, tout ce que je peux faire, c'est marcher au champ d'exécution pour faire face aux balles, sans peur ; et sans reproche, me rire de la vie et de la mort, passer le pont du Yin et du Yang. *Bientôt l'exécution, je bois le vin de ma mère, fort de ma résolution, rien en moi n'est amer. Hatoyama veut gagner mon amitié, me convie à dîner pour échanger nos coupes.* Telle doit être la révolution, laisser derrière soi les crânes, livrer bataille ici, partir en conquête là-bas, rompre les os ; et c'est volontiers répandre le sang chaud, réduire les corps en poussière. Dans trois jours, dans une semaine, moi et Rouge Mei nous serons sur le terrain d'exécution au pied d'une colline, dans la campagne près d'une rivière, ensemble menottés, ensemble agenouillés devant la fosse, ensemble en route pour le doux pays. Les heures nous sont comptées, telles les dernières gouttes d'eau dans une cruche de Shanganling, dont chacune est scintillante, dont chacune est précieuse. Cette torche embrasée qu'a été mon existence bientôt va s'éteindre, elle qui avait mis le feu à tout le pays, à la vaste terre, aux ruisseaux et aux ravins. J'ai consumé l'air et les forêts, les cours d'eau et les femmes, les animaux et les pierres, l'herbe verte et les foulées, les récoltes et les hommes, les saisons et les rues, et aussi de cette femme le ventre, les cheveux, la bouche, les yeux et les vêtements. *Fleuve printanier qui s'écoule à l'ouest, vent d'est révolutionnaire, vent d'ouest contre-révolutionnaire, jetés l'un contre l'autre.* La mère ô la mère, quand ton fils sera mort, oriente sa tombe à l'orient, qu'il puisse voir la place du marché et la Colline des Cheng.

Le récit douloureux d'une lignée révolutionnaire

Laissez-moi vous conter un bout de la lignée tragique d'un révolutionnaire…

C'était au dernier mois lunaire de l'année 1942, après que les chiens eurent aboyé toute une nuit dans le bourg de la Colline des Cheng au cœur des monts Balou, après que les Japonais furent passés sur le village en riant et massacrant. Moins nombreux furent les hommes, plus nombreuses furent les veuves. Le père mourut, moi je naquis. Nuit de carnage dans l'odeur épaisse du sang, parmi les épais tas d'ossements blancs. Le père partit appeler l'accoucheuse, arrivé en ville les Japonais plongèrent leurs baïonnettes dans son ventre, un tourbillon d'entrailles jaillit alors en cascade, elles s'enroulèrent brûlantes autour de ces lames monstrueuses, se répandirent sanglantes sur le sol de la mère patrie, enflammèrent rougeoyantes la haine de la Nation…

Ah, camarades, chers camarades ! Nous étions tous jadis des révolutionnaires d'un rouge éclatant, nous étions tous jadis des résistants dans les tranchées de la lutte des clas… pardon, pourriez-vous ne pas me couper la parole ? Par égard pour mon statut de héros du Parti communiste chinois, je vous demande de ne pas me couper la parole ! Allez, laissez-moi vous conter, à cœur ouvert, le douloureux récit de l'histoire de ma famille.

Vous m'avez dit de parler, alors je parle, mais je ne peux le faire que de cette manière-là. Je dois parler de cette manière-là. Ce n'est qu'en parlant de cette manière-là que je pourrai mettre de l'ordre dans cette confusion… J'ai des racines révolutionnaires et donc, tel père tel fils, les chiens ne font pas des chats, naturellement j'ai poussé droit, et rouge, depuis l'enfance je débordais d'énergie révolutionnaire. Né dans l'ancienne société, je grandis sous le drapeau rouge, sa pluie et ses rayons bienfaisants nourrirent ma croissance. En 1964, à l'âge de vingt-deux ans, j'accomplis les dernières volontés de notre martyr, je m'engageai dans l'armée. Là, je fus dans le génie et la construction : je creusai des montagnes, perçai des vallées, réparai les chemins de fer, par vents et marées ; je combattis les éléments, porté par un noble idéal, je façonnai mon pays avec de grandes ambitions. Trois années durant je suivis la troupe à travers trois provinces, neuf districts, je fus honoré de quatre citations de troisième classe, cinq citations dans ma compagnie, six citations dans mon bataillon. Mon livret militaire est plein à craquer de certificats de citations, à droite, à gauche, partout, un prout même n'aurait plus pu passer entre. Grande école qu'est l'Armée populaire de Libération. Je fus d'abord un jeune cadre en herbe formé dans le bataillon et la compagnie, si j'avais été promu cadre, aujourd'hui je commanderais un bataillon ou bien je serais commandant en second. Et je ne vous laisserais pas placarder partout dans le bourg de la Colline des Cheng l'annonce de mon jugement et de celui de Rouge Mei. Je sais que dans le rouge bourg de la Colline des Cheng, cette nouvelle Yan'an, dans toutes les rues et les ruelles, sur les arbres et sur les murs, les margelles des puits et les moulins, partout où se trouvent des gens, il y a la proclamation de notre exécution. Pareilles aux papiers qu'on brûle pour les morts, ces affiches dansent et virevoltent dans les airs, emplissent le monde d'un bruissement de larmes sur le sol.

Ciel ô ciel, c'est une blague vraiment ! Terre ô terre, ah mais c'est une blague grosse comme le monde !

Pas une seconde je n'aurais pensé que le soleil en effet, *crac !* surgirait à l'occident.

Si j'avais su, de toute façon, je serais resté à l'armée. En fait, le bataillon 80911 voulait aussi me recruter. En 1967, l'unité de notre bataillon, traversé de tensions pour réaliser ensemble le communisme futur, ensemble unis dans un même élan, ensemble vers un même but, que l'un vienne d'ici ou l'autre de là-bas, vola en éclats *patatras*, une part réduite du bataillon devint le 80911, cependant je demandai ma démobilisation. L'instructeur politique me dit, Gao Tsé-toung, si tu viens dans le 80911, tu pourras toujours être promu cadre. Je répondis que je voulais rentrer chez moi pour faire la révolution. J'en avais assez de la troupe, quatre ans à creuser les monts et les vaux, à dynamiter la montagne, à réparer les rails de cette province-ci à cette province-là, alors que nous allions à marche forcée à chaque changement de garnison. Une fois, nous réparâmes une voie ferrée pour la grande, pour la magnifique défense nationale, je creusai au fin fond de la montagne pendant un an et huit mois. Pendant un an et huit mois je ne vis pas le peuple, pendant un an et huit mois je n'allai dans aucune ville, aucun village, je ne traversai aucun marché, pendant un an et huit mois je ne respirai pas un parfum de femme. Quand notre bataillon sortit de cette vallée, nous tombâmes sur une procession de mariage qui arrivait en face, officiers et soldats tous restèrent plantés là, avec des regards qui crépitaient comme des pétards. La mariée était resplendissante de beauté, elle rayonnait de tout son éclat. Son rose parfum, telle une vapeur empoisonnée, abattit la troupe. Quand nous atteignîmes notre destination, l'instructeur politique et le chef de compagnie nous demandèrent de nous ressaisir, de nous remettre en question, d'emprisonner nos pensées et de mener la révolution. Finalement, après deux semaines de rectification spirituelle, chacun en son for intérieur était devenu aussi blanc et aussi mince qu'une feuille de papier sur laquelle un dessin tout beau, tout neuf pouvait être fait. C'est quand mon cœur devint cette feuille de papier que je décidai ma démobilisation.

J'étais suffisamment resté à l'armée. Je voulais rentrer révolutionner à la maison. Quel genre d'homme voulais-je être ? Un homme vrai. Et pour dire vrai, ma jeune épouse me manquait assez. Elle me manquait, même si elle n'était pas l'épouse que j'aurais voulue. Il s'agissait bien sûr de la tragicomédie de la vie créée par l'existence révolutionnaire particulière à l'armée. Ma femme s'appelait Cheng Guizhi. Guizhi, « Branche de Cannelier », a beau être un prénom féodal et traditionnel, elle n'en était pas moins une femme, avec un corps de femme, un visage de femme, au teint rouge frotté de noir, de la même couleur qu'une couverture usée du Petit Livre Rouge du Président Mao ; de taille moyenne, grassouillette, son derrière faisait des bonds et rebonds quand elle marchait, comme si la chair replète à cet endroit-là se débattait, cherchait chaque jour à se libérer pour rejoindre le ciel bleu. Vous qui êtes familiers de la Colline des Cheng depuis assez longtemps, vous avez connu ma femme. Son père, après la Libération, dans la Nouvelle Chine, fut le premier secrétaire de cellule au village. Ce n'est que parce qu'il était secrétaire de cellule que j'avais épousé sa fille. Avant que je parte à l'armée, elle m'avait donné un fils. Deux années plus tard, elle était allée rendre visite à de la famille dans je ne sais quel patelin à la frontière des provinces du Henan et du Hubei. A cette époque, notre troupe creusait sous le sommet n° 2 (comme disait le Grand Timonier : CREUSEZ DES TROUS PROFONDS, STOCKEZ BEAUCOUP DE NOURRITURE, NE CHERCHEZ PAS L'HÉGÉMONIE), pour nous préparer à résister à l'ennemi. Un jour, j'étais dans la galerie en train de pousser des débris de roches, quand une nouvelle recrue déboula en brandissant sa pioche et cria : « Gao Tsé-toung ! Dehors il y a une femme qui te cherche, elle ressemble à une jarre à eau… » Je lui balançai un coup de pied en disant : « Le Président Mao a dit : Soyons UNIS, ALERTES, SÉRIEUX, VIFS. » Le soldat dit : « *Un ami vit au loin, plus proches sont les confins* : cette femme dit que tu es son homme ! »

Boum ! Stupéfait, *tacatac* je courus vers la sortie.

Au-dehors, en effet, c'était bien Cheng Guizhi, ma femme.

Cette nuit-là je dormis avec elle dans la salle de réception de la troupe. C'était une tente qui faisait la moitié de cette salle-là. Sur les quatre côtés, des briques s'élevaient jusqu'à hauteur d'homme, tendues de nattes en paille militaires qui cachaient le ciel, on avait collé des portraits du Président Mao sur les murs, sur la table il y avait quelques livres du Président Mao. Le lit, serré contre le mur, se trouvait sous un des portraits. Là, le Grand Timonier surveillait tous les membres de la famille et les petits rejetons venus rendre visite à la troupe. Guizhi n'avait pas amené mon aîné, Rouge Sheng. Elle était venue seule, quelques jours avant la bataille décisive de notre fête nationale. Je dis : « On a plein de travail en ce moment, alors qu'est-ce que tu viens faire ici ? » Elle dit : « Les blés sont fauchés, on a fait les semailles d'automne, c'est la morte-saison, si je n'étais pas venue maintenant, je n'aurais pas eu le temps après. » Je dis : « On est à un moment crucial des préparatifs de la bataille, là. » Elle dit : « Tu sais, Rouge Sheng a plus de deux ans maintenant, il court de partout ! » Je dis : « Tu me fais honte en venant ici, mais regarde-toi un peu, dis donc. » Elle baissa la tête pour jeter un coup d'œil sur sa veste en grosse toile bleue qu'elle venait de coudre, elle se tut un instant avant de défaire les boutons sur le côté cousus par ses propres soins. « Tous les paysans s'habillent comme ça, non ? » Elle dit : « Rouge Sheng a plus de deux ans, il faut que j'en aie un autre, je voudrais une p'tite quinquine, alors j'ai pris le train, la voiture et je suis venue en vitesse. » Elle raconta que le voyage avait été difficile, elle s'était trompée de train, elle avait passé toute la nuit à même le sol dans une gare, mais, fort heureusement, grâce à la bouche dont elle pouvait user sous son nez, elle était finalement arrivée. Elle dit que si elle ne mourait pas d'envie d'avoir une fille pour aller avec le garçon, elle ne serait pas venue au camp, elle ne serait pas venue me faire honte. Elle me demanda si c'était que je la trouvais moche ? Et si je la trouvais moche, pourquoi m'étais-je fiancé et marié avec elle ? Si sa figure n'était pas à mon goût, pourquoi lui avais-je fait Rouge Sheng ? Et tout en papotant, papotant, elle retira tous ses vêtements et posa ses fesses au bord du lit. Dans la chambre, l'éclat doré des ampoules de quarante-cinq watts éclairait son corps gras, luisant d'une teinte rouge sombre. Le parfum d'une chair de femme emplissait la chambre pareil à un brouillard rose. Je voulais la contempler toute nue à loisir. Deux ans que j'étais soldat, mon fiston avait d'un coup plus de deux ans, soudain je m'aperçus que l'image d'elle toute nue, après notre mariage, était devenue complètement floue, j'avais tout oublié. Je braquai mon regard sur elle, mais elle ne resta qu'une demi-fraction de seconde assise au bord du lit et, soulevant la couette, se glissa sous les draps. Durant ce bref instant, mon sang bouillonna de la tête aux pieds, ma gorge devint aussi sèche qu'une écorce racornie depuis trois années par le soleil. Jamais je ne me serais attendu à ce que les seins de Guizhi soient aussi gros, aussi blancs, comme deux têtes laineuses de brebis. Au moment où elle souleva la couette pour s'étendre, ils bondirent rebondirent dans le cercle de ses bras, jetèrent deux éclats rouges et brûlants, puis ils disparurent. Dissimulés sous la couette. Je me revis enfant, à l'époque où je gardais les moutons, ils gambadaient dans les hautes herbes et quand ils s'élançaient, leurs têtes s'élevaient agiles vers le ciel, retombaient, et leur blancheur disparaissait en un clin d'œil sous le drap des herbes. Je me rappelai que ses seins n'étaient pas aussi gros avant, à la naissance de Rouge Sheng elle n'avait pas de lait, j'allais à la rivière pêcher des poissons pour elle. Sa mère disait : « Tsé-toung, va à la rivière pêcher quelques poissons pour ma fille. » J'y allais, même par jour de grand froid. A quoi ses seins ressemblaient-ils à cette époque ? A deux pains à la vapeur pétris avec le reste de la fleur de farine qui, bien qu'elle soit blanche, n'est jamais tout à fait débarrassée d'une couche de noir. Comment se faisait-il qu'ils soient aussi gros maintenant ? Aussi blancs ? Pleins et vigoureux comme des têtes de brebis ? Je dis : « Guizhi, est-ce que Rouge Sheng tète encore ? »

Elle tourna la tête : « Ça, pour téter, il tète, je pourrais bien mettre du poivre sur mes tétés, il téterait encore. »

Il me sembla comprendre pourquoi ses seins étaient devenus aussi plantureux, aussi attrayants que des têtes de brebis. Je dis : « Tu veux encore avoir un enfant ? »

Elle dit : « Si ce n'était pas pour être enceinte, tu crois que j'aurais couru des milliers de kilomètres pour venir ici ? »

Je commençai à me dévêtir. Les cinq boutons de l'uniforme militaire peuvent être défaits d'un coup sec en tirant sur le pan inférieur, comme une fermeture éclair. C'est une des matières enseignées aux nouvelles recrues pour se protéger lors d'une attaque surprise de l'impérialisme américain et du révisionnisme, en pleine marche forcée *hop* on peut se mettre au lit en un clin d'œil, et en un clin d'œil se relever. J'ôtai très vite mon uniforme. Au moment où je me faufilais sous la couette à la vitesse du feu, Guizhi se rassit pour éteindre la lampe. Durant ce court instant, les deux têtes de brebis bondirent à nouveau hors de l'herbe. Mes mains se tendirent vers ses seins comme si elles avaient voulu se saisir de ces deux têtes. Ensuite, je ne me suis pas pressé pour faire mon affaire. Je suis son homme, elle est ma femme, notre certificat de mariage est rouge écarlate, son éclat irradie tout alentour, il garantit le droit d'avoir des enfants, de les éduquer, et de profiter de toutes les choses amusantes dans un couple. Deux ans que je n'avais pas touché une femme, j'en avais presque oublié comment c'était fait. Toutes ces formes, ces choses de son corps, je les avais complètement oubliées. Il me fallut la tâter, bout par bout, de haut en bas. Ses cheveux, sa figure, ses épaules dures et calleuses à force de porter la palanche, sa poitrine devenue soudainement généreuse, son large ventre moelleux. Immobile, elle me laissa la palper, l'embrasser en descendant le long de son corps, mais à ce moment-là, au moment où mes mains et ma bouche arrivèrent plus bas, soudain elle explosa, gronda à en faire trembler ciel et terre, comme si elle venait de découvrir que celui qui était sur elle n'était pas son homme, elle jaillit d'un bond sous moi et d'un geste alluma la lumière.

Elle m'abandonna là au beau milieu du lit, la couverture à moitié dessus, à moitié tombée au sol.

Elle dit : « Gao Tsé-toung, tu es soldat de l'Armée populaire de Libération, le modèle de toute une nation, comment ça ?! En deux ans d'absence tu serais devenu un voyou ? »

Je la regardai hébété, stupide.

Elle dit : « Si on fait un bébé, on fait un bébé, qu'est-ce que tu as à faire le voyou sur moi ? Bon, que tu me touches la tête, le visage, passe encore, mais ensuite tu descends, tu descends, à la fin es-tu un soldat de l'Armée populaire de Libération ou un voyou ? »

La pièce était claire comme en plein jour. Elle était debout au pied du lit, le visage verdâtre durci, son air outragé, lac, mer, océan, inondait la pièce. Je la dévisageai un court instant, et tout à coup j'eus envie de descendre du lit pour envoyer un bon coup de pied dans ses seins bondissants, dans son ventre souple et large. Mais je n'en fis rien, je la fixai du regard longtemps, des lunes, des années. Ma gorge était suffoquée par une fumée, suffoquée à tel point que j'aurais voulu vomir ma langue. La température fraîchit, on avait beau être en septembre, au fond de ces montagnes, les nuits de l'été caniculaire peuvent, par leur fraîcheur, tirer les hommes hors de leurs rêves. Mes frères d'armes du génie dormaient dans une rangée de baraquements à une dizaine de mètres. L'écho des pas des sentinelles résonna comme des rames frappant le fleuve. On put entendre les mots de passe s'échanger quand les soldats prirent leur tour. L'un demanda : « Mot de passe ? » L'autre répondit : « A BAS L'IMPÉRIALISME AMÉRICAIN. » Celui qui avait posé la question poussa un soupir : « PROTÉGER LA MÈRE PATRIE. »

Puis les sentinelles échangèrent leur poste. Le bruit des pas, proche, s'éloigna, puis s'éteignit. La nuit retomba dans un profond silence. Je dévisageai ma femme avec dureté, et c'est peut-être à ce moment-là qu'au fond de moi, émergea l'idée que je la tuerais si l'occasion se présentait. Cette idée était encore touffue, elle n'avait rien de clair, mais je crois qu'elle germa à ce moment-là. Cependant, en dernière instance, je suis un humaniste révolutionnaire, pendant de longs jours ensuite je ne nourris plus du tout ces mauvaises pensées. Cette nuit-là, je la dévisageai jusqu'à épuisement, jusqu'à satiété, en attendant qu'elle aussi en ait assez de me regarder, de me dévisager, puis je tirai la couverture tombée au pied du lit et lui dis doucement : « Dormons, Guizhi, demain je te raccompagnerai à la Colline des Cheng. »

Cette nuit-là, malgré les deux années où nous ne nous étions pas vus, je ne lui effleurai même pas un pied. Mais, putain de nom de Dieu, le lendemain je ne la raccompagnai pas, la deuxième nuit je fis selon ses désirs, elle voulait tomber enceinte, je fis donc comme elle voulait. Je l'engrossai, et elle donna naissance à ma p'tite quinquine Rouge Hua. A ce propos, vous êtes au parfum de notre famille ? Moi je m'appelle Gao Tsé-toung, mon aîné Rouge Sheng, ma cadette Rouge Hua, si c'est pas une famille révolutionnaire, hein ? Bien sûr que nous sommes une famille de rouges. La physionomie politique de ma famille est d'une splendeur qui en éblouirait plus d'un : le grand-père de mes rejetons est mort sous les baïonnettes de ces monstres de Japonais, leur père a été un soldat de l'Armée populaire de Libération de Chine, ils sont nés sous le drapeau rouge, ils ont grandi sous le drapeau rouge, ils auraient dû être la crème des héritiers de la révolution, mais le destin a voulu que leur père fasse la connaissance de Xia Rouge Mei. C'est l'amour et la révolution qui les ont éradiqués, eux et leur mère, de la même façon que les Japonais avaient accroché la tête tranchée de mon père aux portes du bourg de la Colline des Cheng.

La révolution change de direction

A la gare du district de Baiyun, petit bâtiment à étage, il n'y a qu'un seul train par jour qui s'arrête une minute à quai, mais deux rails interminables arrivent de très loin et repartent très loin tout aussi interminables. Pour quelque raison politique, notre bataillon étant sur le point d'être dissous et réorganisé, cette année-là en avril je fus démobilisé en avance. Le bourg de la Colline des Cheng est à une quarantaine de kilomètres du chef-lieu du district, je descendis du train au crépuscule, je devais passer une nuit en ville pour, le lendemain, aller régler les formalités de ma démobilisation au bureau des Forces armées nationales. Cette nuit-là, les circonstances politiques virent *LE CIEL VERSÉ, LA TERRE RENVERSÉE DANS UN ÉLAN GÉNÉREUX*, et ma vie amoureuse *aborda un nouveau village, sous l'ombre des saules et les fleurs lumineuses.* La grandiose illumination de l'amour tomba sur moi. Dites-moi un peu si ce n'est pas le destin, ça ? Si ce n'est pas ce qu'on appelle d'ordinaire : la révolution arrive au carrefour de la vie ?

Je descendis à la résidence d'hôtes des forces armées, pour deux *kuai* et trois *mao* on avait une chambre à un lit, pour cinq *mao* et cinq *fen*, une chambre à quatre lits.

A vague révolutionnaire montante, inflation galopante, c'est une loi de l'Histoire. Selon le règlement, mon séjour était gratuit parce que je venais m'occuper des formalités de démobilisation. A la cantine d'Etat dans la rue, pour quatre *mao* et cinq *fen*, j'eus un bol de soupe aux tripes de mouton à la mode du pays, dont je me languissais, et un bol de soupe de bœuf, deux galettes au sésame grillé, je m'en mis plein la panse, puis, le soleil n'étant toujours pas couché, désœuvré je flânai tranquillement en ville. A cette époque, le chef-lieu du district n'offrait déjà plus le spectacle florissant et prospère d'avant mon engagement dans l'armée. Le soleil descendait à l'horizon, les magasins fermaient leurs portes, les grincements se répondaient sans cesse d'un côté à l'autre de la rue. Les passants étaient rares, la foule éparse devant les portes des quelques usines, une corderie, une fabrique de liège, et la filature de gants où les ouvriers de l'usine d'Etat spéciale de Jiudou faisaient des heures supplémentaires. Après l'arrêt de la production, les troncs et la ferraille rouillée s'entassaient dans les cours, pareils à des femmes immobiles mortes en couches. Mais un chef-lieu reste un chef-lieu, les rues étaient aussi larges que jadis, la plupart encore pavées comme jadis, et comme jadis des vieux s'en retournaient chez eux sans se presser en portant des paniers de légumes. Ce qui était différent, c'étaient ces couches et ces couches de dazibaos placardés de chaque côté de la rue, sur la plupart, des noms étaient barrés d'un X rouge. Pour moi, la chose n'avait rien de neuf, cela signifiait simplement que le vent de la révolution s'était levé et avait balayé la ville. Plusieurs jeunes gens de mon âge, ou plus jeunes, portant un brassard, me dépassèrent en courant à toute vitesse, on aurait dit qu'ils allaient à une réunion quelque part. Je les enviais un peu d'être tous des citadins, je regrettais de ne pas être un des leurs. Je pensais, comme ce serait bien si j'étais le leader de leur groupe, comme ce serait bien si c'était pour aller m'écouter proférer les vérités de la révolution qu'ils se hâtaient ainsi. Je les ai regardés passer un par un à côté de moi, quand ils me dépassaient, leurs yeux s'arrêtaient aussi sur moi un instant. Je savais qu'ils m'enviaient mon uniforme vert. Je craignais qu'on vienne soudain me l'arracher, me voler ma casquette, je ne restai donc pas trop longtemps dans la rue et me dirigeai vers le faubourg en déambulant.

Je marchai le long de la voie ferrée comme on marche dans un poème révolutionnaire. De ce côté-là seulement le paysage était beau, NUAGES LÉGERS DANS LE CIEL HAUT où nulle oie sauvage ne s'envolait pour le sud, à l'ouest le soleil se couchait tandis que les buffles allaient à l'auge. Un vieil homme qui menait paître des moutons traversa la voie ferrée, depuis un vaste champ de blé il marcha en direction d'un village doré, l'écho des bêlements s'attarda comme une musique à mon oreille. La ville s'éloignait de moi à mesure, à mesure le soleil couchant se rapprochait, les rayons rougeoyants tombaient sur les rails étincelants, un *grin-grin* résonnait pareil à un cours d'eau inondant le sable sec. Je longeai ainsi le chemin de fer, tout droit jusqu'au cœur du silence et de la campagne, et quand je sentis grandir l'écho de ce silence, je suspendis mon pas.

J'aperçus quelqu'un assis sur les rails devant moi, son visage rosé brillait comme la lueur du couchant, le noir de ses cheveux ruisselait sur son vêtement rose.

Au loin sur un côté, entre les montagnes qui ondulaient indolentes, apparaissaient des arbres, un champ, un vert léger, un noir profond, et depuis la campagne au pied des massifs, les frais et forts effluves de la terre, des herbes et des blés se déversèrent sur moi. Au début, j'avais juste aperçu quelqu'un, ce n'est qu'en avançant encore de quelques pas que je vis distinctement ses cheveux et ses vêtements. Quand je compris que c'était une femme, je restai planté là un moment, hésitant, puis prenant une ferme résolution, j'avançai. Le Président Mao a dit : LES FEMMES PEUVENT SOUTENIR UNE MOITIÉ DU CIEL. A présent je sais qu'elle m'attendait là, mon autre moitié de ciel. C'est pour m'attendre qu'elle était restée assise là pendant tout un ciel. Je marchai vers elle. Elle tourna la tête vers moi et, alors, son visage me sonna les cloches, *ding dong*, me stupéfia. C'était ce visage des jeunes filles empreint de mélancolie, flétri par les années, lorsque personne ne leur prête plus attention, hier encore tendre, blanc et délicat, pareil à ces fruits blets sur le rotin, cueillis la veille par quelqu'un, tourmentés, triturés, et dont le lustre est parti. Un jaune léger dû à la fatigue commençait à s'accrocher à ce visage. On voyait qu'elle était de la ville, ou des faubourgs, parce qu'elle portait une chemise rose en nylon. En ces années-là, à part en ville et dans les faubourgs, rares étaient ceux qui pouvaient porter une chemise en synthétique. Je restais debout en face d'elle à quelques pas, tandis que je l'observais, elle m'observait aussi.

Ce qu'elle observait, c'était l'uniforme militaire neuf que je portais.

Je m'aperçus que son pantalon était une contrefaçon de pantalon militaire.

Elle dit : « Je prends exemple sur les camarades de l'Armée populaire de Libération. »

Je dis : « L'Armée populaire de Libération prend exemple sur toute la nation… Je suis démobilisé, je n'ai pas encore réglé les formalités. »

Elle dit : « Si les formalités ne sont pas réglées, alors tu es encore un soldat de l'Armée populaire de Libération. »

Je ne m'attendais pas à un respect aussi débordant de sa part, ni à ce qu'elle me prenne comme un exemple à suivre pour toute une nation. Je m'assis sur le rail en face d'elle, les yeux dans les yeux, comme lors des conversations à cœur ouvert avec l'instructeur politique du bataillon, je dis : Nous avons peut-être éliminé les ennemis visibles, mais les ennemis invisibles vivent encore. Tu n'as pas peur toute seule ici ? Elle dit : Le ciel est le ciel du peuple, la terre est la terre du peuple, de quoi voudrais-tu que j'aie peur ? Tant que l'impérialisme américain et le révisionnisme soviétique n'entrent pas chez nous, de quoi aurais-je peur ? Je dis que même si l'impérialisme américain et le révisionnisme soviétique entraient chez nous, il ne faudrait pas avoir peur, nous étions là, nous l'Armée populaire de libération, que c'étaient tous des tigres de papier. Puis j'attendis qu'elle me demande mon nom, où j'habitais, où était mon bataillon ; je lui demanderais ensuite son nom, où elle travaillait. Mais elle se contenta de me détailler du regard pendant un instant et prononça une phrase qui me fit tant battre le cœur que j'en eus mal à la chemise :

« Peux-tu me donner un uniforme ? Je ne le veux pas pour rien, je te donnerai cinq *kuai* et un ticket pour un mètre vingt de tissu. » Confus et honteux, je bafouillai:

« Ah, ma sœur de classe, je suis vraiment désolé, comme je suis démobilisé, je n'ai que deux uniformes. Tout démobilisé n'en a que deux. J'en porte un, et l'autre j'ai promis de l'offrir au chef de la milice populaire avant de m'engager. »

Elle partit d'un grand rire : « LA RÉVOLUTION N'EST PAS UN DÎNER DE GALA ! Si tu n'en as pas, ce n'est rien. Un objet aussi précieux, on ne le donne pas à n'importe qui. »

Je fus alors tout entier rempli par le remords, comme si, en ne le lui donnant pas, je ne me montrais pas à la hauteur du Président Mao, pas à la hauteur du Comité central du Parti communiste chinois. Baissant la tête, je regardai l'herbe qui avait poussé entre les traverses de bois et les interstices des pierres, ce n'était que sétaires et armoises chinoises, entre elle et moi ruisselait une odeur dense, collante, poisseuse, mi-bleue, mi-jaune. Sous le soleil couchant, on entendait le bruit de ce ruissellement, *plic ploc plic ploc*. D'un côté, il y avait le chef-lieu du district lointain et brouillé, de l'autre, le village au pied de la montagne brouillé et lointain. Elle et moi étions seuls au monde, avec la plaine et les récoltes, l'azur et le silence. Le temps passa en roulant entre nous telle une roue de train, l'Histoire laissa l'empreinte de son pas, ronde et immense, sur les traverses. Je vis qu'elle portait une paire de chaussures en velours noir à ouverture carrée, à la mode très occidentale, sous les rayons du soleil, les œillets des lacets en aluminium doré scintillaient comme les astres de la Grande Ourse.

MONTAGNES, C'EST UNE MER DÉMONTÉE, UN FLEUVE EN CRUE, DES VAGUES IMMENSES, ELLES S'ÉLANCENT AU GALOP, MYRIADE DE CHEVAUX DE GUERRE QU'ON DIRAIT IVRES. En moi l'embrasement de la lutte faisait rage, au-dehors mon attitude composée était calme comme une eau. Ainsi immobile, je regardais ses pieds. Elle me demanda : « Tu as vu quelque chose sur mes pieds ? » Elle les tendit le plus loin possible devant elle, elle balança ses pointes de pieds, s'arrêta et du gros orteil arqua l'empeigne en velours noir, la remua, la fit sauter. Tout en parlant et en faisant ces mouvements, un rose léger colora son gracieux visage, comme quand un premier amour vous entraîne par la main.

« Je ne regardais pas tes pieds, dis-je. Regarde, parmi tous ces graviers du chemin de fer, il n'y en a pas un qui est rond. »

Elle dit : « Si, tu regardais mes pieds, je l'ai vu, tu as fixé mes pointes de pieds pendant très longtemps. »

Je demandai : « Qu'est-ce qu'elles ont de si joli, tes pointes de pieds ? »

En cet instant, dieux du ciel protégez-nous, une chose *cracaboum !* se produisit, qui du ciel ne craignait pas les tempêtes, qui de la terre ne craignait pas les gouffres, qui des hommes ne craignait pas les ruses.

Délaçant soudain ses chaussures, elle les retira, deux pieds, dix ongles jaillirent dans un fracas retentissant. Ciel ô ciel, terre ô terre, ces dix ongles étaient d'un rouge écarlate aveuglant, pareils à dix mini-soleils lovés dans dix orteils, et ces ongles avaient été méticuleusement coupés en forme de croissant, telle une lune tiède et gracieuse, pareille à la paume de sa jeune main gorgée de sang. J'étais quelque peu sous le choc. Je savais que c'était une sorte de vernis fait avec la balsamine rouge des jardins. Je sentis flotter un parfum de femme, rose et capiteux, je perçus, dans cette rose atmosphère pleine de splendeurs, une odeur d'herbe et de terre mi-rance mi-fraîche, qui se répandait sous mes narines. On a coutume de dire : Aussi grand que soit le ciel, il ne contient pas tout l'amour, aussi vaste que soit la terre, elle ne contient pas tous les sentiments, en ce monde, seule la passion de la Révolution importe, le serment d'amour du révolutionnaire est plus haut que les montagnes, plus profond que les mers, si haute que soit la montagne, si profonde la mer, elles n'égalent ni l'immensité, ni la profondeur du coup de foudre du révolutionnaire. Quelle sorte d'homme faut-il être pour être un homme ? Il faut être un homme vrai. Et pour dire vrai, en cet instant, une indescriptible fleur s'épanouit dans mon cœur pétale après pétale, et l'écho de cette floraison roula dans mon cœur telle une voiture. Les lèvres pincées, elle me dévisageait, comme si elle voulait me faire passer un test, subitement elle se laissa glisser au bas des rails et tendit à nouveau vigoureusement les pieds devant elle. Ciel ô ciel, terre ô terre, aidée des rayons de ces dix soleils elle me fit rôtir le cœur une nouvelle fois.

Je fus terrassé par une puissance extraordinaire. J'aperçus sur ses pieds gracieux la double marque des chaussures qui traçait une démarcation claire, la partie supérieure exposée au monde était d'un blanc pénétré de noir tirant sur un rouge violacé, tandis que celle qui se trouvait ordinairement à l'intérieur était si blanche qu'on l'eût dit exsangue. A cause de cette blancheur, le rouge était plus profond, plus dense ; à cause de cette rougeur, le blanc était plus délicat, plus tendre. Si tel était son pied, alors son mollet, sa cuisse, son corps ? Comment auraient-ils pu être plus blancs que cette blancheur, plus tendres que cette tendreté ? Charmé, je me suis laissé glisser au bas des rails et j'ai étendu mes jambes écartées, de sorte que les siennes étaient entre les miennes, juste sous ma poitrine. Je ne sais pas quelle tête je faisais en cet instant, je sentais seulement mon cœur battre à tout rompre, mon sang rouler un Fleuve Jaune dans mes veines. Aucun ennemi dans l'ombre ne me conseillait, aucun ennemi sur le côté ne me guidait, ma main toute tremblotante, chancelante, trébuchante comme la Longue Marche avança vers ses pieds. En cette minute, en cette sainte, en cette grandiose minute, où je voulus toucher ses ongles rouge sang, elle retira brusquement ses pieds. Entre nous, l'air se figea d'un coup. Ciel et terre continuèrent leur révolution. Mais le gel cependant ne dura qu'un court moment, la glace fondit entre nous, comme en un mars printanier où l'herbe verdit et les fleurs s'ouvrent. Elle ne les retira que pendant ce court instant, puis, tout en souriant d'un air gêné, avec calme et lenteur elle tendit à nouveau vers moi ces pieds toujours pareils à des fleurs écloses sous la lune. La désolation infinie des rails nous réchauffa, la tristesse infinie du faubourg nous fit bouillonner, nous fit nous consumer. Les rayons diaphanes du soleil radieux se répandaient sur la campagne tel un immense drap de soie rouge étendu sur la terre. Le couple d'un moineau et d'une hirondelle se posa sur les rails à côté de nous en gazouillis-gazouillant. Je soulevai dans mes mains, comme ça, telle une fleur qu'on porte à la bouche, ses deux pieds que je posai sur mes jambes réunies, ma main tremblante caressa ses ongles rouges. Du pied gauche au pied droit, de l'ongle du petit orteil à l'ongle du gros orteil. Je sentais le tressautement irrépressible de ses orteils entre mes mains, je sentais le sang à la surface de ses pieds s'agiter follement comme une eau qui court. Je caressai ses orteils dix fois, des dizaines de fois, des centaines de fois, les caressai jusqu'à ce que cette couleur rouge ait l'épaisseur d'une feuille, jusqu'à ce que le parfum, l'odeur végétale de la balsamine des jardins se volatilise au bout de mes doigts. A la suite de cette senteur végétale diffuse, ce fut le parfum rose, très lourd, très violent, de la peau d'une femme qui vint à la rescousse et fondit sur moi en une grêle de balles. Je fus complètement brisé par ces ongles rouges et ce parfum, et ce fut le chaos, le renversement du monde, j'étais abruti de bonheur, mes lèvres tremblaient, mes dents claquaient, claquaient les unes contre les autres. Je soulevai ses pieds pour les embrasser comme un fou, les baiser comme un dément, de l'ongle du petit orteil à l'ongle du gros orteil, des phalanges jusqu'au cou-de-pied, baisers, baisers, baisers, elle retira ses pieds de mes mains.

Nos regards se croisèrent comme on croise le fer sanglant.

Soudain, nous entendîmes un chant diffusé par un haut-parleur dans un village. Au début, ce fut un chant rouge écarlate dans le haut-parleur, et tout de suite après nous parvinrent des milliers de cris, des milliers de hurlements comme dans un asile d'aliénés, des voix radiodiffusées montèrent de toutes parts, partout s'élevèrent slogans et chants. Dans l'un des haut-parleurs du village le plus proche de nous, le chant était sonore et clair, rouge et nouveau, les paroles brillaient de tout leur éclat, chaque mot, chaque phrase était un roc roulant, qui du haut de la falaise allait se fracasser en bas sur l'eau, les notes de musique, aussi douces qu'une soie, resplendissaient, brillaient d'une gloire éclatante, chacune telle une goutte d'eau, une écume brisée sur les paroles du chant. Je la vis en train d'écouter ce chant archi-connu et dont pourtant je ne me rappelais ni les paroles, ni la musique, son visage rosi par l'euphorie, comme si la mélodie s'était engouffrée en grosses vagues dans ses artères, avaient roulé ses flots, inondé sa figure. Elle était ainsi figée au milieu du chant, au milieu de cette retransmission, son regard passa par-dessus moi, se fixa sur le village, sur ce tumulte de voix diffusées, son visage ressemblait à un carré de soie rouge gelé qu'on aurait étendu à l'air libre après l'avoir trempé dans l'eau par un jour d'hiver, puis, je ne sais à quel moment, ses mains se portèrent sur le premier bouton au dessous de son cou, elle semblait vouloir le défaire sous le coup de l'agitation, mais c'était impossible car j'étais en face d'elle, et elle ne pouvait que laisser ses mains là. Le bout de ses doigts tremblait comme s'ils touchaient une feuille de métal brûlante, incandescente, elle pianotait sur ce bouton rouge et jaune qui produisait un léger bruit de chair contre le cuivre. Cherchant à identifier les chants les plus retentissants, j'étais tout oreilles dehors, ainsi il me sembla entendre distinctement, venu des haut-parleurs de l'est, le chant révolutionnaire d'acier galvanisé, de fer inoxydable : « Menons jusqu'au bout la Révolution », venu de l'ouest, sonore, puissant, retentissant, révolutionnaire : « A bas les impérialistes américains, les révisionnistes soviétiques et la clique réactionnaire », venu du sud : « Il y a un soleil d'or à Pékin », venu du nord, une touche de vert parfumé dans sa couleur rouge : « Prends une tasse de thé au beurre », et, au goût âpre de la sueur et des larmes : « Dénoncer les milles maux de l'ancienne société », tombé d'en haut, c'était le chant gorgé d'une forte odeur de terre : « La bonté du Parti est plus grande que le ciel, plus grande que la terre », jailli du sol, et bondissant, et riant, étoffe de soie qui danse et vole : « Le ciel des zones libérées est un ciel clair », tous ces chants, je les avais entendus si souvent que je les connaissais par cœur, j'en savais chaque mot, si j'en entendais la première moitié, je savais la suite, si j'en entendais une phrase, je connaissais le chant entier. Et pourtant, impossible de me souvenir quel était ce chant au-dessus de ma tête, à l'arrière de mon crâne, devant ma poitrine, de chaque côté de moi, sonorissime, brillantissime, le plus émouvant, le plus éprouvant de tous, qui affolait les passions, faisait tomber de sa chaise, accélérait la course du sang. Inutile de dire qu'elle était, comme moi, pareillement électrisée par ces chants. C'est quand elle a commencé à s'agiter que je me suis agité à mon tour. C'est elle qui m'a communiqué son exaltation. Je voulais lui demander le nom de ce chant sonorissime dont j'étais familier, mais au moment où je le lui demandai, je vis son regard rivé à moi, ses lèvres quelque peu violettes, je ne sais pas à quel moment elle avait défait le premier bouton, ses mains tremblaient sur le deuxième.

Telle était la situation.

Nuages légers dans le ciel haut où nulle oie sauvage ne s'envolait pour le sud ; le soleil mourait dans son sang rouge et colorait tout alentour. Les deux premiers boutons, c'est elle qui les défit en entendant le chant. Le troisième bouton, ce fut moi qui le défis en entendant le chant. Quand les cinq boutons furent défaits par les chants révolutionnaires, sa chemise rose luisante pendait tels les pans d'un rideau de chaque côté de sa poitrine, et au milieu de ce rideau ouvert, sa paire de seins énormes se dressa, colossaux et majestueux, on les eût dit euphoriques sous le soleil, et ils m'attiraient tels deux lapins au sommet d'une montagne, vifs, massifs, provocants, blancs comme neige.

Les doux et gracieux rayons du soleil se figèrent, l'air cessa de s'écouler en ces lieux. Ciel ô ciel, terre ô terre ! nous nous dévisagions sans mot dire, puis elle enleva sa chemise en nylon. Elle la posa à côté d'elle sur le chemin de fer, mais elle resta assise dans la même position, sur une touffe d'herbes au bas des rails, le buste absolument nu érigé dans les airs, toute pareille à une déesse nue érigée là. *PAR TEMPS CLAIR ON LA VOIT, PARÉE DE ROUGE, DRAPÉE DE BLANC, SI ENSORCELANTE. TOUT EST PASSÉ, POUR TROUVER L'HOMME QUI EN SERA DIGNE, IL FAUT REGARDER LE PRÉSENT.* Bouleversé, effrayé, pétrifié, en moi le sang coulait tel un fleuve, mon souffle sifflait tel un grand vent, en ce bref instant, je la dévisageai, foudroyé, stupide comme un pieu en terre. Mes regards se posèrent sur son corps, et c'était comme si mes mains se posaient déjà sur elle. Qui eût cru, une fois dévêtue, sans plus un fil sur le dos, voir la beauté de la femme ainsi révélée au grand jour ? D'abord, je n'avais pas remarqué à quel point ses cheveux étaient noirs, ils tombaient droit, en une écharpe soyeuse, de son cou à sa taille, mais quand le blanc tendre de son corps me sauta aux yeux, quand me sautèrent aux yeux ces formes si pleines, si riches que ne trahissait pas son beau visage émacié, le noir de jais de ses cheveux ressortit, révélé par l'abondante blancheur. C'était, semble-t-il, pour faire contraste avec la blancheur de sa peau, que sa chevelure luisait de ce noir de jais dans le soleil couchant, chaque cheveu tombait docilement derrière ses épaules, épousait légèrement le contour de son cou. En cet instant, son cou était d'une telle beauté… vous ne saurez jamais : rond, long, blanc, aux opalescences rouge sombre, et sur cette colonne de jade patinée par les ans et la caresse des mains, elle releva son visage rosissant, un peu gêné, mais d'autant plus émouvant, c'était comme si quelqu'un avait, sur une tige de jade, fait lever le disque plein de la lune dans le soleil couchant. Mais si votre regard était en un éclair passé du haut vers le bas, vous auriez découvert bien vite que ses cheveux, son visage, son cou de jade n'étaient rien comparés à ses seins d'un blanc pur. En un clin d'œil, ils furent à moi ces seins fermes et souples, dressés, qui n'étaient pas près de pendre. Et sur ces deux seins riches, énormes, turgescents, n'y avait-il pas deux tétons d'un brun violacé pareils à de délicieux petits jujubes ? J'aperçus deux minuscules cavités, c'étaient les écluses d'où sortait le lait, je savais ce jus douceâtre et moite capable d'enivrer un homme. Contemplant sa poitrine, mon regard se promena tout autour des écluses à lait, je vis des creux les uns à côté des autres sur le mamelon brunâtre et, tout autour, une vague aréole en suspens qui allait du rouge profond au rose pâle, tels deux petits parapluies rouges qui s'ouvraient devant moi. A la jonction de ces aréoles laiteuses et de la peau douce des seins, la ligne du cercle frontière, de toute beauté, se dentelait de rouge et de blanc. Ensuite, c'étaient les monts replets et enneigés de ses seins, c'était la pente douce qui reliait le pied des monts à la plaine, c'était la vallée étroite, longue et profonde entre ses seins. Je me laissai glisser au bas des rails, en essayant de mettre ses jambes sur les miennes, afin que ses dix ongles rouges brillent sur mes cuisses. Etonnamment elle ne m'arrêta pas. Elle m'autorisa à saisir ses pieds, à caresser ses ongles, à contempler l'étendue neigeuse de sa poitrine, ses monts et ses vallées. Nous étions ainsi à une distance de jambe l'un de l'autre. L'espace entre les rails était juste suffisant pour que nous soyons assis jambes tendues l'un en face de l'autre. Je ne sais pas à quel moment un corbeau et un loriot se posèrent à côté de nous. Et je ne sais pas non plus à quel moment ce corbeau et ce loriot attirèrent d'autres loriots et corbeaux, des moineaux et des hirondelles, ils étaient là à quelques mètres à épier sa belle poitrine dénudée, sans sautiller, sans bondir, sans chanter, sans mendier, parfois ils faisaient seulement un ou deux pas prudents vers elle. Les plumes noires, blanches, grises des corbeaux et des moineaux, ainsi que l'or et l'écarlate des loriots de Chine luisaient d'un éclat aveuglant dans le soleil couchant. Dans l'air, à part l'odeur verte et luisante des blés, l'odeur jaune et tendre de l'herbe, l'odeur noire et dure des rails, l'odeur rouge et chaude du soleil couchant, il y avait le sublime parfum léger de sa chair. Ce ne sont pas toutes les femmes qui portent sur elles ce parfum léger comme une poudre. Jamais je ne l'avais senti sur le corps de Guizhi. Lors de la nuit de noces dans la chambre nuptiale, malgré mon sentiment profond, profond, comme un fleuve, comme une mer, elle ne m'avait pas fait respirer ce parfum. Mais en cet instant, assis sur ce rail dans le soleil couchant, elle me fit respirer ce parfum de femme, fleur de pêcher qui s'ouvre, fleur de poirier éclose. J'avais les yeux rivés sur elle, immobile. Mon regard s'était fossilisé sur son corps. Je sentais mes prunelles dures, douloureuses, comme si on avait enfoncé de force deux balles de ping-pong dans mes orbites. L'esprit dans le brouillard, ma vision était quelque peu brouillée. Cependant, pris dans ce vertige, je vis à nouveau très distinctement sur les monts et les vallées de ses seins, sur son ventre luisant et blanc comme neige, un petit duvet argenté, aussi souple et fin qu'un duvet fœtal, aussi mince, aussi court qu'une pointe d'aiguille, il se balançait léger au gré du vent de la campagne, faisait briller de minuscules points lumineux, jouait avec mes yeux en ondulant. J'entendis ce duvet onduler, cesser puis reprendre, pareil aux plumes d'un oiseau dans le vent, je vis, au moment où son corps fatigué de se tenir droit se courba légèrement vers moi, deux lignes horizontales parallèles se former entre le ventre et l'abdomen. Le temps, à petits pas, petits pas, plus rapide qu'il ne se doit, passa à côté de nous. Le soleil, sur le point de tomber derrière le massif, paraissait une flaque rougeoyante au sommet de la montagne à l'est du chef-lieu. Nuages légers dans le ciel haut où nulle oie sauvage ne s'envolait pour le sud ; tout change ainsi que la forme des nuages, et ne laisse qu'un peu de beauté. La fraîcheur annonçant la fin du jour se déversa sur nous depuis la campagne. Sa chemise en nylon, sur la traverse de bois, était soulevée par le vent, puis retombait. Bien sûr qu'elle devait avoir froid. Elle était là immobile, à demi nue devant moi, depuis un jour entier, nue depuis des centaines d'années. J'aurais dû aller tâter si elle avait froid, j'aurais dû prendre son vêtement et envelopper ses épaules aussi parfaitement rondes que des brioches, j'aurais dû lui offrir l'aride chaleur de mon corps. *Au moindre souffle de vent, au cri de la grue, je tressaille, est-ce là le bruit des armes ?*

Cerné par les pièges de toutes parts, qui ne sentirait son âme défaillir ? O camarades ! Dites-moi donc, ces deux vers ne conviendraient-ils pas ici ? Mais par quels moyens exprimer mes sentiments ? Juste au moment où je m'apprêtais à faire mouvement, juste au moment où j'allais franchir la frontière, ciel ô ciel, terre ô terre, ah la putain de sa mère ! la radiodiffusion s'arrêta d'un coup, le torrent des chants se tarit soudain, comme si devant un soleil ardent un nuage s'était attardé et avait caché ses rayons, éteint son feu et sa chaleur.

Comme tirée hors d'un rêve, elle repoussa violemment sur le côté mes mains qui étaient sur ses pieds.

C'était comme si je m'étais présenté à la porte de la mauvaise chambre nuptiale et qu'on m'avait éconduit.

Je dis : « LES TOURNESOLS S'OUVRENT FACE AU SOLEIL, AUCUN JAMAIS NE FLÉTRIRA. »

Elle m'ignora et, se détournant brutalement, enfila sa chemise à toute vitesse comme s'il y avait le feu.

Je dis : « Semons aujourd'hui les graines de l'amitié, que l'amitié révolutionnaire soit éternelle. »

Elle continua à m'ignorer. Une fois rhabillée, elle partit à toute vitesse, toujours comme s'il y avait le feu, elle longea le chemin de fer, entra dans la lumière ensanglantée du soleil, son image flotta telle une ombre et disparut aussitôt.

Le torrent de la révolution se tarit

Quand je retournai en ville, la nuit avait déjà laissé tomber son épais manteau, dans les rues les lumières incertaines s'allumaient tout juste. Je ne pensais pas qu'un événement à renverser ciel et terre s'était produit ici au crépuscule. Dans les avenues, les gens se faisaient rares, sur l'axe nord-sud où je marchais, il n'y avait presque aucune ombre. Les dazibaos barrés de rouge placardés tout à l'heure sur les murs avaient été déchirés en mille morceaux, affligés dans le vent, ils roulaient dans leur dernier souffle. La chaussée de vieux pavés était jonchée de nombreux éclats de pierres et de tuiles cassées, c'était un chaos de fin du monde, il n'y avait plus signe de vie. Le torrent de la révolution s'était tari, son cours irrésistible avait fini dans la poussière. Un manche brisé de pelle ou de houe avait été jeté dans la bouche du caniveau. Il y avait un poteau électrique qui, après avoir été coupé, était tombé sur une clôture en bord de route, un câble sectionné pendait, mais sur le lampadaire une lampe brillait encore. Cependant, sur les poteaux électriques encore debout, très peu de lampes brillaient, ou alors ils n'avaient plus du tout d'ampoules. On aurait dit qu'il y avait des gouttes de sang noirâtre au bord de la rue, je sentis une forte odeur de sang sur le pavé. Je sus que la révolution s'était élevée à un nouvel échelon ici, au fond de moi je ne pus m'empêcher de ressentir une sorte de panique, j'avais l'impression de marcher dans un rêve, dans un rêve qui m'enveloppait couche après couche. *Si le Ciel connaissait les passions, le Ciel aussi vieillirait.* Je ne comprenais vraiment pas ce qui s'était passé autour de moi. Elle, cette belle et gracieuse jeune fille, ou jeune femme, d'une vingtaine d'années, comment s'appelait-elle ? Quel était son âge exact ? Etait-elle de la ville ou des faubourgs ? Où travaillait-elle ? Que faisait-elle assise toute seule sur les rails en dehors de la ville ?

Brouillé, brouillon, je ne comprenais absolument rien. En outre, quand je vis la rue pareille à un champ de bataille, sa forme se brouilla dans ma tête. Ses cheveux étaient noirs, jusqu'à quel point ? Et son corps était blanc, jusqu'à quel point ? Son visage était gracieux, jusqu'à quel point ? Ses seins nus dressés étaient beaux, jusqu'à quel point ? Qui pouvait le dire avec exactitude ? C'était un brouillard d'embrouillaminis, mille et une pensées impossibles à mettre en ordre. Depuis le moment où le soleil était descendu sur les montagnes de l'ouest jusqu'à celui où il s'était ensanglanté, durant cet instant aussi court qu'un fût de stylo, nous n'avions échangé presque aucune parole, seulement joué cette scène stupéfiante, bouleversante, mais avait-elle été seulement réelle ? Lequel d'entre vous pourrait croire à ce que je raconte ? Mais au moment où elle et moi nous jouions cette stupéfiante, bouleversante, pervertie, décadente comédie contre-révolutionnaire, en ville on était en train de jouer une autre scène de la Révolution, qui avait laissé la moitié du chef-lieu paralysée.

Plus tard, j'entendis raconter que, pendant que je caressais ses ongles rouges, on s'était emparé de la station radio du district, les instruments de l'opinion publique étaient de retour aux mains des révolutionnaires.

2

AUTANT EN EMPORTENT LE VENT ET LES NUAGES

L'atmosphère du bourg de la Colline des Cheng

Trois jours plus tard je rentrai au pays natal, le bourg de la Colline des Cheng.

Le drame de l'amour fou, de la passion violente commença ainsi pareil à une tempête. L'amour et la dépravation, les classes sociales et l'amour familial, la haine et la lutte, le néoconfucianisme et les frères Cheng, la loi et la révolution, la révolution et la production, la loyauté et la stupidité, les hommes et les femmes, le zizi et les seins, la beauté et la laideur, les céréales et la faim, les parents et les enfants, les bébés et les mamans, les hommes et leur bobonne, le secrétariat de cellule et le secrétariat du Parti, les menottes et les liens, la paille de riz et l'or, toutes ces choses-là, au fond, c'est de l'insecticide, du DDVP. *QUE LES QUATRE MERS SE DÉCHAÎNENT, QUE LA TEMPÊTE FASSE RAGE, QUE LES CINQ CONTINENTS TREMBLENT SOUS LE TONNERRE,* je voudrais foutre tout ça par terre, tout piétiner, pour qu'aucune de ces choses ne se relève jamais, et je voudrais encore leur pisser sur la tête.

Si vous me laissez vivre et que je quitte cet endroit, la première chose que je ferai en rentrant au bourg, ce sera de sortir mon zizi pour pisser sur la tête de tous ces trucs, pour pisser et chier sur le crâne de la révolution de la Colline des Cheng.

Je dois d'abord parler un peu de la longue histoire, de la gloire radieuse des monts Balou et du bourg de la Colline des Cheng. Les monts Balou font partie de la chaîne montagneuse du Buffle Couché, à l'est s'élève la colline de la Famille Cheng, à l'ouest s'étend la montagne aux Ginkgos, cette chaîne composée principalement de basses montagnes et de coteaux serpente sur une quarantaine de kilomètres. Dans ces massifs, l'espace entre les montagnes se confond avec les vallées, les crêtes et les cours d'eau convergent, entre deux cent cinquante et quatre cents mètres au-dessus du niveau de la mer, on trouve plus de deux mille hectares de terres vallonnées, de cultures en terrasses, de hauts plateaux, de plaines ravinées. Au centre, le pic Luhun, au temps des Printemps et Automnes, s'appelait le territoire Lun Hun Rong, sous la dynastie des Han, il devint le district Lu Hun qui appartenait au prince Hong Nong, oui, c'est écrit noir sur blanc dans les chroniques du district. Bien entendu, ce n'est pas le pic Luhun le plus célèbre dans les monts Balou, mais le bourg de la Colline des Cheng qui en est séparé par une rivière. Ce bourg à l'origine s'appelait le village des Cheng, mais ce n'était pas un simple petit village ; à présent on l'appelle le bourg de la Colline des Cheng, et ce n'est pas non plus un simple agglomérat de marchés perdus çà et là entre les monts Balou. C'était, sous la dynastie des Song, le village natal des frères Cheng Hao et Cheng Yi, les deux maîtres Cheng. Sous la dynastie des Yuan, au temps de Renzong ou dans ces eaux-là, afin de célébrer la mémoire des sages d'antan, on fit construire un temple aux ancêtres dans le village des Cheng, et sous la dynastie des Ming, après six ans de règne de l'empereur Jingtai, chacun l'ayant rénové et agrandi, toi, moi, lui, tout le monde y étant allé de sa brique et de sa tuile pour la classe féodale, le temple devint une vaste enceinte divisée en trois sections : dans la section avant, il y a la porte des Constellations, la porte des Hommages, le kiosque de la Brise printanière, le pavillon de l'Elève modèle ; dans la section centrale, il y a la Grande Salle de l'Etude de la Voie, ainsi que les deux ailes « De vent doux, de bonne pluie » et « De dur soleil, de givre d'automne » ; et dans la dernière section, eh bien, il y a la Grande Salle de la Connaissance et de la Vertu, flanquée de chaque côté de quatre salles de classe qui se font face. Cette vaste enceinte en trois sections occupe un terrain de soixante ares, elle est richement ornée de peintures, de sculptures, de calligraphies vigoureuses pareilles à des dragons volants et phénix dansants, une forêt de stèles se dresse, des pins et des cyprès s'élancent vers le ciel, c'est le féodalisme dans toute sa splendeur.

Sous la dynastie des Ming, pendant le règne de Tianshun, le village des Cheng fut proclamé par l'empereur « lieu natal des deux Cheng », à cinq cents mètres à l'est du village, un portique commémoratif en pierre fut érigé, à son sommet on grava les deux mots : *Edit impérial*, au-dessous : *Lieu natal des deux Cheng*. Comme c'était un écrit de la main même de la putain de sa mère de l'empereur, dressé tout droit au milieu de la route, ceux qui entraient devaient passer par là, ceux qui sortaient devaient passer par là, les fonctionnaires qui passaient dessous devaient descendre de palanquin, les militaires de cheval, c'est ainsi que ce village des Cheng se fit un nom sous le ciel, pareil à une Porte Céleste, une Tiananmen des monts Balou à l'ouest de la province du Henan. La colline de lœss derrière le village marque le début des monts Balou à l'est, c'est pourquoi on l'appela la colline de la Famille Cheng, eh oui quand on s'approche du poisson on en prend l'odeur, plus tard la population du village des Cheng augmenta, les familles se multiplièrent, elles se lièrent et se mêlèrent aux autres familles de la colline, les villages devinrent un bourg, ils ne firent plus qu'un, et cela devint le bourg de la Colline des Cheng.

Quatre-vingt-neuf pour cent des habitants du bourg portent le patronyme Cheng, ce sont tous des descendants et des arrière-arrière-arrière-petits-enfants de Cheng Hao et de Cheng Yi, ceux qui comme moi s'appellent Gao se sentent bien seuls là-bas, et dans le bourg de la Colline des Cheng, dans l'histoire du clan Cheng, c'est un phénomène unique, sans précédent et qui n'arrivera plus jamais qu'un personnage tel que moi ait pu voir le jour, se tailler sa part sous le ciel, durant ces années brillantes, ardentes, palpitantes, glorieuses. Pour tout ça, il faut dire merci à la Grande Révolution aux bonnes joues bien rouges. Les exploités et les opprimés n'ont d'issue que grâce à la révolution, sans révolution ils n'ont plus qu'à vivre dans l'obscurité. *NE DITES PLUS : CETTE PASSE EST D'ACIER, CAR AUJOURD'HUI NOUS FRANCHISSONS LE DÉFIL...* Arrêtez de me couper la parole, je ne peux pas raconter mon histoire en passant comme ça du coq à l'âne !

Le chef du bureau militaire du district étant parti assister à une réunion dans une circonscription militaire, j'avais dû attendre trois jours entiers dans le chef-lieu du district pour régler les formalités de ma démobilisation. Pendant ces trois jours, j'avais vu de mes yeux le feu de la Grande Révolution faire rage dans la ville. J'avais senti la vague révolutionnaire prendre une puissance effarante, une force à renverser les montagnes, à faire chavirer les mers, pour déferler en tempête sur chaque endroit du pays, dévaler en balayant tout sur son passage.

J'avais été en ville comme sur des charbons ardents.

L'amour et la révolution de la Colline des Cheng m'attendaient depuis longtemps. Les formalités de la démobilisation une fois remplies, je rentrai aussitôt au bourg. Quand, au bout d'un trajet de quarante kilomètres de bus, nous passâmes sous le portique commémoratif du lieu natal des deux Cheng, mon sang se mit à bouillonner, mes paumes devinrent moites, l'agitation en moi ressemblait à la passion indescriptible et merveilleuse qui m'avait pris trois jours auparavant au bord du chemin de fer dans les faubourgs. Je pensai que la première chose à faire en rentrant chez moi, ce serait de réduire en morceaux ce portique des deux Cheng. Vieillerie érigée sous un règne féodal, après des siècles, les gens du bourg descendaient encore de voiture lors des mariages, des enterrements, des fiançailles, faisaient taire la musique quand ils passaient par là, même les bus qui passaient dessous devaient klaxonner trois fois afin de signifier respect et déférence envers les maîtres Cheng. Je n'aurais pas cru que, bien que la Révolution ait déjà déferlé sur toute la Chine et aux quatre coins du monde, le chauffeur de ce bus venu de Jiudou klaxonnerait trois fois la putain de sa maman en passant sous ce portique. Je ne lui dis rien, le bus était bondé. Je savais qu'il suffirait de réduire en miettes ce portique pour que tout finisse. Le grand rideau de la Révolution s'ouvrirait alors.

Quand je descendis du bus à l'arrêt du bourg de la Colline des Cheng, la première chose qui me sauta aux narines, ce fut la puanteur du bourg et l'odeur de la terre. Les membres de la commune populaire étaient en train de transporter à l'épaule le fumier vers les champs de blé pour l'engrais additionnel, ils avaient formé une équipe, des jeunes et des vieux, leur visage au teint rougi avait un air un peu désinvolte. Les rues gardaient une molle animation de leur passage, les poulets grattaient le sol à la recherche de nourriture, les canards allaient d'un côté à l'autre en dandinant leur gros derrière. Dans un rayon de soleil au pied de la maison de mon ancien camarade de classe Cheng Qingdong, une truie dormait paresseusement, et un chien, la tête posée contre son jarret, était allongé à côté d'elle. Le plus extraordinaire, c'est qu'il y avait aussi un moineau posé sur le ventre de la truie, dont il picorait les puces entre les poils, ce spectacle faisait songer que la révolution était loin d'ici, au moins autant que la ville de Yan'an est distante de l'île de Hainan. Je ressentis un indescriptible abattement, comme si d'une seule enjambée j'étais passé du plein été à un jour d'hiver. Bien sûr, je ressentais aussi une douce et chaude familiarité. Tout dans mon pays natal m'était aussi connu que pour un homme ses chemises et la paume de sa main.

Je comptais trouver un peu de nouveauté, un peu d'inconnu, par exemple des dazibaos collés sur les murs, des gens avec des brassards courant dans les rues dans tous les sens.

Rien de tout ça. Tout était pareil qu'avant. Si l'eau vive ne croupit pas, si l'eau croupie ne vit pas, on était ici dans un marais stagnant.

En rentrant au bourg de la Colline des Cheng, je posais ainsi le pied dans la flaque d'eau stagnante. Le bourg compte quatre rues : la rue Cheng de devant, la rue Cheng centrale, la rue Cheng de derrière, et à l'arrière du temple des Cheng, la rue des autres patronymes. Inutile de vous dire que ma maison se trouvait dans cette dernière rue, à l'ouest, cette maison de trois pièces avec son toit de tuiles, un coin de cour en terre battue, un portail simple orienté face au sud, c'était la demeure ordinaire des Gao. J'arrivais en vue de l'entrée quand, m'apercevant, un des marmots du voisin me sourit et cria soudain en direction du portail de chez moi : « Madame Guizhi ! Oh, ton homme est de retour ! », puis il s'élança en courant vers la rue Cheng centrale.

Guizhi ne sortit pas m'accueillir. Au moment où je poussai le portail entrouvert, elle était dans la cour en train de laver le blé. Le fiston, Rouge Sheng, était à côté d'elle, une branche de saule à la main, il chassait les poulets, les cochons et les moineaux qui rôdaient autour du panier pour picorer le blé, Rouge Hua, ma fille d'un an et demi, reposait sur la cuisse de sa mère comme si elle était endormie, ce spectacle était pareil à celui que j'avais vu dans la rue avec les poulets, les canards, la truie et le chien. Ciel désolé et sans vie de cette région de montagnes, terre sans vie et désolée de cette campagne.

Ma valise à la main, j'étais planté dans la cour.

En entendant le bruit du portail, Guizhi et les gamins tournèrent la tête, elle ne se leva pas pour venir prendre ma valise. Elle ignorait que celui qui était debout devant elle était un futur révolutionnaire et homme politique du village. Elle sursauta légèrement et me dit en souriant : « Te voilà ? Tu n'avais pas dit que tu rentrerais quelques jours plus tôt ? »

Je me rappelai la révolution en ville et la scène sur les rails dans les faubourgs, je dis : « J'ai été retardé en ville. »

Elle dit : « Ben, rentre, qu'est-ce que t'as à rester là debout ? »

Elle dit encore : « Rouge Sheng, dis : Bonjour le père, allez, dis : Bonjour le père. »

Rouge Sheng, qui avait déjà cinq ans, ne dit rien. Lui et Rouge Hua me dévisageaient timidement, comme si je n'étais pas de la famille. En cet instant, je commençai à regretter amèrement ma démobilisation. Je me souvenais de la sentence prononcée par l'instructeur politique du bataillon : La révolution n'est pas achevée, camarades encore un effort. Je portai ma valise à l'intérieur, au passage je replaçai contre le mur quelques tabourets qui traînaient au beau milieu de la pièce, soulevant les courtines des deux autres pièces, je jetai un coup d'œil, puis ressortis en disant : « Et ma mère ? » Guizhi ne se retourna pas, elle continua à passer le blé au tamis tout en répondant : « Elle voulait avoir la paix, elle est retournée vivre dans la colline. »

Boum ! Une détonation se fit en moi, comme si une grenade avait explosé dans ma poitrine. Mais je ne dis rien, je me contentai de piétiner nerveusement le sol, je sortis me poster sous l'auvent pour regarder la colline derrière le bourg, mais je ne vis que la Grande Salle de la Connaissance et de la Vertu, dans la cour arrière du temple, et le coin de la Grande Salle de l'Etude de la Voie dans la cour du milieu. Le tintement clair, vert, des cloches à vent aux quatre coins relevés des toits nous parvint par-dessus le mur d'enceinte, *ding dong dong*. En voyant le grand temple de la famille Cheng, mon humeur sombra peu à peu, et je décidai qu'un jour, non seulement j'abattrais le portique commémoratif du lieu natal des deux Cheng, mais je réduirais aussi en cendres ce temple. Depuis que j'avais déménagé pour descendre de la Colline des Cheng, j'avais toujours désiré brûler ce temple, démolir ce portique. Sans raison, je voulais juste brûler l'un et démolir l'autre. En revenant ici après quatre ans dans l'armée, je le désirais d'autant plus. A ce moment-là, mon fiston Rouge Sheng leva soudain la tête vers moi et m'appela « le père », mon cœur se réchauffa, je lui caressai la tête.

Je dis : «Appelle-moi papa. Fils, les gens de la ville disent papa. »

Rouge Sheng me fit non de la tête.

Je dis : « Bon, ben appelle-moi le père, alors… Va à l'intérieur, il y a des bonbons dans le sac jaune. »

Grâce aux bonbons, Rouge Sheng et Rouge Hua me donnèrent l'un après l'autre du « père », comme si, dans le monde entier, il n'y avait que « le père » qui offrait des bonbons à ses enfants. En ce temps-là, les bonbons étaient enveloppés dans un fin papier huilé, brillant et rouge, sur lequel étaient imprimés des slogans du type : COMBATTRE L'INDIVIDUALISME, CRITIQUER LE RÉVISIONNISME, et quand mes enfants les jetèrent dans la cour parmi les fientes de poulet et les crottes de cochon, je me précipitai pour les ramasser, je leur dis qu'il ne fallait pas les jeter n'importe où, marcher sur les principes c'était réactionnaire. Ils ne comprirent pas ce que je disais, Guizhi tourna la tête vers moi et dit : « C'est la campagne ici, ce n'est pas ton bataillon. » J'aurais voulu lui dire que la révolution avait englouti le chef-lieu du district et que si j'étais rentré après ma démobilisation, eh bien c'était pour faire la révolution, mais lorsqu'elle se retourna pour me regarder, je vis le dédain sur son visage, épais comme le mur d'enceinte du temple des Cheng, et je n'eus plus qu'à ravaler mes paroles. De plus, son visage avait un teint de terre d'un rouge noirâtre, elle semblait ne s'être jamais lavée, ce qui me fit repenser encore une fois à la scène sur les rails, et je renonçai aussitôt à l'idée de lui dire qu'elle m'avait manqué, je n'avais soudain même plus envie de la regarder.

Je portai à nouveau mon regard vers le coin de l'avant-toit du temple des Cheng suspendu haut dans les airs.

A ce moment-là, le gamin qui venait de partir en courant dans une ruelle fit irruption chez moi en criant : « Monsieur Tsé-toung, le papi secrétaire de cellule te demande de venir vite. »

Guizhi repêcha la nasse de blé dégoulinant dans la bassine, la posa sur le rebord, et comme si elle avait oublié une chose très importante que l'entrée du gosse venait de lui rappeler, son visage s'épanouit, frais et animé, et d'une voix forte elle me dit :

« Va vite, mon père a demandé que tu ailles le voir dès ton retour, ça m'était sorti de la tête en lavant le blé. » Puis elle demanda : « Qu'est-ce que tu as ramené à mon père ? Tu sais qu'il raffole des pâtisseries et des conserves de la ville. » Et elle ajouta : « Rouge

Sheng, Rouge Hua, allez avec le père voir votre papi et demandez-lui s'il veut des nouilles aux œufs, j'irai lui en porter à midi s'il en veut. »

Histoire d'un mariage hors révolution

Je ne vous ai pas raconté que mon beau-père était aussi un révolutionnaire du bourg de la Colline des Cheng, il avait jadis porté le courrier pour la Huitième Armée de route, après la Libération il était devenu secrétaire de cellule rurale du Parti. La dizaine de foyers Cheng de la Colline formaient à l'origine une équipe de production indépendante, dont la gestion revenait à la brigade de production du village des Zhao à environ deux kilomètres de là. A cette époque, le village des Cheng était seulement un point de regroupement, là où se trouvait le centre administratif des villages alentour. Le chef était Cheng Tianmin, descendant de la vingtième et quelque génération du clan Cheng. Mais en 1964, le gouvernement voulut transformer le village en bourg, et pour ce faire il fallut *clac-clac-clac* élargir le village des Cheng, c'est ainsi que Cheng Tianmin et mon beau-père Cheng Tianqing organisèrent une réunion au cours de laquelle ils décidèrent d'attirer au village la dizaine de familles de patronymes divers qui habitaient la Colline des Cheng, se conformant ainsi à la politique de transformation des villages en bourgs. Les gens de la Colline des Cheng descendirent tous de leur colline et construisirent une rangée de maisons sur le terrain qui se trouvait derrière le temple, créant la rue des divers patronymes, et devenant des habitants du village des Cheng.

Devenu un habitant du village des Cheng, je devins aussi le beau-fils du secrétaire de cellule rurale. Un jour, la mère et moi étions en train de mettre de l'ordre dans la maison nouvellement construite, quand le vieux secrétaire entra en flânant. Il ne s'assit pas sur le tabouret que je lui présentai, ni ne but le bol d'eau que lui versa ma mère. Mains dans le dos, il observa les murs de la nouvelle demeure, le sol, la panne et les poutres, puis dans la cour il caressa les deux paulownias aux troncs épais comme des bols qui se trouvaient là à l'origine, il dit : « Normalement, ces arbres devraient appartenir à la collectivité, mais maintenant disons qu'ils sont à vous, les Gao. »

La mère regarda le vieux secrétaire, agréablement surprise : « C'est sans problème, l'oncle ? »

Le secrétaire dit : « Si je dis que ça va, ça va. Qui m'a nommé secrétaire de cellule ? Et puis, je suis une vieille connaissance du père de ce rejeton-là. Il n'y a plus d'hommes, qui s'occupera de la mère et du fils, si je ne le fais pas ? »

En toute hâte, la mère prit le bol et jeta l'eau qu'il n'avait pas bue, elle alla dans la cuisine faire frire des œufs au plat auxquels elle ajouta du sucre brun en poudre. Quand le secrétaire eut fini de manger ses œufs, son regard tomba sur moi, il me scruta de la tête aux pieds et dit : « Tu as dix-huit ans ? Tu vas au lycée du chef-lieu du district ? J'ai entendu dire que tu étais un brillant élève dans ta classe ? » Le blanc-bec que j'étais à cette époque ignorait que le secrétaire voulait faire de moi son beau-fils, je répondis en rougissant à ses questions, je ne me doutais pas que le soir même l'entremetteuse viendrait chez nous.

Celle-ci dit à ma mère : « Oh, quelle grande joie ! Le secrétaire de cellule a pris votre Tsé-toung en affection. »

J'obtins mon diplôme du lycée, puis je me mariai. Guizhi était l'une des trois filles du secrétaire de cellule, elle était entre ses deux sœurs, l'air plutôt pleureur que saule, plutôt pomme que pin, elle ressemblait à un tertre de lœss poussiéreux, elle avait un an de moins que moi, mais elle en paraissait quatre ou cinq de plus. Je ne sais pas pourquoi elle avait l'air plus âgée, est-ce parce qu'elle était de petite taille ? Parce qu'elle était mate de peau ? Ou parce que, son père étant secrétaire de cellule, elle était grasse, et qu'à n'importe quelle heure de la journée ses cheveux ne semblaient jamais coiffés, et que sa figure arborait çà et là de nombreux petits points noirs ? Le jour où je la vis pour la première fois, l'entremetteuse m'avait traîné, comme on traîne un âne, dans l'une des ailes de la maison du secrétaire de cellule. C'était sa chambre, de vieux journaux étaient collés partout sur les murs, une couverture poussiéreuse était repliée et formait une bande oblongue comme une haute digue au pied du mur. Quand je vis à quoi elle ressemblait, je sentis au fond de ma gorge une boule de coton que j'aurais voulu cracher, mais je n'osai pas le faire. Le secrétaire entra à la suite de sa fille, il dit, bavardez donc un peu, je suis membre du Parti, je suis cadre, et je n'ai pas cessé de parler du principe de la liberté du mariage lors de la grande convention de la commune populaire. Il dit, Tsé-toung, fiston, je sais que ton père est mort prématurément, tu es la descendance de la Révolution, tu as étudié au lycée du district et tu t'en es pas mal sorti, c'est pour ça que j'accepte de te fiancer à Guizhi, quand vous serez mariés et que vous aurez fait un enfant, je t'enverrai à l'armée, là-bas tu entreras au Parti, et quand tu reviendras je te formerai pour être cadre du village.

Guizhi dit : « Pourquoi tu ne dis rien ? »

Je levai la tête pour la regarder.

Guizhi dit : « Je te déplais parce que je suis laide ? Si tu ne veux pas, tu n'as qu'à le dire franchement, moi tu me déplais parce que ta famille est fauchée comme les blés. »

Je dis : « Pourquoi tu ne vas pas à l'école ? »

Guizhi dit : « Quand je vois les mots en noir dans un livre, c'est comme si des moustiques me volaient devant les yeux, au bout de quelques lignes mon cerveau se met à bourdonner. »

Je dis : « Ton père va vraiment me former pour devenir cadre ? »

Guizhi dit : « Bah, il vient de le dire, tu n'as pas entendu ? Après un an de mariage, quand on aura un enfant, le père t'enverra à l'armée. »

Je dis : « Pourquoi je pourrai être soldat seulement après qu'on aura eu un enfant ? »

Guizhi dit : « Sans enfant, est-ce que je resterai encore dans ton cœur ? »

Je dis : « Quand est-ce qu'on se marie ? »

Guizhi dit : « C'est moi qui fixe le jour, ce sera le premier mois lunaire de cette année. »

Je dis : « Le premier mois, nos cochons ne seront pas encore assez engraissés, et s'ils ne sont pas gras, nous n'aurons pas d'argent pour le mariage. »

Guizhi dit : « Ma famille s'est déjà occupée de tout pour la dot, s'il vous manque quelque chose, c'est moi qui le fournirai, mais il y a une condition, quand on sera mariés tu devras m'obéir, si ta mère m'énerve, j'aurai le droit de casser la vaisselle sous ton nez, et si c'est toi qui m'énerves, j'aurai le droit de me pendre devant toi. »

Cette année-là au premier mois lunaire, je me mariai donc.

Pour la première fois dans le temple des Cheng

Je sortis très vite pour emmener les gosses chez mon beau-père. Il était assis au soleil dans un fauteuil à bascule, en train de fumer une cigarette tout en taquinant son chien du pied (est-ce que ça n'était pas le comportement d'un propriétaire terrien de l'ancien régime, hein ?), il jeta un coup d'œil aux quelques paquets de douceurs et de conserves que je lui apportais et demanda : « Ça vient de Jiudu ou c'est produit dans notre district ? »

Je dis : « Je les ai achetés au grand magasin de Jiudu, et le lieu de production est Zhenzhou, capitale du Henan. »

Les ayant reçues, il porta les pâtisseries à ses narines et les renifla comme un chien en disant : « Pas mal, c'est très parfumé », puis il dit : « Porte toutes ces choses au temple, va voir le vieux Tianmin, il s'est retiré du poste de maire, il n'en pouvait plus, il est allé trouver la paix au temple, il y reste toute la journée à lire des livres anciens. »

Je ressortis de chez mon beau-père. Il n'avait pas abordé le sujet de ma formation de cadre, il n'avait pas abordé non plus la Révolution et l'état de stagnation du village, il ne m'avait même pas fait asseoir un moment, ni n'avait donné quelque chose à manger à son petit-fils Rouge Sheng, en outre il ne s'était pas enquis de tous mes efforts et de ma prestation à l'armée, il m'avait seulement demandé de partir de chez lui pour que j'aille au temple des Cheng avec mes enfants. LA RÉVOLUTION N'EST PAS UN DÎNER DE GALA, ce n'est pas envoyer des invitations ou offrir des cadeaux, ce n'est pas copiner et faire ami-ami, CE N'EST PAS UNE PEINTURE OU UNE BRODERIE ! Mais je ne pouvais pas ne pas aller rendre visite à Cheng Tianmin, c'était l'ancien maire, le représentant de la lignée de Cheng Hao, il était à sa tête, ses ancêtres avaient accédé au grade le plus élevé des examens impériaux, son père et ceux de sa génération avaient réussi le concours impérial de la province sous la dynastie des Qing, jusqu'à lui qui, avant la Libération, avait été le directeur de l'école du district. L'année de la Libération, agréé par le gouvernement en tant que célèbre figure démocrate extérieure au Parti, il avait pris la responsabilité du bureau de l'éducation au niveau du district. On raconte que lorsque le gouvernement voulut l'honorer du poste de chef de district, il aurait senti tout le poids écrasant et la complexité de la Révolution et fait un pas en arrière pour devenir, chez lui, le chef de son village. Et à présent que, des grandes plaines de la Mongolie intérieure aux petits villages de pêcheurs de l'île de Hainan, du désert de Gobi au nord-ouest aux terres riches du golfe de Bohai, la Révolution balayait tout sur son passage, que le drapeau rouge claquait au vent, que les clairons sonnaient, il avait de lui-même quitté son poste de maire, hé, c'est qu'il avait peut-être peur de la vague révolutionnaire ? Ou alors était-ce reculer pour mieux sauter ? Se ménageait-il plusieurs portes de sortie ? Jadis (j'étais alors de la taille d'une fourmi), j'avais accompagné ma mère au marché du village des Cheng, en le voyant dans la rue, elle m'avait tiré sur le côté pour me cacher, elle avait attendu qu'il passe et, me montrant sa silhouette de dos, elle avait dit : « Fiston, c'est le chef du village, quand tu seras grand, si tu sais la moitié de ce qu'il sait, tu pourras être cadre du village, et moi ta mère je n'aurai pas gardé le veuvage en vain. » Qui aurait pu savoir que je ne deviendrais pas cadre ? Qui aurait pu prévoir que je ne serais jamais chef du village, maire, chef du district ou commissaire préfectoral ? A l'armée, dans les cours d'éducation révolutionnaire et d'éducation traditionnelle, l'instructeur politique de l'armée, l'instructeur politique du bataillon et le commandant de régiment ne répétaient-ils pas sans cesse que Lin Biao était devenu général de division à l'âge de vingt ans ? LE MONDE EST À VOUS, IL EST À NOUS AUSSI. Si nous sommes PAREILS AU SOLEIL DU MATIN VERS HUIT OU NEUF HEURES, est-ce que vous ne seriez pas, vous, le soleil couchant qui doit sombrer à l'horizon à la fin de la journée ?

Le temple des Cheng est au bout de la rue Cheng de derrière. Le fiston portant les deux boîtes de pâtisseries et moi les quatre boîtes de conserve, nous traversâmes le deuxième *hutong* de la rue Cheng centrale pour arriver à la rue Cheng de derrière. Les passants qui m'apercevaient répétaient à chaque fois : « Tsé-toung, tu es démobilisé ? » Je faisais à tous un sourire en prenant des airs et en hochant la tête, je sortais un paquet de cigarettes Huangjinye de ma poche et je leur en lançais une. On me demandait : « Tu vas où ? » Je répondais : « Le vieux maire m'attend au temple, je vais le voir. » On me disait encore : « Tsé-toung, si tu deviens cadre, n'oublie pas les amis. » Je disais : « Tu me vois devenir cadre alors que tout est mort en ville ? » Et si je rencontrais quelqu'un qui savait lire, un homme lucide et perspicace, celui-ci ne manquait pas de me dire : « Il suffit de mettre en œuvre la triple union révolutionnaire des rebelles, des cadres réhabilités et de l'armée, et tu seras à coup sûr un jeune cadre ! »

Je pensais alors, une fois que j'aurai pris le pouvoir, je serai bon envers celui-là, il suffira que sa famille n'ait pas de problème politique, et à la saison de l'irrigation, je les laisserai utiliser l'eau en premier, je leur donnerai le droit d'acheter plusieurs dizaines de kilos d'engrais chimiques. C'est certain. Il en serait ainsi, sûr et certain, il ne pouvait qu'en être ainsi. Pourquoi ? Parce que moi, Gao Tsé-toung, j'étais un révolutionnaire plein de conscience.

C'était avant le déjeuner, la plupart des hommes aux champs n'étaient pas rentrés, les femmes étaient à la maison en train de préparer le repas. Dans la rue Cheng de derrière, pareils à des souris s'échappant par les craquelures des portes, les bruits des soufflets sur le feu dans les maisons me parvenaient. L'une après l'autre, les fumées des cheminées recouvrirent de nuages blancs l'azur du ciel, semblable à un visage (mais le visage de qui ?) voilé par la tristesse. Je tirai Rouge Sheng par la main, il n'arrêtait pas de baisser la tête pour regarder les deux boîtes de pâtisseries qu'il portait, les papiers huilés qui les recouvraient semblaient deux boules de feu flottant au milieu du *hutong*. Bah, je savais qu'il mourait d'envie d'en manger, quand il n'y eut personne j'ouvris la boîte, pris quelques gâteaux, puis remis le papier dessus. Tandis qu'il mangeait, le visage du fiston rayonnait de bonheur, un éclat doré scintillait à chaque mouvement de mâchoire, et cet éclat tombait sur le sol de la rue Cheng de derrière. Les murs de clôture des maisons de chaque côté de la rue, les murs de derrière et les façades faisaient que la rue était très étroite, aussi étroite qu'un canal. Des couches de revêtements gisaient au pied des murs, on entendait continuellement le bruit de leur chute et celui de l'argile, j'observais mon fils qui mangeait les gâteaux avec l'air intrépide de celui qui peut avaler des montagnes et des fleuves, je dis :

« Rouge Sheng, c'est bon ? »

Il dit : « Oui c'est bon, c'est meilleur que de la viande. »

Je dis : « Le père va faire la révolution, et quand la révolution aura vaincu, je te donnerai des gâteaux à manger tous les jours. »

Mon fiston leva la tête et me regarda sans comprendre.

En grand seigneur, je lui tapotai la tête. A ce moment-là, le temple des ancêtres de la famille Cheng se dressa avec majesté devant nos yeux. Cette haute tour de guet en vieilles briques couvertes de tuiles, au-dessous ces deux caractères dorés *Temple Cheng* grands comme des paniers, et sous les caractères cette grande porte cloutée en laque rouge, ils ignoraient qu'un jour ils seraient abattus de ma main, ils continuaient à dégager sans vergogne ce même air froid qui vint le long de la rue pour me frapper. A ce moment-là, j'ignorais encore que mon amour m'attendait à l'intérieur, en arrivant devant le temple j'étais tout débraillé, les boutons de travers, le gras des papiers que je venais d'enlever me poissait les mains. Rien de tout cela n'était prévisible, ce fut l'œuvre du destin qui disposa tuiles et briques bien en ordre comme on élève une pagode. Je passai devant le mur d'enceinte de la cour du temple, les briques carrées lourdes d'une dizaine de livres chacune, assemblées selon une ligne parfaitement droite, défilèrent derrière moi, et je parvins à la porte principale où les deux lions accroupis à l'entrée m'accueillirent. J'essuyai mes mains graisseuses sur leur tête, le fiston me tira fort par la main, il regardait inquiet derrière lui.

Je dis : « Rouge Sheng, essuie-toi, n'aie pas peur, le père va faire la révolution. »

Le fiston secoua la tête, il essuya ses mains sur son pantalon.

Je fis : « T'as peur de quoi ? Oh, le père va faire la révolution ! »

Père et fils, nous mîmes un pied dans la grande cour de la section avant du temple. Là, le sol était pavé de briques parfaitement carrées de huit pouces, sur la portion qui allait de la porte des Constellations à la porte des Hommages, on voyait les profondes traces de pas laissées par des générations de descendants des Cheng venus s'incliner et brûler de l'encens, et de chaque côté quelques antiques cyprès verdoyants, luxuriants, s'élançaient vers le ciel et jetaient sur la cour une ombre qui faisait presque disparaître le soleil. Les racines avaient gonflé et fissuré les pavés, sous les frondaisons, les briques carrées présentaient toujours une couleur noire et humide avec une couche de mousse verte et douce sur le dessus, dans les interstices des brins d'herbe avaient poussé, de sorte que le sol paraissait sénile mais encore robuste, empreint de cette allure et de cette odeur de la classe dirigeante féodale qui exhalent l'oppression et l'exploitation triste, secrète, mystérieuse. Tirant mon fiston par la main, je foulai ce pavé, il regardait autour de lui, des frissons parcouraient sa petite main glacée par l'effroi que lui procurait ce temple. De chaque côté de la cour, à l'est et à l'ouest, sur les poutres et les piliers du kiosque de la Brise printanière et du pavillon de l'Elève modèle, les peintures décolorées des dragons, des dieux et des démons, ainsi qu'un tigre et un lion au teint jaunâtre, montraient les crocs, brandissaient leurs griffes, faisaient vers nous des gestes menaçants.

Je dis : « Rouge Sheng, t'as peur ? »

Il secoua la tête une fois vers moi, mais sa main serra mes doigts plus fort.

Je dis : « N'aie pas peur, un jour le père cassera tout ça en mille morceaux. »

Mon fiston me regardait sans avoir l'air de me croire.

Je dis : « PAS DE CRÉATION SANS DESTRUCTION. Tu comprendras quand tu seras grand. »

Mon fiston me regarda plus perplexe encore.

A ce moment-là… après de nombreuses années, quand j'y repense, ce moment fut le plus mystérieux, le plus émouvant de toute mon existence, instant d'éternité. Les années ont passé, mais ni l'amour avec elle à bouleverser ciel et terre, ni la haine à renverser terre et ciel, rien de tout cela ne fut aussi merveilleux, aussi inoubliable que cet instant, rien n'eut cette douceur, cette beauté voilée de mystère, qui pince une corde du cœur, telle une eau magique versée goutte à goutte en moi-même. Durant le cours de ma vie, je n'ai jamais vu notre grandiose dirigeant le Président Mao, mais j'ai l'impression d'avoir réellement vu le Président Mao, c'est-à-dire que même si le Président Mao m'avait servi lui-même un verre d'eau, même si la camarade Jiang Qing m'avait fait cuire elle-même des œufs, cela n'aurait pas pu être aussi émouvant et profond que cet instant. L'eau que j'aurais bue versée par le Président Mao aurait toujours été de l'eau, les œufs que j'aurais mangés cuits par Jiang Qing auraient toujours été des œufs cuits dans l'eau. Mais cet instant, cette merveille, cette beauté, à quoi peut-on les comparer ? Si grands que soient la terre et le ciel, ils ne seront jamais aussi grands que la bonté du Parti, aussi profonds que soient les mers et les océans, ils ne seront jamais aussi profonds que l'empreinte laissée en moi par cet instant.

J'entendis résonner des pas. Le bruit, pareil à la mousse dans la cour du temple, était humide, pesant mais restait tranquillement suspendu dans l'air. C'est parce que l'espace était vaste et silencieux, et parce que mis à part l'ancien maire qui observait le calme, il n'y avait personne. En dehors des festivités du nouvel an, des anniversaires et des commémorations de la naissance de Cheng Ho et Cheng Yi, très peu de gens passaient le seuil de ce temple, et très peu étaient autorisés à y entrer librement. Ces bruits de pas ne me paraissaient pas être ceux d'une seule personne, ils étaient confus, aériens, on devait être au moins deux. Je levai la tête pour regarder par-delà la porte des Hommages, je vis un noir de laque dans ces bruits de pas, une odeur rance s'immisçait entre eux, il y avait aussi les voix d'une conversation, tantôt hautes, tantôt basses, comme un chant, une déclamation.

Je levai la tête.

Ding dong ! je m'immobilisai sur place, et *pan !* soudain je la vis. Elle tenait une petite fille de trois ans par la main, de l'autre elle tenait une gamelle en aluminium à trois étages, elle portait encore sa chemise rose en nylon, ses chaussures de velours à ouverture carrée et aux œillets dorés, et toujours le faux pantalon militaire qu'elle avait elle-même coupé. Elle était exactement la même que trois jours auparavant lors de notre première rencontre sur les rails des faubourgs, sur son gracieux visage le léger voile de fatigue et de mélancolie donnait à sa peau délicate une nuance jaune maladive. La porte des Hommages n'était pas aussi grande que la grande porte du temple, mais sur chaque brique de l'encadrement, un motif de lotus avait été cuit qui, mis bout à bout, formait une guirlande de lotus accrochée au cadre. Elle se tenait au-dessous, la bouche entrouverte, un pied dans la porte, l'autre à l'extérieur. Je voyais par-dessus sa tête les feuilles d'une treille de vigne dans la cour du milieu, elles étaient encore immatures mais recouvraient déjà la cour tout entière, de sorte que, dans l'embrasure de cette porte, elle paraissait être un personnage de tableau inscrit sur un fond terne. Elle ressemblait vraiment à une peinture. A l'époque, pour dire qu'une telle était belle, ou qu'une telle était gracieuse, on disait qu'elle ressemblait à une peinture, il n'y avait pas d'autre comparaison possible pour dire sa grâce et sa beauté en cet instant.

Inutile de vous dire qu'au moment où je la vis, elle me vit aussi.

Cling clang ! Nos deux regards entrèrent en collision dans l'air, un rayon unique, gerbe d'étincelles au bout d'un fer à souder, illumina le temple. Puis l'atmosphère se figea, les ronds de lumière qui gouttaient du soleil entre les vieux cyprès cessèrent de se balancer. Je vis sa gamelle cogner contre le côté gauche du cadre de la porte et faire tomber un bout de laque défraîchie, de minces grains de poussière chutèrent en crépitant sur sa tête et à ses pieds. Son visage était devenu couleur de curcuma, à la suture de ses lèvres serrées apparut un liseré rouge injecté de blanc. Mon cœur à l'agonie ne battait plus, mes paumes étaient si trempées de sueur qu'un bateau aurait pu y lever les voiles. Nous restâmes ainsi à nous observer, au sommet d'un vieux cyprès un corbeau était en train de bâtir son nid, chaque brindille qui tombait, chaque cri était une poutre qui chutait du haut du ciel. L'odeur rance et moite était si épaissie dans l'air qu'elle irritait mes narines. Les cris du corbeau, stridents, pourpres, frappèrent mes oreilles, frappèrent ma poitrine, aussi durement que des tuiles. Je ne savais pas s'ils étaient de mauvais augure, ou s'il s'agissait de simples croassements.

Je levai la tête vers l'arbre, mais quand mon regard redescendit, elle entraînait sa fille par la main (elle avait donc une fille, il y a trois jours elle n'avait pas du tout l'air d'une femme qui avait eu un enfant !), elle passait à côté, moitié en me frôlant, moitié en m'évitant. Ses pas étaient plus précipités que tout à l'heure. La gamelle se balançait dans sa main, en faisant un léger *shshsh.* Je me retournai pour la regarder, le sang qui s'était figé dans mon corps lentement se fluidifia, puis il me monta à la tête en un flot. Les yeux rivés sur elle tandis qu'elle allait de la porte des Hommages à la porte des Constellations, abandonnant là Rouge Sheng je me précipitai à sa suite.

Je dis : « Hé!... Hé !... »

Elle tourna la tête et dit : « Il y a trois jours, j'étais folle. A partir d'aujourd'hui, tu ne m'as jamais rencontrée, je ne t'ai jamais rencontré. Nous ne nous sommes jamais vus, nous ne nous connaissons absolument pas. »

Cela dit, elle prit sa fille dans les bras, franchit le seuil du temple des Cheng et pénétra dans la rue Cheng de derrière. Elle s'enfuit comme une voleuse. LES TOURNESOLS S'OUVRENT FACE AU SOLEIL, AUCUN JAMAIS NE FLÉTRIRA ; *semons aujourd'hui les graines de l'amitié, que l'amitié révolutionnaire soit éternelle.* Je restai planté là à la grande porte du temple, je continuai à la regarder jusqu'à ce qu'elle traverse le *hutong* par où j'étais arrivé, elle tourna et prit la rue Cheng centrale.

C'était mon amour révolutionnaire, c'était ma vie amoureuse dont le feu faisait rage, ce n'est pas lors de cette rencontre au temple des Cheng que tout avait commencé, non, le rideau s'était levé trois jours plus tôt. Même si je sais que notre amour révolutionnaire n'avait pas encore vraiment commencé. Lors de cette rencontre au temple des Cheng, nous n'avons fait que tourner sans le vouloir une nouvelle page de notre vie amoureuse. Un voyage de mille lis commence par un pas, montagnes enneigées et plaines d'herbe, vous n'étiez pas encore en vue. Camarades encore un effort, la révolution n'est pas achevée. Les difficultés, les obstacles sont encore devant nous.

Derrière moi, le fiston m'appelait : « Le père… le père ! »

Pensées d'un révolutionnaire (1)

Une fois qu'on a goûté au miel, on sait que la patate douce n'est pas sucrée, elle perd la saveur du temps où l'on n'avait pas encore goûté au miel. Une patate douce n'est qu'une patate douce, elle ne sera jamais du miel.

J'appris qu'elle s'appelait Xia Rouge Mei, elle était mariée au fils de Cheng Tianmin, l'ancien maire, sa famille était de l'est des faubourgs, au chef-lieu du district. Son homme s'appelait Cheng Qingdong, j'avais été son camarade de classe pendant les premières années de collège, ensuite j'étais allé au lycée du chef-lieu du district, il était allé étudier à l'école normale de la préfecture. Plus tard encore, quand j'avais été soldat à la caserne pour défendre la mère patrie, lui, une fois diplômé, il était revenu au bourg de la Colline des Cheng pour devenir enseignant au collège. Ma vie de révolutionnaire et sa vie de contre-révolutionnaire s'étaient irrémédiablement séparées.

Ces informations, c'est par ma mère que je les eus. J'allai la voir à la Colline des Cheng. Après que la dizaine de foyers établis ici à l'origine eurent déménagé en bas, quelques chaumières tenaient encore debout bon gré mal gré, elles restaient vaillantes, quelques vieillards y vivaient encore pour diverses raisons. Quand je parvins à mon ancienne maison, ma mère aux cheveux grisonnants était là, en train d'écorner des grains de maïs pour nourrir les canards, quand elle me vit elle laissa tomber l'épi sur le sol et fit quelques pas pressés et titubants vers moi, s'appuyant contre un tronc d'arbre, elle me contempla les larmes aux yeux.

Je dis : « La mère, je suis venu te chercher pour que tu rentres à la maison. »

Elle me fit non de la tête.

Je dis : « Si Cheng Guizhi ose encore te manquer de respect, je la renvoie chez elle. »

Ma mère fixa sur moi des yeux graves.

Je dis : « Je suis membre du Parti, je vais faire la révolution. Son secrétaire de père, ce Cheng Tianqing, il va entendre parler de moi. »

Ma mère m'examinait terrifiée, sans comprendre, comme si son fils était devenu un malade mental. Tant que la révolution ne sera pas achevée, naturellement on se heurtera toujours à l'incompréhension et aux reproches, c'est une leçon et une expérience déjà prouvées dans l'Histoire. Je ne lui dis plus rien. Ma mère avait aussi un côté arriéré et stupide.

Nous étions assis tous deux à l'entrée de la cour de notre ancienne maison, dans le soleil couchant nous contemplions le paysage et la physionomie du bourg de la Colline des Cheng. Le grand canal que l'on avait creusé depuis la Treize Lis était droit comme un I, l'eau y courait et chantait tout au long des quatre saisons, elle passait au pied de la colline derrière le bourg et s'étendait au pied des monts tel un ruban de soie sans jamais faire un coude. Je posai mon regard un moment sur la surface de l'eau, et c'est comme si mes yeux avaient été lavés, quand j'eus les idées claires, déplaçant le regard sur la cour de devant du temple, j'aperçus alors la laque rouge du portique, que la gamelle de Rouge Mei avait fait tomber, briller encore sur le seuil en pierre.

Je dis : « Elle s'appelle comment ? »

Ma vieille dit : « Elle s'appelle Xia Rouge Mei. »

Je dis : « Elle est d'où ? »

Ma vieille dit : « C'en est une de la ville, sa famille est des faubourgs, par là-bas. »

Je réfléchis un moment, je demandai tout en ayant l'air de me parler à moi-même : « Comment ça se fait qu'elle se soit mariée à la Colline des Cheng ? Pourquoi quelqu'un de la ville viendrait se marier dans ce trou perdu ? L'humain cherche à s'élever, c'est aussi avéré que la loi de la gravité, avec son chic, c'est à Jiudu qu'elle aurait dû se marier. »

Ma vieille mère me jeta un coup d'œil. Elle semblait avoir percé mes pensées, elle dit lentement, avec l'air de dénouer le nœud d'une énigme, que, ben et puis quoi encore, la Colline des Cheng c'était un bourg quoi, tous les cinq du mois il y avait jour de marché, on venait des quatre coins du pays, des tas, des tas et des tas de gens, ils n'étaient pas moins nombreux que lors des jours de marché chez eux là-bas dans les faubourgs, non mais. Elle dit encore que, eh ben, le bonhomme Qingdong était allé à l'université de la région, il était un monsieur et un professeur, il était salarié, en plus son père était le maire. Il était où son père à elle quand le père de quelqu'un d'autre était devenu le maire des faubourgs ? Il balayait la cour, il faisait bouillir l'eau, c'était le serviteur du maire, alors pourquoi elle ne se serait pas mariée au bourg de la Colline des Cheng ? Et pourquoi elle ne se serait pas mariée au fiston Qingdong ?

Telle est la révolution : sans loyauté, pas de base ; sans sacrifice, pas de réussite. Elle s'était mariée alors qu'elle n'avait pas encore vingt ans, elle était blanche, délicate, vive comme l'eau, branche de fleurs à des kilomètres à la ronde. Elle avait la parole facile, travaillait avec dextérité, elle était capable de tricoter en une journée un de ces pullovers de confection que portent les gens de la ville, si un groupe de jeunes filles et de femmes l'entourait dans la rue et le lui demandait, elle chantait pour toutes un air que seuls connaissent les gens de la ville, ou alors elle exécutait une danse occidentale qu'elle avait apprise à l'école. C'était ainsi, aussi simple qu'une graine qui pousse dans l'eau, qu'un arbre mort qui refleurit au printemps, ses désirs et sa vanité exubérante soutinrent sa vie et son destin, et nous conduisirent, elle et moi, vers un destin glorieux et triste. Une grandeur pathétique, en effet.

La mère dit que c'était dommage qu'elle ait attrapé le démon de la révolution. Possédée, non seulement elle avait commis le crime de ne pas faire la cuisine pour l'ancien maire, de ne pas laver ses vêtements, mais en plus elle jetait n'importe où le bol et les baguettes qu'il avait utilisés. La mère dit qu'elle avait à ce point excédé l'ancien maire qu'il était allé vivre au temple. La mère dit que, quelques jours auparavant, elle avait laissé sa p'tite quinquine et son homme, et elle était partie vivre quelques jours dans sa famille en ville, quand elle était revenue, elle avait raconté qu'elle n'était pas retournée chez elle, mais qu'elle était allée à Pékin voir le Président Mao, et que le Président Mao lui avait serré la main. Où c'est Pékin ? me demanda la mère, mais elle se fit sa propre réponse : Pékin, la Capitale du Nord, bah, ça doit être au nord, à des kilomètres et des kilomètres, est-ce qu'elle aurait pu y aller à pied ? Et elle dit : C'est quoi le Président Mao ? Mais c'est comme l'empereur, et elle aurait pu le rencontrer ? Elle aurait pu lui serrer la main ? La mère dit que, de retour au bourg, elle tendait sa main à tous ceux qu'elle rencontrait pour qu'ils la voient, elle disait que c'était là la main serrée par le Président Mao. Ainsi, cette main ne tiendrait plus de baguettes, ne se souillerait plus de l'eau de la lessive, elle racontait que la chaleur de la main du

Président Mao était encore dans la sienne. Dis voir si elle n'est pas possédée par un démon ? me demanda la mère. Est-elle pas devenue folle ? Le maire a demandé à Cheng Tianqing de faire venir le médecin traditionnel, avec l'aide de trois jeunes gars, ils l'ont maintenue sur le lit et le médecin l'a piquée de plus de vingt aiguilles, sur les mains, dans la tête, ça l'a fait trembler un bon bout de temps, ensuite il a piqué une grosse aiguille, et elle n'était plus possédée, elle n'a plus fait de crise nerveuse, quand c'était l'heure de faire la cuisine, elle faisait la cuisine, quand il fallait nourrir les cochons, elle nourrissait les cochons, quand il fallait aller au temple porter le repas à son beau-père, elle allait lui porter le repas.

J'étais peut-être moi aussi possédé. Possédé par la révolution. Possédé par Xia Rouge Mei. J'étais la proie de la double possession de l'amour et de la révolution. Depuis le jour où j'avais vu Rouge Mei au temple des Cheng, sa voix et sa silhouette revenaient sans cesse dans ma tête. Qu'un chant ou un opéra révolutionnaire soit diffusé au haut-parleur dans la rue, et mon corps s'agitait, s'énervait, comme si mes semelles, mes jambes, mon entrejambe, ma chemise, tout mon corps, étaient en feu. Dans ces moments-là, la scène sur les rails se rejouait dans mon cerveau, claire, nette, si bien que je dormais mal toute la nuit, insomnie, dépression, inappétence, l'esprit combatif de la Révolution se délitait comme l'écheveau tranché par le couteau. Une nuit, je voulus éteindre le feu en moi, je me pinçai la jambe, je me pinçai tout le long du corps, je me pinçai le sexe jusqu'au sang, mais je n'arrivai pas à chasser Rouge

Mei de mon esprit, à faire tomber le rideau sur la scène des rails.

Ma maladie était sans remède, j'étais incurable. Je savais qu'il n'y avait jamais eu de sauveur en ce monde, ni Immortels, ni empereur, c'est à nous de nous sauver nous-mêmes. Et je n'avais que moi-même pour me sauver. Le jour, j'errais de-ci de-là dans le bourg, j'allais traîner, flâner devant la porte de chez Xia Rouge Mei dans la rue Cheng de devant, en espérant l'apercevoir par surprise, et comme je ne la voyais pas, je voulus alors me cacher d'elle. Au bout d'un mois, un matin j'eus l'idée d'aller rendre visite à une tante paternelle dans la campagne et je ne revins pas au bourg de la Colline des Cheng avant la tombée de la nuit. Je passai aussi deux jours à travailler dur chez un oncle du côté de ma mère, il construisait sa maison, pendant deux jours j'empilai les briques crues comme les maçons. Mais quand je rentrai en ville, *LONGUE NUIT AGITÉE SUR L'ANCIENNE CATHAY*, à minuit je ne pus m'empêcher de grimper sur ma femme. Je grimpai sur le corps de Guizhi parce que je la prenais pour Xia Rouge Mei, je caressai sa tête, je caressai son visage, je caressai ses doigts de pied courts et épais, ses ongles de pied qui sentaient un peu. A ce moment-là, elle alluma la lumière et dans un demi-sommeil me demanda : « Gao Tsé-toung, est-ce que tu veux que j'aie un autre enfant ? »

Je dis : « Oui, je voudrais bien. »

Elle dit : « Alors viens, arrête de me tâter partout comme ça, c'est pas en me touchant que tu me feras un enfant, non ? »

Elle ignorait qu'à peine avais-je dit cela, je le regrettais déjà, elle ignorait qu'en l'entendant parler, le feu en moi, *pouf*, s'était éteint. Il y avait déjà deux mois que j'étais revenu, la petite pointe d'excitation que me procurait Guizhi avait totalement disparu. Mais en cet instant-là, j'étais un cochon, j'étais un chien, je n'étais plus un révolutionnaire à la volonté de fer, je ne pouvais pas ne pas faire des choses avec elle, je ne pouvais pas ne pas, à contrecœur, grimper sur elle. Elle souffla la lampe. Quand nous faisions des choses, elle soufflait toujours la lampe à pétrole. Le clair de lune entrait par la fenêtre, la froidure entrait par la fenêtre aussi. Dans la chambre, il y avait l'odeur jaune et brûlée de la lampe à pétrole, il y avait la verte odeur diffuse du printemps, il y avait aussi de la poussière et l'odeur de renfermé de la couverture qu'il aurait fallu aérer. Nos deux p'tits quinquins dormaient de l'autre côté du lit là-bas, le bras de Rouge Fleur pendait sur la poitrine de Rouge Sheng. Guizhi alla les reborder, la lumière éteinte, elle s'assit comme d'habitude au bord du lit pour ôter sa culotte et la déposer au chevet, elle souleva la couette et s'allongea, en disant, viens, tu veux que je fasse une fille ou un garçon ? Je dis que peu m'importait une fille ou un garçon… Elle dit, ben viens quoi, qu'est-ce que tu fais encore debout ? Je dis qu'un courant d'air passait par la fenêtre, et que j'essayais de la calfeutrer. Lentement, lentement, je pris un vêtement pour l'accrocher à la fenêtre et masquer le clair de lune et combler en même temps l'endroit où le papier était déchiré. Elle dit, alors tu viens, tu ne voulais pas faire un bébé ? Rouge Hua peut courir partout maintenant, moi aussi j'ai envie d'en avoir un autre. Je dus, à pas très lents, me diriger vers le lit. Il me semblait que je ne pouvais pas ne pas aller vers le lit, il me semblait que, sinon, son regard aurait traversé tous les obstacles pour voir en moi et découvrir la scène renversante, bouleversante dans le faubourg entre moi et Rouge Mei. Rouges les fleurs de prunus qui éclosent et brillent chacune de mille éclats. Mais à ce moment-là, mon désir reflua et mon corps devint froid, il devint glacé, comme si on m'avait versé un seau d'eau sur la tête, mon machin mollit comme une tige d'herbe sous le gel. J'aurais voulu lui dire, bon, tant pis pour cette fois, un autre jour… hein ? J'aurais voulu lui dire qu'il semblait y avoir une panne, que c'était encore tout dur il y a une minute, mais, avec ce coup de vent surprise, l'arbre était tombé et le petit oiseau s'était envolé. Je me félicitais de mon infortune et de ma débandade, je me félicitais de ne pas devoir grimper sur elle tout en pensant à Xia Rouge Mei, en pensant à la blancheur et aux formes de Rouge Mei, aux seins dressés et à la gorge profonde de Rouge Mei, au visage gracieux et à la coupe de cheveux de Rouge Mei, ainsi qu'à ses dix ongles de pied rouges pareils à des kakis rouges. L'arbre tombé, le singe était retourné dans son nid, cette nuit je pourrais dormir bien tranquillement. Mais à ce moment-là, à ce moment précis où j'allais m'endormir, le bruit d'un haut-parleur retentit je ne sais où.

La musique qu'il diffusait était *La Marche militaire*. J'ignorais de quelle direction elle provenait, mais je pouvais dire que le fût du haut-parleur devait être ébréché, ou alors il était accroché dans un arbre et, après avoir longtemps subi les intempéries, la rouille y avait fait un trou, car la musique sortait avec un grésillement, avec un son pareil au bruit de graines versées d'un tube en bambou fêlé, désagréable mais désagréable, et pourtant la mélodie avait une indicible fluidité, le rythme et les notes étaient bien clairs, bien sonores, faisaient apparaître une nuée multicolore, s'immisçaient par les interstices de la porte de chez nous en faisait grincer le bois de saule ; elle s'insinuait par le trou dans la fenêtre, faisait voleter le vêtement que j'avais mis pour le boucher ; elle soufflait par les craquelures du mur du fond, faisait trembler, bruisser les draps du lit ; elle se déversait depuis les tuiles soulevées du toit et les espaces entre la paille et la boue, pour venir se fracasser contre les muscles de mon corps et rebondir en tintant *ding dong ding dong*. Le chant et la mélodie provoquèrent en moi une agitation, peu à peu mon corps s'impatienta comme si une armée de fourmis remontait le long de mes veines et de mes artères, mon sang s'échauffa, et sur mes mains, mes pieds, mes cheveux, mon cou, sur les moindres recoins cachés de ma peau, une fine sueur poissait un peu. Je sus que j'allais à nouveau être possédé, je sentis une puissance incommensurable qui, de mes quatre membres, commençait à affluer entre mes cuisses, puis mon machin s'est redressé, héroïque, superbe, droit comme un gourdin, éternelle verdeur, quand le chant arriva au passage ♫ ~ *J'en tue un (tue un) ! j'en prends un (prends un) ! je saisis les fusils américaiiins... HEY !* ~ ♫ , je vis l'endroit où arrivait la lointaine étendue de rails, avec de chaque côté les champs à perte de vue, Rouge Mei allongée nue de tout son long sur des pousses de céréales piétinées me faisait signe de la main. Guizhi, se tournant à moitié sur le lit, me demanda : « Alors, tu le fais ou pas ? Si tu ne le fais pas, moi je vais dormir. » Je hochai la tête vers elle, et m'approchai de Rouge Mei allongée. Je voyais l'éclat lumineux de son corps dans le soleil, je sentais la fraîche odeur de sa peau, où le parfum lourd des blés se mêlait au parfum de son corps. Je parvins au pied du lit. J'ôtai mes chaussures, détachai mon ceinturon militaire, retirai mon pantalon.

Mais la musique diffusée par le haut-parleur s'arrêta dans un souffle et le monde retomba dans le silence comme si une corde s'était brisée.

Guizhi s'assit lentement sur le lit, elle renfila sa culotte et alluma la lampe.

« Gao Tsé-toung, si tu ne peux pas le faire, alors ne me réveille pas, je dois me lever tôt demain matin pour préparer le repas, ah là là ! Est-ce que tu vas te conduire comme ça tous les jours ? Ce n'est pas de cctte manière qu'on pourra se nourrir et s'habiller ! Je t'ai demandé de le faire plusieurs fois depuis que tu es revenu de l'armée, mais il n'y avait plus personne, tu ne peux pas le faire et tu penses encore à ça ! Hé, il y a déjà un mois que tu es revenu, tu dois aller travailler aux champs, tu n'es plus à l'armée, dis, personne ne va s'occuper de toi ! Si tu ne gagnes pas de points-travail, tu veux qu'on vive de quoi, d'amour et d'eau fraîche ? »

La musique révolutionnaire résonne une nouvelle fois

Bien sûr qu'on n'allait pas vivre d'amour et d'eau fraîche. Les champs sont nourriciers, la révolution aussi est nourricière. C'est parce qu'on n'a rien pour se nourrir qu'on fait la révolution. Avant que je m'engage dans l'armée, Cheng Tianqing avait dit qu'à mon retour, après ma démobilisation, il ferait de moi un cadre de village, et c'cst parce qu'il avait dit qu'il ferait de moi un cadre de village, que j'avais épousé sa fille. Faire de moi un cadre de village, c'était la dot qu'il me devait, et à présent, j'avais fait deux moutards à sa Guizhi, j'étais démobilisé et de retour au pays, le temps était venu pour lui de me payer la dot. Si je n'étais pas cadre, dites, comment pouvais-je faire souffler le vent de la révolution sur le bourg ? Et si je ne pouvais pas faire souffler la tempête, guider les membres de la commune populaire, dites, comment pouvais-je mener la révolution ?

Je décidai de retourner voir mon beau-père. J'allais réclamer mon dû.

Après le petit-déjeuner, Guizhi dit : « Tu vas où ? Aujourd'hui, le travail de l'équipe de production, c'est d'aller réparer la canalisation sur la route devant le village. » Je ne lui répondis pas. Je ne lui jetai même pas un regard. Mais quand je sortis de la maison, elle me suivit et me fourra une pelle dans les mains.

« Si tu manques une demi-journée, c'est quatre points-travail en moins. »

Je laissai tomber la pelle à mes pieds.

Je partis.

Guizhi resta plantée là, perplexe.

Le soleil dans les ruelles brillait comme sur du verre, brillait comme le cœur du révolutionnaire. Les voisins avaient tous fini de manger, appuyés sur leur pelle ou leur houe ils attendaient sur le seuil de leur maison que retentisse la cloche de l'équipe de production. Je passai devant eux, mon allant révolutionnaire soulevait mon pas à demi dans les airs au-dessus du sol. Un villageois me dit : « Salut, Tsé-toung. » Je dis : « Salut, je vais voir le secrétaire de cellule. » Il dit en riant : « Le secrétaire de cellule, ce n'est pas ton beau-père ? » Je dis : « A la maison c'est mon beau-père, au village il s'agit de travail. » Ils pouffèrent dans mon dos, d'un rire doré, étincelant. Je pensai, allez-y, riez, quand la révolution sera là, rira bien qui rira le dernier, vous n'aurez plus que vos yeux pour pleurer.

Leurs rires m'accompagnèrent de la rue Cheng de derrière à la rue Cheng centrale.

Au moment où je bifurquais dans une ruelle pour rejoindre la rue Cheng centrale, je vis soudain Rouge Mei apparaître dans une autre ruelle, elle marchait à côté d'Aiju, une des belles-sœurs de Guizhi, elle tenait une gamelle en aluminium à la main, évidemment elle était encore allée au temple porter le repas à son beau-père. A cet instant, la cloche de travail de la deuxième équipe de production avait déjà retenti, plusieurs membres de la commune populaire, outil sur l'épaule, sortaient du village, elle se retrouva coincée au milieu de plusieurs jeunes travailleuses. *Boum-boum* mon cœur se mit à cogner, je repensai à *La Marche militaire* diffusée hier à l'improviste par le haut-parleur, à ma bandaison et à ma débandade, je ne savais pas comment aller au-devant des deux femmes, une légère nervosité agitait mes jambes, cependant une indescriptible force souleva mes pas. Il faut vraiment remercier le plein jour et les membres de la commune populaire qui riaient et bavardaient, car sans la contrainte qu'ils exerçaient sur l'ardeur de mes sentiments, qui sait comment je me serais comporté devant Rouge Mei ?

C'était la deuxième fois que je la voyais depuis mon retour au bourg. Elle avait complètement changé de tenue, elle portait une chemise de confection bleue unie, son pantalon était le bleu de travail à la mode en ville dans ces années-là, aux pieds elle avait les chaussures de la Libération utilisées par l'armée, en caoutchouc noir, qui étaient alors en vogue. Quant à moi, je portais toujours mon uniforme vert rayonnant de toutes parts. Le groupe de femmes arriva vers moi, je mis les mains dans les poches et, avec mes poings, j'étirai le tissu de chaque côté des cuisses, vous ne comprenez pas, c'était dans le vent de faire ça à l'époque, ça faisait occidental. Ce n'étaient pas tous les jeunes qui pouvaient marcher ainsi les mains dans les poches, et c'était encore moins donné à tout le monde de faire gonfler ses poches avec ses poings. C'était la preuve que j'avais étudié, que j'avais été à l'armée, que j'avais vu du pays, que je portais en moi un idéal, et que ma famille était puissante. Tout cela appartenait, avec le bleu de travail que portait Rouge Mei et ses chaussures Libération en caoutchouc noir, à une même vérité, à une même classe sociale. Je me plantai ainsi face à elles au milieu de la rue, mon regard alla se cabosser comme une voiture droit contre elles, il alla se cabosser contre Rouge Mei et Aiju, les personnes au milieu de la rue m'évitèrent en passant sur les côtés, elle les suivit pour m'éviter aussi, le visage tourné, levé en l'air, comme si j'étais un parfait étranger, elle voulut m'esquiver par le côté tout en bavardant avec les autres.

Je dis : « Hé ! Je vais former une organisation révolutionnaire, est-ce que vous voulez me rejoindre ? »

Elles s'arrêtèrent toutes, en me regardant comme si je divaguais. Je le savais, au début de la révolution, ses plus grands ennemis sont l'apathie et l'ignorance des gens, et la seule voie, la seule arme, c'est de les instruire.

Je dis : « Dans tout le pays, des dirigeants aux masses, la tempête révolutionnaire des peuples fait rage, le chef-lieu du district est sens dessus dessous, il n'y a que notre bourg de la Colline des Cheng qui dort comme une eau morte. » Je vis alors la tête de Rouge Mei à moitié levée en l'air se baisser un peu, elle me regarda en plissant légèrement les yeux, de la même façon qu'elle aurait regardé un étranger, un étranger qu'elle aurait voulu connaître, sur ce je la désignai du doigt en demandant à Aiju : « Belle-sœur, qui est-ce ? » Aiju, assez surprise, dit : « Vous ne vous connaissez pas ? Eh bien, c'est la belle-fille de l'ancien maire, son mari est instituteur à l'école. » Alors je dis : « Ah, mais c'est donc elle qui s'appelle Rouge Mei, tu es cultivée, en plus tu es de la ville, je ne comprends pas pourquoi la révolution ne t'enthousiasme pas ? »

Un peu gênée, Rouge Mei se tenait sur le côté de la rue, le teint rose et orangé, elle dit : « C'est donc toi le beau-fils du vieux secrétaire de cellule ? On m'a dit que tu étais membre du Parti, quelqu'un de très éveillé. »

Je dis : « Eveillé c'est beaucoup dire, mais si je ne voulais pas faire la révolution, comment serais-je digne d'une organisation ? »

Aiju dit : « Beau-frère, est-ce qu'on a des points-travail si on rejoint ton organisation ? »

Je dis : « Comment peux-tu réduire la révolution à un calcul de pertes et profits ? Ailleurs, tu serais bonne pour une séance de critique publique pour de telles paroles ! »

Une femme plus âgée de la commune populaire dit que, ben, on mourait de faim si on n'avait pas de points-travail. Une autre enchaîna en disant je ne sais quoi, et elles se mirent toutes à rire en suivant l'ouvrière qui marchait devant.

Dans la rue, il n'y avait plus que moi et Rouge Mei. Je croyais qu'elle partirait avec les autres, qu'elle tournerait dans la ruelle de devant pour rentrer chez elle, mais elle resta là immobile, la couche de rose et d'orangé soudain épaissie sur son visage, de fines gouttes de sueur perlaient sur son front, les coins de sa bouche palpitaient en tintant, *dingdong dingdong*. J'ai jeté un coup d'œil aux alentours, la rue était complètement vide et silencieuse, il n'y avait qu'elle et moi, le soleil brillait comme jamais, dans la douceur d'avril l'impétuosité brûlante du début de l'été était présente. Et j'étais là avec elle, figé dans cette impatience brûlante, je ne sus pas quoi dire pendant un moment, s'il fallait que je parle de la révolution ou de mon amour languissant. Depuis la rue Cheng de derrière, la voix qui appelait les gens aux champs nous parvint, elle nous submergea pareille à une eau trouble. Tout de suite après, le haut-parleur du village se fit entendre, un cadre criait : « Aux membres de la commune populaire engagés dans la bataille pour la canalisation, rendez-vous vite à l'entrée du village, des points-travail seront retirés aux retardataires ! » Après que l'appel fut passé trois fois, le haut-parleur diffusa *L'Orient est rouge*. Inutile de le dire, l'air était connu de tous, chacun pouvait le chanter, on le connaissait sur le bout des doigts, mais quand cette musique jaune argile se déversa sur nous, mon corps se mit à trembler légèrement et mes mains devinrent moites. Son visage vira tout à coup du rose orangé au blanc jaunâtre. Je ne sais pas pourquoi nous étions tous deux dans cet état, *L'Orient est rouge*, sonore, clair, resplendissant, résonnait dans le bourg de la Colline des Cheng, foule innombrable déferlant dans les rues, comme si un train était passé dans nos veines. Je vis les notes de cette musique comme des grains de raisin, des mandarines, tomber du ciel et rouler à nos pieds. Je sentis le parfum enivrant de cette musique rouge orange bleue se répandre tout autour de nous, je vis les vapeurs de sa peau s'exhaler d'entre les mailles de l'étoffe unie de sa chemise, un mince lustre brillant bondit sur moi. Dans cette vapeur, je respirai l'odeur de la tiède et douce sueur de son corps qui, pareille à un velours blanc, se mêlait aux exhalaisons de cette peau. A travers les mailles épaisses et serrées, je revis, long, étroit, profond, le paysage de sa gorge à nu qui se dessinait clairement entre ses seins, d'où la sueur ruisselait jusque sur son ventre d'un blanc de neige, puis était bue par la chemise. Le tissu de confection n'épongeant pas aussi bien que la grosse toile, une constellation de plusieurs taches de sueur était déjà apparue sur sa chemise. Elles prenaient une teinte d'un noir profond sur le tissu bleu, comme si des gouttes d'encre étaient tombées. En la voyant dans cet état, en voyant le trouble que nous causait à tous les deux la musique du haut-parleur, je me calmai au contraire, c'était comme si une flamme jaillissait devant moi, la victoire à portée de mes yeux ; c'était comme si les rayons du matin de la révolution, passant par ma fenêtre, atteignaient mon lit.

J'essuyai la sueur de mes mains dans les poches de mon pantalon et je dis : « Rouge Mei, faisons la révolution ensemble. »

Elle me fixa du regard un instant, et me demanda en tremblant un peu :

« Ces jours-ci… tu ne m'as pas attendue là-bas au temple ? »

Je répondis, très calme :

« C'est toi qui as dit que nous ne nous étions jamais vus auparavant. »

Elle dit : « Je ne pensais pas que tu prendrais ainsi les choses. » Puis, déçue, elle détourna la tête, quand elle se tourna à nouveau vers moi, le chant ne se faisait plus entendre dans le bourg. Son visage était redevenu normal, comme si la pensée qui l'occupait venait d'être brusquement recouverte par la déception.

« Tu vas vraiment créer une organisation révolutionnaire ?

— J'ai déjà trouvé le nom, elle s'appellera « le bataillon du drapeau rouge flottant au vent ».

— Prends garde que le secrétaire de cellule ne te fasse enfoncer des aiguilles d'acupuncture dans la tête et les mains. »

Je souris.

« La première chose que je ferai sera de le renverser. Si je ne le renverse pas, le bourg de la Colline des Cheng ne voudra jamais faire la révolution. »

Des bruits de pas nous parvinrent depuis la ruelle. Le visage de Rouge Mei devint tout pâle d'un coup, elle me tourna le dos et partit. Je la poursuivis en l'appelant, Rouge Mei, fais-moi voir ta main ! Elle me la tendit, un peu décontenancée, j'étais aux anges en caressant ses ongles luisants, je dis : « Quelqu'un vient, tu dois partir, dans trois jours j'accomplirai la révolution de la brigade de production de la Colline des Cheng. »

Elle partit, dans sa main la gamelle d'aluminium se balançait de droite à gauche.

Il se trouve que celui qui sortit de la ruelle, c'était son homme, Cheng Qingdong, lequel, un livre sous le bras, allait faire la classe à l'école, il y avait des années que je ne l'avais pas vu, une paire de lunettes à monture noire était posée sur son nez, il avait l'air raffiné de l'homme cultivé, la bonne tête de celui que les flots de la révolution allaient emporter.

3

LA BANDE ET LA DÉBANDADE

Moi et mon beau-père Cheng Tianqing

Je dis : « Le père, je voulais te voir pour une chose. »

Il dit : « Assieds-toi, tu as mangé ? »

Je dis : « Je ne m'assois pas. Je voudrais te parler d'une chose. »

Il dit : « Assieds-toi donc. Quelle chose ? »

Je dis : « Une chose essentielle, tu me l'avais promise. »

Il dit : « Quoi ? »

Je dis : « Cadre du village. »

Il dit : « Quel cadre du village ? »

Je dis : « Quand je me suis fiancé à Guizhi, tu m'as dit que tu m'enverrais à l'armée pendant quelques années et qu'à ma démobilisation tu me nommerais cadre du bourg de la Colline des Cheng. »

Il me regarda, abasourdi :

Je dis : « Tu as oublié, le père ? »

Il dit : « Non, je n'ai pas oublié. Mais actuellement il n'y a pas de place vacante dans le comité du village : adjoint au secrétaire, chef de la brigade de production, commandant de la milice populaire, chaque trou a sa carotte, il y a même quelqu'un à la comptabilité de la brigade, dis voir qui devrait partir pour te laisser la place ? »

Je dis : « Le père, c'est toi le plus vieux dans le comité, il y a plus de dix ans déjà que tu es secrétaire de cellule, ce n'est pas bien, retire-toi, si tu te retires je prendrai ta place, et tu pourras être à la maison, profiter de tes enfants et petits-enfants. »

Cric-crac un éclair illumina son regard, il demanda :

« Qu'est-ce que tu dis ? »

Je dis : « Retire-toi, quand le fleuve est grand, une vague chasse l'autre. »

Il dit : « Petit con ! »

Je dis : « Tu ne crains pas le flot de la révolution, le père ? »

Il dit : « Mais tu es vraiment devenu aussi fou que cette Rouge Mei, la belle-fille de chez Tianmin, il y a quelques jours ! »

Je dis : « Oui je suis fou de la révolution. Si tu ne passes pas la main, je lancerai la révolution dans la Colline des Cheng. »

Il fit entendre un rire froid : « Foutre de ta mère, tu étais où quand moi j'ai rejoint la révolution ? Tu étais où quand j'ai porté le courrier à la Huitième Armée de route ? N'oublie pas que sans moi, Cheng Tianqing, toi, un Gao, tu ne serais pas entré dans l'armée, et tu n'aurais ni fils, ni fille, tu n'aurais pas de famille. Maintenant tu renverses l'ordre. Tu veux faire la révolution. Tu es fou de la révolution. Je vais te dire, c'est justement parce que je t'ai vu aussi fou que je ne t'ai pas introduit dans l'organisation du comité, si tu n'étais pas rentré comme un possédé, j'aurais fait de toi le maire dès le lendemain de ta démobilisation. »

Je dis : « Tu ne devrais pas te reposer sur tes lauriers, le père… A présent tu es un obstacle à la révolution. Les flots de la révolution vont t'emporter et t'écarter de leur chemin. Si tu as un peu de jugeote, retire-toi avec dignité comme Cheng Tianmin, passe le pouvoir, sinon attends-toi à être lessivé par les flots de la révolution. »

Il dit : « Dégage ! »

Je sortis de chez lui.

La révolution commence vraiment

Tout le monde le sait, la révolution ne va pas comme sur des roulettes, sa route n'est pas toute droite toute plate, c'est-à-dire que quand le paysan élève des bœufs, il rencontre aussi des temps de sécheresse et d'herbes flétries où tout meurt prématurément, et quand il plante un arbre, il y a des temps de grandes pluies et de grands vents qui arrachent ce qu'il a mis en terre. Malgré cela, ne craignons pas l'absence de vent, le manque de pluie, ne craignons pas non plus les grands vents et les grandes pluies. Toutes les tentatives réactionnaires cherchent à détruire la révolution par le massacre. Ecraser la révolution dans l'œuf, l'étouffer dans le berceau. Elles croient que plus elles tueront de gens, plus la force de la révolution diminuera, jusqu'à l'extermination totale, l'extinction de la flamme de la lutte révolutionnaire. Cependant, contrairement à ce vœu pieux de la réaction, la réalité c'est que plus la clique réactionnaire tue de gens, plus la force de la révolution grandit, et plus la clique réactionnaire se rapproche de sa propre disparition. C'est une loi contre laquelle on ne peut pas aller. Dans notre bourg de la Colline des Cheng, il n'était pas encore question d'assassinats, mais le vacarme des forces contre-révolutionnaires qui désiraient étouffer la révolution se faisait entendre. QUI SONT NOS ENNEMIS ? QUI SONT NOS AMIS ? A présent ces questions fondamentales apparaissaient au grand jour, devenaient manifestes, il ne restait plus qu'à laisser nos ennemis remonter à la surface, se trahir, puis les rosser et les jeter à l'eau comme des chiens.

Mais une fois jeté à l'eau, le chien n'est pas forcément mort, quand il remonte sur la berge, il peut se montrer encore plus méchant et enclin à mordre, il peut même être porteur de cette arme particulière qu'est la rage et partout contre-attaquer pour se venger, c'est un aspect de la révolution qu'il importe de considérer. Comment s'y prendre avec un chien enragé ? Il n'y a qu'une seule manière, c'est soulever les masses, organiser une battue, et que chacun le pourchasse, de sorte que le chien enragé tombé à l'eau se retrouve sans position de repli, sans place de marché où se rassembler.

Quelques jours plus tard, je réunis des soldats démobilisés, ceux de la génération dont le prénom commençait par Qing, tels que Cheng Qingping, Cheng Qingsun, Cheng Qingshi, Cheng Qingwang, ceux également d'une génération plus jeune dont le prénom commençait par Xian : Cheng Xianzhu, Cheng Xianmin, Cheng Xianfen, en outre les lycéens et collégiens Cheng Qing'an, Cheng Qinglian, Cheng Xianli, Cheng Xianqing, Cheng Xiancui, ainsi que ceux de la rue des divers patronymes : Tian Zhuangzhuang, Ren Jizhu, Shi Dagou, Shi Ergou, Zhang Xiaoshu, etc., garçons et filles, grands et petits, une trentaine en tout. Le plus âgé avait trente-deux ans, il n'était pas encore marié, le plus jeune en avait quatorze, il venait de commencer le collège. Le lieu du rendez-vous était la cour de ma maison. Ils étaient assis, debout, certains accroupis les bras croisés, d'autres serrés les uns contre les autres sur un banc, d'autres encore simplement assis sur une de leurs chaussures. Les fumeurs fumaient les deux derniers paquets que j'avais rapportés de l'armée, ceux qui ne fumaient pas mangeaient le kilo de sucreries que j'avais acheté exprès à l'épicerie du village. La lune claire comme de l'eau illuminait la cour ; une brise légère ondulait, LA SITUATION EST EXCELLENTE. J'avais envoyé Guizhi faire des visites à l'extérieur avec Rouge Sheng et Rouge Hua. Les gens, tout en fumant ou en mangeant, écoutèrent respectueusement mes opinions et mes analyses à propos de la situation révolutionnaire dans le bourg de la Colline des Cheng, écoutèrent respectueusement mes déclarations et mes exhortations à propos des difficultés de la révolution mondiale et de la situation excellente dans notre grandiose mère patrie. Après tout, aucun d'eux n'avait vraiment vu du pays, ils étaient tous pleins d'espoir et d'ardeur révolutionnaire, ils avaient tous un idéal et des aspirations qui ne s'étaient pas encore réalisés. Quand je leur avais fait passer l'information, soit en me rendant chez eux, soit en les rencontrant par hasard dans la rue, je leur avais donné du « grand frère », « petit frère », « grande sœur », « petite sœur », puis je les avais entraînés dans un endroit où il n'y avait personne pour leur dire de venir chez moi ce soir à sept heures : « Je veux discuter avec toi un moment d'une chose importante, surtout n'en parle à personne d'autre. » Comme, à la campagne, on ne donne jamais une heure précise pour un rendez-vous, on dit toujours, avant ou après le repas, au coucher du soleil ou à la lune levée, quand je leur avais dit, à sept heures, et non seulement à sept heures, mais en plus que je voulais leur parler d'une chose importante, ils avaient été stupéfaits. Ils me demandaient : Quelle chose ? Je disais : Tu le sauras si tu viens. Ensuite, je tournais les talons et je partais, en laissant en suspens. La moitié d'entre eux vint à sept heures, l'autre moitié à huit heures, et ce n'est que lorsque la lune fut au sommet de sa course que je poussai le portail de chez moi.

Je n'avais bien sûr pas oublié d'informer Xia Rouge Mei.

C'est même elle que j'avais informée en premier. Devant la porte du temple à l'heure du repas, en la voyant apporter à manger, je lui avais glissé à voix basse que j'allais convoquer une réunion de mobilisation révolutionnaire, une fois que je lui eus expliqué en détail l'objectif, le déroulement et la méthode, elle était si excitée que son visage brillait d'un éclat sanguin, elle dit qu'elle mourait d'envie d'y participer. Elle dit que oh ! cette réunion serait l'équivalent de la Conférence de Zunyi, de la Conférence de Gutian et même de la première réunion du Parti communiste chinois à Shanghai en 1921 sur un petit bateau, d'une portée immense, aux implications lourdes de conséquences et dont le contenu et la valeur seraient historiques.

Dommage que ce soir-là, tous les gens informés soient venus, sauf elle. Comment pouvait-il y avoir la révolution si elle n'y participait pas ? Comment pouvait-elle ne pas venir prendre part à cette réunion de considérable mobilisation d'une portée immense ? Mon long discours méticuleusement préparé n'était-il pas fait pour qu'elle l'entende ? Mais elle ne vint pas. Elle ne vint pas, et j'eus l'impression qu'au moment de poser sur la table les plats méticuleusement préparés, l'invité le plus important n'était pas là ; comme si j'apportais un panier de cadeaux à des parents, et que j'apprenais en arrivant chez eux qu'ils étaient absents. Que faire ? Les plats étaient chauds, même en l'absence de l'invité d'honneur, les autres invités devaient manger ; le cadeau était là, même en l'absence de ses destinataires, il fallait offrir le panier. Pour le dire mieux : tout était fait pour lancer la révolution. Tout devait être soumis aux besoins de la révolution. L'amour devait être contenu au cœur de la révolution. La révolution était la fondation, l'amour était la maison sur cette fondation ; la révolution était la racine, l'amour était la fleur poussée sur cette racine. Sans Rouge Mei, je devais quand même faire la révolution, sans elle j'allais quand même allumer les flammes de la révolution et embraser le bourg de la Colline des Cheng. Allez, je fermai la porte de la maison ! Je laissai momentanément la fleur se faner ! Le vent et la marée étaient là, le navire de la révolution ne pouvait pas ne pas lever l'ancre ; la grand-voile déployait ses ailes, elle n'allait pas s'affaler parce qu'il n'y avait pas d'écume…

A huit heures pile, je demandai formellement aux jeunes gens en train de manger, de fumer et de rire de se calmer. Je dis : « Tout le monde, un peu de silence, compagnons, camarades, frères d'armes, un peu de silence ! » Ils rirent un peu de surprise en m'entendant les appeler ainsi, puis un calme étrange se fit.

Je leur exposai à tous la situation mondiale et celle de notre pays. Je dis :

« De lourds éclairs ouvrent un monde nouveau, le vent de la révolution balaie au loin les nuages. Le monde d'aujourd'hui est entré dans une période historique toute nouvelle sous la grandiose bannière de la pensée de Mao Tsé-toung. Sous les lumières radieuses de la pensée de Mao Tsé-toung, les innombrables forces révolutionnaires de la planète tout entière ont lancé une vigoureuse offensive contre le révisionnisme, l'impérialisme, les réactionnaires et tout le vieux monde. *Que les quatre mers se déchaînent, que la tempête fasse rage, que les cinq continents tremblent sous le tonnerre.* Tout autour du globe, les drapeaux de guerre de la pensée de Mao Tsé-toung flottent au vent ; les flots de la révolution grossissent et vont tout engloutir !

La situation n'a jamais été aussi excellente, mais il y a aussi quelques mouches qui bourdonnent et se cognent contre les murs. L'impérialisme mené par les Etats-Unis d'Amérique, les cliques réactionnaires du révisionnisme moderne menées par l'URSS, resserrent leurs liens, forment une nouvelle Sainte-Alliance contre la Chine, contre le communisme, contre le peuple, contre la révolution, ils lancent une offensive de hyène folle à l'encontre des forces révolutionnaires, et soulèvent dans le monde une vague antichinoise délibérée. »

Je dis : « A l'intérieur du pays, à ce stade de l'histoire du socialisme, il existe encore des classes, des contradictions de classe et une lutte des classes, il existe encore une lutte entre la voie du socialisme et celle du capitalisme, il existe encore la menace de restauration du capitalisme. Il faut reconnaître la persistance et la complexité de ces luttes. Il faut renforcer notre vigilance. Il faut mettre en œuvre l'éducation socialiste, il faut comprendre correctement et résoudre la question de la contradiction de classe et de la lutte des classes, il faut différencier correctement et résoudre les contradictions entre nous et nos ennemis, ainsi que les contradictions internes aux classes du peuple. Sinon, notre pays socialiste va se changer en son contraire, il va dégénérer et nous verrons la restauration de l'ancien régime. Ainsi, le peuple *souffrira deux fois, souffrira le retour du capitalisme*, l'Histoire régressera vers l'ancienne société.

Maintenant, des grandes plaines de Mongolie aux ports de pêche du détroit de Bohai, du désert de Gobi dans le grand nord-ouest aux récifs de l'île de Hainan, pour stopper les dirigeants révisionnistes qui ont usurpé le pouvoir au sein du Parti, pour stopper la restauration du capitalisme, tous les hameaux, les villages et les villes se sont lancés à fond dans la lutte des classes, se sont lancés dans les trois grandes révolutions – classes, production et science –, ont lancé le mouvement pour l'éducation socialiste. L'armée de classe qui renouvelle actuellement l'organisation révolutionnaire repousse les attaques folles du capitalisme et du féodalisme ; dans cette grande tempête qu'est la lutte des classes, au cœur de la tourmente, des villes jusqu'aux campagnes, tout le monde nourrit et élève les héritiers de la révolution prolétarienne qui pourront résister à l'ennemi extérieur et protéger l'intérieur du pays, pour que le camp des travailleurs prolétariens soit plus solide, plus fort ! »

Je dis : « A présent, il y a une situation grave dans cette excellente situation du monde et de notre mère patrie. Même dans le chef-lieu de notre district, bien que la révolution y soit arrivée plus tard qu'ailleurs, elle se développe avec impétuosité. On a démasqué dans le comité provincial du Parti et le gouvernement local une petite poignée d'agents réactionnaires qui noyautaient le Parti, le pouvoir politique est revenu aux mains du peuple prolétarien. Mais dans notre bourg de la Colline des Cheng, dans ce vieux village des Cheng sous le joug féodal, l'aube de la révolution n'a pas encore eu le temps de se lever à l'est, les murailles noires haut dressées empêchent cruellement les rayons de passer, elles les masquent, elles les recouvrent, elles les étouffent. La révolution de notre bourg de la Colline des Cheng est en tout point pareille à la nuit noire sur la vieille terre sacrée de Chine, et malgré les hautes murailles de la classe bourgeoise, l'aube, oui, perce déjà, malgré les hautes montagnes de la classe féodale, le prolétariat, oui, s'éveille déjà, et déjà il y a des gens qui brandissent leurs poings rageurs vers la classe féodale.

Je me suis laissé dire que notre camarade Xia Rouge Mei du bourg de la Colline des Cheng (hélas, elle n'a pas pu se joindre à nous ce soir pour quelque raison), la camarade Xia Rouge Mei est allée seule à Pékin, à son retour elle a dit que le Président Mao, après avoir reçu des millions de jeunes gens, avait serré la main à plusieurs d'entre eux et comme elle se trouvait dans les premiers rangs, bien qu'elle n'ait pas pu vraiment saisir la main présidentielle, le Président en serrant la main à d'autres a heurté la sienne. En heurtant sa main, le Président Mao a fait pleuvoir sur nos montagnes de l'ouest du Henan les bienfaits de sa pensée, sur cette carte une goutte est tombée sur notre bourg. Afin de ramener dans notre bourg la pensée de Mao Tsé-toung et la bonté du Président Mao, afin de la transmettre aux masses de la Colline des Cheng, trois jours durant la camarade Xia Rouge Mei n'a pas voulu utiliser cette main pour prendre des baguettes, ni pour se laver le visage. Et pourtant, quelle récompense ses sentiments profonds pour le Président Mao ont-ils reçue ici dans notre bourg ? Le secrétaire de cellule du Parti, Cheng Tianqing (c'est-à-dire mon beau-père), a osé faire venir trois miliciens et un médecin traditionnel, sous prétexte que Xia Rouge Mei était possédée par un démon, ils l'ont couchée de force et lui ont planté vingt-sept aiguilles d'acupuncture dans la tête et sur les mains, et cela pendant une demi-heure. Que signifie ce comportement ? C'est la preuve irréfutable que la classe capitaliste et les forces féodales s'opposent follement à la révolution de la nouvelle société et au prolétariat révolutionnaire, c'est la collusion à distance entre les forces internationales de la réaction et la petite clique réactionnaire de notre pays, c'est le spectacle répugnant de leur union.

Réfléchissez un peu, vous tous ! Inutile de regarder très loin, la vague révolutionnaire dans notre district, tout le monde l'a vue, l'a entendue, les révolutionnaires n'ont pas seulement écrasé le comité de province et le gouvernement local, ils ont aussi déterré, pour les jeter dans la rue, les corps des faux héros, des faux soldats de l'armée de la Huitième Route enterrés au cimetière des martyrs. Mais que s'est-il passé dans notre bourg de la Colline des Cheng ? Et même, plus près de nous, la brigade de production du village des Liu, nos voisins de l'est, a réduit en poussière le temple qui servait de QG à la brigade, les statues idolâtrées dans chaque foyer ont été rassemblées au carrefour pour être brûlées ; la brigade de production de Xiaotou'r, à deux kilomètres à l'ouest d'ici, a collé des dazibaos sur les portes et les fenêtres de la maison du secrétaire de cellule, sur les jarres, les armoires, les pots de farine, ils ont mis à terre la statue de lion sur le toit de la maison du chef du village, ils ont brûlé les livres de comptes de la brigade ; au sud, la brigade de production de Datou'r a confisqué l'autorité et les sceaux officiels du comité local du Parti ; au nord, dans la brigade de production de Zhangjiaying, ils ont arraché les vêtements du chef du village et de sa jeune femme, ex-concubine d'un propriétaire terrien, et ils les ont fait parader à poil dans les rues, attachés à une corde. Mais qu'a fait la brigade de production de la Colline des Cheng ? Les jeunes révolutionnaires des autres brigades de production sont arrivés à la mairie du bourg de la Colline des Cheng et ont commencé à saisir les sceaux et à briser les tables, bien qu'ils n'aient pas encore arrêté le maire, ils ont quand même fait entrer les flots de la révolution dans la cour de la mairie. Mais qu'a fait notre brigade de production ? Serait-ce que nous sommes des lâches cachés dans les rangs révolutionnaires ? Ne sommes-nous pas la génération révolutionnaire éveillée qui est née dans l'ancienne société et a grandi sous le drapeau rouge ? N'êtes-vous pas nés sous le drapeau rouge, n'avez-vous pas grandi dans la nouvelle société ? Est-il possible que, pendant que nous voyons le feu ardent de la révolution brûler tout autour de nous, il n'y ait qu'au bourg de la Colline des Cheng que les jours sans soleil continuent à s'écouler ? Serait-ce que notre bourg est une véritable plaque de métal à travers laquelle pas une goutte ne filtre, pas une aiguille ne pénètre ? Est-il possible que nous regardions les yeux grands ouverts la classe bourgeoise lancer follement ses attaques sur notre bourg, et que nous restions assis sans rien faire ? Allons-nous assister à la lente restauration du féodalisme chez nous et faire comme si nous ne voyions rien ? »

Je dis : « Soleil rouge levé sur la mer d'orient, qui pose sur le monde ses rayons éclatants ; sur les rudes chemins, unis, nous crions notre joie, impatients que notre bourg de la Colline des Cheng entre dans la nouvelle ère de la pensée de Mao Tsé-toung. Dans le ciel scintille l'étoile du nord, la montagne du Buffle couché se découpe à l'horizon, le Président Mao se tient debout au sommet, dans nos cœurs nous portons de grands projets. »

Je dis : « ♫ ~ *Sous la conduite du timonier le bateau prend la mer, sous le soleil croît toute la création. La pluie et la rosée nourrissent les champs, sous la pensée de Mao Tsé-toung nous faisons la révolution !* ~ ♫ Camarades, frères d'armes, chantons ce chant magnifique pendant que nous nous mettons en branle, face aux roses nuages de l'aube qui emplissent le ciel, allons écraser l'obscurité de notre bourg de la Colline des Cheng, pour accueillir les premiers rayons de soleil sur le chemin de notre grande révolution. *La fleur du prunus aime le ciel de neige, pas étonnant que le gel fasse crever les mouches*. Nous avons pour arme la grandiose, l'invincible, l'inarrêtable pensée de Mao Tsé-toung, nous avons le soutien indéfectible de sept cents millions de Chinois, nous avons l'exemple de la jeunesse révolutionnaire des brigades de production de nos frères. *Voyez au-delà, en deçà de la Grande Muraille*, des poings rugissants se dressent en une forêt ; *Regardez du nord au sud du Grand Fleuve*, le torrent de la révolution forme une mer, un océan. Au milieu de ces grondements, sur ces flots déchaînés, tous levons le poing, faisons un pas en avant, ouvrons la nouvelle ère révolutionnaire de la Colline des Cheng, ouvrons la nouvelle voie ! »

Je dis : « Frères d'armes, camarades, compagnons ! La première chose que nous commencerons par faire, demain matin avant l'aube, c'est d'aller réduire en poussière le portique des deux Cheng, symbole de la pensée et de la puissance de la classe réactionnaire de la Colline des Cheng. Aujourd'hui, l'éclat victorieux de la Révolution Culturelle illumine la vaste terre de notre magnifique mère patrie. Cependant chez nous, l'endroit qui reçoit chaque jour en premier les rayons du soleil, c'est ce monument érigé par la féodalité, de sorte que les voitures et les piétons qui passent par là voient d'abord, non pas ces deux mots : *Vive Mao !* mais ces caractères écrits de la main d'un empereur féodal : *Lieu natal des deux Cheng* et *Edit impérial.* Et ces mots encore couverts de poudre d'or resplendissent de tous leurs feux. De quoi est-ce le symbole ? C'est le symbole que de nos jours, le féodalisme ose encore faire ici la démonstration de sa force devant le socialisme, qu'il ose nous lancer une déclaration de guerre. »

Je dis : « Frères d'armes, camarades : *ENCORE DU COURAGE, POURCHASSONS L'ENNEMI, ON NE PEUT SE FAIRE UN NOM EN IMITANT LE TYRAN DE CHU.* Unissons-nous, rallions-nous, vainquons le mal de la corruption, capturons les dragons noirs, chassons les tigres et les léopards, pourchassons l'ennemi. Détruisons le portique, anéantissons le secrétariat de la cellule du Parti, reprenons le pouvoir de la brigade de production de la Colline des Cheng ! »

Je dis : « Quand nous aurons repris le pouvoir, nous redistribuerons les postes de cadres selon les capacités et le comportement révolutionnaire de chacun, nous renouvellerons la composition du comité du village, celui qui pourra être maire sera maire, celui qui pourra être chef de la brigade de production sera chef de la brigade de production, celui qui pourra être commandant de la milice populaire sera commandant de la milice populaire ; de la comptabilité de la brigade de production aux meneurs des petites équipes, des employés à la distribution de l'eau pour l'irrigation aux contrôleurs des points-travail de chaque équipe de production, nous renouvellerons tout sans exception. Il faut que le pouvoir politique dans son ensemble revienne aux mains des révolutionnaires. Qu'il s'agisse des gardes champêtres chargés de surveiller les récoltes dans les champs ou des gardes forestiers dans la montagne, tous ceux qui prendront une charge devront être des révolutionnaires ou des proches des révolutionnaires. Quand nous aurons réussi la révolution dans la Colline des Cheng, quand nous aurons consolidé le pouvoir, quand nous aurons acquis et accumulé de l'expérience révolutionnaire, pour la deuxième étape de notre plan il nous faudra *ENCORE DU COURAGE, POURCHASSER L'ENNEMI*, et profitant de l'élan de la victoire, nous emparer de l'autorité qui gouverne le bourg de la Colline des Cheng. Le gouvernement du bourg se trouve justement ici, nous n'allons sûrement pas laisser les jeunesses révolutionnaires des autres brigades de production prendre les devants et s'emparer du sceau du gouvernement local. Nous n'allons pas nous laisser diriger par les jeunes des brigades de production du village des Liu, de Datou'r ou Xiaotou'r. Efforçons-nous de nous éduquer nous-mêmes pour devenir des cadres nationaux, faire de nous les héritiers rouges de la révolution, afin d'administrer et de diriger le pouvoir exécutif, les masses et les membres de la commune populaire des dix-sept brigades de production, et tout ça. »

Je dis : « Camarades, frères d'armes, compagnons ! La révolution exige que nous souffrions, elle exige des sacrifices, elle exige que nous abandonnions nos privilèges individuels, nos privilèges familiaux, elle exige à jamais la critique du révisionnisme et la lutte contre l'individualisme, d'ériger droit le mot *public*, combattre dur le mot *privé*, mais la révolution considérera de façon adéquate les intérêts familiaux et individuels de chacun. »

Je dis : « A partir de ce soir, pour ceux qui participeront à l'action révolutionnaire régulière, une demi-journée comptera pour une journée de travail, et ce soir je donne à tous dix points-travail ; ceux qui participeront aux activités révolutionnaires exceptionnelles, comme par exemple demain la destruction du portique, recevront chacun vingt points-travail ; ceux qui amèneront pioches, marteaux, outils à pointe de fer recevront deux points par outil, ceux qui amèneront houes, pelles, simples outils recevront un point par outil. Ces points-travail, c'est moi Gao Tsé-toung qui les inscrirai dans un carnet, et dans deux ou trois jours, quand nous aurons remplacé l'organisation de la brigade de production, j'en informerai immédiatement chaque équipe de production pour qu'elle reporte ces points sur son registre. »

Je dis : « Frères d'armes, camarades, notre grande réunion de mobilisation révolutionnaire de la brigade de production de la Colline des Cheng est finie pour aujourd'hui, forgeons-nous rapidement en rouges héritiers de la cause révolutionnaire du prolétariat, trempons-nous dans l'acier de la tempête de la lutte des classes ! »

Je dis : « De retour dans nos familles après la réunion, il est important que tous nous redoublions de vigilance, il ne faut divulguer à personne l'objet de notre réunion et notre plan d'action. Il est important que demain à l'aube, personne ne soit en train de dormir, pendant que vous dormez la révolution doit aussi accompagner vos pensées, à six heures tapantes tout le monde devra être réuni à l'entrée du village pour entendre mes directives. »

Je dis : « Allez, marchez à pas légers dans la rue, ne vous chuchotez pas à l'oreille, pas de *pchhh-pchh-pchhh,* évitez d'attirer l'attention de l'ennemi de classe sur notre action. »

Lors de cette grande réunion de mobilisation, de la même façon que lors des réunions d'étude et de partage d'expérience dans ma compagnie, mêlant dialecte local et intonations de la langue nationale en usage à l'armée, je parlai d'une traite avec passion et enthousiasme pendant une demi-heure, comme si j'avais appris mon texte par cœur. Je m'étais préparé pendant trois jours en lisant les journaux et en potassant, je déployai ainsi durant cette demi-heure des trésors de détails en un discours fleuve, intarissable, intarissable. Je me savais éloquent, mais je ne me savais pas aussi éloquent. Du temps où j'étais soldat, l'instructeur politique de l'APL m'avait dit que j'avais les capacités pour être instructeur politique de l'APL, et l'instructeur politique du bataillon m'avait dit que j'avais les capacités pour être instructeur politique de bataillon, mais le commissaire politique du régiment n'avait pas dit que j'avais les capacités pour être commissaire politique. Avec ce discours-ci, j'avais stupéfié tous les jeunes de la brigade de production, je leur avais donné un avant-goût de mon talent et de mes capacités, ils avaient eu l'impression que j'étais pareil au Président Mao en route pour Anyuan, et qu'eux étaient des révolutionnaires envoyés au bourg de la Colline des Cheng par un supérieur extraordinaire. Ils avaient toujours entendu mon beau-père grogner et crier toute la journée dans le haut-parleur son gros patois infâme, vulgaire et décourageant, mais ce soir-là, ils m'avaient entendu parler, c'était comme si le gros grain du lœss qu'ils avaient mâché toute leur vie s'était tout à coup changé en un sirop de riz, frais et exaltant, qui gonfle le cœur.

Question : « Tsé-toung, tu parles vraiment bien, tu as appris où ? »

Je dis : « Je lis sans cesse des livres et des journaux, puis je mets en pratique dans le feu de la vie. »

Question : « Tu oseras vraiment prendre le pouvoir à ton beau-père ? »

Je dis : « Ce n'est pas moi qui vais m'emparer de son pouvoir, c'est la révolution qui va s'emparer de son pouvoir. »

Quelqu'un : « Jusqu'à présent, ton beau-père n'a jamais accordé à ma famille une parcelle de terrain constructible, quand tu auras pris le pouvoir, il faudra d'abord que tu règles cette question pour moi. »

Je dis : « Chaque coin de terre doit être pris en charge par les prolétaires, la distribution des parcelles ira d'abord aux révolutionnaires. »

Quelqu'un : « J'en suis un, moi, de révolutionnaire. Tsé-toung, tu peux m'envoyer mourir pour la révolution, pas de problème. »

Question : « Ça rapportera vraiment des points-travail de participer à la révolution ? »

Je dis : « Le révolutionnaire doit endurer des souffrances pour la révolution, mais ce ne sera jamais en vain. Les points-travail, les rations de céréales, les parcelles de terrain, une fois que nous aurons pris le pouvoir, tout cela sera-t-il encore un problème ? »

Quelqu'un : « Ben alors, note les noms maintenant ! »

Réponse : « Ne t'inquiète pas. Je n'oublierai pas un seul de vous trente. »

Quelqu'un : « Tsé-toung, tu parles bien, tu devrais nous organiser des séances d'études et de lecture de journaux, et ça nous rapporterait des points-travail. »

Réponse : « Bien sûr je le ferai, nous lirons les journaux, nous apprendrons par cœur les citations du Président Mao, nous lirons ses ouvrages de la première à la dernière page. La révolution exige de vous des sacrifices, mais la révolution ne vous sacrifiera pas. Mais si vous faites passer les rations et les points-travail avant la révolution, prenez garde qu'elle ne finisse pas par vous révolutionner dessus. »

Sur ce, ils se dispersèrent.

La lune avait escaladé la colline derrière le temple des Cheng, elle avait tourné en silence jusqu'à l'entrée du village, vaste éclat liquide et bleuté, dont le spectacle brillant s'étendait à l'infini. Un calme absolu régnait sur les rues, pas le moindre mouvement. Le bruit des pas de ceux qui s'en allaient, comme des éclats de pierre glissant à la surface de l'eau, d'abord proches, s'éloigna, puis lentement s'éteignit dans le grincement des portes qu'on ouvre et qu'on referme.

Je raccompagnai au portail les derniers jeunes qui me pressaient de questions, je les regardai pénétrer dans la ruelle puis disparaître dans l'ombre des arbres, derrière les murs, je contemplai autour de moi la paix de la lune sur le bourg de la Colline des Cheng, plongé dans cette espèce de joie de la victoire prochaine de la révolution déjà commencée, mon cœur ne put s'empêcher de battre en sonnant *ding-dong ;* en cet instant, j'aurais tant voulu, comme le héros d'un film qui se tient debout sur le quai devant la mer où la tempête est imminente, que mes cheveux flottent au vent, que mes vêtements soient soulevés par le vent, dommage il n'y avait pas de vent, seulement un léger froid qui emplissait délicatement la nuit. Quelle apothéose s'il y avait eu du vent et la mer ! Quelle apothéose si je m'étais tenu debout devant la mer avec les cheveux longs ! A regret, je tâtai mon crâne ras en me demandant si je ne devrais pas me laisser pousser les cheveux pour la révolution, mais à ce moment-là, tandis que je me retournais pour rentrer à la maison, quelqu'un émergea brusquement d'un coin d'ombre de la cour.

La tempête était bel et bien sur le point d'arriver.

Elle arriva tel le tonnerre qui abasourdit le ciel.

Je dis : « Qui c'est ? »

Sans un mot, elle continua à avancer vers moi.

Je répétai : « Qui c'est ? »

Elle arriva devant moi.

Je dis : « Pourquoi tu n'arrives que maintenant ? La réunion est finie. »

Elle se jeta soudain sur moi, le corps tout tremblant, elle passa les mains autour de mon cou, ses lèvres glacées et ardentes pressées contre les miennes me firent rentrer dans la bouche mes questions et mes plaintes, ainsi qu'on ferme une porte. J'ignorais ce qui s'était passé, je ne savais pas pourquoi subitement une irrépressible excitation l'avait gagnée pour être ainsi d'une audace sans pareille, d'un héroïsme sans rival. Des bruits de pas venaient de la rue, moitié en l'étreignant, moitié en la traînant, je l'emmenai du milieu de la chaussée jusque dans l'ombre noire devant le portail de chez moi, puis la repoussant un peu loin de moi, je lui demandai : « Pourquoi tu n'as pas pu te joindre à la réunion ? » J'ajoutai : « Mais c'était la Conférence de Zunyi, la Conférence de Gutian, la première réunion du Parti communiste chinois sur un bateau à Shanghai, pour notre Colline des Cheng ! » A la faveur du clair de lune, elle regarda mon visage, de ses deux mains elle prit ma main qui l'avait repoussée : « Comment sais-tu que je ne suis pas venue ? C'était notre première réunion de mobilisation révolutionnaire, pouvais-je ne pas venir ? » Elle dit : « Je craignais qu'un hasard malheureux n'interrompe la réunion en plein milieu, après le repas sous prétexte qu'il faisait chaud, je suis allée au temple porter un éventail à mon beau père, j'ai vu qu'il était tranquille là-bas, puis je suis allé chez ton beau-père pour lui porter la boîte de médicaments qu'il avait oubliée le jour où il avait amené ce médecin me faire une séance d'acupuncture, je l'ai entendu qui racontait à sa famille l'épisode des *Trois Royaumes* qui s'appelle "Les sept captures de Meng Huo", alors je suis repartie. J'ai fait un tour devant la maison de l'adjoint du secrétaire de cellule et celle du chef de la brigade de production, j'ai fait un tour à l'entrée du village où les membres de la commune populaire s'entassent pour prendre le frais, tout était comme d'habitude, alors je suis allée me poster là devant le portail et j'ai surveillé la rue tout en écoutant ton discours. »

Elle dit : « Tu n'as pas peur que notre action s'ébruite ? »

Je la contemplai sans mot dire, nous étions comme deux révolutionnaires pleins d'amour et de respect l'un envers l'autre, amoureux depuis longtemps, privés de se voir, et qui s'étaient pourtant rencontrés par hasard sur un chemin désert par une nuit de lune. Je la serrai contre moi. Je ne pouvais pas ne pas la serrer contre moi. Je ne m'y attendais pas, elle était non seulement une jeune femme de la ville à la beauté ardente, animée d'un feu passionné, mais aussi une révolutionnaire rurale, dégourdie, éveillée, expérimentée, clairvoyante. Posant une main sur sa hanche, je passai mon autre main dans ses cheveux, le regard attentivement fixé sur elle, enfin je l'embrassai impétueusement sur le front, les sourcils, les yeux, le nez, les lèvres, mais au moment où ma bouche à nouveau se pressait et happait ses lobes d'oreilles, elle renouvela sa question ferme et inflexible :

« Tu n'as pas peur que notre action s'ébruite ? »

Je dis : « Non. Parce que ce à quoi je n'ai pas réfléchi, toi tu y as déjà réfléchi. »

Voyez ? Ah là là, comme je suis éloquent ! Mes paroles firent fondre son cœur.

Elle dit : « Tsé-toung, tu parles tellement bien, c'est un don révolutionnaire inné. Si tu étais revenu un an plus tôt, la révolution de notre brigade de production de la Colline des Cheng serait déjà accomplie. »

Je dis : « *Ne dites plus : cette passe est d'acier, car*

AUJOURD'HUI NOUS FRANCHISSONS LE DÉFILÉ. Nous allons mettre les bouchées doubles, les roues de la révolution de la Colline des Cheng tourneront nuit et jour, elle avancera à toute vitesse. Dans deux ou trois jours, quand la révolution de la brigade de production de la Colline des Cheng sera finie, la situation stable, nous révolutionnerons aussi le gouvernement local, et à ce moment-là je serai secrétaire du comité municipal du Parti et tu seras maire. »

Elle dit : « Oh, mon Dieu… et dire que je ne suis pas encore membre du Parti. »

Je dis : « Ta personne n'est pas inscrite au Parti, mais ton cœur est déjà au Parti. La première chose à faire après avoir renversé mon beau-père, ce sera de développer le secrétariat de cellule et que tu entres au Parti. »

Elle était tout émue par mes paroles, touchée au cœur par le cadeau révolutionnaire que je lui offrais, tel un affamé qui reçoit une blanche brioche à la vapeur, elle contemplait, muette et perdue, ce cadeau dont l'amour était haut comme le mont Tai. Une paix extraordinaire régnait dans le bourg, l'éclat de la lune ruisselait sur elle à mi-corps comme une eau mouillant le sable. Son visage était masqué par l'ombre du cadre du portail, en cet instant je ne voyais pas s'il était rose pâle ou enflammé d'écarlate, j'entendais seulement son cœur battre comme une horloge, sa respiration avait la lourdeur et l'épaisseur d'une poutre. Inutile de dire que la révolution avait ouvert un nouveau canal à notre amour, par lequel des flots d'émotions s'engouffraient à toute vitesse. Elle dit : « Tsé-toung, mon cœur défaille. » Puis elle prit ma main pour la poser sur sa poitrine. Et elle s'écrasa mollement entre mes bras. Et elle laissa mes mains se promener sur son corps comme un poisson retrouvant l'eau.

Peut-être n'étais-je pas encore un homme avec de grands sentiments. Peut-être n'étais-je pas encore à ce moment-là un révolutionnaire pur à cent pour cent. Peut-être vérifiais-je la maxime : « La révolution et le révolutionnaire vont ensemble, tout ce que fait le révolutionnaire ne peut pas ne pas être pour la révolution », ma main sans vergogne, pressante, glissa tel un serpent vers ses parties intimes, région cachée et toute trempée de son corps, comme si une grosse pluie venait de mouiller cet endroit. Ma main se reposa sur l'herbe à la lisière de la forêt. Je me rappelai la dernière fois dans les faubourgs où la précipitation m'avait empêché de l'examiner et l'admirer tout entière. J'étais certain qu'elle était différente de Guizhi des pieds à la tête. Tout était chez elle d'une beauté ensorcelante, un parfum enivrant s'exhalait de chaque recoin de son corps, de ses cheveux, de sa peau, de l'arête de son nez, des coins de sa bouche, de sa poitrine et du sillon des seins, et la constriction de la ceinture avait laissé tout autour de son ventre des marques en peau de serpent. J'aurais voulu regarder en détail cette part cachée, m'en repaître, jusqu'à satiété, avant l'apothéose finale. Mais je savais que dans la nuit noire je ne pouvais pas l'examiner et l'admirer aussi précisément que dans les faubourgs. Je pouvais seulement la goûter lentement de la main, sur son herbe, à sa lisière, c'était comme si, après m'être déchaussé, j'étais entré dans une eau peu profonde parmi les herbes aquatiques pour y cueillir des fleurs, caresser des poissons, et non seulement pour cueillir ces fleurs mais aussi jouir de cette eau au pied des herbes, je m'y voyais marcher le dos courbé, tout en remontant les jambes de mon pantalon, progresser prudemment, un pas léger après l'autre, je voyais mes pieds nus se poser dans la boue entre les herbes vertes et s'enfoncer lentement, un peu comme une loche effarouchée s'enfonce dans la vase. Evidemment, dans ces eaux peu profondes, mieux valait avancer lentement que courir, sauter, bondir pour pénétrer brusquement dans les profondeurs. Pénétrer brusquement dans les profondeurs, c'eût été manquer le paysage en chemin, ne pas voir les petits poissons s'ébattre dans les plantes aquatiques, ne pas voir les ronds de lumière du soleil goutter entre les herbes et les feuilles des arbres ct, après avoir brillé à la surface de l'eau, pareils à de rondes pièces d'or, tomber au fond sur la vase lisse, scintillant de leur éclat doré, illuminant sous l'eau les hampes des herbes, les tiges des fleurs, les racines des arbres, les trous de poissons, les nids de serpents. Je n'avais jamais oublié, recréé dans mon imagination précise, le spectacle de son corps nu sous le soleil dans les faubourgs. Entre ses cuisses mouillées, ma main paraissait se mouvoir, mais s'arrêtait, paraissait s'arrêter, mais se mouvait. De ma main, je savourais le goût de cette herbe aquatique sous la lune, c'était comme si, cherchant à dénombrer les brins d'herbe et les fraîches fleurs dans cette vaste étendue d'eau, je triais, cueillais ensuite entre mon index et mon majeur humides. La lune continuait à tourner vers le sud-est, quand son ombre passa sur nous, un bruit léger comme le flottement d'une soie résonna.

Je dis : « Rouge Mei, tu ne vas pas me traiter de petite frappe ? »

Elle dit : « Tsé-toung, c'est parce que tu m'aimes que tu fais ça. »

Mon cœur fondit à ces paroles, comme dissous dans l'eau chaude, je me sentis pousser des ailes. Mais à ce moment-là, des bruits de pas nous parvinrent de la rue Cheng centrale, ainsi que des paroles bien distinctes. Moi et Rouge Mei reconnûmes Guizhi qui revenait de chez ses parents avec les enfants. Nous nous figeâmes tous deux dans un frisson.

Maudite Guizhi !

Je dis : « Allons au pied de la colline derrière le temple. »

Elle dit : « Soyons patients, demain matin nous allons détruire le portique, après ce succès révolutionnaire, nous irons sur les berges de la Treize Lis, il n'y a jamais personne là-bas. »

Ceci étant dit, elle se dégagea et partit dans la direction opposée à celle de Guizhi et des enfants, et comme dans un film où l'agent secret trompe la surveillance du gardien elle tourna dans la ruelle, me laissant là tout seul, tandis que les pas glacés de Guizhi fondaient sur moi.

Ah, maudite, maudite, maudite sois-tu Guizhi !

La bataille du portique

Bien sûr, je ne m'y attendais pas. Personne ne s'y attendait. Qui aurait pu s'y attendre ? Notre première défaite révolutionnaire dans le bourg de la Colline des Cheng.

Nous aurions dû nous y attendre, mais je ne m'y attendais pas.

Ce jour-là à l'aube, après que le coq eut chanté trois fois, je me levai discrètement, sans alerter personne, je pris la masse de trois kilos que j'avais préparée derrière la porte, je jetai un dernier coup d'œil à mes enfants et à Guizhi profondément endormis dans le lit, puis je sortis.

Notre point de rendez-vous était l'aire de battage du blé de la troisième équipe de production au nord du village. Au moment où j'arrivai, il y avait déjà cinq ou six jeunes au sang chaud qui attendaient, ils tenaient à la main des barres à mine, des marteaux, et des pelles et des houes. L'un d'eux demanda : « Les outils rapportent aussi des points-travail, vraiment ? » Je dis : « Ben c'est pas ce que j'ai dit hier ? » Rassuré, il partit. Ensuite, Cheng Qingping, Cheng Qingsun, Cheng Xianzhu, Cheng Xianfen, Cheng Qing'an, Cheng Xianqing, Tian Zhuangzhuang, Ren Jizhu, Zhang Xiaoshu, Shi Ergou arrivèrent les uns après les autres. Rouge Mei vint aussi, naturellement, un peu après moi. Je lui demandai de sortir le registre déjà prêt, à la lumière de la lampe torche, j'y consignai tous les noms, les outils et les points-travail, puis nous formâmes une colonne comme à l'armée, les grands devant les petits derrière, les garçons d'abord les filles après, le désordre parmi les rangs se dissipa grâce aux chants et aux slogans, l'est blanchissait quand, sous mon commandement, la colonne de trente-six personnes s'ébranla en direction du sud du village, de la rue Cheng de derrière vers la rue Cheng de devant.

Nous marchions à une cadence irrégulière, mais nos chants mirent bientôt de l'ordre et de la fermeté à cette confusion. De l'aire de battage jusque devant le temple des Cheng, *clac-clac-clac-clac* le bruit de nos pas crépitait comme les cosses mûres éclatent sur le sol en été, mais sous mon commandement, une deux, une deux, les pas commencèrent à se poser en rythme, et en suivant l'air « Sous la conduite du timonier, le bateau prend la mer » entonné par Rouge Mei qui était dans la colonne, ils se mirent parfaitement à l'unisson. C'étaient bien là des écoliers, des jeunes, des militaires démobilisés, le chant dissipa vite la torpeur du saut du lit, mit un terme aux bavardages intempestifs.

Rouge Mei cria à la colonne : « Ceux qui parlent au lieu de chanter, sortez du rang ! Vous n'avez pas peur qu'on vous retienne des points-travail, hein ? »

Tout le monde fut ensuite très calme.

Rouge Mei cria : « Allez, tout le monde chante ! Vous savez qu'aujourd'hui les points comptent double ? Si vous ne savez pas chanter, criez! »

Le chant retentit devant le temple des Cheng, sonore et clair, les voix de chacun éclataient à leur point le plus haut. Dans l'obscurité précédant le jour, notre colonne se dirigea vers l'est, vers le soleil rouge qui se levait au-dessus de la montagne, nous marchâmes hardiment de la rue Cheng de derrière à la rue Cheng centrale, puis de la rue Cheng centrale à la rue Cheng de devant. Nous fûmes négligents, grisés par la victoire annoncée de la révolution. Nous remarquâmes seulement plusieurs villageois qui, tirés de leurs rêves par le bruit, ouvraient un à un le portail de leur cour. L'un demanda en se frottant les yeux : « Vous faites quoi ? » Dans la colonne certains répondirent joyeusement : « La révolution ! » Un autre demanda : « C'est à cette heure-ci que vous faites la révolution ? » On répondit : « Nous aurons abattu le portique des deux Cheng avant l'aube ! » Les mains de celui qui avait posé la question s'arrêtèrent de frotter les yeux, son visage figé vira au bleu quand il comprit qu'à l'instar des autres villages, la Colline des Cheng allait connaître le basculement du ciel et de la terre, la révolution des éléments. Cependant, si nous voyions la stupéfaction des gens pétrifiés sur le seuil de leur maison, nous ne nous étions pas aperçus des portes plus nombreuses encore qui étaient ouvertes avant que nous quittions l'aire de battage, beaucoup s'étaient levés plus tôt que nous en cette fin de nuit, et même, nous ne nous étions pas aperçus que les deux battants de laque rouge du temple des Cheng, qui d'habitude n'ouvraient qu'au lever du jour, n'avaient nullement été fermés cette nuit-là.

Au moment où nous prenions la direction ouest sur la rue Cheng de devant, l'horizon était parfaitement clair à l'est, un soleil de sang avait bondi sans que l'on s'en aperçoive au sommet de la montagne et éclairait la vaste terre, les monts et les rivières. Eclairait les villages et les hameaux, les gorges et les ravins. La flaque de lumière faisait reluire le portique commémoratif. Et sous ce haut portique, nous vîmes alors une masse sombre de gens, une centaine au bas mot, comme s'il y avait là un membre de chaque foyer, de chaque famille. Ils tenaient dans leurs mains des palanches, des fourches, des haches, des hachoirs, des faux, des bâtons, avec la claire intention d'en découdre avec nous. Avec la claire intention de se faire les ennemis de nous autres les révolutionnaires. Plus important encore, parmi cette centaine de personnes il n'y avait pas un jeune, c'étaient pour la plupart des vieux du village durs à la tâche et des vieillards d'un âge avancé. Les barbes blanches, sous le soleil, semblaient des boules de feu. Ils étaient les papas et papis de ceux qui étaient dans la colonne, il y avait aussi quelques femmes, c'étaient les mères de ceux qui n'avaient pas de père. Je ne m'attendais pas à ce qu'il y eût autant de monde, je ne m'attendais pas non plus à ce que mon beau-père, Cheng Tianqing, soit là, en première ligne, au pied du portique sur la pierre où l'on descendait et remontait à cheval, les mains sur les hanches, il grommelait tout en fixant des yeux notre colonne, notre marche et notre chant, il la fixait si bien que nos voix et le bruit de nos pas commencèrent à s'égailler çà et là.

Dans le point de mire de son regard, la colonne s'arrêta. Il avait anéanti nos voix et notre marche. Tous se pressèrent en boule les uns contre les autres dans un silence de mort. Ils tournèrent vers moi de grands yeux. Je vis que Rouge Mei était quelque peu décontenancée, des gouttes de sueur s'étaient accumulées sur son front et brillaient comme des perles sous le soleil.

Grave, digne, inflexible, je m'avançai devant la colonne et, mains sur les hanches, face à mon beau-père, je criai :

« Le Président Mao nous a enseigné : DEVANT NOUS IL Y A DEUX TYPES DE CONTRADICTIONS SOCIALES, D'UNE PART LA CONTRADICTION ENTRE NOUS ET NOS ENNEMIS, D'AUTRE PART LA CONTRADICTION À L'INTÉRIEUR DU PEUPLE. CE SONT DES CONTRADICTIONS DE NATURE COMPLÈTEMENT DIFFÉRENTE. QUI SONT NOS ENNEMIS ? QUI SONT NOS AMIS ? C'EST UNE QUESTION DE PREMIÈRE IMPORTANCE POUR LA RÉVOLUTION. Cheng Tianqing.... » Je m'avançai, posté sur mes jambes, il y avait encore dix pas entre mon beau-père et moi, d'une voix encore plus forte je lui lançai : « ... Cheng Tianqing, aujourd'hui la jeunesse révolutionnaire de la brigade de production de la Colline des Cheng est venue abattre le vestige du féodalisme qu'est ce portique, tu as amené ici une foule ignorante pour nous faire obstacle... Maintenant, je ne te demande qu'une chose : es-tu vraiment un membre du Parti communiste ou le représentant de la classe féodale ? »

Ma voix était un rugissement grandiose et sublime. Je vis que ma question, dure comme fer, atteignait comme une bombe Chen Tianqing. Debout là-bas sur le montoir au pied du portique, il voulait dire quelque chose mais, à court d'arguments, il ne put rien articuler, son visage suffoqué était vert et violet.

Je rugis : « Chen Tianqing, réponds à ma question : es-tu en réalité un ennemi, ou bien un membre du Parti communiste chinois ? Considères-tu les révolutionnaires comme tes ennemis, ou bien considères-tu la classe féodale comme ton ennemie ? Tes actes et ton comportement aujourd'hui vont à l'encontre des principes du Parti, si tu ne t'arrêtes pas à temps, si tu ne te repens pas, tu te tires une balle dans le pied. Comme l'a démontré le Président Mao : SI TU TRAITES TES CAMARADES EN ENNEMIS, ALORS TU OCCUPES LA PLACE DE L'ENNEMI. Si tu persistes à te mettre à la place de l'ennemi, ne blâme pas ton beau-fils de renier sa famille ! »

Son visage vert et violet, *clac-clac*, devint jaune de cire.

Je rugis : « Si tu ne me réponds pas, renvoie cette foule abusée. »

Il ne demanda pas à la foule de partir. Il tourna vigoureusement la tête vers elle et gesticula vigoureusement dans notre direction, en donnant un ordre des plus singuliers. Je croyais que tous ces membres de la commune populaire armés de palanches, de hachoirs et de bâtons allaient se ruer sur nous pour nous tuer, jamais je n'aurais cru que, sur un mouvement de tête, il leur demande de déposer hachoirs, bâtons et palanches. Tous se mirent de part et d'autre du portique, et de cette foule sortirent des vieux et des vieilles de soixante, soixante-dix, quatre-vingts ans : c'était le grand-père de Cheng Xianzhu, le grand-père de Cheng Xianqing, le grand-père de Cheng Qingping et la grand-mère de Tian Zhuangzhuang. Il y avait aussi la grand-mère maternelle de Cheng Qing'an qui s'habillait et mangeait toujours comme une jeune fille. Ils étaient désarmés, mais leurs visages restaient impassibles, ils ne laissaient transparaître nulle peur, nulle timidité devant la ferveur révolutionnaire de leurs petits-fils et petites-filles. Leurs cheveux blancs flottant dans le soleil et les rides creusant leurs visages chenus furent pourtant leur arme la plus puissante. Ils s'avancèrent en vacillant depuis le portique, tout en appelant avec des larmes dans la voix leurs petits-enfants par leur prénom :

« Xianqing… rentre à la maison avec papi, ce n'est pas la révolution que tu fais là, c'est donner un coup de marteau sur la tête de tes ancêtres. »

« Qingping… c'est papi qui te le demande, rentre à la maison, va, même si nous sommes pauvres, ce n'est pas une raison pour gagner des points-travail en cassant le portique des ancêtres. »

« Qingju, Qinghua, allez, on rentre avec mamie, si vous voulez casser le portique, vous devrez d'abord enterrer votre mamie dessous. »

Dans l'instant qui suivit les appels pleurnichards de cette bande de vieux, tous les papas et les mamans affluèrent et appelèrent leurs gamins par leur prénom, en leur disant les mêmes paroles que les anciens, et en un clin d'œil la colonne révolutionnaire se disloqua. Ils prirent des mains de leur progéniture les masses, les barres à mine et les pelles. En un instant, ce fut le tumulte sous le portique, des cris s'élevaient de toutes parts, les rayons du soleil, après s'être brisés sur le flot humain, retombèrent un à un sur le sol, les postillons des pleurs et des cris volaient un peu partout dans les airs, sur la route se superposèrent les empreintes jaunes des camarades s'en retournant chez eux et la nappe des voix qui discutaient, d'innombrables bâtons et cordes furent jetés sur le côté.

La colonne disparut comme neige au soleil.

Fraîche fleur éclose au printemps se flétrissant dans l'air froid.

La première bataille révolutionnaire ainsi avorta.

Sur le bord de la route, Rouge Mei, les mains en porte-voix, cria fort : « Camarades, frères d'armes ! Nous ne pouvons pas partir, tout le monde doit rester ! Les liens familiaux ne sont pas notre ennemi, mais ne soyons pas otages des liens familiaux ! Ce n'est pas l'ennemi de classe qui nous bat, ce sont papa et maman, et papi et mamie ! Quelle honte sur nous ! »

Du milieu de la route, je courus en toute hâte jusqu'au deuxième montoir de pierre en face de Chen Tianqing, et me hissant sur le pilier du portique à mi-hauteur d'homme, je criai plus fort que Rouge Mei :

« Frères d'armes, camarades ! RENFORCEZ LA DISCIPLINE, LA RÉVOLUTION VAINCRA…. Vous tous, vous devez renforcer la discipline ! Vous devez rester, tant que le but n'est pas atteint, jurons de nous battre jusqu'au bout ! Vous tous, vous devez ouvrir les yeux, vous devez voir que notre action d'aujourd'hui est en rapport avec la grande question de vie ou de mort où se joue le destin de notre Parti et de notre pays dans le bourg de la Colline des Cheng, elle est en rapport avec la grande question qui décidera de la première confrontation à mort entre la pensée du Président Mao et le révisionnisme, le capitalisme et le féodalisme, elle est en rapport avec la grande question de savoir si chacun *souffrira deux fois, souffrira le retour du capitalisme*. Pour cette raison, je vous demande à tous de ne pas partir, je vous demande de rester. Tenez jusqu'au bout, et ce sera la victoire ! »

Mes cris et ceux de Rouge Mei traversèrent l'espace sous le portique en flottant dans les airs, puis s'envolèrent aux quatre coins du monde. Au ciel, sur la terre, sur les routes, dans les champs de blé, les villages et les rues, et sur la chaîne des monts Balou qui s'étendait au loin, partout notre appel dégouttait de rouge, partout notre ferveur, notre fièvre s'envolaient cruellement. Déjà quelques-uns se dégageaient de l'étreinte de leurs parents pour rester, mais soudain le mari de Rouge Mei, Cheng Qingdong, sortit de la foule. Il vint la prendre dans ses bras pour l'emmener, de la même façon qu'on emmène les fous.

En se débattant, elle fit tomber les lunettes de son mari, déchira ses vêtements. Je la vis gronder de rage en me regardant, moitié désespérée, moitié appelant à l'aide. Je sautai au bas du pilier, je m'apprêtais à aller la secourir quand une gifle blanche comme neige, rouge comme sang, claqua sur ma joue gauche.

Ma mère apparut devant moi.

« Allez, ouste ! A la maison ! » Elle m'injuria : « Si tu oses encore faire du grabuge, je m'éclate la tête contre le portique ! »

…

Telle fut la proclamation de la défaite de la bataille du portique.

La première bataille révolutionnaire de la Colline des Cheng fut écrasée dans l'œuf par Cheng Tianqing, représentant de la classe bourgeoise féodale dans la brigade de production du bourg.

4

LE CIEL S'ASSOMBRIT

Pensées d'un révolutionnaire (2)

Je ne retrouvai pas Rouge Mei sur les berges de la Treize Lis. Nous avions convenu d'abattre le portique, puis de brûler les statues et les objets de superstition dans chaque foyer et chaque famille, et après le déjeuner, sur les berges de la rivière, nous aurions célébré la victoire par l'union de nos corps.

Cependant, la bataille du portique s'était soldée par une défaite.

La Révolution, encore immature, avait été étouffée dans le berceau par le féodalisme. *Le vent qui s'engouffre dans le pavillon annonce la pluie sur la montagne ; les sombres forces du mal menacent de prendre la cité.* Pendant que je traversais les rues du bourg pour aller sur les berges, les villageois me regardaient passer avec un drôle de regard, comme si j'étais vraiment possédé par un démon. Il y avait aussi les jeunes révolutionnaires qui m'avaient suivi le matin même, assis au seuil de leur porte avec un bol dans les mains, en me voyant, s'ils ne baissaient pas la tête pour manger, ils détournaient le visage. Je ne savais pas s'ils avaient honte de leur lâcheté et n'avaient pas le front de me regarder en face, ou bien si, à l'image de leurs parents et leurs grands-parents, ils s'étaient mis soudain à me mépriser et ne voulaient plus m'accorder un regard.

Ce devait être pour la première raison, pensais-je, parce que ce qui coulait en nous, c'était le sang de la jeunesse révolutionnaire, ce qui battait en nous, c'était la grandiose pulsation d'un immense projet révolutionnaire, un idéal réalisé.

La Treize Lis descend des profondeurs des monts Balou en longeant une vaste plaine sans obstacles, elle bifurque d'ouest en est et s'écoule sur une longueur de treize lis, d'où son nom, la Treize Lis. Elle est à environ un kilomètre et demi au sud du bourg de la Colline des Cheng, elle forme un banc de sable peu profond, avant de se jeter dans le Yi. Ce banc de sable, c'est ce que les gens du bourg appellent les berges de la Treize Lis. Ce jour-là, nul ne sut combien j'étais triste et découragé sur ces berges. J'y marchai seul et seul je m'y assis, ne voyant pas l'ombre de Rouge Mei, je me souvins de ce poème que vous devez connaître par cœur : *VOUS AVEZ PERDU LA FIÈRE YANG, J'AI PERDU LIU, YANG ET LIU SE SONT TOUT DROIT ENVOLÉES, POUR LE NEUVIÈME CIEL ENNEIGÉ. ON DEMANDA À WU GANG CE QU'IL Y AVAIT ICI, WU GANG LEUR PRÉSENTA DU VIN DE CANNELIER…*

Ensuite, je pleurai, les perles de mes larmes s'écrasèrent *ploc ploc ploc* sur les galets à mes pieds.

Les berges étaient désertes, les eaux coulaient en clapotant, les rayons du soleil de l'après-midi brillaient à la surface en écailles d'or et d'argent. Une digue de galets ronds comme des bols, de la taille d'un poing, s'inclinait au milieu de la rivière, faisait monter le niveau jusqu'à mi-genoux et de là orientait le flot d'azur vers le nord, le long du canal derrière le temple des Cheng, pour aller arroser, irriguer les champs, accomplir sa mission. Cependant, une bonne partie de cette eau intarissable passait par-dessus la digue, s'infiltrait entre les pierres et s'élançait vers le Yi dans le calme de ces vastes berges, en laissant derrière elle le mouvement d'une chute continuelle, limpide et claire. Ce bruit blanc de l'eau approfondissait, élargissait à l'infini le calme du paysage. Deux oiseaux aquatiques d'un blanc argenté montaient et descendaient au-dessus de la rivière, leurs plumes tombaient, tourbillonnaient, jetaient un éclat blanc et, *poc*, s'abattaient sur l'eau, s'en allaient au gré du courant. Il y avait aussi des petites carpes qui, s'échappant du bec des oiseaux, bondissaient et fendaient l'air comme des couteaux volants pour atterrir dans l'eau et disparaître aussitôt. Personne à part moi ; il n'y avait vraiment personne d'autre sur les berges. La première bataille de la révolution avait mal tourné, ah ! j'aurais tant voulu que Rouge Mei puisse venir ici comme convenu ! Elle était ma seule partenaire révolutionnaire et ma seule consolation, mon seul soutien et ma seule fidèle, elle était l'objet de mes pensées jour et nuit, elle était mon espérance, elle était mon sang, ma chair, mon âme, ma moelle.

J'allais et venais sur les berges en regardant sans cesse en direction du bourg de la Colline des Cheng. La révolution était en marche, j'attendais avec une impatience fébrile, en roulant d'interminables pensées, mais en ce triste moment seule l'eau de la rivière s'écoulait à flots. Quand je fus fatigué de marcher, que mes paupières furent gonflées, je déplaçai une pierre à un endroit surélevé du banc de sable pour m'asseoir.

Je ne sais pas combien de temps je restai là.

Assis sur cette pierre, sans m'en rendre compte je fis une chose un peu humiliante pour le prestige de la Révolution.

Je me branlai.

Ce n'est qu'après avoir fini de me branler que je m'éveillai lentement d'un brouillard, je me balançai à moi-même une gifle grosse de reproches, me lavai les mains, le corps, et relevant la tête je vis le soleil qui déjà s'inclinait à l'ouest, je n'avais plus qu'à m'en retourner au bourg.

Le lendemain, après avoir envoyé un gamin porter chez Rouge Mei un bout de papier *réunion à l'endroit convenu*, je retournai l'attendre sur les berges. Quand je vis qu'elle ne venait toujours pas, sans plus me poser de questions j'allai chez elle. C'était une maison avec une petite cour intérieure fermée, typique des villages du nord, pavée de briques cuites au four, calcinées, rougeâtres. Aux quatre coins du toit de tuiles, les poteaux d'angle et les poutres étaient faits d'un empilement de briques noires de la meilleure qualité, et le pourtour des portes et des fenêtres était incrusté de briques serrées les unes contre les autres. Quant aux autres poutres et au reste des murs, ils étaient en adobe mais on les avait enduits d'une argile mêlée de chaux pour leur donner un poli éclatant. Cette cour avait beau ne pas être aussi grande et majestueuse que celle du temple des Cheng, à une époque où le bourg n'était encore que maisons en terre et vieilles chaumières, elle manifestait clairement le statut et l'identité du maire. L'odeur de soufre des briques et des tuiles neuves emplissait la cour. Je fus pris de haine et de jalousie à l'encontre de l'ancien maire, haine et jalousie de Cheng Qingdong, haine et jalousie de cette maison. Je pensais que c'était moi qui aurais dû posséder cette maison, posséder cette cour, posséder Xia Rouge Mei. Cheng Qingdong se trouvait sous le rebord de la fenêtre de l'aile est de la maison, occupé à faire infuser un médicament traditionnel, il en versa une grande quantité dans une cassolette en terre cuite, continua à ajouter de l'eau, de la main il pressait légèrement les herbes qui flottaient à la surface. A côté de la fenêtre, il y avait un panier en bambou dont l'intérieur était à demi teinté de noir par la lie de la décoction. Je pénétrai dans cette cour de mes rêves, chassant d'abord de mes narines la jaune odeur des briques, je perçus, insérée dans cette odeur de soufre, l'effluve légèrement brun du médicament, je l'inspirai goulûment à plein nez, debout au milieu de la cour.

« Cheng Qingdong, où est Rouge Mei ? »

Se retournant, il me lança un regard en coin glacial.

« Rentrée dans sa famille. »

J'étais stupéfait.

« Quand est-elle partie ? »

Il détourna la tête pour poser le récipient sur le rebord de la fenêtre.

« Hier, après le déjeuner »

Mon cœur en panique, éperdu, sombra.

« Elle revient quand ? »

Il recouvrit la cassolette avec le papier qui enveloppait les herbes.

« Sais pas. »

J'aurais voulu tout à coup aller m'asseoir un moment dans la maison du maire, j'aurais voulu aller m'asseoir un moment sur le lit dans l'aile est où vivaient Rouge

Mei et Qingdong, pour imprimer dans mon œil chaque table, chaque tabouret, imprimer dans mon œil et emporter dans mon cœur le lit, les pieds du lit où elle dormait, la forme des draps, leur motif, leur couleur, la taille de l'oreiller, le tissu de la taie et peut-être les cheveux qu'elle y avait laissés, et son parfum. Mais je restai là debout dans la cour, Cheng Qingdong faisait comme s'il ne me voyait pas, il termina son infusion, du pied il écrasa la lie à l'intérieur du panier, pour la réduire d'une grosse moitié à une petite moitié du panier. Après avoir fini de l'écraser, il ramassa brin à brin ce qui était tombé sur le sol pour le remettre dans le panier. Je compris qu'il me battait froid. Je compris qu'il craignait le révolutionnaire. Ceux qui ne font pas la révolution ont toujours peur des révolutionnaires, ils s'opposent aux révolutionnaires. J'aperçus, posée contre le mur à côté de la fenêtre, une pelle à tête ronde. Il n'y avait pas de travailleurs dans la famille de l'ancien maire, ni lui ni son fils n'étaient des travailleurs, aucun d'eux n'appartenait à la classe des travailleurs prolétaires du bourg de la Colline des Cheng, pourtant elle était posée là, cette pelle, avec son bout pointu et sa palette concave, brillante comme une arme tranchante. Oh ! que j'aurais voulu fendre la tête de Cheng Qingdong avec cette pelle, comme on coupe une pastèque, *chac chac* et c'est fini. J'aurais vraiment voulu m'en emparer pour l'abattre sur la tête de Cheng Qingdong, mais au lieu de ça, je restai sur place en lui disant :

« Qingdong, il y a combien d'années qu'on ne s'était pas vus ? »

Sa main qui ramassait les débris resta suspendue en l'air.

« Tsé-toung, tu aurais dû rester à l'armée, tu es revenu pour quoi faire ? »

Je dis : « Mais la révolution ! C'est pour la révolution que je suis revenu. »

Il dit : « Y a-t-il assez de place dans le bourg pour un révolutionnaire tel que toi ? »

Je souris : « Là où il y a de la place pour Rouge Mei, il y en a une pour moi. »

Il ne comprit pas ce que je voulais dire, il me jeta un coup d'œil en coin et, baissant à nouveau la tête, il ramassa les débris du médicament.

Je dis : « Qui est malade ? »

Il dit : « Personne n'est malade. »

Je dis : « Alors pour qui tu fais cette infusion ? »

Il dit : « Pour moi. »

Je dis : « Qu'est-ce que t'as ? »

Il dit : « Rien, tout va bien. »

Je dis : « Si tout va bien, pourquoi tu prends un médicament ? »

Il dit : « Mais pour me tonifier un peu. »

Je ne demandai plus rien, j'aurais vraiment voulu m'asseoir, j'aurais vraiment voulu entrer dans cette maison pour m'asseoir, en scrutant les alentours, mon regard tomba sur une chaise en laque rouge dans l'entrée.

Je dis : « Qingdong, nous étions camarades de classe, tu ne m'invites même pas à entrer un moment après tant d'années. »

Il dit : « Allons, Tsé-toung, il n'y a pas de place chez moi pour un élément révolutionnaire tel que toi.

Le visage échauffé, je dis : « Vraiment, tu me chasses comme ça ? »

Le visage blême, il dit : « Je ne te chasse pas, je te prie. »

Mon regard se riva un instant à la pelle étincelante, et je quittai, résolu, cette cour emplie de l'odeur du soufre et du médicament.

En sortant de chez Rouge Mei j'étais déprimé, désespéré, comment avait-il pu ne pas me faire entrer asseoir un moment ? Comment avait-elle pu partir sans un au revoir ? Comment avait-elle pu aller se réfugier chez ses parents au premier revers de la révolution ? Comment notre rendez-vous d'amour avait-il pu lui sortir de la tête ?

Trois jours durant je restai allongé sur mon lit sans bouger à la maison.

La défaite de la première bataille révolutionnaire avait porté un coup fatal à mon âme. Elle avait fait sombrer ma volonté, et ma volonté m'avait quitté comme les rats quittent le navire. Mon moral était bas, incroyablement bas, je sentais l'obscurité sur l'avenir révolutionnaire, le futur incertain comme un frêle esquif abandonné sur la vaste mer à perte de vue. Et sur cette vaste mer, de hautes vagues se déchaînaient, sans île ni rivage. Mais au creux de la vague, un jour à l'heure du déjeuner, mon fiston Rouge Sheng, bondissant soudain du portail, arriva en courant à mon lit.

« Le père ! Le père ! Une lettre, une lettre. Une lettre pour toi… »

L'enveloppe était en papier kraft, au dos était imprimé *Vive la Grande Révolution Culturelle prolétarienne !* en caractères rouges de style Song, dessus on avait inscrit mon adresse, mon nom et dans le coin en bas à droite *Détails expéditeur à l'intérieur.* Vous savez ?

O enveloppe céleste ! O lettre venue du Ciel ! C'étaient les anges qui illuminaient d'un faisceau de lumière mon âme assombrie.

Tsé-toung :

Je te présente tout d'abord mes respects révolutionnaires dans la lutte. Pardonne-moi d'être partie sans dire au revoir, je t'expliquerai à mon retour. Je reviens le 26 au bourg de la Colline des Cheng. L'aube est devant nous, la révolution sortira des ténèbres à la lumière. Souhaitons à notre amitié révolutionnaire une éternelle jeunesse !

Rouge Mei, 22 mai

Ce fut vraiment un rayon de lumière séraphique qui illumina mon cœur sombre, non seulement elle rentrait au bourg le 26, revenait à mes côtés, mais surtout elle écrivait dans sa lettre : *Souhaitons à notre amitié révolutionnaire une éternelle jeunesse !* Et quelle était cette amitié révolutionnaire ? Eh bien, c'était l'amour entre Rouge Mei et moi, c'étaient nos caresses et nos regards mutuels, comme mari et femme, quand personne n'était là, c'était me laisser déboutonner ses vêtements de la même façon qu'on se promène dans un jardin public, c'était me laisser contempler en détail et caresser à mon gré son corps nu, ses cheveux, son front, l'arête de son nez, les coins de sa bouche, sa nuque, jusqu'à ses seins, son ventre, ses cuisses et une certaine partie très secrète. Elle accueillerait mes regards et mes mains aussi naturellement que j'accueillerais ses regards, ses caresses et ses exigences. C'est dans une telle amitié que nous puisâmes l'énergie de la lutte, discutâmes de la contre-offensive révolutionnaire, planifiâmes l'action révolutionnaire.

Je relus sa lettre trois fois.

A mon fiston qui me regardait lire, j'offris généreusement un *mao* pour qu'il aille s'acheter des bonbons à l'épicerie.

A midi, je demandai à Guizhi de me préparer un bol de nouilles, et pour le soir qu'elle me fasse cuire des galettes aux oignons.

Le soleil à l'orient illumine le monde, mon âme se dilate et l'esprit sur moi descend, au ciel je vois partout briller les nuées blondes, sur terre je vois l'amour du pays qui abonde, la route est large pour le socialisme, main dans la main toi et moi nous avançons. O nous avançons, avançons, ô nous avançons, avançons...

La grande explosion (1)

Le lendemain, je me levai de grand matin pour aller accueillir Rouge Mei.

Le moral excellent, soulevé par ma passion, je marchai d'un pas vif et allègre sur la route qui allait vers le sud, écrasant sous mon pied les herbes et les monticules de lœss au bord du chemin.

Sur la quarantaine de kilomètres séparant le chef-lieu du district du bourg de la Colline des Cheng, il y en a trente de route montagneuse, il faut compter une heure et demie en bus longue distance, deux heures s'il est plus lent. Selon une estimation raisonnable, après son petit-déjeuner, Rouge Mei prendrait le premier bus du service régulier et arriverait au bourg après le lever du soleil et quelques brouettes. Parvenu sur une butte à une dizaine de kilomètres, je m'arrêtai, la vue dégagée portait loin, de là je pouvais voir à plus de cinq kilomètres. Sur le bord de la route, les sophoras en cette saison étaient touffus et verdoyants, une mince couche de feuilles mortes précoces recouvrait le sol. Quelques fleurs qui n'étaient pas encore tombées se balançaient, éparses, au sommet des arbres, tels de petits flocons de neige restés au bout des branches. De part et d'autre de la route, les collines moutonnaient, ondulaient de loin en loin, les tiges d'orge arrivaient à mi-taille, certaines d'un bleu tirant sur le vert exhalaient de violentes senteurs humides, certaines jaunes et frêles laissaient voir entre la tige et l'épi la terre à nu, de sorte qu'une chaude odeur de terre d'un brun rougeâtre flottait un peu partout. En un mot, là-bas le ciel était haut et les nuages légers, à perte de vue le paysage, LA SITUATION ÉTAIT EXCELLENTE. La grand-route s'étendait mollement derrière moi et se déroulait mollement devant moi, tel un ruban de soie étincelant, elle passait à travers les monts Balou en flottant et disparaissait dans la montagne du Buffle couché. L'air paraissait lavé, les arbres de jaspe vert se découpaient sur le trait de khôl de l'horizon, parmi les champs bleu sombre ; bossellement de sommets et d'éminences qui faisaient le dos rond, telles des boulettes d'argile, là un sommet, ici une éminence ; tant que durerait l'amitié révolutionnaire, aucune montagne ne serait trop haute, aucun cours d'eau infranchissable.

J'attendis longtemps Rouge Mei sur cette butte. Il y avait là un aqueduc. Afin d'être plus haut pour voir au loin, je grimpai dessus, puis je m'assis au bout, c'était comme si je m'étais assis parmi les nuages du ciel, il me semblait qu'il me suffirait de tendre la main pour saisir ceux qui passaient au-dessus de moi. En cet instant, je pensai soudain au Président Mao debout sur les remparts de la Cité interdite devant la place Tiananmen, quand il agite la main avec sérénité devant une foule de centaines de millions de personnes, et alors, sans m'en rendre compte, je me levai au bout de l'aqueduc, face aux montagnes, j'agitai la main droite.

Je l'agitai, l'agitai encore, *le Grand Fleuve à l'est va où finissent les vagues* ; *POUR TROUVER L'HOMME QUI EN SERA DIGNE, IL FAUT REGARDER LE PRÉSENT.*

Je cessai d'agiter la main, jamais je n'avais senti en moi une telle vastitude, jamais je ne m'étais senti aussi heureux. C'était comme si un désert depuis longtemps à sec venait d'être arrosé par une pluie printanière, murmure d'un riant ruisseau, bourgeons sur les arbres, fleurs écloses, gazouillis d'oiseaux, papillons qui dansent. Si c'était pas la force de l'amour, qu'est-ce que c'était, hein ? Si ce n'était pas le grand amour, qu'est-ce que c'était, hein ? Seul l'amour révolutionnaire peut apporter la force révolutionnaire ; seul l'amour prolétarien peut élever le révolutionnaire dans le ciel d'azur. Quand j'eus des crampes à force d'agiter la main, les bras grands ouverts je fis l'avion sur l'aqueduc, ensuite, me déchirant la gorge, je chantai à pleine voix face au ciel et à la terre *Il y a un soleil d'or à Pékin, J'aime Tiananmen à Pékin, C'est le Parti communiste chinois la force motrice de notre cause, Nous sommes tous des tournesols*, et aussi *L'union fait la force, Coupons la tête aux monstres japonais*. Je vis mon chant, lent et rauque, danser au gré du vent tel un ruban doré, emplir le ciel de couleurs ; les strophes puissantes et retentissantes fouettaient l'air, comme claque un drapeau au vent, avec des mots brefs et rugissants qui fusaient et tonnaient dans le ciel comme des obus de Kortik. J'aperçus un paysan d'âge mûr qui menait son bœuf, la charrue appuyée à l'épaule, arrivé au bas de l'aqueduc, il mit la main en visière sur son front et m'observa attentivement un instant, quand il fut assuré que je n'étais pas un de ces suicidaires qui se jettent du haut des aqueducs, il fit repartir son bœuf et s'en alla dans la direction où j'étais venu. J'éprouvais de la gratitude pour ce paysan qui n'avait pas vu en moi un possédé, je pensai que, lorsque la révolution serait achevée, devenu maire, chef de district, gouverneur de province, tel l'empereur qui fit rechercher l'homme qui lui avait offert un jour un pain de maïs, je ne manquerais pas de lui faire construire une grande maison de trois pièces avec un toit en tuiles, ou alors je ferais en sorte que ses enfants aient un bon boulot. Je continuai à suivre du regard ce paysan menant son bœuf sur la grand-route, jusqu'à ce qu'il bifurque dans un sillon. Je retins qu'il avait d'abondants cheveux noirs, mais avec une touffe blanche au sommet du crâne. Tel serait l'unique indice à rechercher dans mes souvenirs révolutionnaires, le jour de la victoire. En face de ce paysan à la touffe blanche qui entrait dans le sillon, je levai en l'air mon poing droit serré et je le haranguai comme on harangue la foule :

« La Révolution vaincra ! Si je dis qu'elle vaincra, elle vaincra ! »

Je criai : « NOUS SOMMES DÉTERMINÉS ! PRÊTS AU SACRIFICE ! NOUS SURMONTERONS LES OBSTACLES ! NOUS ARRACHERONS LA VICTOIRE ! »

Je criai : « *Peu m'importe qu'on me coupe la tête, tant que la justice existe, vous avez tué Gao Tsé-toung, d'autres viendront après moi…* »

Au moment où j'allais poursuivre ma harangue, un bus longue distance apparut, il suivait un gros camion qui transportait du charbon, ils montaient lentement la pente. En hâte je sautai au bas de l'aqueduc, après avoir laissé passer le camion, je me plantai au beau milieu de la route pour stopper le bus.

Celui-ci freina brutalement devant moi, le chauffeur sortit la tête :

« Tu montes ? »

Je saisis la portière, passai ma tête par la vitre.

« Xia Rouge Mei est-elle là ? »

Le conducteur relâcha le frein pour repartir :

« Espèce de taré ! »

Je poursuivis le bus en criant :

« Rouge Mei… Rouge Mei… »

Plus tard, après un moment de calme, un deuxième bus arriva.

J'étais toujours en plein milieu de la chaussée.

Le chauffeur stoppa.

« Putain, t'as envie de mourir ? »

Je me jetai contre la vitre du bus :

« Est-ce que Xia Rouge Mei est là ? »

Le chauffeur répondit :

« Quelle putain de Rouge Mei ? »

Je courus après le bus en criant :

« C'est toi, putain ! Rouge Mei, c'est Rouge Mei ! »

Un troisième bus freina pile devant moi :

« C'est pas un arrêt ici, tu sais ? »

Je saisis la portière du conducteur.

« Chauffeur, est-ce que Xia Rouge Mei est montée dans ton bus ?

— C'est qui Xia Rouge Mei ?

— C'est ma petite sœur.

— Si tu cherches ta petite sœur, tu ferais mieux de la chercher chez toi.

— Elle revient de la ville aujourd'hui, je dois lui dire une chose urgente. »

Le chauffeur tourna la tête vers l'intérieur du bus.

« Est-ce qu'il y a quelqu'un qui s'appelle Xia Rouge Mei ? Ton grand frère te cherche. »

Personne ne répondit dans le bus, avec un signe de la main, le conducteur repartit, laissant un épais nuage de fumée, très vite le bus disparut sur la route de montagne.

J'arrêtai ainsi huit bus longue distance qui allaient du chef-lieu du district à Jiudu. Dans les montagnes, de nombreux paysans partaient au travail. Jusqu'à ce que le soleil atteigne le zénith et que ces mêmes paysans rentrent chez eux après le labeur, je ne vis pas l'ombre de Rouge Mei. Je relisais sa lettre pour m'assurer qu'il s'agissait bien du 26, quand je vis un neuvième bus flambant neuf arriver à toute allure en fendant la bise. Je le fis arrêter cette fois encore, j'échangeai quelques mots avec le conducteur, celui-ci me traita plusieurs fois de « taré » et me demanda si j'avais perdu la boule. Je lui dis, tu m'insultes et tu m'attaques gravement, un beau jour tu récolteras ce que tu as semé, tu te tires une balle dans le pied. Il me dit, de quoi tu parles ? Je dis, en m'attaquant et en m'insultant tu attaques et tu insultes un révolutionnaire, et attaquer et insulter un révolutionnaire, c'est insulter et attaquer la Grande Révolution Culturelle prolétarienne lancée par le Président Mao lui-même. Il dit, si je dis que t'es un taré, c'est que t'es un taré. Parce que tu crois que t'es normal ? Et il redémarra son bus flambant neuf pour s'en aller à toute allure en fendant la bise.

Cependant, après son départ, dans la poussière et la fumée, Rouge Mei apparut soudain. Pour revenir, elle avait pris un camion qui transportait du charbon, en me voyant me quereller avec le chauffeur sur la route, elle avait fait arrêter le camion et, avec pour bagage une sacoche délavée qu'on utilise à l'armée, elle avait accouru vers moi.

« Tsé-toung, qu'est-ce que tu fais ici ? »

Stupide, je la regardai :

« Je suis venu te chercher, j'attends depuis le premier bus ce matin. »

Elle resta plantée devant moi, l'émotion embrumait son visage, un rayon ardent brûla dans ses yeux, dans un souffle il brûla mon visage, et elle se jeta tout à coup sur moi, ses mains fermement passées autour de mon cou, son visage à quelques centimètres du mien. Elle attendait que l'amour fonde sur elle par surprise et la prenne avec violence. Sa chaude respiration submergea mon visage sous sa puissante, puissante odeur. Les coins de sa bouche se relevaient légèrement, tremblaient en tintant, *ding ding dong*. Je vis clairement ce rayon ardent scintiller dans ses yeux, resplendir, briller, brûler d'un feu sous lequel les os de l'homme éclatent, les jambes mollissent, si bien que je sentais que si nous n'étions pas tombés dans les bras l'un de l'autre, je me serais écroulé par terre. Je voulais l'étreindre. Sans retenue, toute honte bue, heureux, déchirer ses vêtements et sur-le-champ m'engouffrer en elle. Mais un véhicule passait par là, arrivé à notre hauteur le conducteur ralentit et, sortant la tête, il nous cria :

« Faire ça en plein jour, vous ne seriez pas un couple de dégénérés, par hasard ? »

C'est comme si on m'avait donné un coup de bâton sur la tête, mon corps se glaça, ma passion grandissante retomba aussitôt.

Toujours pendue à mon cou, Rouge Mei lui dit :

« C'est mon mari, juste après notre mariage j'ai fait le pèlerinage à la place Tiananmen à Pékin, le secrétaire du Comité central m'a même reçue, mon mari est venu m'attendre aujourd'hui pour mon retour. »

En entendant ses paroles, le conducteur fit « ah ? » et appuya sur l'accélérateur.

Le véhicule reparti, Rouge Mei desserra l'étreinte de ses mains, de petites gouttes de sueur serrées les unes contre les autres s'étaient formées sur le bout de son nez. Nous savions tous deux que nous nous étions quelque peu laissés aller, que nous avions oublié les conditions révolutionnaires de l'époque révolutionnaire. Deux paysans, revenant des champs, arrivèrent à leur tour sur la grand-route. Nous ne dîmes plus rien et partîmes en direction du nord, moi devant, elle derrière, à quelques pas de distance l'un de l'autre, comme si nous étions de parfaits étrangers. Plus tard, nous nous rappellerions cette feinte, c'était une bonne façade à notre secret à destination des gens perspicaces. Cependant, midi approchant, la douceur du matin se transforma en chaleur, les frais ombrages des sophoras s'étendaient de chaque côté de la route, en silence nous marchions à pas pressés sous cette ombre, consumés par une soif intolérable. Sur la route, parfois, les gens nous scrutaient avec suspicion, ils étaient déjà loin de nous qu'ils se retournaient encore pour nous regarder. Le trafic continuait pendant ce temps, les véhicules passaient sans s'arrêter à côté de nous. Nous marchâmes ainsi un moment, avant de découvrir un petit chemin à flanc de colline parmi les buissons sauvages et les arbustes. Sans hésiter, sans réfléchir, je bifurquai pour prendre ce sentier, elle me suivit.

Ce chemin apaisa notre tension et notre inquiétude avant l'arrivée de la tempête. Nous pûmes souffler un peu.

Je dis : « Comment as-tu pu retourner comme ça dans ta famille sans rien dire ? »

Elle dit : « L'autre jour, ils m'ont traînée du portique à la maison. Le père de Guizhi a demandé à quelqu'un d'aller chercher le médecin traditionnel pour me planter des aiguilles d'acupuncture. J'ai escaladé le mur des toilettes et je suis allée à la gare. »

Je dis : « Putain de sa grand-mère, on dirait bien que si on ne fait pas la révolution, il n'y a pas d'avenir pour nous deux. »

Elle dit : « C'est déjà le chaos au chef-lieu du district. »

Je dis : « Quand on regarde l'Histoire, toutes les révolutions ont été opprimées par le pouvoir en place. »

Elle dit : « En ville, ils ont fait parader le secrétaire provincial du Parti ligoté dans les rues. »

Je dis : « Le soulèvement de Cheng Shen et Wu Guang contre l'Empire Qin, l'empereur paysan Li Zicheng, la révolution de 1911, la révolte de Shaoshan… »

Elle dit : « Maintenant, le nouveau secrétaire provincial du Parti n'a que vingt-huit ans et demi. »

Je m'arrêtai de marcher :

« Qu'est-ce que tu dis ? »

Elle s'avança vers moi :

« Maintenant, le nouveau secrétaire provincial du Parti n'a que vingt-huit ans et demi. »

Je restai silencieux un moment.

« Et l'ancien ? »

Elle dit : « Il a agi contre la révolution, les masses populaires l'ont traîné par les rues. C'est en voyant l'enthousiasme révolutionnaire que je t'ai écrit que je revenais. »

Je pris sa main, comme si ayant perdu quelque chose j'avais dû aussitôt me saisir d'autre chose. Sa main n'était pas de celles qui tous les jours travaillent aux champs, calleuses, noueuses, dures, crevassées. Elle avait beau faire la cuisine, cueillir les légumes, laver les vêtements, ses mains étaient douces, molles, lisses, chaque doigt d'un toucher de soie. Elle ne savait pas le grand coup que ses paroles m'avaient porté, comme si on m'avait versé un seau d'eau glacée sur la tête, j'avais vingt-quatre ans, et elle avait dit que le nouveau secrétaire du comité provincial du Parti n'en avait que vingt-huit. Un sentiment d'infériorité me saisit, ainsi qu'un sentiment d'urgence, je brûlais dès mon retour de dévorer vivant Cheng Tianqing, pour ensuite briser tout le verre recouvrant le bureau du secrétaire du comité municipal du Parti, et enterrer vivant celui qui était en même temps le secrétaire et le maire. La révolution n'est pas achevée, camarades encore un effort ! Au fond de la vallée du côté est, quelqu'un menait ses moutons boire à la rivière, je dus lâcher sa main et nous partîmes en direction de l'ouest sur le sentier.

Il y avait là une longue et étroite vallée où les blés poussaient avec exubérance, les paysans qui arrosaient les champs irrigables regardaient sans cesse dans notre direction. Derrière nous c'était la grand-route, à gauche une falaise, à droite une colline sauvage et désolée sur laquelle il n'y avait pas de cultures et où les herbes folles avaient poussé jusqu'à mi-corps, mais elle faisait face au virage de la grand-route et les véhicules et les piétons qui passaient par là, arrivés au tournant, n'avaient qu'à tourner la tête pour l'embrasser d'un coup d'œil. Nous eûmes soudain l'impression qu'il y avait des gens tout autour et qu'ils avaient les yeux fixés sur nous. Nous ne savions où aller pour nous cacher. Nous avions déjà effectué un grand cercle autour du coteau, nous étions descendus au fond de la vallée pour regrimper ensuite, nos pantalons étaient couverts d'herbes, de bourres et d'épines. Aucun de nous deux ne disait où nous allions, ni pour faire quoi, mais nous savions qu'il nous fallait trouver un endroit pour faire quelque chose. La sueur trempait le col de ma chemise, sa chemise rose en nylon collait à son corps, trempée elle aussi, laissant voir ses seins haut dressés. A cause de la transpiration, son visage était rouge et luisant, une légère vapeur chaude se dégageait et laissait monter de son corps un parfum de femme enivrant, qui se répandait par vagues sur ce versant. Nous ne parlions pas, une entente tacite s'établissait pareillement entre le sol et nos semelles. Nous marchâmes un long moment sur cette colline, pas une seule fois elle ne dit quelque chose comme « ça suffit », moi encore moins qu'elle. J'étais venu l'attendre de grand matin pour que nous cherchions ici un petit coin reculé. Et dans ce coin de paradis reculé, nous nous serions consumés, nous aurions explosé, nous aurions fait la révolution, brisé nos chaînes, bâti un nouvel amour.

Après avoir marché un bout de chemin en direction du sud, nous nous arrêtâmes sur une butte où l'herbe montait jusqu'aux genoux. A cet endroit, la pente était douce, c'était comme si on avait laissé pousser exprès ces herbes abondantes et verdoyantes pour former une butte. Au pied de cette élévation, apparut alors une grotte, qui attira nos regards.

Nous approchâmes de l'entrée.

Là, un courant d'air passa sur nous, vif et glacé.

C'était l'ouverture d'une ancienne tombe, la dépouille avait été déplacée dans un caveau, il ne restait que cette cavité cachée au pied de la butte. C'était une chose familière pour elle et moi, dans cette région montagneuse de l'ouest du Henan, si une personne meurt trop jeune pour entrer, selon la hiérarchie familiale, dans le caveau des ancêtres, ou si une personne meurt accidentellement à l'étranger, ou encore dans les familles pauvres si l'on souhaite faire deux cérémonies funéraires pour le prix d'une, lorsqu'un vieillard décède tandis qu'un autre, en mauvaise santé, n'en a plus pour longtemps, on creuse ainsi une tombe temporaire, puis quelques années plus tard, on déplace la dépouille dans le caveau familial en procédant à une cérémonie bien comme il faut.

Au premier coup d'œil, elle et moi avions vu qu'il s'agissait de l'ouverture d'une ancienne tombe, mais nous restâmes devant sans bouger.

Je dis : « Il y a du monde partout. Mais d'où est-ce qu'ils sortent tous ? »

Elle regarda autour d'elle avec un air impuissant,

puis elle leva la tête pour jeter un coup d'œil au ciel, le visage blême.

Je dis : « De retour au bourg, devant les autres, on ne pourra même plus échanger un regard. »

Elle dit : « On dirait des bruits de pas là-bas. »

Je dis : « C'est là-dedans le plus sûr, personne ne viendra. »

Elle dit : « Tsé-toung, est-ce que nous ne devenons pas fous tous les deux ? »

Je dis : « Rouge Mei, c'est l'amitié révolutionnaire, l'amour révolutionnaire, nous ne sommes pas fous du tout. »

La prenant promptement par la main, je marchai vers la tombe. Des bruits de pas nous parvenaient en effet depuis le chemin d'où nous étions venus, ils se rapprochèrent et résonnèrent au-dessus de nos têtes. Nous nous accroupîmes à l'entrée. Je la serrai contre moi, ses mains dans les miennes, le bruit de pas s'éloigna peu à peu, et c'est alors que, me tournant vers son visage, je lui donnai plusieurs baisers fougueux.

Je dis : « Tu as peur ? »

Elle dit : « Peur de quoi ? »

Je jetai un coup d'œil à la tombe.

Elle dit : « Je n'ai pas peur, de quoi aurais-je peur ? Ça ne va pas nous manger. Mais j'ai peur que des gens passent par là, si on nous surprend, c'en est fini, il faudra oublier à jamais notre extraordinaire révolution du bourg de la Colline des Cheng. »

Je dis : « Ce sera plus sûr qu'ici. »

Je la fis asseoir sur le sol, j'entrai le premier pour regarder un peu à l'intérieur. La tombe était pareille à une petite chambre d'un mètre et demi sur un peu plus de deux mètres, on pouvait s'y tenir debout. Le sol humide et plat était d'une teinte rouge sombre, on y voyait encore deux bouts de bois carrés qui avaient soutenu le cercueil, ainsi qu'une dizaine de briques noires qu'on avait laissées là. Sur les murs bordant l'entrée par où passait l'air, des toiles d'araignées poussiéreuses étaient accrochées. Quelques-unes étaient en train de se déplacer dessus. Au fond, il y avait une légère couche de mousse verte. Inutile de dire que plus personne n'était entré là depuis que le cercueil avait été emporté avec le corps. En cet instant je pensai, ah ! si une tombe de ce genre se trouvait dans les environs du bourg, elle aurait pu être notre éternel lieu de rendez-vous à Rouge Mei et moi.

Dommage qu'il y ait neuf kilomètres de côte jusqu'au bourg.

Dommage que Rouge Mei et moi habitions le même bourg et que faire l'amour à son gré soit plus difficile que d'escalader le ciel.

Du pied j'écartai les bouts de bois et les briques par terre, je sortis arracher une grande brassée d'herbes folles devant la tombe, puis je retournai à l'intérieur pour en tapisser le sol, au moment où je ressortais, Rouge Mei était en train d'en arracher une autre touffe. Je dis : « Ça suffit, ça suffit. » Elle dit : « Il faut que ce soit un peu plus épais. » Nous recouvrîmes ainsi le sol de la tombe d'un épais matelas d'herbes, et à l'endroit où l'on pose la partie du cercueil la plus large, nous entassâmes des sétaires en guise d'oreiller. Nous aurions dû ensuite nous dévêtir, nous aurions dû faire ce que nous brûlions de faire jour et nuit, mais Dieu sait pourquoi, nous ne bougions pas. Assis sur les herbes l'un en face de l'autre, nous nous regardions calmement, la soif qui tout à l'heure encore nous dévorait s'était évanouie, bizarrement, le calme régnait en nous.

Elle demanda : « Je ne te plais pas ? »

Je dis : « Si. »

Elle dit : « Alors pourquoi tu ne fais rien ? »

Je pris sa main et sentis ses doigts aussi glacés que les stalactites sous les toits en hiver.

Je dis : « Tu as les mains toutes froides. »

Elle me fit un sourire contraint.

Je dis : « Tu as peur ? Ah, c'est sûr que tu as peur. »

Elle dit : « Tsé-toung, tu penses que nous réussirons vraiment la révolution à la Colline des Cheng ? Que faire, si nous ne réussissons pas ? Toi et moi aurons nourri une ambition stérile. »

Je dis : « Rouge Mei, ne t'inquiète pas. Il ne faut pas craindre de ne pas réussir, il faut craindre le découragement ; il suffit d'être patient, avec de la patience on vient à bout de tout. »

Confiante, elle acquiesça de la tête.

« Allez, déshabille-moi. »

Je commençai à déboutonner ses vêtements. Comme une gosse qui attend qu'un adulte la déshabille pour faire dodo, elle me demanda de défaire tous ses boutons. Une fois dévêtue, elle resta assise dans la lumière qui passait par l'entrée, couvrant son entrejambe avec sa chemise, elle me regarda me déboutonner et retirer mes vêtements. Mes gestes n'étaient ni lents, ni rapides, ni empressés, ni paresseux, tout en enlevant ma chemise, je contemplais son corps parfaitement nu. L'air humide et glacé de la tombe fit naître sur son visage une mince couche bleu pâle, et sur son corps blanc comme neige apparurent des petits grains de chair de poule. Je compris qu'elle avait froid, peut-être son cœur était-il froid, même les coins de sa bouche avaient pris une teinte vert haricot à cause du froid. Cependant, à cette heure, la lumière du soleil proche de midi pénétrait par l'ouverture derrière elle et faisait comme un carré d'étoffe. J'allai étendre mes vêtements au soleil, je dis : « Rouge Mei, assieds-toi ici. »

Elle dit : « Tsé-toung, prends-moi vite dans tes bras, ça ira, j'ai la tête qui tourne très fort. »

Je me dépêchai alors de la prendre dans mes bras pour la déposer, comme on pose une enfant, dans le rayon de soleil, puis, vêtu de mon seul caleçon, je m'assis tout près en face d'elle et posai ses jambes lisses et froides sur mes cuisses. Nous étions là, assis l'un en face de l'autre, le soleil ruisselait sur ses épaules, balayait la pointe de ses tétons pour tomber sur mes cuisses. Je sentais, sous ses rayons, une chaleur et une démangeaison comme un tissu frottant sur ma peau. Tout était très calme dans la tombe, le son du courant d'air qui passait par l'entrée évoquait celui des feuilles d'arbre qui volettent dans un ciel d'automne, quand il traversait la lumière, on eût dit celui des bulles qui tressautent dans une casserole qui bout. Ses cheveux étaient bien plus longs que la première fois, ils couvraient presque complètement ses épaules potelées. Une mèche de cheveux reposait sur l'épaule, l'autre sur son sein, faisant entre les deux un pont suspendu. Je vis dans la lumière une fine poussière qui dansait sous le pont de ces cheveux, bientôt aspirée dans l'ombre fraîche du sein. Tandis que d'autres grains de poussière lumineux s'échappaient de cette ombre, retournant au rayon de soleil sur son épaule, ils bondissaient à la recherche de l'extrémité de ce rayon et trouvaient le bout du mamelon droit qui s'éveillait dans son froid bleuté. Celui-ci, une fois chauffé au soleil, se gorgea d'un rouge violacé, il commença à palpiter joyeusement au rythme de sa respiration, lapin qui ouvre les yeux en s'éveillant.

Je fus tout émoustillé par ce téton revigoré, je le caressai, le mangeai de tout mon cœur, de toute mon âme, de toute ma passion, de tout mon désir, quand je sentis le côté droit de son corps réchauffé, alors que le gauche était encore sombre et froid, je la soulevai dans mes bras pour la faire asseoir sur mes cuisses, ses jambes étendues derrière moi de chaque côté de mes hanches, puis je me tortillai sur le sol pour faire un demi-tour sur moi-même, de sorte que le rayon pénètre entre nos deux poitrines et que ses seins tiédissent au soleil.

Je dis : « Tu te réchauffes ? »

Elle hocha la tête : « On se marie ? »

Je réfléchis : « Impossible. »

Elle dit : « Pourquoi ? »

Je dis : « Parce que toi et moi nous devons faire la révolution, nous comporter en révolutionnaires. »

Les lèvres pincées, elle ne dit plus rien.

A ce moment-là, sa paire de fesses lisses reposait sur mes cuisses nues depuis déjà un certain temps, c'était assez inconfortable, ses mains enlacées à mon cou se serrèrent un peu, puis descendirent s'appuyer contre l'intérieur de mes cuisses. Ses seins frottaient contre mon menton, à chaque respiration ses tétons chauffés, réchauffés passaient tièdement sur mes lèvres et mon menton. Je ne les pris pas dans ma bouche. Je savais qu'elle ne cherchait pas à me provoquer, ni à me tenter.

Nous étions en train de discuter d'une grande question, la plus essentielle et la plus précise, nous étions en train de peser avec attention ce qui était le plus lourd, le poids de la révolution ou le poids de l'amour. Elle me regardait, un peu perdue, un peu déçue, sous la chaleur du soleil son visage avait retrouvé son émouvante délicatesse, mais il était voilé par le doute. Au plus profond de la tombe, des gouttelettes d'eau qui s'étaient formées sur la paroi en terre se détachèrent soudain et tombèrent sur le vieux bois du cercueil, tel un jade qui s'écrase sur une motte de terre avec un son creux. Nous nous tournâmes en direction du bruit, puis revenant l'un à l'autre nous nous contemplâmes ainsi enlacés, tout nus.

Je dis : « Tu ne comprends pas ce que je veux dire ? »

Elle dit : « Mais si, je comprends ! Bien sûr que c'est la révolution qui prime, je suis allée au lycée, j'étais cadre de ma classe et membre de l'équipe de propagande dès la première année, alors il n'y a pas un principe que je ne comprenne pas. Je ne veux pas du tout qu'on se marie vraiment, je veux seulement que tu désires te marier avec moi. »

Je dis : « Oui je le désire, j'en rêve. »

Elle dit : « C'est vrai ? »

Je dis : « C'est vrai, Rouge Mei. Tu me donnes des fourmis dans les cuisses maintenant. »

Elle enleva ses mains et dit : « Tsé-toung, tu es venu me chercher de grand matin et tu m'as emmenée jusque dans cette tombe juste pour me déshabiller et me faire asseoir ? »

Je dis : « Je veux seulement te regarder, ça me suffit. Ah, tu ne sais pas comme ton corps est beau, à quel point il me remue le cœur, exactement comme dans mes rêves. »

Elle dit : « C'est vrai ? »

Je dis : « C'est vrai, tu ne le savais pas ? »

Elle se leva, et bien qu'elle continuât à cacher son entrejambe avec sa chemise, derrière le vêtement ses longues jambes fines étaient pareilles à des colonnettes de jade d'un blanc pur se détachant d'une obscurité nuageuse, je sentis grandir en moi l'agitation, la transe, le moment où j'allais devenir furieux. Mais je me contrôlai. Je ne l'avais pas encore regardée tout mon soûl. Se tenant ainsi debout dans l'entrée, elle baissa la tête pour regarder ses seins et ses jambes, puis la releva, son visage illuminé d'un resplendissant éclat, un sourire accroché au coin de ses lèvres comme on ouvre une fenêtre.

Elle demanda : « Qu'est-ce que tu veux voir ? »

Je dis : « Tout est beau, je veux tout voir. »

Alors, *crac-boum*, elle jeta la chemise qui cachait son entrejambe, et *pfou !* dans un souffle son corps entièrement nu parut devant moi. Son visage, en cet instant, respirait la foi et l'intrépidité révolutionnaires, il brillait de fierté et de confiance en sa supériorité. « Tsé-toung, regarde tout ce que tu veux, comme tu veux, tu peux me regarder à partir de cette seconde jusqu'à la nuit noire, puis de la nuit noire jusqu'au lever du jour, et jusqu'à demain, puis après-demain, tu peux regarder. » Elle dit : « Tu peux me regarder ici trois jours et trois nuits sans ciller, si nous avions de quoi manger, nous ne sortirions plus de cette tombe de toute notre vie ; moi, Xia Rouge Mei, de la tête aux pieds, du moindre de mes cheveux au moindre de mes poils, j'en fais don au révolutionnaire, je t'en fais don à toi, Gao Tsé-toung. »

Bouleversé par la bravoure de Rouge Mei, terrassé par sa nudité gracieuse et élancée, j'aurais voulu dire quelque chose, mais pendant un instant cela me fut impossible, c'était coincé au fond de ma gorge, d'ailleurs je ne savais même pas quelles paroles étaient coincées au fond de ma gorge. Le soleil quittait son zénith, et le rayon blanc pareil à un carré de tissu s'amincit et raccourcit à l'entrée de la tombe. Grâce à l'amour, grâce à la flamme et à la ferveur révolutionnaires, le froid s'était retiré de nos corps, il s'était tout à fait retiré du corps de Rouge Mei. La révolution et l'amour emplissaient cette tombe. On aurait dit aussi qu'il y faisait bien plus clair que tout à l'heure, on pouvait voir les herbes folles osciller légèrement dans le vent, je distinguais un fil du col de la chemise que Rouge Mei avait jetée briller dans le rayon de soleil, ainsi qu'un grain de poussière, une goutte d'eau sur les toiles d'araignées aux murs, je distinguais, tout au fond de la tombe, non seulement la couche duveteuse de la mousse verte et fraîche, mais aussi, au milieu de cette fraîche verdure, plusieurs petites pousses d'herbe qui n'avaient jamais vu le soleil, grandes comme le doigt, avec trois petites feuilles, si jaunes et si frêles qu'elles seraient tombées rien qu'en les touchant. Elle était là, les mains croisées sur ses épaules, dans le cercle de ses bras ses seins se soulevaient jusqu'aux aisselles. De la sorte, la lumière les éclairait tout entiers, faisait resplendir ces seins généreux et pleins, double soleil féminin incomparable à l'éclat argenté. En dessous de ces soleils, après une partie délicate et bien proportionnée de son corps, ô surprise, la taille mincissait gentiment, si étroite qu'il me semblait pouvoir l'enserrer entre mes doigts, mais cette minceur ne se prolongeait pas longtemps, car les hanches *boum !* bondissaient. J'étais surpris de n'avoir pas remarqué cette taille fine, ces fesses cambrées, le jour où nous étions dans les faubourgs. Peut-être parce qu'elle était assise ? Mes lèvres étaient un peu sèches, ma gorge me chatouillait comme si les plumes d'un poulet la frôlaient de haut en bas. J'avalai ma salive, mordis ma lèvre inférieure, faisant effort pour que mon cœur, dans ses brancards, ne devienne pas complètement fou. Je voulais encore et encore la contempler. Je voulais avaler des yeux, jusque dans mon ventre, son corps nu si émouvant. Il me semblait impossible qu'elle ait eu une fille, Tao'r, à part quelques très légères vergetures de grossesse, un peu plus rouges sur son fin ventre lisse, jamais on n'eût pu croire que c'était une femme qui avait accouché. Ses jambes étaient longues et déliées, ses cuisses rondes et lisses, pas une once de graisse en trop dans les cuisses, ni dans les fesses. Ses orteils, comme toujours, comptaient dix ongles vernis d'écarlate, rouges boutons ornant ses orteils. Ainsi, ses jambes n'en étaient que plus resplendissantes, et plus blanc son corps, d'une blancheur à vous illuminer. Imaginez, une femme dont la nudité est à ce point étourdissante, comment aurait-elle pu être une femme ordinaire ? Une petite épouse dans un petit bourg ? Si elle n'était pas une divinité faite femme, qu'était-elle donc ? Si elle n'était pas une déesse offerte à l'homme par le Ciel, qu'était-elle donc, hein ? Au début elle se tenait debout bien droite, mais soit qu'elle fût restée trop longtemps dans cette position, soit pour une autre raison, afin que les moindres recoins de son corps, chaque angle, chaque cavité, s'exposent devant moi, elle se tourna à moitié, tendit un peu la jambe gauche devant elle, de sorte que son buste s'inclina, déplaçant son centre de gravité sur la jambe droite. De cette façon, le rayon de soleil aminci tomba pile sur le triangle au-dessous de son abdomen, éclairant soudain les poils jusque-là tenus dans un tendre et obscur secret, et ces poils souples apparurent dans leur entêtement entortillé, avec un air de bravoure, comme si chacun s'était battu pour se relever, se redresser de toute sa hauteur, sous le soleil du plein jour, bravant les éléments, cherchant à se faire sa place en ce bas monde. Là, sur cette surface grande comme la moitié d'une paume, au bout de chaque poil doré luisait une goutte de lumière rouge. Je pouvais voir le rayon ensoleillé traverser cette couche de poils comme s'il avait traversé une épaisse treille de vigne, pour toucher la peau dessous. Une bonne moitié de la lumière s'était déjà retirée de la tombe, nous nous étions accoutumés à la clarté et à la couleur de l'intérieur, je m'aperçus alors que le ton des parois en terre, tout autour, était devenu plus sombre, elles avaient pris une teinte cerise suintante, dont le rouge était un peu noir. Ce profond rouge noirâtre faisait par contraste apparaître son corps plus délicatement blanc, et plus délicatement blanche elle ressemblait à une statue de jade blanc, à une déesse en marbre. Je la regardai de tous mes yeux, je la regardai très longtemps, comme on apprend un livre par cœur. Tout en la regardant, j'aurais dû lui dire quelque chose. Mais je ne savais que dire à cette nudité. Qu'aurais-je dû dire, hein ? Quelles paroles n'auraient pas été indignes de ce spectacle, de cette merveille qu'elle m'offrait ?

Je dis : « Rouge Mei, crois-le ou non, pour toi, je suis prêt à mourir pour faire la révolution dans la Colline des Cheng, pour réussir la révolution dans la Colline des Cheng. »

Une nouvelle fatigue de la position la fit porter son poids sur l'autre jambe, laissant tomber le rayon de soleil sur ses fesses, c'était comme si un morceau de verre avait été suspendu au-dessus d'elles, puis elle dit en me regardant :

« Gao Tsé-toung, tu n'as qu'à passer à l'action à la Colline des Cheng et faire la révolution, pour que moi, Xia Rouge Mei, je meure pour toi, je meure pour la révolution, sans aucun regret. »

Je serrai les poings si fort que la sueur s'écoula d'entre mes doigts, je serrai là toute l'excitation de mon corps et ma soif de révolution. Je dis : « Rouge Mei, si j'échoue à déclencher le soulèvement, serai-je digne de la révolution ? Serai-je digne de l'organiser ? Serai-je digne de toi, Xia Rouge Mei, qui es restée toute nue si longtemps, serai-je digne de tes sentiments sincères qui m'ont permis de te regarder là où je voulais te regarder ? »

Un sourire, telles les nuées roses qui dansent dans le vent, passa sur son visage, puis elle baissa la tête pour regarder les ongles de ses orteils. Elle plia les jambes, sa poitrine se bomba dans un mouvement de torsion, puis d'un coup ses bras formèrent un cercle, mains croisées, paumes vers le ciel, elle releva la tête brusquement, mais sans me regarder, elle regardait la paroi à droite. Un sourire détendu coula de ses lèvres, chatons de saule, pollen des fleurs au mois de mars. Elle était toute pareille à une danseuse, dans son final sur scène, qui exécute le dernier mouvement, de sorte que les merveilles féminines de son corps s'exhibaient sans retenue : les seins haut dressés, les tétons légèrement vibrants, les vergetures de grossesse sur le ventre, les fesses particulièrement rebondies et le rayon de lumière suspendu au-dessus, la chair des cuisses solides dans la pose figée, ainsi que le triangle de poils sous l'abdomen qui, à cause de la rotation du corps, était à demi dissimulé, plus mystérieux, plus flou. Elle avait déposé devant moi le mystère féminin comme on dépose un vase de fleurs sur une table. De mes paumes la sueur coulait en murmurant, en glougloutant, je devais sans cesse l'essuyer sur mon pantalon militaire, obstruer les pores de ma peau, sinon je craignais que le sang agité dans mes veines se rue contre mes paumes et emporte avec lui le flot de sueur hors de moi. A l'extérieur de la tombe, les pas de quelqu'un qui s'en retournait chez lui après le labeur se firent entendre, on aurait dit qu'ils résonnaient au-dessus de nos têtes. Arrivant à point nommé, ils déversèrent un seau d'eau sur mon corps enflammé par le désir. A ce bruit de pas, je vis un voile jaune passer sur le visage de Rouge Mei, mais à mesure qu'il s'éloignait, la fleur resplendissante de son exaltation empourpra de nouveau son visage. Sans un mot, elle me regarda un instant, soudain elle reprit le mouvement qui s'était figé, et *tac* elle se tint sur une seule jambe. Un bras calé sur la hanche, l'autre tendu au-dessus du crâne, l'index pointé vers le haut, comme elle retenait sa respiration, son ventre était rentré, ses fesses contractées, son corps gracile ressemblant ainsi plus encore à la branche d'un arbre, comme si on avait planté une tige de ciboule épluchée, blanche et juteuse, à l'entrée de la tombe. Tout de suite après, elle exécuta un « essor de la grue », une « oie en vol », un « moineau couché », un « phénix déployant les ailes », un « faisan doré changeant de pied », et aussi une arabesque, un dos arqué, un demi-tour, un tour complet. A l'intérieur de cette tombe, elle enchaîna pour moi dans un même souffle une dizaine de figures de danse, elle piétina le sol humide, trois de ses ongles rouges du pied droit se couvrirent de terre. Comme il lui fallait sans cesse lancer les bras en l'air, quelques-uns de ses doigts accrochèrent l'argile rouge du plafond. A un moment où elle se redressait après s'être penchée, plusieurs grains de terre tombèrent du plafond et glissèrent de la naissance des seins jusqu'au creux, puis à mesure qu'elle se redressa, ils suivirent le sillon, quelques-uns roulèrent jusqu'au sol, d'autres restèrent accrochés à son ventre, petites étoiles roses incrustées.

Le rayon de soleil s'était retiré jusqu'à l'entrée de la tombe. Dehors l'herbe folle ne dansait plus. Plus de vent, la paix de la colline avait recouvert le monde. Dans la vallée au loin, les jeunes pousses de blé étaient devenues d'un jaune étincelant sous le soleil. Les véhicules qui ne cessaient de passer sur la grand-route faisaient légèrement vibrer les murs de la tombe. Rouge Mei était là en train de réaliser toutes sortes de figures, elle semblait tout entière absorbée par ses mouvements, captivée par ses pas de danse. Peu importaient les dimensions de la tombe, peu importait si les quatre murs la restreignaient et l'empêchaient quelque peu, elle exécuta ainsi chaque posture, chaque pas, démonstration de la beauté et de la merveille féminines. Le feu ardent en moi s'était calmé, j'étais envoûté par son étrange beauté. Elle me raconta qu'au chef-lieu du district, il y avait une maison de la culture où, enfant, elle avait suivi des cours ; elle avait été formée par une professeure dont on avait dit ensuite qu'elle était « une vieille godasse », un « élément de la décadence pourrie », puis elle avait étudié l'opéra du Henan avec un acteur spécialiste des rôles de jeune femme transféré de la troupe provinciale à la maison de la culture, elle me confia qu'elle était l'actrice la plus prometteuse de sa troupe au collège des faubourgs, que le directeur l'avait désignée pour jouer, danser et chanter devant les cadres préfectoraux et provinciaux venus inspecter le travail de la lutte contre l'illettrisme dans les campagnes, hélas au moment d'entrer au lycée, son père l'avait obligée à interrompre ses études pour que son grand frère puisse aller étudier au lycée du district, dès lors sa carrière de danseuse avait été brisée par ce père qui toute sa vie avait été gardien à la porte du faubourg, toute sa vie avait balayé la cour, et toute sa vie avait servi le thé au secrétaire de cellule et au maire. Elle dit que si elle avait pu continuer ses études, elle aurait peut-être réussi l'examen d'entrée à l'école de théâtre de la préfecture, elle serait peut-être devenue actrice professionnelle dans la troupe du district ou de la préfecture, et elle ne se serait pas mariée au bourg de la Colline des Cheng, elle n'aurait sûrement pas connu ces jours mornes et fades, épouse d'un enseignant et belle-fille du vieux maire. Si elle avait été actrice dans une troupe, à quoi aurait-elle ressemblé ? Serait-elle devenue la belle-fille du chef de district ou du secrétaire du comité du district ? M'aurait-elle rencontré ce jour où elle était assise toute seule comme si c'était moi qu'elle attendait ? Aurait-elle éprouvé cette passion débordante pour l'action et la révolution ? Lui aurait-on planté des aiguilles d'acupuncture plein la tête et les mains ? Aurait-elle exécuté pour moi, toute nue dans cette tombe, les figures de l'envol, de la solitude et du saut de la joie ? Bien sûr que non, sans doute aurait-elle eu un autre destin. Je pensai que si elle pouvait, aujourd'hui dans cette tombe, devant moi, se laisser aller à une furieuse folie de folle à lier, au vertige d'une enivrante ivresse, c'est parce qu'elle s'était mariée au bourg, dans la famille de Cheng Tianmin, avec ce professeur à jamais tiède de Cheng Qingdong. D'ailleurs, pourquoi s'était-elle mariée à la Colline des Cheng ? Evidemment pas pour être la bru des Cheng et être mère au foyer, évidemment pas pour être un membre de la commune populaire de cette si célèbre ville historique enviée de tous ! C'était pour devenir, avec moi, le fossoyeur de ce village des Cheng, pour être une activiste et une révolutionnaire, pour être l'héritière de la révolution de la Colline des Cheng, pour être la consolation de mon mariage malheureux et l'instrument de mon bonheur, pour être la révolutionnaire partageant ma couche, pour être mon bras droit. J'éprouvais de la reconnaissance envers elle, j'étais étourdi par cette faveur inattendue, hésitant devant cette trop grande douceur qui devenait réalité dans ma vie. Oui, son apparition à mes côtés m'avait pris par surprise, oui, je ressentais un profond respect pour sa loyauté envers la révolution, je me sentais indigne, et profiteur en même temps, de sa passion tout entière offerte à moi, oui je me sentais ahuri, et ravi en même temps, devant sa ferveur amoureuse qui pouvait éclater n'importe où n'importe quand, quel que soit le lieu quel que soit le moment. Je la regardai, je la regardai sans perdre une miette de ses mouvements sans cesse changeants, de ses postures, de la carnation de sa peau et de l'expression de son visage, lesquelles se modifiaient et se transformaient avec ses mouvements. Je la regardai dans l'« essor de la grue », la tête relevée, son visage congestionné vira au rouge orangé, ses lobes d'oreilles devinrent deux gouttes rouges pareilles à des bourgeons, et sa poitrine penchée et relâchée faisait ressembler ses seins à deux pivoines blanches marbrées de rouge suspendues à l'envers, qui se balançaient légèrement, vous auriez dit qu'ils allaient se détacher de sa poitrine, et vous auriez craint qu'ils tombassent en effet sur ce sol terreux, herbeux, et vous auriez brûlé de tendre vos deux mains pour y recueillir ces deux seins libres et pleins ; dans la figure où elle arquait le dos, ses seins se raccrochèrent fermement à sa poitrine, resserrant chaque ligne de cette peau tendue, dont les veinules rouges ou bleues, sinueuses ou droites qui couraient à la surface ressortaient nettes et pures dans l'air de la tombe. Puis elle arqua complètement sa taille, ses mains jetées en arrière touchaient presque le sol, les cuisses et le ventre tendus formaient une vaste et lointaine surface plane, quasiment en suspension à plat dans l'air, comme si elle avait installé là un miroir au centre duquel il y avait une ombre d'un brun doré. Peut-être ne savait-elle pas qu'à cet instant elle avait ouvert sa porte la plus secrète, ouvert la fenêtre à jamais obscure et mystérieuse, et qu'elle offrait à mes yeux sans la moindre réserve la merveille féminine, j'aperçus en cette chambre secrète d'humides papillons et poissons, je vis les papillons comme en rêve voleter par la fenêtre, les poissons passer le seuil en nageant. Tout mon corps s'enflamma à nouveau, la sueur pleuvait à grosses gouttes de mes mains sur le sol, une sécheresse de trois années me desséchait la gorge. Je ne pouvais ni ne voulais plus restreindre mes ardeurs, je laissai mon regard, loup affamé se jetant sur sa proie, s'engouffrer par les battants ouverts, partir à la chasse aux papillons volants, aux poissons frétillants. Je m'élançai vers elle pour la prendre dans mes bras, et l'étendre sur le matelas d'herbes.

La paix de la tombe était pareille à celle de notre mort, à elle et moi.

Elle regardait le plafond.

Je la regardais.

Elle était étendue juste à l'endroit où l'on plaçait le cercueil, au centre de la tombe, tête vers l'intérieur, pieds vers l'extérieur, le corps face vers le haut. Elle était une vivante déesse, sur cette herbe verte, tel un blanc poisson fatigué de nager qui s'arrête pour se reposer au milieu des eaux, la sueur gouttait sur tout son corps. Elle était ainsi allongée sur le dos, en attente, à chaque respiration, ses seins et son ventre se soulevaient brusquement, et tout aussi brusquement s'abaissaient. J'étais à moitié assis, à moitié à genoux à côté de ses cuisses, au moment où je posai sur sa cuisse une main guidée par un irrépressible désir, sa chair palpita violemment, puis elle fut toute traversée de frissons. Elle semblait avoir attendu depuis des milliers d'années ma caresse, qui arrivait enfin dans cette tombe où elle était allongée. Je la caressai, l'embrassai en commençant par son visage et en descendant le long de son corps. Elle était si tendre et fraîche, si sensitive, que ce soit le mollet, la cuisse, le ventre, le sein, l'épaule, le cou, où que je la touche, tout son corps répondait en tintant, en vibrant continuellement, emplissant la tombe de froissements, de tremblements et de sa respiration lourde, rauque, enflammée. Finalement, tandis que je grattais lentement la boue sur ses ongles afin de faire reluire et resplendir à nouveau ces soleils brisés, elle m'attira sous ses seins et, saisissant avidement mes mains, les pressa sur eux.

Comme les flots furieux se libèrent des vannes d'une écluse, les palpitations qui bondissaient dans les tréfonds de sa poitrine emportèrent mes paumes. Je compris qu'elle était à bout de patience, que comme moi elle n'en pouvait plus d'attendre. Un feu brûlait, crépitait, éclatait, une puissance se rassemblait au moment critique. Urgente était l'affaire de l'amour et de la révolution, le moment crucial ne tenait désormais plus qu'à un cheveu, le soleil levant pouvait éclairer des milliers d'hectares de champs, la lune descendre, l'obscurité finir sur la terre. ♫ ~ *Rond, rond le kaki sur l'arbre, la branche s'étend jusque devant toi, cueille-le vite si tu veux le cueillir, mieux vaut plus tôt que trop tard. Passées la rosée blanche et les froides gelées d'octobre, tu regretteras le kaki tombé. L'arbre est tout vert, l'arbre est plein de pêches, robustes branches et verts feuillages, à la fête des bateaux du cinquième mois il n'a pas plu, le pêcher ploie sous la sécheresse, sois généreux, libère la source, sous le ciel tu es seul à manger les pêches immortelles. Cui cui cui un couple d'hirondelles, qui va et vient du nid, l'une en son bec porte à manger, l'autre des brindilles pour consolider, et joyeuses, ravies, elles bâtissent leur gîte, elles chantent un air de la révolution. La révolution c'est comme gravir une haute montagne, rond, rond est le soleil au sommet, à chaque station, on s'éveille, l'éveil est dans le cœur comme un rayon de soleil.* ~ ♫ Cœur illuminé, cœur réchauffé, cœur irrigué de sang bouillonnant ; cœur irrigué, humeur embellie, de joie ravie, le visage sourit ; le visage sourit, une poésie, les jours de bonheur dureront dix mille dix mille années, dix mille dix mille années, dix mille dix mille années, ah…

Mais. Mais. Ah mais. Jamais ô grand jamais je n'aurais pensé qu'au moment où j'écartais ses jambes pour pénétrer en elle, quelque chose gênerait mon genou, je tâtonnai dans l'herbe au-dessous et je sentis un truc, c'était un bout d'os sec et pourri, on aurait dit de l'orme ou du jujubier qui macérait dans le sol depuis des années, noirâtre, grisâtre, épais comme le doigt, long d'un demi-pouce, plein de petits trous mangés par les vers, on voyait au premier coup d'œil que c'était un os de la main du corps jadis dans cette tombe. Quand je compris que c'était l'os d'un mort, *clac clac clac* un courant glacé se répandit de ma main à mon corps tout entier, le bouillonnement précipité qui grondait tout à l'heure dans mes veines gela sur le coup.

Je m'effondrai. Disparue la lueur précédant l'aube.

Je jetai en toute hâte ce bout d'os dehors, mais impossible de m'ériger, de bander encore.

Rouge Mei s'assit, elle me contempla avec pitié, prenant sa main je la fis me gifler plusieurs fois, mais elle se débattit pour la retirer, puis elle la tendit à nouveau vers moi pour me caresser le visage.

Alors les larmes me vinrent.

Appuyés l'un contre l'autre, nos regards se fixèrent à nouveau sur cette humide chambre mortuaire d'un rouge sombre, c'était comme si nous avions regardé, muets, notre cercueil.

Le rayon de soleil s'éloigna encore de l'entrée. Là, l'ombre fraîche se voilait d'un rouge léger, chaque tige, chaque feuille des herbes folles sur cette butte de terre meuble continuait à danser dans l'éclat lustré du soleil.

L'intérieur était toujours clair, je distinguais même, dans les coins, les angles des pattes fines et velues des araignées. Je pouvais y voir un duvet vaporeux qui se balançait lorsqu'elles marchaient. Le matelas d'herbes était creusé par l'empreinte de Rouge Mei. A l'intérieur, l'odeur de moisi de la tombe se mêlait à l'odeur des herbes humides pour former un parfum bleuté, crème, rouge, qui s'écoulait par l'entrée et qui, heurtant là le rayon de soleil, s'en allait en fumée, disparaissait sans laisser de traces.

La grande explosion (2)

Dans la nuit profonde où tout paraissait calme, sur la plaine une tempête se levait.

Aucun de vous ne peut comprendre, ne peut se figurer comment le miracle se produisit. Je vous le dis, un révolutionnaire ne peut compter que sur la révolution pour que se produise un miracle. La révolution est la source de tout miracle, la révolution est le moteur du miracle, la révolution est l'origine du miracle, la révolution est le soleil et la pluie du miracle, son vent de printemps et sa terre fertile, son cycle et sa saison. Qui l'eût cru, hein ? Qui aurait pu l'imaginer, hein ? Quand Rouge Mei et moi sortîmes de la tombe, la tristesse nous enveloppait de son gel et de sa neige. Pas une seule seconde nous n'avions pensé que notre torride rendez-vous d'amour serait éteint par le souffle froid d'un bout de squelette. Nous étions restés assis en attendant que la dévorante flamme renaisse, mais plus nous attendions, plus la tristesse nous recouvrait de gel et de neige.

Nous sortîmes main dans la main, nous marchâmes en silence comme si nous marchions sur le sentier menant au tombeau de notre amour. Nous n'échangions pas un mot, deux morts allant côte à côte, mais au moment de rejoindre le chemin de la colline, nous entendîmes indistinctement le grondement d'un haut-parleur venu de quelque village, pareil au tonnerre qui résonne au loin par-delà les montagnes durant le mois qui suit le réveil des insectes. Le soleil baissait déjà à l'horizon, les champs étaient déserts. Là-bas dans la vallée, quelques blancs moutons en train de brouter étaient accrochés sur une pente herbeuse, leur propriétaire devait être rentré chez lui pour dîner ou bien il paressait allongé quelque part. Entre les échos du haut-parleur, on pouvait entendre les moutons qui se déplaçaient et le bruit tout vert de leur rumination.

Nous avons ainsi refait le chemin en sens inverse vers la grand-route à l'ouest de la tombe, sur le sentier les aiguilles des plantes épineuses, d'un demi-doigt de long, se piquaient sans cesse à l'arrière de nos pantalons, échouaient impuissantes sur le sol ou restaient accrochées à nos jambes. Quand nous regagnâmes la grand-route, nos pantalons étaient couverts de ces épines noires et luisantes, une tiède senteur d'herbe familière, grisâtre, blanchâtre, pénétra dans nos narines.

Je lui demandai de passer sa main sous mon bras, ainsi que font les gens de la ville, elle s'accrocha ainsi à moi. Sous le doux soleil, la campagne était paisible. Papillons, phalènes et criquets volaient par-dessus la route, passant de ce champ-ci à ce champ-là. Nous avions grimpé jusqu'à mi-pente quand nous entendîmes à nouveau, venant de la colline, une voix diffusée par un haut-parleur. Comme nous en étions séparés par des arbres, nous n'entendions pas bien ce qu'elle disait, mais quand la voix eut fini de parler, un air de flûte et d'*erhu* s'échappa, mince filet d'eau intarissable, suivi d'un beau, d'un doux, d'un superbe chant révolutionnaire. On pouvait voir voleter au-dessus de nos têtes les notes de musique, rose pêcher, blanc poirier, pareilles à une riante rivière qui charrie son lot de pétales de fleurs. Nos pas soudain devinrent plus allègres, notre faim vaincue et chassée par la musique. Nous marchions tout en écoutant, et tout en marchant nous écoutions, jusqu'à ce que l'agitation nous gagne, nous nous arrêtâmes au beau milieu de la route pour tendre l'oreille à cet air et à ses paroles. Là nous ne pûmes nous empêcher de nous embrasser, elle enroula sa langue en un mince petit rouleau qu'elle mit dans ma bouche afin que je le suce, puis de ce rouleau elle souffla un air frais, et la salive sucrée qu'il transportait arrosa mon palais. Je goûtai dans ce souffle frais et dans cette salive des enivrements à tuer un homme, parfums de chrysanthème, de fleur de prunier, de fleur de sophora, de pivoine, de lotus, de pomme, de poire, de mandarine, de raisin, ainsi que les senteurs fortes des brins d'herbes de la colline, le léger parfum blanc chrysanthème des bleuets, le lourd parfum jaune chrysanthème des jasmins d'hiver, des branches et des herbes sèches le parfum rouge sombre doux sucré fort et dense, le parfum épais et collant des roseaux et sétaires, le parfum réglisse de pharmacopée, mi-violacé, mi-âpre des asparagus et des ligneux. Je gardai bien serrée sa langue dans ma bouche, j'entendis à nouveau derrière nous le bruit du haut-parleur, ce fut comme tout à l'heure des paroles d'abord indistinctes prononcées en dialecte, suivies d'un chant révolutionnaire, ardent, tonnant, brillant. A cet instant, à droite, à gauche, dans les villages au loin et les champs tout proches, dans les villages étalés, dans les hameaux encaissés, partout où il y avait des gens, partout où il y avait des maisons, des chaumières, comme s'ils en avaient reçu l'information, l'ordre, tous firent retentir les haut-parleurs, grands et petits, et diffusèrent en même temps leur chant et leur musique, emplissant toute la montagne, toute la campagne de notes et de rythmes rouges et jaunes, éclatants. Les sophoras sur le bord de la route se balançaient en applaudissant à cette musique, les épis dans les champs dansaient de joie à cette musique. Les notes entraient en collision dans le ciel, les chants galopaient sur le sol. Cette musique et ces chants ranimèrent notre flamme. Nous devinions que, de là-haut, de nouveaux bienfaits allaient pleuvoir sur les cœurs. Nous aurions voulu aussitôt courir jusqu'au sommet de la montagne afin de bien entendre quelles étaient les toutes dernières GRANDES DIRECTIVES, mais nous étions prisonniers de ces chants, touchés par le missile de ferveur rouge. C'était incontrôlable, c'était inextricable, c'était désespéré. Le visage de Rouge Mei brillait d'un rouge intense, dans ses yeux le désir était abyssal, les coins de sa bouche et les ailes de son nez frémissaient continuellement. J'expulsai sa langue hors de ma bouche et, tranchant de hache, lame de couteau, ma langue s'abattit sur la sienne, de la pointe je cherchai consciencieusement son palais, la base de sa langue, je léchai la fraîche et douce fragrance à sa surface. Encore une fois, notre respiration devint difficile, notre souffle lourd et court, la sueur charriait de la joie, un vertige descendait du ciel. Un haut-parleur se faisait entendre dans un village à vingt-cinq kilomètres de là, et tous ceux des villages et des hameaux à cent, deux cents kilomètres à la ronde, des villes jusqu'aux campagnes, des pins de Corée sur le massif du Grand Khingan aux cocotiers de Hainan, sur tous les lacs, sur toutes les mers, tout autour de la vieille Cathay, du pôle Nord au pôle Sud, dans le cosmos et au-delà, partout on diffusait des chants, de la musique s'en allait au galop. Le sang chaud qui, dans la tombe, s'était retiré de mon corps, revint en bouillonnant, courut à nouveau dans mes veines de la tête aux pieds, en passant par mes mains, pour venir gonfler mon membre. J'ignore pourquoi il en était ainsi, pourquoi ces chants ardents et cette musique rouge avaient le pouvoir de rallumer le fluide de mon désir, de réveiller soudain mon machin comme on réveille un lion endormi tout à l'heure dans la tombe, de le faire se dresser droit comme un pin, dur comme fer. Je ne sais pas si Rouge Mei fut comme moi excitée par ces chants et ces musiques, ou si elle s'enflamma à la flamme de ma brûlante passion. Tout son corps mollit, sa figure vira à l'écarlate, ses mains se pendirent une fois encore à mon cou, il semblait qu'il eût suffi de les desserrer un peu pour qu'elle glisse à terre sur le bord de la route. Je poussai ma langue jusque dans sa gorge, la pointe joua avec agilité avec son palais vibrant et chaud, vivace poisson grillant sur des flammèches. Comme effrayée par un séducteur, elle se figea et s'écarta un peu de ce que j'avais de dur. Mais sur le point de vraiment s'écarter, elle se jeta à nouveau contre la chose bandée, sans plus se soucier de rien, telle une molle étoffe s'empale sur une pointe de couteau, tel le papillon de nuit se précipitant sur la flamme, tel le rideau tiré d'une fenêtre vole au vent.

Elle murmurait, marmonnait : « Tsé-toung… Tsé-toung… »

La prenant dans mes bras, je volai vers un endroit à l'est de la grand-route. Je savais que le grand moment était venu, que si nous ne le saisissions pas à temps, remords et reproches nous attendaient, qu'il n'y aurait plus un endroit sur terre où je puisse cacher ma honte, la disgrâce de toute une vie. Je redoutais que les haut-parleurs et les enceintes qui résonnaient d'échos furieux s'arrêtent tout à coup, je redoutais que mon machin soudain dressé par la musique retombe aussi soudainement. Je n'allai pas jusqu'à l'endroit caché par les arbres. J'aperçus au nord un fossé profond, où la grand-route formait un escarpement abrupt sur lequel se serraient quelques sophoras feuillus de taille moyenne. Là nous fîmes ce que nous n'avions pas pu faire dans la tombe. A l'instant où, sans plus me soucier de rien, je pénétrai en elle, je vis son cri fou de joie, pareil aux brumes des matins d'avril, scintiller de rouge, déborder d'ors et de couleurs, portant avec lui un bonheur et un ravissement où le vertige était extrême, il s'envola dans l'entrechoquement de nos corps, s'accrocha aux épais feuillages des sophoras au-dessus de nous et teignit d'un rouge profond chacune des feuilles ovales. Je vis son cri *regarder les astres, regarder la lune, espérer seulement voir le soleil se lever sur la montagne,* il s'échappa hors de son âme et lorsqu'il traversa les feuillages des sophoras, fer rouge porté à blanc, impatience de flamme dans le vent, il calcina les bords et les pointes des feuilles un peu jaunies, les fit s'enrouler, se dessécher sous l'action de son feu, et celles-ci tombèrent une à une des arbres en tourbillonnant sur mes épaules, sur mon dos ruisselant de sueur chaude, s'accrochèrent à son visage et à sa poitrine injectés de sang joyeux, d'un éclat irradiant. De toutes parts, les haut-parleurs se répondaient, toujours en torrents, en vagues. Chaque parole et chaque phrase de chaque chant, luisantes perles d'agate, déferlaient du haut de l'escarpement, les notes, splendeurs scintillantes d'or et d'argent, traversaient en comètes le feuillage des sophoras pour instiller dans nos oreilles leur queue de lumière. J'entendais, venu de l'est, d'acier inoxydable, de fer galvanisé, *Menons jusqu'au bout la révolution*, venu de l'ouest, rouge flamme hurlante, *Il y a un soleil d'or à Pékin*, venu du sud avec une force retentissante, *A bas l'impérialisme américain, le révisionnisme soviétique et la clique réactionnaire*, venu du nord d'un tendre vert parfumé, *Prends une tasse de thé au beurre* et, pleine du sel des larmes et de la sueur, *Dénoncer les mille maux de l'ancienne société*, se déversant sur nos têtes, d'un sentiment ample et profond, gorgé d'une forte odeur de terre, *La bonté du Parti est plus grande que le ciel, plus grande que la terre*, jailli du sol, et bondissant, et riant, étoffe de soie qui danse et vole, *Le ciel des zones libérées est un ciel clair*. Nous étions encerclés par les chants, nous respirions les chants, étendus sur eux, enroulés en eux. Ils me douèrent de force, ils me soulevèrent d'enthousiasme, ils soutinrent ma volonté et ma fermeté. Quand je saisissais le rythme d'un de ces chants comme on défile au pas au son du clairon, je le plaçais entre sa chair et la mienne, de sorte que mon va-et-vient suivait cette cadence, rapide ou lente, pressée ou patiente, lourde ou légère, jusqu'à ce que du haut-parleur nous parvienne le « AH... » long, prolongé, point d'orgue du chant de la radiodiffusion, jusqu'à ce qu'avec ce « AH… » radiodiffusé, Rouge Mei et moi nous poussions un « AAAH ! » en même temps sans le vouloir, jusqu'à ce que l'explosion de notre « AAAH ! » recouvre de ses vagues terrifiantes le « AH… » radiodiffusé, jusqu'à ce que notre « AAAH ! » fasse trembler et tomber une à une les feuilles d'un vert tendre des sophoras au-dessus de nous, alors seulement nous estimâmes avoir fini, avoir remporté la victoire, le soleil illuminait toute la terre.

Quand Rouge Mei et moi, après avoir grimpé le fossé en nous aidant des branches, arrivâmes au sommet de la colline sur la grand-route, nous entendîmes à la suite de ces musiques et ces chants une importante annonce par l'Agence Nouvelle Chine : le Président Mao proclamait ses toutes nouvelles GRANDES DIRECTIVES.

5

POLITIQUE ET TACTIQUE

Retournement de situation

L'été passa.

Durant ces trois mois où tout le monde était occupé aux champs, je réfléchis à cette seule question : comment faire pour extirper de leurs entrailles la force des masses populaires du bourg de la Colline des Cheng ?

Nous devons nous appuyer sur les masses. LE PEUPLE EST LE VÉRITABLE HÉROS. C'est une vérité universellement applicable. Quand j'avais quitté Rouge Mei à l'entrée du village, elle avait dit : « Nous devons absolument mener la révolution jusqu'au bout. » J'avais dit : « Ne t'inquiète pas, Rouge Mei, il suffit de nous appuyer sur les masses, ce ne sera pas long, alors nous prendrons le pouvoir dans le bourg. » Et nous nous étions séparés là. Je la regardai passer à côté de la margelle du puits sur la rue Cheng de devant, puis elle tourna dans la rue Cheng de derrière pour s'en retourner chez elle d'un pas vif et léger.

Je me confinai chez moi pour réfléchir tout l'été. Tout l'été je réfléchis en silence, des milliers et des milliers de fois, à cette phrase magnifique et profonde : « Nous devons nous appuyer sur les masses ». Elle me fit prendre conscience de la raison pour laquelle les responsables de la brigade de production étaient obtus, cadenassés, hermétiques comme des sceaux en fer, outre que c'était parce qu'ils étaient les héritiers de cette branche pourrie des Cheng, la cause principale était surtout que nous n'avions pas mobilisé les masses, nous ne nous étions pas appuyés sur elles, nous n'avions pas écrit de dissertation sur le verbe *oser*, nous n'avions parlé ni politique, ni tactique. Qu'est-ce que la tactique ? La tactique, c'est la méthode et les moyens pour mettre en œuvre la politique du Parti. Quels sont les moyens ? Les moyens sont l'appréciation et l'évaluation du courage et de la perspicacité révolutionnaires. Le mot *oser* est l'instrument qui te permet de mesurer et vérifier tes talents révolutionnaires. Avec *oser* pour principe, si on a du courage et de la perspicacité, si on a une tactique, pourquoi n'arriverait-on pas à agiter les masses ? Il n'y a pas de peuple avec un niveau de conscience bas, il y a seulement des cadres de bas niveau ; il n'y a pas de masses faibles, il y a seulement des organisateurs de piètre capacité, ah ! quelles paroles profondes !

Pour agiter les masses, je devais imaginer un plan, arrêter une tactique. Cet été-là, le fruit de mon confinement fut ce plan en quatre points noté dans mon carnet en papier kraft :

1. Rapidement établir une petite organisation dirigeante centrée autour de trois personnes, moi, Rouge Mei, Cheng Qingping ou Cheng Qingxian.

2. Rassembler largement dans les journaux, les radiodiffusions, à Jiudu, le chef-lieu du district et dans les villages alentour, des exemples et cas typiques où ceux qui ont empêché l'action révolutionnaire ont mal fini.

3. Imprimer ces exemples et ces cas sur des tracts à distribuer dans chaque maison, à distribuer en mains propres aux masses de chaque commune populaire, créer une inquiétude et une nervosité sans précédent dans l'atmosphère politique de la Colline des Cheng.

4. Dans cette atmosphère d'inquiétude et de nervosité, agiter les masses, chercher la brèche révolutionnaire.

Concernant le premier point, dès l'automne venu, moi et Rouge Mei allâmes trouver Cheng Qingping pour lui dire : « Qingping, nous allons te parler franchement : veux-tu entrer dans notre petite organisation dirigeante ? Quand nous aurons renversé la cellule du Parti de la brigade de production, tu seras le maire adjoint de la brigade de production de la Colline des Cheng. » Il dit sans plus y réfléchir : « Oui. Du moment que je peux être cadre rural, je ferai tout ce que tu me dis de faire, Tsé-toung. » Il fut donc inutile d'aller trouver Cheng Qingxian. Le noyau dur de la petite organisation était formé.

Pour le deuxième point, nous agîmes dans le secret durant quinze jours, nous rassemblâmes soixante-dix-huit exemples, dont nous retînmes quinze cas typiques, imprimés sur deux cents tracts. Pour garder le secret, j'allai les faire imprimer dans la province voisine, à une centaine de kilomètres de là, chez un camarade de régiment (celui-ci travaillait dans la salle de dactylographie du comité de district). Les quinze cas typiques étaient :

1. Dans le quartier est de Jiudu, non seulement le secrétaire du comité de quartier ne soutenait pas le mouvement de révolte des jeunes militants révolutionnaires, mais il s'est aussi promené main dans la main avec une jeune fille en pleine rue, les jeunes militants l'ont pendu à la porte de la ville et l'ont brûlé vif.

2. Dans l'école des faubourgs où Rouge Mei a étudié, un enseignant épiait les filles dans les toilettes, les élèves l'ont attaché au cadre du tableau pendant son cours, ils lui ont arraché les yeux pour les donner à manger au chien.

3. Dans la brigade de production de Datou'r Est, à seulement trois kilomètres de la Colline des Cheng, les masses ont découvert que le secrétaire du comité du Parti avait fait tomber le Petit Livre Rouge du Président Mao dans les latrines. Non content de ne pas l'avoir immédiatement repêché, il a poussé au fond les Pensées qui flottaient à la surface à l'aide d'une moitié de brique. Cependant, si larges soient les mailles du céleste filet il ne laisse rien passer, le papier ne peut envelopper le feu, la vérité finit toujours par se savoir. Quand la brique en terre s'est transformée en boue, le jour où les masses sont allées prélever les excréments pour en faire de l'engrais, c'est-à-dire pour EMPOIGNER LA RÉVOLUTION, POUSSER LA PRODUCTION, elles ont repêché le Petit Livre Rouge et découvert le nom du secrétaire de cellule écrit dessus. Non seulement ce secrétaire a été chassé à grands cris, mais au milieu des cris, on lui a cassé la jambe et on lui a fait manger de la merde.

4. Dans un coin reculé des monts Balou, il y a un petit village qui s'appelle le village du Ruisseau, on exige que toute personne traversant le pont apprenne une citation du Président Mao. Une femme de la commune populaire n'arrivait pas à s'en souvenir, le jeune qui gardait le pont lui a demandé : « Sais-tu qui est le

Président Mao ? » Elle a réfléchi longtemps avant de secouer la tête, alors le jeune garde l'a poussée dans l'eau où elle s'est noyée.

...

13. Dans la capitale de la province, un membre des factions rebelles âgé de seulement vingt et un ans est déjà membre permanent du comité provincial du Parti et chef du bureau de la propagande, c'est le plus jeune cadre dirigeant du pays au niveau provincial promu grâce à la révolution.

14. Zhao Xiaqiu, vingt-six ans, ouvrière dans une usine de la préfecture, après avoir été reçue par les dirigeants, est devenue cheffe de l'usine avec le soutien des sept mille huit cents ouvriers.

15. Dans la commune populaire du camp des Ma, voisine d'une dizaine de kilomètres de la Colline des Cheng, il y a un jeune leader révolutionnaire de tout juste dix-huit ans, étudiant revenu dans son village natal. Après avoir renversé le secrétaire du comité municipal du Parti, il a organisé une nouvelle cellule ; grâce au succès de la révolution, non seulement il a récemment été promu secrétaire de la commune populaire, mais il est également devenu membre du comité de district du Parti.

Ces exemples imprimés sur les tracts étaient à frémir, à faire se dresser les cheveux sur la tête, mais ils étaient aussi joyeux, réjouissants, un ravissement pour l'âme. Sur la grande terre de Chine, en effet, un garçon de vingt et un ans était devenu chef du bureau de la propagande dans sa province, en effet, une femme de vingt-six ans était devenue dirigeante d'une entreprise d'Etat de sept mille huit cents ouvriers, en effet, un garçon de dix-huit ans était devenu secrétaire de la cellule de son village, et un membre actif de la commune populaire. LA PAUVRETÉ POUSSE AU CHANGEMENT, L'ACTION, À LA RÉVOLUTION. La société est ainsi faite, elle avance chaque jour, la pensée du peuple se forme par le changement, en particulier quand vient la vague révolutionnaire, VOUS ÊTES COMME LE SOLEIL DE HUIT OU NEUF HEURES DU MATIN. LE MONDE EST À VOUS, IL EST À NOUS AUSSI, MAIS AU FOND IL EST À VOUS. Nous ne pouvons pas ne pas entrer en action. Nous ne pouvons pas être mous, rester les bras ballants. Face aux ennemis armés, nous avons remporté la victoire, face aux ennemis sans armes, nous devons aussi remporter la victoire.

Nous distribuâmes ces tracts qui sentaient l'encre noire d'impression. Nous nous étions postés à l'entrée du bourg, nous avions véritablement l'air de malades possédés, dès que nous apercevions un homme, une femme, nous lui fourrions un tract dans les mains. Question : « C'est quoi ? » Réponse : « Un tract. » Question : « C'est écrit quoi ? » Réponse : « Lis, et tu sauras. » L'autre : « Je ne sais pas lire, comment faire ? » Nous : « Demande à quelqu'un de te le lire, et tu sauras. » Ces villageois qui rentraient chez eux après le labeur, ces villageois qui rentraient après avoir mené paître leurs bœufs et leurs moutons, ces élèves, cartable au dos, qui rentraient de l'école déjeuner à la maison, ils prenaient le tract et le lisaient tout en marchant, certains le lisaient à haute voix dans la rue, comme s'ils l'avaient récité dans une salle de classe. Ceux des villageois ne sachant pas lire se massèrent devant quelqu'un qui le leur lut à voix haute, mais quand il entendit monter l'excitation, il s'arrêta brusquement, le visage tout blanc. Ceux qui écoutaient dirent : « Allez, continue vite de lire. » L'autre rangea le tract en disant : « J'ai peur qu'il arrive quelque chose, j'ai peur d'une catastrophe. » Ayant dit cela, il s'en retourna chez lui en toute hâte, comme pour s'abriter du danger.

Un événement inattendu, incroyable se produisit ainsi. Nous avions tous trois distribué une trentaine de tracts sur les deux cents, quand tous les jeunes qui, lors de la bataille du portique, avaient été emmenés par leurs parents et leurs grands-parents, s'éveillant à nouveau, revinrent à nos côtés, revinrent dans les rangs de la révolution. Cheng Qinsun, Cheng Qingshi, Cheng Qingwang, Cheng Xianzhu, Cheng Xianmin, Cheng Xianfen, Cheng Qing'an, Cheng Xiancui, Tian Zhuangzhuang, Ren Qizhu, Shi Dagou, Shi Ergou, Zhang Xiaoshu, en voyant les tracts furent d'abord frappés de stupeur, mais quand ils eurent fini leur lecture, ils vinrent tous nous aider à les distribuer. Ils en prirent chacun une dizaine sur la grosse centaine qui restait, et se séparèrent pour aller dans la rue Cheng de devant, la rue Cheng de derrière, à l'extrémité du bourg, sur la place où on mange, au portail de l'école, ils les lancèrent dans les airs comme une neige qui tombe, les collèrent et les accrochèrent aux portes des maisons, sur les petits plaqueminiers et jujubiers.

En un moment, le bourg de la Colline des Cheng fut plongé dans l'effroi, chaque maison, chaque foyer discutait de ce secrétaire du comité de quartier brûlé vif, de ce professeur énucléé, du secrétaire de cellule à qui on avait cassé la jambe. Les rues étaient enveloppées non seulement du doux parfum de l'automne avancé, mais aussi d'une terreur mi-noire mi-blanche. On disait :

« Cette personne s'est vraiment noyée après avoir été poussée dans l'eau ? » On disait : « Je connais le secrétaire de cellule de Datou'r Est, c'est vrai qu'on lui a cassé la jambe ? » Dans le bourg, certains avaient de la famille au village de Datou'r Est, ils couraient diligemment là-bas pour se renseigner, mais oui c'était vrai, on disait en outre que le fils du secrétaire de cellule, en apprenant que son père avait bouché les latrines en y enfonçant le Petit Livre Rouge avec une brique, lui avait demandé si c'était vrai. Son père avait baissé la tête sans répondre, reconnaissant tacitement les faits, le fils avait alors levé la main pour le gifler, puis il lui avait envoyé encore un coup de pied dans l'entrejambe.

Une bataille idéologique profonde souleva une tornade sur chaque maison, chaque foyer, les villageois perspicaces voyaient déjà les flots de la révolution, comme le vent chasse les nuages, déferler sur le bourg avec une force dévastant tout sur son passage. Je le savais, je devais profiter de ce vent d'est révolutionnaire pour trouver rapidement la brèche révolutionnaire, trouver comment porter le coup fatal à la gorge et au cœur de l'ennemi.

En bref, il fallait trouver des paroles ou des actions contre-révolutionnaires venant du secrétaire de cellule ou du maire, et abattre d'un seul coup cette cellule du Parti.

Evidemment, renverser Cheng Tianqing, c'était détruire la cellule du Parti, évidemment je me ferais une joie de le mettre à mort, mais d'un autre côté j'avais besoin de preuves et de faits solides de son activité contre-révolutionnaire, passée ou présente. Evidemment, je n'avais pas à m'en faire si je ne trouvais pas ces preuves, il suffisait d'en trouver parmi ses proches parents, c'était tout à fait possible. Dans la phase critique de la révolution, tous les moyens mènent au même but, c'est une vérité, de la même façon que tous les chemins mènent à Rome.

Les rosées froides étaient passées, l'automne avancé était là. Déjà le rougeoyant parfum sucré des épis de maïs se propageait depuis les champs vers le village, quand vous traversiez le bourg de la Colline des Cheng, le vent qui va d'ouest en est, ou du sud au nord, transportait cette odeur visible, palpable de l'automne jaune et brun, qui flotte dans les rues pareille aux chatons de saule et aux pollens du printemps. C'était la saison la moins propice à l'action révolutionnaire. Dans le processus révolutionnaire des campagnes, la pleine saison agricole empêchera toujours le progrès de la révolution. Il est essentiel que la révolution lui concède une place, qu'elle s'acquitte de ce lourd tribut. Je savais que je devais découvrir la brèche révolutionnaire avant les moissons d'automne, puis, dans l'activité confuse de la moisson, battant le fer pendant qu'il était chaud, faire dégringoler Cheng Tianqing de son trône d'empereur de la Colline des Cheng.

Je décidai de convoquer une réunion des membres du noyau dur révolutionnaire.

Le mot fut passé de bouche à oreille, Cheng Qingping informa dix-sept personnes, le lieu de réunion était les berges de la Treize Lis où personne ne venait jamais (l'endroit de notre rendez-vous manqué avec Rouge Mei). Afin que la mobilisation se fasse en profondeur et que tous puissent exposer les fautes et les crimes de Cheng Tianqing lors de cette réunion, j'avais acheté dix-sept carnets, dix-sept stylos à bille, et un flacon d'encre à sceau rouge. Je voulais que tous, une fois que je les aurais mobilisés, consignent sur place les paroles et actions fautives de Cheng Tianqing dans leurs carnets, puis qu'ils y apposent leurs empreintes digitales à l'encre rouge. J'espérais, grâce à cette réunion secrète, découvrir que Cheng Tianqing avait jeté le Petit Livre Rouge dans les latrines, ou qu'il avait mal orthographié « Président Mao », ou bien qu'il avait prononcé sans y prendre garde des paroles banales en apparence mais qui, en y réfléchissant bien, étaient à faire pâlir d'effroi. Il suffisait d'une petite chose dans ce genre pour que la brèche révolutionnaire se fasse jour, et ah ! enfin, que la Colline des Cheng voie la lumière, et que le malheur fonde sur Cheng Tianqing. Il était midi, il faisait très chaud, tout le bourg faisait la méridienne, le calme cuisait les rues comme une casserole en train de bouillir. Mon fiston Rouge Sheng et ma p'tite Rouge Hua dormaient dans la chambre. Pour transformer les dix-sept stylos à bille en stylos à plume, j'avais brisé le balai en bambou de la cour, taillé dix-sept fines plumes au hachoir et, à l'aide de la corde de mes semelles, fabriqué des stylos à plume. A ce moment-là, Guizhi rentrait à la maison, elle poussa le portail, tenant à la main des nouilles faites à la machine et un demi-panier d'œufs de poule et de cane.

Elle demanda : « Qu'est-ce que tu fais ? C'était un balai tout neuf ! »

Je dis : « Ecoute-moi bien, toi et moi nous ne sommes plus dans le même bateau, à partir d'aujourd'hui tu évites de me demander ce que je fais. »

Elle resta là perplexe, le visage un peu vert-de-gris, elle parut sur le point de se fâcher, mais elle se retint.

Je compris qu'elle voulait me demander quelque chose. Chaque fois qu'elle voulait me demander quelque chose, elle se contenait pour ne pas exploser de colère.

Elle dit : « Est-ce que tu sais quel mois et quel jour on est aujourd'hui dans le calendrier lunaire ? »

Sans relever la tête, je continuai à mettre les recharges à l'intérieur des plumes en bambou : « Qu'est-ce que ça peut me faire quel jour on est ? »

Elle dit : « Est-ce que tu sais qu'aujourd'hui le père fête la belle longévité de ses soixante ans ? »

Je lui jetai un regard en coin : « Il a soixante ans ? Les cadres d'Etat doivent prendre leur retraite à soixante ans, comment ça se fait qu'il s'accroche encore à son poste de secrétaire de cellule ? »

Le visage de Guizhi devint plus vert encore : « Est-ce que tu vas aller lui présenter tes vœux aujourd'hui ? »

Je dis : « LA RÉVOLUTION N'EST PAS UN DÎNER DE GALA, je n'aurai pas ce loisir. »

Guizhi avait les larmes aux yeux : « Gao Tsé-toung, considère que c'est moi, Cheng Guizhi, qui t'en prie, d'accord ? »

J'arrêtai mon travail en cours : « Cheng Guizhi, il y a quinze jours, pour l'anniversaire de ma mère, je t'ai demandé de préparer un bol de nouilles aux œufs et d'aller le lui porter à la colline. Pourquoi tu n'as rien préparé ? Pourquoi tu ne l'as pas porté ? Et aujourd'hui tu me pries, c'est ça ? Bon, alors moi aussi je te prie, demande au père de tenir la promesse qu'il a faite il y a quatre ans de me léguer le poste de secrétaire de cellule, d'accord ? »

Guizhi resta silencieuse. Elle se tenait assez piteusement à la porte, peut-être regrettait-elle son manque de piété filiale envers ma mère, peut-être sentait-elle que son père devait tenir sa promesse de me nommer secrétaire de cellule, peut-être aussi affrontait-elle ce moment où les contradictions de la politique et de la famille s'entremêlent, de sorte qu'elle était incapable de déployer l'autorité et le pouvoir de la fille d'un secrétaire de cellule dans une famille ordinaire du peuple. Elle savait seulement qu'elle était la fille de Cheng Tianqing ; quand elle marchait dans les rues du bourg, les vieux de soixante, soixante-dix, et même quatre-vingts, quatre-vingt-dix ans, en la voyant, lui faisaient un signe de loin, lui parlaient, mais elle ne savait pas qu'en temps de révolution la politique renverse tout, la moindre force politique peut renverser tous les droits et privilèges familiaux illégitimes, inéquitables et insensés. Elle était allée à l'école quelques années seulement, elle n'avait jamais beaucoup lu, elle était l'archétype de la femme au foyer des campagnes, elle n'avait pas une traître idée de ce qu'était *Le Journal du Peuple* ou *Le Journal de l'APL*, elle ignorait ce qu'était la revue *L'Etendard rouge.* Dans les contradictions familiales, elle devait toujours avoir le dessus sans la moindre raison ; mais au moment où les contradictions familiales s'entremêlaient à la politique et à la société, au moment où ces peccadilles domestiques prenaient la couleur rouge de l'analyse critique selon le double point de vue de la lutte des classes et de la ligne du Parti, au moment où les contradictions familiales étaient prises dans le tourbillon politique et social, elle était à court de moyens, impuissante. Elle était condamnée à être la victime expiatoire de la politique dans la famille, à l'image du personnage de San Xiangu qui, vingt ans plus tôt, dans le roman de Zhao Shuli, devait nécessairement devenir la victime expiatoire de la révolution matrimoniale en Chine, tandis que les deux autres personnages Xiao Erhei et Xiaoqin devaient nécessairement en ressortir gagnants.

Je me remis à fabriquer mes plumes et réservoirs artisanaux qui permettraient la dénonciation écrite et orale.

Elle resta un moment debout devant moi, puis elle porta les nouilles et les œufs dans la cuisine, tirant un tabouret à la jonction de la cuisine et de la pièce principale elle s'assit dans un coin d'ombre. Je ne savais pas ce qui se passait dans sa tête à ce moment-là, je ne savais pas si elle réfléchissait à une bataille à mort ou bien s'il n'y avait qu'un grand vide à l'intérieur. Assise là dans mon dos, à cinq ou six mètres de moi, sans cligner des yeux, elle me regardait fabriquer mes stylos à plume. Le soleil l'atteignit, l'ombre recula, jusqu'à ce que les rayons impitoyables tombent sur elle, mais elle ne broncha pas. Le soleil lui tapait dessus, son visage était en nage.

Quand j'eus terminé mes dix-sept stylos, je me levai, m'étirai et vis qu'elle était encore là, immobile sous le soleil, mon cœur fut soudain pris d'un accès de bonté (parfois, la gentillesse est l'ennemi naturel du révolutionnaire).

« Tu es en train de cuire, observai-je, dis au père que je sais où m'arrêter, quand je serai secrétaire de cellule, je ne le lui ferai pas payer cher. »

Elle recula jusque dans l'ombre, son visage avait viré au rouge sombre sous le soleil.

« Ça fait plusieurs jours que le père est malade ! Le jour où il a lu ces choses que vous avez imprimées, il s'est effondré sur son lit. » Elle dit : « Gao Tsé-toung, aujourd'hui le père a atteint le bel âge de soixante ans, je voudrais donner deux banquets pour lui faire plaisir, profite de l'occasion pour lui demander pardon, faire tes excuses ; ensuite moi, Cheng Guizhi, je serai gentille avec toi, je serai gentille avec ta mère, j'irai chercher ta mère à la colline pour qu'on vive ensemble. Il suffit que tu sois gentil avec mon père pour que je sois gentille avec ta mère, d'accord ? »

Je regardais fixement Guizhi assise là. Etant donné qu'elle n'avait jamais imploré personne, son visage, en cet instant, avait pris la teinte cramoisie d'un foie de porc. Et jamais elle ne m'avait autant dégoûté, jamais je ne l'avais trouvée aussi méprisable, aussi pitoyable. Je me demandais comment j'avais pu me marier avec une femme aussi stupide et aussi laide. Comment j'avais pu avoir deux enfants avec elle. Et voilà qu'elle posait des conditions pour être gentille avec ma mère, voilà qu'elle venait me parler de ce qui était bien ou mal dans la révolution où la piété filiale qui aurait dû exister n'existait plus depuis longtemps. Les questions révolutionnaires peuvent-elles être résolues par des moyens familiaux ? La lutte des classes peut-elle être apaisée avec le bâton qui bat le beurre ? Le prolétariat peut-il accepter de la classe capitaliste l'aumône d'une poignée de riz, de quelques graines ? Je dévisageai Guizhi pendant un instant, je jetai un coup d'œil à la montre Seagull à mon poignet, et rassemblant mes stylos, mes carnets et mon encre, je partis.

« Gao Tsé-toung ! », elle se leva brusquement pour m'appeler.

Debout devant le portail, je ne tournai pas la tête.

« Tu n'iras pas à l'anniversaire des soixante ans de mon père, c'est ça ? »

Froidement, je fis « hum » et je dis : « Cheng Guizhi, dis ça au père : actuellement, tout le monde se serre la ceinture pour la révolution, les usines économisent chaque pelletée de charbon, les villes chaque goutte d'eau, partout dans le pays, des masses aux dirigeants, chacun fait PLUS, VITE, MIEUX, AVEC MOINS, EMPOIGNE LA RÉVOLUTION, POUSSE LA PRODUCTION, pour amener la construction du socialisme à un nouveau stade. Le Président Mao a dit : ABNÉGATION DANS LES USINES, ABNÉGATION DANS LES COMMERCES, ABNÉGATION DANS TOUTES LES ENTREPRISES D'ETAT ET LES COOPÉRATIVES, ABNÉGATION DANS TOUTES LES AUTRES ACTIVITÉS, EN TOUTE CHOSE METTRE EN ŒUVRE LE PRINCIPE D'ABNÉGATION. Augmenter la production, pratiquer la rigueur, ce sont les principes fondamentaux de la construction du socialisme. Pourtant ton père, en tant que cadre et membre du Parti, à la tête de milliers de personnes, met les petits plats dans les grands, dépense à profusion, se goberge pour son anniversaire, mais qu'est-ce que ça veut dire, enfin ? Est-ce pour fêter son anniversaire ou a-t-il d'autres motivations ? »

Je m'éloignai.

J'avais fini de parler et m'apprêtais à sortir quand j'entendis Guizhi, folle de colère, qui me courait derrière en m'appelant et en criant : « Gao Tsé-toung, tu vas le regretter ! » Je ne savais pas ce qu'elle voulait dire vraiment, je refermai le portail au passage et, d'une voix forte, je lui rendis la politesse : « Ce n'est pas moi qui vais le regretter, c'est ton père Cheng Tianqing. » Puis je m'en allai, d'un pas chaloupé.

A midi, les ruelles étaient pareilles à un long sac en toile chauffé, le chant des cigales tombait des arbres comme des grains de sable chaud, ruisselait dans le sac vide, s'en échappait en roulant. Le chien d'une maison, la langue pendante, me voyant, leva la tête paresseusement, puis retourna à sa sieste sous l'arbre. Ce fut pendant un moment aussi ordinaire, un temps qui n'avait rien d'extraordinaire, qu'un changement fondamental se produisit dans la situation révolutionnaire de la Colline des Cheng, un changement dans la bonne direction, dans la direction qui nous était profitable. C'était contingent, mais c'était aussi nécessaire (le contingent porte toujours en son sein le nécessaire). C'est parce que ce temps était ordinaire, parce que la situation connaissait mille et un changements, parce que j'avais consacré à la révolution des efforts et une concentration démesurés, qu'en cet instant la lumière avait soudain jailli des ténèbres, et qu'elle était déjà là sans que je m'en sois aperçu.

La maisonnée, après que j'en eus fermé le portail, tomba dans le silence.

Le bourg de la Colline des Cheng, dans le sillage de mes pas, tomba dans le silence.

Au moment où je sortais du village, la vieille Beijing Jeep du gouvernement du bourg arriva je ne sais d'où, je vis le maire au volant, un homme d'âge mûr au cheveu toujours ras, il faisait le tour par la grand-route à l'extérieur du bourg en direction des bâtiments de la mairie. J'espérais qu'il s'arrêterait pour me parler, mais la voiture passa dans un nuage de fumée et de poussière. J'étais sûr qu'il ne s'arrêterait pas pour me parler. Il ne me connaissait pas, il ignorait qu'il y avait en ville un jeune loup tapi, qu'un révolutionnaire de génie se cachait là, et il ne savait pas que ce révolutionnaire-là était le plus à même de devenir son fossoyeur, à lui le maire d'âge mûr. Je regardai la voiture s'éloigner, ramassant une pierre je la lançai dans sa direction, je la vis heurter le tronc d'un paulownia, dont elle brisa l'écorce et fit couler la sève, je m'en allai alors vers la Treize Lis.

Rouge Mei était arrivée la première. Elle avait amené sa fille Tao'r avec elle. Assise sur la berge, celle-ci battait l'eau de ses pieds nus qui faisaient comme des racines de lotus. Rouge Mei parut un peu gênée en me voyant, jetant un coup d'œil à Tao'r elle dit : « C'étaient des cris et des pleurs si je ne l'amenais pas, rien à faire ! »

Je regardai la petite fille et dis : « Allez, viens, ce n'est pas grave, nous aurons d'autres occasions. »

Tous deux nous savions que l'occasion se présenterait encore de nous dire et de faire des choses. Nous nous assîmes l'un en face de l'autre à l'ombre d'une rangée de saules, elle portait une jupe que très peu de femmes du bourg osaient porter à l'époque (en ville c'était déjà très à la mode, ah ! cette foutue différence entre les villes et les campagnes !) qui découvrait ses jambes blanches comme neige, si émouvantes qu'elles paraissaient irréelles. Je vis le fin duvet de ses mollets, de temps à autre des gouttes de lumière tombaient éparses entre les feuilles des saules, faisant briller chaque fin poil d'un lustre doré. Elle savait que j'étais en train de la regarder. Il y avait de longs jours que nous n'étions pas restés seuls ensemble. Nous la désirions très fort, cette occasion de rester seuls ensemble. C'était comme si elle savait ce que j'étais en train de penser en cet instant.

Elle tourna un peu son corps penché pour se rapprocher et s'asseoir plus près de moi. Elle retira ses chaussures en velours à ouverture carrée, découvrant ses dix ongles écarlates, puis elle troussa un peu sa jupe pour découvrir à demi ses cuisses tendres et fermes.

J'avais la bouche et la langue un peu sèches, j'avalai ma salive.

Les berges étaient très calmes, l'eau de la rivière clapotait, les oiseaux aquatiques, blancs sous le soleil, se laissaient bercer sur l'eau plus haute à l'endroit de la digue. Là-bas, Tao'r appela : « Ma-man poi-sson… ? » (Les enfants de la Colline des Cheng disent tous « la mère », seule Tao'r disait maman.) Rouge Mei se retourna pour lui dire d'une voix forte : « Tao'r, tu joues toute seule, maman et le monsieur sont en train de discuter. » La petite fille roula son pantalon pour attraper les poissons sur le bord. Rouge Mei me regardait, son regard passa par-dessus mon épaule pour se poser sur la levée du canal qui s'étirait en direction du village.

Je demandai : « Quelqu'un vient ? »

Elle dit : « Non », puis demanda : « On va dans le bois un moment ? » Personne ne savait mieux que Rouge Mei ce dont j'avais besoin à ce moment-là. Je l'aimais, bon Dieu que je l'aimais. Après m'avoir posé cette question, elle fit le geste de se lever pour se sacrifier à moi, je savais que, là-bas, il me suffirait d'un signe de tête pour qu'elle se déshabille complètement sans plus se soucier de rien. Mais je secouai la tête : « En situation d'urgence, l'intérêt public passe avant tout. »

Très consciente de ses devoirs, elle hocha la tête et posa ses pieds sur mes cuisses, faisant resplendir de rouge ses ongles rouges devant moi. C'est alors que

Cheng Qingping arriva, Rouge Mei se leva comme si de rien n'était, pour aller lui donner un stylo et un carnet.

Elle donna un stylo et un carnet à chaque personne qui arrivait. Tout en les distribuant, elle leur adressait quelques paroles, les entraînant très vite avec elle dans un état d'esprit révolutionnaire mystérieux. J'étais assis sur une pierre en forme de panier à un endroit surélevé de la berge, je les regardais tous qui, le stylo et le carnet en main, me regardèrent à leur tour. Je dis : « Est-ce qu'il en reste encore ? » Rouge Mei et Cheng Qingping dirent : « Tout le monde doit être là. » La réunion pouvait donc commencer, j'aurais pu aller droit au but et dire ce que j'avais à dire.

Mais je dis :

« Je vous annonce à tous de bonnes nouvelles. Moins de trois jours après avoir distribué nos tracts, le vice-secrétaire de cellule, Cheng Tianshui – c'est l'oncle de Qingxian… » (tout en parlant, je regardais Qingxian qui était assis sur une de ses chaussures) « … est venu me trouver un soir et m'a raconté qu'une fois, en s'asseyant par terre, il n'avait pas vu que le Petit Livre Rouge était tombé de sa poche de pantalon et qu'il avait sans le vouloir posé ses fesses sur les citations du Président Mao. Il a dit qu'il avait compris qu'il avait commis une grande faute, qu'il n'était pas digne d'être vice-secrétaire de cellule, il souhaite laisser son poste à l'un d'entre nous, il souhaite se mettre à l'école des masses ordinaires, il souhaite faire partie du peuple sous la direction d'un autre leader. » Ici, je bus une gorgée d'eau, je balayai l'assemblée du regard et je vis dans les yeux de petites flammes bondir en crépitant. Je dis : « Il y a aussi l'électricien du village qui est venu me trouver, il a raconté qu'une fois, il avait voulu tester si la couverture du Petit Livre Rouge était isolée ou non, il ne savait pas que le court-circuit la ferait brûler et que l'image du Président Mao brûlerait aussi.

Il a reconnu ne pas être digne d'être électricien, et qu'il rendrait son pouvoir d'électricien à tout moment. Et que dire du comptable de la brigade de production : il a raconté qu'un jour, il avait fait tomber son badge avec le portrait du Président Mao dans un tas de crottes de cochons. Et la présidente de l'association des femmes, elle a avoué qu'une fois, elle avait pris une composition d'une petite élève pour une citation du Président Mao ! … Il y a ainsi bien des exemples. Qu'est-ce que cela montre, hein ? » Ma voix monta d'un cran, j'agitais sans cesse dans les airs le fût en bambou du stylo-bille que je tenais en main : « Cela montre que nous avons remporté la première bataille, cela montre que la victoire est à portée de vue. Cela montre que tous ces gens qui ont commis des fautes, des fautes parfois graves, tremblent, se recroquevillent devant nous et la grande vague révolutionnaire qui vient ! Qu'est-ce que cela montre encore, hein ? Cela montre que tous les camarades, quelle que soit leur faction, seront évalués et révoqués, qu'ils seront tous examinés et critiqués par rapport au mouvement révolutionnaire et au sein même du mouvement révolutionnaire. Nous ne craignons pas qu'ils commettent des fautes : qui commet une faute et la corrige est un bon camarade. Mais que faut-il faire face à ceux qui commettent des fautes et ne veulent pas se corriger, ne veulent pas les confesser avec franchise et essaient même de passer à travers les mailles du filet ? Il n'y a pas d'autres moyens, il n'y a qu'une seule voie :

agiter les masses – agiter les masses – et encore agiter les masses. Quand les masses seront correctement, radicalement, agitées, ceux qui commettent des fautes et essaient de passer à travers les mailles du filet seront démasqués. Leurs noirs desseins exposés, la vérité éclatera au grand jour.

Si on peut dire que, sur le fond, les masses de la Colline des Cheng se sont éveillées, nous allons maintenant les agiter radicalement, totalement. Le travail qui reste à accomplir c'est, pour chacun d'entre nous ici présents, qu'il soit membre du Parti, membre des Jeunesses communistes ou jeune révolutionnaire, d'assumer véritablement la fonction de l'avant-garde, d'assumer la fonction de combattant ; nous devons mener la charge, charger en première ligne, nous devons vraiment, vraiment être dans l'œil du cyclone révolutionnaire, à la crête des vagues, combattre les forces du mal, combattre le ciel, combattre la terre, combattre les ennemis de classe de la Colline des Cheng ; nous devons soumettre le privé au public, briser le privé pour édifier le public, placer le mot *oser* avant toute chose, vous devez dénoncer, sans rien omettre, tout ce que vous savez des actions et paroles répréhensibles de chaque membre de la cellule du Parti dirigée par Cheng Tianqing, pour qu'ils soient comme des rats en pleine rue révélés aux yeux de tous, exposés à la lumière du grand jour devant les masses ; pour que les masses sachent que celui qui est en mesure de les guider et d'EMPOIGNER LA RÉVOLUTION, POUSSER LA PRODUCTION, ce n'est pas le Cheng Tianqing d'aujourd'hui, mais chacun d'entre nous qui, tous ensemble, formons le nouvel organe, le nouveau bureau et la nouvelle cellule.

Actuellement, Cheng Tianqing est malade, cela montre que non seulement ils tremblent, mais aussi qu'ils ont les foies, que la peur les a saisis. Cela montre que le succès de la révolution est pour un avenir proche. Mais avant ce succès, avant notre prise du pouvoir politique, afin d'éviter que des contradictions naissent de l'intérieur, afin d'éviter d'inutiles querelles d'intérêt entre nous, je veux vous dire clairement ceci : c'est que, bien que la révolution soit faite pour s'emparer du pouvoir politique, il ne s'agit pas de redistribuer ensuite les anciens privilèges. Après notre prise de pouvoir, il y aura des différences de niveau entre nos attributions. Qui a une fonction plus haute ? Qui a une fonction plus basse ? Qui a plus de pouvoir ? Qui a moins de pouvoir ? Tout cela dépendra des efforts et du comportement de chacun lors de la dénonciation, cela dépendra du niveau de conscience révolutionnaire, cela dépendra de la capacité à organiser et à agiter les masses. Il ne s'agit pas de récompenser les mérites, mais nous ne pourrons pas ne pas considérer le comportement de chacun ici présent. Je dois expliquer clairement ce point : quand nous nous serons emparés du pouvoir, qu'il s'agisse d'être chef adjoint de la brigade de production, pointeur, vacher ou garde champêtre… toutes ces bonnes choses ne retomberont pas sur la tête de ceux qui sont venus ici juste pour s'asseoir et regarder, qui se fichent de la révolution comme de l'an quarante et sont actifs comme des bouts de bois. »

Je dis : « A présent, les carnets sont entre vos mains, les stylos aussi, je vous demande de rassembler tranquillement vos souvenirs pendant quelques minutes, puis d'écrire votre opinion et ce que vous pouvez révéler sur le secrétaire de cellule Cheng Tianqing et son secrétaire adjoint, sur le maire et le maire adjoint, y compris les cadres et leur famille proche, leurs femmes et leurs enfants, et d'y apposer votre empreinte de doigt. »

Ayant fini de parler, je ne savais pas quel courage, je ne savais pas quel effet mes paroles avaient suscité parmi le noyau dur des révolutionnaires de la Colline des Cheng. Mais je vis clairement une chose, ils n'osaient pas encore s'opposer véritablement à Cheng Tianqing, ils n'osaient rien écrire dans leur carnet. Ils étaient là à me jeter des coups d'œil, tandis que je leur jetais des coups d'œil, ils se scrutaient, s'observaient, impuissants, quelqu'un devait, semble-t-il, prendre l'initiative d'écrire sa dénonciation pour que les autres se mettent à gratter à sa suite.

Je dis : « Il y a encore un point sur lequel je veux vous rassurer, peu importe qui dénonce qui. Si cela n'est pas absolument nécessaire, personne ne révélera publiquement le nom de celui qui a écrit la dénonciation. »

La situation n'était pas très encourageante, l'un d'eux posa tout bonnement son stylo par terre et, poussant un long soupir, dit : « Je voudrais bien dénoncer, mais bordel de merde je ne sais rien ! » C'était le neveu du secrétaire adjoint de cellule, Cheng Qingxian, qui avait parlé ainsi. Ses paroles, comme par un effet de contagion, firent que d'autres posèrent leur stylo et dirent la même chose avec découragement. L'expérience me disait qu'en cette circonstance, il fallait stopper ce vent contraire et délétère qui soufflait sur l'ardeur des révolutionnaires tout juste éveillés. J'observai un instant ceux qui avaient parlé et posé leur stylo, puis mon regard s'arrêta sur le visage de Rouge Mei.

Aussitôt, elle comprit. Elle quitta le bord du groupe où elle se trouvait, pour s'avancer devant eux et dire : « Je dénonce mon beau-père Cheng Tianmin et Cheng Tianqing. Souvent, ils s'assoient dans la deuxième cour du temple des Cheng pour discuter des affaires nationales, ils se plaignent de la situation révolutionnaire. Une fois, en parlant des jeunes révolutionnaires du chef-lieu du district qui avaient fait parader dans les rues un vétéran de la Longue Marche, Cheng Tianqing a dit qu'il connaissait ce vétéran et que, s'il tombait sur les jeunes révolutionnaires qui l'avaient fait parader, il leur ferait éclater la tête à coups de pelle. »

(J'aime Rouge Mei.) Je dis : « Ecris-le, c'est une preuve à charge. »

Chrrr-chrrr-chrrr, Rouge Mei gratta sur son carnet devant l'assemblée.

Les choses sont aussi simples, aussi sûres que ça : si le vent d'est révolutionnaire ne l'emporte pas sur le vent d'ouest réactionnaire, c'est le vent d'ouest réactionnaire qui l'emportera sur le vent d'est révolutionnaire. Mais la plupart du temps, c'est le vent d'est révolutionnaire qui l'emporte sur le vent d'ouest réactionnaire. En voyant Rouge Mei ainsi parler, et ainsi écrire, Cheng Qingping dit à sa suite : « Je dénonce trois fautes de la cellule du Parti sous la direction de Cheng Tianqing, je vais toutes les consigner dans le carnet. Si un jour la révolution a besoin que j'expose publiquement ces fautes, et même si on doit me couper la tête, à moi Cheng Qingping, j'oserai me lever pour témoigner publiquement. » Ceci étant dit, Cheng Qingping avança d'un pas, s'accroupit à côté de Rouge Mei et, posant le carnet sur ses genoux, se mit à *chrrr-chrrr-chrrr* gratter, gratter, gratter.

Soleil levant à l'est, sur les fortes céréales.

Douce rosée répandue, sur les frais pétales.

Le grand fleuve roule le ressac de ses flots, les carpes sur les vagues bondissent.

Les vagues des classes sont levées une à une par le vent, sans relâche battues par les autans.

A la suite de la dénonciation publique de Rouge Mei, puis de Qingping, tout le monde se mit à écrire dans son carnet, certains le posèrent sur leurs genoux, d'autres sur une pierre, d'autres encore simplement par terre, ils écrivaient couchés à plat ventre sur le sable. C'était une scène émouvante. Au loin, les champs d'automne étaient déjà mûrs, il flottait une odeur de maïs rouge sombre qui recouvrait tout ; plus près, sur les eaux argentées de la Treize Lis, où Tao'r jouait, tomba l'ombre oblique d'un cormoran qui traversait les nuages. Dans les saules au bord de la rivière, soufflait une brise légère, douce et agréable. Du canal qui s'écoulait vers l'arrière du bourg, montaient sans cesse les verts et frêles coassements des grenouilles, et le *splatch* de leurs bonds dans l'eau par-delà la levée. Le soleil, parvenu à son zénith, irradiait de ses rayons chaque silhouette en train d'écrire et la lovait au creux d'un cercle à l'éclat diffus. Je vis que les plus rapides avaient déjà rempli une page, ils avaient établi un ordre selon des ① ② ③, les plus lents avaient rempli plus d'une demi-page, leurs caractères étaient tout de travers et tordus, comme s'ils avaient entassé des crottes sur une feuille blanche. Je déambulais parmi eux qui écrivaient la matière de leurs dénonciations, je décidai que, après qu'ils me les auraient rendues, j'écrirais cette nuit même des dazibaos, et demain matin dès leur réveil, les gens découvriraient le bourg comme après une nuit de neige, sur tous les murs des rues et des ruelles seraient affichées les dégeulasseries et les saloperies, la merde et la boue de Cheng Tianqing et Cheng Tianmin. Je décidai que, après ce succès de la révolution, si un tel qui avait étalé toute cette merde sur le papier n'était pas capable d'être cadre de la brigade de production ou chef de l'équipe de production, il faudrait le nommer garde forestier, pointeur adjoint, ou encore employé du moulin à grains électrique de la brigade de production. En un mot : QUI SONT NOS ENNEMIS, QUI SONT NOS AMIS, cette question n'était pas seulement de première importance en temps de révolution, c'était aussi une question de première importance après son succès. La révolution n'est pas là pour récompenser les mérites, mais en aucun cas la révolution ne peut laisser les camarades qui se sont lancés tête la première et ont versé leur sang se retrouver gros-jean comme devant, il s'agit de la question des bénéfices de la révolution, il s'agit aussi de la question préalable à laquelle il faut réfléchir quand on agite les masses paysannes. J'étais en train de calculer, avec toutes ces dénonciations, combien je devrais débourser pour le papier, la colle et les pinceaux afin d'écrire les dazibaos ; j'étais en train de penser à la tempête révolutionnaire sur le point de s'abattre sur les eaux mortes du bourg de la Colline des Cheng, ainsi qu'aux rides sur cette eau morte en passe de devenir Grand Fleuve coulant à l'est, à ce bol d'eau glacée qui allait déchaîner les fleuves, démonter les mers. Je savais que cette réunion sur les berges ferait date dans les annales historiques de la révolution de la Colline des Cheng, que grâce aux révélations advenues durant cette réunion, la révolution de la Colline des

Cheng connaîtrait un authentique tournant. Je savais que certaines de mes actions d'agitation révolutionnaire ici à la Colline des Cheng ne tenaient pas la comparaison avec celles des révolutionnaires du chef-lieu du district, de Jiudu ou de la capitale de la province, ils se moqueraient de ma méthode plutôt rustre et puérile, tout comme aux premiers temps de la révolution du Parti communiste, des gens se moquèrent de Mao Tsé-toung en disant que l'insurrection paysanne menée à Shaoshan était une révolte de culs-terreux. Les railleries de ce genre viennent de ceux qui ne connaissent pas suffisamment le monde paysan, elles sont le fait d'une inexpérience de la terre et des campagnes, d'un manque de familiarité avec la culture féodale particulière au bourg de la Colline des Cheng et à la terre natale des deux Cheng, elles manquent de discernement. Engels a dit : « La libération du prolétariat aura aussi sa propre expression dans les affaires militaires, elle créera sa propre méthode pour faire la guerre. » La guerre révolutionnaire du peuple chinois sous la direction du Parti communiste chinois a réalisé cette grande prédiction d'Engels, elle a créé la grandiose pensée militaire de Mao Tsé-toung. Dans le cas d'un fort déséquilibre des forces entre l'ennemi et nous, le bras armé de la révolution doit vaincre un adversaire puissant. Il ne faut pas se jeter dans une bataille à mort avec l'ennemi, sinon on est certain d'essuyer de lourdes pertes et de faire subir à la révolution un lourd échec. C'est seulement en mettant en pratique la guérilla que l'on peut atteindre le double objectif de se protéger et de détruire l'ennemi. « L'ennemi avance je recule, il s'arrête je m'approche, il est fatigué je frappe, il recule je le poursuis. » Tels sont les termes de la formule secrète de la guérilla. Guerre mobile, guerre de harcèlement, guerre de sabotage, guerre de mines terrestres, guerre sur l'eau, guerre de chacun et de tous les villages, telles sont les méthodes concrètes de la guérilla. En réalité, ce sont ces tactiques qui n'étaient pas reconnues au départ comme des tactiques de guerre qui ont changé le destin du peuple chinois. Qui aujourd'hui mépriserait encore la guerre mobile et la guerre de harcèlement ? Demain, quand ma révolution de la brigade de production de la Colline des Cheng aura réussi, quand ma révolution du bourg de la Colline des Cheng aura réussi, quand j'aurai réussi la révolution dans le district, dans la préfecture et même dans la province, qui osera encore ne pas inscrire dans les annales de l'Histoire cette réunion secrète sur les berges? Quand plus tard les générations futures écriront ma biographie ou mes mémoires, qui pourra ne pas relater cette méthode de dénonciation si caractéristique de ce que je suis ? Quand les générations suivantes feront des recherches sur ma vie et l'histoire de mon combat révolutionnaire, qui pourra ne pas parler de ce magistral et crucial tournant de mon destin révolutionnaire ?

J'allais et venais au milieu du *chrrr-chrrr* des stylos, je prenais clairement conscience que ces dix-sept stylos à plume artisanaux et ces dix-sept carnets premier prix qui avaient été distribués deviendraient des pièces historiques, mais je n'avais nullement conscience qu'un brutal, qu'un ahurissant événement s'était produit, et qu'un moment plus stupéfiant encore se préparait. Je n'avais pas conscience que cette réunion sur les berges, modèle de guerre en mouvement et de guerre de harcèlement, avait déjà eu pour conséquence de révéler, de faire surgir une signification plus immédiate et plus directe. Je n'avais pas imaginé que le fruit, imprévisible mais concevable, de cette réunion apporterait la preuve, d'un certain point de vue, de sa grandiose signification, de la profondeur et la complexité de ce tournant dans la révolution de la Colline des Cheng.

A l'instant où Cheng Qingping, ayant apposé le premier son empreinte sur les trois pages de dénonciation qu'il avait écrites, était en train de me les remettre, du côté du canal éclatèrent, coups de tonnerre dans un ciel serein, des hurlements rouges comme du sang rouge et des appels tout noirs piqués de blanc.

« Gao Tsé-toung ! Gao Tsé-toung, est-ce que tu es sur les berges ? Sacré bon Dieu de Gao Tsé-toung, où es-tu ?!!! »

En regardant dans la direction d'où venaient les cris, je vis celui qui m'appelait, la bouche grande ouverte comme un puits à sec.

« Ohé ! Vous êtes sourds, vous êtes morts ou quoi ? Est-ce que Gao Tsé-toung est là ? Vite, dites-lui de courir chez lui ! Sa femme Guizhi s'est pendue ! »

Badaboum, je fus pétrifié.

Et *badaboum*, tout le monde fut pétrifié.

« Gao Tsé-toung ! Oh, ta femme Guizhi s'est pendue ! Elle est toute morte, sacré nom de Dieu, où es-tu ? »

Moi, Rouge Mei, Cheng Qingping et les autres étions tous tout pâles. La pâleur de Rouge Mei avait pris une épaisse teinte jaunâtre, elle me regardait, son front s'était instantanément couvert de sueur.

« Rouge Mei, dis-je avec un calme et un sang-froid parfaits, ramasse tout le matériau des dénonciations, surtout qu'on ne perde pas un cahier. » (Oh là là, comme je suis grand ! une vraie âme de général !) Ayant dit cela, je partis en courant vers ces cris et appels furieux qui remontaient le long du canal. Me voyant, le villageois qui était en train de m'appeler redoubla ses cris comme s'il me lançait des briques et des tuiles à la tête.

« Tsé-toung, vite, vite ! Le visage de ta femme est tout bleu ! Sa langue pend dehors ! Si tu traînes, tu n'auras plus jamais la chance de lui dire un mot ! »

Le tournant (1)

Guizhi était morte.

Guizhi, confuse confusion, était morte.

Pendant que je rentrais chez moi en courant, cette phrase « Guizhi s'est pendue » se mit en travers de mon cerveau comme une stalactite, et lorsque je parvins à la maison, la stalactite explosa dans ma tête, j'avais chaud et froid en même temps, je ne tenais plus sur mes jambes, comme si j'avais attrapé la malaria. Elle avait dû se pendre peu de temps après que j'avais atteint les berges, c'était la voisine, venue emprunter un seau pour puiser de l'eau, qui l'avait découverte, mais le temps qu'elle appelle quelqu'un pour venir vite la décrocher de la poutre, Guizhi ne respirait déjà plus, la chaleur de son corps s'était enfuie comme le vent souffle les nuages. Les villageois l'avaient transportée sur le seuil de la maison, la tête orientée côté cour, face au vent, dans l'espoir qu'il la fasse revenir de la mort, mais leur espoir s'était vite éteint. Son visage avait déjà bleui. Quand je fendis la foule, je vis ses yeux révulsés, le blanc de l'œil vitreux. A cet instant, je pensai qu'il était déjà trop tard, je pensai, pourquoi avoir pris tant à cœur le simple fait que je ne veuille pas souhaiter son anniversaire à ton père ? Etait-ce si important que ça, fêter ou ne pas fêter un anniversaire ? Plus important que ta vie ? Me penchant, je mis ma main devant son nez, pour essayer de saisir un fil qui la ferait revenir à la vie, mais son nez était tout froid, comme si j'avais mis ma main devant un glaçon. Je compris que tout était fini. Je sentis se profiler devant moi et devant la révolution une situation compliquée où s'engagerait une lutte à mort.

Je me relevai lentement. Les voisins et voisines qui étaient venus décrocher Guizhi me lançaient des regards étranges. Mon fiston Rouge Sheng et ma p'tite Rouge Hua étaient debout à côté de Guizhi, ils semblaient comprendre et en même temps ne pas vraiment comprendre ce qui était en train de se passer à la maison, ils me regardaient moitié terrifiés, moitié ahuris, au bout d'un moment ils vinrent me prendre la main en silence comme pour me demander de l'aide. Il va sans dire que l'instant était crucial, je vis dans le regard des villageois que la menace ne pesait pas seulement sur moi, Gao Tsé-toung, mais aussi sur la révolution de la Colline des Cheng et son avenir, sur la direction et la ligne de la révolution.

Ceux qui étaient venus à la réunion sur les berges accoururent, ils avaient les yeux fixés sur moi. Tout était si calme à l'intérieur et à l'extérieur de la maison qu'on pouvait entendre l'air s'écouler telle une scie qui passe et repasse.

Je tremblais, c'était comme si d'innombrables vers glacés se tortillaient sur mon corps et dans mon cœur.

Rouge Mei arriva. Le visage jaunâtre, elle s'approcha pour serrer Rouge Hua et Rouge Sheng dans ses bras, comme une mère Courage serrant ses enfants contre elle.

(Grandiose Rouge Mei, foutre comme je t'aime !) Quand elle les détacha de ma main pour les emmener, par-delà la foule regroupée sur le seuil j'aperçus, sous la table à l'intérieur de la maison, quelque chose qui semblait avoir été mis en pièces. Je m'éloignai du corps, les voisins qui entouraient Guizhi s'écartèrent pour me laisser passer.

Tous les regards suivirent mes pas jusqu'à l'intérieur de la pièce et là, quel choc ! je vis le buste en plâtre du Président Mao, qui d'habitude était sur la table, tombé et réduit en poussière, le portrait du Président Mao sur le mur du fond avait été arraché, déchiré en petits morceaux, roulé en boulettes et jeté par terre, sous la table, entre les jarres à grains et dans le coin derrière la porte. En outre, sur les quatre tomes de l'*Anthologie du Président Mao*, deux étaient sur la table, un autre, ouvert à une page, pendait en équilibre au coin de la table, et le dernier à la couverture crème avait été déchiqueté, chaque lambeau jeté sous le buffet. J'allai dans la chambre côté est, soulevai la courtine et vis le portrait du Président Mao sur le mur lui aussi déchiré, je me dirigeai à pas rapides de l'autre côté, soulevai la courtine et vis que la dizaine de pin's avec le portrait du Président Mao, posés d'habitude sur le rebord de la fenêtre, avaient été éparpillés un peu partout sur le sol dans la poussière.

(Elle avait sûrement dû, tout en déchirant et détruisant ces objets sacrés, me maudire : « Gao Tsé-toung, je vais la faire moi la révolution ! Je vais te la faire la révolution ! » Guizhi, mais qu'est-ce qui t'a pris ? O crime infâme qui profane le Ciel… Je repensai à ces deux cents tracts, distribués dans toute la Colline des Cheng, qui pourtant n'étaient pas arrivés jusque dans ses mains. Nul n'est prophète en son pays…)

Je ressortis de la chambre.

Je balayai du regard tous ces gens qui m'observaient, et je leur dis :

« Personne ne bouge, il faut sécuriser les lieux. »

Dans la foule je cherchai Cheng Qingping du regard : « Va vite informer le poste de police du bourg, demande-leur d'apporter un appareil photo immédiatement. »

Cheng Qingping me regardait sans comprendre.

Je rugis : « Qu'est-ce que tu fous encore là ? »

Cheng Qingping dit : « Tsé-toung... »

Je le fixai durement du regard.

Rouge Mei s'approcha et dit avec fermeté : « C'est bon, j'y vais. »

(O grandiose, ô adorable Rouge Mei !)

Cheng Qingping ne dit plus rien, il jeta un coup d'œil à Rouge Mei et, comprenant enfin, fit demi-tour et courut vers le portail.

Dans l'attroupement, je distinguai Ren Jizhu et Tian Zhuanzhuang.

« Vous deux, postez-vous au portail. Empêchez les badauds d'entrer. »

Ils allèrent immédiatement au portail (plus tard, l'un sera commandant de la milice populaire de la brigade de production, l'autre commandant adjoint).

Enfin, je m'adressai à ceux qui étaient dans la maison.

« Reculez tous dans la cour, il faut sécuriser l'intérieur tel qu'il est. »

Tout le monde recula dans la cour. La pièce se vida en un instant, il ne resta plus que le Saint brisé, déchiré, roulé en boulettes et l'inconsciente et ignorante Guizhi étendue là. Durant ce bref instant, les regards pleins de doutes s'évanouirent, effacés comme sous une pluie de balles par l'atmosphère tendue, portés plus haut vers le rempart imprenable de la lutte politique. Debout au centre de la cour, pendant que j'attendais, je sentis se former sur mon visage une coque dure comme fer. Rouge Mei vint discrètement devant moi, elle semblait vouloir prononcer des paroles de consolation, mais elle resta seulement là sans pouvoir ouvrir la bouche. Je dis : « Emmène Rouge Hua et Rouge Sheng ailleurs, il ne faut surtout pas qu'ils aient peur. » A ces mots, le bord des yeux rosi, elle entraîna mes enfants dans un coin de la cour.

Le chef de la police nouvellement muté, un grand type nommé Wang, arriva très vite chez moi avec deux policiers en uniforme, un pistolet 5.7 à la main et un appareil photo Seagull au cou.

Finalement, la mort de Guizhi fut classée comme un cas de suicide contre-révolutionnaire.

Le tournant (2)

Cheng Tianqing devint fou.

La mort soudaine de Guizhi lui fit l'effet d'un bouleversement du ciel et de la terre, d'une éruption volcanique, du Fleuve Jaune entré en crue, du Yangtze brisant ses digues, du lac Dongting engloutissant le Hunan et le Hubei, le Guangdong et le Guangxi, comme si les eaux de la baie Bohai transformées en essence avaient brûlé sur la terre de Chine.

Voici venir le temps des cataclysmes, de la terre qui s'ouvre ; c'est le ciel qui tremble sous un coup de tonnerre, le peuple déchu qui enfin se libère ; au chant du coq le monde blanchit, le matin enfin se lève sur toutes les mers. Un soleil d'or monte à l'orient, un magnifique paon dans l'azur s'élève. Le parfum d'or de l'automne flotte au-dessus des champs ; les fruits de la victoire tombent de là-haut, le peuple par millions se délecte de joie.

Il existe un dicton d'une vérité absolue, qui sur le plan philosophique exprime l'éternel point de vue révolutionnaire : « Rien ne peut être transformé par la volonté individuelle. » Ce jour-là, Cheng Tianqing avait fini sa sieste, il s'était levé, lavé le visage, avait fait un tour dans sa cour, regardé son fils, sa belle-fille, sa fille, son gendre trier les légumes et éplucher les oignons, nettoyer la viande et casser les os, ses petits-fils et petites-filles jouer à l'élastique et au papa et à la maman dans un coin de la chambre, au moment où son cœur débordait de la joie de voir toutes les générations réunies sous le même toit, la fin des jours heureux arriva pour lui. Quelqu'un déboula par le portail en criant :

« Monsieur le secrétaire, ah ! mauvaise nouvelle, Guizhi s'est pendue ! »

La famille Cheng, dans la cour, fut frappée de stupeur

Cheng Tianqing, le regard fixé sur l'homme qui était entré, demanda : « Qu'est-ce que tu dis ? »

L'homme répéta : « Guizhi s'est pendue, elle s'est pendue à la poutre de la maison ! »

Avant la Libération, Cheng Tianqing avait été messager aux frontières pendant la guerre. Très vite il se calma et sortit prestement de chez lui, de la rue Cheng il emprunta les ruelles jusqu'à la rue Cheng de derrière. Mais en arrivant chez moi, il avait déjà ralenti le pas. Au portail, Ren Jizhu et Tian Zhuangzhuang n'osèrent pas le stopper, mais ils crièrent d'une voix forte « Monsieur le secrétaire de cellule… », et aussi « l'oncle Tianqing ! ». En entendant ce cri, tous ceux qui étaient dans la cour s'écartèrent pour lui laisser le passage, mais quand il vit le visage bleu de Guizhi, la langue pendante et les yeux tout blancs, quand il vit les deux policiers ruraux armés de leur revolver sur le seuil, et le grand commissaire en train de photographier, *clic clic*, les images du Président Mao déchirées et brisées, il posa la main devant le nez de sa fille juste pour voir (le même geste que j'avais fait tout à l'heure), et son visage, d'un coup, *paf*, devint livide, des trombes de sueur inondèrent son front et son nez. Je croyais qu'il allait se redresser, héroïque et brave, me chercher férocement du regard parmi la foule, et m'attraper par le col en me demandant : « Pourquoi Guizhi s'est pendue ? » Mais au lieu de cela, son regard tomba sur le Saint brisé, déchiré, comme s'il avait su avant même d'entrer dans la maison que c'était l'œuvre de Guizhi avant de se pendre. (Ne parlaient-ils pas sans cesse de moi dans leur famille ? Ne disaient-ils pas souvent que j'étais possédé par le démon de la révolution, Guizhi ne disait-elle pas qu'un beau jour elle détruirait et déchirerait la révolution et le Saint dans sa maison ?) Il déplaça son regard vers l'appareil photo du commissaire et l'appela : « Commissaire Wang ! » Celui-ci ne décolla pas l'œil de son appareil, penché pour prendre les photos il ne se redressa pas, il ne tourna même pas un peu la tête, il dit, neutre mais précis :

« Secrétaire Cheng, c'est un désastre. C'est le premier cas de suicide contre-révolutionnaire parmi la dizaine de brigades de production du bourg et ses quelque dix mille habitants. »

Cheng Tianqing se redressa brusquement de toute sa hauteur de Cheng à côté du corps de Guizhi et déclara froidement :

« Inspecteur Wang, il est un peu tôt pour en déterminer la nature. Il faut au moins attendre d'en avoir parlé avec le maire pour décider s'il s'agit ou non d'un acte contre-révolutionnaire. »

L'inspecteur cessa de prendre des photos, un peu intrigué, il regarda Cheng Tianqing et lui demanda d'un ton monocorde :

« Qui est la morte pour vous ? »

Cheng Tianqing dit :

« C'était ma fille. »

Le commissaire Wang fit « oh » et dit : « Allez chez le maire pour lui dire de venir, nous lui ferons voir la scène et nous verrons s'il ose, ou pas, déclarer que c'est un cas de suicide contre-révolutionnaire. » Tout en parlant, il recommença à photographier (il était véritablement un révolutionnaire aux positions fermes, je vous remercie, commissaire Wang, et je vous présente mes respects, révolutionnaire à la volonté ferme) et ne s'intéressa plus à Cheng Tianqing.

Les gens qui se trouvaient sur les lieux virent le visage de Cheng Tianqing se décomposer, il fixa un instant le commissaire, puis les policiers aussi immobiles que des poteaux de bois à la porte, brusquement il se retourna et partit. Il marcha en direction de la mairie, tous pensaient qu'il allait chercher le maire en exercice, celui d'âge mûr, mais il s'en alla ainsi sans revenir chez moi ensuite.

On ne le vit plus dans les rues du bourg jusqu'à ce que Guizhi soit enterrée dans la colline.

Sept jours durant personne ne vit son ombre dans la Colline des Cheng.

Quinze jours durant personne ne vit son ombre.

Ce n'est que lorsque la moisson d'automne fut terminée, que les pousses de blé ensemencées eurent atteint un empan, que la terre brune se fut à nouveau couverte de vert tendre, qu'il réapparut. En moins de deux mois, ses cheveux avaient complètement blanchi, longs, touffus et ébouriffés, des plumes de poulet et des herbes sèches étaient accrochées au sommet de cette chevelure en désordre. Le manteau militaire dans lequel il drapait ses épaules quand venait l'hiver n'était plus de mise, à présent on le voyait du matin au soir à l'entrée du village, sous le portique, sur la place où l'on se regroupe pour manger, dans une veste doublée de couleur noire, sale et débraillée, la couche de crasse sur le col, plus épaisse que le col lui-même, brillait d'un éclat écœurant sous le soleil.

Il avait perdu l'esprit. Vraiment, il était possédé par un démon (comme l'Histoire est drôle !).

Devenu fou, il allait et venait par les rues du bourg, quand il voyait quelqu'un, ce n'est pas qu'il ricanait héhéhé, mais il le dévisageait de ses yeux pleins d'envies de meurtre, cependant si vous brandissiez le poing dans sa direction, en hâte il s'accroupissait par terre et se couvrait la tête des mains. Et même, il venait soudain s'agenouiller devant vous, se frappait le front contre le sol, saluait avec les mains l'une dans l'autre, et vous demandait grâce en disant : « Ma fille est morte, oh surtout ne me battez pas... Je reconnais ma faute, je reconnais ma faute, d'accord ? Considérez que je suis un ancien membre du Parti, que j'ai participé à la révolution avant la Libération, faites-moi grâce pour cette fois... »

(Quelle honte pour notre Parti et les révolutionnaires de sa génération !)

C'est en voulant demander justice pour le tort fait à sa fille Guizhi qu'il était devenu fou. Il avait porté le cas devant le bureau de la sécurité publique et le tribunal du district, là les gens lui avaient dit : « C'est de toute évidence un cas de suicide contre-révolutionnaire, de quoi vous plaignez-vous ? » Il avait fait appel au tribunal de la préfecture, là on lui avait dit : « Vous feriez mieux de rentrer chez vous. Vous savez, quelqu'un a réalisé un film où, par mégarde, il a mis la pellicule à l'envers. L'image de notre dirigeant est apparue la tête en bas, il en a pris pour vingt ans ; votre fille a eu de la chance de se pendre, sinon je ne sais pas combien de fois on l'aurait fusillée. » Pour finir, usant de son prestige de vétéran de la Huitième Année de route, il était allé devant le tribunal de province, il avait reconnu que le crime de sa fille méritait mille morts, mais comment se faisait-il que celui qui l'y avait poussée, ce Gao Tsé-toung, échappe à la loi ? A ce moment-là, une plainte avait pris son envol depuis la Colline des Cheng pour arriver dans les mains du secrétaire du comité du district, lequel rédigea une note et la transmit au commissaire Wang qui, ayant brillamment résolu le cas contre-révolutionnaire de la Colline des Cheng, avait été muté à la direction du bureau de la sécurité publique du district. Cette plainte exposait vingt-six crimes de Cheng Tianqing sous trois chefs d'accusation, elle était signée par les empreintes digitales rouges de dix-sept témoins. Les hommes du commissaire Wang interceptèrent Cheng Tianqing en route pour la capitale de la province avec sa plainte, ils le ramenèrent et lui firent lire ses vingt-six crimes, quand il eut fini, il en resta hébété.

Bien entendu, cela ne veut pas dire que la cause directe de sa folie ait été cette plainte. La cause fondamentale, c'est qu'il était devenu un ennemi de la révolution, c'étaient sa peur et sa lâcheté d'ennemi de classe devant la vague révolutionnaire. Nous savons tous qu'à la veille de la révolution, nos ennemis perdent le contrôle de leurs nerfs devant cette tempête prête à s'abattre sur eux, cela montre ce que sont la grandeur et l'insignifiance, la puissance et la faiblesse, le juste et l'injuste, le sérieux et le fallacieux, le caractère légitime d'une classe et le caractère réactionnaire de l'autre classe.

Cependant, assurément nous ne pouvions ni ne devions oublier cette vérité selon laquelle mieux vaut couper un doigt que d'en blesser dix ; nous ne pouvions ni ne devions oublier que, bien que tous nos ennemis soient des tigres de papier, leurs ignobles abcès purulents diffusaient leurs relents de cadavres pourris pour contaminer nos corps et notre société. Nous ne devions pas oublier que dans notre Longue Marche nous n'avions fait qu'un pas, et que la route de la révolution était encore longue.

La Révolution avait ainsi fait son premier pas victorieux.

Nous avancerions, bravant tous les obstacles, vers la lumière du phare.

L'organigramme

La révolution de la Colline des Cheng connut donc un succès prévisible et imprévisible en même temps. Suivant l'esprit des directives supérieures, nous transformâmes la cellule du Parti en comité révolutionnaire, nous mîmes sur pied une nouvelle petite organisation de direction révolutionnaire. Pour que ce soit plus facile à expliquer à ceux de derrière, je vais vous faire un tableau. Ne le comprenez pas comme le partage du pouvoir après la réussite de la révolution de la Colline des Cheng, mais plutôt comme une liste de contacts pour le travail révolutionnaire dans le bourg.

Tableau des tâches de la nouvelle cellule du Parti de la brigade de production de la Colline des Cheng

Nom	Poste	Responsabilité	Remarques
Gao Tsé-toung	Responsable du comité révolutionnaire de la brigade de production de la Colline des Cheng	En charge de la révolution, de la production et de tous les aspects du travail	n° 1, équivalent de l'ancien poste de secrétaire de cellule rurale
Xia Rouge Mei	Responsable adjointe du comité révolutionnaire de la brigade de production de la Colline des Cheng	En charge de tous les aspects du travail sous ma direction, en charge d'EMPOIGNER LA RÉVOLUTION	n° 2
Cheng Qingping	Chef de la brigade de production	En charge d'EMPOIGNER LA RÉVOLUTION sous ma direction et celle de Rouge Mei	n° 3

Nom	Poste	Responsabilité	Remarques
Cheng Shaye	Chef adjoint de la brigade de production	Travaux hydrauliques dans le cadre d'EMPOIGNER LA RÉVOLUTION	Camarade illettré n° 4
Ren Xianzhu	Commandant de la milice populaire	EMPOIGNER LA RÉVOLUTION des forces armées révolutionnaires	Militaire passé dans le civil n° 5
Tian Zhuangzhuang	Commandant adjoint de la milice populaire	Iem	Militaire passé dans le civil n° 6
Cheng Xianfen	Cadre de la brigade de production	EMPOIGNER le travail des femmes	Jeune femme remarquable n° 7
Cheng Qingzi	Comptable de la brigade de production	Gestion des comptes et des dépenses	Lycéen n° 8
Cheng Xianzhu	Chef de la première équipe	Gestion de la production et révolution de la première équipe	Révolutionnaire du noyau dur
Cheng Xianzhuang	Vice-chef de la première équipe	Idem	Activiste
Cheng Xianmin	Pointeur		Révolutionnaire du noyau dur
Cheng Xianji	Magasinier		Fiable
Cheng Qing'an	Garde forestier		Révolutionnaire du noyau dur
Cheng Qinglian	Garde du moulin		Révolutionnaire du noyau dur
Cheng Xianzhi	Electricien de la brigade de production	Gestion de l'éclairage du village	Activiste
Cheng Xianqing	Enseignant au jardin d'enfants de la brigade de production	En l'absence de jardin d'enfants, points-travail au quotidien	Elément méritant
Cheng Xiancui	Responsable de l'hospice	Pas d'hospice, points-travail au quotidien	Elément méritant
Shi Dagou	Chef de la deuxième équipe	Prise en main de la promotion de la production révolutionnaire	Capacités révolutionnaires
Shi Ergou	Vice chef de la deuxième équipe	Prise en main de la promotion de la production révolutionnaire	Capacités révolutionnaires
Zhang Xiaoshu	Comptable de l'équipe de production	Tenue des comptes	Collégien
(...)	(...)	(...)	(...)

Cet organigramme n'explique rien, mais il permet d'embrasser d'un seul coup d'œil mes succès et ma victoire dans la révolution de la Colline des Cheng, il apporte la preuve des bénéfices et des résultats obtenus par notre dévouement corps et âme, à moi et Rouge Mei, tournesols tournés vers le soleil. Telle était la situation, sans révolution, pas de pouvoir, le pouvoir est le but de la révolution, la révolution est le moyen du pouvoir. Toute révolution est guidée par le pouvoir et se conclut par le pouvoir. Dans le même temps, le succès de ce premier pas révolutionnaire était la preuve qu'il fallait encore se battre, qu'il y aurait des sacrifices. LA MORT DES HOMMES EST CHOSE COURANTE, CERTAINES SONT AUSSI PESANTES QUE LE MONT TAI, D'AUTRES LÉGÈRES COMME UNE PLUME D'OIE ; mourir pour la révolution, mourir pour quelque chose, cela pèse comme le mont Tai ; mourir pour son intérêt personnel, cela est plus léger qu'une plume d'oie. C'était la preuve qu'il y avait une loi d'airain pour l'opposition à la révolution : troubles, défaite, nouveaux troubles, nouvelle défaite, jusqu'à la destruction – telle est la logique qui domine l'action contre la révolution des ennemis de classe et de toutes les cliques réactionnaires du monde entier ; ils ne dérogeront jamais à cette logique. C'était la preuve que le monde progressait, que la lumière était devant nous, que ce cours-là de l'Histoire personne ne le changerait, et que ce progrès et ce futur lumineux nous ne devions jamais cesser de les annoncer à cor et à cri au peuple, à la société, à la postérité, notre inébranlable, notre définitive, notre immense foi en la victoire donnerait pleinement confiance au peuple en notre pouvoir politique, donnerait pleinement confiance à la société en notre pouvoir politique, donnerait pleinement confiance à l'Histoire future en ce que nous étions en train d'accomplir aujourd'hui. Il suffisait qu'il en soit ainsi, car cette proche victoire finale, si elle ne nous appartenait pas, à qui d'autre aurait-elle pu appartenir ?

6

LE ROMANTISME RÉVOLUTIONNAIRE

Rouge

EMPOIGNER LA RÉVOLUTION, POUSSER LA PRODUCTION : tel fut le cœur de mon travail une fois que je fus entré en scène. Cependant, Guizhi morte, le dégât le plus immédiat pour moi fut que chaque nuit à minuit, ma fille Rouge Hua se réveillait en sursaut et pleurait fort en disant qu'elle voulait sa maman : « La mère ? Je veux la mère… » Ses pleurs aigus et tranchants, telle LA GRANDIOSE DAGUE DU GRANDIOSE LU XUN, déchiraient la nuit interminable et me laissaient sans sommeil, les jours suivants, mon énergie s'en trouva pas mal affectée.

Naturellement, ma mère redescendit de la colline pour emménager avec moi et ses petits-enfants. La mairie du bourg convoqua la brigade de production de la Colline des Cheng pour une réunion des masses. Après que la liste de noms du nouveau comité révolutionnaire eut été proclamée, ma mère qui était venue me porter mon repas me demanda timidement : « Tsé-toung, dis la vérité à ta mère, est-ce que tu es pour quelque chose dans le départ de ton beau-père ? »

Je dis : « La mère, il a commis ses fautes tout seul. C'était un fumeur forcené, il a osé arracher une page du Petit Livre Rouge pour se rouler une cigarette avec ; un jour que son petit-fils avait fait caca, ne trouvant ni feuille, ni pierre, il a osé arracher une page d'un livre du Président Mao pour le torcher avec... Qu'est-ce qu'un livre du Président Mao ? Oh, mais c'est l'égal d'un édit impérial du passé ! Dis donc, qui jadis aurait osé s'opposer à un édit impérial ? Qui aurait osé ne pas s'agenouiller devant lui ? C'était la décapitation assurée ! A présent, dans la nouvelle société où le peuple est le maître, plus besoin de se frapper le front contre terre devant les paroles du Président Mao comme devant les édits impériaux, mais on a beau ne pas être obligé de se prosterner, tu oserais, toi, les déchirer pour te rouler une cigarette ? Tu oserais en déchirer une page pour essuyer les fesses de ton petit-fils ? » Je dis : « En plus, sur cette page il était justement écrit : LA RÉVOLUTION N'EST PAS UN DÎNER DE GALA. S'il n'était pas devenu fou, on l'aurait peut-être bien fusillé. »

Ma mère, à demi convaincue, à demi sceptique, repartit sur ses pieds bandés porter le repas à ses petits-enfants. A partir de là, ma grandiose mère se chargea de toutes les corvées et tâches ménagères du foyer révolutionnaire, chaque fois que Rouge Hua se mettait à pleurer en pleine nuit, ma mère la prenait dans ses bras pour la bercer et, en m'apercevant qui sortait de la chambre ouest en me frottant les yeux pour aller dans la chambre est (j'en avais déménagé pour dormir seul dans la chambre ouest), elle me disait : « Va, retourne te coucher, demain tu as encore un paquet de choses à faire au village, tu es cadre et il te faut accomplir de bonnes choses pour les gens. »

Dans ce monde où on prend des vessies pour des

lanternes, ma mère était une magnifique, une pure, une sainte personne. Je ne sais pas comment elle s'y prit pour que Rouge Hua arrête de pleurer au milieu de la nuit et que Rouge Sheng cesse de claquer des dents pendant son sommeil. Guizhi partie, ma mère revenue, le sol était toujours impeccable à la maison, la table et sur la table le portrait du Président et les précieux livres rouges, ainsi que les illustrations du Petit Livre Rouge collées au mur, tout était toujours brillant et ripoliné. La natte en jonc était toujours enroulée et posée derrière la porte, les tabourets, quand ils n'étaient pas utilisés, étaient toujours rangés le long du mur. Le cartable de Rouge Sheng alors en première année de primaire, que d'habitude, après l'école, il jetait dans la cour ou laissait traîner par terre, fut bientôt toujours accroché au mur.

Ma mère me permit de me concentrer sur ce valeureux mouvement qu'était EMPOIGNER LA RÉVOLUTION, POUSSER LA PRODUCTION. Pendant les jours du repos hivernal, je commençai par faire couler du ciment sur le portique des deux Cheng, j'y appliquai de la laque rouge, repeignis les bords, et en grands caractères de style Song, à gauche j'écrivis : LONGUE VIE AU PRÉSIDENT MAO NOTRE GRANDIOSE DIRIGEANT ! à droite : LONGUE VIE AU GRANDIOSE PARTI COMMUNISTE CHINOIS ! et sur le fronton transversal : NOUVELLE TERRE SAINTE. Les murs de chaque foyer de la Colline des Cheng furent ornés d'une planche de décoration de soixante centimètres sur quatre-vingts, enduite de chaux mêlée à des bouts de cheveux, uniformément recouverte de laque rouge, saupoudrée de laque jaune, sur laquelle je fis écrire ces lignes : LE PARTI COMMUNISTE CHINOIS, LA FORCE QUI GUIDE NOTRE ACTION ; LE MARXISME-LÉNINISME, LA THÉORIE QUI GUIDE NOTRE PENSÉE. J'envoyai couper quelques grands saules sur les bords de la Treize Lis, avec l'argent de la vente nous achetâmes des portraits géants du Président Mao avec des longues banderoles allant par deux, sur celle de gauche on écrivit, comme toujours : LONGUE VIE AU PRÉSIDENT MAO NOTRE GRANDIOSE DIRIGEANT ! et sur celle de droite, comme toujours aussi : LONGUE VIE AU GRANDIOSE PARTI COMMUNISTE CHINOIS ! Je les fis porter dans chaque maison des masses populaires, afin qu'on les colle sur le mur d'entrée de la pièce principale. Au bout des parcelles cultivées de chaque équipe de production, je fis fabriquer de grandes stèles en bois d'un mètre de hauteur, toutes orientées à l'orient où le soleil se lève, sur lesquelles je fis écrire les « trois fidélités » brûlantes, ardentes et bouillonnantes : FIDÉLITÉ AU PRÉSIDENT MAO, FIDÉLITÉ À LA PENSÉE DE MAO TSÉ-TOUNG, FIDÉLITÉ AU GRANDIOSE PARTI COMMUNISTE CHINOIS. Je mobilisai les membres du Parti, les membres des Jeunesses communistes, les jeunes et les militaires démobilisés, en appliquant la méthode « L'UN AIDE L'AUTRE, LES DEUX SONT ROUGES » : celui qui savait lire aidait l'illettré, le vétéran aidait le novice, le jeune aidait le vieux ou le moins vieux, le fils aidait le père, la fille la mère. Nous exigeâmes que les personnes âgées de plus de soixante-dix ans s'efforcent d'apprendre par cœur trente citations ; entre cinquante et soixante-dix ans, elles devaient essayer d'en retenir cinquante ; entre trente et cinquante ans, il fallait en retenir quatre-vingts ; entre seize et trente ans, il fallait au minimum en savoir cent par cœur. J'informai, au nom du comité révolutionnaire, les écoles du bourg de la Colline des Cheng que les notes ne comptaient plus pour le passage des classes : on pouvait rater son examen ou avoir zéro, par contre il était obligatoire de savoir par cœur cinquante citations du Président Mao en primaire, et pour passer de l'école primaire au collège, en plus des cinquante citations, il était obligatoire de connaître par cœur les « trois essais classiques » (*Servir le peuple*, *Hommage à Norman Bethune*, *Le vieux qui déplaça les montagnes*).

Durant toute la période hivernale, je me creusai les méninges et courus m'instruire de-ci de-là afin de créer à la Colline des Cheng une rouge et flamboyante situation où « L'UN AIDE L'AUTRE, LES DEUX SONT ROUGES » (petits et grands étudient Mao) et de « Triple Unification » (unification de la porte des maisons, unification à l'intérieur des maisons, unification dans les champs). J'adoptai un système de récompenses et de punitions : pour ceux qui excédaient le quota de citations du Président Mao, la récompense en points-travail était fonction du nombre de citations (dix points par citation) ; il y avait une pénalité pour ceux qui ne pouvaient pas se rappeler (vingt points de pénalité par citation oubliée), pour les récalcitrants, c'était immédiatement le haut bonnet d'âne sur la tête et la parade dans les rues pour les exposer aux masses (en tout, trente neuf personnes subirent ce châtiment). Ainsi, dans tout le bourg, hommes et femmes, jeunes et vieux (sauf les fous, les malades et les simples d'esprit) bouillonnaient dans un rouge environnement. Tous frétillaient de terreur tels des poissons bouillant dans une marmite, mais personne ne pouvait en sortir. Je compris profondément cette vérité : l'environnement est tout ; la création de l'environnement est tout. Le peintre en noir devient noir, le peintre en rouge devient rouge. Il est très possible qu'à Yan'an tu aies été un révolutionnaire, mais dans les zones occupées par l'ennemi, qui peut certifier que tu n'étais pas un agent double de la contre-révolution ? J'espérais pouvoir mettre sur pied une nouvelle « base révolutionnaire rouge » dans tout le district, j'espérais que la Colline des Cheng deviendrait le champ expérimental de la nouvelle révolution. L'hiver venu, mes efforts portèrent leurs fruits, dans le froid glacial la révolution de la Colline des Cheng roulait ses rouges flots, le feu faisait rage, les étincelles jaillissaient. Dans les rues et les ruelles, partout étaient écrits des slogans et placards révolutionnaires, à l'intérieur et à l'extérieur du bourg, sur les ormes, les sophoras, les féviers, les paulownias, les margousiers, les acajous, partout étaient accrochés des pommes révolutionnaires et des poires révolutionnaires (sur les films en plastique accrochés aux branches, on avait dessiné des poires, des pommes, des kakis, des pêches, des abricots, et on avait écrit dessus ou dessous une partie de citation ou une phrase du Président Mao). Le rouge dansait dans le ciel, le rouge déversait son parfum dans les rues, le rouge ouvrait ses fleurs sur la terre. Dans les foyers, tables rouges, lits rouges, armoires rouges. Mer, océan, lacs rouges, montagnes rouges, champs rouges, pensée rouge, cœur rouge, paroles rouges, mots rouges. Un monsieur Zhang rencontrait un monsieur Li, il disait : « COMBATTRE L'INDIVIDUALISME, CRITIQUER LE RÉVISIONNISME t'as mangé ? » L'autre répondait : « ECONOMISONS POUR FAIRE LA RÉVOLUTION – oui », puis demandait : « DÉTRUIRE LE PRIVÉ, BÂTIR LE PUBLIC – et toi ? » Zhang répondait : « SANS DESTRUCTION, PAS DE CRÉATION – une soupe de patates douces. » Un Zhang allait emprunter quelque chose chez les Li, en poussant le portail il apercevait une femme : « SERVIR LE PEUPLE

– ma sœur, est-ce que je peux prendre le grand panier de chez vous ? » Elle s'empressait de répondre : « NOUS DEVONS FAIRE RAYONNER L'ESPRIT DE NORMAN BETHUNE – oui vas-y, il est tout neuf, prends-en soin. » L'autre disait : « CONSTRUIRE LE SOCIALISME : PLUS, MIEUX, PLUS VITE, PLUS ÉCONOMIQUE – c'est entendu, merci bien. »

Si l'occasion vous avait été donnée de venir à la brigade de production de la Colline des Cheng en ces jours-là, vous auriez compris ce qu'était une « base révolutionnaire rouge des temps nouveaux », et quels gens étaient « LUCIDES ET PERSPICACES, HAUTEMENT COMBATIFS. » Le jour où je fus proclamé responsable du comité révolutionnaire rural, après la fin de la grande réunion des masses, Wang Zhenhai, le maire de quarante-cinq ans au crâne ras, m'appela dans un coin et, tout en m'observant, demanda : « Tu as vingt-quatre ans ? » Je dis : « Vingt-cinq, je suis démobilisé depuis un an. » Il dit : « Tsé-toung, tu es très éveillé à la conscience politique, c'est une ressource pour la révolution. Cependant, écoute-moi sur deux points. Premièrement, la révolution n'a pas besoin d'abattre le temple des Cheng, à Pékin ils n'ont pas touché à un brin d'herbe des remparts de la Cité interdite. Si tu brises le temple des Cheng, tu briseras aussi le cœur de ceux qui portent le nom de Cheng, et tu perdras ainsi le cœur du peuple, mauvaise cause a peu de soutien. Deuxièmement, on ne doit certainement pas oublier d'empoigner la révolution, mais il faut aussi pousser la production. La nourriture, c'est le dieu des paysans. » Je dis : « Rassure-toi, monsieur le maire, je comprends que tout héritage culturel révolutionnaire doit être à tout prix préservé. Et je sais que c'est seulement en EMPOIGNANT LA RÉVOLUTION qu'on POUSSERA LA

PRODUCTION ; la révolution est la prémisse, la production la conséquence ; la révolution, ce sont les conditions, la production, c'est le but. » J'avais ainsi parlé, le maire me considéra un instant d'un air surpris, et tout en me tapotant l'épaule il dit : « Eh bien, allez, révolutionne bien, je te fais confiance pour l'organisation. »

(Je ne devinai pas que ces paroles révélaient inconsciemment le grand complot qu'il ourdissait pour renverser le socialisme, mais plus tard, mon intelligence allait le démasquer.)

Je savais que le maire Wang ne me faisait pas vraiment confiance (il était l'homme de l'ancien maire, Cheng Tianmin). Mais je l'ai vaincu, il a été impuissant contre moi. Moi et Rouge Mei nous rédigeâmes une note intitulée « Données sur l'expérience de l'étude des œuvres de Mao à la Colline des Cheng, 1 », à partir des mouvements de la « Triple Unification » et de « L'un aide l'autre » que nous avions créés à la Colline des Cheng. Nous l'envoyâmes au comité du district et au gouvernement du district, ainsi qu'au *Quotidien de Jiudu* et au *Quotidien du Henan*. Avant même que le district réagisse, à notre surprise, les deux journaux le publièrent en même temps par un beau jour de printemps, accompagné d'une note de la rédaction qui disait : « L'expérience de la Colline des Cheng, un modèle à suivre de la Grande Révolution Culturelle du prolétariat rural pour toute la préfecture et la province ». Ainsi, contre toute attente, la Colline des Cheng devint le champ expérimental de la révolution dans tout le district.

En mars de cette même année, la brigade de production de la Colline des Cheng fut nommée par le gouvernement du district « phare rouge des brigades de production » (en référence à la pagode de Yan'an). Quant à moi, je reçus du comité du district le titre honorifique d'« avant-garde de la révolution rurale ». L'étendard de soie rouge brodée de caractères jaunes sur les deux faces pavoisait la salle de conférences du QG de la brigade de production. C'était la preuve éclatante de mes premiers succès révolutionnaires.

Sous les meules de foin

Une contradiction insoluble s'établit entre ma révolution spirituelle et mon désir charnel pour Rouge Mei. Elle paraissait tous les jours devant moi, devenue secrétaire de cellule adjointe de la brigade de production, son visage ne portait plus du tout ce vague air soucieux, disparu sous son enthousiasme féminin resplendissant, sous son caractère naturellement porté à faire montre de sa passion. Elle en était d'autant plus jolie et touchante, aussi fringante qu'une splendide lance à fleurons rouges, elle ne manquait certes ni de beauté, ni d'expérience et d'habileté révolutionnaires. Dans bien des situations nous sentions toujours cette connivence, cette entente tacite entre nous. A chaque réunion, durant la pause repas, nous arrivions régulièrement en avance dans la salle de conférences de la brigade pour nous enlacer, nous caresser, nous embrasser, nous toucher sans bruit, en retenant notre souffle, quand nous entendions des pas venir, je retournais m'asseoir sévèrement à ma place rudimentaire de président (sur une chaise devant la table en saule), et elle s'en allait disposer la dizaine de lourds bancs. Après la réunion, une fois tout le monde parti, nous aurions pu le faire à se pâmer l'âme, mais le chef de la brigade de production, Cheng Qingping, et le commandant de la milice populaire, Cheng Xianzhu, tenaient mordicus à rester discuter avec moi jusqu'au bout, à me raccompagner jusqu'au seuil de ma porte, tels des poissons qui ne veulent pas quitter leur étang (barboter, révolutionner, aimer). Pleins d'attention pour elle, ils disaient à Rouge Mei : « Vas-y, rentre en premier, Tao'r doit attendre sa maman. » Rouge Mei me lançait un regard impuissant, et je disais : « Vas-y, sois prudente sur la route. » Elle n'avait plus qu'à partir. Je traînais comme mon ombre ces révolutionnaires qui partageaient mon idéal et dressaient un mur entre nous et notre amour. Une fois, après la réunion, je déclarai très clairement : « Allez, tout le monde peut partir. Rouge Mei reste avec moi pour parler d'un problème. » Mais après que tous s'en furent allés, nous venions de nous déshabiller, je l'avais portée dans mes bras sur trois bancs réunis pour faire un lit, quand dans la cour il y eut à nouveau des bruits de pas, une sueur froide *paf !* inonda nos corps.

Je sortis de la salle de conférences : « Qui est là ? »

« C'est moi, monsieur le secrétaire, c'est moi. » Un que l'on appelait le Petit Min, de la milice des jeunes, allait et venait devant la fenêtre.

Je dis : « Tu fais quoi ? »

Le jeune milicien dit : « Le commandant m'a ordonné de monter la garde ici, il a dit que la situation était compliquée, que le mois dernier à Xiaotou Est, un cadre de la brigade de production avait été agressé au couteau en rentrant chez lui après la fin de la réunion. Il a dit que je devais absolument attendre que vous ayez fini de faire vos recherches avec la secrétaire adjointe Xia pour vous raccompagner jusque chez vous. »

Commandant de la milice populaire, mon cher ami, mon frère d'armes, comme j'aurais aimé te balancer un coup de tatane dans les cacahuètes, t'envoyer une bonne paire de claques dans la gueule. Je revins dans la salle de conférences, Rouge Mei était encore sous la lampe en train de reboutonner ses vêtements et de se recoiffer, la sueur due à l'émotion baignait son visage comme après la toilette. Ce soir-là, nous le fîmes en retenant notre souffle debout contre le mur, entre la porte de la salle et la fenêtre, au milieu des bruits de pas du milicien. Quand nous eûmes terminé, aucun de nous deux n'avait senti son âme se pâmer, ni n'avait senti son cœur ravi, mais c'était plutôt comme si, par une absolue nécessité, nous avions dû nous laver dans la boue et, plus sales encore, devions trouver une source délicieuse où nous laver encore une fois. Assis sur un banc l'un en face de l'autre, main dans la main, à l'écoute des bruits de pas grisâtres et rythmés du jeune milicien au-dehors, elle dit :

« De cette façon, un jour ou l'autre nous aurons de gros ennuis, nous serons surpris. Et c'est l'avenir de notre révolution qui sera ruiné. »

Je dis : « Alors, comment faire, dis-moi ? »

Elle dit : « Il faut supporter de ne plus nous voir. »

Je dis : « Ça non. Ah ça jamais. Mais tu veux me faire devenir fou comme Cheng Tianqing ! » Je dis : « Demain je t'emmène à vélo à la tombe. »

Le lendemain, je pris le seul et unique vélo de la brigade de production, j'arrivai une demi-heure en avance pour attendre Rouge Mei à l'extérieur du bourg. Mais quand nous parvînmes à la tombe, un nouveau cercueil l'occupait, l'entrée avait été murée avec des pierres et des briques. Plus tard, nous trouvâmes un champ reculé. Plus tard encore, nous continuâmes à être un couple de grandioses révolutionnaires en même temps qu'un scandaleux couple d'amants clandestins. Nous étions en même temps un couple politique éveillé et un couple de dévergondés impénitents. En bref et en détail, durant les jours qui suivirent la mort de Guizhi et la folie de Cheng Tianqing, emblèmes de mon succès révolutionnaire, dans les environs de la Colline des Cheng, sur les berges de la rivière, sur le sol des forêts, dans les champs, sur la route pour aller en réunion, dans les vallées où l'on inspectait la production, partout étaient notre joie et notre tristesse, notre grandeur et notre bassesse, notre ravissement et notre honte. L'éclat de notre révolution rayonnait sur les champs et les collines de la brigade de production de la Colline des Cheng, tandis que le fluide séminal de notre infamie s'infiltrait aux quatre coins du bourg de la Colline des Cheng. Enfin arriva le jour de la première réunion révolutionnaire *in situ* sur la « Triple Unification » et « L'un aide l'autre », convoquée dans notre brigade de production par les cadres des trois échelons territoriaux de base dans les organisations du district. Le chef de l'organisation du comité de district vint me parler, j'étais admis en tant que membre du comité municipal du Parti sans avoir à quitter mes fonctions. Une joie et une excitation sans nom m'envahirent, après avoir raccompagné jusqu'aux cinq camions garés à l'entrée du bourg les dirigeants et cadres venus visiter notre Colline des Cheng, après avoir raccompagné à pied la délégation du maire Wang, ce nouveau succès était plus que je ne pouvais en supporter, le magma en fusion ne pouvait pas ne pas faire éruption en moi, je ne pouvais plus contenir le feu de ma chair allumé par ma passion révolutionnaire.

J'appelai Rouge Mei pour qu'elle vienne à l'aire de battage de la neuvième équipe de production, située à l'entrée du bourg à environ deux cents mètres, entourée sur trois côtés de champs de blé verts et jaunes, et sur le quatrième par la pente d'une avancée des monts Balou. C'était cette éminence qui séparait l'aire de battage du bourg. D'abord, nous fîmes semblant d'aller inspecter les grandes stèles des « trois fidélités » dans les champs de chaque équipe, de vérifier l'état des récoltes et de l'irrigation, puis nous atteignîmes le bord de l'aire. Personne dans la campagne, un agneau broutait du blé au loin dans un champ, ses *mêêê-mêêê* nous parvenaient, ténus et doux. Arrivé au bord de l'aire, je suspendis mon pas, fixant sur Rouge Mei, qui portait une chemise militaire pour l'occasion, un regard de feu qui la déshabilla de tous ses vêtements jusqu'au dernier.

Elle jeta un coup d'œil aux alentours en disant : « Tsé-toung, non, c'est dangereux. Demain, les visiteurs de la deuxième session de critique viennent au bourg, si quelqu'un nous voit, tous nos efforts seront anéantis, tout aura été en vain. »

Je dis : « Rouge Mei, je suis désormais membre du comité municipal du Parti ! Je l'ai appris de la bouche même de Li, le chef de l'organisation du comité du district, il a dit qu'il l'annoncerait après la réunion, il me remettra officiellement les papiers. »

En cet instant elle fut un peu interloquée, elle me

croyait à peine, mais en voyant le sérieux rougeoyant, éclatant, fanatique inscrit sur mon visage, elle n'ajouta rien, elle recula jusque de l'autre côté de l'aire pour épier au loin, elle revint et m'entraîna par la main entre deux meules de foin. Elle répandit de ses mains les tiges sur le sol pour en faire un matelas, et en deux temps trois mouvements retira tous ses vêtements.

La paille de blé, blanche comme neige, qu'elle avait arrachée, exhalait un parfum où se mêlaient les odeurs tièdes de l'herbe et de la terre des champs, et comme si elle avait ouvert la fenêtre de leur réclusion hivernale, l'odeur rance des tiges qui avaient passé l'hiver sous la pluie et la neige jaillit par le trou qu'elle fit en les arrachant, cette chaude odeur rance bondit toute chancelante et emplit l'espace entre les deux meules. Dans cette atmosphère blanche et chaude nous nous blottîmes comme sous une couverture où n'entrait pas la froidure de la fin d'hiver et du timide printemps. Il y avait longtemps que je ne l'avais pas contemplée ainsi nue, chaque fois que nous pouvions nous caresser, nous aimer en cachette, c'était comme des voleurs, à la hâte, pressés, inquiets et apeurés. Ce jour-là, la veille de celui où je devais devenir membre du comité municipal du Parti, la joie d'une nouvelle victoire pour la Révolution nous avait étourdis, avait dissipé notre vigilance, supplanté notre inquiétude. Le bourg était à un peu plus de deux cents mètres, le temple des Cheng à deux cents mètres, il suffisait de marcher quelques pas pour contourner cette petite colline trapue, de franchir d'une enjambée le pont en pierres du canal, et on arrivait au bourg, sous le temple. Mais nous étions libres de tout souci. Et libre de tout souci, elle jeta ses vêtements sous le foin et se mit debout dans l'interstice entre les deux meules, tout comme la fois où elle s'était dénudée dans la tombe, son corps nu diffusait un éclat et un parfum d'un blanc tendre, ses pieds et ses dix ongles rouges étaient enfouis sous les tiges, son regard mollement accroché à moi.

« Félicitations pour ta promotion, Tsé-toung, dit-elle, la gloire sourit à l'effort. »

Tout en me déboutonnant je dis : « Un jour, je deviendrai cadre d'Etat, officiellement déchargé des autres tâches, tu me succéderas au poste de secrétaire de cellule ; si je deviens maire, tu seras mon adjointe. »

Elle dit : « Ne te déshabille pas tout de suite, regarde-moi un peu, qu'est-ce qui a changé ? »

Ma main s'arrêta sur le bouton, je la contemplai une nouvelle fois avec minutie, je découvris soudain un charmant badge commémoratif en forme de cœur attaché à son cou par un fil rouge, de la taille d'un bouton, il pendait entre ses seins, tel un soleil rouge qui se lève derrière les monts Balou par une aube d'hiver. Je dis : « Ce badge accroché là. J'ai juste ? » Elle dit : « C'est un talisman pour notre cause révolutionnaire à toi et moi. » Elle dit encore : « Qu'est-ce que tu as vu d'autre ? » Mon regard descendit le long de son corps, et je découvris que son abdomen avait nettement gonflé, les vergetures de grossesse sous la ceinture étaient moins profondes qu'avant. Je fus un peu surpris.

« Tu es enceinte ? »

Elle secoua la tête, un sourire se posa sur son visage tel un nuage rose.

Je dis : « Tu as grossi. »

Elle demanda : « Tu préfères que je sois grosse ou mince ? »

Je dis : « Tout me va. »

Elle dit : « Si tu préfères que je sois svelte comme les filles de la ville, je mangerai un peu moins. »

« Avec un peu de ventre, c'est bien aussi. » Tout en parlant, je caressai son abdomen avec légèreté, je sentais l'éclat poli de sa peau palpiter rapidement et frissonner sous mes doigts. Je la caressai ainsi plusieurs fois, son visage pâlit, son regard s'enflamma. Je compris que, chaque fois avant de le faire, elle voulait que je l'admire un moment, que je la caresse un moment, que je lui dise des mots d'amour. Je dis : « Rouge Mei, tu me fais toujours plus d'effet, tout chez toi est précieux comme un jade. » Elle sourit en se laissant aller mollement contre moi, dans le même mouvement j'ôtai ma chemise et me glissai sur le lit de paille.

« Moi aussi, ça fait longtemps que je ne l'ai pas fait, murmura-t-elle en regardant le ciel entre les brins de paille, tu ne me croiras pas si je te le dis, Qingdong a un problème, il n'est qu'à moitié un homme... Depuis la dernière fois dans cette tombe où j'ai perdu la tête, je ne l'ai plus laissé me toucher, il peut prendre toujours plus de potions, il peut s'agenouiller à mes pieds, je ne le laisserai plus me toucher. »

Je me figeai légèrement en revoyant Qingdong en train de faire cuire son médicament sous la fenêtre ce jour-là.

Elle dit : « Pourquoi tu te figes, tu n'as pas froid ? »

Je dis : « Vraiment, Qingdong est impuissant ? »

Elle dit : « Il prend ses potions tous les jours. »

Je dis : « C'est parfait, Guizhi est morte, et il est impuissant. » Tout en parlant, je me mis complètement nu. Je savais qu'en cet instant j'aurais dû lui dire une parole de remerciement, une parole de gratitude parce qu'elle ne laissait plus Qingdong la toucher. Je vis chacun des mots qu'elle prononçait se poser tels des moineaux sur son visage tantôt blanc, tantôt jaune, en attente de ma réponse, pour qu'ils s'envolent et que notre soif soit immédiatement satisfaite. Mais, tout nu, je n'avais plus du tout envie de parler, le magma volcanique s'était solidifié en granit sous la surface de la croûte terrestre. Je ne pouvais plus rien dire, je n'avais plus le temps de rien dire. L'impatience ne me donnait plus le loisir de dire quelque chose. Mon regard ardent brûlait en se posant sur son intimité noire, rouge et or qui attirait à elle tous mes regards à nu. Je commençai par m'agenouiller devant elle, une jambe entre les siennes, l'autre à l'extérieur. Mon genou rencontra la paille, un *crac* enflammé retentit, quand il rencontra sa cuisse plus blanche que les tiges de blé, tout son corps fut pris d'un frisson, effrayant les oiseaux sur son visage qui *flap flap flap* s'envolèrent, faisant passer son teint pâle et cireux au rose ardent de l'excitation.

Elle dit : « Tsé-toung... secrétaire de cellule... maire.... je vais mourir, je vais mourir.... »

Ses paroles fouettèrent si bien mon sang affolé dans mes veines qu'il en aurait jailli, franchi la digue, passé les limites de ma chair. Je sentais déjà la lave, le magma engorger mes doigts, mes doigts de pieds, mes mains, sur le point d'entrer en éruption. Maladroit, pressé, empressé, troublé j'écartai ses cuisses brusquement et ramenai à l'intérieur de ses jambes mon genou sur le côté. Inutile de le dire, le moment était venu où le cœur de l'homme se grise et se brise ; inutile de le dire, son cri rouge sombre, souple mais robuste monta une fois de plus vers l'azur et s'y accrocha comme un arc-en-ciel, une fois de plus illumina la vaste terre et les chaînes de montagnes, portant à son comble, dans la révolution, notre volonté et notre esprit fou furieux, mais à ce moment-là (ciel ô ciel, terre ô terre !) un bruit de pas se fit entendre derrière nous, quelqu'un marcha, marcha et, *toc*, s'arrêta net, ne bougea plus.

(♫ ~ *Chaaaaooooos de nuaaaaa-a-a-ages, grondement dans les piiiin-in-in-in-ins, une fouuu-ou-ou-oule se déveeeee-er-er-erse / des coups de fusils ! le péril est là ! / Une tonne de pression pèse ! sur les épaules des soldats ! / Le monde est pénombre, ouragan dévastateur / Des boules de feu brûlent mon cœœœœœœur…* ~ ♫)

Aussitôt je tournai la tête.

Cheng Tianqing apparut soudain sur l'aire de battage.

En ce début de printemps, il portait comme toujours la veste doublée en coton noir de son vieil uniforme (quand j'étais petit je le voyais souvent la porter, dans la poche du haut il avait un stylo-plume, dont l'attache scintillait), un brin d'herbe accroché à la poche. Sa figure n'était pas trop sale, cependant son regard, la petite pupille noire entourée de beaucoup de blanc, était fixé sur Rouge Mei et moi, la surprise avait posé une teinte verte de l'épaisseur d'une feuille sur son visage. Je compris que les choses tournaient mal, comme si sur le chemin de la révolution nous étions tombés dans l'embuscade mortelle d'un ennemi. Rouge Mei s'était assise en même temps que je me retournais. Et presque en même temps qu'elle s'asseyait, elle avait saisi ses vêtements.

Ainsi, durant cet instant, cet instant long comme des kilomètres de chaînes de montagnes, Cheng Tianqing garda les yeux rivés sur moi, pendant que je le regardais aussi. A ce moment-là tout était blanc dans mon cerveau, pas le moindre mot, pas la moindre image. Je ne savais pas comment répondre à cette situation, ni quelle catastrophe, quel bouleversement allait s'ensuivre. Un courant froid remonta très vite de mes plantes de pieds jusqu'à mes mains et au sommet de mon crâne, mais de chaudes gouttes de sueur vinrent se suspendre une à une au bout de mon nez. Je crus que j'allais m'évanouir, que les os de mon corps avaient molli, mais soudain Cheng Tianqing se jeta à genoux devant Rouge Mei et moi, et sa tête frappant le sol à coups répétés il dit :

« Ayez pitié de moi... ayez pitié de moi, ma fille est morte, ne me fusillez pas surtout... Je reconnais mon crime, je reconnais mon crime, d'accord, d'accord ? Considérez que je suis un ancien membre du Parti, que j'ai participé à la révolution avant la Libération, faites-moi grâce pour cette fois... »

(Ah vraiment, quelle honte pour le Parti et les révolutionnaires de sa génération !)

Je poussai un soupir de soulagement, je commençai à me rhabiller sans hâte, tout en disant à Rouge Mei : « Ne crains rien », puis quand je fus tout habillé, bien boutonné, je sortis tranquillement d'entre les meules de foin et je vins au-devant de Cheng Tianqing qui était toujours agenouillé front contre terre. Je le toisai de toute ma hauteur : « Qu'est-ce que tu as vu ? »

Il dit : « Je reconnais mon crime, je demande pardon au Président Mao, je demande pardon au Comité central du Parti, je n'ai vraiment pas fait exprès d'utiliser les pages du livre du Président Mao pour essuyer les fesses de mon petit-fils... »

J'élevai la voix : « Toi, le père de Guizhi, je te demande ce que tu as vu ? »

Ne relevant toujours pas la tête, il continuait à se frapper le front contre le sol à coups répétés : « Ayez pitié de moi, considérez que j'ai porté les lettres de la Huitième Armée avant la Libération... Mon crime mérite mille morts, mon crime mérite mille morts... »

Il parlait, parlait, sans plus heurter son front par terre, mais, agenouillé là, en se donnant des gifles.

Je dis: « Je te pardonne pour cette fois. Qu'importent les actes contre-révolutionnaires de Guizhi, qu'importent tes actes contre-révolutionnaires ; marié un jour, marié toujours, il n'y a rien à faire, tu es aussi le grand-père de Rouge Sheng et Rouge Hua, rentre donc chez toi. »

Il cessa de se frapper et leva la tête vers moi avec un air ahuri.

Je dis : « Allez, va me chasser cet agneau dans le champ là-bas. »

Il se prosterna, stupide, devant moi et se releva tout tremblant, puis il décampa et partit en direction de l'agneau.

Alors je me retournai pour regarder Rouge Mei qui se tenait toujours debout dans mon dos, la terreur recouvrait tel un rideau jaune cireux son visage.

« S'il parle, c'en est fini de nous », dit-elle.

Je réfléchis un instant, voyant la silhouette de Cheng Tianqing qui s'éloignait sur le chemin rural, je criai : « Cheng Tianqing, si tu n'as rien vu, tu vivras en ce monde ; si tu as vu quelque chose et que tu parles, tu deviendras un contre-révolutionnaire de la tête aux pieds, et alors crains que la révolution ne te laisse pas vivre dans ce monde ! »

Je croyais qu'il ne m'entendrait pas, mais si ; son pas se fit léger, il se retourna et, de très très loin, il se prosterna à genoux dans notre direction et fit une profonde révérence en se frappant le front contre le sol, puis il se releva et repartit.

Dans le soleil de ce début de printemps traînaient encore quelques froids effluves de la fin de l'hiver, le vent venu depuis le pied de la colline, remontant le canal, passa fraîchement sur nous. Cheng Tianqing était parti, mais un reste de peur nous ôta le goût de continuer. Nous nous assîmes sur une meule en pierre au bord de l'aire de battage, contemplant la campagne, l'agneau chassé par Cheng Tianqing, les stèles couvertes de slogans et de citations plantées face à l'orient dans chaque parcelle, nos mains étroitement enlacées. Elle dit : « Tsé-toung, il faut qu'on trouve une solution, quelque chose qui n'affectera pas notre avenir, à toi et à moi, ni la tournure de notre révolution, mais qui nous permettra d'être ensemble quand on a envie d'être ensemble, de le faire où et quand on a envie de le faire, tout nus, comme mari et femme. »

Je ne fis pas immédiatement suite à ses paroles. Mes regards posés au loin revinrent sur la campagne et, par hasard, tombèrent sur l'interstice des deux meules de foin où tout à l'heure nous nous étions glissés, et grâce à ce seul coup d'œil, un étonnant, un grandiose, un magnifique plan surgit dans mon cerveau.

Les nuages se dissipèrent, le soleil sortit, les premières lueurs brillèrent, sur les sagoutiers millénaires les fleurs avaient éclos. D'abord, je sentis un *dong* résonner dans ma tête, suivi *badaboum* par un coup de tonnerre gigantesque, en l'espace d'un instant, cet immense, cet inconcevable plan adopta des contours, une forme, un calendrier de travail.

Pensées sur le paulownia

J'avais décidé de creuser un passage secret de ma maison à celle de Rouge Mei, pour que nous puissions nous voir et nous ébattre à loisir comme mari et femme, sans avoir besoin de sortir de chez nous.

Quand ce plan surgit telle la première lueur de l'aube, mon cœur battit la chamade, mais je ne le communiquai pas tout de suite à Rouge Mei. Il s'agissait peut-être de la page la plus sublime dans la vie de notre amour, tant que rien n'était concrétisé, je ne pouvais parler à la légère. Cependant, une fois qu'il eut pris forme dans ma tête, souvent je pensais à ce plan, et tout mon être alors s'échauffait, mon sang bouillonnait. (*C'EST UNE MYRIADE DE SAULES DANS LE VENT PRINTANIER. DONC TSÉ-TOUNG ÉTAIT UN SHUN, IL ÉTAIT UN SHAO ! LA ROUGE PLUIE ROULE SES VAGUES AU GRÉ DE SES ENVIES, ET LES MONTS BLEUS ZÉLÉS JOUENT À FORMER UN PONT.*) Je ne le mis pas aussitôt à exécution, d'abord j'écrivis rondement trois comptes rendus d'expérience sur la réunion *in situ* qui s'était déroulée dans notre brigade de production : le premier, « La Triple Unification élève et rougit la pensée des masses », le deuxième, « L'UN AIDE L'AUTRE, c'est le fil rouge ; LES DEUX SONT ROUGES, c'est un ensemble rouge », et le dernier : « Réflexions sur le temple des Cheng comme vestige pernicieux du féodalisme ou comme héritage culturel » – parce que tous les visiteurs ressentaient la beauté mais aussi le malaise procurés par les bâtiments richement ornés du temple, ses peintures de dragons et de phénix, jusqu'aux tuiles et aux briques noires à têtes de bêtes datant de la période des Qing ; il était évident que tout cela était très éloigné de l'exigence révolutionnaire de détruire l'ancien pour bâtir le nouveau, de purifier l'environnement. J'avais très envie de détruire le portique et le temple des Cheng, pour que le souffle de l'explosion révolutionnaire balaie de fond en comble le bourg de la Colline des Cheng. Mais lui donner cet explosif baptême, c'était aller à l'encontre de la directive provinciale promulguée au début des années 1960 qui le protégeait en tant qu'objet culturel de la province, plus grave encore, détruire le temple des Cheng équivalait à éclater la tête de ceux qui portaient le nom de Cheng, c'est-à-dire les trois quarts de la brigade de production (sur ce point, monsieur le fils de putain de maire Wang avait raison, je ne pouvais perdre ma base populaire de la Colline des Cheng pour un temple – LE PEUPLE, UNIQUEMENT LE PEUPLE CRÉE LA DYNAMIQUE HISTORIQUE. Le peuple est le véritable héros du développement de la société, perdre le soutien du peuple, c'est perdre la condition minimale pour la révolution. La bataille du portique des deux Cheng ne m'avait-elle pas servi de leçon ?). Avant de détruire le portique et le temple, j'espérais obtenir un document officiel des autorités, ou bien une notification orale qui serait un soutien de poids et une garantie pour anéantir, pour réduire en miettes l'ancien monde. Dans mes « Réflexions sur le temple des Cheng comme vestige pernicieux du féodalisme ou comme héritage culturel », je mentionnais neuf grands crimes relatifs au portique et au temple.

1. L'existence du portique des deux Cheng et du temple des Cheng fait flotter publiquement le drapeau noir du « néoconfucianisme de Zhuxi et des Cheng » porté par Cheng Yi et Cheng Hao, en plein milieu de notre révolution rouge. C'est une opposition ouverte sur le terrain de la révolution.

2. L'existence de ces deux monuments attire de nombreux dévots, ils empoisonnent l'esprit des masses populaires des environs.

3. Ils accroissent les activités de superstition (autour du Nouvel An, c'est une succession ininterrompue de gens qui viennent discrètement brûler de l'encens et faire des offrandes).

4. Chaque brique, chaque tuile de ce portique et de ce temple pue les relents pernicieux du féodalisme.

...

9. Détruire le portique et le temple, c'est écraser le quartier général et centre de commandement du néoconfucianisme de Zhuxi et des Cheng ; ce sera forcément faire flotter haut, très haut, pour l'éternité, le grandiose drapeau de la pensée de Mao Tsé-toung sur les monts Balou.

Après avoir imprimé plusieurs exemplaires des trois comptes rendus et les avoir fait porter au comité du district, après les avoir envoyés aux journaux de la préfecture et de la province, une fois passée la fertilisation des sols, une fois irrigués les champs qui pouvaient l'être, quand la révolution et la production eurent franchi cette étape, je commençai à mettre en œuvre mon fantastique, mon héroïque plan.

Un jour que ma mère était sortie avec Rouge Hua et que Rouge Sheng était à l'école, je grimpai dans le paulownia de la cour et, usant des connaissances de base que j'avais acquises dans le génie à l'époque où je perçais les montagnes, je portai mon regard à travers le feuillage de l'arbre : je pris l'orme derrière la maison de Shi Dagou comme premier point de repère, l'acajou de chez Cheng Cuifen comme deuxième repère, puis le vieux sophora à l'entrée de la maison de Cheng Tianqing comme troisième repère, j'estimai que depuis ma maison dans la rue Cheng de derrière jusqu'à la maison de Rouge Mei dans la rue Cheng de devant, il y avait environ cinq cent cinquante mètres à vol d'oiseau ; entre les deux il fallait traverser une partie de la grande cour arrière du temple des Cheng, les maisons de Shi Ergou, le chef de la deuxième équipe de production, et celles de dix-sept personnes appelées Cheng, ainsi que la rue Cheng centrale et de derrière. Si le tunnel mesurait un demi-mètre de large sur un mètre de haut, le volume de terre à extraire serait de deux cent soixante-quinze mètres cubes ; si le coefficient de foisonnement était au minimum de 1,5 pour 1, le volume de terre déblayée serait donc de quatre cent quinze mètres cubes. En outre, au milieu de ce tunnel de cinq cent cinquante mètres, je creuserais (sous la grand-rue Cheng centrale) une petite pièce où l'on pourrait installer un lit d'environ trois mètres de large sur trois mètres de long et deux mètres de haut ; cette pièce, qui serait notre chambre nuptiale souterraine, représenterait un volume de dix-huit mètres cubes de terre, soit un volume de terre foisonnée de vingt-sept mètres cubes. Ainsi, même si le tunnel était parfaitement droit, le volume total de terre à évacuer serait de trois cents mètres cubes, et celui de terre foisonnée serait de quatre cent cinquante mètres cubes. Si j'EMPOIGNAIS LA RÉVOLUTION pendant la journée, et que la nuit je POUSSAIS LA PRODUCTION (c'est-à-dire si je creusais le tunnel), en considérant que chaque nuit je creuserais au maximum 0,7 mètre cube, mon tunnel d'amour nécessiterait quatre cent vingt jours. Quatre cent vingt jours, c'était presque un an et demi. Bon, mais si, pendant cette année et demie, je devais m'absenter pour assister à une réunion ? Et si je devais faire des heures supplémentaires à la Colline des Cheng (par exemple, les travaux des champs pendant les trois mois d'été, les séances d'études politiques du Parti et des Jeunesses communistes), si j'étais malade, si j'avais de la fièvre ? Et si je faisais une erreur de calcul, que je creusais de travers et prenais du retard ?

Autrement dit, au plus juste, en creusant chaque nuit sans m'arrêter, il me faudrait presque deux ans. (Et durant ces deux années, je devais aussi atteindre un autre but, devenir maire.) Deux ans, c'était interminable, comme une longue nuit sans voir le soleil... mais, après tout, qu'était-ce pour un révolutionnaire gonflé d'amour ? La guerre de résistance contre le Japon n'avait-elle pas duré huit ans ? La guerre de libération n'avait-elle pas duré quatre ans ? Et moi-même, n'avais-je pas servi pendant quatre ans, durant lesquels j'avais foré pendant un an et huit mois ? Il y a seulement des volontés défaites, il n'y a pas de difficultés qu'on ne saurait défaire. De qui étaient ces paroles ? Etaient-ce les paroles visionnaires que j'avais écrites à l'armée, ou alors étaient-ce celles, merveilleuses, que j'avais lues dans le journal ?

L'homme, en tant qu'homme, l'homme cuirassé de la pensée révolutionnaire, est le plus courageux, le plus sage, le plus désintéressé, il n'existe aucune difficulté qu'il ne puisse surmonter, aucun pic qu'il ne puisse franchir, aucun miracle qu'il ne puisse accomplir : au moment le plus ardu nous arrivons, dans la passe la plus critique nous apparaissons, à l'endroit le plus dangereux nous allons, des tâches les plus pénibles nous nous chargeons. Pas de gloire sans larmes ; pas de bonheur sans sacrifice ; pas de grands progrès sans de grandes ambitions ; pas d'espoir de réussite sans avoir les pieds sur terre. La révolution commence dans la tempête, les premières récoltes débutent avec le dur labeur ; la joie s'accumule dans le sang et les larmes, le bonheur s'obtient dans les échecs. Tête haute, en avant, rien ne fera obstacle ; par-delà les vallées, droit sur le danger, jurons de ne jamais baisser la tête. En avant, allez, l'avenir nous fait signe ! Encore un effort, le drapeau rouge nous précède ! Luttons, l'aube brillera sur mille printemps !

Bon, mais une fois creusés ces quatre cent cinquante mètres cubes de terre, je les mettrais où ?

Installé dans mon paulownia, je me retournai et aperçus derrière chez moi le canal qui coulait toute l'année au pied de la Colline des Cheng. Combien de milliers de mètres cubes de terre pouvait-il contenir ? A partir de quelle quantité l'eau ne pourrait-elle plus charrier la terre en aval ?

Quelques jours plus tard, je fis un trou dans mon mur d'enceinte arrière et posai une porte à un seul battant, là je construisis un enclos pour les deux petits cochons que j'avais achetés. Masqués par la porcherie, une porte et un sentier menant vers le canal à l'arrière du bourg furent ainsi ouverts.

Le premier coup de pelle fut donné à la fin du mois d'avril tard dans la nuit, le dernier quartier de lune, sans se presser, n'était sorti qu'à minuit. Il va sans dire que les masses, les membres des communes populaires du monde entier, tous étaient endormis, le clair de lune avait revêtu les alentours du bourg de son éclat laiteux. J'établis l'entrée du tunnel dans la cave à patates douces à l'arrière de ma cour, je suspendis là, noués ensemble, la pioche à manche court, la houe, les paniers neufs en bambou, la lampe-tempête, les cordes et les crochets en fer que j'avais préparés à l'avance. Ensuite, vêtu de la veste blanche et du caleçon vert que je portais quand j'étais dans le génie à l'armée, je descendis dans la cave, accrochai la lampe à la paroi en terre et, après avoir craché dans mes paumes et les avoir frottées l'une contre l'autre, je m'agenouillai sur le sol et, brandissant la pioche, l'élevant avec force, je l'abattis et le premier bout de terre jaune, grand comme un bol, tomba. Aussitôt l'odeur humide de cette terre enveloppa de rouge écarlate celle des patates douces stockées là depuis des années, il y avait aussi une odeur de pourri émanant des feuilles mortes dans la cave. A cause de la révolution, il y avait longtemps que je n'avais pas accompli de travail de force. Après être devenu le plus haut dirigeant de la brigade de production de la Colline des Cheng, même chez moi c'étaient d'autres qui rapportaient l'eau du puits, les céréales et les légumes des champs, surtout depuis que j'avais reçu, quinze jours auparavant, ma nomination officielle de membre du comité municipal du Parti, des villageois venus bavarder ou parler de leurs problèmes en profitaient pour exécuter de menues tâches, balayer ma cour, accrocher les choses aux murs. Ah, il semblait que c'était un honneur pour ces braves gens d'effectuer ces corvées pour moi, quand j'étais à l'armée, je voyais un sourire d'orgueil sur le visage de l'homme à tout faire du commandant de la compagnie ou du chef de bataillon qui leur servait le thé et lavait leurs vêtements, et je voyais le même sourire familier, enthousiaste et assez fier sur le visage des villageois qui s'occupaient de mes tâches ménagères. Je savais qu'il m'aurait suffi d'une parole pour que plusieurs membres de la commune populaire viennent m'aider à creuser ce tunnel jusque chez Rouge Mei. Mais pas question, absolument hors de question. Non seulement la révolution ne le permettait pas, mais un tel comportement m'aurait tout bonnement poussé dans le camp opposé à la révolution, sur l'échafaud, je serais devenu l'ennemi juré, l'ennemi mortel de la révolution. Bien sûr que je ne pouvais demander à personne de m'aider. Je ne pouvais laisser personne connaître mon secret. Ce serait un tunnel et une chambre de l'ombre que moi et Rouge Mei, dans nos deux âmes, nous n'ouvririons jamais à personne, ce serait la sublimation et la preuve tangible de notre héroïque, de notre saint amour.

Avec deux paniers de terre, je grimpai hors du trou, à l'aide d'une corde je les traînai jusque sous le clair de lune, puis je les chargeai sur l'épaule et, passant par la porte de derrière de la porcherie, je longeai le petit chemin jusqu'au canal. La lune s'était déplacée et avait déjà atteint l'entrée du village, les poutres et les angles de l'auvent de la Grande Salle de la Connaissance et de la Vertu, dans la cour arrière du temple des Cheng, paraissaient mous et flexibles sous la clarté lunaire, on aurait dit qu'ils se balançaient avec lenteur. Parfois dans les rues du bourg, quelques aboiements de chiens résonnaient, d'une pâleur bleutée comme une fine couche de glace transparente glissant dans la nuit, puis cette nuit du début de l'été devint de plus en plus profonde, d'une singulière beauté, indicible merveille. Le vert bruit de l'eau montait du canal, giclait telle une bruine sur les petites herbes mouillées de rosée sous la lune, sous mes pieds, dans les champs. Les coassements des grenouilles, les chants joyeux des grillons s'arrêtèrent un instant au bruit de mes pas, puis reprirent avec insouciance, les recouvrant, ainsi que le grincement de la palanche et des paniers sur mes épaules. Le monde était plongé dans une paix sans pareille. J'entendis dans cette paix respirer les monts Balou, et c'était comme si les racines des blés aspiraient l'eau des champs, les nourritures du sol.

Quand j'arrivai au bord du canal avec mon premier chargement de terre, j'essuyai la sueur sur mon visage, puis vidai les deux paniers dans le canal. En me redressant j'aperçus, au nord de la Colline des Cheng, dans la cour de la mairie, la rangée de toits en tuiles rouges des bâtiments construits après la Libération, sous le clair de lune ils avaient pris une teinte violacée, comme si une couche de sang s'était figée dessus.

Je pris la décision que, dans les deux années à venir, je creuserais ces cinq cent cinquante mètres de tunnel d'amour révolutionnaire, et que je balayerais les obstacles, grands et petits, qui obstruaient mon horizon politique, que je deviendrais maire avant mon vingt-septième anniversaire, que je serais le numéro un du bourg de la Colline des Cheng. Cette nuit-là, je creusai à quatre-vingts centimètres de profondeur, je vidai dix-neuf charges de terre dans le canal, et dix-neuf fois je vis la mairie, dix-neuf fois je me répétai ce que j'avais décidé de faire, ce que je ferais, enfin le coq chanta trois fois, l'orient devint blanc comme lait, je pissai un coup en direction de la mairie puis je rentrai dormir chez moi.

7

UNE NOUVELLE BATAILLE

L'incident du temple des Cheng

Cette année-là, trois jours avant la période des épis pleins, un coup dur me tomba sur la tête. La veille, c'était le jour anniversaire de la naissance de Cheng Xiang, le père des deux Cheng, tout avait été normal dans la journée au bourg, la nuit aussi ce fut le calme plat, comme toujours j'avais effectué mes vingt voyages du tunnel au canal, mais au point du jour, les faisceaux des lampes torches de Rouge Mei et Cheng Qingping m'éveillèrent.

« Oh, catastrophe ! Putain de grande catastrophe ! Hier soir, des gens ont brûlé des papiers d'offrande et de l'encens pour les ancêtres devant le temple des Cheng ! » brailla Cheng Qingping en déboulant devant mon lit.

« C'est une démonstration publique de superstition féodale et une opposition à notre prolétariat, dit Rouge Mei en me tendant les vêtements que je venais d'enlever. Si nous ne mettons pas fin à ce vent de pratiques pernicieuses, nous ne sommes pas dignes du pouvoir absolu de notre comité révolutionnaire. »

Je compris la gravité de la situation. Si l'on ne s'en occupait pas, non seulement ce serait la preuve de la faiblesse de la nouvelle direction dont j'étais le centre, mais cela deviendrait aussi un jour la lourde preuve que la « nouvelle base révolutionnaire rouge » était une « tribu superstitieuse ». Et s'il en était ainsi, ce n'était pas uniquement le comité révolutionnaire de la Colline des Cheng qui en subirait les conséquences, mais, plus important encore, ce serait moi, Gao Tsé-toung, ma vie et mon avenir politique. Sans rien dire, je m'habillai sur-le-champ et, avec Rouge Mei et Cheng Qingping, arrivait en deux enjambées au temple des Cheng. Nous vîmes en effet à la grande porte une trentaine de tas de cendres de papiers d'offrande et de bâtonnets d'encens brûlés. Cheng Tianmin était allé apparemment au chef-lieu du district pour participer à je ne sais quelle réunion et la grande porte du temple était verrouillée soigneusement, c'est pourquoi, n'ayant pas pu y pénétrer, ces brûleurs d'encens avaient fait leurs offrandes là devant. En regardant les tas de cendres et les bâtonnets d'encens mouillés par la rosée nocturne, je me demandai comment il se faisait que je ne les aie pas vus la nuit dernière ? Mais alors, les brûleurs d'encens ne m'auraient-ils pas vu, eux aussi ?

Il me fallait les démasquer.

Je demandai à Qingping de faire venir des miliciens pour garder les lieux, et Rouge Mei et moi nous allâmes à la mairie chercher le maire Wang lequel, tout juste éveillé, était en train de faire sa toilette. Nous le priâmes de dépêcher des camarades de la police locale pour qu'ils nous aident à résoudre cette affaire criminelle, mais nous ne nous attendions pas à ce que le maire, après avoir écouté notre rapport, essore tranquillement sa serviette dans la bassine en disant :

« A mon avis, vous devriez vous occuper d'irriguer les quelques hectares à l'entrée du bourg. »

Nous fûmes un peu gênés, c'était comme si nous n'étions pas en train de faire la révolution, mais de nous tourner les pouces, de faire des enfantillages.

« C'est aujourd'hui que nous organisons nos forces pour irriguer les champs, dis-je. Monsieur le maire, en ce moment il y a des gens qui osent encore brûler de l'encens aux ancêtres, et c'est plus important que d'irriguer pour augmenter la production. »

Le maire tourna la tête vers nous, la serviette resta un instant collée sur son visage, il dit : « Gao Tsé-toung, tu sais bien que je suis un militaire de carrière transféré dans le civil, non ? A l'armée, j'étais chef de compagnie, aujourd'hui je suis le chef du bourg, Xia Rouge Mei n'a pas été à l'armée, elle ne sait pas, mais toi tu sais ce que doit faire un subalterne quand son supérieur lui dit quelque chose. »

Je dis : « Monsieur le maire, la révolution ne fait pas de distinction entre le haut et le bas. Les subalternes doivent obéir, respecter leurs supérieurs, mais les supérieurs doivent plus encore obéir à la vérité, respecter la vérité. »

Le maire Wang jeta sa serviette dans la bassine. L'eau sale nous éclaboussa, Rouge Mei et moi, et mouilla nos pieds. « La vérité, c'est que la production va baisser si votre terre n'est pas irriguée, et si la production baisse, le peuple aura faim, et si le peuple a faim, il n'y aura personne pour suivre le Parti, personne pour faire la révolution. » Comme il grondait ainsi, son visage se congestionna, il devint tout noir. J'aurais voulu lui dire que ce n'était pas parce qu'on avait faim qu'on ne suivait pas le Parti et qu'on ne faisait pas la révolution, mais au contraire c'était parce qu'on avait faim que justement on suivait le Parti et que justement on faisait la révolution. Telles étaient l'expérience et la vérité indéboulonnables que l'histoire révolutionnaire avait mises en pratique. Mais je n'eus pas le temps de dire cela, le maire avait déjà ouvert un tiroir, il en avait sorti un document de quelques feuilles lignées en papier carbone qu'il m'avait balancées. Moi et Rouge Mei nous les dépliâmes pour y jeter un coup d'œil, à notre surprise, c'était un exemplaire des « Réflexions sur le temple des Cheng comme vestige pernicieux du féodalisme ou comme héritage culturel » que nous avions envoyées au district et aux journaux locaux et régionaux.

Rouge Mei et moi restâmes stupéfaits.

Il dit : « Emportez-moi ça, si vous abattez le temple des Cheng, vous abattrez le moral de la brigade de production de la Colline des Cheng. Après une action aussi impopulaire, je me demande comment vous pourrez continuer à être cadres, à faire le travail et à faire la révolution. »

Rouge Mei et moi sortîmes de la mairie.

Nous décidâmes que nous allions lui en faire voir de toutes les couleurs, au maire Wang.

Devant le portail de la mairie, tout autour de la place pavée, on avait planté des paulownias. Il y avait des insectes et des brins d'herbes folles dans les interstices des pavés. Debout sur cette place, moi et Rouge Mei nous avions le teint un peu durci, un peu jaune. Tenant dans sa main ce document important pour notre destin et celui du temple des Cheng, elle me regarda et dit :

« Comment est-ce tombé entre ses mains ? » Je dis : « Ça prouve l'existence d'une ligne noire de la contre-révolution à tous les échelons du Parti, sinon ces documents ne seraient jamais tombés entre ses mains. » Sur le visage de Rouge Mei, la couche de jaune durcie pâlit légèrement, comme si devant nous nos cruels ennemis nous mettaient déjà en joue avec leurs fusils. « Que faire ? dit-elle. Nous ne pouvons pas nous laisser mener par le bout du nez par le maire. » Bien sûr que nous ne pouvions pas laisser le maire nous mener par le bout du nez, de la même façon que la Chine ne pouvait pas se laisser mener par le bout du nez par Khrouchtchev, comment aurions-nous pu laisser un minable petit maire nous mener par le bout du nez ? En regardant les paulownias autour de la place pavée, à travers les feuillages je vis le soleil bondir entre les montagnes à l'est qui, tel un geyser de sang, dans un crépitement, teignit de rouge la chaîne de montagnes et la moitié du monde, éclairant la planète et l'univers. J'entendis la palpitation de ce soleil levant tel le *poum poum* muet du sang dans les veines, devant moi je vis un nid d'insectes suspendu dans l'un des paulownias tomber à terre, *paf !* les insectes retournèrent dans leur nid. A ce moment-là, je reçus l'illumination et la révélation de la Révolution, un gigantesque souffle de vitalité se transmit à moi dans le rouge sang de ce lever de soleil ; ainsi, ce nid d'insectes tombé là-bas avait ouvert pour moi la porte d'une vérité : la révolution est comme un nid d'insectes, quand elle ne vole pas, elle tombe. Contemplant le visage de Rouge Mei, je vis dans ses yeux la même tristesse, la même déception que jadis. Je dis : « Il baise sa mère, tête de nœud, chef de compagnie de mes couilles. » Elle dit : « Tu vas oser te mesurer à lui ? » Je dis: « Il n'y a pas d'issue pour nous si je ne le fais pas. » Après cette réponse, je me tus un instant pour la dévorer des yeux, et lui dis soudain : « Rouge Mei, est-ce que je t'ai manqué ? Est-ce que ça t'a manqué ? » Elle jeta un regard sur le côté, et suivit du coin de l'œil un cadre de la mairie qui, un bidon en bambou à la main, entrait dans la cuisine pour prendre de l'eau, il franchit en une enjambée le seuil de la mairie haut d'une trentaine de centimètres. Elle lui adressa un signe de tête et, tournant à nouveau son visage vers moi, elle fit « mmm » et dit : « Tsé-toung, Guizhi n'est plus là, si tu me veux, je suis à toi n'importe où du moment que nous sommes en sécurité. » Je dis : « Rouge Mei, j'ai découvert un problème, un problème où les opposés s'unissent : quand tu me manques, j'ai envie de faire l'amour avec toi, et c'est impossible, alors j'ai très envie de faire la révolution, de taper sur les tables, d'abattre les maisons, et même de faire éclater quelques têtes à coups de pelle, de pisser sur le crâne du maire, du chef de district, de dégommer en une seule nuit tous les dirigeants à tous les échelons. »

Rouge Mei me regarda avec surprise, elle voulut dire quelque chose, hésita et ne dit rien, mais dans ses yeux une lueur brusquement scintilla.

Je dis : « Tu me trouves une ambition de hyène folle, hein ? »

Elle dit : « Non, Tsé-toung, pas du tout. C'est fou, toi et moi, nous nous accordons sans le vouloir, nous partageons naturellement un but commun. » Elle jeta un nouveau coup d'œil alentour et, se penchant vers moi, elle souffla à voix basse : « Qu'importe si tu te moques, toutes les nuits je rêve que tu m'écrases sous toi, tu me fais toute trembler, je suis toute mouillée, mais quand nous jouissons très fort de plaisir, ce sont des slogans révolutionnaires que nous crions, des hurlements et des injures où nous disons qu'il faut régler son compte à un tel ou une telle. »

Elle me demanda : « Depuis combien de temps nous ne l'avons pas fait ? »

Elle dit : « Tsé-toung, nous devons le faire une fois, quand nous le faisons une fois, je suis de bonne humeur pour quinze jours, pour un mois. »

Je pris sa main, devant la grande porte laquée de rouge de la mairie, sous les immenses panneaux couverts de citations de chaque côté, dans les flaques de lumière oblique sourdant à travers les feuilles rondes des paulownias, sans plus me soucier de rien, hardi, hardi, chien, cochon, telle une bête je fourrai sa main dans l'entrejambe de mon pantalon, et quand ses doux doigts touchèrent mon membre bandé sans pudeur, tous deux nous fûmes parcourus d'un frisson, nous obligeant à faire un pas en arrière comme sous le choc d'une électrocution, en même temps un tintement *ding dong ding dong* nous fit tourner la tête pour regarder, tout alarmés, d'un côté et de l'autre.

Un vieil homme Cheng sortait de chez lui, un seau à la main, pour aller prendre de l'eau au puits de la rue Cheng de derrière.

Nous nous regardâmes à nouveau, une incandescence brilla sur nos visages en même temps avant de crépiter à nos pieds.

Elle dit : « Tsé-toung, je t'attendrai sur les berges de la Treize Lis aujourd'hui au crépuscule. »

Mes yeux étaient rivés à son visage, comme si je regardais une peinture de nu.

Elle dit : « Tu n'en as pas envie ? »

Je dis : « Que si, à en crever. » J'ajoutai : « Mais les conditions ne le permettent pas, les circonstances ne le permettent pas. Toi et moi, nous devons nous retenir. J'ai découvert que quand je brûlais de le faire, nous avions alors une force et une énergie inépuisables à renverser ciel et terre, de quoi mener n'importe quelle révolution à la victoire. »

Je dis : « Plus tard, à chaque succès de la révolution, nous le ferons comme des fous. Ce sera notre façon de célébrer la victoire, et le faire une fois, ce sera plus joyeux que de le faire dix ou cent fois tous les jours. »

Elle me fixait du regard comme je la fixais du regard, je ne sais pas si c'est ma bouche ou le bout de mon nez qu'elle fixait ainsi (ou bien moi aussi je ressemblais à une peinture de nu ?).

Je dis : « Aujourd'hui, nous allons investir le temple des Cheng à la tête des masses, nous ne détruirons pas les bâtiments, nous brûlerons toutes les œuvres des deux Cheng, et on verra ce qu'il ose nous faire, le maire Wang, ensuite nous nous rejoindrons sur les berges, et nous le ferons comme des fous en guise de célébration. »

C'est ainsi que, pressés par notre envie de faire l'amour, nous décidâmes de lancer le premier assaut de la bataille du temple des Cheng. Nous fîmes de la défaite de la bataille du portique la mère de notre succès, nous étions certains de la victoire inéluctable dans cette bataille-ci, parce que durant ces jours du début de l'été, nous nous étions déjà emparés du pouvoir politique de la Colline des Cheng, nous avions accumulé nombre d'expériences et d'enseignements. Nous avions déjà compris que le peuple, et rien que le peuple, était le véritable héros, était le véritable créateur de l'Histoire, était le véritable moteur du progrès social. J'avais très clairement saisi la profondeur et le mystère de la pensée UNE FOIS SAISIE LA LUTTE DES CLASSES TOUT S'ÉCLAIRE ; j'avais parfaitement compris que la révolution était pareille à la guerre. Que la révolution, c'était la guerre. La révolution d'une brigade de production est pareille à la guerre d'un Etat, d'une nation ; pareille à une guerre mondiale. Certes la guerre apporte au peuple la destruction, pourtant si l'on ne résiste pas aux troubles armés des factions réactionnaires à l'intérieur du pays et aux invasions de l'impérialisme étranger, si l'on accepte d'être opprimé ou d'être un peuple conquis, alors les destructions, les sacrifices, les souffrances subies s'aggraveront, le désastre sera encore plus tangible. Ou pour le dire d'une autre façon, si nous acceptons que Khrouchtchev nous mène par le bout de nez, si nous nous laissons marcher sur les pieds par le révisionnisme, si confrontés à cela nous regardons ailleurs, nous faisons la sourde oreille, nous faisons comme si de rien n'était, alors nous poussons notre pays sur un bord dangereux, nous le poussons au bord du révisionnisme, du réformisme, nous faisons de notre nation et de notre peuple un nouveau peuple asservi, nous faisons de notre nation et de notre Etat une nouvelle colonie, d'une forme différente. Dans la révolution, à la guerre, le sacrifice d'une minorité peut être échangé contre la sécurité et le bonheur de la majorité et même des masses de tout le pays. Lénine disait qu'à cause de la guerre, le plus civilisé, le plus culturellement développé des pays (ou un autre endroit comme par exemple, le bourg de la Colline des Cheng) n'est plus qu'une terre désolée. Mais d'un autre côté, c'est un formidable processus historique qui accélère le développement social à une vitesse sans précédent. La guerre éveille les masses, elle les agite par des souffrances et des catastrophes sans précédent. La révolution met en mouvement la guerre, la guerre pousse la révolution, ainsi l'histoire du temps présent avance comme une locomotive à pleine vitesse.

Puisque la guerre présente tant d'avantages, puisque seule la guerre peut mettre fin à la guerre, et que la révolution ne veut compter que sur la révolution pour réussir, ainsi donc, pourquoi n'aurions-nous pas utilisé l'expérience et la théorie de la guerre révolutionnaire pour mener la révolution du temps présent ? Pourquoi ne pas mener la révolution sous la forme d'une guerre ? Bien sûr que nous allions lancer la guerre sous la forme d'une révolution et que nous allions mener la révolution sous la forme d'une guerre. Bien sûr que nous allions investir le temple des Cheng, brûler tous les livres des deux Cheng, leurs portraits et les classiques confucéens entreposés dans la bibliothèque, les vieilles pages jaunies, la généalogie de la famille Cheng, les registres de propriété du temple et tous les grimoires et vestiges culturels du passé de la famille Cheng. Ces longs décrets impériaux à reliure en cuir cousue, ces rouleaux bouddhistes qui sentent le pourri dans leurs boîtes en tissu, ces portraits d'ancêtres à longue barbe représentés sur d'immenses peintures, ces divinités dont on a fait des maîtres et des savants, toutes ces choses, même si très peu de gens allaient les admirer, les lire ou les feuilleter, n'étaient-elles pas révérées par les dénommés Cheng (pour la plupart, des vieux ou des hommes d'âge mûr) de notre brigade de production de la Colline des Cheng ? Ne s'en faisaient-ils pas une gloire ? Ne les considéraient-ils pas comme l'âme du temple des Cheng ? En pleine révolution, le temple avait bénéficié d'une protection exceptionnelle de la part du maire, mais quel était donc le lien entre lui et ce temple ? Entre lui et l'ancien maire Cheng Tianmin, n'était-ce qu'un lien entre dirigeants de la Colline des Cheng de deux générations différentes ? Quel inavouable secret existait entre eux, pour que le cœur du maire s'écarte de la voie du Parti et penche pour la classe capitaliste féodale, pour qu'il ose accorder plus d'importance à l'irrigation des champs qu'à la superstition féodale ?

Lorsque nous retournâmes au temple, le soleil s'était complètement levé au-dessus des montagnes à l'est, il brillait de l'éclat doré de cette laque, la meilleure et la plus chère, que nous avions utilisée pour orner les murs de slogans. Au village, chaque foyer avait été choqué par cette soudaine affaire des offrandes aux ancêtres. Un jour de plus où les consciences s'éveillaient dans la révolution. Les chefs de famille avaient tous paru à leur porte pour observer brièvement le temple, avant de partir dans sa direction tout en s'interrogeant les uns les autres. A cet instant, Cheng Qingping et quelques miliciens armés de bâtons rouges et blancs accoururent vers nous et déclarèrent tout pantelants, avec l'air d'attendre une récompense pour un acte méritoire : « Secrétaire Gao, le pot aux roses est découvert, la vérité éclate au grand jour, nous avons arrêté plusieurs brûleurs d'encens. »

Moi et Rouge Mei, nous restâmes, *toc*, immobiles devant la meule au milieu de la rue Cheng de derrière.

« Qui est-ce ? »

« Ce sont tous des descendants de la famille Cheng étrangers au pays, dit le chef des miliciens. Je savais bien que la révolution chez nous était d'une telle intensité que personne d'ici n'aurait osé se jeter sur la pointe du couteau ! J'ai perquisitionné chez quelques familles, et comme je m'y attendais j'ai débusqué plusieurs étrangers qui s'appellent Cheng. Ceux qui habitent près d'ici sont tous partis, ceux qui habitent loin sont restés au bourg, je les ai arrêtés et rassemblés au quartier général de la brigade de production. »

Je dis : « Est-ce que les masses savent qu'on les a arrêtés dans le bourg ? »

Qingping dit : « Beaucoup ne sont pas encore réveillés, ils ne le savent pas. »

Rouge Mei dit : « Pour sonner le tocsin et faire des exemples, ces étrangers doivent être exhibés dans les rues afin qu'ils comprennent que la situation est excellente et que le feu fait rage dans la brigade de production de la Colline des Cheng ! Que personne n'aille croire qu'on peut venir chier sur la révolution de la Colline des Cheng ! »

Qingping dit : « Je suis d'accord, je vais aller préparer les cordes et les bonnets d'âne. »

Ayant dit cela, faisant déjà demi-tour il s'apprêtait à repartir à la tête des miliciens pour aller au quartier général de la rue Cheng centrale, quand je le retins par le bras : « Réunion de cellule ici. » Tout en parlant je me déplaçai un peu sur le côté et mis un pied sur la meule, ils s'approchèrent pour faire cercle autour de moi. Qingping, Rouge Mei et quelques miliciens me regardaient.

« Si on les exhibe ainsi dans la rue, il faudrait aussi punir leurs proches, dis-je. Ils sont tous des descendants de la famille Cheng, et ceux qui s'appellent Cheng croiront que nous allons les condamner et les soumettre à la vindicte publique. Mais nous allons tout simplement les laisser filer pour mieux les piéger, car si nous les relâchons, nous obtiendrons peut-être le soutien et la reconnaissance de leurs parents de la vieille génération. En obtenant leur soutien et leur reconnaissance, nous aurons rallié soixante-dix à quatre-vingts pour cent des masses. A ce moment-là, il ne sera même plus question de brûler les livres de la bibliothèque, nous pourrons bel et bien détruire le temple, aucun Cheng ne pourra nous faire obstacle comme la dernière fois avec le portique. »

Je dis : « Pendant la guerre de résistance contre le Japon et la guerre de libération, l'Armée populaire a employé la guerre psychologique. A présent, nous allons nous aussi mettre en œuvre la guerre psychologique. Notre but est d'unifier les masses, de brûler les vieux classiques du pavillon des Ecritures dans le temple des Cheng (c'est son âme), pour poser les fondements de la prochaine étape qui sera de nous emparer du pouvoir politique au comité municipal du Parti. Mais si nous perdons le soutien des masses, nous perdons notre base et la possibilité de nous emparer du pouvoir, nous serons comme un arbre sans racines, un bateau sans eau où naviguer, nous serons un commandement creux privé des masses. Telle est la loi de la révolution, telle est l'expérience de la guerre populaire, nous ne pouvons pas aller contre cette loi et cette expérience. »

Le chef des miliciens dit : « Alors on les relâche comme ça ? »

Je dis : « Oui, relâchez-les tous. »

Rouge Mei dit : « Je suis d'accord. Tsé-toung adopte un point de vue plus élevé, il voit plus loin, sa pensée est plus profonde que la nôtre, il est digne d'être le cœur dirigeant de notre groupe. J'ai compris pourquoi le seul fait de brûler les livres sans toucher à une tuile ou une brique du temple a la même signification. Les masses de la commune populaire ne sont pas cultivées dans leur grande majorité, si on détruit le temple, elles le regretteront, mais si on brûle des vieux bouquins auxquels elles ne comprennent rien et qu'elles trouvent inutiles, nous atteindrons notre but qui est de faire une démonstration de force face au gouvernement du bourg, sans pour autant blesser les sentiments des masses. »

(Mon cœur ma chair mon amour mon âme.) C'était toujours Rouge Mei qui me comprenait en premier, l'amour mettait nos deux cœurs encore plus à l'unisson dans la révolution (♫ ~ *Gaaaze verte et rooouges fleurons à perte de vuu-u-u-e / Au bas de la colline pour creuser le tunneeel, je déplace la monta-a-a-gne / La sueur de l'amou-ou-our irrigue la terre des Balou-ou-ou / Les graines de la révolution-on-on croissent à la bonne saison-on-on / Le Partiiiiiii-i-i communiiiiiiIIIIIste est la mère qui m'a élevé et nourriiiiiii / Xia Rou-ou-ge Mei et Gao Tsé-tou-ou-ng un seul et même cœur rou-ou-ouge / Résoluuus à être les enfants de la Chiiiiii-i-ine / Animés de nobles ambition-on-ons brandissons de la lutte le drapeau-eau-eau.* ~ ♫)

La bataille du temple des Cheng

Nous libérâmes les Cheng étrangers au pays qui avaient brûlé de l'encens, obtenant l'effet positif escompté dans la brigade de production de la Colline des Cheng.

La libération eut lieu en plein jour devant le temple des Cheng, sous les rayons verticaux du soleil au zénith illuminant la vaste terre des ancêtres, les chaînes de montagnes, les bourgs et les hameaux. Dans l'espace ouvert devant le temple, sur les pierres, le long des murs s'entassait une marée humaine composée des masses et des membres de la commune populaire qui n'avaient pas fait leur toilette, dès le lever, à la nouvelle que des gens avaient brûlé de l'encens devant l'entrée, une pâleur un peu malpropre, pareille à du givre piqueté de saletés, s'était aussitôt inscrite sur leurs visages. Inutile de le dire, tout le monde savait qu'un événement, et pas des moindres, allait se produire. Un vieux pâtre qui toute sa vie avait mené ses chèvres, mais avait imprudemment abrité des parents brûleurs d'encens, était là immobile devant la porte du temple, en me voyant arriver depuis la rue, à la tête de Rouge Mei, de Qingping et de toute une troupe, il eut si peur qu'il se fit pipi dessus et se jeta à genoux devant moi. Je dis : « Mon vieux berger, relève-toi. Le Président Mao a dit : IL EST ENCORE UN BON CAMARADE, CELUI QUI CORRIGE SES FAUTES. Je vais tout de suite faire relâcher tes parents. » Je parlais à quelques mètres en face de lui, je sentis venir à moi une odeur de pisse et de bouc semblable à celle des caniveaux des villes. Mais il avait beau être sale, il était un paysan pauvre, il était du peuple, hé... Rouge Mei et moi, nous nous avançâmes pour l'aider à se relever. Mais il se débattit pour se prosterner front contre terre devant moi, Rouge Mei et Qingping.

A cet instant, je vis mon beau-père Cheng Tianqing, enveloppé dans une vieille couverture d'où sortait la bourre du coton, quelques brins d'herbes dans les cheveux, il se tenait prostré dans l'entrée. Je me souvins de la scène récente où il nous avait découverts sous les meules de foin, Rouge Mei et moi, je lui décochai donc méchamment un regard glacial, qui le fit aller se terrer parmi les gens groupés sur le côté est. La grande porte était toujours bien fermée, des vagues de parfum antique se déversaient par les interstices depuis la cour de devant et soufflaient en courant d'air sur la foule. Je m'avançai vers la porte, tout le monde m'ouvrit aussitôt le chemin. Les membres de la commune populaire m'observaient avec nervosité, dans l'attente de mon jugement et mon verdict dans l'affaire de l'encens brûlé. Et un éclat inquiet, égaré brillait dans les yeux de chaque Cheng dont certains parents étaient venus faire des offrandes, ils me regardaient d'un air suppliant, espérant une déclaration d'amnistie.

Je posai un pied sur le coin du grand piédestal carré où trônait un des lions en pierre de l'entrée, mon autre pied écrasant sa patte arrière, la main gauche sur la hanche, la main droite appuyée sur le crâne de la bête.

Soudain, je me rappelai le passage d'un film documentaire où l'on voyait le Président Mao qui, le 1er octobre 1949, en haut des remparts dominant la place Tiananmen, agitait la main, et alors, d'instinct, mon regard balaya les têtes de la foule (qu'est-ce que ça aurait été bien si les masses avaient été un tout petit peu plus nombreuses, des dizaines de milliers à perte de vue, qu'est-ce que ça aurait été bien !), je restai longuement silencieux avant de parler (le silence avant la prise de parole, c'est la dignité et la jouissance de nous autres dirigeants). Je vis tous les regards pitoyables, fébriles, tourmentés, lancés vers moi comme de minces fils reliant leurs yeux aux miens. Je savais que, pour le moment, il ne fallait pas ouvrir la bouche. A l'armée ou ailleurs, dans les grandes occasions, un commandant de division, de régiment ou un chef de district, tous, avant de lancer leurs exhortations, restent silencieux un instant pour faire monter l'enthousiasme, intensifier la solennité du moment et de l'atmosphère. Je me tenais debout sur le piédestal du lion, le regard mi-chaud mi-froid, le feu sous la glace et la glace dans le feu, j'observais les habitants de la Colline des Cheng serrés les uns contre les autres devant le temple, j'observais le peuple et les masses sous mon commandement, le bon peuple, mes bons sujets sous ma direction. J'entendais, dans le silence que j'imposais, les battements de cœur des membres de la commune populaire faire le même bruit que la neige fondue qui tombe, je voyais au premier rang les visages des révolutionnaires du noyau dur figés sous une couche de gel bleu, les jeunes miliciens tenant en biais leur bâton rouge et blanc d'un mètre de long (conçu spécialement pour eux, ils le portaient comme un fusil, comme leur deuxième vie) dont la peinture neuve brillait dans la lumière du soleil levant, derrière eux les membres de la commune populaire qui arboraient des faces livides. Ils savaient que de grands crimes avaient été commis devant le temple, et quand bien même il n'y avait pas mort d'homme, ce serait un moindre mal si l'on débusquait un de ces fauteurs de troubles à qui l'on casserait la jambe, ou si l'un des brûleurs d'encens se retrouvait avec les dix doigts coupés. Telle devait être la Révolution. Telle était déjà la Révolution. Parfois, la Révolution ne pouvait qu'être ainsi. Je devinais lesquels des Cheng et de leurs parents étaient venus ici la veille brûler de l'encens : qu'ils aient été arrêtés ou non, qu'ils soient partis après avoir fait leur offrande ou soient restés dans le village, tous ceux qui avaient rendu hommage à leurs ancêtres et les Cheng qui étaient leurs proches, en cet instant, se tenaient soit au tout dernier rang de la foule, soit parmi la masse compacte des membres de la commune populaire, ils semblaient vouloir se cacher, mais malgré tout ils relevaient sans cesse la tête, leurs regards bien plus chafouins, bien plus luisants que d'ordinaire. Evidemment, ces hommes aux regards luisants qui m'épiaient tout en se cachant et se dérobant à moitié, leurs proches et leurs parents étaient venus brûler de l'encens, c'était sûr et certain. J'ignore à quel point mon regard était glacial à ce moment-là, à quel point il était indéchiffrable. Mais il suffisait que nos regards se croisent pour que leurs paupières s'enroulent sur elles-mêmes comme des herbes sèches, que leurs regards, *bong !* s'effondrent et que leurs têtes se baissent comme les herbes pendouillant sous le soleil brûlant. A cet instant, à cet instant précis, en cette seconde, je compris soudain, la révolution dans les campagnes, la guerre et les batailles dans les campagnes ne nécessitent parfois nul fusil, nulle baïonnette, nul discours, nulle violence des armes ou des mots, il suffit d'un regard pour conquérir le petit peuple. Mon beau-père, Cheng Tianqing, avait été secrétaire de cellule la moitié de sa vie durant, mais il avait toujours eu recours à la parole, à son expérience, à son âge et aux gesticulations pour diriger son peuple. Moi non. J'eus simplement recours au regard pour le conquérir. Je le couvris de mon regard, je balayai les visages de mon regard, je le posai sur leurs vêtements, leurs jambes, leurs pieds, puis, au milieu de ce silence, je toussai légèrement une fois, une toux sèche, rauque et âpre tel un coup de vent glacial avant la tempête, tel un coup de pointe, un coup de poignard porté dans chaque cœur. Ensuite, normalement j'aurais dû frapper violemment sur la tête du lion en pierre, pour que le bruit mat s'envole comme une claque sur chacune des faces, puis j'aurais lâché un tonnerre de jurons et, selon les lois de la révolution, du peuple et du socialisme, au nom de la dictature du prolétariat, j'aurais jugé cette affaire de brûlage d'encens, pour enfin ordonner qu'on m'amène ces brûleurs d'encens capturés, qu'on les ligote… Tous croyaient que je ferais cela, mais non, je ne le fis pas. Je toussai une fois, je fis « hum-hum » pour m'éclaircir la gorge, et d'une voix forte je m'adressai au peuple :

« En ce jour, nous tous membres de la commune populaire de la brigade de production de la Colline des Cheng, nous le voyons : hélas, en cette nouvelle Yan'an rouge, un cas choquant d'offrande aux ancêtres s'est produit. Si nous l'analysons minutieusement selon la ligne de la lutte des classes et de la lutte idéologique interne au Parti, quelle est la nature de cette affaire ? C'est un cas typique, prémédité, planifié de complot contre le Parti, contre la Révolution, contre le socialisme, contre la Grande Révolution Culturelle du prolétariat, contre notre grandiose dirigeant le Président Mao, un cas vraiment vraiment vraiment typique et vraiment vraiment vraiment réactionnaire de contre-révolution. »

(Plusieurs visages se durcirent. J'abaissai mes regards, c'était comme si une couche de glace vert-bleu s'était dressée dans l'air. Rouge Mei, au premier rang, me regardait pétrifiée. Je baissai la voix.)

« Actuellement, la situation internationale est exceptionnellement tendue. Récemment, un soir au coucher du soleil, quatre avions F-105 de ces bandits impérialistes américains ont pénétré sans vergogne sur le territoire sacré de notre pays pour se livrer à de graves provocations belliqueuses, dans l'espace aérien à l'ouest du district autonome des minorités de Dong Qing, dans la région autonome de l'ethnie Zhuang au Guangxi, plusieurs missiles ont été lancés sur l'armée qui défend nos frontières, il y a eu quatre morts et blessés parmi nos vaillants soldats de l'Armée populaire de Libération, des maisons ont été bombardées. »

(Le commandant de la milice populaire et les visages qui étaient déjà durs comme glace pâlirent. Il y avait des trémolos dans ma voix.)

« Au même moment, le gouvernement réactionnaire du Myanmar à notre frontière sud, en connivence avec les petites frappes qui ont manifesté dans les rues du Myanmar, ont publiquement déchiré et brûlé les portraits de notre grand dirigeant le Président Mao ainsi que notre drapeau national, avec des paroles venimeuses, des moyens méprisables, ces fous furieux s'en sont pris sans retenue à notre Président bien-aimé. »

(Dans les rangs de devant, les membres du noyau dur et les miliciens levèrent jusqu'à la taille leur bâton rouge et blanc qu'ils tenaient comme un fusil. Dans la foule, les visages pâlirent un peu plus encore, on aurait dit qu'une feuille de papier blanc avait été suspendue devant le temple. A ma gauche, Cheng Qingping serrait les poings. Ma voix était pleine de larmes contenues.)

« Dans notre pays, à Hong Kong, les autorités fascistes britanniques ont fait entrer leur armée de terre dans la ville de façon éhontée, et avec l'aide de la police, ils ont réprimé dans le sang le mouvement patriote de nos chers compatriotes, tuant un homme, en blessant neuf autres… Qu'est-ce que tout cela signifie ? »

(Les visages de Rouge Mei, de Qingping et des miliciens du noyau dur étaient devenus livides, ceux des masses tout blancs. Soudain j'élevai la voix.)

« Cela signifie que la troisième guerre mondiale est imminente, elle est à deux doigts d'éclater, peut-être aujourd'hui, peut-être demain, peut-être qu'une nuit pendant que la Colline des Cheng sera endormie, que nous serons encore dans nos rêves, les impérialistes américains, les révisionnistes soviétiques et les chiens réactionnaires à leur solde nous attaqueront par surprise, forceront les portes de notre pays, envahiront notre territoire sacré. *Le Quotidien du peuple*, *Le Quotidien de l'Armée de Libération*, la revue *L'Etendard rouge* et le journal de l'agence Chine Nouvelle ont fait paraître en même temps les directives du Président Mao : L'IMPÉRIALISME QUI NOUS MALMÈNE AINSI, NOUS DEVONS LUI FAIRE FACE SÉRIEUSEMENT. Ces onze mots, cette virgule, ce point, à travers ce calme, comment ne pas sentir l'inquiétude de notre Président? *Malmener ainsi*, *faire face sérieusement*, qu'est-ce que cela veut dire ? Que c'est intolérable, qu'on ne peut pas ne pas se battre ! Le porte parole de notre ministre de la Défense a dénoncé avec colère les provocations belliqueuses de l'impérialisme américain, il a mis sévèrement en garde l'impérialisme américain : à vos provocations belliqueuses le peuple chinois et l'Armée de Libération répondront par une contre-attaque belliqueuse qui vous les rendra au double. Il y a peu de temps, des millions de gens sont descendus manifester dans les rues de la capitale pour protester contre les insultes publiques du gouvernement réactionnaire du Myanmar à l'encontre de notre grandiose dirigeant. A Hong Kong, dans le quartier de Sha Tau Kok, cinquante mille personnes ont rendu hommage aux martyrs qui se sont opposés à la tyrannie britannique, notre armée postée là-bas a déclaré au monde entier qu'elle était résolument déterminée à protéger nos frontières, et si l'impérialisme britannique ose poursuivre ses attaques, nous nous engagerons dans une lutte à mort, qu'il se prépare à une puissante punition ! »

(J'entendis les craquements des poings serrés des miliciens, j'entendis le *plic-ploc* des gouttes de sueur froide tomber à terre parmi les membres de la commune populaire qui avaient triomphé dans le chaos de la guerre avant la Libération, je vis, sous l'éclat chaud du soleil, que tous les visages étaient pâles, certains blancs comme neige, d'autres gris cendre. Je sus quel effet avait eu mon discours. Je sus que je devais procéder à un revirement, je devais passer au cœur de mon discours. Baissant le ton, je changeai de sujet.)

« … A présent, en ces temps de troubles internationaux, le peuple ne doit faire qu'un à l'intérieur du pays, de bas en haut, à tous les échelons et sur tous les bords, y compris les cinquante-six minorités ethniques, tous se préparent à la bataille, et une grande bataille, pas une petite ; c'est une guerre mondiale, pas une guerre locale. Il paraît que l'armée stationnée à Jiudu a été transférée à la frontière, chaque jour à minuit passent des convois chargés de canons en direction du sud, mais dans nos monts Balou, dans notre brigade de production de la Colline des Cheng, pendant la nuit quand tout le monde dort, en grand secret, des gens osent encore brûler de l'encens, se prosterner front contre terre devant des seigneurs féodaux, sacrifier aux ancêtres, ici en ce lieu où la révolution est un feu qui fait rage : si ce n'est pas du sabotage planifié, prémédité, organisé, qu'est-ce que c'est, hein ? Si ce n'est pas un cas de contre-révolution, qu'est-ce que c'est, hein ? Si ce n'est pas un cas d'intelligence avec l'étranger, une collusion avec l'étranger, une complicité avec l'étranger, une collaboration entre des forces intérieures et extérieures, qu'est-ce que c'est, hein ? »

(Le soleil brillait sur mon visage, je clignai des yeux, et je me tus un instant. Plus aucun de ces Cheng qui avaient brûlé de l'encens ou de ceux dont les parents et proches avaient brûlé de l'encens ne relevait la tête. Il va sans dire que je devais donner un exemple pour m'expliquer.)

« Avant la Libération de 1949, les plus âgés d'entre vous doivent se souvenir de l'affaire de la vallée des Zhang au moment où la réforme agraire a été lancée… Je le sais puisque, après tout, je l'ai entendu de votre bouche. A quelques kilomètres d'ici, dans la vallée des Zhang, on avait rendu à la famille du propriétaire terrien les richesses qui avaient été distribuées. Quand l'Armée populaire de Libération est revenue confisquer, pour la deuxième fois, les biens du propriétaire terrien, il y a encore eu des gens pour l'aider à les cacher, ils déclarèrent que les nouveaux bœufs achetés par celui-ci étaient les leurs. Résultat ? Tu dis que ce bœuf est le tien, alors nous te mettons dans la catégorie des propriétaires terriens et des paysans riches, tu t'attribues ses possessions privées, alors tu vas en prison avec lui. Si le propriétaire terrien doit être fusillé, toi aussi ; si le propriétaire terrien est condamné, toi aussi. Trois familles de paysans pauvres ont été exhibées dans les rues pour cette raison, cinq d'entre eux ont eu une jambe cassée, l'un d'entre eux s'est pendu en prison pour protester contre ce qu'il appelait une injustice. (Ah, quel bel exemple ! Grâce à lui je liai ensemble la grande situation internationale et la minuscule affaire des brûleurs d'encens de façon intelligente, organique, convaincante.) Qui t'a demandé de t'opposer à la révolution ? Qui t'a demandé de te mettre du côté des ennemis ? A cette époque, ce n'était encore qu'une révolution agraire, nous ne combattions encore que les tyrans locaux pour partager la terre, mais à présent, c'est une Révolution Culturelle sans précédent, c'est le moment clé où se prépare la troisième guerre mondiale, et c'est en cette cruciale conjoncture que vous osez vous regrouper pour brûler de l'encens aux ancêtres, que vous osez vous livrer à des activités superstitieuses ? Si je vous ligote pour vous présenter au district, vous écoperez au minimum de cinq ans de prison, si l'un d'entre vous émet la moitié du début d'une protestation, il y aura quelqu'un pour couper vos doigts de brûleurs d'encens comme dans l'affaire de la vallée des Zhang… »

(Dans la foule, je vis une femme se figer, ses jambes se dérobèrent sous elle. Il y eut un bourdonnement de murmures parmi la foule. Mais ce bourdonnement cessa bientôt. La femme qui s'était écroulée fut transportée sur le dos de quelqu'un en dehors de l'attroupement. L'effet était totalement réussi. Le terrain était fin prêt. Je devais entrer dans le vif du sujet.)

Je dis : « Cependant moi, Gao Tsé-toung, je ne ferai jamais une chose qui mettrait en cause les miens. Certes, moi Gao Tsé-toung, je ne me nomme pas Cheng, mais quand bien même, je suis le secrétaire de cellule d'un village où mille six cents personnes portent le nom de Cheng. Je suis non seulement le secrétaire de la brigade de production de la Colline des Cheng, mais je suis aussi un révolutionnaire déterminé : je suis et révolutionnaire et dirigeant de ceux qui s'appellent Cheng dans notre Colline des Cheng. Selon les principes de la révolution, je devrais couvrir de chaînes tous ceux qui ont pris part à cette affaire, hommes et femmes, jeunes et vieux, les arrêter et les conduire en prison, au minimum leur faire à tous porter le grand bonnet d'âne pour défiler dans les rues. Mais non, je ne le ferai pas. Je le sais, ne pas le faire pourrait me porter gravement préjudice si un jour quelqu'un voulait monter un dossier compromettant contre moi. Mais pour la Colline des Cheng, pour nous autres les Cheng (… nous autres les Cheng ?), je suis prêt à courir le risque de l'erreur politique, je suis prêt à laisser une prise et une preuve à mes éventuels adversaires un jour : j'offre le pardon dans cette affaire d'offrande aux ancêtres et de brûlage d'encens la nuit dernière, nous n'exhiberons personne à travers les rues, et nous ne livrerons personne à la sûreté publique. Et même, nous allons relâcher immédiatement ceux qui ont été arrêtés. Libérez-les, maintenant ! »

(Tout le monde écarquilla soudain de grands yeux. Le visage de Rouge Mei brillait d'un secret éclat diffus, celui de Qingping était un peu grisâtre de déception et de découragement. Mais là-bas dans la foule, tous les Cheng arboraient une mine resplendissante de chaleur et de sympathie. Je devais me hâter vers le sujet principal. J'avais conquis le cœur des Cheng. Ils savaient désormais que, sur le piédestal du lion de pierre devant eux, se tenait non seulement un politique, un révolutionnaire, un penseur génial, mais aussi un expert militaire plein de courage et de sagesse, mais aussi un véritable communiste sans ego, soucieux de leurs soucis, apaisé de leur paix ; un dirigeant plein d'humanité, de sollicitude, de compassion ; leur seigneur, leur empereur, leur dieu, leur sauveur. Et c'est parce que j'étais leur empereur, leur meilleur dirigeant, que j'avais besoin de leur compréhension et de leur soutien ; c'est parce que j'étais un secrétaire de cellule doué pour eux de la plus grande empathie, que j'avais besoin de leur compréhension et de leur aide. Dès que je cessai momentanément de parler, je vis la gratitude et la reconnaissance dans leurs regards, je vis la honte sur leur visage qui disait : J'ai fauté, je m'excuse auprès de toi et du Parti. Je voulais prononcer les paroles qui me tenaient vraiment à cœur, exposer brillamment mon point de vue. Je me dégourdis un peu les pieds afin de soulager un moment ma jambe droite fatiguée d'être debout, soudain un Cheng qui habitait en face du temple vint poser un tabouret à mes pieds (il faudra que je le gratifie de deux points-travail), je pus ainsi poser un pied sur le tabouret, l'autre sur le piédestal, je me tenais bien stable et bien droit et, les mains libres, je pus les mettre dignement sur les hanches. Je dis :

« Membres de la commune populaire, vous les masses, et vous autres mes vieux payses ! Brûler de l'encens, sacrifier aux ancêtres, d'un point de vue général c'est un cas de contre-révolution en collusion avec l'étranger, d'un point de vue rapproché, c'est au moins un acte de superstition féodale, c'est l'esprit de classe décati et pourri qui renaît de ses cendres. Oui c'est vrai, Cheng Yi et Cheng Hao sont les ancêtres de notre Colline des Cheng, mais à nouveau roi nouveaux ministres, à nouveaux classiques nouvel esprit, aujourd'hui c'est une nouvelle société, c'est la Grande Révolution Culturelle, c'est une nouvelle ère sans précédent, quel obscurantisme vous pousse à venir brûler de l'encens, à vous frapper le front contre le sol ? Folie ! O fous que vous êtes ! Fous que vous êtes… Comment vous le dire ? Je peux seulement dire que je ne vous blâme pas, je ne blâme pas mes vieux payses, les oncles, les tantes, les papis et les mamies, je ne blâme aucun des membres de la commune populaire, je blâme seulement ce temple légué par les ancêtres, ces classiques confucéens, ces peintures et ces calligraphies qu'ils nous ont laissés dans le pavillon des Ecritures et qui sentent la pourriture de la classe féodale. Moi Gao Tsé-toung, j'y ai réfléchi, encore et encore, la cellule du Parti aussi a mené des recherches, comment expliquerons-nous aux autorités supérieures que nous ayons libéré nos compatriotes brûleurs d'encens ? Bien sûr, la meilleure solution serait que, une fois libérés, nous détruisions ce temple, mais si ça ne vous fait rien de le détruire, ça me ferait quelque chose, à moi, Gao Tsé-toung. Hé, c'est quand même un temple édifié sous la dynastie des Ming, il a de la gueule pour nous autres les Cheng, c'est un symbole de notre brigade de production de la Colline des Cheng. Alors, que faire ? J'y ai réfléchi, re-réfléchi, re-re-réfléchi : la seule solution, c'est de brûler les livres qui se trouvent dans le pavillon, de brûler aussi les peintures et les calligraphies, de brûler tout ce bric-à-brac, nous protégerons ainsi nos adorateurs des ancêtres et notre temple, mais nous pourrons aussi dire à nos supérieurs que nous avons brûlé l'âme de ce temple, que nous avons fait la révolution dans nos cœurs, que ce qui reste du temple des Cheng c'est juste l'enveloppe, la coquille vide. »

Je jetai un coup d'œil à Rouge Mei et aux dénommés Cheng. Ils me regardaient en silence, et ils regardaient aussi Rouge Mei et Qingping.

Rouge Mei déclara d'une voix forte : « Si nous ne brûlons pas ces vieux livres, nous devrons emmener les personnes arrêtées au poste de la sûreté publique du district. »

Il y eut un mouvement de foule et un brouhaha de discussions.

Cheng Qingping fit un pas en avant et, tournant la tête pour dévisager ses homonymes : « C'est au secrétaire Gao de décider s'il faut brûler les livres ou pas ! C'est par respect pour vous autres que le secrétaire Gao vous a demandé votre opinion. Si tout le monde veut jouer sans accepter de gage, à la fin il faudra bien en emmener une dizaine au poste, et il ne sera plus question ni de temple, ni de livres, nous n'aurons ni l'œuf, ni la poule, et il ne faudra rien regretter. »

Je criai : « Est-ce que vous ne voulez pas brûler les livres ? »

Quelqu'un répondit. La voix monta au beau milieu de la foule, frappa comme le tonnerre.

« Si ! On n'a qu'à les brûler ! On s'en bat l'œil de tous ces trucs ! »

On lui répondit. Des cris éclatèrent parmi l'assemblée :

« Oui ! On les brûle maintenant ! »

« Le principal ce sont les gens, on n'a qu'à brûler tous ces trucs jusqu'au dernier… »

« Le temple, on pourra toujours le regarder, mais ces livres personne n'y comprend rien. On n'a qu'à les brûler ! Allez, on brûle tout ! »

Le cœur de mon peuple se rapprocha ainsi de moi à mon appel, une fois de plus je le soulevai. Les cris dans la foule ressemblaient vraiment à une tempête furieuse, certains levaient le poing au ciel en hurlant. La rageuse flamme révolutionnaire s'embrasait avec frénésie. (*Coup de tonnerre printanier sur la lande, le Parti communiste arrivé à Longjiang, des montagnes en renverse trois grandes, les dockers obtiennent leur liberté.*) Suivant ce grondement à l'unisson, les Cheng qui s'étaient cachés dans les rangs de derrière se faufilèrent à l'avant, près de moi, pareils à des gardes rouges se pressant pour s'approcher du Président Mao. Bien entendu, je ne pouvais pas leur demander de m'adorer comme on adore le Président Mao, je n'aurais été alors qu'un tyran contre-révolutionnaire. Mais ne pouvais-je pas leur demander de me respecter comme ils respectaient jadis Cheng Tianmin ? L'enthousiasme avec lequel ils me témoignaient à présent leur respect était-il aussi grand que celui qu'ils avaient jadis eu pour lui ?

Sans aucun doute, leur respect pour moi dépassait de loin le respect et le soutien qu'ils avaient témoignés à Cheng Tianmin et Cheng Tianqing. C'était un succès, c'était une nécessité, le résultat inéluctable de la révolution, c'était le haut fait de mes exploits. Le soleil s'était déjà levé à l'entrée du bourg, le temple des Cheng reposait paisiblement sous ses rayons, il avait contemplé tout ce qui se produisait, tout ce qui se transformait devant lui. Il ne savait pas, le temple, que son cœur allait lui être arraché par ses arrière-arrière-petits-enfants, puis réduit en cendres. Je sautai au bas du piédestal et du tabouret. La foule hurlante se précipita vers moi, des postillons me pleuvaient dessus comme une bruine de printemps. Cheng Qingping fit déplacer les miliciens à la porte du temple, j'entendis l'un d'eux demander : « Est-ce que tu as des allumettes sur toi ? » Un autre répondit : « Oui j'en ai, plutôt que les livres, on n'a qu'à brûler tout le temple, et on n'en parle plus. » Rouge Mei se fraya un chemin pour se rapprocher de moi, elle serra ma main gauche dans sa main droite. C'était une manière de me féliciter – de me féliciter de mon talent, d'avoir réussi à soulever les masses, à gagner le cœur du peuple, elle voulait me dire que le succès était sous nos yeux et qu'après ce succès, selon notre secret accord, nous pourrions profiter de l'enthousiasme révolutionnaire pour aller faire l'amour comme des fous. Nous pourrions trouver un endroit calme pour nous mettre tout nus et, oublieux de tout, nous laisser porter par la joie, les blandices de la vie, jusqu'au septième ciel (ah, quel bonheur si j'avais fini de creuser le tunnel avec sa chambre souterraine ! Quel endroit joli et sûr ! Dommage, je n'avais encore creusé que trente mètres, jusqu'à la rue Cheng de derrière, il n'arrivait pas encore à l'angle du temple). La main de Rouge Mei était chaude et molle, du bout de ses doigts fins et doux montaient une légère odeur de transpiration et son mystérieux parfum de femme, mon corps fut parcouru d'un frisson, j'eus peur de ne pouvoir me retenir de faire une chose bizarre en réponse à ses ardeurs, je toussotai vite une fois et, comprenant tacitement, elle relâcha aussitôt ma main. La foule se pressait déjà à la porte, les cris aigus d'un enfant qu'on piétinait résonnaient dans l'air. Mon taré de beau-père, Cheng Tianqing, avait jadis été le plus farouche protecteur du temple des Cheng, mais comprenant en cet instant que nous allions brûler les livres, il ricanait *héhé héhé* au milieu de la foule, une épaisse couche de crasse luisait sur son visage, ses mains se tordaient convulsivement, il avait l'air de quelqu'un qui n'en peut plus d'attendre.

Il était devenu complètement fou.

Tous les miliciens étaient à l'entrée, en première ligne.

La grande porte du temple des Cheng était toujours solidement fermée. Certains, qui voulaient s'engouffrer tout de suite, tapaient dessus avec force. A ce moment-là, jouant des coudes, j'arrivai tout contre la porte, je criai qu'on arrête de taper dessus. A mon cri, le brouhaha de la foule hurlante s'arrêta aussitôt. Je n'aurais pas cru pouvoir en quelques mots faire naître un tel bouillonnement chez les villageois et en quelques mots les réduire au silence absolu. L'idée me vint alors que, sur un ordre de moi, ils étaient capables de mettre à sac les trois cours du temple, de réduire en poussière chaque salle, chaque brique, chaque tuile des bâtiments. S'il en avait vraiment été ainsi, notre destin, à moi et Rouge Mei, aurait pris un autre visage, cette histoire digne d'un conte merveilleux aurait bifurqué au milieu du chemin telle une charrette grinçante, et peut-être ne se serait-elle pas conclue devant un peloton d'exécution, mais sur une estrade dans une salle de conférences ou sur une scène bordée de fleurs fraîches, devant un parterre de têtes mouvantes, sous un tonnerre d'applaudissements. Mais il me plaisait trop de jouir de cette situation où j'étais apparu en empereur devant le petit peuple, de jouir de commander à mes troupes comme un général à son armée, de sentir cent hommes répondre à un seul. Je croyais déjà être un politique et un révolutionnaire rural arrivé à maturité, mais je n'avais pas vu que, inconsciemment, je commettais l'erreur de jeunesse de la révolution. Je ne laissai pas mon peuple détruire le temple, je ne le laissai même pas cogner contre la grande porte en bois rouge.

J'écartai moi-même la porte.

C'était le plein été avec ses grosses chaleurs, le soleil, déjà à l'entrée du bourg, commençait à rouler ses chauds rayons, la fraîcheur de l'air du matin s'était retirée sans qu'on s'en aperçoive, une tiède odeur de poussière se répandit dans la foule. Cependant, la porte du temple ouverte, une vague d'air frais et pur souffla sur nous, les révolutionnaires qui me suivaient envahirent la cour de devant, après eux, les miliciens et le noyau dur, mais ce ne fut pas un déversement chaotique, ce ne fut pas une horde barbare engloutissant la cour. Ils avaient beau être de la Colline des Cheng, très peu parmi eux venaient au temple en dehors de la fête du Nouvel An et des offrandes aux ancêtres. Inutile de dire que pour certains, il y avait dix, vingt ans qu'ils n'avaient pas eu l'occasion de voir le pavillon des Ecritures, certains ne l'avaient même jamais vu de leur vie, aujourd'hui l'heure était enfin venue, la révolution leur offrait cette chance. Ils me suivaient de près, un pas chassant l'autre ils pénétrèrent dans ce temple mystérieux, pour venir grossir les rangs de la bataille qui détruirait les restes de féodalisme. J'en vis certains qui, à peine entrés dans la cour, poussaient de verts cris de stupéfaction : « Oh là là ! », « Oh mon Dieu ! » Des mioches qui nous arrivaient à la taille coururent à toutes jambes étreindre les vieux cyprès dont ils ne parvenaient pas à faire le tour avec les bras, ils se suspendirent dans les arbres, avec le sourire éclatant des libérateurs qui se sont émancipés.

J'arrivai le premier dans la cour du milieu.

Les deux bâtiments d'aile, « De vent doux, de bonne pluie » et « De dur soleil, de givre d'automne », qui se faisaient face disparaissaient sous une épaisse treille de vigne. Le dixième mois de la vingt-septième année du règne de Guangxu (en 1901), l'empereur et l'impératrice douairière Cixi, en route de Xi'an vers Pékin en passant par la Porte du Dragon à Luoyang, avaient écrit pour les deux Cheng *Pensée entre le Yi et la Luo* et *Dignes successeurs de Yanhui et Mencius* sur deux panneaux qui avaient été accrochés au fronton de chaque aile, mais ils étaient eux aussi recouverts par les feuilles de la vigne. Des grappes de petits raisins pas encore mûrs pendaient sur les quatre ceps larges comme des bols qui avaient été plantés il y a plusieurs dizaines d'années, on heurtait de la tête les grappes basses. Leurs vigoureuses racines avaient soulevé les briques carrées de la cour, le temple des Cheng en paraissait d'autant plus rustique et solitaire (on n'avait jamais fait profiter les membres de la commune populaire des raisins que les ceps donnaient chaque année, ils étaient tous mangés par Cheng Tianqing et sa clique de cadres, ou alors ils en faisaient cadeau aux cadres municipaux, au comité du Parti du district, au gouvernement du district, rien que pour ça ils devaient être destitués de leurs postes de dirigeants). Quand les gens passèrent de la cour de devant à la grande cour centrale, je m'attendais à ce qu'ils soient frappés de stupéfaction, comme lorsqu'ils étaient entrés, mais la calme solitude de l'endroit réprima le tumulte, fit taire le brouhaha. Ils s'étaient engouffrés comme des abeilles par la porte, mais arrivés ici, ils furent instantanément engloutis par la fraîcheur ténébreuse. Cette fraîcheur intacte de la vigne qui courait sur un treillis en fil de fer soutenu par des perches de bambou, les laissa bouche bée et réduits tout à coup au silence (cela expliquait, pour ceux qui n'étaient pas dans le secret, pourquoi Cheng Tianmin désirait tant vivre au temple – ô retraite des immortels !). J'en vis certains tendre la main pour cueillir des raisins, les fourrer dans leur bouche et, la bouche toujours ouverte, les recracher aussitôt dans leur main. Aussi, la première idée qui me vint fut que lorsque le raisin serait mûr cette année, j'en offrirais une grappe à chaque foyer, afin de concrétiser les principes du socialisme, du collectivisme, de l'égalitarisme et leur supériorité : tous sentiraient alors, à travers ce fait minuscule mais tout ce qu'il y a de plus réel, la différence absolue entre Cheng Tianqing et moi Gao Tsé-toung qui défendait un rapport cadres-masses basé sur l'égalité de gloire et de richesse. J'y réfléchissais tout en traversant la trentaine de mètres de la cour aux raisins, et déjà j'arrivais devant le pavillon des Ecritures. C'était un bâtiment à étage en briques et en bois, d'une longueur de trois pièces. Celle du milieu, au rez-de-chaussée, formait un passage qui donnait accès à la cour de derrière, dans les deux pièces latérales s'entassaient divers objets et outils inutilisés, principalement des nattes en paille, et la poussière des années. A la jonction de la salle du milieu et du premier étage, on avait accroché un panneau ornemental où était inscrit *Pavillon des Ecritures* en caractères dorés de la main même de Zhuxi, le disciple des Cheng (une autre version veut que ce soit Yang Shi, un autre disciple des deux Cheng, qui l'ait écrit, mais l'Histoire ne tranche pas, et personne n'est allé vérifier, ceux qui portent le patronyme Cheng se le transmettent simplement de bouche en bouche), proclamant ainsi la position et le prestige de ce bâtiment dans la cour centrale.

Moi et Rouge Mei nous nous arrêtâmes au pied du bâtiment.

Les masses de la commune populaire s'arrêtèrent au pied du bâtiment.

Les habitants du bourg s'arrêtèrent là aussi.

Je demandai à quelques miliciens de se poster à la porte et aux cadres dirigeants de la brigade de production de monter avec moi jeter un coup d'œil, tous m'emboîtèrent le pas. L'escalier était dans le coin gauche après la porte, le grincement des marches nous accompagna jusqu'en haut, et là un événement inattendu se produisit, il se présenta à nous de bouleversante façon.

Il m'était arrivé de monter dans le pavillon des Ecritures à l'époque où j'étais encore à l'école et plus tard, quand j'étais devenu le gendre idéal de Cheng Tianqing. Je me souvenais parfaitement de la vaste salle à l'étage, les murs avaient été enduits de chaux pour prévenir le feu et l'humidité, les parois blanches vieillies par les ans étaient couvertes d'une épaisse couche de saleté et de jaune poussiéreux, au pied du mur nord était installée une rangée de gros meubles en pin de style ancien laqués de rouge, le meuble du milieu, à la porte pourvue d'une serrure, contenait des œuvres de Cheng Yi et Cheng Hao : *Œuvres posthumes, Ecrits complémentaires, Recueils de textes, Commentaires sur les Mutations, Explication des Classiques, La Parfaite Parole.* A l'époque, les deux Cheng étaient la gloire historique de notre district et de nos régions des monts Balou, les instituteurs donnaient sans cesse des leçons sur les frères Cheng, ils emmenaient sans cesse les élèves en visite, à l'automne comme au printemps, ils tenaient à nous guider eux-mêmes par petits groupes à l'étage du pavillon des Ecritures, devant cette bibliothèque, nous les écoutions faire étalage de leur admiration et de leur savoir. Je me rappelle, l'année précédant mon entrée au lycée du district, ce servile et bossu instituteur adjoint (mais foutre sa mère qu'est-ce qu'il enseignait bien la langue et la grammaire ! Je lui devais en grande partie mes talents d'écriture et d'argumentation. Si un jour il venait à être l'objet de critiques, je le protégerais, à condition que ça ne nuise pas à ma vie et mon avenir politique) avait désigné spécialement quelques élèves qui étaient venus devant ces meubles l'écouter présenter livre après livre la pensée et les œuvres des frères Cheng. Nous l'avions d'abord écouté parler des ouvrages du frère cadet, Cheng Yi : *Mémoire à l'empereur Renzong, Lettre de démission du poste d'enseignant à l'Académie impériale de la Capitale de l'Ouest, La Triple Pratique du bouddhisme, Ce que maître Yan aimait apprendre, Mémoire au chancelier de la part de mon humble père.*

Quant aux ouvrages de l'aîné, Cheng Hao, il n'avait parlé que de *Mémoire au palais*, *Réponse à une lettre de Zhang Zai* et *Poème pour Yan Hui*. L'instituteur voulait qu'on écrive tout ce qu'il disait et qu'on l'apprenne par cœur, car selon lui, tous les ans dans le sujet d'examen de la préfecture il y avait une question additionnelle sur les deux Cheng, c'était dix ou quinze points assurés si on y répondait bien (et comme de juste, cette année-là il y eut une question additionnelle dans ce goût-là, parce que l'enseignant bossu ayant pris sa retraite était devenu examinateur). Devant cette bibliothèque, il nous avait aussi montré les calligraphies et les peintures de Cheng Yi et Cheng Hao, il nous avait parlé de leur naissance et de leur mort, de leurs revers et leurs malheurs dans leur carrière administrative. Un jour où je feuilletais le deuxième volume des *Œuvres complètes des frères Cheng*, je le fis tomber par inadvertance, la mince couverture du livre se détacha. Le bossu me dévisagea avec sévérité : « Oh ! C'est un exemplaire unique, c'est un classique sur le gouvernement de l'Etat ! Comment peux-tu être aussi négligent, Gao Tsé-toung ! Tu vas rentrer chez toi et me copier trois fois ton autocritique qu'on affichera dans la salle de classe. » Je dus écrire ma punition en trois exemplaires, on en afficha deux dans la cour de l'école et un autre dans la salle de classe : rien que pour ça, je voulais brûler ces livres, ces calligraphies, ces peintures, brûler le cœur, la vie du temple des Cheng, sans parler du fait que c'était une nécessité révolutionnaire de les brûler, c'était un approfondissement et une avancée en profondeur de la révolution, une démonstration de force et d'opposition au maire Wang.

Cependant, à présent, dans ces bibliothèques alignées contre le mur du fond, il n'y avait plus un seul volume, plus une page des vieux livres des Cheng, pas même une feuille calligraphiée de leur main, même les portraits de leurs disciples Zhuxi et Yang Shi, jadis roulés négligemment dans un des meubles, s'étaient envolés, pas même la peinture complètement décolorée du maigre Zhou Dunyi avec sa longue natte, le mentor des deux Cheng, insérée dans un cadre photo sur la table au milieu. A la place, on avait rempli la bibliothèque des quatre volumes de l'*Anthologie de Mao Tsé-toung* qu'on ne voyait au grand complet qu'au magasin Xinhua en ville, il y avait aussi des Petits Livres Rouges et les Poèmes du Président Mao, dans des formats divers et différentes éditions, il y avait aussi *Le Capital* de Marx et Engels en grand format et les ouvrages de Lénine et de Staline de toutes les sortes possibles, il y avait là au moins une centaine de livres. Ils commençaient par Marx pour aboutir au Président Mao, les œuvres des cinq grands hommes, étaient en bas des meubles, séparées par des feuilles de papier rouge, chaque livre rangé bien comme il faut sur sa feuille. Les autres espaces des meubles étaient vides, ou alors on y avait collé, bien droit, des images en couleur de nos dirigeants. Et sur la table du milieu, le grand cadre en verre où il y avait auparavant la peinture de Zhou Dunyi avait été remplacé par le portrait en pied, vivant, fringant, du Président Mao tenant un parapluie qui, contre vents et marées, s'en allait faire la révolution à Anyuan.

Autrement dit, tout ce qu'il y avait dans le pavillon des Ecritures à présent, c'étaient les œuvres de Marx, Engels, Lénine, Staline et Mao.

Autrement dit, le cœur battant du féodalisme était la caverne aux trésors de la théorie du prolétariat et de la pensée révolutionnaire de la Colline des Cheng.

Autrement dit, notre révolution venait de marquer le pas, devancée par l'ennemi qui avait eu recours à un simulacre de révolution pour empêcher notre action révolutionnaire authentique.

Autrement dit, notre plan de porter un beau jour la guerre jusqu'au temple des Cheng avait été déjoué. Cheng Tianmin s'attendait à ce que j'aie l'idée de brûler tôt ou tard ces classiques confucéens.

Les cadres restaient éberlués devant la bibliothèque, par les fenêtres sculptées, flottant au-dessus de la vigne, les rayons de soleil entraient et tombaient avec douceur sur nos corps et sur nos visages au teint cendreux, révélant notre gêne d'avoir commis l'erreur de jeunesse de la révolution.

Plus aucun des vieux livres, paraît-il, n'était conservé dans le pavillon des Ecritures depuis deux ans. Certains dirent que des employés du centre culturel du district étaient venus les prendre, on avait vu une jeep les emporter. D'autres disaient qu'ils n'avaient embarqué que quelques tables et chaises, mais pas le moindre livre. Mais où tous ces livres étaient-ils donc partis ? Chacun se regardait, consterné, un voile sur le visage. Evidemment, tout le monde soupçonnait l'ancien maire de les avoir cachés dans la grande cour de derrière et voulait défoncer le passage pour aller perquisitionner l'endroit où vivait Cheng Tianmin. Mais je considérai la chose longuement sans parler, imaginez un peu : si, en effet, c'était bien Cheng Tianmin qui avait déplacé, deux ans auparavant, les livres, les peintures et les calligraphies, les aurait-il laissés dans la cour de derrière pour que nous allions y fouiller ? Et si nous ne les trouvions pas, comment nous expliquer en face de lui ? (Le petit-fils de pute de son arrière-grand-mère, tout le monde savait qu'il était membre de la Commission consultative politique du peuple chinois dans le district et rencontrait souvent le secrétaire de cellule du district. Il n'était plus maire, il était mieux que maire.) Pouvions-nous débarquer ainsi dans la cour arrière ? Pouvions-nous, au mépris de tout, pénétrer de force pour perquisitionner en son absence? La révolution doit progresser dans la réflexion, ce n'est qu'en prenant de la hauteur qu'on voit loin. Dans la guerre, le pire est d'ignorer la position de l'ennemi et d'attaquer à l'aveuglette. Comme l'a dit maître Sun : *Se connaître, connaître l'ennemi, et aucune bataille ne sera risquée*. La révolution et la guerre révolutionnaire sont offensives, mais il faut aussi se protéger et reculer : c'est tellement vrai ! Comme l'a dit Mao Tsé-toung : SE DÉFENDRE POUR ATTAQUER, RECULER POUR AVANCER, POUR ALLER EN AVANT PASSER PAR LE CÔTÉ, FAIRE UN DÉTOUR POUR MARCHER DROIT, ce sont des phénomènes inévitables dans le processus de développement de nombreuses choses. Plus encore en situation de révolution, dans les opérations militaires de la révolution.

(Cheng Tianmin ! Je baise ta maman ! Ah, si j'avais d'aussi bonnes relations que lui avec le chef de district…)

Tout en regardant les cadres et la masse noire de mon petit peuple, je parlai avec volubilité pour les convaincre :

« La tâche qui est devant nous est d'abattre les-responsables-du-Parti-engagés-dans-la-voie du-capitalisme qui détiennent le pouvoir, et non de chasser les-responsables-du-Parti-engagés-dans-la-voie-du-capitalisme à la retraite. Nous ne pouvons pas dévier de la grande orientation de la lutte. Puisque Cheng Tianmin était au courant, nous ne découvrirons pas maintenant la cachette où il a entreposé les livres. »

Je dis : « La contradiction majeure actuelle est de nous emparer du pouvoir politique de la mairie. Quand cette contradiction sera résolue, les contradictions de second ordre le seront facilement aussi. Cheng Tianmin et le temple des Cheng, ce sont des contradictions mineures de second ordre, elles seront résolues quand la contradiction majeure le sera. Que signifie "tirer le fil de la pelote" ? D'abord renverser le pouvoir politique municipal, ensuite mettre bon ordre au temple des Cheng et à cette armée de soldats de plomb, c'est cela apprendre et mettre en pratique l'idée de "tirer le fil de la pelote". »

Ce jour-là, à l'heure où l'on finit de prendre son petit-déjeuner, nous décrochâmes les panneaux écrits de l'auguste main de l'empereur Dezong et de l'impératrice douairière dans la cour centrale, le panneau *Pavillon des Ecritures* tracé par Zhuxi, ou Yang Shi, ainsi que, dans la cour de devant, sept autres enseignes et panneaux horizontaux écrits par les générations suivantes pour Cheng Yi, Cheng Hao et le temple des Cheng. Nous les brûlâmes devant la porte du temple à l'endroit même où les brûleurs d'encens avaient fait leurs offrandes, en même temps, nous détruisîmes deux stèles de fondation à l'entrée qui dataient de la dynastie des Song et des Ming ainsi que les deux lions accroupis offerts par quelque grosse légume à la fin de l'époque Qing, afin que cet assaut de la révolution se solde par la proclamation d'une victoire symbolique.

Victoire

Après avoir obtenu la victoire en immolant ces impériaux panneaux et en anéantissant ces quelques impériales stèles, j'entendis dire que le maire, Wang Zhenhai, était si en colère qu'il en avait brisé son bol dans la cantine de la mairie : le but que nous (moi) recherchions était atteint. Dans un cahier, je notai l'heure, le lieu et les témoins de cet accès de colère où il avait cassé son bol (j'attirais le serpent hors de son trou). Nous avions anéanti les superstitions, puni les activités féodales, transformé la pensée des masses, éveillé leur conscience, pourquoi s'énervait-il au point de casser son bol ? Comment osait-il nous injurier en nous traitant de fils et petits-fils de cocus ils vont crever de faim ceux-là s'ils ne se dépêchent pas d'irriguer les champs ? Qui étaient les petits-fils de cocus ? Nous, les révolutionnaires ? Si nous étions les petits-fils de cocus, est-ce que ça ne faisait pas de lui le patriarche féodal ? S'il disait que les jeunes révolutionnaires étaient des enfants de cocus, eh bien nous acceptions de l'être, et lui, alors, il était le patriarche féodal contre-révolutionnaire ! Il était le plus éminent, le plus prestigieux garde-chiourme de la classe féodale de la Colline des Cheng représentée par le temple des Cheng et le néoconfucianisme des Cheng ! Mais Lu Xun a dit, le silence est aussi une forme de révolte, peut-être la meilleure des révoltes. Ce n'est pas que nous n'allions pas nous venger du maire et des problèmes qu'il nous posait, c'est que le moment n'était pas venu, le moment venu, la vengeance viendrait naturellement, sans que nous nous vengions, elle viendrait d'elle-même.

Etant donné que j'étais déjà, à très juste titre, secrétaire de cellule et membre du comité municipal du Parti, je pouvais, à très juste titre, assister aux réunions du comité municipal du Parti en tant qu'observateur, me fixant la règle de noter dans mon cahier à couverture kraft chaque fait et geste du maire Wang à chaque réunion. Au début de l'hiver, à l'époque des semis de blé, j'avais déjà relevé soixante-douze interventions réactionnaires. Il avait dit : « Empoigner la révolution, pousser la production, d'accord, mais si on ne produit pas assez, comment on la fait la révolution ? » (La révolution a la place d'honneur, la production vient en second : si ce n'était pas inverser le rapport entre révolution et production, qu'est-ce que c'était ? Si ça, ce n'était pas la théorie de l'omnipotence des forces productives !) Il avait dit aussi : « Les femmes sont l'amarrage, la révolution la bitte » (archétype du discours contre-révolutionnaire, quel dommage que ce soit le secrétaire Li, chargé de la propagande municipale, qui me l'ait dit, cette tête de nœud avait toujours refusé d'écrire son témoignage ou de servir de témoin. Il avait eu, en plus, des remords après me l'avoir révélé. Un jour, quand je serai maire, je lui ferai passer le goût du sel à ce Li, ce sera trop tard pour avoir des remords.) Une autre fois, lors d'une réunion de mobilisation pendant la haute saison agricole estivale, le maire avait fait un discours devant les secrétaires de cellule des brigades de production, il avait transformé cette phrase du Petit Livre Rouge : S'IL N'Y

A PAS UNE ARMÉE DU PEUPLE, IL N'Y AURA PAS DE PEUPLE DU TOUT, en « S'il n'y a pas de céréales à manger, il n'y aura pas de peuple du tout ». Lors de cette réunion, il avait bu un petit coup de trop et devant une secrétaire de cellule nommée Zhao Xiuyu (la quarantaine, affreuse, absolument rien à voir avec Rouge Mei), lui prenant la main, il avait dit : « Secrétaire Zhao, tu ressembles beaucoup à la femme de notre deuxième commandant de compagnie à l'époque où j'étais chef de bataillon, tu es comme elle, toujours prête à l'action, muette comme une tombe, parmi tous les cadres des brigades de production, c'est à toi que je fais le plus confiance. » (Est-ce qu'ils n'auraient pas des rapports pas bien nets d'adultère ? Oh, que ça aurait été bien !)

Selon les lois de la révolution rurale, après les semis de blé et l'arrivée de la morte-saison, la révolution et l'amour allaient atteindre une nouvelle crête de vague. Durant cette année, optant pour le silence et la patience, je tins bon en travaillant sous les ordres du maire Wang. La raison pour laquelle je pus tenir bon en silence, c'est que cette année-là, les grands travaux de mon grand amour pour Rouge Mei n'allaient pas aussi bien que je l'espérais. Dans le percement de mon tunnel, je tombais toujours sur des racines d'arbres qui me retardaient. J'avais creusé une centaine de mètres lorsque je rencontrai une couche de terre rouge mêlée à des petites pierres, heureusement cet endroit mi-terre mi-pierres ne s'étendait que sur deux mètres, il me fallut trois nuits entières pour en venir à bout. Mais comment aurais-je fait si la couche avait mesuré dix ou vingt mètres ? Pourrais-je achever notre tunnel d'amour dans les délais prévus ? Plus embêtant encore, dans mes plans, je n'avais pas prévu d'aération et de système de ventilation dans le tunnel, à dix mètres de profondeur, l'air se fait plus rare, on a du mal à respirer. Pour ce problème, j'envisageai plusieurs solutions. Je pouvais acheter un ventilateur de petite taille, mais il nécessitait un courant alternatif, et dans le bourg il y avait souvent des coupures. Je pensai à creuser une bouche d'aération quelque part, mais bien que ce fût possible, la sécurité s'en trouvait remise en cause. Finalement je décidai de pratiquer, d'en bas, une ouverture de la taille d'un petit bol ou d'un bras tous les dix mètres environ, à l'aide d'une pelle en croissant, chaque bouche devait se trouver sous les fondations d'un mur de clôture ou d'une maison. Vous savez, chez les gens de l'ouest du Henan, les fondations des murs de clôture et des maisons sont en pierres sèches et s'élèvent à une trentaine de centimètres au-dessus du sol. Si je creusais les trous d'aération sous ces fondations, personne ne les remarquerait jamais, et par l'interstice des pierres, l'air de la surface pourrait passer à l'intérieur. Grâce à cette installation et à sa mise en œuvre d'une superbe efficacité, je fus convaincu d'être non seulement un génie révolutionnaire, mais aussi un génial ingénieur des sous-sols. Employant ce que j'avais appris de mathématiques et de physique, ajouté à mon observation du terrain, à mes connaissances et mon expérience acquises dans le génie à l'armée, je creusai dix-sept ouvertures depuis le bas vers le haut, à quatre ou cinq mètres de profondeur : l'une sous une meule posée dans la rue, une autre dans le trou d'un vieux cyprès devant le temple des Cheng, les quinze autres se trouvaient toutes au pied de murs, quatorze tombaient parfaitement juste, une seule était un peu de travers, elle sortait contre le mur de chez Cheng Guifen, heureusement, à cet endroit il y avait un tas de bûches. Je fermai le trou avec une pierre, j'étais certain qu'une fois toutes les bûches utilisées, le propriétaire en découvrant ce trou obscur penserait qu'il s'agissait d'un terrier de belette ou d'un autre animal sauvage, et peut-être que les branches et les feuilles de toutes ces bûches combleraient naturellement le trou.

En un mot, la route était tortueuse, mais le futur resplendissant. Mes gigantesques et pénibles travaux d'amour souterrains avaient déjà avancé de deux cent cinquante mètres, plus qu'une dizaine pour arriver sous la cour arrière de chez Cheng Tianqing, un vaste espace désert de trois cents mètres carrés. Je devrais alors creuser la chambre souterraine (ô véritable chambre nuptiale) pour que, quand la chair serait trop impatiente, nous puissions nous y retrouver Rouge Mei et moi comme mari et femme, rassurés et hardis dans les vaporeuses nuées de l'amour, tout nus l'un et l'autre, sans rien sur le dos nous pourrions parler et rire, discuter de la révolution, des affaires et du travail.

Je n'avais pas encore révélé à Rouge Mei mon grand projet, ma grande entreprise pour l'amour d'elle. A plusieurs reprises, alors que nous nous ébattions joyeusement dans la campagne, elle tâta les cals de mes mains avec surprise, en disant : « Tsé-toung, qu'est-ce que tu as aux mains ? » Une fois, je faillis laisser percer le secret, j'hésitai un instant, mais je lui dis : « J'ai une vie de prolétaire, au moindre petit travail j'ai des cals. » Je voulais lui révéler l'existence du tunnel quand j'aurais atteint sa maison. Je voulais qu'elle me regarde en ouvrant de grands yeux stupéfaits. Un jour, après un nouveau succès révolutionnaire retentissant, par exemple quand je serais devenu maire ou membre du comité du Parti du district, je lui demanderais de me suivre, complètement ébahie, avançant un pas après l'autre dans le tunnel tout en touchant la terre de la main, elle pousserait des soupirs devant mon grandiose amour. Je voulais que, tandis qu'elle s'enfoncerait dans les profondeurs du tunnel, elle se déshabille tous les cinq pas, déesse semant ses fleurs, et qu'elle arrive au centre, ici, débarrassée de tous ses vêtements, absolument nue. Alors, sur le lit de la chambre nuptiale, après avoir mangé à notre faim, bu à notre soif, cessant d'être affamés, cessant d'être assoiffés, nous accomplirions, fous, sauvages, humides et brumeux, la chose charnelle. Huit fois par jour nous le ferions, chaque fois trois heures à percer ce nuage, à faire tomber cette pluie. Je voulais me repaître du désir de sa chair pour toute une vie la première fois qu'elle viendrait dans ce tunnel, trois jours et trois nuits durant, soixante-douze heures, éveillés, pleins de vigueur, nous ressortirions du tunnel pour nous lancer dans la bataille de feu, la révolution de feu, la vie de feu (peut-être que sur le chemin en sortant du tunnel, de peur de rater quelque chose, nous le ferions encore une fois comme des fous, et dans la lumière de l'entrée j'atteindrais l'orgasme et elle atteindrait l'orgasme. *CÉLESTE GROTTE D'IMMORTELS, INFINI PAYSAGE EN HAUT DU PIC PÉRILLEUX.*)

Mais tout cela dépendait de l'avancée immédiate de mes travaux, je devais concrètement creuser la chambre nuptiale. J'avais déjà redessiné le plan de la chambre. Dans cette chambre à quatre mètres de profondeur en dessous de la maison de Cheng Tianqing, je voulais délimiter un espace rectangulaire en forme de fosse pour y faire le lit et percer deux ou trois bouches d'aération, une sous les fondations du mur d'enceinte, une autre sous le mur arrière de sa chambre ou bien sous le lit. Et peut-être qu'à travers cette ouverture, j'aurais pu entendre si Cheng Tianqing et sa femme faisaient des choses au lit, j'aurais pu aussi apprendre ce que disait ce pauvre fou sur la brigade de production ainsi que des informations ou des secrets sur le bourg (comme dans le film *La Guerre du tunnel* : *Ohé... ohé, le bourg, prêt pour la bataille ! Tout le monde, prêt pour la bataille ! Un coup de fusil, et on décroche – un coup de fusil, et on décroche ; ne gaspillez pas les munitions – ne gaspillez pas les munitions !*). Cependant, au moment où je m'apprêtais à creuser et à aménager la chambre nuptiale, une chose se produisit que je ne pouvais tolérer.

Après les semis, lors d'une réunion des cadres de base convoquée au bourg, je tombai sur Tian, qui était chargé de rédiger les documents officiels au comité municipal du Parti et les comptes rendus de réunion. Il me tira dans un coin du hall et me glissa avec un air de mystère : « Gao Tsé-toung, est-ce que tu as offensé le maire ? » Je savais que j'avais offensé le maire Wang, mais je dis : « Comment aurais-je osé offenser le maire ? Je suis un fervent tenant de la ligne de Wang Zhenhai. » Mais Tian insista : « Réfléchis bien. Le mois dernier, l'organisation du comité du Parti à l'échelon du district voulait désigner le secrétaire des Jeunesses du district, tu as été choisi parmi trois candidats, mais l'organisation a envoyé quelqu'un au bourg pour vérification. Si tu ne l'as pas offensé, pourquoi le maire a-t-il dit à cette personne que tu étais plein de vent, que tu aimais surtout prendre la lumière, que tu étais l'exemple type du révolutionnaire bidon ? »

Stupéfait, je le tirai aussitôt du coin pour l'emmener vers les WC des hommes.

« Qu'est-ce qu'a dit encore le maire ? »

Tian alla jeter un coup d'œil à l'extérieur des toilettes.

« Il a dit que toi et Rouge Mei vous étiez un couple de bouffons révolutionnaires, que si un jour vous réalisiez vos ambitions, le peuple n'aurait plus que ses yeux pour pleurer et la révolution connaîtrait des jours sombres. »

Je demandai : « Qu'est-ce que le camarade de l'organisation a répondu ? »

Tian dit : « C'est l'assistant du chef de l'organisation qui est venu, apparemment il était très déçu à ton sujet. »

Je demandai : « Qui est maintenant le secrétaire des Jeunesses du district à présent ?

Tian répondit : « J'ai entendu dire qu'ils avaient finalement choisi le deuxième sur la liste, c'est le directeur adjoint de la soierie du district. »

Preuve en était que la révolution ne pouvait pas s'attendrir sur le maire. Il venait de se mettre en travers du progrès et du développement de l'Histoire, il était devenu purement et simplement, de la tête aux pieds, un ennemi et un obstacle à la révolution. Si tu ne me piques pas, je ne te pique pas, mais si tu me piques, je te repique. Tel est le principe international de la Révolution chinoise, et tel est mon principe fondamental, à moi Gao Tsé-toung, partie prenante de la Révolution chinoise.

Je rentrai à la maison et, trois jours et trois nuits durant, je concoctai une dénonciation en bonne et due forme du maire, intitulée « Arracher le masque hideux de Wang Zhenhai, maire du bourg de la Colline des Cheng », vingt-huit pages en tout, treize mille mots, portant le sous-titre « Mémorandum d'accusation contre Wang Zhenhai ». Le sommaire était en gros :

1. Sur les propos réactionnaires de Wang Zhenhai
2. La question des relations avec les femmes de Wang Zhenhai
3. La question du soutien aux activités féodales de Wang Zhenhai
4. La question économique des abus de Wang Zhenhai
5. La question de la « théorie de l'omnipotence de la force productive » chez Wang Zhenhai.

La dénonciation était signée par « les masses révolutionnaires de la Colline des Cheng », je fis exprès plusieurs fautes d'orthographe, puis j'écrivis trois autres exemplaires de la main gauche, que j'envoyai, l'un au comité du Parti du district, l'autre au gouvernement du district, et le troisième à l'organisation du comité du Parti du district. Les jours suivants, je ne me souciai pas de connaître les réponses et les réactions à ces documents, et je commençai à planifier l'activité de collecte d'engrais pendant la pause hivernale dans notre brigade de production. Nous demandâmes à toutes les familles de stocker, au cours de cette saison, trois à cinq mètres cubes d'engrais paysan en ramassant les feuilles et les herbes autour des maisons, puis en les mélangeant à la boue en laissant sur le dessus une rigole pour l'irrigation, tous les dix à quinze jours il fallait apporter de l'eau dans cette rigole pour que les feuilles et les herbes fermentent et pourrissent, de sorte que l'engrais soit prêt pour le blé au printemps prochain.

J'ai dit que j'étais un révolutionnaire, un politique et un militaire de génie. Cette fois encore, la preuve fut faite que j'étais un révolutionnaire, un politique et un militaire de génie. Le seizième jour suivant l'envoi de ma dénonciation aux autorités, qui tel un boulet de canon était partie de la boîte aux lettres du village jusqu'au district, je demandai à Rouge Mei d'en écrire une nouvelle version en signant « un cadre révolutionnaire du bourg de la Colline des Cheng ». Je l'envoyai à nouveau en trois exemplaires à d'autres services du district. Puis, dix jours plus tard encore, je demandai à Rouge Mei d'en faire des copies, de la main gauche cette fois, que j'envoyai également en trois exemplaires, de sorte que pendant l'hiver, j'expédiai en neuf fois vingt-sept exemplaires de ce document, portant différentes signatures (parfois je modifiais un peu le titre et les sous-titres). Tous les responsables importants de tous les services du district eurent en main mon Mémorandum d'accusation contre Wang Zhenhai.

Enfin, quand le printemps arriva, un petit groupe d'inspection du travail révolutionnaire fut dépêché par le district. Bizarrement, leur chef était un vieux commandant de régiment qui était venu travailler dans la région où l'armée mettait en œuvre un contrôle militaire local (connu sous le nom de « TRIPLE SOUTIEN, DOUBLE MILITAIRE »). Il travailla pendant trois jours et trois nuits à la mairie, passa des entretiens avec chaque cadre (vieille tradition de travail chez les cadres militaires). Puis, de la mairie, il partit à la tête de son groupe d'inspection dans le bourg, partout dans les rues ils virent l'engrais bien en ordre, rangée par rangée. Du pied, il enleva la couche de boue qui recouvrait l'engrais, aussitôt, l'odeur de pourriture chaude des herbes et des excréments qui avaient fermenté tout l'hiver, douceâtre, blanchâtre et dégoulinante, lui sauta aux narines, à lui et à tout le groupe d'inspection.

Ce jour-là, le vieux commandant de régiment entra dans le bureau de la brigade de production.

« Tu t'appelles Gao Tsé-toung ?

— Oui.

— Tu as été à l'armée ?

— Chef, vous dites ça à cause de ma tête, ou peut-être de mon nom ?

— Je ne me fie ni aux apparences, ni aux noms. J'ai vu que l'engrais de votre brigade de production était rangé bien en ordre, ce n'est pas un civil qui aurait demandé cela au peuple. »

Je souris.

Il demanda : « Tu as reçu le titre d'"avant-garde révolutionnaire" du district, c'est ça ? »

Je souris à nouveau, l'air tout timide.

« Comment vois-tu le rapport entre la révolution et la production ? »

Je dis : « Il faut férocement EMPOIGNER LA RÉVOLUTION, vigoureusement POUSSER LA PRODUCTION. Si la production n'augmente pas, la révolution ne sera bien vite qu'un mot creux pour le peuple. Mais si elle augmente, l'étendard de la révolution claquera au vent où qu'on le plante. »

Les yeux du chef s'allumèrent, *crac !* il me regarda sans ciller :

« Gao Tsé-toung, dis-moi la vérité à propos du document sur votre maire, Wang Zhenhai. Est-ce toi qui l'as écrit ? »

J'ouvris de grands yeux.

« Quel document ? »

Il continua à me dévisager froidement.

« Vraiment, ce n'est pas toi qui l'as écrit ? »

Je dis : « Chef, est-ce que vous autres avez fait une enquête ? Qu'est-ce que j'ai donc écrit ? Le maire Wang a fait des erreurs, j'ai de sérieuses réserves à son sujet : par exemple, son faible niveau théorique, son habitude d'injurier les gens quand il parle, ou son laxisme vis-à-vis des activités superstitieuses féodales de la Colline des Cheng. J'ai déjà fait part de ces réserves aux gens du district, mais ce n'est pas pour autant qu'on peut en tirer des conclusions sans avoir fait d'enquête. Le Président Mao a dit : SANS ENQUÊTE, PAS DE DROIT À LA PAROLE... »

Le chef m'arrêta en agitant la main.

« J'ai eu des entretiens avec une vingtaine de personnes ces trois derniers jours, tout le monde était très nerveux en me voyant, il n'y a que toi qui parais dans ton bon droit, tu parles sans bégayer. » Il s'arrêta, et changeant brusquement de sujet, me demanda :

« Quel âge as-tu ?

Je dis : « J'ai vingt sept ans. »

Il dit : « Oh... ce n'est pas très vieux. Est-ce que tu accepterais d'être muté à la mairie ? »

Je dis : « Un soldat révolutionnaire est une brique, il va où on a besoin de lui. »

Notre entretien prit fin, il avait duré le temps que nous marchions quelque deux cents mètres. Mais dans ce laps de temps, je m'étais montré supérieur à un maire et à un secrétaire de cellule qui avaient vingt ans d'expérience, supérieur à un chef de compagnie ou de bataillon. Imperturbable, concis, clair dans mes réponses, parlant avec raison, je laissai une absolument parfaite, une très profonde impression à ce vieux commandant de régiment qui venait d'être transféré de l'armée au district.

Comment ne pas employer un talent tel que moi ? Ce minable petit Wang Zhenhai, comment aurait-il pu stopper mon ascension, entraver la roue de l'Histoire ? Enfin, j'allais obtenir ma nomination en bonne et due forme de premier adjoint au maire. Il va sans dire que c'était là le mouvement le plus important sur l'échiquier de ma carrière révolutionnaire.

8

FÊTE ET DÉFAITE

Le vieux fou qui déplaça les montagnes

Dans l'antiquité chinoise, il y avait une fable appelée « le vieux fou qui déplaça les montagnes ». Elle raconte que, en ces temps anciens, vivait un vieil homme dans les régions du nord, il était le vieux fou des montagnes du nord. Devant chez lui, deux grandes montagnes se dressaient au sud, qui obstruaient son chemin. L'une était connue sous le nom de mont Taihang et l'autre de mont Wangwu. Le vieux fou prit la décision d'aller avec ses fils raser les deux montagnes avec des houes. Ce voyant, un vieil homme qu'on appelait le Vieux Sage éclata de rire et dit : Ce que vous faites est vraiment trop stupide, il est complètement impossible pour un père et ses fils de raser deux montagnes. Le vieux fou répondit : Après ma mort, il y aura mes fils, après leur mort, il y aura mes petits-fils, et les fils de mes petits-fils, et cela jusqu'à l'infini. Sans doute ces deux montagnes sont-elles hautes, mais elles ne grandiront pas. En creusant un peu, nous en raboterons un peu, pourquoi ne finirions-nous pas par les raser ? Cette affaire émut l'Empereur au Ciel, il dépêcha deux Immortels sur terre, pour qu'ils emportent les montagnes sur leur dos.

La fête arrive enfin

Les choses avançaient avec la lenteur du bœuf tirant la charrette, plus lentement encore que les progrès de mon tunnel d'amour. Ah, je croyais que, de retour au district, à la manière vigoureuse et efficace des militaires, le vieux commandant me nommerait immédiatement cadre national dans le bourg – c'était une étape importante dans ma progression de maire à chef de district, de commissaire préfectoral à gouverneur de province. Mais après qu'il fut parti, je n'entendis plus parler de lui pendant trois jours, une semaine, deux semaines, aucune nouvelle de ma promotion ne me parvint.

J'étais un peu découragé. Après avoir écrit quelques autocritiques, Wang Zhenhai était toujours maire, et moi, dans une attente interminable, toujours secrétaire de cellule du village et membre actif du comité municipal du Parti. Au fond, j'étais encore un cadre rural au plus bas échelon en Chine. Bien sûr, en tant que révolutionnaire plein d'expérience, je ne pouvais me montrer nerveux face à un revers, je ne pouvais me laisser gagner par la fièvre nerveuse de la révolution. Je fis comme si de rien n'était, profil bas, durant cet hiver, outre quelques réunions, quelques dénonciations, quelques lectures des œuvres de Mao, outre que j'avais toujours bien en main l'activité des engrais, je développais en moi l'esprit du vieux fou qui déplace les montagnes : chaque nuit je creusais sans m'arrêter.

L'hiver finit, et quand le printemps arriva, la chambre nuptiale était terminée, y compris les trois bouches d'aération et le lit en forme de fosse. Ce jour-là, le ciel était haut et les nuages légers, l'éclat du printemps radieux, le visage de l'aube s'illuminait de transparences quand je vidai ma dernière charge de terre dans le canal. Je m'apprêtais à m'endormir pour la journée lorsque le rédacteur municipal Tian me tira hors de mes rêves.

« Secrétaire Gao, paie-moi un coup. »

Je me frottai les yeux en me retournant :

« LA RÉVOLUTION N'EST PAS UN DÎNER DE GALA, CE N'EST PAS UNE JOLIE BRODERIE ! »

Tian dit en souriant : « Mais oui, mais oui. Je savais que ton poste d'adjoint au maire n'était que le premier pas de ta Longue Marche, il y aura encore des monts enneigés et des plaines. »

Je me dressai d'un coup sur le lit, le sommeil s'était dissipé tout d'un coup. Face au rédacteur Tian au visage mystérieux, je demandai : Tu as dit quoi ? Il dit, ben, tu as été nommé au poste d'adjoint au maire de la Colline des Cheng, le document officiel est arrivé au bourg, je viens t'annoncer la nouvelle. J'osais à peine y croire, pourtant je savais que c'était vrai. En cet instant, j'aurais voulu pousser un cri de bête, faire une pirouette sur le lit. Ma mère était dans la cour en train de nourrir les cochons, mon fils et ma fille partaient à l'école cartable sur le dos, croyant que c'était la matinée qui commençait juste après le petit-déjeuner, tout en réprimant mon excitation, je dis à Tian : « Je t'invite ce midi, ça te dit, de la tête de cochon ou des tripes de bœuf dans la rue ? »

Tian dit : « Ce midi ? Mais tout le monde a déjà déjeuné. Qu'est-ce que tu as fait cette nuit ? Oh là là, tu as dormi à ne plus y voir clair, tu n'as plus les yeux en face des trous. »

Je sortis de la maison et en effet le soleil était déjà accroché à l'entrée du bourg, la cour était emplie de chaleur jaune, de l'odeur verte et tendre des pousses d'herbe. Ma mère versait la pâtée pour les cochons dans l'auge, elle dit : « Tsé-toung, le repas est dans la casserole, va donc manger. »

Je la contemplai, et tout en regardant ses cheveux blancs, je dis : « La mère, ma nomination de maire adjoint est arrivée. A partir d'aujourd'hui, toi et les gosses vous êtes des cadres nationaux. »

Elle demeura longuement debout à m'observer, comme si elle ne reconnaissait plus son fiston.

Cet après-midi-là, je rassemblai toutes les forces de la brigade de production et de la cellule dans la cour de Cheng Qingping (son père savait faire la cuisine). J'avais acheté au restaurant d'Etat de la viande cuite, bœuf et porc, abats et cochonnailles, des radis et du chou qui avaient passé l'hiver, accompagnés de gelée de soja et de vermicelles de soja, le tout arrosé de quelques litres d'alcool de sorgho en vrac, en tout neuf plats et trois soupes. Tous ensemble, le rédacteur Tian avec nous, nous bûmes du milieu de l'après-midi jusqu'au crépuscule, puis du crépuscule jusqu'au lever de la lune. Levant mon verre, je dis à l'assistance que ma nomination au poste d'adjoint au maire (je n'étais pas pour autant relevé de mes autres fonctions, mon lieu de résidence officiel restait la campagne) ne constituait pas un développement et un progrès pour moi, Gao Tsé-toung, mais était le fruit de la lutte de la brigade de production de la Colline des Cheng, c'était la victoire et le symbole du progrès collectif de nous tous. J'exhortai tout le monde à renforcer notre unité dans les jours à venir, à lutter ensemble et, dans les plus courts délais, à renverser Wang Zhenhai de son poste de maire par tous les moyens nécessaires, et quand je serais devenu maire, je nommerais Tian secrétaire adjoint du comité municipal du Parti, Rouge Mei serait adjointe au maire et responsable de l'association des femmes dans le gouvernement municipal, Cheng Qingping deviendrait membre du comité municipal du Parti et secrétaire de cellule de la brigade de production de la Colline des Cheng, quant aux autres membres de la cellule, chacun serait pareillement promu de deux ou trois échelons. A compter de ce jour, quiconque aurait des problèmes de famille par exemple, un frère ou une sœur cadette à la recherche d'un travail, ou par exemple qui ne voudrait plus être fiché comme campagnard sur son passeport intérieur, n'aurait plus de difficultés à les résoudre.

Tout le monde but cul sec à ma nomination au poste d'adjoint du maire, ah ! tous attendaient impatiemment que je devienne bientôt maire ou secrétaire du comité municipal du Parti. Bien sûr, le mieux aurait été d'être en même temps maire et secrétaire de cellule, ou secrétaire de cellule en même temps que maire, de s'emparer et du pouvoir du Parti et du pouvoir administratif. L'excitation régnait parmi nous, le moral était au beau fixe, l'humeur hautement combative, nous descendîmes les trois litres d'alcool de patate douce à 56 degrés, nous étions ivres morts. Tian roula sous la table, il me prit la main en déclarant : « Monsieur Gao l'adjoint, le jour où tu seras maire ou secrétaire, je n'oserai jamais prétendre être secrétaire adjoint, mais tu devras absolument me faire devenir membre du Parti, ne me laisse pas rédacteur pendant cinq ans, mon passeport intérieur est encore rattaché à mon village dans les montagnes. » Face à lui, je me frappai la poitrine et dis : « Ne t'inquiète pas, moi Gao Tsé-toung, serais-je encore un membre du Parti si je ne tenais pas parole ? Est-ce que je mériterais encore le titre de cadre dirigeant du Parti ? Si je reviens sur ma parole, comment pourrais-je continuer à faire la révolution, hein ? »

Tian, les larmes aux yeux, reniflant, but une moitié de bol.

Et finalement, il s'écroula par terre.

Je savais que Rouge Mei et moi étions ivres mais pas morts. Nous devions l'être à moitié. Depuis le moment où j'avais appris que j'étais enfin adjoint au maire jusque sous ce clair de lune où montaient les vapeurs d'alcool, le sang en moi avait roulé un furieux Fleuve Bleu de désir, charrié un intarissable Fleuve Jaune d'amour. Une pluie printanière mouillait les jeunes pousses robustes, les tournesols un à un s'ouvraient au soleil. « *NEIGE* » *!* de Gao, euh Mao *: O LE euh… PAYS DU NORD, MILLE LIS ENSERRÉS DE GLACE, DIX MILLE DE NEIGE, Ô LÀ-BAS LA GRANDE MURAILLE QUI… euh PLEUT ; Ô GRAND FLEUVE D'AMONT EN AVAL ARRÊTE SES FLOTS IM… PÉTUEUX, Ô LA MONTAGNE DANSANTE LE SERPENT D'ARGENT euh… L'ÉLÉPHANT DE CIRE ; LE SEIGNEUR DU CIEL QU'EST-CE QU'IL A DE SI EXTRAORDINAIRE ; Ô ON LA VOIT, PARÉE euh… DE ROUGE, DRAPÉE DE BLANC, ENSORCELANTE COMME UN PAYSAGE ; Ô LES euh BELLES FLEUVES ET LES BEAUX MONTAGNES ONT FAIT SE COURBER TANT DE HÉROS ; L'EMPEREUR QIN ET L'AUTRE euh… LE GUERRIER DES HAN Ô ILS ONT UN PEU NÉGLIGÉ LE RAFFINEMENT ; Ô L'ANCÊTRE DES TANG ET euh.. L'AUTRE, LE FONDATEUR DES SONG, N'ÉTAIENT PAS TRÈS euh… LETTRÉS ; ET EN SON TEMPS BÉNI DU CIEL… IL N'A SU QUE TIRER DES FLÈCHES SUR euh LE GRAND AIGLE ;*

Ô POUR TROUVER L'HOMME QUI EN SERA DIGNE, IL FAUT REGARDER LE PRÉSENT Ô ÔÔÔ ÔÔ-Ô ! Ô et chaque éclat sanglant, chaque goutte d'écume, roulait et bouillonnait, et brûlait. Il suffisait que je jette un coup d'œil sur Rouge Mei, et il suffisait qu'elle me regarde... nous ne pouvions nous empêcher, l'un et l'autre, de dérober des regards par-dessus la table, de nous lancer des œillades ; puissants regards qui dans les airs croisaient leur fer et dont le choc faisait crépiter des étincelles, emplissaient du rose de notre désir et de notre langueur la blanche odeur d'alcool, comblaient du rouge léger de notre nervosité et de notre impatience les odeurs diverses et variées sur la table. Sous la table, à laquelle tout le monde faisait trinquer les verres et se réjouissait, nos pieds, à Rouge Mei et moi, n'avaient pas un instant de répit, si ce n'était pas elle qui écrasait mon pied légèrement, c'était moi qui légèrement donnais de petits coups, si ce n'était pas elle qui, enlevant ses chaussures, glissait ses pieds dans mon pantalon, c'était moi qui entre mes orteils pinçais ses mollets.

Quand tout le monde fut ivre mort, nous pûmes nous laisser aller sans souci.

Je demandai au père et à la mère de Qingping de prendre soin de mes fidèles lieutenants révolutionnaires, je leur dis : « Rassurez-vous, les anciens, quand je serai maire, Qingping sera mon adjoint, quand je serai chef de district, Qingping sera mon adjoint, quand je serai gouverneur, si Qingping n'est pas commissaire préfectoral, il deviendra à coup sûr chef de district ou secrétaire du Parti au district. » Ils semblaient ne pas trop oser me croire, ils dirent qu'ils seraient déjà bien contents si leur Qingping, au cours de sa carrière, pouvait devenir comme moi adjoint au maire et secrétaire de cellule au village, et qu'alors il n'aurait pas été en vain mon bras droit. Je dis : « Vous avez la vue courte, mais comment des moineaux connaîtraient-ils l'azur du Grand Oiseau Peng ? » Et devant leurs yeux ronds, leur mâchoire pendante, je pris Rouge Mei par la main et sortis de chez Qingping. A cette heure, au-dessus de nous brillait la lune pure, un bonheur infini dans le cœur, dès que nous eûmes passé le portail de la maison, Rouge Mei se jeta contre moi et darda sa langue dans ma bouche (ô ma chair mon âme, elle savait toujours à quel moment j'avais le plus besoin d'elle), vivante, bondissante durant un instant, elle se retira aussi vite que si elle s'était enfuie, laissant dans ma bouche et dans mon cœur un vide, un désert.

« Cette nuit, quitte à en crever, nous devons être ensemble, dit-elle, après, quand la moitié de la mairie sera sous ton contrôle, nous ne pourrons plus nous retrouver en cachette comme des voleurs. »

A cet instant, j'entendis des bruits de pas venant de la rue Cheng centrale. (Pourquoi n'étais-je pas libre de tout souci ? Est-ce que la révolution te laisse libre de tout souci ? Agir sous le coup de l'impulsion, c'est puéril et risible.) Sans mot dire, je l'entraînai rapidement par la main vers la rue Cheng de derrière. Elle dit : Tu vas où ? Je dis : Ne pose pas de question, occupe-toi seulement de me suivre. Je devais lui monter les grandioses travaux de mon amour, je devais lui offrir ces titanesques travaux en cadeau d'amour (ô mon âme ma chair). J'étais désormais adjoint au maire, qu'importe si je n'étais pas relevé des autres tâches, j'étais officiellement un dirigeant de l'Etat et du Parti, et ce tunnel d'amour était lui aussi sur le point d'être terminé, si ce n'était pas cette nuit, à quel autre moment dédier ma promotion, notre victoire, à mon inséparable camarade révolutionnaire ?

Nous marchâmes jusque chez moi dans le calme de la nuit.

La voix de ma mère arriva par la fenêtre : « Tsé-toung, tu veux manger ? Si tu veux, la mère te prépare quelque chose. »

Je dis : « Va dormir, la mère, je me préparerai quelque chose si j'ai faim. »

Elle dit : « Tu as couru toute la journée, tu dois être fatigué. Va donc pas creuser, couche-toi tôt. »

Je dis: « T'occupe, mets donc les enfants au lit. »

(La mère, ah la mère, ma grandiose maman – je venais de commencer à creuser mon tunnel, une vingtaine de mètres, quand une nuit, tout juste sorti du trou, je l'avais vue debout à l'entrée, sous la lumière d'une lampe à pétrole: « Dis donc, Tsé-toung, mais qu'est-ce que tu fais ? Je suis déjà descendue voir plusieurs fois. » Ses paroles m'avaient stupéfié, j'avais dit : « Même si nous ne sommes pas actuellement en état de guerre, la situation est plus compliquée que si nous étions en guerre. Est-ce qu'un mois s'est écoulé sans que tu entendes dire qu'on avait battu quelqu'un à mort ? Qu'on avait fusillé un contre-révolutionnaire ? Ton fiston est un leader révolutionnaire, combien de gens ont les yeux braqués sur son dos… Même le Président Mao a appelé à creuser des tunnels, est-ce qu'on ne doit pas ménager une issue de secours chez nous ? » J'avais dit : « La mère, la révolution est une affaire que tu ne comprends pas, c'est un bateau d'où l'on ne redescend pas, une fois qu'on est embarqué, si on en redescend on devient un contre-révolutionnaire. Il faut qu'il y ait un tunnel comme celui-ci chez nous, comme ça je peux aller faire la révolution sans m'inquiéter, le cœur au ventre, je peux travailler sérieusement pour devenir maire, chef de district, commissaire préfectoral, secrétaire de cellule du district… Ton fiston va peut-être faire carrière. » La mère avait été pétrifiée sur place. Cette nuit-là, j'allai dormir tandis qu'elle restait longtemps assise à l'entrée, et le lendemain, dans l'enclos des cochons, il y avait de nombreux épis de maïs en plus, l'entrée du tunnel avait été dissimulée plus méthodiquement que les jours précédents.)

A présent, une nouvelle personne allait entrer dans ce tunnel, elle en serait la propriétaire en même temps que l'héroïne. J'allumai la lampe-tempête et, tirant Rouge Mei par la main, je la menai à l'intérieur.

Limpide était le clair de lune. Il faisait froid et humide dans la cour, sa main était brûlante dans la mienne, pareille à un poisson cuit. Tandis que nous nous dirigions vers l'enclos aux cochons, elle chatouilla ma paume du bout des doigts, je les serrai avec violence en lui disant que le grandiose, le saint instant était arrivé, toute distraction serait un manque de respect, une violation au regard de cet instant. Nous poussâmes le portillon en bois de l'enclos, les deux cochons blancs levèrent la tête par habitude, me jetèrent un coup d'œil et se recouchèrent paresseusement. A l'angle sud-ouest de l'enclos, je posai la lampe par terre, écartai sur le côté les épis de maïs et *taratata !* l'entrée du tunnel s'illumina sous la lune et la lumière de la lampe.

Un doute passa, tel un rideau qui flotte, sur le visage de Rouge Mei. Dans le silence de mort du bourg, on pouvait entendre les ronflements des poules et des chiens dans les maisons, comme l'écho d'une source qui jaillit dans le désert. Elle fixa des yeux l'entrée du tunnel, puis déplaça son regard sur les étais de bois, les poulies, les cordes et les paniers de terre qui descendaient à l'intérieur, ainsi que sur les outils éparpillés à l'entrée, pour enfin le relever lentement vers moi.

Je dis : « Viens, descends avec moi. »

Je commençai par reprendre la lampe pour descendre dans le tunnel, puis, en la soutenant, je l'aidai à descendre à son tour en mettant ses pas dans un creux après l'autre, nous nous retrouvâmes ainsi tous deux sur le sol du tunnel. Je déposai un baiser sur son visage et je dis : « Rouge Mei, si tu peux trouver une autre personne au monde qui t'aime comme moi, que je meure maintenant sous tes yeux. » Tout en parlant, je tendis la lampe-tempête devant moi et, à la lueur de la flamme, le chaud tunnel en ligne droite se déroula dans une clarté jaune, tel un sac en toile gonflé de vent.

Le léger voile de doute s'était dissipé sur son visage, une surprise mi-rouge mi-violette s'était inscrite sur son front, ses yeux, ses sourcils, son nez, son menton relevé, sa bouche était entrouverte, comme si elle avait oublié de la refermer, un parfum froid comme l'acier, cotonneux comme les chatons de saule figé aux coins de ses lèvres. Elle était frappée par une sorte de miracle. Défaite par une puissance. Pétrifiée. Eperdue. Oubliant si c'était ici le jour ou la nuit, si elle se trouvait dans le paradis, l'enfer ou le monde des hommes.

Je dis : « Suis-moi. »

Elle resta là sans faire un geste, le masque de stupéfaction toujours plaqué sur son visage.

Je fis un pas en avant et m'arrêtai : « Le tunnel fait cinq cent cinquante mètres en tout, dis-je. Encore quelques mètres, et on arrive chez toi. Plus tard, quand on voudra faire des choses, plus besoin de sortir, plus besoin d'avoir peur des autres, plus besoin de se demander si la révolution nous le permet. Je partirai de chez moi, tu partiras de chez toi, au milieu du tunnel il y a une chambre et un lit, nous pourrons vivre comme mari et femme sans crainte du ciel, ni de la terre. »

Elle était toujours là, pétrifiée, interdite.

Elle n'osait absolument pas croire qu'une telle chose se soit produite dans notre amour, qu'une aussi gigantesque transformation, sublimation ait eu lieu. Elle ne pouvait croire que celui qui se tenait en face d'elle était non seulement un révolutionnaire grandiose, mais aussi un amant exceptionnel. La lampe-tempête se balançait légèrement dans ma main, son éclat boueux faisait jouer les ombres et les lumières sur son visage ébahi. Dans le clair-obscur des parois en terre, la rigidité de son visage commença à laisser paraître une pâleur et une rougeur sombre après le choc de cette plaisante surprise, sa bouche entrouverte semblait vouloir dire quelque chose sans pouvoir le dire, semblait vouloir se refermer sans cependant se refermer. Elle était là, debout à l'entrée, me contemplant en même temps que le tunnel qui s'étendait tout droit devant elle, longtemps, longtemps, une année, une moitié de vie, elle ne fit pas le moindre mouvement, ne proféra pas le moindre mot.

Je me penchai à demi et j'entrepris de la guider à l'intérieur. Comme on était à la fin de l'automne, la chaleur du sol commençait à descendre dans les profondeurs, la puissante odeur de terre, rustique et veloutée, chaude, forte, sucrée ressemblait à celle que l'on sent au bord de l'eau juste avant que le blé mûrisse. Rouge Mei marchait avec une extrême prudence derrière moi, elle tâtait les parois et le plafond, tous les dix mètres environ je la faisais s'arrêter aux endroits où il y avait les bouches d'aération, je me redressais et lui disais que cette ouverture était creusée sous le mur de fondation d'un tel, celle-ci sous l'arbre, celle-là sous le socle de la meule, cette autre dans l'angle de la chambre où se trouvait le lit de Cheng Tianqing. Je lui expliquai pourquoi il était nécessaire d'avoir des bouches d'aération, et pourquoi l'air devait passer entre les interstices des pierres des fondations. Je lui racontai que je creusais ce tunnel depuis deux ans et neuf jours, que j'avais usé tant de paniers, tant de petites pelles, versé tant de mètres cubes de terre dans le canal derrière le village, et que si quelqu'un allait y voir d'un petit peu plus près, il découvrirait de nombreuses plantes aquatiques couvertes d'une fraîche boue jaune. Dommage, personne n'était allé regarder. Dommage, car plus il y avait de terre, plus ces plantes fleurissaient, très vite elles perceraient à nouveau et tapisseraient la terre jaune. Je dis : Rouge Mei, tends l'oreille, chaque bouche d'aération est comme une flûte, un instrument qui jouerait spécialement pour nous, parfois par les trous on entend quelqu'un qui déplace son lit, tire une chaise, coupe du bois, casse une pierre, des voix qui se disputent, je lui rapportai qu'une fois, j'avais entendu les cris et les gémissements d'une chamaillerie entre le petit-fils et la petite-fille de Cheng Tianqing. Je parlais sans cesse, le dos courbé, quand nous arrivâmes au septième trou, je dis à Rouge Mei : Colle ton oreille ici et écoute, au-dessus c'est la grande maison de Cheng Qingping. Mais Rouge Mei ne colla pas son oreille à la bouche d'aération. Sous le trou où l'on pouvait relever la tête et se redresser, dans cet espace qui pouvait contenir tout juste deux personnes, elle me regardait, stupide, les yeux pleins de larmes, elle dit :

« Tsé-toung, fais-moi voir tes mains. »

Je lui tendis ma main droite, celle qui ne tenait pas la lampe.

Du bout de ses doigts délicats elle caressa les cals dans ma paume, les larmes coulèrent de ses yeux en tintant, *ding dong ding dong* (ô quel bel amour, profond amour ! Rien que pour ces deux petites larmes j'aurais creusé ce tunnel), elles s'écrasèrent sur mon poignet, et telles de petites bêtes parfumées escaladèrent mon cœur, je sentis en moi se déverser une eau chaude. A ce point, je ne pouvais plus me contenir, mes veines allaient craquer de désir, exploser de passion. Je devais sans plus attendre, dès maintenant, atteindre la chambre de neuf mètres carrés, le lit en forme de *kang*, mais en l'entraînant précipitamment au milieu du tunnel, je me cognai la tête au plafond, la douleur versa une eau glacée sur mon cerveau enfiévré.

Elle dit : « Tu t'es fait mal ? »

Je dis : « Ce n'est rien. »

Elle dit : « Tu n'en peux plus d'attendre pour le faire. »

Je souris.

Elle dit : « Quand nous étions à l'entrée tout à l'heure, qu'est-ce que tu disais ? »

Je dis : « Mais je n'ai rien dit du tout. »

Elle dit : « Tu avais commencé une phrase. »

Je dis: « Oh, ce devait être pour te dire de te déshabiller, à l'intérieur il fait une température idéale. »

Alors, oui, tout en marchant elle se déshabilla. Elle laissait tomber, comme ça, chaque vêtement sur le sol, et chaque vêtement ainsi abandonné semblait quelque fleur éclose. Je me mis à marcher à reculons dans le tunnel, tout en la regardant se déboutonner, retirer ses vêtements. Je la contemplais sous les parois d'un jaune aussi vif que la lueur de la lampe, sous la lueur de la lampe d'un jaune aussi vif que les parois, son buste dénudé avait la fine blancheur d'une soie, telle une peinture de nu qui aurait avancé en flottant dans une lumière jaune. Je commençai moi aussi à me déshabiller. Elle dit : « Toi aussi, enlève tout. » J'enlevais mes vêtements tout en reculant, mais quand je posai la lampe-tempête par terre pour retirer mon maillot de corps, elle avait déjà atteint la bouche d'aération suivante, afin de désengourdir sa taille elle s'étira, toute droite, de sorte que ses seins bombés se dressèrent pareils à deux têtes de mouton levées au sommet d'une montagne, entre ses jambes, à l'endroit secret, un chrysanthème noir s'épanouissait. Mon regard se figea dans le tunnel. Il y avait longtemps que je n'avais pas étudié son corps comme on étudie un livre ou comme on lit le journal. J'aperçus de nombreux grains de terre collés sur sa poitrine, sur son abdomen, tels des bourgeons ornant la blancheur de sa peau, je vis qu'il n'y avait plus les vergetures de grossesse sur la zone triangulaire, un peu renflée, un peu plate, sous l'abdomen, l'endroit était lisse et brillant comme un tissu de soie. Dans l'épaisse atmosphère de la terre, je respirais le ruissellement de son délicat parfum de femme, mi-blanc mi-rouge, qui paraissait mêler des odeurs de fleurs de poirier et de pêcher. Je m'agenouillai devant ces parfums et ces couleurs. J'oubliai que j'étais sur le point de devenir adjoint au maire, j'oubliai que j'étais un révolutionnaire, un politique de génie, un guerrier d'exception. Je m'agenouillai pour embrasser fiévreusement le noir chrysanthème, célébrant ainsi notre amour et la glorieuse promotion, célébrant la nouvelle victoire de la révolution ainsi que le progrès, la volte éclair de la roue de l'Histoire à la Colline des Cheng. J'embrassai son ventre et son abdomen, sous l'abdomen j'embrassai le triangle, et le noir chrysanthème aux pétales déployés, et la tendre et blanche craie, j'embrassai le doux éclat des tendons des cuisses contractées parce qu'elle se tenait debout, j'embrassai ses ongles, ses doigts que l'impatience faisait fourrager dans mes cheveux. J'aurais voulu aussi embrasser les ongles des orteils, écarlates comme des raisins mûrs, mais quand je baissai la tête, je vis que ses pieds étaient enfoncés dans de la terre fraîche du tunnel que je n'avais pas dégagée, je n'avais donc plus qu'à relever la tête, et j'enfournai dans ma bouche le raisin de son téton, l'enfournai jusqu'à la glotte. Mes baisers fous, mes baisers enfiévrés l'enflammèrent, dans la douce fraîcheur du tunnel, tout son corps était mou et brûlant, il s'affaissa à terre comme une bande de terre calcinée, immobile sous cette bouche d'aération légèrement ouverte au pied du mur de séparation entre les Cheng et les Hong, un roucoulement clair, rose résonna dans sa gorge. Je compris qu'elle ne pouvait plus se maîtriser, je compris aussi que je n'aurais pas la force de tenir jusqu'au lit de la chambre. Elle était étendue là devant moi telle une blanche natte en jonc neuve négligemment déployée, et avec la même hâte que je me serais jeté sur cette fraîche natte par un jour d'été torride je me jetai alors sur elle. La terre était humide et fraîche, son corps chaud et brûlant. Au moment où je me jetai sur elle, elle réprima un cri d'excitation qui s'échappa sous la lueur de la lampe telle une eau d'entre les pierres. Je dis : Rouge Mei, ne crains rien, tu peux crier, hurler si tu veux, ce tunnel est notre maison, tu peux crier à faire s'écrouler les murs, personne n'entendra rien. Tout en lui parlant ainsi avec précipitation, j'écartais ses jambes pour qu'elle soit dans la position que je voulais, puis mon membre dur fit effraction en elle. Mais en ce frénétique, en ce saint, en ce merveilleux instant, en cet instant qui donne le frisson, son cri de joie explosa comme jamais auparavant, jaillit sans retenue de sa bouche humide accompagnant son souffle rauque, il était perçant, strident, luisant, glissant, dansant dans l'air tel un ruban de soie rouge. Il fit trembler la terre meuble des parois et du plafond ; fit vaciller la lumière de la lampe à côté de nous. Son écho se répandit d'un bout à l'autre du tunnel, puis fut rapidement englouti par la terre. Dans son cri je ressentis une fermeté et une grandeur rares chez l'homme, je ressentis une force et un abandon également rares. Je croyais que je ferais résonner ce cri à l'infini, jusqu'à ce que son corps épuisé soit pris de faiblesse, que sa voix devienne rauque et qu'elle n'ait plus assez de force pour crier, et pourtant ce fut comme si j'avais été transpercé par la pointe de son cri, défait par ce cri de joie sans frein, et allez savoir pourquoi, pris par surprise, incapable de me défendre, vaincu par cette brusquerie inédite, je retombai, *pof*, l'énergie de mon corps enfuie comme une eau qui s'échappe.

Je restai prostré sur elle.

Son troisième cri, jailli à moitié, s'arrêta lentement.

Nous nous regardâmes avec un regret infini.

L'éclat vacillant de la lampe-tempête se répercutait dans le tunnel comme un grouillement de mille-pattes.

Je dis : « Est-ce que j'aurais une maladie ? »

Elle dit : « Quelle maladie ? »

Je dis : « La même que ton homme, Qingdong. »

Elle dit : « Tsé-toung, est-ce qu'on peut ne pas parler de lui maintenant ? »

Je dis : « Dis-moi, tu penses que j'ai cette maladie ? »

Elle dit : « Mais voyons, pourquoi tu aurais ce problème ? C'est que nous nous sommes retenus trop longtemps. Et tout à coup, cet endroit où on peut se laisser aller, on n'a pas l'habitude. Dans un moment ça ira peut-être mieux, ça ira même sûrement mieux. »

Nous restâmes assis là sagement, main dans la main, pour nous consoler un moment. Nous sentions le froid du sol et des parois nous pénétrer comme une pluie, une chair de poule de la taille de grains de riz se forma sur nos corps. Je lui tendis l'un de ses vêtements en disant : « Tiens, habille-toi, si on marche encore un peu, on sera dans la chambre. » Elle jeta le vêtement sur le sol et déclara : « Non, je ne me rhabille pas, cela fait trop d'années que nous ne pouvons pas être tout nus comme des époux. »

(Je l'aime, mon âme et ma chair.)

Nus, nous reprîmes notre marche dans le tunnel vers notre chambre nuptiale. Après la joie sauvage et la débandade de tout à l'heure, nous étions tous les deux calmes. Je ne marchais plus à reculons pour admirer sa nudité et sa blancheur pendant que nous nous enfoncions dans les profondeurs, d'une main je tendais la lampe-tempête devant moi, de l'autre je la guidais derrière moi, comme si je guidais un mouton sur une falaise, les débris de terre molle incrustés sous nos plantes de pied nous procuraient une légère sensation de démangeaison, mais agréable. Nous traversâmes souterrainement la rue Cheng de derrière, de la cour arrière du temple des Cheng nous atteignîmes le trou de l'arbre de la cour avant du temple, puis les fondations de Cheng Qingan, la maison de Cheng Lianjia, de Tian Zhuangzhuang, jusque sous la meule au milieu de la rue Cheng centrale, enfin nous arrivâmes à la chambre nuptiale, trois mètres de large sur trois mètres de long, deux mètres de haut. J'avais fait en sorte que les quatre murs soient bien lisses et brillants, le sol bien aplani. Orienté au nord, le lit en terre façon *kang* de plus d'un mètre de large et presque un mètre de haut avait été enduit par mes soins d'une épaisse couche de chaux, le mélange de terre et de chaux absorbait l'humidité, le lit semblait fait en terre blanche. Aux quatre coins de la chambre, il y avait des bouches d'aération : l'une creusée sous les fondations de l'enceinte de derrière de chez Cheng Tianqing, une autre sous le lit de sa chambre à coucher, et il y en avait encore une autre, oblique, qui passait sous le mur de la cuisine de son voisin Cheng Xianqi. Je posai la lampe-tempête sur le lit en terre, dans la chambre la lumière était plus tamisée. Ouverte dans le mur est, la bouche du tunnel qui s'étendait vers la maison de Rouge Mei ressemblait à un puits à sec horizontal dans cette lumière diffuse.

Rouge Mei, debout dans la chambre, les deux mains couvrant son entrejambe, leva la tête, son regard courut du plafond aux parois, des parois au lit, pour se poser enfin sur le passage qui menait chez elle.

« Tsé-toung, quand est-ce que je pourrai passer par ici ?

— Bientôt, je dois encore creuser pendant six mois, sept ou huit si je suis lent. »

Rouge Mei, tout en me regardant, s'accroupit, les jambes serrées l'une contre l'autre, les bras croisés enserrant ses épaules, elle ressemblait à une boule blanche veinée de bleu au pied du lit.

Je dis : « Tu as froid, c'est ça ? »

Elle dit : « Pas toi ? Viens me prendre dans tes bras. »

Je m'accroupis pour la serrer contre moi. Sa peau était lisse, et sentir sur la peau lisse les petits grains de chair de poule contre moi me donna une joie et un bien-être inconnus. D'habitude, quand nous étions nus ensemble, elle était si excitée, si sauvage, son corps était toujours si brûlant, comme une eau bouillonnante. A présent, c'était le froid en elle qui pour la première fois se communiquait à ma peau pour passer dans mon sang, pour la première fois elle était pareille à une boule entre mes bras, ses cheveux balayaient mon visage et mes épaules, sa respiration soufflait dans mon cou. Ses mains se nouèrent autour de mon cou, le froid dur à la surface raidie de ses seins se pressait contre ma poitrine, au bout, les deux petites sphères molles et glacées cognaient contre mes côtes. Nous étions là, enlacés sur le sol de cette chambre, unis dans un même bloc, deux êtres n'en faisant plus qu'un seul, deux corps de chair n'en faisant plus qu'un seul, dans la lueur incertaine de la lampe, nous nous réchauffâmes ainsi mutuellement pendant un moment, nous nous regardâmes pendant un moment. Elle dit : « Je dois trouver un motif pour me disputer avec Qingdong et déménager dans l'aile de la maison. » Je dis : « Alors je creuserai l'entrée du tunnel sous l'armoire dans cette pièce. Quand tu me manqueras, je prendrai le tunnel pour venir chez toi et je frapperai un coup sous l'armoire pour que tu me rejoignes ; quand je te manquerai, tu pourras venir chez moi et arrivée dans la cour, tu tousseras une fois ou tu frapperas à la fenêtre. Je passerai par le tunnel pour venir te chercher. » J'ajoutai : « En cas d'incident, ou si de véritables ennemis complotent en secret contre nous, ou encore si la troisième guerre mondiale éclate, nous pourrons utiliser ce tunnel pour nous enfuir. » Elle dit : « Je ne vois pas si loin, je ne m'en fais pas pour autant. Du moment que, quand tu me manques, je peux prendre le tunnel pour te retrouver, te voir dans cette chambre, et que tu peux, comme maintenant, me prendre dans tes bras, je considérerai que je n'ai pas gâché ma vie, que je n'aurai pas rejoint en vain la révolution. »

Je dis : « Rouge Mei, tu crois qu'à l'avenir, je pourrai révolutionner avec succès et devenir chef de district ou commissaire préfectoral ? »

Elle dit : « Quand tu seras chef de district ou commissaire préfectoral, est-ce que tu m'aimeras encore, moi Rouge Mei ? »

Je dis : « Nous sommes des compagnons révolutionnaires, nous sommes destinés à être un couple. Si je te quittais, ce serait comme si la révolution n'avait plus de moteur. Est-ce que je me serais échiné deux ans à creuser ce tunnel si je pouvais te quitter ? »

Elle dit : « Tsé-toung, aie confiance en toi. Tu es un révolutionnaire de génie, ton génie ne le cède en rien à un Lin Biao, par rapport à lui… »

Je mis ma main sur sa bouche.

« Dis juste si tu penses qu'en continuant à révolutionner, je pourrai être chef de district ou commissaire révolutionnaire. »

Elle dit : « Il suffit que tu maintiennes fermement l'orientation révolutionnaire, que tu adoptes la position politique juste, il suffit qu'à l'âge de quarante ou cinquante ans ta ferveur révolutionnaire soit aussi florissante qu'aujourd'hui, et dans cette vie, c'est certain, tu accéderas au poste de chef de district. »

Je la regardai dans les yeux, ahuri de passion.

Elle demanda : « Tu ne me crois pas ? »

Je dis : « Si, je te crois. »

Elle demanda encore : « Dis-moi, si je continue à révolutionner avec toi, quel poste pourrai-je occuper au cours de ma vie ? »

Je dis : « Tout est possible, à l'échelon du district, de la préfecture, de la province. »

Elle m'embrassa avec un sourire de folle passion et me dit : « Sans le Président Mao, pas de glorieuse Jiang Qing ; sans Lin Biao, pas de glorieuse Ye Qun ; sans toi Gao Tsé-toung et ton irrésistible, glorieuse, fantastique ascension au firmament, moi Rouge Mei je ne pourrais briguer l'échelon du district, de la préfecture, de la province ; je comprends cette vérité. Si je ne la comprenais pas, notre amour à tous les deux serait-il aussi profond ? M'aurais-tu choisie pour ta compagne révolutionnaire ? »

Je ne dis plus rien (mon âme ma chair). Pendant qu'elle parlait ainsi, ses regards consumaient mes regards avec passion. Nous étions assis en boule depuis un bon moment, nous avions chassé le froid du tunnel.

Notre sujet de conversation, la révolution, réveilla nos ardeurs. Je sentis le sang qui tout à l'heure s'était retiré affluer à nouveau dans mes veines. La force revint dans mon corps. Le froid se retira du sien. Les petits grains de riz de la chair de poule rentrèrent sous sa peau. Elle redevint lisse et blanche comme avant, comme avant ardente et souple, élastique. Ses seins se mirent à nouveau à bondir contre mon thorax, tels des lapins brûlant de s'en aller gambader hors de leur terrier.

Je dis : « Je ne suis encore que l'adjoint au maire, je n'ai fait que le premier pas de ma Longue Marche. »

Elle dit : « C'est le premier pas le plus dur, le deuxième ira tout seul. Sur la route de la Longue Marche, tu as déjà franchi la prairie. »

J'ai dit : « En tant qu'adjoint au maire, les occasions de faire des réunions avec ce fils de pute de Wang Zhenhai seront plus nombreuses, donc plus nombreuses les occasions de le faire chuter de sa position de maire. »

Elle dit : « Quand je vois la sale tronche de la responsable de l'union des femmes, ça me reste en travers de la gorge ! Je suis sûre que je pourrais faire mieux qu'elle. »

Je dis : « La révolution nous offre cette chance, si nous ne la saisissons pas, nous ne sommes que des idiots. »

Elle dit : « Tout est bien dans la révolution, mais elle nous force, toi et moi, à aller sous terre. »

Je dis : « Regarde, tu as de la terre là. » Je montrais son téton gauche sur lequel il y avait un petit morceau de terre de la taille d'un grain de soja, comme un autre téton. Elle baissa la tête pour regarder, esquissa un geste pour l'enlever, mais sa main s'arrêta dans les airs et se reposa.

Elle dit : « Enlève-le pour moi. »

Je dis : « C'est au maire que tu demandes d'enlever ce bout de terre ? »

Elle dit : « Chef de district Gao, enlève ce bout de terre sur mon sein. »

Je dis : « Seigneur, tu demandes au chef de district de le faire ? »

Elle dit : « Commissaire préfectoral Gao, lèche ce bout de terre avec ta langue. »

Je dis : « O grands dieux, tu parles au commissaire préfectoral Gao comme à ton petit enfant ! »

Elle dit : « Gouverneur de province Gao, lèche la terre sur mon sein du bout de ta langue. »

Je dis : « Est-ce qu'un gouverneur peut faire ce genre de chose ? »

Elle dit : « Un gouverneur est un homme comme les autres. Le Président Mao et Lin Biao n'ont-ils pas fait des p'tits quinquins à Jiang Qing et Ye Qun ? Gouverneur Gao, je te prie de lécher ce grain de terre avec ta langue. »

Je dis : « Appelle-moi révolutionnaire. »

Elle dit : « Révolutionnaire de génie, tu es la brillante étoile qui monte sur la grande terre de Chine, la source de ta langue étanche la soif du peuple et de la terre, s'il te plaît, lave de l'eau de ta source ce grain de terre sur mon sein. »

Elle parlait ainsi, avec du yin et du yang dans le ton de sa voix, comme marquant des césures tout en ressaisissant l'unité, moitié déclamation moitié glorification, moitié supplication moitié batifolage, son regard étincelant brûlait mon visage, ses mains se mouvaient sur mon corps, caressaient mon entrejambe sans s'arrêter. Le magnétisme de sa voix m'attirait, ma gorge et mes lèvres étaient à nouveau desséchées. Je brûlais d'entrer en action. Mais je contrôlai ma soif, mon impatience, je voulais m'immerger plus longuement encore dans ses paroles saturées de révolution, en jouir encore plus. Ses lobes d'oreilles pris entre mes doigts, mes poignets reposant sur ses épaules, c'était comme si j'avais porté à deux mains le visage écarlate et doré d'un bodhisattva. « Je suis non seulement un révolutionnaire mais aussi un politique de génie, dis-je, se pourrait-il que tu ne te sois pas aperçue de mon génie politique ? »

Elle continua à caresser mon membre d'une main et leva son autre main à la verticale devant ses seins, lentement, avec précaution pour que le morceau de terre sur son téton garde l'équilibre et ne tombe pas : « Camarade Gao Tsé-toung, honorable révolutionnaire, honorable homme politique, puisque tu es au service du peuple, je te prie de lécher ce morceau de terre sur mon sein. »

Je dis : « Je suis non seulement un révolutionnaire et un politique mais aussi un stratège militaire de génie. Sinon, aurais-je été capable de creuser ce tunnel ? »

Elle leva ses mains jointes entre ses seins, sous son nez, la tête à demi courbée, les yeux mi-clos, elle s'agenouilla devant moi : « Mon honorissime et grandiose homme politique, stratège militaire de génie, révolutionnaire sans pareil et sans exemple, jeune maire prometteur, chef de district aux mille dons, commissaire préfectoral dévoué à sa cause, à la fois socialiste en esprit et expert en sa tâche, gouverneur de province pétri de talent dans l'art d'organiser et de diriger, empereur le plus digne d'adoration, le plus digne de loyauté, le plus digne de foi : camarade Gao Tsé-toung, à présent, ton sujet, ton peuple, ta servante, ta moitié révolutionnaire et compagne de toute une vie, ta future amante, épouse et impératrice, s'agenouille devant toi, la terre jaune impure qui macule son sein, elle t'implore, avec ta langue et ta douce rosée trempées dans la ferveur révolutionnaire, de la lécher sur son sein – afin de célébrer le premier succès de la révolution de la Colline des Cheng, afin de célébrer le début de ton irrésistible et magnifique ascension de secrétaire de cellule à maire du bourg, je te prie de baisser ton noble, ton sage crâne tout empli d'éveil révolutionnaire, pour lécher ce bout de terre qui entache le sein grandiose de la grandiose femme qui émerge du flot révolutionnaire ! »

Ayant fini de parler comme si elle venait à nouveau de déclamer un texte sacré, elle se recroquevilla sur elle-même pour vérifier que le bout de terre adhérait toujours fermement à son sein et n'était pas tombé. Elle rampa sur le sol, prit mon membre dans ses mains, le baisa légèrement une fois, puis une autre fois. Après l'avoir baisé une troisième fois, elle se redressa et se mit sur les genoux, présentant son sein devant mon visage.

Je pensai qu'il me faudrait avaler ce bout de terre.

Tout en contemplant son sein dressé, tout en contemplant le téton qui saillait au bout, et sur ce téton le bout de terre jaune pareil à une graine de soja, je dis : « PEUPLE HÉROÏQUE D'ALBANIE ! VOUS QUI ÊTES DEVENUS LA GRANDIOSE LUMIÈRE DU SOCIALISME EN EUROPE, COMPARÉES À VOUS QUI ÊTES LA HAUTE MONTAGNE PERÇANT LES NUAGES, LA CLIQUE DES RÉVISIONNISTES SOVIÉTIQUES, LA CLIQUE DES RENARDS ET DES TRAÎTRES DE TOUTES ESPÈCES, LA CLIQUE DE TITO EN YOUGOSLAVIE NE SONT QUE DES RELENTS DE BOUE RÉACTIONNAIRE. » Je dis : « Je vous en prie, ne m'appelez pas révolutionnaire, politique, stratège, ne me donnez pas du monsieur le maire, du chef de district, commissaire préfectoral, gouverneur de province, nous venons tous des quatre coins de la Terre dans un but révolutionnaire commun, vers lequel nous marchons ensemble… Tous ceux qui forment les rangs de la révolution doivent se soucier les uns des autres, se chérir les uns les autres, s'aider les uns les autres. » Je dis : « Les cadres de notre Parti et de notre Etat sont tous des travailleurs ordinaires, non de ces messieurs qui voyagent sur le dos du peuple. Tous nos cadres travailleurs, quel que soit leur rang, sont les serviteurs du peuple, tout ce que nous faisons, c'est pour servir le peuple, c'est au bénéfice du peuple, le bonheur des masses populaires, c'est notre bonheur ; la joie des masses populaires, c'est notre joie ; être esclave du peuple, c'est le premier mérite d'un cadre. » Ayant dit cela, je commençai à lécher le bout de terre jaune avec la pointe de ma langue. Ce n'est qu'au bout de trois coups de langue que je le détachai du bout de son sein, une forte et douce odeur de terre inonda aussitôt ma bouche de sa chaleur. Sans attendre que mes lèvres gercées quittent son sein brûlant, j'ingurgitai ce bout de terre comme on se suicide en avalant de l'or et de l'argent, je dardai le bout de ma langue et léchottai son téton. Sous le contact humide et titillant, celui-ci gonfla à la taille d'un raisin, brillant dans sa rondeur d'un éclat rouge sombre. Alors je happai ce raisin, happai la moitié de son sein dans ma bouche et l'aspirai, le dévorai fauvement. Pendant que je le mangeais, elle avait dans la gorge des cris rose pêche, rauques et sourds, tremblants et vibrants, rouge fontaine qui aurait jailli par intermittence sur mon visage, mon corps, mon cœur. Déjà, je ne pouvais plus me contrôler. Le sang en un flot démonté affluait vers un endroit de mon corps. Elle non plus ne pouvait plus se contenir, entre ses lèvres elle marmonnait mon nom, m'appelait maire, chef de district, commissaire préfectoral, m'appelait révolutionnaire, politique, stratège, me demandait de venir vite à sa rescousse, « Oh, rien ne va plus, rien ne va plus, monsieur le maire Gao, viens, vite je t'en prie. » Tout en criant ainsi, elle glissa à la renverse devant moi comme atteinte de paralysie, et elle frémissait, frissonnait étendue là pareille à un poisson qui frétille sur la berge.

Je la portai sur le lit en terre.

« Tsé-toung, vite, entre en moi, dit-elle, je vais m'évanouir, monsieur le maire, non surtout n'entre pas, ah si tu entres je vais mourir. »

Elle criait ainsi des paroles incohérentes, tout en enfonçant ses ongles dans la peau de mes cuisses. « Ah, je vais mourir, Tsé-toung, surtout n'entre pas… mais tu n'entres pas, c'est ça justement qui me tue… Tu t'es donné tant de mal pour creuser ce tunnel, n'était-ce donc pas pour que nous jouissions comme mari et femme ? »

Je m'agenouillai entre ses jambes devant le noir chrysanthème épanoui.

« Vas-y, entre vite, Tsé-toung, pour moi, pour que nous puissions ensuite nous dévouer tout entiers à la révolution, allez entre vite, pourquoi tu n'entres pas ? »

J'étais en train de me mordre la lèvre inférieure.

Elle dit : « Révolutionnaire ! Stratège militaire ! Aaaah vvvv-vvviiite, entre en moiiiiiiii ! »

Ciel ô ciel ! Terre ô terre !... Je cessai enfin de me mordre la lèvre jusqu'au sang. Une nouvelle fois, la digue se brisa dans un grand *crac*, sans recours je m'effondrai, montagne écroulée, terre ouverte, maison disloquée.

Elle prononça à la suite quelques phrases toutes roses, sa voix lentement s'éteignit. Finalement elle ne dit plus rien, comme si elle avait compris quelque chose, elle resta un instant allongée sur le lit, respira un grand coup, se tourna pour s'asseoir, elle jeta un coup d'œil sur la petite flaque que j'avais faite au milieu du lit et me contempla ensuite sans rien dire, silencieuse.

Suite à cette deuxième débandade, notre ardeur à tous les deux fut douchée comme par une eau glacée, en un instant le froid du tunnel fondit sur nous. L'éclat de la lampe-tempête paraissait plus trouble, plus diffus. Elle était assise devant moi, la tristesse sur son visage aussi grisâtre que le lit en terre, deux larmes, compagnes de la tristesse, montèrent au coin de ses yeux. Pour lui exprimer ma honte et mon impuissance, je me giflai. Le bruit ecchymose de la gifle résonna, profond et déprimant, dans cette chambre nuptiale, comme au fond d'un vase. En me voyant me gifler, le gris de son visage se figea sous l'effet de surprise. Et cette grisaille surprise me consola, me réconforta, c'était comme si j'avais commis une faute envers quelqu'un et que ce quelqu'un me retournait son autocritique ; je m'en sentais navré, et réconforté en même temps, comblé. Pour ajouter de la culpabilité à ses larmes et son silence, je m'agenouillai devant elle et me frappai violemment le visage en alternant la main droite et la main gauche, je fis pleuvoir les gifles sur mes joues. Le temps qu'elle se remette de sa surprise, je m'en étais déjà donné quatre ou cinq de chaque côté.

Comme si elle avait commis une très très grande faute, elle s'agenouilla aussi en me saisissant la main : « Tsé-toung, mais qu'est-ce que tu fais, Tsé-toung ? T'ai-je dit quelque chose, t'ai-je fait un reproche ? Si tu veux battre quelqu'un, bats-moi, mais ne te bats pas toi, d'accord ? »

Je me giflai de plus belle en entendant ces paroles, je frappai mon visage, martelai ma poitrine, tordis, pinçai mes cuisses et mon machin en lui disant : « Tu vois le résultat ! Tu vois le résultat ! Je me suis donné tant de mal pour creuser ce tunnel, et c'est comme ça que tu me récompenses. » Et plus je me frappais en parlant ainsi, plus elle s'effrayait de sa culpabilité et me tirait à elle. Et plus elle me tirait, plus je me frappais avec sauvagerie. Sur mon visage, mon corps, mes cuisses, partout je sentais la piqûre brûlante de la joie et la douleur, je sentais les sanglots de sa culpabilité mouiller mon cœur. Au milieu de ses sanglots, au milieu des *pif-paf* de mes gifles, elle me dit lentement : « Tsé-toung, essayons d'installer un haut-parleur dans le tunnel. La dernière fois, dans la campagne, grâce à la musique et aux chants révolutionnaires qui étaient diffusés, oh que tu étais devenu fort ! Mais tu n'y arrives pas sans la musique et les chants révolutionnaires, c'est ça ? »

Je cessai de me frapper.

Je l'enlaçai, la serrai plus fort contre moi, puis le pétrole de la lampe tarit, l'éclat de la lumière vacilla et toute la chambre devint aussi noire qu'une tombe.

La contradiction dialectique

La question de l'universalité de la contradiction, ou son caractère absolu, recouvre deux sens. Le premier, c'est que la contradiction existe dans le processus de développement de toute chose ; le deuxième, c'est qu'il existe un mouvement contradictoire du début à la fin du processus de développement de chaque chose.

Lénine a ainsi expliqué l'universalité de la contradiction :

« En mathématiques, le positif et le négatif, la différentielle et l'intégrale. »

« En mécanique, l'action et la réaction. »

« En physique, la charge électrique positive et négative. »

« En chimie, la fusion et la fission de l'atome. »

« En sociologie, la lutte des classes. »

Dans l'existence, la vie et la mort.

Chez les humains, l'homme et la femme.

Dans la littérature, le réel et la fiction.

En raison de l'immensité extrême du champ des objets et du caractère infini du développement, donc, dans un certain cas une chose sera universelle, elle deviendra particulière dans un autre cas. Inversement, une chose particulière dans un cas deviendra universelle dans l'autre.

Le rapport entre l'universalité de la contradiction et la particularité de la contradiction, c'est le rapport entre la généralité et l'individualité de la contradiction.

Cette généralité-individualité, la vérité absolue

ET RELATIVE, TELLE EST L'ESSENCE DE LA QUESTION AFFÉRANT À LA CONTRADICTION. NE PAS LA COMPRENDRE REVIENT À ABANDONNER LA MÉTHODE DIALECTIQUE.

9

LA RÉVOLUTION NOUVELLE

La contradiction dans le développement et la nouvelle contradiction principale

Le développement des choses est progressif, le dépassement d'une contradiction se fait par bonds. Quand une contradiction d'un certain type est résolue, un autre type de contradiction naît, elle arrive même brutalement. Nous croyons qu'elle arrive sans aucune raison, qu'elle est sans fondement, mais en réalité, quand nous résolvons la contradiction précédente, nous posons déjà les bases de la suivante, nous en semons les graines, nous enterrons ses racines. Autrement dit, les deux aspects, le principal et le secondaire, de la contradiction se transforment mutuellement sans que nous y prenions garde. La nature des choses suit aussi ces transformations insaisissables. Au cours d'un processus déterminé ou à un stade déterminé du développement de la contradiction, l'aspect principal est A, le secondaire est B ; parvenu à un autre stade de développement ou dans un autre processus, ils échangent leurs places, B remplace A, et A devient B, ou bien si A est résolu et disparaît, B prend la place de A, et C apparaît, occupe la place de B. Un jour peut-être, C accédera à la place de A. Tel est la loi du développement de la contradiction.

Et telle fut la situation.

Le mari de Rouge Mei, le professeur Cheng Qingdong, mourut. Jamais je n'aurais cru que ce tunnel d'amour, que j'avais passé trois ans à creuser, dont nous avions gaiement profité pendant à peine deux ans, deviendrait la tombe de son mari. Mais telles furent les circonstances, l'ancienne contradiction principale résolue, une nouvelle contradiction principale apparut.

Le percement complet du tunnel eut lieu en décembre, neuf mois après que j'étais devenu l'adjoint au maire. J'avais plus de six mois de retard sur mon programme initial. La raison principale de ce délai, c'est que, devenu adjoint, je dus assumer des montagnes et des montagnes de réunions, surtout en tant que jeune révolutionnaire, je devais non seulement organiser et participer à un grand nombre de réunions dans le bourg, mais il me fallait en outre aller sans cesse au district et parfois à la préfecture pour assister à diverses réunions. Je quittais souvent le bourg de la Colline des Cheng, j'acquis expérience et connaissances, j'enrichis mon savoir théorique, je progressai dans l'éveil de ma conscience politique, j'entrai en contact avec de nombreux dirigeants de haut niveau, je posai des bases solides pour ma prochaine promotion, mais le revers de la médaille fut que cela prolongea la durée des travaux de mon grandiose, de mon saint tunnel d'amour, et intensifia mon désir pour la chair de Rouge Mei. Heureusement, nous avions arrangé la chambre nuptiale dans le tunnel inachevé. Sous prétexte de fournir l'électricité et la radio aux personnes âgées de la brigade de production qui bénéficiaient des « cinq garanties », je demandai au comptable de la brigade d'aller en ville acheter des câbles électriques torsadés et des câbles radio de cuivre enveloppés de caoutchouc. Chez moi, sous la fenêtre de derrière, je creusai une petite tranchée pour y enterrer les câbles que j'avais assemblés, et je les fis passer dans le tunnel. Là, je créai un circuit en dérivation avec quelques lampadaires et raccordai une grosse ampoule de deux cents watts. J'installai un vieil ampli radio abandonné à la station radio (un adjoint au maire, même relevé de ses fonctions locales et toujours enregistré comme paysan, si son entreprise révolutionnaire atteint des sommets, ne saurait tarder à devenir maire et chef de district. Je dis que je voulais emprunter l'ampli radio pour le tester un peu, l'employé le répara aussitôt, et le soir même il le fit envoyer chez moi : telle était la puissance de mon pouvoir) ainsi que trois haut-parleurs au plafond de la chambre et à la tête du lit en terre chaulée. Je recouvris celui-ci de paille de riz et d'une natte. Je fabriquai un grand coffre en bois à double épaisseur, dans l'interstice de deux pouces, je versai de la chaux pour l'isoler, puis j'y plaçai l'ampli, les couvertures, le matelas et d'autres objets craignant l'humidité. Rouge Mei apporta sa contribution avec les draps bleu Pacifique de son mariage ainsi que la paire d'oreillers et leurs taies. Cette chambre souterraine devint une chambre nuptiale digne de ce nom. Quand le tunnel fut complètement terminé, Rouge-mei découpa le caractère 囍 Double Bonheur dans du papier huilé rouge imperméable et le colla sur le lit. Sur trois des murs de la chambre, nous clouâmes de grands portraits de Marx, Lénine, Staline et Mao, sur le quatrième ceux des héros d'opéras révolutionnaires, Li

Yuhe et Li Tiemei dans *La Lanterne rouge*, Wu Qinghua dans *Le Détachement féminin rouge*, Yan Weicai dans *L'Attaque du régiment du Tigre blanc*, Ke Xiang dans *Les Monts des Azalées*, accompagnés de slogans et de citations classiques comme : LA FORCE QUI GUIDE NOTRE TÂCHE EST LE PARTI COMMUNISTE CHINOIS ; LE FONDEMENT THÉORIQUE QUI GUIDE NOTRE PENSÉE EST LE MARXISME-LÉNINISME ; ou : COMBATTRE L'INDIVIDUALISME, CRITIQUER LE RÉVISIONNISME ; LA NATION TOUT ENTIÈRE UNIE, POUR MENER À BIEN LA GRANDE RÉVOLUTION CULTURELLE PROLÉTARIENNE ! etc. Ces portraits, ces citations, ces slogans imprimés sur papier avaient tous été méticuleusement recouverts d'un film plastique par Rouge Mei, preuve de sa fidélité et de ses efforts pour préserver la révolution de l'humidité.

Ces jours de creusement du tunnel, ah ! le temps révolutionnaire fut si bref, mais son souvenir est impérissable et splendide / La lampe électrique était accrochée à mon front / Le faisceau de lumière éclairait de son rayon / La paire de mains d'un géant à l'esprit héroïque / Qui de la Colline des Cheng sculpta les monts et les fleuves / Sa foi était infinie / Et infinie son adoration / Timonier à la barre sur le grand océan / J'ouvris la voie à la révolution / Je me souviens de ces temps de dur labeur / Le cœur débordant, déferlant, le cœur gonflé / Un premier coup de pioche, une première pelletée / Un amour de milliers de tonnes en palanche sur mes épaules / Ah ! de combien d'efforts il fallut payer le prix / Pour construire la grande maison du bonheur / Monts Kunlun se dressant dans le ciel / Yangtze se jetant dans la mer / Un homme ordinaire cuirassé de théorie / Peut briser les courants adverses d'une époque / D'un coup de pied écarter les obstacles / Faire avancer son temps / Propager la victoire dans la chaîne des montagnes / C'est une bombe atomique, c'est une bombe à hydrogène, qui sans cesse explose / Ce sont d'invincibles éclats d'acier fondu / De sommet en sommet, le drapeau de la commune modèle de Dazhai / Sur chaque chemin rural, sur chaque parcelle de champ, les travaux hydrauliques fleurissent / Des millions de camarades se lèvent comme un seul Lei Feng / Une génération nouvelle reprend le flambeau / La dictature du prolétariat doit se consolider / Rouge est la mère patrie, et rouge elle restera / Frappons sans pitié les méchants même à terre / Nettoyons radicalement l'ancien monde dégoûtant / Les froids serpents venimeux sont encore prêts à mordre / Les tigres feignent d'être morts pour mieux bondir sur nous / Oh ! Redoublons de vigilance / Surtout n'oublions pas que là où il y a de la lumière il y a la nuit noire / Nous entraînons par la main les cinq continents / Notre esprit unit les quatre mers / *Bong bong* les tam-tam de guerre de l'Afrique résonnent / Héroïques sont les chants de guerre dans la jungle vietnamienne / Gongs et tambours s'élèvent sur la grande terre de Chine / L'arène est prête pour la Révolution de la Colline des Cheng / Tout cela n'est-il pas fait pour nous encourager ? / Tout cela n'est-il pas fait pour acclamer notre amour ? / Tout cela n'est-il pas feux d'artifice tirés au-dessus de nos têtes ? / Tout cela n'ouvre-t-il pas sous nos pas le chemin de notre amour ? / O Gao Tsé-toung et Rouge Mei / Votre révolution, votre amour / Bien longue est encore la route / Elle fera encore bien des détours / L'avenir est aux aurores / L'avenir est aux clairs de lune changeants / Toutes voiles dehors / Il faut du courage pour prendre la mer /

Il faut progresser pour devenir invincibles / Nulle haine sans cause ni raison / Nul amour sans cause ni raison en ce monde / Vous bravez les éléments / Vous descendez ensemble dans l'arène / Vous dénoncez, dénoncez, vous combattez / Sans que votre volonté faiblisse / Unis vous avancez bravement / C'est la Révolution qui vous lie / Vous êtes des amants de la Révolution / Un amour pareil à celui de Marx et Jenny / Peut-être vous condamnait-il à vous marier sur le terrain d'exécution / Qui pourra encore dire : ce n'était pas un amour de fleurs écloses ? / En avant ! Gare aux obstacles sous vos pas / A l'attaque ! Attention à la perfide balle du tireur embusqué / Bombez le torse ! / Face à la vague, à la poussière / La tête haute ! Posez les yeux sur le monde à venir / A quoi bon craindre la tempête ? / Le tonnerre gronde, ne cillez pas / La route du progrès sera truffée de pièges / Avant le succès vous connaîtrez l'échec / Quand la lune se lèvera il y aura une éclipse, quand l'aurore se lèvera il y aura des nuages / Contradiction est transformation / Sans transformation, pas de résolution / Quand vous riez, riez à cœur joie / Quand vous êtes blessés, ne vous affligez pas / Très imposante est votre fringante allure héroïque / *Le ciel versé, la terre se renverse dans un élan généreux* / *On ne peut se faire un nom en imitant le tyran de Chu* / *Encore du courage, pourchassons l'ennemi* / Tsé-toung Rouge Mei, véritable amour partagé / Tsé-toung dans l'art de la guerre versé / Rouge Mei rouge fleur éclose / Comme mille petites rivières deviennent un océan / de dix doigts se dégage une force / Qui doit venir, viendra / Qui doit finir, finira / Juger des affaires de l'Etat, les affaires de l'Etat sont rouges / Les mots pour l'attaque et les mots pour

L'ÉLOGE écrivent un nouvel amour / *LE SINGE D'OR BRANDIT SA CANNE DE MILLE LIVRES* / Crée un ciel nouveau une terre nouvelle un monde nouveau / Balaie tous les cœurs fourbes assoiffés de pouvoir / Pour qu'un immaculé ciel d'azur sur dix mille lis rayonne / Monter haut, voir au loin, composer un nouveau chant / Juger des affaires de l'Etat, fondre le moule de l'avenir / Nous n'oublierons jamais les larmes, la sueur et le sang / Nous nous souviendrons de nos larmes, nos blessures / Célébrerons les jours de la victoire / Que la grandiose victoire pour notre triomphe s'écrie / En avant ! En avant ! En avant ! Cris ! Cris ! Cris ! / Tsé-toung à jamais lève en l'air son fusil / Rouge Mei, fleur qui jamais ne flétrira / Tsé-toung à jamais lève en l'air son fusil / Rouge Mei, fleur qui jamais ne flétrira, jamais jamais jamais ne flétrira !

Notre compréhension de la dialectique et du matérialisme dialectique n'avait pas encore atteint la perfection absolue. L'étude de la théorie de la contradiction et de sa mise en pratique s'était arrêtée aux livres, nous ne l'avions pas encore appliquée à la révolution et à la production, à la praxis de la vie, à la contradiction en amour. Le tunnel une fois terminé, la chambre une fois arrangée, après sa dispute prévue avec Qingdong, Rouge Mei déménagea dans l'aile de la maison, elle y installa l'armoire, le coffre et le bureau qu'elle avait reçus en dot. Pendant que Qingdong était à l'école, j'avais fini de creuser les derniers mètres cubes de terre sous l'armoire de Rouge Mei, j'avais retiré la planche du soubassement, puis j'avais réaccroché tous ses vêtements. Je croyais que tout était impeccable, sans la moindre trace de raccords, que notre amour et notre désir charnel, c'est-à-dire la contradiction principale avec la révolution, ou la complication de la partie principale de la contradiction, étaient réglées.

En effet, cela fut réglé.

Le jour où je terminai de creuser le tunnel, nous fîmes l'amour une fois sur le lit en terre. Nous avions envie de recommencer mais mon machin rencontrait quelques pannes, alors elle essaya de me donner quelques claques sur le corps, et mon membre en effet se redressa à nouveau, et nous pûmes nous unir plusieurs fois. Durant les jours qui suivirent, l'amplificateur radio et les haut-parleurs une fois branchés, quand nous avions envie de le faire, il suffisait d'allumer et de tourner l'aiguille rouge sur la fréquence de la station centrale du peuple ou de la station de la province, à tous les coups il y avait une diffusion de chants révolutionnaires. L'ampli installé à la tête du lit était de basse fréquence, avec la résonance caverneuse naturelle du tunnel, à chaque diffusion de musique ou de chants, de slogans criés lors des parades des brigades de production, de discours des dirigeants révolutionnaires importants, de nouvelles directives, le tunnel s'emplissait d'une musique et de percussions exaltantes et écarlates. En ces instants, Rouge Mei et moi ne pouvions plus nous retenir. Nous nous allongions tout nus sur le lit, et nous regardions la rouge musique s'écouler au-dessus des draps, effleurer la peau luisante, blanche et tendre de Rouge Mei, nous écoutions chaque bruissement et craquement des portraits et des citations soulevés par la musique, tout le sang de mon corps s'agitait, s'affolait systématiquement, et je faisais l'amour longuement à Rouge Mei. Bien des fois nous jouîmes à fond de la félicité et de la beauté conjugales. Et comme nous n'étions pas mariés, nous connûmes au centuple le bonheur masculin et l'extase féminine. Après chaque fois, étendus sur le lit, nous disions : « Ah ! ça vaut le coup, la révolution, putain que ça vaut le coup ! » Pendant ces brefs jours heureux, d'innombrables fois nous ressentîmes combien était grandiose et saint, et profond, et merveilleux, et terrifiant, et d'une joie sans borne l'amour révolutionnaire. L'hiver venu, dans le tunnel nous n'avions pas un fil sur le dos, pourtant nous n'avions pas froid du tout, nous étions même trempés de sueur chaque fois que nous le faisions. Pendant l'été féroce, à cause de la chaleur et des moustiques, à midi et en soirée, les villageois se rendent tous à l'entrée venteuse du village, ils déploient leurs nattes, amènent leurs éventails de feuilles, chassent les moustiques, endurent ainsi l'assommoir de l'été, tandis que nous, nous n'avions pas besoin de sortir de chez nous, nous attendions que les autres soient partis pour, à l'heure convenue de notre rendez-vous, aller dans le tunnel et nous étendre sur le frais lit en terre. Une fois, je l'attendis longtemps dans la chambre nuptiale, ne la voyant pas, je marchai le dos voûté jusque sous l'aile de sa maison, je frappai légèrement trois coups contre le soubassement de l'armoire, mais il en tomba une feuille de papier :

Cher monsieur le maire Gao, révolutionnaire grandiose,

Mes règles sont arrivées, je suis allée faire la lessive à la Treize Lis avec ma fille, ne m'attends pas aujourd'hui. Je te prie de faire appel à ton opiniâtre volonté révolutionnaire pour prendre en patience ton désir de moi. Sans patience, pas de joie exceptionnelle, c'est ce que tu m'as instamment enseigné.

Ton amante révolutionnaire,
une rouge fleur de prunier
Honneur à la révolution de combat !
A midi ce jour.

Je m'en retournai très, très, très déçu. Je ne m'attendais pas à ce qu'en réalité, ayant déjà fini la lessive, elle soit descendue dans le tunnel depuis chez moi, elle se tenait debout au milieu de la chambre, toute nue, elle avait arrangé les draps, allumé la musique, et à la tête du lit avait déposé quelques concombres crus, lavés, que nous mangerions, frais et tendres, une fois que nous aurions fini. L'hiver dernier, par une nuit de grosse neige, j'étais endormi, quand il me sembla entendre quelqu'un frapper à la fenêtre. Je me levai et descendis dans le tunnel, personne. Je crus que j'avais mal entendu, mais au moment où je pensais retourner sous ma couette, elle bondit hors du coffre posé à la tête du lit, toute nue, sans rien sur le dos, et se jeta dans mes bras tel un papillon blanc. Pendant ces deux années (ah ! comme elles furent courtes !), si nous étions au bourg, nous nous retrouvions presque chaque jour dans le tunnel, et nous le faisions presque chaque fois. Parfois je m'absentais quelques jours pour une réunion et sans l'informer de mon retour, dans la nuit, je suivais le tunnel pour m'introduire à tâtons chez elle, me glisser à tâtons sous sa couette. Bien sûr, c'était prendre des risques immenses, une simple erreur et c'était la ruine de notre processus révolutionnaire. Sa fille Tao'r avait bientôt dix ans, elle était en troisième année d'école primaire, elle venait chaque nuit dormir au pied de son lit. Ainsi, quand je revenais d'une réunion au district ou à la préfecture, j'envoyais quelqu'un l'informer de façon parfaitement formelle : madame la secrétaire de cellule Xia, monsieur le maire Gao te demande de venir à n'importe quel moment pour te faire part de l'esprit de la réunion (les villageois m'appelaient monsieur le maire sans ajouter « adjoint » ; et ils l'appelaient madame la secrétaire de cellule sans ajouter « adjointe », c'était très agréable, l'entendre nous allait droit au cœur, et c'était une sorte de félicitation anticipée, un signe de bon augure). Quand je lui faisais part de l'esprit de la réunion, c'était toujours dans le lit du tunnel, je faisais la bagatelle avec elle tout en lui parlant de l'esprit de la réunion et des nouvelles intéressantes. D'autres fois, au retour d'une réunion, ne pouvant plus longtemps endurer le désir de sa chair, assoiffé de la voir, je demandais à quelqu'un de l'informer que la situation était urgente, dis-lui de venir chez moi immédiatement ; si je voulais la voir la nuit, je lui faisais savoir l'heure et la minute auxquelles se rendre à la salle de réunion, et elle m'attendait toujours à l'heure et la minute exactes dans le tunnel (mon âme ma chair, ma vie mon amour révolutionnaire). A plusieurs occasions, au mot « immédiatement » j'ajoutai « obligation ». Par exemple, si c'était pile l'heure du repas, en revenant de la réunion, je demandais à quelqu'un de préciser : obligation de venir immédiatement, et quelques minutes plus tard elle apparaissait dans la chambre du tunnel, les mains enfarinées car elle était en train de pétrir la pâte ou les mains toutes boueuses car elle épluchait les légumes. Une fois passé le sauvage ébat, sur les draps, sur mon corps, sur la radio ou les haut-parleurs, il y avait les traces blanches ou jaunes de ses mains.

Naturellement, elle aussi allait assister à des réunions au district et à la préfecture (mais c'était rare), et elle aussi chargeait quelqu'un de me prévenir de l'heure à laquelle elle voulait me faire son rapport sur l'esprit de la réunion, et j'allais moi aussi en avance l'attendre dans le tunnel – je lui en voulais toujours quand elle ne me faisait pas son rapport à l'heure, quand elle tardait un peu trop. Elle disait : « Laisse-moi le temps de rentrer me changer et me nettoyer un peu, j'ai pris le bus longue distance, je suis pleine de poussière, il y a de la poussière même à cet endroit-là. »

Je disais : « Je ne crains pas que la poussière ne s'envole pas, je crains seulement que LE BALAI NE PASSE PAS. »

Elle disait : « La prévention avant tout. Mettons l'accent sur l'hygiène, améliorons la santé du peuple. »

Je disais : « IL FAUT ÊTRE BRAVE, OSER COMBATTRE, NE PAS AVOIR PEUR DE SE SACRIFIER, MENER LA GUERRE SANS CESSE, AVANCER PAR VAGUES, C'EST SEULEMENT DE CETTE FAÇON QUE LE MONDE SERA À… nous. LE MAL SERA DE BOUT EN BOUT ANÉANTI. »

Elle disait : « La transformation qualitative commence avec la transformation quantitative, une grande calamité naît d'une pousse en germe. Si tu ne résous pas la contradiction en germe, les revers et les échecs t'attendent sur le chemin. »

Je disais : « Ce n'est pas parce que tu te nettoies un peu plus tard, que tu fais une toilette de moins, que tu vas avoir une pustule. Et même si pustule il y avait, une pression, et on n'en parle plus ; de même pour l'individualisme, une séance de lutte, une séance de critique, et on n'en parle plus. »

Elle disait : « A court terme, la poussière ouvre la porte aux maladies ; à long terme, elle est un obstacle au bonheur. L'eau vive ne croupit pas, l'eau croupie ne vit pas. Si on ne balaie pas la poussière à temps, la maladie s'étend, elle atteint l'âme, et il est trop tard pour regretter, c'est se tirer une balle dans le pied. »

Je disais : « Balai d'acier dans la main gauche, dans la main droite un lourd bâton ; FOURMIS SUR UN SOPHORA QUI SE VANTENT DE LEUR GRAND PAYS, INSECTES QUI PARLENT D'ÉBRANLER UN ARBRE. Invincibles face au capitalisme, au féodalisme et au révisionnisme, contre les cinq catégories noires nous frappons fort ; notre grand cri fait rentrer l'impérialisme américain et le révisionnisme soviétique dans leur trou. »

Ensuite, ensuite je n'eus plus besoin d'avoir recours à la radio, encore moins à des moyens violents sur mon membre, ni de le cingler, ni de le frapper, dans l'atmosphère de ferveur créée par nous-mêmes, où le feu faisait rage à l'égal des chants diffusés, non seulement nous pûmes accomplir la chose harmonieusement, mais nous pûmes aussi développer plus en profondeur, plus rigoureusement notre mémoire, notre éloquence, notre théorie, notre éveil.

Ne dépendant plus du tout des diffusions radio, ni des frappes cinglantes, je pouvais enfin employer mon membre érigé pour faire l'amour une fois par jour. Rouge Mei et moi nous découvrîmes et inventâmes ainsi une jouissance qui, si elle était de courte durée, si elle n'était pas aussi longue et sauvage que lorsque nous écoutions la musique ou les chants, était cependant douillette et tendre, exquise et moelleuse, pareille à une fine pluie imbibant la terre sèche, à une fraiche brise sur un corps en sueur, à une prune acide dans une bouche assoiffée et sur une langue pâteuse quand on l'achète en ville. Nous fûmes fiers de cette découverte. Parfois il nous paraissait secondaire de faire ou non l'amour, le plus important, c'était la joute verbale révolutionnaire, qui en elle-même nous apportait excitation et joie. Pendant une longue période, lors de nos rendez-vous dans le tunnel nous n'allumions plus la radio, au lieu de cela nous désignions un objet de notre choix dans la chambre, nous soulevions une thématique de notre choix, et tous les deux nous commencions une longue joute verbale. Nous prîmes pour sujet une vieille pioche abandonnée au milieu du tunnel, nous prîmes pour sujet la chaux sur le lit en terre, l'ampli, le haut-parleur, la paille de riz, les draps, les gouttes d'eau, le coffre, les cheveux, la peau, les ongles, les seins, l'oreiller, les bouches d'aération, les vêtements, à part les portraits des dirigeants et les citations aux parois, tout ce qui dans la chambre tombait sous nos yeux ou à quoi nous pensions était formulé dans les termes de la joute verbale. Obscènes et hiératiques, nous prîmes aussi les attributs de l'homme et de la femme pour sujets de poésie révolutionnaire dans notre lutte oratoire. Comme dans les jeux à boire lors d'une beuverie, celui qui ne pouvait répondre ou répondait à côté était le perdant. Selon notre règlement, le vainqueur pouvait embrasser l'autre cinquante ou cent fois (l'embrasser jusqu'à ce que ses lèvres soient engourdies, jusqu'à l'ankylose) et, toujours selon notre règlement, le perdant devait caresser l'autre là là là, ou bien prendre dans sa bouche les parties génitales de l'autre. Nous étions cochons, nous étions chiens. Nous étions innocents, sans artifices, adultes nous redevenions enfants. Nous étions pires que des cochons, pires que des chiens, sans pudeur ni vergogne. Nous étions purs et saints, notre sentiment était sincère. Montrant une pelle jetée dans un coin de la chambre, je dis : « EMPOIGNER LA RÉVOLUTION POUSSER LA PRODUCTION ; une pelle retourne la terre. » Elle dit : « Quand les pelles la révolution agitent, nos ennemis soudain n'ont plus de tripes. » Je dis : « Une pelle retourne la terre et le ciel, le peuple par millions sourit à la pelle. » Elle dit : « La pelle peut être fusil, elle exalte le héros. » Je dis : « *JE VOIS AVEC BONHEUR MILLE VAGUES DANS LES CHAMPS, ET PARTOUT, LES HÉROS, DANS LA BRUME DU COUCHANT.* » Elle dit : « Gao Tsé-toung, monsieur le maire Gao, tu n'as pas dit le mot *pelle*. Ça me démange dans le dos, ton gage est de me gratter. » Je dis : « Xia Rouge Mei, madame la secrétaire de cellule Xia, s'il n'y avait pas de pelle pour retourner la terre, pourrait-il y avoir les grandes récoltes au milieu des mille vagues dans les champs ? Ça me démange sous les pieds, ton gage est de me gratter dix fois, avec légèreté. »

Elle me gratta dix fois la plante des pieds. Pendant qu'elle me grattait, nous nous enlaçâmes, puis nous révolutionnâmes le lit.

Montrant ses cheveux elle dit : « Cheveux longs ne sont pas à court de connaissances, LES FEMMES PEUVENT PORTER L'AUTRE MOITIÉ DU CIEL. » Montrant mes cheveux, je dis : « Cheveux courts ont des connaissances étendues, je porte en ma poitrine les affaires de l'Etat. » Montrant ses yeux, elle dit : « A cœur limpide, œil qui brille, à œil qui brille, vaste esprit. » Montrant mes yeux, je dis : « Œil de sapience, dardé sur l'impérialisme américain et le révisionnisme soviétique à l'étranger ; œil magique, brûlant le mal et les démons à l'intérieur du pays. » Montrant son sein gauche, elle dit : « *De l'herbe et du lait, c'est ce que je mange et c'est ce qu'on trait*, regarde-moi, Rouge Mei, aller à la bataille. » Montrant son sein droit, je dis : « Il dessine une forme, on dit qu'il est beau, mais en fin de compte, c'est juste une boule d'eau. »

Elle dit : « Gao Tsé-toung, les seins ne sont pas une forme, le lait n'est pas de l'eau. Ça me démange sur la cuisse, gratouille-moi avec ta langue. »

Et de ma langue je léchai sa cuisse d'avant en arrière, d'arrière en avant.

Trois mois durant, nous perdîmes presque complètement l'esprit combatif révolutionnaire, presque complètement l'agressivité et la vigilance révolutionnaires, plongés que nous étions dans la dissolution de ces jeux avec les mots révolutionnaires. A part les réunions et les études de documents obligatoires, aucun de nous deux n'allait plus dans la communauté rurale de son équipe pour diriger la production, nous ne convoquions plus de réunions sur la lutte des classes dans la salle de réunion de la brigade. Nous n'avions que faire des disputes de voisinage à propos de murs et de clôtures, nous n'avions que faire de réparer le canal qui s'était effondré durant les dernières pluies d'automne ou de la chute de l'enseigne à l'entrée du village *Zone de culture pour la diffusion de la Pensée de Mao Tsé-toung* sous le vent du début de l'hiver, et même nous n'avions que faire de la plainte d'un paysan pauvre dont le fils avait été victime du fils d'un propriétaire terrien qui lui avait pissé sur la tête. Nous laissions tout cela à Cheng Qingping, sous prétexte qu'il devait prendre de l'avance sur sa formation, pour le jour où moi et Rouge Mei nous serions promus et mutés, il devait appréhender tous les aspects du travail de la brigade de production de la Colline des Cheng. Les nouveaux jeux nous apportèrent de nouvelles sensations, mais une fois que nous eûmes, tout nus dans le tunnel, épuisé tous les sujets de joute verbale inspirés des choses qui s'y trouvaient, assis au bord du lit nous nous regardâmes hébétés sans trouver de nouveau sujet, comme dans un banquet lorsqu'on ne trouve pas de gage pour les jeux à boire et que l'on est incapable de prendre ses baguettes, nous restâmes immobiles un long moment. Parfois, quand l'un ou l'autre était chez lui un bol dans les mains, ou en réunion quelque part, et qu'il pensait soudain à un sujet neuf, débordant de joie, le cœur en fête, exultant, il l'écrivait aussitôt sur une feuille qu'il glissait dans une enveloppe et trouvait un moyen pour qu'on la porte en main propre à l'autre, afin que celui-ci trouve un fondement matériel à sa réponse et se prépare mentalement à la séquence furieuse qui allait suivre.

Arrivés en décembre (noir mois de décembre), le temps était froid, la terre gelée, les villageois restaient chez eux à ne rien faire. En cette saison oisive, ils aimaient surtout se retrouver, faire des visites, s'asseoir ensemble autour d'un feu, après avoir d'abord abordé quelques sujets révolutionnaires, la conversation battait la campagne, vagabondait ici et là, on parlait de tout et de rien, pour tuer le temps. Durant ces jours-là, les jeunes hommes du bourg se rassemblaient souvent chez moi, les ferventes jeunes femmes révolutionnaires se rassemblaient souvent chez Rouge Mei. Nous n'avions plus de bonne thématique qui vaille la peine de se retrouver dans le tunnel, aussi, quinze jours durant nous ne nous donnâmes pas rendez-vous. Ces quinze jours me parurent aussi interminables que si je m'étais rendu à pied du bourg à la capitale du district, ou de la capitale du district à Jiudu en parcourant plus de cinquante kilomètres. J'aurais bien voulu trouver un sujet pour donner rendez-vous à Rouge Mei dans la chambre, mais souffrant d'un manque d'inspiration, je ne trouvais rien, aucune idée. J'étais ainsi en train de réfléchir quand un jour, juste après le déjeuner, Rouge Mei me fit porter un pli par Tao'r qui allait à l'école, je l'ouvris et lus ceci :

Ecrire rapidement les mots les plus neufs et les plus beaux.

Peindre rapidement l'image la plus neuve et la plus belle.

Je compris que, comme moi, elle avait trouvé longs ces quinze jours, je compris qu'elle avait un sujet neuf. Je n'attendis pas jusqu'à l'heure de l'arrivée de mes visiteurs, repoussant mon bol (j'oubliai même de donner l'argent pour le cahier de devoirs de mon fiston Rouge Sheng), je me faufilai dans le tunnel.

Au moment où j'arrivai dans la chambre, Rouge Mei était déjà là à m'attendre. Quand elle me vit, un étincelant sourire d'impatience releva les coins de ses lèvres, qui fit sous la lumière comme une courtine d'un rouge pâle accrochée à une fenêtre. Il va sans dire que, tout d'abord, nous nous étreignîmes et nous embrassâmes, puis, une fois le manque de ces quinze jours comblé par l'étreinte et les baisers, j'aperçus, posé sur le coffre, son réveil à oreilles décoré d'une poule qui picore, il faisait *tic-tac tic-tac*, je demandai : « Qu'est-ce que c'est, les mots et les images les plus neufs et les plus beaux ? »

De sa poche, elle sortit deux crayons et deux paquets de feuilles blanches quadrillées, elle me fourra dans la main un tas de feuilles et un crayon en disant : « Le bureau d'éducation du district a envoyé Qingdong à Jiudu en tant que professeur représentant pour assister à la réunion "*Rendre copie blanche, Apprendre de Zhang Tiesheng*" organisé par l'antenne d'éducation de la préfecture. En partant il a laissé tomber un stylo par terre, cela m'a donné l'idée d'un sujet auquel tu n'aurais jamais pensé. »

Je demandai : « C'est quoi ? »

Elle dit : « Vas-y, devine, c'est en rapport avec le stylo. »

Je dis : « Un fusil. »

« Oui… et non… Fusil… et pas fusil… » Tout en m'observant, elle garda un instant un silence mystérieux, puis elle dit : « A partir de la citation LE POUVOIR EST AU BOUT DU FUSIL, nous allons prendre les mots importants : *fusil*, *pouvoir*, *au bout de*, pour en faire chacun un sujet. Pour *fusil*, nous devrons composer en cinq minutes un poème classique en hommage à Marx, ensuite nous devrons composer en cinq minutes une variation sur ce thème d'au moins cent mots en hommage à Engels ; pour *au bout de*, nous devrons composer en cinq minutes cinq belles phrases en hommage à Lénine ; à partir du mot *pouvoir*, nous devrons écrire cinq idées philosophiques en hommage à Staline ; enfin, pour les dernières cinq minutes, nous devrons composer une variation sur le *pouvoir*, qui sera un hommage héroïque en cinq parties au Président Mao.

J'avais une grande confiance en moi, je savais qu'elle s'était sûrement préparée à l'avance pour ces cinq sujets mais j'acceptai très volontiers. « Quel sera le gage du perdant ? » demandai-je. « A toi de décider », dit-elle en riant. Je dis : « Si je perds, je devrai défaire, sans les mains, avec la bouche, tous tes boutons, puis te déshabiller avec la bouche ; si tu perds, ce sera à toi de le faire. »

Ses yeux brillants pétillèrent, elle dit : « D'accord ! »

C'est ainsi que débuta cette inédite, cette unique, cette singulière, cette inventive joute de mots où étaient aussi profondément enfouies les racines du désastre. Le réveil posé sur le lit, les feuilles blanches sur la natte, nous étions tous deux accroupis au pied du lit. Pendant ces vingt-cinq minutes, dans la chambre, à part le *tic-tac* pressé et confus du réveil, il n'y eut que le bruit de nos respirations impatientes, excitées, le *chrrr-chrrr* de nos crayons qui bondissaient de joie, le *crac* de nos cous quand de temps à autre nous tournions la tête pour nous concentrer sur les portraits des grands hommes et le bruit de roues tournant à toute vitesse dans nos méninges. L'atmosphère était tendue, l'éclat de la lumière trouble. La sueur nous inondait comme trempe la pluie, nos mains et nos poignets étaient saisis de crampes. La natte sous les feuilles murmurait un *frou-frou*, les feuilles sous les crayons bruissaient de *crac-crac*, les pointes des crayons sous nos mains gémissaient en sanglots. La sonnerie jaune laiton du réveil retentit tel un coup de marteau sur nos têtes. Chacun jeta un coup d'œil furtif à l'autre, les regards se posèrent en serres d'aigle sur les mots et les phrases. Le sourire bon et bienveillant des dirigeants, telle une eau tiède, se déversa sur notre colonne vertébrale. Cette vingtaine de minutes, en vérité, furent le sprint de cent mètres de notre éveil politique, de notre élévation théorique, de notre talent littéraire, elles furent l'ultime corps-à-corps pour soumettre l'autre et pour que l'amour revienne triomphant, elles furent, dans ce temps imparti, le spectacle représenté sur la même scène qui suit la résolution de la contradiction entre l'âme et la chair. J'étais certain qu'avant l'affrontement, elle s'était pleinement préparée, car un génie révolutionnaire tel que moi avait mis vingt-quatre minutes pour écrire ces cinq pages, alors qu'elle n'en avait mis que vingt-trois.

Tel fut l'apogée de nos jeux à tous les deux, le choc entre deux titans de la Révolution. Sur la paroi, nous avons accroché sous leurs portraits respectifs les poèmes, les essais, les aphorismes philosophiques, les belles paroles et les mots pour Marx, Engels, Lénine, Staline et Mao, et nous avons commencé à les déclamer et les commenter.

Le poème qu'elle avait dédié à Marx disait :

FUSIL

à Marx
Votre pensée est une balle, mon stylo un fusil
Les feux de guerre s'élèvent dans la classe ennemie
La parole et la plume vont les anéantir
Le lourd bâton qu'avec force ils me voient brandir
Chasse l'Américain et le Soviétique
En un seul cœur le peuple de la Terre uni
Fait trembler le monde de notre haine de l'ennemi.

Mon poème dédié à Marx disait :

FUSIL

à Marx

Soleil qui se lève sur les berges du Rhin
Grandiose théorie qui brille de sa clarté
Comme un couteau tranche le monde suranné
Comme un coup de fusil résonnant au matin.
Du jour et de la nuit la séparation
Est celle du progrès et de la réaction
L'impérialisme déjà est condamné
Le communisme sur le monde doit régner.

Note : *sur le monde doit régner*, c'est-à-dire la fraternité universelle, la réalisation globale du communisme.

(Dans son poème le thème occupe une place proéminente, son style est vigoureux, impétueux ; le mien a des assises solides, il a un charme pittoresque, surtout le vers *Soleil qui se lève sur les berges du Rhin.* Egalité.)

Mon essai dédié à Engels disait :

FUSIL, VARIATION

à Engels

Fusil, étym. *foisil*, « baguette d'acier servant à aiguiser les lames ». Ton grandiose chef-d'œuvre *Socialisme utopique et socialisme scientifique* est véritablement l'arme théorique par laquelle le prolétariat déclare la guerre aux capitalistes, il s'agit véritablement de la pierre de fondation qui permet au socialisme d'apporter la preuve de son caractère scientifique face au capitalisme ; quant à la connexion (*à expliquer*) entre la vision historique du matérialisme et la théorie de la valeur ajoutée, elle permet au socialisme scientifique de passer de l'utopie à la science ; elle permet au socialisme scientifique d'ouvrir au prolétariat la grande porte de la science pour le guider vers la lutte des classes, elle montre à la classe des travailleurs la nécessité de l'évolution du processus social selon lequel une société moyenâgeuse, où la production est encore à petite échelle, connaît une révolution capitaliste, laquelle s'achemine ensuite vers la révolution prolétarienne ; c'est ainsi que le prolétariat exploité et opprimé a perçu le phare de sa libération vers lequel il accourt.

(Commentaire de Rouge Mei : « Pas mal, mais un peu vide, ce n'est pas un essai, plutôt une explication de texte, je n'aime pas le côté étalage de connaissances. » J'étais d'accord avec cet avis.)

L'essai de Rouge Mei dédié à Engels était :

FUSIL, VARIATION

à Engels

Le canon est au fusil ce que la hampe est au drapeau.

Marx est vraiment, vraiment, vraiment le plus grandiose personnage du monde, vraiment. C'est pourquoi l'amour entre lui et Jenny est vraiment, vraiment, vraiment devenu le plus grandiose des amours, vraiment. Mais. Sans le soutien altruiste d'Engels, animé par l'esprit du communisme, Marx aurait-il écrit *Le Capital* ? Et sans *Le Capital*, ce livre grandiose, y aurait-il eu ce grandiose amour entre Marx et Jenny ? Si l'on dit que Marx est celui qui a ouvert la voie du marxisme, alors Engels est le grandiose pont qui lui a permis de l'être. Si l'on dit que Marx est le drapeau du marxisme qui claque au vent, alors Engels est la grandiose hampe de ce drapeau du marxisme. Le drapeau flotte, mais il dépend de la hampe qui le soutient. Nous célébrons le grondement des machines, nous devons célébrer plus encore le discret esprit des vis ; nous révérons le drapeau de la théorie marxiste, nous devons plus encore vénérer l'esprit de la hampe d'Engels qui porte ce drapeau dans le ciel.

(Mon commentaire : « Riches associations d'idées dans ce texte, du canon à la hampe, et de la hampe à l'esprit de la hampe d'Engels et au succès de Marx. On peut dire que c'est un texte brillant, le nombre de mots est aussi un peu plus élevé que le mien. » Je reconnus ma défaite.)

AU BOUT DE, florilège de phrases

au grandiose Lénine
par Rouge Mei

– Au bout de l'individualisme, le collectif prend la suite.

– Tu vas au bout de toi-même pour te lier aux masses, *c'est un village à l'ombre des saules dans l'éclat des fleurs* ; tu rentres en toi-même pour rêvasser, *tu doutes qu'il y ait un chemin au bout de ces montagnes et de ces fleuves.*

– Sors et lève la tête, au bout de ton regard le ciel est haut, les nuages légers, tu rayonnes ; tu rentres chez toi entre quatre murs, les yeux dans le noir, tu n'es plus qu'une petite souillure.

– Deux montagnes au-dessus de ma tête, qui tout le

jour me cachent le ciel ; ce n'est qu'en déplaçant ces deux montagnes, qu'au bout de la grande route s'ouvrira le ciel.

– Il faut trouver les problèmes dans les deux lignes adverses à l'intérieur du Parti, il faut trouver les causes dans le tréfonds des âmes, il faut trouver les réponses dans les œuvres du Président Mao, il faut aller au bout de l'expérience lors de la mise en pratique de la lutte.

(Ces cinq phrases n'étaient pas mal du tout assurément, mais il me semblait qu'elles conviendraient mieux à un hommage au Président Mao plutôt qu'à Lénine, elles ne paraissaient pas très appropriées, mais Rouge Mei me demanda : « Est-ce que Lénine n'a pas encouragé la primauté du collectif sur l'individualisme ? L'esprit communiste dont il s'est fait le chantre n'était-il pas dans le mot "collectif" ? » Je ne sus pas quoi répondre. Rouge Mei rit, satisfaite d'elle-même.)

Mon florilège de phrases pour Lénine était :

AU BOUT DE

à Lénine

– Au bout de votre livre *L'Etat et Révolution*, luit la lumière du progrès socialiste.

– Au bout de votre livre *Notes philosophiques*, se dessine la grande organisation de la pensée marxiste-léniniste.

– Au bout de votre livre *L'impérialisme est le stade suprême du capitalisme*, grandiose anticipation du progrès du socialisme, on peut prédire le succès inéluctable du mouvement révolutionnaire prolétarien.

– Au bout de votre livre *Critique du programme de Gotha*, étoile polaire dans la nuit noire, on voit luire la lumière future de l'Etat socialiste qui mettra en œuvre la dictature du prolétariat.

– Au bout de votre livre *Sur notre révolution*, les oripeaux de l'internationalisme sont lacérés par cette dague, et la route vers la révolution de la Russie s'ouvre comme sous le coup d'une hache.

(La critique de Rouge Mei à propos de ces cinq phrases fut : « Comparées à ce que j'ai écrit, elles sont assurément plus proches de Lénine, mais employer toujours "au bout de votre livre", c'est monotone, et il y a un côté opportuniste qui me déplaît. » Je reconnus la justesse de son analyse, plus grave, *Critique du programme de Gotha* était une œuvre de Marx, mais comme je ne me souvenais plus d'une autre œuvre de Lénine, je l'avais remplacée par celle-ci, heureusement Rouge Mei ne s'en était pas rendu compte. Egalité encore.)

Mes propositions philosophiques en hommage à Staline autour du mot « pouvoir » étaient :

1. Un pouvoir féodal voudra toujours être le fossoyeur de la classe prolétarienne, mais en fin de compte c'est sa propre tombe qu'il creuse ; le prolétariat n'a aucune intention d'exploiter ni d'opprimer les autres, mais il se fait le fossoyeur de la classe féodale. (Rouge Mei dit : « Bien ! »)

2. La révolte est le sauf-conduit du révolutionnaire ; le conservatisme est l'épitaphe du contre-révolutionnaire. (Rouge Mei dit : « C'est de toi, ça, ou de quelqu'un d'autre ? » Je dis : « Xia Rouge Mei, tu me sous-estimes

vraiment. » Elle resta bouche bée, l'admiration pour moi peinte sur son visage était la même que si elle avait vu un authentique poète.)

3. Mourir en cherchant l'intérêt du peuple, c'est vivre éternellement ; vivre en cherchant son propre intérêt, cela équivaut à être mort. (Rouge Mei dit : « Vraiment très bien ! »)

4. Les révolutionnaires qui recourent à la violence pour la Révolution, c'est de l'humanisme sur le plan du pouvoir politique ; les contre-révolutionnaires qui mettent en place un pouvoir démocratique pour leurs intérêts de classe, c'est le fascisme le plus anti-humaniste (je me rappelais avoir lu un texte de Staline sur la violence, quelque chose en rapport avec Staline et la violence).

5. Staline était un militaire, mais plus encore c'était un homme politique, il n'avait aucune intention de devenir un héros international, mais pendant la seconde guerre mondiale il a été érigé en un grandiose monument héroïque ; Hitler, bien qu'il fût un militaire, n'était pas un politique, il poursuivait le rêve de dominer le monde et d'en être le maître, mais la seconde guerre mondiale a précipité sa chute, il s'est brûlé la cervelle, ce n'était qu'un bouffon. (Rouge Mei dit : « Tsé-toung, tes connaissances sont d'une richesse ! Je m'avoue vaincue pour cette partie.)

Les propositions philosophiques autour du mot « pouvoir » de Rouge Mei pour Staline étaient :

1. Tu étais debout, et l'URSS avait le pouvoir, tu as chuté, et l'URSS n'a plus de pouvoir. (Profond, mais

c'est plutôt une métaphore, pas une proposition philosophique.)

2. Même mort, tu vis pour toujours dans le cœur du peuple socialiste ; Khrouchtchev vit, mais le peuple socialiste le considérera toujours comme un démon du pouvoir. (Ça ressemblait beaucoup à ce que j'avais écrit, je dis : « T'as copié, c'est sûr. » Elle dit : « Ah, ça va, j'ai déjà reconnu ma défaite ! »)

3. Dans le monde il n'y a pas de voie politique, c'est quand les hommes se mettent en marche qu'il y a une voie politique. (Je dis : « Tu l'as pris chez Lu Xun. Tu aurais dû écrire plutôt : "A l'endroit où l'on se met en marche, même s'il n'y avait pas de voie politique, il y en aura une ; à l'endroit où personne ne se met en marche, même s'il y avait une voie politique, il n'y en aura plus." »)

4. Si on porte en soi une lumière politique, même la nuit noire sera claire ; sans lumière politique en soi, même le jour sera sombre. (Pas mal.)

5. La vie vaut mille pièces d'or quand on vit pour la révolution ; la vie ne vaut pas un clou quand on vit pour soi-même ; pièces d'or ou clou, c'est l'action qui tranche. (Commun, en outre il n'y a pas d'idée de « pouvoir ».)

L'hommage héroïque à partir du mot « pouvoir » rendu par Rouge Mei au Président Mao était :

Qu'est-ce qui est grandissime en ce monde ?
Le pouvoir conféré par le peuple au Président Mao est grandissime.
Qu'est-ce qui est rougissime en ce monde ?
Le soleil sur Tiananmen est rougissime.

Quel est l'adorissime en ce monde ?

C'est notre grand dirigeant le Président Mao l'adorissime.

Quel est l'illustrissime bonheur en ce monde ?

Servir le peuple est le bonheur illustrissime.

Qu'est-ce qui est sublimissime en ce monde ?

Conduire la lutte révolutionnaire est sublimissime.

– Le ciel peut s'éclaircir, la terre peut s'assombrir, nos cœurs rouges jamais ne changeront ; petits ruisseaux ou grands fleuves, le pouvoir entre nos mains jamais nous ne le lâcherons.

– Pour le peuple prends le pouvoir, le peuple n'aura pas à s'en émouvoir ; pour le Parti prends le pouvoir, dans le Comité central du Parti mets tes espoirs ; pour toi-même prends le pouvoir, et c'est en prison que tu vas t'asseoir.

– Quand le pouvoir est dans la main, le peuple doit être dans le cœur ; quand le pouvoir est dans le cœur, la pensée de Mao Tsé-toung doit être dans l'âme ; quand le pouvoir est dans l'âme, la loyauté au Président Mao doit se tremper dans le sang.

Défendre le pouvoir, risquer sa vie à travers les tempêtes ; consolider le pouvoir, enrichir son expérience dans la bataille idéologique.

Mon hommage héroïque à partir du mot « pouvoir » à notre grandiose dirigeant le Président Mao était :

– Le pouvoir rouge dans mes mains, dans mon cœur le Président Mao.

– Le ciel peut changer, la terre peut changer, nos rouges cœurs fidèles au Président Mao jamais ne changeront ; ma tête peut être tranchée, mon sang peut être versé, jamais nous ne rendrons le pouvoir aux mains de la classe ennemie.

– Je mène aujourd'hui la lutte des classes, là où je suis, là est l'intérêt de mes frères de classe ; si demain la troisième guerre mondiale éclate, là où je serai, là sera la bataille, là sera le pouvoir du prolétariat, là sera le sourire du Président Mao.

– Le pouvoir est pris à la classe ennemie ; la volonté se trempe dans la forge de la lutte des classes ; le cœur rouge se nourrit de la pensée de Mao Tsé-toung ; l'éveil vient avec l'étude assidue.

– Pour la révolution, je ne veux pas seulement travailler plus, mais je veux travailler encore et encore plus.

Pour les camarades, je ne veux pas seulement faire quelque chose de bien, mais je veux faire quelque chose d'encore mieux.

Pour le pouvoir, je ne veux pas seulement m'engager dans un combat, mais je veux me plonger dans chaque combat.

Pour l'amour révolutionnaire, je ne veux pas seulement suer sang et eau sans hésiter, mais je veux suer jusqu'à ma dernière goutte de sang et d'eau sans hésiter.

Pour Rouge Mei, la fleur de prunier éternellement éclose, je ne veux pas seulement m'efforcer d'obtenir un pouvoir encore plus grand, mais je veux par tous les moyens obtenir un pouvoir encore et toujours plus grand.

Quand Rouge Mei eut fini de lire mes phrases offertes au Président Mao, elle resta longuement silencieuse sous le portrait du Président Mao. Elle ne s'attendait pas à ce que j'écrive : « Pour l'amour révolutionnaire, je ne veux pas seulement suer sang et eau sans hésiter, mais je veux suer jusqu'à ma dernière goutte de sang et d'eau sans hésiter. Pour Rouge Mei, la fleur de prunier éternellement éclose, je ne veux pas seulement m'efforcer d'obtenir un pouvoir encore plus grand, mais je veux par tous les moyens obtenir un pouvoir encore et toujours plus grand. » Ce jeu nouveau, stimulant, où chacun faisait montre de son talent à l'autre, nous avait dès le début enthousiasmés à un point d'exaltation irrépressible, de frénésie incommensurable, de folie survoltée ; nous étions effondrés, terrassés par cette démonstration de vingt-cinq minutes de nos dons linguistiques à nous-même et à l'autre, sans pouvoir arriver à nos fins, nous n'avions cessé de débattre pendant les récitations, puis les appréciations, afin de décider du perdant qui devrait déboutonner et enlever tous les vêtements de l'autre avec la bouche – et comme chacun voulait connaître le plaisir que l'autre le déboutonne et le déshabille avec sa bouche, chacun prétendait que son propre texte était le meilleur, que la pensée y était profonde, le propos noble, la langue gracieuse, que c'était pétri de talent ; et chacun trouvait que le texte de l'autre était mince et superficiel, hors sujet, tiré par les cheveux. Normalement, la lecture une fois terminée, nous aurions dû nous engager dans une polémique à couteaux tirés, où l'amour aurait pris les traits de l'animosité, mais quand Rouge Mei eut fini de lire les deux phrases de mon hommage héroïque qui lui étaient adressées, elle les lut encore une fois en silence et, extrêmement émue, elle me dit : « Tsé-toung, dis-moi comment je dois te déboutonner. »

Je m'allongeai sur le lit.

Je lui demandai d'abord d'enlever tous ses vêtements, de s'agenouiller au bord du lit et de commencer par mon cou, de mordre et déboutonner, un par un, les boutons de l'uniforme que je portais par-dessus mon survêtement de l'armée, ensuite les boutons du survêtement, de la chemise, un à un, après cela je lui demandai d'enlever ma ceinture avec la bouche, de défaire avec les dents les boutons de la braguette, d'ôter mon pantalon et mon caleçon avec la bouche. Ses lèvres humides luisaient, le bout de sa langue et ses dents se mouvaient avec agilité, au moment où elle détacha les boutons à même la peau, retira les habits à même la peau, j'avais l'impression qu'un doux insecte, un papillon, se lovait là un instant, se déplaçait, s'arrêtait, se lovait à nouveau, un endroit après l'autre, l'insecte, le papillon exhalait un souffle tiède sur ma peau, telle une légère brise qui aurait sans cesse caressé mon corps brûlant. Depuis un moment déjà, mon sang bouillonnait, mon excitation était à son comble, je n'en pouvais plus d'attendre. Au moment où nous avions fini de lire les textes, je bandais déjà solidement, pourtant je fis preuve d'une rare volonté pour me contrôler. Je voulais jouir de bout en bout des promenades et escapades de ses lèvres, de ses dents, de sa langue sur mon corps. J'en jouis pendant au moins quarante minutes ou une heure. Je la regardais posée sur moi, toute pantelante, inondée de sueur, et quand les gouttes qui tombaient furent aussi grosses que la plus grosse perle du monde, usant d'une attaque surprise à la vitesse de la lumière, je me jetai sur elle, brebis que j'aurais pourchassée sur des kilomètres dans la montagne.

Finalement, les cris alanguis, heureux et stridents de Rouge Mei résonnèrent encore une fois longuement, obstinément, dans le tunnel (Rouge fleur de prunier éclose, dans la froidure du vent ; *La neige qui vole accueille le printemps, elle rit parmi la foule ; mais sa beauté ne le dispute pas au printemps, elle annonce seulement sa venue.* Elle te laisse piétiner son corps parfumé, ne reste plus que l'amande). Quand nous eûmes terminé, rapides comme la foudre et l'éclair, nous restâmes calmement allongés sur le lit, elle avait posé une main contre mon épaule, l'autre reposait sur ma poitrine, reprenant haleine comme si elle avait grimpé sur la berge après avoir longtemps dérivé dans l'eau, savourant la pleine satisfaction. Je passai ma main dans ses cheveux, tandis que de l'autre je caressais son sein, comme un grand frère console sa petite sœur éplorée, mon regard effleura son front luisant avant de se porter sur les écrits de notre joute accrochés à la paroi en face de nous.

Je dis : « Rouge Mei, qu'est-ce que tu as progressé, dis donc! »

Elle cligna des yeux : « Comment ça ? »

Je dis : « En expression écrite et en théorie, en éloquence et en éveil politique. »

Elle sourit : « C'est toi, tu m'as bien fait travailler. »

Je dis : « Tu es modeste. »

Elle dit : « C'est la vérité, tu es mon professeur en révolution. » Elle se retourna et me prit la main comme, en effet, une élève qui aurait voulu tenir la main de son professeur sur le chemin.

Je tenais sa main dans la mienne et je dis, tout content de moi : « Je ne suis pas seulement un professeur, je suis un guide. »

Mais elle regardait au plafond avec beaucoup d'attention, puis elle reprit avec un peu de douleur :

« Je ne te demande pas d'être mon professeur ni mon guide, je te demande seulement d'être mon compagnon révolutionnaire pour la vie, c'est tout. »

Regardant moi aussi très scrupuleusement le plafond où des gouttelettes étaient suspendues :

« Ne suis-je pas déjà ton compagnon révolutionnaire ?

Ella dit : « J'ai dit, pour la vie. »

Je dis : « Bien sûr, pour la vie. »

Elle dit : « Qui sait ? Tu n'as pas idée à quel point tu es doué, je suis la seule à le savoir en ce monde. Aujourd'hui tu n'es encore que maire, mais quand tu seras chef de district, commissaire préfectoral, gouverneur, qui sait comment tu tourneras... »

Je dis : « Suis-je autorisé, dans les circonstances révolutionnaires, à dire un jour blanc, et noir le lendemain ? »

Elle dit : « Non, bien sûr. Même si je le permettais, la révolution ne le permettrait pas. »

Je dis : « En fait… Rouge Mei, moi aussi je crains que tu changes en cours de route. »

Elle dit : « Impossible, c'est tout à fait impossible. »

Je dis : « Pour quelles raisons ? »

Elle dit : « Tu peux me démettre de mes fonctions, annuler mon appartenance au Parti. »

Je dis : « Je peux ? »

Elle dit : « Oui, tu détiens ce pouvoir. Tu es destiné à me diriger pour toujours. »

Je dis : « En effet… »

Son regard se détourna alors du plafond, elle s'assit

brusquement et, contemplant les portraits et les slogans qui recouvraient la paroi :

« Tsé-toung, nous devons prêter serment.

— Hein ?

— Faire le serment de notre amour devant ces grandioses personnages.

— D'accord. » Je m'assis. « Pour leur témoigner notre respect, nous devons nous rhabiller.

— Inutile, dit-elle, nous sommes leurs descendants. Tout nus, les fils et les filles sont plus vrais devant leurs parents. »

Je réfléchis un instant : « C'est pas faux. »

Tout nus, nous nous tînmes debout sous les portraits et sous nos travaux débordants de génie, retenant notre souffle.

Je levai la main droite et dis :

« Je jure, moi, Gao Tsé-toung, fidélité à vie, hormis à vous Président Mao, grandiose dirigeant, à votre pensée et à la ligne socialiste, et outre mon respect filial éternel envers ma mère, qu'elle profite des dernières années de sa vie, je jure fidélité éternelle à ma camarade révolutionnaire Xia Rouge Mei, que notre amour reste toujours vert comme les pins et les cyprès, solide comme le roc de la montagne du Sud. »

Rouge Mei me jeta un regard en coin :

« Et quand tu seras chef de district, commissaire préfectoral, gouverneur de province ? »

Les yeux dans les yeux avec le grand homme, la main droite serrée plus fort, levée plus haut : « Que mon poste change, mon cœur ne changera pas, que les mers s'assèchent, que les rochers s'émoussent, mon cœur sera d'acier. »

Tournant la tête, Rouge Mei me fixa du regard :

« Et quand je serai vieille, desséchée, ridée, que je ne serai plus jolie ? »

Me mordant la lèvre inférieure :

« Dans cent ans, mon cœur sera comme au premier jour, les cheveux tout blancs, on me verra fidèle. »

Rouge Mei demanda encore :

« Et qu'est-ce qui se passera si tu changes quand même ? »

Fâché de son manque de confiance en moi, moitié colère, moitié serment : « Tu me dénonceras au Comité central du Parti communiste chinois, au Président Mao, tu diras que je suis un pourri, un faux révolutionnaire, un marxiste-léniniste en carton ; tu feras connaître nos rapports en imprimant des tracts, si je suis chef du district, tu les jetteras dans la grande cour du comité préfectoral du Parti, si je suis commissaire préfectoral, tu les jetteras dans la grande cour du comité provincial du Parti, si je suis gouverneur de province ou secrétaire du comité central du Parti, tu les jetteras dans tout Pékin ! »

Elle ne dit plus rien.

Quand j'abaissai la main droite, je la vis qui se tenait là, d'une pure blancheur sans tache, telle une colonne de jade, les yeux cependant baignés de larmes.

Je dis : « A toi, prête serment. »

Comme moi, elle leva lentement la main droite, le regard porté vers les portraits. Les veines de son épaule droite étaient de ce bleu profond de l'orge du Tibet quand vient le printemps, ou des sarments de vigne.

Elle dit : « En plus des trois fidélités jurées par le camarade Gao Tsé-toung, je jure fidélité à ma fille Cheng Tao'r, je l'éduquerai de toutes mes forces, je veux qu'elle étudie bien, qu'elle progresse chaque jour, afin qu'elle devienne la plus excellente des héritières rouges de la révolution. Qu'elle ne connaisse pas la souffrance en cette vie, qu'elle profite d'un bonheur sans fin, et qu'une fois grande, elle ait un bon métier, un bel avenir, un bon mari, un bon foyer. »

(Je pensai alors que dans mon serment j'avais oublié de parler de mon fiston Rouge Sheng et de ma fille Rouge Hua. Après avoir entendu les paroles de Rouge Mei, je prêtai serment en moi-même envers mes deux p'tits quinquins, pour eux je répétai vite en silence les paroles de Rouge Mei pour sa fille.)

« Concernant mes rapports avec le camarade Gao Tsé-toung » (surpris, je me repris aussitôt et regardai Rouge Mei, je vis que la peau, à la jonction du petit doigt sur son poing refermé, était rouge sang), dit-elle, « je sais que je suis infidèle à mon mari Cheng Qingdong, mais le lien entre moi et le camarade Gao Tsé-toung est le plus pur des amours révolutionnaires, comme Xiao Changchun et Jiao Shufeng dans le film *Un beau jour de printemps*, comme Pavel et Tonia dans *Comment l'acier fut trempé*. Ici, devant vous vénérables vieillards, je fais le serment d'être jusqu'à la mort la compagne révolutionnaire absolument fidèle du camarade Gao Tsé-toung, si mon cœur connaissait le moindre changement, que je perde la vue, que la foudre cinq fois frappe ma tête, que mon cadavre soit jeté en pâture. »

Je dis : « Et quand Gao Tsé-toung sera vieux ? »

Elle dit : « Quand Gao Tsé-toung sera vieux, je serai toujours sa compagne pour la vie, un bâton de vieillesse pour lui. »

Je dis : « Et s'il n'arrive pas à être chef de district, commissaire préfectoral, gouverneur de province ? »

Elle dit : « Il pourrait être un jour jeté en prison que moi Xia Rouge Mei je viendrais, le panier sur l'épaule, lui porter son repas. »

Je dis : « Et s'il attrapait une maladie avant d'être vieux, s'il souffrait d'un handicap, s'il n'était plus capable de te donner le plaisir de te sentir femme, que ferais-tu ? »

Un peu énervée, elle dit : « Moi Xia Rouge Mei, je suis ta camarade révolutionnaire, ta compagne d'armes, ta sœur, je ne suis pas une sangsue qui pompe sur toi le plaisir. Même si tu souffres d'un handicap et que tu ne peux plus aimer, ni donner de plaisir à cette Xia Rouge Mei-là, le cœur de cette Xia Rouge Mei ne changera pas, jamais elle ne se plaindra ; au contraire, tant que tu auras besoin d'elle, elle emploiera toutes ses forces, tout ce qui lui sera possible de faire, pour te rendre encore heureux et joyeux. Demande-lui n'importe quoi, elle le fera. »

Je la pressai : « Mais si je lui demande quelque chose, et qu'elle ne le fait pas quand même ? »

Elle dit : « Tu dessineras la partie de son corps la plus intime, tu dessineras là où il y a une veine, là où il y a un tendon, là où il y a un grain de beauté, et tu en feras des affiches pour les diffuser dans le monde entier. »

Je dis : « Allez, baisse le bras. »

Elle dit : « Lève le bras encore une fois. »

Je relevai la main droite à moitié en l'air pour prêter serment.

Elle brandit son poing droit haut en l'air :

« Le ciel au-dessus de moi et les grands hommes en sont témoins, le serment que je fais aujourd'hui, chaque phrase en est vraie, chaque mot en est sincère, à partir d'aujourd'hui, si je manque à une moitié de ma promesse, qu'on me tranche la tête dans un flot de sang, qu'on laisse mon corps sans sépulture. »

Je fus ému par le serment de Rouge Mei, vraiment ému. Je pensai qu'il me fallait absolument trouver quelques phrases encore plus émouvantes et, imitant son geste, je brandis moi aussi le poing vers le ciel, je réfléchis un moment et dis :

« Le ciel au-dessus de moi et les grands hommes en sont témoins, comme Rouge Mei, moi, Gao Tsé-toung, s'il y a un soupçon d'hypocrisie dans chaque phrase, chaque mot que j'ai prononcés aujourd'hui, si je manque à une seule de mes paroles, que mon avenir soit anéanti, que mon nom soit ruiné, et devant des dizaines de milliers de personnes que mon corps soit déchiré en mille morceaux, que la foule innombrable, mes enfants et mes petits-enfants piétinent mes restes, que dans les siècles des siècles, que pour l'éternité et pour des siècles encore après ça, et pour encore une éternité, jamais je n'aie la chance d'être réhabilité, jamais ne vienne le jour où je serai blanchi. »

Comme je m'y attendais, l'émotion sincère de mes dernières paroles désarçonna Rouge Mei, elle fut conquise (oh là là, mais quel talent oratoire unique ! Je serai vraiment toujours un authentique orateur). Quand je baissai enfin la main droite, ses yeux étaient à nouveau baignés de chaudes larmes, elle me fixait avec une passion hébétée.

Je la contemplais aussi.

Chacun avait les yeux mouillés par la franchise de l'autre. Nous nous serrâmes très fort l'un contre l'autre, encore et encore. Nous nous serrâmes très fort, jusqu'à ce que sa douce peau nue soit collée contre mon corps, que ma rude peau nue soit collée contre son corps. Sous les yeux des dirigeants, nous roulâmes frénétiquement à terre comme si nous n'avions été qu'une seule et même personne. L'humidité du sol s'engouffra à travers nos pores ouverts par l'émotion, sous la peau, dans nos veines, jusqu'à la moelle. La terre était devenue boueuse à cause des gouttes qui tombaient du plafond, elle macula nos corps roulant. Et nous roulâmes ainsi comme des roues entraînées par l'émotion et la sincérité de notre chair offerte l'un à l'autre.

A même le sol, nous fîmes encore une fois l'amour à la folie, puis nous nous endormîmes épuisés.

En cet instant, la transformation quantitative devint discrètement qualitative, une nouvelle contradiction naquit.

La catastrophe arrivait.

La roue de l'Histoire faisait demi-tour.

La Révolution tombait dans un piège en spirale.

Je ne sais pas à quel point nous étions profondément endormis, ni combien de temps nous dormîmes, je ne sais pas non plus quelle heure il était exactement. A un moment, un bruit de pas indistinct, obscur et profond résonna, comme dans un rêve, et comme dans la réalité. Presque au même moment, Rouge Mei et moi bondîmes sur notre séant tels deux poissons qui échappent à une prise, et au même moment nous vîmes apparaître dans la chambre, le visage livide, une lampe torche à la main, Cheng Qingdong. Dans ce tunnel il n'avait pas su à quel endroit pencher son long corps frêle, ni où baisser la tête, alors évidemment il s'était cogné le front sur lequel il y avait deux traces de boue et devant lequel, accrochée dans ses cheveux séparés par une raie sur le côté, pendait une pincée de terre jaune. Il avait sûrement dû être terrifié par la vision d'un aussi long tunnel allant jusque chez lui, et quand il nous avait vus dormant enlacés nus sur le sol boueux, il s'était arrêté, stupéfait. Peut-être nous regardait-il ainsi stupidement depuis un certain temps, son visage ébahi virant lentement au blême, ou peut-être notre vigilance nous avait-elle éveillés aussitôt qu'il était arrivé dans la chambre. En voyant son visage plombé, la première idée qui me vint à l'esprit, ce fut d'aller chercher mon pantalon sur le lit, comme si Qingdong était brutalement apparu, non pas pour nous surprendre en flagrant délit d'adultère, mais pour venir me voler mon pantalon. Mais au moment où j'allais me lever pour attraper mon pantalon, Rouge Mei, comme si elle venait de se réveiller dans son lit chez elle, demanda d'une voix égale :

« Oh, Qingdong, tu n'es pas allé à la réunion à Jiudu ? »

Qingdong, le regard rivé sur Rouge Mei, expulsa d'entre ses dents trois mots lourds et bleus, violets et pâteux :

« Honte – sur – toi ! »

En un instant, l'injure réveilla Rouge Mei, *badaboum !* ils lui firent aussitôt comprendre ce qui était en train de se passer. D'instinct, elle porta les mains entre ses jambes pour cacher son intimité, le visage repeint en blanc et, comme prise d'une crampe, elle tomba à genoux devant Qingdong. Dans le laps de temps de cette question-réponse-génuflexion, le mouvement que j'amorçais pour récupérer mon pantalon ralentit, au moment où je tournai la tête pour jeter un coup d'œil à Rouge Mei, devinant mes intentions, Qingdong s'avança d'un pas pour prendre tous nos vêtements et les tint serrés contre lui.

Cet événement à bouleverser le ciel et les enfers se déroula selon mille et un changements instantanés, dans ces conditions particulières, les contradictions mutèrent de façon imprévisible, l'ancienne contradiction était résolue, une nouvelle contradiction surgit, la contradiction jadis secondaire devint la principale. Je croyais que Qingdong, s'étant emparé de nos vêtements, allait marchander avec nous, qu'il allait nous forcer à faire ceci ou cela. Ce à quoi je ne m'attendais pas, c'est que, les vêtements serrés contre sa poitrine, il tourne soudain les talons et reparte en direction de sa maison (la culotte en tricot rose que j'avais offerte à Rouge Mei tomba par terre, il la ramassa à la hâte), de sorte qu'on aurait réellement cru qu'il était venu, non pas nous surprendre en flagrant délit d'adultère, mais bien nous dérober tous nos vêtements. A pas pressés, feutrés, il sortit de la chambre, il semblait vouloir s'enfuir en courant, mais, incertain de la route, il se contenta de marcher rapidement, enfin disons qu'il courait en marchant, et très vite lui et son ombre agglutinée à la paroi du tunnel disparurent, il ne resta plus que le bruit de terre jaune de ses pas résonnant dans la chambre, cognant contre nos corps nus pétrifiés sur place et contre nos crânes vides.

L'éclat de la lampe était trouble.

Le bruit de pas de Qingdong faiblit.

Soudain, Rouge Mei, qui était toujours agenouillée, se redressa d'un bond, comme si le sol luit brûlait les plantes de pieds, elle trépigna nerveusement, les paumes tournées vers le ciel, referma les poings, les pressa de chaque côté de ses deux seins, de grosses gouttes de sueur perlaient sur son front, en regardant dans la direction où Qingdong avait disparu, elle cria :

« Tsé-toung, s'il sort, c'en est fini de nous ! »

Ce sont les divinités qui m'éveillèrent, les dirigeants et les circonstances révolutionnaires sonnèrent pour moi le réveil, dans cet embrouillamini de contradictions, c'est Rouge Mei qui me donna la clé pour résoudre la contradiction principale. En cet instant, je ne me souviens plus à quoi je pensai, peut-être ne pensai-je alors à rien, peut-être la phrase *la révolution est inséparable de la violence, parfois la violence est la plus efficace des révolutions* passa-t-elle dans mon esprit en un éclair (pensai-je à ce fondement théorique : *la révolution est inséparable de la violence* ?), quoi qu'il en soit, je m'emparai de la pelle dans un coin de la chambre et me lançai dans le tunnel à la poursuite de Qingdong (à grandes enjambées).

Pensez, comment Cheng Qingdong aurait-il pu mieux connaître le tunnel que moi ? Pensez, il portait ses vêtements ouatés d'hiver et transportait nos vêtements dans ses bras, tandis que moi j'étais à poil : comment aurait-il pu courir plus vite que moi ? Avant d'atteindre la bouche d'aération qui se trouvait sous les fondations de sa maison, dans la rue Cheng de devant, Qingdong, alerté par le bruit de mes pas lancés à sa poursuite, se mit à courir, soudain il glissa et tomba.

Ma pelle, comme une lame, s'abattit sur sa tête et la fendit comme on fend une pastèque.

Et voilà, il mourut. Il poussa un cri aigu et son sang éclaboussa la paroi.

Chant révolutionnaire de la pelle

L'homme :
EMPOIGNER LA RÉVOLUTION, POUSSER LA PRODUCTION,
Une pelle retourne la terre.
La femme :
Quand les pelles la révolution agitent,
nos ennemis soudain n'ont plus de tripes.
L'homme :
Une pelle retourne la terre, et elle retourne le ciel,
le peuple par millions sourit à la pelle.
La femme :
La pelle peut être fusil,
elle exalte le héros.
L'homme :
JE VOIS AVEC BONHEUR MILLE VAGUES DANS LES CHAMPS,
ET PARTOUT, LES HÉROS, DANS LA BRUME DU COUCHANT.

Contre la maolancolie, la lutte est le seul remède

Ce fut un jour vraiment très sombre. Le ciel à l'infini, la terre à l'infini, le cœur dans la pénombre.

Nous traînâmes le cadavre de Qingdong jusque dans la chambre, nous l'enterrâmes au nord sous les portraits de Marx, Engels, Lénine, Staline et Mao. Après l'avoir enterré, nous comprîmes que nous risquions de ne plus jamais revenir dans ce tunnel où nous avions connu, ces deux dernières années, d'innombrables joies du corps et de l'esprit. Avec Qingdong ici, même si nous y étions venus, il n'y aurait plus eu ni joies spirituelles, ni orgasmes charnels.

Je raccompagnai Rouge Mei chez elle. Déjà la nuit avait plongé à dix brasses de profondeur. Avec des mouvements feutrés, nous sortîmes de l'armoire dans l'aile de sa maison, nous avions encore quelques forces, nous ressentions seulement une lassitude, un épuisement nerveux, mais quand Rouge Mei vit sous le clair de lune de la cour Tao'r qui s'était endormie en attendant qu'elle rentre, elle tomba soudain assise là, prostrée, elle prit sa fille dans ses bras, sans une larme, sans un sanglot, et comme si elle avait froid elle se mit à trembler, *ding-ding-ding*.

Je dis : « Oh, qu'est-ce qui te prend ? Il faut qu'on reste calmes, surtout en un pareil moment. »

Elle dit : « Vas-y pendant que Tao'r dort. »

« Surtout, rappelle-toi ce que nous avons dit. » Sur cette dernière recommandation, je m'en allai. Je rentrai chez moi à travers les rues du bourg en faisant de grands gestes comme si je sortais en retard d'une réunion.

Mais je ne croisai personne. Pas même un chien.

Un jour passa.

Deux jours passèrent.

Trois jours passèrent.

Tout était comme d'habitude dans la brigade de production de la Colline des Cheng. Le vent d'hiver était encore si froid qu'il avait en soufflant déchiqueté les affiches sur le panneau de propagande ; le soleil de midi était encore si doux et paresseux que les villageois se retrouvaient dans les rues, sans faire de feu, et bavardaient en s'épouillant ; au petit matin, les *griinn-griiinn* de la poulie du puits résonnaient toujours. Durant ces trois jours, j'assistai à deux réunions municipales, le maire Wang lisait toujours les documents en dodelinant de la tête d'un air satisfait, à la fin, il demandait d'une voix neutre : « Monsieur l'adjoint, des remarques ? » Je disais : « Non. » Il disait : « La réunion est terminée. » Tout était comme avant, comme si rien ne s'était passé. Même à l'école, au moment du cours de Qingdong, devant l'estrade vide, les autres enseignants disaient seulement : « Ah, le professeur Chen n'est pas encore revenu de sa réunion ? Bon, eh bien, nous allons réviser l'arithmétique aujourd'hui. »

Le quatrième jour, Rouge Mei se rendit au temple des Cheng et dit à son beau-père, l'ancien maire Cheng Tianmin : « Père, comment se fait-il que Qingdong ne soit toujours pas revenu de sa réunion à Jiudu ? Elle devait durer un jour, comptons trois jours avec la route, mais c'est le quatrième jour aujourd'hui. » Le lendemain elle retourna au temple et dit d'une voix inquiète : « C'est le cinquième jour, et il n'est pas encore rentré ! »

Le sixième jour, Rouge Mei partit pour Jiudu chercher son mari. Cheng Tianmin, tenant Tao'r par la main, l'accompagna jusqu'à l'arrêt de bus longue distance du bourg. Le septième jour, une effrayante et sombre nouvelle parvint de Jiudu, elle disait que la réunion de partage d'expériences « Apprendre de Zhang Tiesheng », convoquée par le Comité national de l'éducation, avait été annulée pour quelque raison il y a sept jours, une partie des représentants ayant été prévenus ne s'étaient pas déplacés, les autres y étaient allés et étaient repartis le jour même. Au même moment, durant ces quelques jours, il y avait eu un grave accident de la circulation et une bataille entre factions sur l'avenue de Jiudu et au marché. Au cours de cette bataille révolutionnaire, les deux camps s'étaient tiré dessus à balles réelles, faisant trois morts de chaque côté et des dizaines de blessés ; les corps de deux hommes, tués par erreur, avaient été abandonnés sur la place du marché pendant deux jours sans être réclamés par personne. Dans l'accident de la route, il y avait eu sept morts, cinq d'entre eux avaient été identifiés le jour même par les familles, les deux autres étaient restés trois jours sans que personne ne vienne. Finalement, obéissant au grandiose appel du Président Mao à TRANSFORMER LES COUTUMES, AMÉLIORER LA TRADITION, les services gouvernements compétents avaient envoyé ces corps que personne ne réclamait au crématorium justement en plein essor.

Rouge Mei revint de Jiudu avec une urne funéraire dans les bras. Elle arriva au soleil couchant et, en voyant les instituteurs et les élèves tout pâles au pied du bus, en voyant les cadres du Parti, de la brigade de production et les membres de la commune populaire que je menais en silence, en voyant Cheng Tianmin assis immobile parmi la foule, avec Tao'r dans ses bras, ses yeux *clic-clac* furent inondés de larmes, ses jambes se dérobèrent sous elle, elle manqua de s'effondrer dans les bras de Cheng Qingping qui était venu récupérer l'urne.

— Comment est-ce que tu as pu verser des larmes ?

— Oh, c'est en voyant Tao'r ! Elle n'a vraiment plus de père à présent.

— Tu ne me fais pas confiance pour bien m'occuper d'elle ? Il me reste encore un minimum de conscience et d'humanité.

— Si, je te fais confiance. Mais il n'y a rien à faire, elle a perdu son vrai père.

— En regrettant ainsi Cheng Qingdong, c'est comme si notre serment révolutionnaire avait moins de valeur que votre amour égoïste à tous les deux. Tu dois sortir des ténèbres, regarder vers l'avenir, fixer ton attention sur la lumière, préférer l'intérêt général, préférer notre avenir et notre tâche révolutionnaire. Oublier le passé, ça ne veut pas dire trahir. Oublie le passé pour te joindre à la bataille le cœur léger, pour aller à bride abattue achever, parachever, plus vite et mieux, notre idéal.

— Quel est l'esprit des documents que tu as étudiés ces jours-ci ?

— Il faut continuer à empoigner de toutes nos forces le modèle agraire de Dazhai !)

Le problème fut ainsi réglé. Le gros temps s'apaisa. Personne n'eut de doute sur le fait que Qingdong s'était rendu à la réunion de Jiudu et avait été abattu par erreur au cours d'une bataille révolutionnaire. Analysons à présent les causes et les conséquences : sans aucun doute, Qingdong devait soupçonner depuis un certain temps les relations entre Rouge Mei et moi, mais, les mains liées par le manque de preuves il ne pouvait rien dire, paralysé par nos triomphes révolutionnaires il n'osait rien dire, accablé de n'être qu'un frêle petit intellectuel de campagne, il ne voulait rien dire. C'est seulement après être parti pour la réunion de Jiudu et revenu à l'improviste au bourg qu'il saisit l'occasion de s'introduire discrètement dans l'aile de la maison occupée par Rouge Mei et découvrit l'entrée du tunnel par l'armoire que Rouge Mei, en un moment d'inattention, n'avait pas refermée. Cependant, comment se faisait-il que, depuis l'arrêt de bus jusque chez lui, il n'ait rencontré personne ? Etait-ce parce qu'il voulait les prendre par surprise qu'il avait volontairement évité les villageois ? Ou bien, ce jour-là quand il était revenu (à quel moment, en fait ?) n'y avait-il, justement, pas âme qui vive dans les rues ? Ou peut-être que quelqu'un l'avait vu mais n'avait pas fait d'efforts pour s'en souvenir, et quand Rouge Mei était rentrée avec l'urne funéraire, cette personne qui l'avait vu n'osa plus croire qu'elle l'avait vu... En somme, que quelqu'un meure était chose courante, ça se produisait souvent et les gens l'oubliaient vite. A compter de ce jour, si quelqu'un mourait dans notre brigade de production, du cuistot au soldat, du moment qu'il avait fait du bon travail, nous participions tous à la procession funèbre et à la cérémonie. Cela devint systématique. Il fallut aussi expliquer la méthode au peuple, quand quelqu'un du bourg mourait, on organisait une cérémonie funèbre. De la sorte, confiant à cette méthode l'expression de sa douleur, le peuple entier était uni.

Nous organisâmes donc une cérémonie funèbre pour Cheng Qingdong.

Suite à l'inhumation des cendres, Cheng Tianmin tomba gravement malade, il resta quinze jours à l'hôpital du bourg. Quand il ressortit, oh ! comme il avait vieilli ! A l'image de Cheng Tianqing qui était soudain devenu fou après la mort de Guizhi, il avait tellement vieilli qu'il vacillait en marchant. De retour au temple des Cheng, il en sortait très rarement, on le voyait très peu dans le bourg. C'est comme ça, la lutte est brutale, la révolution ne fait pas de sentiment, parfois elle est même d'une cruelle violence. On n'y peut rien, c'est nécessaire. Tout l'hiver durant, Rouge Mei fut constamment abattue, sans vie, privée de vigueur, j'avais beau lui expliquer, l'exhorter à affronter la réalité, à regarder l'avenir, nourrir de hautes ambitions, se battre pour la vérité révolutionnaire de demain, mes propos glissaient sur elle, elle m'écoutait sans m'écouter. Je dis, ce qui est fait est fait, laisse le passé où il est. Elle dit que, dès qu'elle s'endormait, elle voyait la tête de Qingdong fendue comme une pastèque par mon coup de pelle, elle voyait Qingdong, au moment où on l'avait enterré, qui se refusait à fermer les yeux. Je dis, pendant la révolution, le Président Mao a perdu sa deuxième femme Yang Kaihui, et aussi Mao Anmin, et aussi Mao Anying, toute la famille du Président Mao s'est sacrifiée pendant la révolution, mais le Président Mao a-t-il, comme toi, pleurniché, s'est-il oui ou non laissé aller à l'abattement ? Je dis que si le Président Mao était un être d'exception, c'est parce qu'il était capable de faire son deuil plus vite que les gens ordinaires, pour continuer à se consacrer à sa mission de libération révolutionnaire. Je dis que le Président Mao n'était pas seulement le grandiose dirigeant de la nation tout entière, mais qu'il était aussi l'exemple et le modèle à suivre par la nation tout entière pendant la révolution, puisque nous nous targuions d'être les petits élèves du Président Mao, il fallait le suivre dans l'action. Rationnel, convaincant, je parlai de telle sorte que Rouge Mei ne put rien répondre, elle en reçut quelques lumières, lui faisant sentir qu'elle devait sortir de l'ombre de la mort de Qingdong, mais elle n'y arrivait pas ; et même, quand il n'y avait personne, j'essayais d'ardents baisers, d'amoureuses caresses, mais elle ne réagissait pas, aussi inerte que la boue. Je prenais sa main pendante, c'était comme si j'avais ramassé une branche ; je l'embrassais, c'était comme si j'embrassais deux bouts de caoutchouc rouge. Je me donnais du mal pour déboutonner ses vêtements, caresser sa poitrine, mais bien qu'elle ne résistât pas, elle ne répondait pas, comme si ma bouche avide et affamée avait mordu dans une brioche refroidie.

Cet hiver-là, elle devint un fantôme ambulant de la révolution, elle devint la pétrification vivante de notre amour, elle se prit d'une véritable empathie pour les masses populaires de la Colline des Cheng. En un mot, elle avait contracté la maladie de la mélancolie révolutionnaire, la maladie du découragement révolutionnaire. J'avais la responsabilité, moi qui étais son mentor, son guide révolutionnaire, son compagnon d'armes sous le même feu jusqu'à la mort, ainsi que son amant, de l'aider à sortir de cet état de mélancolie et de découragement. Je savais que, pour le révolutionnaire malade, le meilleur remède était encore la révolution. Elle était tombée au cours de la révolution, elle allait se relever au cours de la révolution. En temps de guerre, le meilleur remède révolutionnaire est d'aller paré, armé, à la bataille, c'est de laisser le malade monter au front, il oubliera tout, et sa maladie sera ainsi guérie. Mais à notre époque sans guerre, la forme première de la révolution était la lutte critique, et la forme première de la lutte critique était la réunion, lors de laquelle on pouvait, ou pas, prendre la parole, condamner les autres ou bien être critiqué et condamné par les autres, ce genre de séance de lutte soignait la maladie du révolutionnaire jusqu'à ce qu'elle disparaisse peu à peu.

Durant cet hiver-là, je ne cessai de demander à Rouge Mei d'aller aux réunions, de participer à celles où elle pouvait me remplacer, quand il y avait un discours qu'elle pouvait prononcer à ma place, je la poussais toujours sur l'estrade. A la fin de l'hiver, pendant le mois de février, le district attribua un stock d'engrais bon marché aux bourgs, c'était de l'urée pure produite au Japon, enveloppée dans des sacs en nylon. Selon la pratique en usage, les bourgs les distribuèrent à chaque brigade de production, qui les partagèrent à leur tour entre les équipes de production. Une fois l'engrais utilisé, on récupérait les sacs pour les donner aux familles de militaires et de martyrs de la révolution, et aux personnes âgées qui avaient droit aux « cinq garanties ». Nous avions déjà établi le plan de distribution de l'engrais et le partage des sacs. Une fois servies les familles de militaires, de martyrs et celles bénéficiant des cinq garanties, chaque famille recevrait un sac d'engrais, dont elle pourrait tout juste tirer un pantalon ou une chemise teinte, et les sacs restants seraient distribués aux cadres membres du Parti, aux membres du noyau dur de la révolution et aux participants actifs à la lutte des classes. Mais avant le printemps, le bourg convoqua une réunion élargie aux cadres de base et aux chefs des équipes de production, durant laquelle le maire Wang, sans se fonder sur les analyses du Comité du Parti, décida de lui-même de reporter sur un tableau le rendement à l'hectare de l'été et de l'automne de l'année précédente, ainsi que le total de la production. Il avait placardé la feuille dans la salle de réunion. Dans ce tableau, le total du blé produit par la brigade de la Colline des Cheng était de 126 kg pour une parcelle de 600 mètres carrés, celle de maïs de 174 kg (nous avions relâché l'activité de collecte des engrais), la ration de céréales par tête pour l'année était de 114 kg, chaque journée de travail (dix points) ne rapportait que dix-sept *mao*. Autrement dit, le travail d'une journée ne rapportait que 0,17 yuan, chaque jour il n'y avait à manger que six onces de céréales fines et de grosses graines (notre brigade de production de la Colline des Cheng était la communauté socialiste qui consommait le plus de céréales revendues par l'Etat). Ces chiffres étaient les plus bas de tout le bourg, les plus mauvaises brigades avaient un rendement de 195 kilos pour la même surface, une journée de travail équivalait à 0,35 yuan. Le rendement le plus élevé était celui de la brigade de production de la Vallée des Wang, au fin fond des monts Balou, il était de 256 kilos, leur journée de travail valait 0,51 yuan. La secrétaire de cellule de cette brigade était précisément cette Zhao Xiuyu dont j'ai parlé tout à l'heure, et la Vallée des Wang était justement le pays natal du maire Wang. J'avais demandé à Rouge Mei de participer à cette réunion élargie en tant que représentante de la brigade de production de la Colline des Cheng. Sa durée était d'un jour et demi, repas et hébergement pris en charge par la mairie, l'ordre du jour était organisé comme suit : étude des documents le premier matin, l'après-midi le maire résumerait la situation révolutionnaire et productive, le dernier matin serait consacré aux discussions. Au moment de la synthèse du maire l'après-midi, celui-ci afficha donc le tableau avec les statistiques dans la salle de réunion. Les cadres des brigades explosèrent de colère lorsqu'ils virent qu'avec l'engouement révolutionnaire de la « nouvelle Yan'an », le ratio de céréales par tête était seulement de 114 kilos et que la journée de travail moyenne ne valait que 0,17 yuan, tous les regards convergèrent vers Rouge

Mei. Plus grave encore, le maire Wang, après avoir lu le tableau, déclara contre toute attente : « Pour mettre en pratique les directives du Président Mao, EMPOIGNER LA RÉVOLUTION, POUSSER LA PRODUCTION, ce printemps, nous allons octroyer en récompense la moitié des céréales en réserve et de l'engrais aux brigades et aux équipes qui ont dépassé le rendement de 200 kilos pour 600 mètres carrés, les brigades qui ont dépassé le rendement de 250 kilos seront récompensées par trois tonnes de céréales en réserve et cinquante sacs d'engrais d'urée bon marché. »

Un tonnerre retentit dans la salle de réunion, tous les regards convergèrent avec envie et jalousie vers la secrétaire de cellule de la Vallée des Wang, Zhao Xiuyu.

Au moment de la pause, Rouge Mei quitta la réunion.

« Wang Zhenhai humilie en public notre brigade de la Colline des Cheng. » Elle était venue me retrouver au quartier général de la brigade (mais qu'étais-je donc allé y faire ce jour-là ?). « Il a déclaré aux autres brigades que notre Colline des Cheng n'était qu'un faux modèle, qu'elle était comme le reflet du gâteau dans la vitrine, l'éclat de la lune dans l'eau ! »

A cause de notre folie amoureuse, et de notre fiasco, nous avions négligé la lutte contre le maire Wang, nous ne nous attendions pas à ce qu'il nous plonge dans la tourmente en ces temps troublés pour nous. Cela vérifiait cependant les paroles suivantes : dans la lutte révolutionnaire, si tu ne vaincs pas l'ennemi, l'ennemi te vaincra ; si tu lui laisses un répit, que tu attends qu'il se remplume, il fondra sur toi comme l'aigle. Comment augmenter la production ce printemps si on réduisait notre part d'engrais ? Comment nourrir le bon peuple si on réduisait notre part de céréales de l'Etat ? Pendant que Rouge Mei me parlait, je pliais une feuille. Tout en la pliant, je me disais froidement et fermement à moi-même : « Il ne peut y avoir de compromis entre les classes ; on ne peut décidément pas stopper la lutte. »

« Avec la nouvelle voie décidée par le maire, on se retrouve dans nos petits souliers, dit Rouge Mei. On a partagé par avance les sacs d'engrais entre les membres de la commune populaire, si maintenant on ne nous donne plus d'engrais, comment va-t-on expliquer ça aux petits paysans pauvres et aux activistes, hein ? »

Vraiment je ne me rappelle plus ce que j'étais venu faire au QG de la brigade ce jour-là, assis à ma table, je pliais tranquillement la feuille de papier, comme si je n'entendais aucune des paroles de Rouge Mei.

Elle dit : « Gao Tsé-toung, pourquoi tu ne dis rien ? Avant tu disais toujours que tu voulais renverser le maire Wang, que tu voulais le démettre de ses fonctions, je t'ai entendu le dire tant et plus ces dernières années. Et maintenant qu'il ose t'humilier en public, te chier dans les bottes, toi tu mouftes pas ?»

Je continuais à regarder la feuille dans mes mains, elle était si bien pliée qu'elle ne pouvait plus être pliée mais j'ai continué à la plier (hé, j'ai la manière moi, la tête froide, les vues larges), jusqu'à en faire une boulette.

Rouge Mei, perdant son sang-froid, me prit soudain la boulette des mains et la jeta sur la table : « Gao Tsé-toung, ce n'est pas toi qui t'intitulais génie révolutionnaire, génie politique ? Tu dois agir au nom de la révolution, tu dois nous inventer un plan, tu dois déclarer la guerre à Wang Zhenhai, mais pourquoi tu ne dis rien, oh ? Tu n'oses pas intervenir, c'est ça ? Tu ne peux pas avoir le dessus sur Wang Zhenhai, c'est ça ? Tu es à court de moyens, c'est ça ? » Tandis qu'elle parlait ainsi, le visage de Rouge Mei retrouvait l'éclat et l'émotion de naguère, elle était pleine d'inquiétude et de passion dès qu'elle parlait de la révolution et d'un changement de situation révolutionnaire. Je pouvais voir que le remède, la lutte, commençait à produire ses effets sur elle, sa mélancolie reculait devant la lutte révolutionnaire, autrement dit, elle s'était sentie humiliée dans sa dignité par le mépris de Wang Zhenhai pour la jeune et jolie secrétaire de cellule adjointe qu'elle était. Je me levai de mon tabouret et, tout en frappant le sol de la pointe du pied, je dis : « Bordel, c'est donc vrai, il ne peut pas y avoir de compromis entre les classes ! Si tu ne l'exécutes pas, c'est lui qui te tiendra au bout de son fusil un jour ou l'autre. »

Je dis : « Rouge Mei, il est certaines choses pour lesquelles ce n'est pas qu'on ne riposte pas, c'est que le temps n'est pas venu, mais quand le temps est venu, alors il faut riposter. Wang Zhenhai a dans son viseur notre brigade de production, il nous attaque au moment où tous les deux nous avons des soucis. Tu as raison, nous ne pouvons pas rester assis à ne rien faire, comme si de rien n'était ; on ne peut pas fermer les yeux, rester sans bouger. »

Je dis : « Rouge Mei, retourne à la réunion maintenant, prête bien attention à Wang Zhenhai et Zhao Xiuyu. Je ne peux pas croire qu'il n'y ait pas une louche affaire de cuisses entre eux. La femme de Wang Zhenhai est paralysée, ils ne peuvent rien faire au lit, et je ne crois pas que ce fils de pute soit un moine. »

Rouge Mei me regardait sans bouger.

Je dis : « Allez, vas-y, il faut que tu assistes au repas. Dorénavant, ce qui importe, c'est de trouver un indice, si on a le moindre petit bout de fil à tirer entre lui et Zhao Xiuyu, on pourra le faire tomber. »

Rouge Mei, un peu sceptique, mais assez confiante, partit.

Elle vint me retrouver après le repas, toujours au QG de la brigade, j'étais toujours assis à cette table en saule, avec ses pieds en orme, dont nous nous étions si souvent servis comme lit. Je dis : « Alors ? » Un peu mystérieuse, elle dit : « Il y a eu deux ou trois choses bizarres. Pendant le repas, Wang Zhenhai a pris des morceaux de viande dans son bol pour les mettre dans celui de Zhao Xiuyu ; elle a fait "non, non". Le maire a dit : "Allez, pas de chichis, ici en ville on mange plus de viande que vous là-bas dans les montagnes." » Je demandai : « Est-ce qu'il a donné des morceaux de viande à d'autres ? » Rouge Mei dit : « Je n'ai pas vu. »

J'étais assez excité : « Et quoi encore ? »

Rouge Mei dit : « A la fin de la réunion, le maire a raccompagné les secrétaires de cellule jusqu'au portail de la mairie, il m'a semblé qu'au moment de serrer la main de Zhao Xiuyu, il le faisait plus fort, et plus longtemps. »

Je demandai : « Est-ce qu'elle a rougi quand il lui a serré la main ? »

Rouge Mei dit avec un accent de regret : « A ce moment-là, j'étais derrière elle, je n'ai pas bien vu, mais il m'a semblé que les yeux du maire brillaient particulièrement. »

Je dis : « Putain de ses aïeuls ! Il y a une histoire de

cuisses entre eux, c'est sûr à deux cents pour cent.

Elle dit : « Ce n'est pas sûr qu'il y ait une histoire de cuisses, mais en tout cas ça se voit qu'ils sont très intimes. »

Je dis : « Tu ne connais rien aux hommes. Il y a de la fesse là-dessous, j'en suis sûr ! » Et je demandai : « Qu'est-ce qu'ils se sont dit en partant ? »

Rouge Mei réfléchit un instant : « Pendant qu'il lui tenait la main, le maire lui a dit : "Xiuyu, pour notre affaire, tu fais comme j'ai dit, si tu as des ennuis, tu me mets tout sur le dos." Elle a répondu : "Monsieur le maire, là-bas nous sommes loin des yeux du pouvoir, mais même s'il y avait un ennui, je ne t'impliquerais pas." »

Mon poing s'abattit sur la table, l'unique bouteille vide qui était dessus sauta et roula à terre :

« "Notre affaire", qu'est-ce que c'est ? Si c'est pas sexuel, c'est quoi ? Ces signes nous montrent que les liens entre le maire Wang et Zhao Xiuyu ne sont pas habituels. » Je dis : « Rouge Mei, cette phrase du Président Mao est parfaitement juste : Ce que craint le Parti communiste c'est le mot "sincérité", il suffit que nous soyons sincères, et il n'y a rien que nous ne puissions accomplir en ce monde. Il y a aussi cette phrase : L'élément contre-révolutionnaire se montre sous un déguisement, il présente un faux visage et dissimule le vrai en dessous. Cependant, étant donné qu'il veut aller contre la révolution, il ne peut pas dissimuler complètement son vrai visage. Il y a toujours un moment où le masque tombe. Si nous sommes sérieux, une fois démasqué nous ne le lâcherons plus, pour le faire chuter de la scène politique. »

Rouge Mei dit :

« Tsé-toung, il faut attraper la paire pour dévoiler un adultère, il faudrait au moins que quelqu'un nous fournisse un témoignage écrit. »

Un sourire fendit mon visage, je pris les mains de Rouge Mei par-dessus la table.

« Foutre sa maman ! Demain, va emprunter dix *kuai* à la comptabilité de la brigade, comme le disait Yang Zirong : "Comment capturer ses petits, si on n'entre pas dans la tanière du tigre ?" Toi et moi, on va faire un tour dans le pays natal du maire, à la Vallée des Wang, s'il faut l'acheter, on achètera le témoignage. »

Mon principe de vie était d'être un géant qui agit, non pas un nain qui parle. Parler sans agir, c'est parler dans le vide, ce n'est que dans l'action qu'un plan cesse d'être un plan tiré sur la comète, un bout de papier vide, qu'il devient une étape et une stratégie de l'action. Ce n'est qu'en empoignant férocement la révolution, en prenant l'initiative de mener la lutte, la lutte, la lutte et encore la lutte, que la mélancolie et le découragement de Rouge Mei pourraient être complètement guéris, et que nous pourrions faire chuter l'ennemi.

Le lendemain, nous partîmes donc pour la Vallée des Wang, au fin fond des monts Balou, afin de mettre en œuvre une plus profonde et plus vaste lutte des classes.

10

LA GRANDE VICTOIRE

Prendre l'ennemi à revers (1)

♫ ~ *Nous pre-nons l'ennemi à revers ! Nous a-né-antissons tous les Japs* ~ ♫

DANS UNE SOCIÉTÉ DE CLASSES, LA RÉVOLUTION ET LA LUTTE RÉVOLUTIONNAIRE SONT INÉVITABLES. SI ON ABANDONNE LA LUTTE ET LA RÉVOLUTION, ON NE PEUT ACCOMPLIR LE BOND DU DÉVELOPPEMENT SOCIAL, ON NE PEUT RENVERSER LA CLASSE DIRIGEANTE RÉACTIONNAIRE POUR DONNER AU PEUPLE LE POUVOIR.

LA RÉVOLUTION EST LA RÉVOLUTION DES MASSES, C'EST SEULEMENT EN AGITANT LES MASSES QUE L'ON PEUT MENER LA RÉVOLUTION, C'EST SEULEMENT EN S'APPUYANT SUR LES MASSES QU'ON PEUT MENER LA RÉVOLUTION.

(– Rouge Mei, tu as pris assez d'argent ?

— Oui, cinquante *kuai*, c'est assez pour acheter une maison, et y poser des tuiles en plus.

— Cette fois, nous sommes dos au mur, toi et moi. Ce n'est pas un mais plusieurs témoignages contre le maire Wang qu'il faut.

— C'est que c'est loin ! Je ne sais pas si les gens de la Vallée des Wang seront d'accord pour dénoncer le maire.

— Ne t'en fais donc pas, je ne peux pas croire qu'un homme n'ait jamais commis d'erreur dans sa vie, qu'il n'ait jamais offensé quelqu'un. Avec de l'argent, on ne craint rien pour agiter les masses.)

QUELLE EST LA VÉRITABLE FORTERESSE AUX MURS D'ACIER ? CE SONT LES MASSES. CE SONT LES MASSES, LES CENTAINES DE MILLIERS DE GENS QUI SUPPORTENT VÉRITABLEMENT LA RÉVOLUTION. ILS SONT LA VÉRITABLE FORTERESSE AUX MURS D'ACIER, AUCUNE FORCE NE PEUT L'ABATTRE, AUCUNE. LES CONTRE-RÉVOLUTIONNAIRES NE PEUVENT PAS NOUS ABATTRE, MAIS NOUS, NOUS POUVONS ABATTRE LES CONTRE-RÉVOLUTIONNAIRES. LE PEUPLE RÉUNI AUTOUR D'UN LEADER RÉVOLUTIONNAIRE PLUS ÉVEILLÉ QUE LES AUTRES LANCE LA GRANDIOSE RÉVOLUTION, ET NOUS POUVONS ALORS NOUS EMPARER DU POUVOIR POLITIQUE ET DE LA VICTOIRE.

LA RÉVOLUTION DE LA CHINE, EN RÉALITÉ, EST UNE RÉVOLUTION PAYSANNE.

C'est pourquoi la lutte révolutionnaire mise en œuvre sur le long terme ne peut absolument pas ignorer le point de vue selon lequel les zones paysannes reculées forment la base révolutionnaire. Dans ces conditions spécifiques, plus le village paysan est reculé, plus le peuple paysan est facile à mobiliser, c'est la spécificité et l'avantage des villages paysans et de la paysannerie en Chine ; mais négliger le point de vue selon lequel les paysans font un dur labeur ne serait pas correct non plus, on risquerait de le payer cher, très cher.

Depuis 1927 jusqu'à aujourd'hui, tout notre travail se concentre sur les campagnes, nous réunissons nos forces dans les campagnes, nous utilisons les campagnes pour encercler les villes (le bourg), *pour finalement nous emparer de la ville* (de son pouvoir politique).

(— Tsé-toung, j'ai mal aux jambes et j'ai soif.

— Je vais te chercher de l'eau, attends-moi.

— Porte-moi sur ton dos, il n'y a personne dans le coin.

— Que je te porte sur mon dos ? Est-ce que Jiang Qing aurait osé demander au Président Mao qu'il la porte sur son dos ? Est-ce que Ye Qun aurait osé demander à Lin Biao qu'il la porte sur son dos ?

— Fais-moi un bisou alors.

— Il y a longtemps que tu ne m'as pas demandé de te faire un bisou, j'ai l'impression que ta maolancolie va mieux.

— Monsieur le maire, tu piques.

— J'ai laissé un peu pousser, au cas où je tomberais sur Zhao Xiuyu, comme ça, elle ne me reconnaîtra pas, on ne s'est rencontrés qu'une ou deux fois.)

(– Je n'arrive pas à croire que leur rendement ait atteint les 250 kilos là-bas, ils doivent avoir bourré le sol d'engrais, non ?

— La terre est grasse à la campagne, s'ils sèment bien, ce n'est pas impossible.)

(— Qu'est-ce que ce serait bien si on pouvait mobiliser Zhao Xiuyu, il n'y aurait plus aucun souci pour renverser complètement le maire.

— La nuit dernière, j'ai rêvé qu'un poing abattait un arbre, un autre poing faisait un trou dans la cour de derrière du temple des Cheng : aujourd'hui nous allons à la Vallée des Wang, j'ai le pressentiment que ce sera un succès imminent, un succès complet. Tu n'as pas rêvé de moi ?

— Et toi, tu as rêvé de moi ?

— J'ai rêvé que nous le faisions sur la table en orme du QG, et *crac*, les pieds cassaient.

— Ciel ! Rouge Mei, moi aussi la nuit dernière j'ai rêvé que nous le faisions sur cette table ! J'y suis allé fort, et toi tu as poussé un cri, du sang est sorti d'entre tes jambes, les pieds de la table ont fait *criiic-criiic* et se sont cassés, et nous sommes tombés de la table.

— Tu as vraiment rêvé de sang ?

— Oui, entre tes jambes, le sang coulait comme une rivière.

— C'est bon signe, Tsé-toung, rêver de sang c'est le présage d'un succès imminent.)

Notre stratégie est : un contre dix ; notre tactique : dix contre un ; tel est l'un des principes fondamentaux pour soumettre l'ennemi.

Notre tactique est une tactique de guérilla, dont les points importants sont : « Diviser ses forces pour mobiliser les masses, les rassembler pour s'occuper de l'ennemi » ; « Quand l'ennemi avance, je recule, quand il s'arrête, je le harcèle, quand il est fatigué, je le frappe, quand il se retire, je le poursuis » ; « Dans une zone séparatiste fixée, optez pour la tactique d'une avancée par vagues ; quand un ennemi puissant vous poursuit, optez pour la tactique de tourner en cercle » ; « Temps très court, très bonne méthode, mobiliser de très grandes masses » ; « Cette tactique militaire est une pêche au filet, il faut la déployer à tout moment, la replier à tout moment. La déployer pour gagner les masses, la refermer sur l'ennemi ».

Nos principes révolutionnaires étaient :

1. D'abord frapper l'ennemi faible qui se trouve devant soi, ensuite l'ennemi puissant qui s'est regroupé.

2. D'abord s'emparer du pouvoir des secteurs clés, ensuite s'emparer du pouvoir des secteurs secondaires. Etre non seulement celui qui supervise la mise en application de la politique, mais en dernière instance celui qui formule les mesures politiques, celui qui formule les orientations politiques, celui qui formule la ligne politique.

3. Avoir pour objectif la destruction totale des forces vives de l'ennemi, et non de garder ou de prendre les villes et les places. Garder ou prendre les villes et les places, c'est le résultat de la destruction totale des forces vives de l'ennemi, c'est le résultat de la capacité à formuler l'orientation, la ligne et les mesures politiques et à garantir leur application, il faut atteindre ce type de résultat, et ce n'est qu'en s'y prenant à plusieurs reprises qu'on peut le réaliser.

4. L'objectif de la destruction totale de l'ennemi est la préservation de soi-même. Si l'on n'est pas d'abord capable de se préserver soi-même, alors il ne faut pas parler de détruire l'ennemi. Si l'on n'est pas capable de consolider son pouvoir actuel, alors il ne faut pas parler de s'emparer d'un nouveau pouvoir.

5. Le moyen de la consolidation est souvent la prise par la force, sans prise par la force, il est difficile de parler de consolidation. *Un artisan qui veut faire un bel ouvrage commence par aiguiser ses outils.*

6. Ne pas s'engager dans un combat sans préparation, ne pas s'engager dans un combat sans être sûr de soi, chaque combat exige de tout faire pour se préparer, de tout faire pour que, dans les conditions d'une

confrontation avec l'ennemi, la victoire soit assurée.

7. Dans chaque combat, il faut rassembler ses forces, son intelligence, son éloquence, c'est de cette manière seulement que l'on peut s'emparer du pouvoir. On ne peut pas prendre d'un coup la tête du pouvoir, il faut prêter attention à ses deux ailes, à ses points vitaux, s'efforcer d'éviter la précipitation et de livrer ainsi des combats inutiles, ou une guerre d'usure où les pertes et les gains sont égaux. Celui qui s'empare du pouvoir mène toujours une guerre offensive, pour celui à qui l'on prend le pouvoir, il s'agit d'une guerre défensive, il faut remarquer que dans toute guerre la défense est plus facile que l'attaque, c'est pourquoi nous devons avoir l'intelligence de vaincre en infériorité numérique, l'intelligence de prendre le dessus en ayant le dessous, l'intelligence de saper un grand pouvoir avec un petit pouvoir, l'intelligence d'être sans pouvoir et d'abattre ce qui a le pouvoir. Fondamentalement, nous menons une guerre d'usure, une guerre psychologique, une guérilla, une guerre de l'intelligence, une guerre de harcèlement, une guerre de tunnels, une guerre de mines. En somme, c'est une révolution populaire dans le style de la guerre prolétarienne, une Révolution Culturelle prolétarienne dans le style de la guerre du peuple.

8. Exalter le courage au combat, ne pas craindre le sacrifice ni la fatigue, mener une guerre continue. Etre déterminé, balayer les obstacles, arracher la victoire.

9. Quand on veut s'emparer du pouvoir pour la révolution, pour le peuple, pour la classe des travailleurs, c'est-à-dire les masses prolétariennes, tous les moyens sont bons, c'est pourquoi il n'est pas nécessaire de trop réfléchir sur la forme ou les méthodes. Parfois, les

moyens que nous employons ne sont pas très nets, autrement dit, ils ne suscitent pas l'admiration, mais pourvu que nous atteignions notre but, nous n'avons pas à nous en soucier, parce que c'est pour le peuple que nous prenons le pouvoir, l'objectif de la prise du pouvoir est de servir le peuple, donc le peuple nous pardonnera, il nous comprendra, et lorsqu'il profitera des bénéfices de la prise du pouvoir, il admirera grandement nos moyens et nos méthodes de prise du pouvoir.

10. Notre principe fondamental est : prendre le pouvoir, prendre le pouvoir ; servir le peuple, servir le peuple ; s'emparer du pouvoir à tous les échelons, s'emparer du pouvoir à tous les échelons.

La loi de la révolution : c'est une question qu'aucune personne qui mène, qui guide la révolution ne peut se permettre de ne pas étudier, de ne pas résoudre.

La loi de la révolution des masses : c'est une question qu'aucune personne qui mène, qui guide la révolution ne peut se permettre de ne pas étudier, de ne pas résoudre.

La loi de la révolution des masses en Chine : c'est une question qu'aucune personne qui mène, qui guide la révolution ne peut se permettre de ne pas étudier, de ne pas résoudre.

La loi de la révolution des masses en Chine du Nord : elle est complètement différente de la loi de la révolution des masses dans les bases révolutionnaires de la Chine du Sud, elle est déterminée par la politique, la culture, la géographie et l'environnement des régions septentrionales. Celui qui mène la révolution des masses dans le Nord ne peut se permettre de ne pas réfléchir à ce point et, à partir de là, de ne pas le résoudre.

La loi de la révolution des masses en Chine du Nord à l'ouest du Henan dans les monts Balou : elle est complètement différente de la loi de la révolution des zones montagneuses du Nord et des zones montagneuses de l'ouest du Henan, elle est déterminée par l'histoire des monts Balou, leur politique, leur culture, leur environnement géographique particulier et leurs conditions de vie, celui qui participe à la révolution des masses dans les monts Balou, qui la provoque, la dirige et la guide se doit de méditer sur ce point, de faire des recherches sur ce point, de résoudre ainsi tous les problèmes et contradictions qui en découlent.

(— Tsé-toung, on est arrivés ou pas ?
— Oh… bientôt, ce doit être ce village, là devant.)

La révolution dans laquelle nous étions engagés à présent était une révolution sans précédent. Notre révolution était la révolution d'une terre particulière, les monts Balou, c'est pourquoi nous devions non seulement étudier les lois générales de la révolution, mais aussi étudier les lois particulières de la révolution, et étudier les lois encore plus particulières de la révolution des masses en Chine du Nord à l'ouest du Henan dans les monts Balou.

Tout le monde comprend que pour n'importe quelle chose que l'on fait, si l'on n'en comprend pas les données, ni la nature, ni les rapports avec les autres choses, alors on ne connaîtra pas les lois de cette chose, et on ne saura pas comment la faire, ni comment bien la faire.

Gao Tsé-toung était un authentique habitant des

monts Balou, il avait été un brillant élève à l'école, un excellent soldat à l'armée, le meilleur chef d'escouade de toute sa compagnie. A l'époque où il était d'active, il composa des poèmes dont certains vers circulent encore aujourd'hui parmi les hommes de troupe, et soyons sûrs que dans dix ans, après sa mort, ils seront encore sur toutes les lèvres, à l'égal des vers de Li Po : *Le clair de lune au pied du lit, est-ce du givre sur le sol ?* Un poème qu'il avait écrit disait : « Soldat de la révolution tu es brique, là où on a besoin de toi tu t'imbriques, soldat de la révolution tu es motte, là où on a besoin de toi tu rempotes, soldat de la révolution tu es torchis, là où l'on a besoin de toi tu bâtis. » Les vers les plus en vogue étaient les deux premiers. Il y avait aussi ce slogan : CONSIDÉRER SA VILLE DE GARNISON COMME SA TERRE NATALE, CONSIDÉRER LE PEUPLE COMME SES PROPRES PARENTS. Tous ces mots étaient nés sous sa plume. Ses écrits enthousiasmants furent plusieurs fois publiés dans le *Journal de l'Armée populaire de Libération* et le *Journal du Génie*. Durant les années suivant sa démobilisation où il conduisit la révolution rurale, les journaux de la province et de la région le sollicitèrent parfois pour des contributions. Cultivé, érudit, doué d'une mémoire prodigieuse, éloquent, il était homme d'action, sans peur du sacrifice, courageux et rusé, des monts Balou c'était lui qui connaissait le mieux les gens et les choses, les montagnes et les rivières, les herbes et les arbres, les oiseaux et les bêtes, les hommes et les femmes, les jeunes et les vieux, le sable et la terre, les insectes et les cigales, les cochons et les chiens, le sexe et l'amour, l'automne et le printemps, les feuilles des arbres et les chemins, le dialecte et la dialectique, la politique et les bœufs de trait, les pauvres et les riches, les mariages et les enterrements, la jouissance et les femmes, les salopards-saligauds et les printemps-automnes, la météo et les maisons, les chastes et les garces, la grandeur et les hommes, la révolution et la faim, le bonheur et les récoltes, ainsi que les rosées froides et le solstice d'hiver, le succès et le pouvoir, la vénération et les corbeaux, les monstres venimeux hostiles au Président Mao et les cinq espèces noires, les masses populaires et les petits et moyens paysans, la classe prolétaire et les outils du labour. Des astres au-dessus des monts Balou aux bouses au pied des monts Balou, rien qu'il n'ignorât, rien qui ne lui fût familier. Comment alors aurait-il pu ne pas connaître un triomphe immédiat en arrivant dans la Vallée des Wang ? Comment alors aurait-il pu ne pas devenir la nouvelle étoile montante de la révolution et du pouvoir dans les monts Balou ?

♫ ~ *Nous prenons l'ennemi à revers, nous anéantissons tous les Japs.*

Je me ferais démembrer pour déposer l'empereur. ~ ♫

Prendre l'ennemi à revers (2)

En fait, maintenant que je me remémore le passé, je vous révèle là une grande loi que vous n'auriez jamais pu découvrir : c'est que la chose la plus compliquée du monde est souvent la plus simple, et que la chose la plus simple est souvent la plus compliquée. C'est précisément parce que la révolution passe par de si extraordinaires tours et détours, qu'elle est complexe et simple, que le révolutionnaire connaît en elle la ferveur et la joie, qu'il peut se jeter à corps perdu dans les flots révolutionnaires.

Etait-il compliqué de guérir la mélancolie de Rouge Mei ?

Etait-il compliqué de renverser le maire Wang ?

Etait-ce une affaire simple que de s'asseoir sur le trône du maire ?

Etait-ce une bricole que de prouver à partir de soupçons la relation entre le maire Wang et la secrétaire de cellule Zhao Xiuyu qui était du même pays que lui ?

Quelle différence y avait-il entre vouloir atteindre tous ces buts et construire à partir de zéro ?

Pourtant j'y parvins.

J'atteignis facilement mon objectif, et non seulement je renversai le maire, mais je l'envoyai aussi en prison, condamné comme élément contre-révolutionnaire, il en prit pour vingt ans. Et la facilité inattendue de cette affaire nous fit vraiment sentir, à moi et Rouge Mei, la puissance magique et exaltante de la révolution, qui fit sortir Rouge Mei de l'ombre portée de la mort de Qingdong et la fit revenir sur la scène ensoleillée de la lutte. Nous comprîmes les raisons profondes pour lesquelles durant ces années-là, même les aveugles, les boiteux, les idiots, les parias voulaient faire la révolution et pouvaient faire la révolution, tout le monde voulait devenir révolutionnaire et pouvait devenir révolutionnaire.

Moi et Rouge Mei arrivâmes à la brigade de production de la Vallée des Wang au moment où le soleil était près de basculer derrière la montagne à l'ouest. C'était la première fois que nous nous enfoncions aussi loin dans les monts Balou, nous avions effectué la trentaine de kilomètres moitié à pied, moitié en charrette et en charrue, outre qu'en chemin nous avions bavardé gaiement, l'excitation montant en nous, profitant qu'il n'y avait pas âme qui vive alentour, par deux fois nous nous étions déshabillés pour le faire sur le côté de la route (enfin, elle avait retrouvé toute son ardeur de naguère, elle poussait des oh ! et des ah ! inconsidérément). Quand nous arrivâmes au village de la Vallée des Wang, j'étais si fatigué que je voyais des étoiles, mes jambes étaient moulues, je mourais d'envie d'aller boire un bol d'eau fraîche dans une maison, m'allonger et dormir. Le village de la Vallée des Wang, sis à flanc de montagne, existait déjà avant la création de la brigade de production, celle-ci y avait son QG, mais la secrétaire de cellule Zhao habitait au Marais des Zhao, à quelques kilomètres de là, séparé par deux ponts et un ravin. Pour être rendus, il nous restait un kilomètre et demi sur un chemin muletier étroit et tortueux. Nous marchions sur ce petit boyau qui longeait un ravin sinueux, sur le versant de la montagne certains blés déjà délivrés du froid hivernal s'épanouissaient verdoyants, d'autres avaient encore l'aspect épars et ras des semis avant le début de l'hiver, sur les terres au loin, en hauteur, certains faisaient un moelleux tapis d'herbes sombres comme d'épais nuages, d'autres mêlaient leurs variétés, paraissaient jaunes, paraissaient rouges, tantôt bruns, tantôt pourpres, comme si la montagne était un immense tapis ou un immense drap composé de vivants motifs changeants. Il n'y avait personne sur les hauteurs et sur le chemin, seules deux chèvres sauvages broutaient suspendues au bord du précipice, une rance odeur de terre s'envolant depuis les champs, tiède et resplendissante, prenait d'évanescents accents dorés qui s'enroulaient et se déroulaient sous nos narines. Les fumées des cheminées s'élevaient au-dessus du village et se teignaient, sous le soleil oblique du sud-ouest, d'un beau rouge, d'un rouge splendide, fils de soie soulevés par le vent, qui flottaient et dansaient dans les airs (♫ ~ *Il y aaaaaaaaaa des années au-delà de cette diiiiiiigue c'étaient des sables désolés / Ce soooooont nos mains qui en ont fait des chaaaaamps cultivés / Loooongue, looooooongue bataille contre la neige de l'hiver, les gelées du printemps / qui seule a fait de ce désert un haaaaaaavre fertile / Pour cultiver le sol cooooooombien de sang et de sueur versés / Pour cultiver le sol cooooooooombien d'étés et d'hivers passés / La production augmente d'année en année sur la teeeeerre fertile / Cent fleurs écloooooooosent dans le jardin au printemps* ~ ♫) Ce jour-là, Rouge Mei portait un grand pull en laine rouge que je lui avais acheté sur les fonds de la brigade de production et une chemise à quatre boutons à col rabattu, tout en marchant elle s'éventait le visage avec son pan de chemise, puis elle s'arrêta en continuant à s'éventer.

Soudain, un lièvre bondit du champ à côté de nous, il était jaune et blanc, il se risqua sur le bord du chemin pour nous regarder, sans bouger, de ses yeux de flamme. Rouge Mei leva la main vers lui, il se sauva en quelques bonds dans le champ, puis se retourna pour nous regarder à nouveau.

Rouge Mei cria : « Tsé-toung, vite, regarde ! »

O lièvre grandiose, était-il un esprit ? Devinez un peu ce qu'il me fit voir ! A l'endroit de son terrier, je vis, dans le champ bien carré d'environ cent cinquante ares, que la moitié des pousses de blé étaient hautes d'environ une dizaine de centimètres, déjà bien droites, sombres et brillantes, tandis que sur l'autre moitié elles étaient hautes de trois pouces, d'un vert tirant sur le jaune ; mais si vous vous approchiez du bord pour mieux regarder, vous découvriez une parcelle du champ où le blé venait tout juste de germer, comme s'il n'était pas encore éveillé de son sommeil hivernal. Je trouvai ça bizarre, dans un même champ le blé en était à trois étapes de maturité et trois couleurs différentes. En examinant de plus près, je vis qu'à l'endroit où les blés étaient hauts de cinq pouces, la glèbe était fine et éparpillée, là où ils étaient de trois pouces, elle était haute et dure, là où ils étaient encore en hibernation, on aurait dit qu'on venait tout juste de labourer (toute chose que l'on rencontre doit être analysée avec minutie, pour en chercher les causes et les conséquences, pour saisir la contradiction principale ou l'indice principal de la contradiction principale, ce n'est que de cette manière que l'on pourra appréhender la contradiction, la résoudre, et faire du bon boulot). Etait-il possible que ce ne fût pas un champ ? Ah ! mais c'était pourtant bien un champ, de grandes levées de terre entouraient nettement les quatre côtés de ce champ où il y avait trois sortes de blé en herbe. Pourquoi trois sortes de blé dans un même champ, hein ? Pourquoi, pourquoi, POURQUOI ?

Rouge Mei cria : « Tsé-toung, t'as vu le lièvre ? »

(O grandiose lièvre !) J'avançai encore de quelques pas, parvins à un endroit qui faisait un triangle, et là encore, je découvris trois sortes de blés en herbe, certains tout juste sortis de terre, d'autres déjà bien verdoyants.

(Sans découverte, pas de création ; sans création, la société fait du surplace, elle ne pourra jamais progresser.)

Rouge Mei cria : « Tsé-toung, ben où tu vas ? »

Je dis : « Je vais faire pipi. »

« Et tu vas aussi loin pour faire pipi ? Tu as peur de moi, c'est ça ? Si tu as peur, ne couche pas avec moi cette nuit. »

J'arrivai à la lisière d'une parcelle où il y avait plusieurs sortes de blés en herbe, du pied je tâtai les endroits où la glèbe et la couleur du blé étaient différentes. Au moment où je tâtais la deuxième parcelle, la grandiose découverte craqua *crac !* sous mon pied, elle sortit de terre comme une maison sort de terre : je vis, enterré à quelques pouces de profondeur, un bâtonnet. Je me penchai pour l'arracher, un nom était écrit dessus : Wang Baomin. J'allai jusqu'à la lisière d'une autre parcelle où les blés avaient des teintes différentes, j'y déterrai un autre bâtonnet, sur lequel était inscrit Wang Dashun.

Je déterrai à la suite sur ce versant de la montagne six bâtonnets et panneaux en bois, sur chacun desquels était inscrit un nom. A cet instant, une détonation se produi sit dans mon cerveau, un rayon de soleil passant par la lucarne l'éclaira, tel l'étendard rouge planté sur la forteresse ennemie tout juste prise, le clairon qui résonne au sommet de la montagne, le faisceau de lumière d'un phare sur le vaste océan. Rouge Mei vint, intriguée, se poster à côté de moi : « Qu'est-ce que tu fais ? » Je lui fourrai un bâtonnet dans la main et me dirigeai vers un autre endroit pour creuser, afin de confirmer mon étourdissant pressentiment, ma bouleversante découverte. Pendant un instant, Rouge Mei regarda avec étonnement le bout de bois, puis soudain elle comprit, elle le jeta et, tout excitée, vint m'aider à creuser. Nous déterrâmes un nouveau bâtonnet sur lequel un nom était inscrit.

Chiens fous en quête de nourriture, poulets affamés grattant la terre, nous creusâmes pour déterrer encore quatre bâtonnets.

Enfin, nous en déterrâmes un, court et mince. La stupeur nous saisit en lisant le nom, le saisissement figea nos visages, agenouillés par terre, moi et Rouge Mei tenions à quatre mains ce bâtonnet tout simple, tremblants et frissonnants comme si nous avions tenu un bout de fer chauffé à blanc, le souffle coupé par l'émotion.

Le nom écrit sur ce bâtonnet était celui du maire : Wang Zhenhai.

En cet instant, depuis le sentier nous parvinrent les bruits pâteux et lents des sabots d'un bœuf, ainsi que des bruits de pas. En relevant la tête, nous aperçûmes un vieil homme qui portait sur son dos une vieille charrue et reconduisait son bœuf roux au pied de la montagne. Nous ne prononçâmes pas un mot, Rouge Mei me jeta un coup d'œil, soudain je m'avançai pour la prendre dans mes bras et, la serrant contre moi, je roulai au bas de la levée de terre (♫ ~ *guerre de mines hey ! guerre de mines* ~ ♫) et comme sous un feu roulant nous dévalâmes ce talus d'environ un mètre, je la tenais serrée contre moi, immobile. Les bouts de nos langues, dardées comme des serpents, engagèrent la bataille, tantôt j'attaquais sa bouche, tantôt elle contre-attaquait en investissant la mienne. J'aspirai sa douce salive parfumée, l'avalai, elle exigea que je la lui rende, comme si elle avait souffert une perte, je n'eus alors d'autre choix que de lui redonner le double avec la mienne, que je convoyai à l'aide de ma langue. Les bruits de pas et de sabots se rapprochèrent, passèrent devant le champ en projetant des débris de pierre et des bouts d'argile sur nos têtes et notre passion, de sorte que nous n'osions pas respirer trop fort, ni parler ou bouger à la légère, réduits à célébrer avec nos deux bouts de langues notre grandiose découverte, notre brillant succès annoncé en ce début de guerre, notre victoire sans pareille. Les sabots frappaient le petit sentier herbeux avec le bruit d'une branche creuse de paulownia frappant l'argile, doux et paisible, tranquille et assuré ; le pas du vieil homme était placide et bon comme celui de son bœuf. Mais ces bruits s'étaient éloignés depuis longtemps que Rouge Mei et moi retenions encore notre souffle sans oser bouger. Je gardai ainsi captive, légèrement serrée entre mes dents, sa langue vive et agile pour qu'elle dorme dans ma bouche tel un serpent au sommeil profond. Je restai ainsi couché sur son corps tout en souplesse, laissant passer le vieux bonhomme et son bœuf au-dessus de nous, il entra dans la Vallée des Wang au soleil couchant, je libérai alors le bout de la langue de Rouge Mei pour qu'il retourne dans son antre. Nous poussâmes un long soupir, tenant à la main le bâtonnet sur lequel était inscrit le nom du maire, nous nous blottîmes l'un contre l'autre sous la butte.

Elle dit : « Les gens d'ici osent partager la terre entre chaque famille et chaque foyer. »

Je dis : « La restauration du capitalisme dont parle le Président Mao n'est vraiment pas une menace en l'air. »

Elle dit : « Voilà pourquoi Zhao Xiuyu a dit qu'ils étaient loin des yeux du pouvoir dans leurs montagnes. »

Je dis : « Sans le maire Wang à ses côtés, aurait-elle osé ? »

Elle dit : « C'est bien plus grave que leurs histoires sexuelles. »

Je dis : « Rassemble tous ces bâtonnets et ces panneaux. Encore quelques autres, et ce seront autant de preuves du soutien du maire Wang. Celui qui n'osera pas demander à Wang Zhenhai de dégager de son poste de maire devra lui aussi dégager de son poste. »

Le soleil disparut derrière la chaîne montagneuse dans une rumeur chuchotante, une rumeur de soleil couchant sur la cime à l'ouest que seuls furent en mesure d'entendre les habitants de ces hauteurs et les dieux des campagnes tels que moi.

Prendre l'ennemi à revers (3)

Nous passâmes la nuit dans la petite cour d'une maison de trois pièces au toit de tuiles, parce que Rouge Mei craignait les poux et les puces. Dans cette famille, on avait accueilli une nouvelle mariée juste avant la nouvelle année, les sentences parallèles de chaque côté du portail et de la porte de la chambre nuptiale n'étaient pas encore décolorées, il ne manquait pas de traits aux caractères. Quand nous avions pénétré dans le village, en nous voyant les gens avaient ouvert de grands yeux stupéfaits. Nous avions également découvert que l'on coulait ici des jours vraiment paradisiaques : ceux qui dînaient tôt avaient apporté leur bol au seuil de leur porte et tenaient aussi à la main, à notre étonnement, une galette frite ou un pain cuit à la vapeur. (Putain de ses aïeuls ! Dans le bourg de la Colline des Cheng, il n'y avait qu'au Nouvel An que chaque foyer y avait droit, et eux, c'était tous les jours, c'était pas du capitalisme, ça ?) Ils nous regardaient, moi et Rouge Mei (surtout Rouge Mei), comme deux êtres tombés du ciel. Regardaient sa peau très blanche, ses cheveux d'un noir brillant, son long cou et sous son long cou le pull rouge, sa tendre blancheur mise en valeur par le col retourné de la chemise, et aussi son véritable pantalon comme aucun paysan n'en avait jamais porté (pour la plupart ils portaient encore une culotte à fond large et aux jambes minces, les hommes repliaient le fond et le nouaient à la taille avec une bande de tissu, les femmes découpaient un trou à la taille du côté de la hanche droite ou gauche, il n'y avait pas de devant ni de derrière, et la plupart l'attachaient avec une ceinture rouge). Les femmes et les jeunes filles regardaient Rouge Mei avec des yeux brillants (elles me regardaient aussi moi), les hommes et les jeunes gars en voyant Rouge Mei détournaient le regard pour le porter sur moi. A la fin, ils s'arrêtèrent de manger, les bols, les baguettes, les pains et les galettes figés entre leurs mains.

Nous déclarâmes être des cadres de l'ES (Education socialiste) envoyés par le district dans les campagnes, nous devions rentrer pour une réunion urgente, et comme la nuit tombait nous aurions souhaité dormir ici. Un homme d'âge mûr (je sus plus tard qu'il s'appelait Li Lin, il était le chef de l'équipe de production) posa son bol sur une pierre et dit :

« Eh bien, allez donc chez Qiao Degui, son fiston s'est marié le mois dernier, la chambre, le lit et les draps sont tout neufs. »

(O simplicité, cordialité des sentiments prolétaires !)

Nous fûmes ainsi menés chez Qiao Degui. A peine le portail franchi, nous vîmes dans cette cour de cent quatre-vingt-dix mètres carrés un bœuf roux attaché à un jujubier, une vieille charrue suspendue à l'auvent, et le vieil homme venant nous accueillir était celui-là même que nous avions vu au crépuscule. (Rouge Mei me jeta un coup d'œil paniqué, je la dévisageai durement et elle m'imita aussitôt en faisant comme si de rien n'était. Harmonie du couple, l'homme entonne, la femme suit.) Le vieux Degui nous invita à entrer, il demanda à sa bru d'aller à la cuisine nous préparer des galettes aux oignons et une soupe à la farine de blé et aux œufs, il demanda à son fiston d'aller ranger et balayer la chambre nuptiale. Afin d'empêcher le chef de l'équipe de production, Li Lin, d'envoyer quelqu'un au Marais des Zhao pour informer la secrétaire de cellule qu'il y avait des cadres de l'ES du district à la Vallée des Wang, nous lui parlâmes sans nous arrêter, de tout, de rien, des affaires domestiques. Il nous accompagna jusqu'à la fin du repas et c'est le fiston du vieux Degui qui ramena son bol chez lui.

La lune se leva. Le repas prit fin. Nous étions tous assis là, un peu gênés. Rouge Mei apprenait à la jeune mariée comment tricoter un pull avec de la grosse laine et du mauvais fil (ma sage Rouge Mei, mon cœur, ma chair, ma femme et compagne révolutionnaire idéale !). Je sortis deux *kuai* pour les mettre dans la main du vieux Degui, en disant que c'était l'argent du repas, les frais de bouche que nous, cadres de l'ES envoyés dans les campagnes, nous devions acquitter aux pauvres et aux petits paysans.

Un peu fâché, il me rendit l'argent.

« Combien de fois dans votre vie pourrez-vous venir dans les monts Balou ? »

Je lui tendis à nouveau l'argent.

« Même si ce n'est qu'une seule fois, je dois payer. C'est le règlement de l'organisation, c'est la coutume dans les organisations du Parti. »

Le vieux Degui dit : « Quel règlement ? Vous, les gens du Parti, quand vous mangez chez les pauvres et les petits paysans, c'est comme si vous mangiez chez vous, où est-ce qu'on a vu qu'on paie le repas chez soi ? »

Rouge Mei, à côté, vint à la rescousse (mon âme ma chair, ô brillante accompagnatrice !).

« Acceptez, monsieur Qiao, sinon il faudra que nous fassions notre autocritique en réunion quand nous rentrerons au district. »

Je m'empressai d'ajouter : « *Trois grandes règles, huit points d'attention* : tout a une règle, elles ont toutes été fixées par le Président Mao. »

Le vieil homme tenait l'argent, assez embarrassé.

Li Lin était en train de fumer une pipe après le repas, frappant le fourneau contre sa semelle, il prononça le mot de la fin :

« Faisons comme ça, vous payez deux *mao* chacun, Degui, tu prends les quatre *mao*, ainsi les deux cadres auront payé leur repas, personne n'aura enfreint le règlement. J'ai entendu Zhenhai dire qu'il devait lui aussi payer ses repas aux paysans quand il allait dans les campagnes. »

On parlait de Wang Zhenhai. Enfin on parlait de Wang Zhenhai. La main de Rouge Mei, qui jouait les professeurs de couture auprès de la jeune mariée, *cling clang*, s'arrêta.

« Qui c'est, ce Zhenhai dont vous parlez ? »

Li Lin déclara : « C'est le maire Wang, le maire du bourg de la Colline des Cheng. »

Je pris un air un peu surpris : « Quoi, monsieur le maire Wang est d'ici ? »

Assez fiers, Li Lin et le vieux Degui déclarèrent d'une même voix : « Sa famille habite juste là derrière, c'est la troisième maison. »

Rouge Mei et moi, comme si nous avions rencontré une vieille connaissance en pays étranger, nous racontâmes à tour de rôle à quel point nous connaissions bien le maire Wang, combien nous l'admirions et le respections. J'expliquai que j'étais employé au bureau de l'organisation dans le district, je rédigeais et transmettais des notes spécialement pour le chef de district et le secrétaire du comité du Parti, ainsi que le texte des discours lors des grandes réunions. Nous racontâmes que Rouge Mei était correspondante au bureau de la propagande du comité du district, elle écrivait notamment pour les journaux de la préfecture et de la province, un peu comme une journaliste d'un journal de province qui habiterait le district ; nous leur apprîmes qu'elle avait déjà publié des articles élogieux dans le *Journal du Peuple*, l'un d'eux avait encensé le secrétaire d'une commune populaire, et à présent celui-ci était le plus jeune secrétaire adjoint du comité du district. A ce stade de la discussion, Li Lin le chef de l'équipe de production, Degui le vieux paysan pauvre et les jeunes époux ouvraient de grands yeux écarquillés sous la lampe à pétrole, aussi incrédules que si deux êtres surnaturels étaient soudain descendus du ciel dans leur Vallée des Wang.

Li Lin dit : « Bon sang, vous êtes proches du chef du district ? Bafouillez voir un p'tit mot à son oreille sur notre Zhenhai, c'est quelqu'un qui n'a que le peuple en tête ! »

(O comme tout cela ressemblait à de théâtrales répliques !)

Rouge Mei dit : « Je suis allée interviewer le maire Wang (une interview, c'est quand on s'assoit pour discuter avec quelqu'un), mais monsieur le maire n'est pas du genre à aimer les éloges, quand on l'interviewe, il dit seulement du bien des autres, pas un mot sur lui. »

Li Lin se tapa sur la cuisse : « Ah ça, je le connais. On a grandi ensemble, copains comme cochons, mais ensuite il est parti à l'armée, il a fait parler de lui, il est revenu et maintenant le voilà maire. Je le savais, depuis qu'il est petit, c'est quelqu'un à faire profiter les autres de ses avantages. »

Je dis : « C'est le type SANS ÉGOÏSME, TOUT DÉVOUEMENT. Il y a longtemps que le comité de district voudrait ériger un modèle dans ce genre là pour que les cadres le prennent en exemple, mais nous ne l'avons pas encore trouvé. »

Li Lin ralluma sa pipe: « Essayez de le suggérer au chef du district, pourquoi ne pas choisir un homme comme Zhenhai, il n'a pas une très grande culture, mais il porte le peuple dans son cœur. »

Rouge Mei, abandonnant aussitôt son ouvrage de grosse laine et de fils en désordre, prit un carnet et un stylo (mon cœur, mon amour, ma chair et mon âme) : « Dites m'en un peu plus sur ses réussites. »

La fumée que Li Lin était en train de souffler s'arrêta au bord de sa bouche, comme s'il voulait dire quelque chose, mais il la ravala, puis il jeta un coup d'œil à Degui et sa famille.

Un moment de silence.

Je dis : « Ne dites rien s'il y a quoi que ce soit de gênant, actuellement la situation est compliquée. Mais vous pouvez parler un peu des réussites du maire Wang pour les pauvres, les petits et moyens paysans, du moment qu'il l'a vraiment fait au service du peuple, au service des masses, qu'il s'est sincèrement mis au service du Parti et de la nation, même s'il a commis des erreurs, nous serons muets comme des tombes, seuls le chef du district et le secrétaire du comité le sauront, non seulement il ne fera pas l'objet de critiques, mais en privé il sera loué et promu. » Jetant un coup d'œil à Li Lin, je poursuivis, l'air un peu mystérieux : « Vous connaissez la raison principale de la nouvelle promotion du secrétaire adjoint du comité de district, Zhao Qing ? A l'origine, il était secrétaire de la commune populaire de Damiao, on dit que l'année dernière il a partagé les terres de la brigade de production entre chaque famille et chaque foyer, de sorte que leur rendement a atteint 270 kilos. »

(Dans le film *La guerre du tunnel*, l'agent secret déguisé en chef de la section d'assaut s'introduit dans le village des Gao et feint lui aussi de travailler avec les masses, mais il échoue, capturé par les nôtres, parce qu'il est un ennemi, il incarne l'injustice ; alors que nous, nous étions les révolutionnaires, et nous représentions la justice et le progrès.)

Rouge Mei dit : « Comment ça, 270 kilos ? C'était 267,5. »

Je dis : « Même 260, c'était le rendement le plus élevé du district. »

Rouge Mei dit : « L'important ce n'est pas la quantité, c'est l'audace de l'homme, partager la terre en secret. »

Je dis : « En effet. »

Les yeux de Li Lin brillaient, sa bouche s'entrouvrait, se refermait. Degui ne cessait de le regarder, comme pour le presser de dire quelque chose.

Li Lin dit : « Ils ont vraiment partagé la terre ? »

Je dis : « C'est une chose que nous, les cadres de l'ES, ne devrions pas dire, écoutez d'une oreille, laissez sortir par l'autre. »

Lin Li demanda : « Ils le savent au district ? »

Rouge Mei dit : « Le chef et le secrétaire le savent, mais ils gardent le secret. »

Lin Li demanda : « Ils ne l'ont pas mis en taule, le secrétaire de la commune ? Ils ne l'ont pas démis de ses fonctions ? »

Je dis : « Il l'a fait pour le peuple, et il a été promu secrétaire adjoint du comité de district. »

Le chef de l'équipe de production protesta fort contre l'injustice faite à Wang Zhenhai .

« Vous deux, vous n'êtes pas de ceux qui persécutent les autres (c'te blague), vous n'êtes pas de cette espèce de révolutionnaires (ah ! c'te blague), on va vous dire la vérité : au village ça fait cinq ans que la terre est divisée entre chaque foyer, c'est une mesure de Zhenhai. Il y a cinq ans, plusieurs personnes sont mortes de faim ici, dès qu'il est devenu maire du bourg, il a demandé à la secrétaire de cellule Zhao Xiuyu de répartir les champs entre chaque famille et chaque foyer, aujourd'hui, notre rendement annuel dépasse de plusieurs kilos celui dont vous parlez. »

♫ ~ *Depuis des jours nous avons récolté sur l'ennemi bien des informatiooooo-on-on-ons*

Par une analyse minutieuse dressé le plan de l'opération

La montagne du Tigre regorge de tunnels et de fortifications

Pour vaincre, il semble que la ruse soit la meilleure solutiooooo-on

Choisir un homme capable déguisé en brigand pour pénétrer leurs intentions

Pouvoir de l'intérieur renseigner l'extérieur, et écraaaaa-aaser leur bastion

Qui sera le meilleur pour assumer cette écrasante missioooon-on-on-on-on ?

Pour porter ce fardeau, Gao Tsé-toung et Xia Rouge Mei remplissent les conditions

Issus de la classe des paysans pauvres, ce sont des bon-on-on-on-on-s !

Depuis l'enfance souffrant mille tortures pour leurs convictions

Pleins d'une haine profonde, de leur ennemi vont chercher les preuves de l'abomination

Ils jurent qu'ils procéderont à son éradication

Cent batailles dans les révolutions, leurs familles brisées, bardés de distinctions

Nous avons foi en leur cœur rouge, rouge comme la flamme

Leur volonté ferme, ferme comme l'acier

C'est certain, ils vaincront ce vauuuuuuu-au-au-au -tour du nom de Waaaaaaaaaang ~ ♫

Encore une famille prospère, une rangée de maïs de l'automne dernier était suspendue sous l'avant-toit. Li Lin nous fit visiter, sous les auvents, une récolte miraculeuse de céréales, puis il nous mena jusqu'à une petite pièce, où nous vîmes plusieurs jarres de blé et de soja stockées par le propriétaire de la maison. Nous entrâmes, la chaude et sure odeur du grain faillit nous noyer comme sous une vague.

Cependant, je dis : « Vous avez assez de grains pour vous nourrir ? »

Le maître de maison rit : « On pourrait être battus à mort qu'on ne mangerait pas tout. »

Rouge Mei dit : « Vous autres préférez le partage individuel ou bien la collectivisation de la récolte ?

L'homme regarda le chef de l'équipe de production.

Celui-ci dit : « Tu peux parler, va, ils sont corrects, dis ce que tu as à dire. »

Le maître de maison dit : « C'est grâce au maire Wang. Bien sûr que c'est le partage individuel le mieux. »

Je dis : « Pour le maire Wang, accepterais-tu d'écrire quelque chose sur le partage des terres afin que nous l'emportions avec nous ? »

Le maître de maison dit : « Je voudrais bien, mais je ne sais pas écrire. »

Le chef de l'équipe de production regarda Rouge Mei : «Ecris, toi, il signera avec son doigt. »

Rouge Mei se mit donc à écrire.

Nous passâmes dans plusieurs maisons, barbotant plusieurs témoignages, enfin nous arrivâmes dans la famille du maire Wang. C'était une chaumière toute délabrée de trois pièces saturées d'odeurs de la pharmacopée traditionnelle. La mariée du maire Wang (les gens d'ici appellent « mariées » les épouses) avait, plus jeune, fait une chute en ramassant du bois, elle s'était rompu des vertèbres, depuis dix ans elle n'était pas sortie de son lit, elle était aussi maigre qu'une herbe sèche qui n'aurait pas vu la pluie depuis des années. Sa fille avait commencé à s'occuper d'elle dès l'âge de six ans, elle en avait seize aujourd'hui et dormait à ses pieds. Quand moi et Rouge Mei pénétrâmes dans cette maison pleine d'effluves médicinaux, nous échangeâmes un coup d'œil, en moi-même je pensai : « Monsieur le maire Wang, vraiment désolé pour toi, ta mariée et ta gosse, mais bon, une fois démis de tes fonctions tu pourras revenir t'occuper d'elles sérieusement. La révolution est cruelle, cruelle comme le couteau pour l'agneau, comme le grand pied pour le petit brin d'herbe. La révolution exige que nous le fassions, nous ne pouvons pas ne pas le faire, et c'est peut-être aussi par sincérité envers toi, envers ta mariée, envers ton enfant. »

Rouge Mei me glissa à l'oreille : « Laissons-leur un peu d'argent, même si le maire est mauvais, on ne va quand même pas punir toute la famille. »

Je dis : « Donne-leur carrément les cinquante *kuai*, disons que c'est par égard pour Wang Zhenhai, disons que c'est la mise en œuvre de notre humanisme révolutionnaire. »

Rouge Mei fourra les cinq billets de dix *kuai* sous l'oreiller de la femme du maire. Elle dit : « Ma chère, ces cinquante *kuai* c'est pour toi, pour t'acheter de quoi te nourrir un peu. »

La mariée du maire Wang se détourna pour regarder la crasse noire sur le mur, nous présentant ses cheveux déjà tout gris : « Oh, ma vie est un fardeau pour Zhenhai, il est cadre d'Etat et je ne lui laisse même pas de quoi se payer une cigarette. » Elle dit : « Je ne dépenserai plus l'argent de personne. Oh, je voudrais mourir. Voilà dix ans que je suis déjà morte dans ce lit. Si un jour je pouvais retourner voir ma famille, ma vie serait comblée, je ne serais plus un boulet pour personne, je pourrais vraiment mourir. »

Nous étions silencieux. Elle avait contaminé nos cœurs pleins de compassion révolutionnaire, notre tristesse était pareille à un papier de dazibao jeté dans la rue et dont l'encre coule sous la pluie. Me tournant vers le chef de l'équipe de production, je demandai : « De quelle commune est sa famille ? »

Il répondit : « Ils sont du bourg, ce sont des Cheng de la Colline des Cheng. »

Le ciel nous tombait sur la tête, à Rouge Mei et moi.

Le chef dit : « Vous connaissez bien les rejetons des Cheng de cette brigade de production ? »

Je m'empressai de dire : « Qui ne connaît pas la brigade de production de la Colline des Cheng à des kilomètres à la ronde ? Le clan des Cheng porte un nom illustre depuis l'époque des Song. »

La mariée du maire tourna la tête de notre côté, une goutte de lumière brillait dans ses yeux : « Vous allez souvent à la Colline des Cheng ? »

Rouge Mei dit : « Nous y avons un peu séjourné, on connaît bien. Dans quelle rue habite ta famille ? Elle est de quelle branche ? »

Les larmes de la femme, en un sanglot, mouillèrent le coin de l'oreiller. Elle dit : « Je suis de la branche de Cheng Hao, ma famille n'a plus de parents proches, le plus proche est Cheng Tianmin, mais à plus de cinq générations en arrière, dans la hiérarchie familiale je devrais l'appeler “mon oncle”. Il y a quelques années, quand il était encore maire, il est venu me voir ici à la campagne, mais moi il y a dix ans que je ne suis pas retournée dans ma famille. Zhenhai raconte que dans la rue Cheng de devant, la cour est devenue un enclos pour les bœufs de la brigade de production. »

La lumière de la lampe dansait dans la pièce, comme une eau boueuse s'agite dans un marais. Une certaine impatience se lisait sur les visages de Li Lin et de la fille du maire, comme s'ils avaient déjà entendu cette histoire des milliers et des milliers de fois. Mais en nous voyant écouter avec autant d'attention, d'empathie, de pudique surprise, ils ne surent que dire. Li Lin s'assit sur un tabouret et ralluma sa pipe. La fille s'étendit pour dormir. Toujours larmoyante, la mariée du maire continuait à évoquer avec nostalgie la vieille demeure devenue enclos et répétait combien elle aurait aimé retourner dans sa famille et revoir Cheng Tianmin. Rouge Mei et moi étions assis au bord de son lit, sous des dehors d'écouter son récit et sa complainte bouleversante, au fond de nous, nous comprîmes subitement pourquoi le maire avait protégé ce vestige féodal qu'était le temple des Cheng, nous comprîmes aussi pourquoi Cheng Tianmin lui avait demandé de venir lui succéder au poste de maire, en aucun cas ce n'était à cause de son passé militaire ou de ses services méritants, c'était parce qu'il était le mari d'une Cheng ! Une pièce rapportée de la famille que les Cheng avaient tous oubliée, sauf Cheng Tianmin (et Cheng Tianqing le savait certainement aussi, avant de devenir fou).

Ainsi donc c'était vrai : en ce monde aucun amour n'arrive sans raison, aucune haine non plus. A telle cause telle conséquence, à telle conséquence telle cause.

En effet, il nous avait vraiment fallu, nous les cadres, DESCENDRE AU BAS DE L'ÉCHELLE, CIRCULER, OBSERVER, SOUTENIR LA LIGNE DES MASSES, CONSULTER LES MASSES À CHAQUE PROBLÈME QUI SE PRÉSENTE, ÊTRE LES PETITS ÉLÈVES DES MASSES. LE PLUS INTELLIGENT, LE PLUS CAPABLE, C'EST LE SOLDAT QUI MET EN PRATIQUE SON EXPÉRIENCE. LE PEUPLE EST LE VÉRITABLE HÉROS, ALORS QUE NOUS NE SOMMES SOUVENT QUE DE PUÉRILS ENFANTS. SI L'ON NE COMPREND PAS CE POINT, IL EST IMPOSSIBLE D'ACQUÉRIR UNE CONNAISSANCE MINIMUM. Et donc il nous aurait été impossible de comprendre où était le rapport fondamental entre le maire Wang, Cheng Tianmin, le temple de Cheng, le portique des Deux Cheng, les descendants de Cheng Hao et Cheng Yi (si nous avions dit à la mariée de Wang que Rouge Mei était précisément la bru de Cheng Tianmin, quelle aurait été la situation, celle-ci aurait-elle dû appeler « grande sœur » cette femme qui n'était pas retournée à la Colline des Cheng depuis plus de dix ans ?)

La mariée de Wang arriva à la fin de son histoire, elle essuya ses larmes avec la taie d'oreiller tissée main et cousue à la machine à la maison, elle dit : « Avant de mourir, si on me laisse retourner à la Colline des Cheng, je serai bien contente, je pourrai fermer les yeux en paix. »

Rouge Mei et moi, dans une attitude d'extrême attention aux masses, non seulement nous lui laissâmes les cinquante *kuai*, mais nous lui répondîmes que sa demande n'était pas aberrante, en expliquant que le maire Wang avait beaucoup de travail mais que quand l'occasion se présenterait, nous l'aiderions à faire le voyage de retour à la Colline des Cheng.

Nous nous en retournâmes chez le vieux Degui, le ciel était constellé d'étoiles, il y avait comme du givre sur le sol. Jamais je n'aurais cru que les nuits dans les monts Balou fussent aussi calmes, nos pas résonnaient, clairs et sonores, comme des bambous qui craquent. Sur les hauteurs en face de la Vallée des Wang, on pouvait voir un village qui, à mi-pente, semblait se balancer comme l'ombre d'un arbre, de là-bas provenaient, blanchis, bleuis, des aboiements de chiens qui franchissaient paresseusement la montagne et la vallée pour s'éteindre au-dessus de nos têtes. Rouge Mei demanda : « C'est quel village là-bas ? » Le chef d'équipe dit : « C'est le Marais des Zhao, c'est là qu'habite la secrétaire de cellule, Zhao Xiuyu. » Nous repensâmes aux relations entre Wang Zhenhai et Zhao Xiuyu. A l'origine, nous étions venus pour dévoiler leur nature sexuelle, mais la situation révolutionnaire connaît mille et une transformations, la complexité porte en elle la simplicité, la simplicité contient la complexité ; le hasard est gros de la nécessité, dans la nécessité réside aussi le hasard. Ces données philosophiques, cette théorie de la contradiction, cette théorie de la relativité, après les avoir mises en pratique au cours de notre travail, après les avoir combinées à la réalité présente du temps et du lieu, nous avaient permis de saisir une contradiction plus importante et des indices plus importants, de sorte que la contradiction principale que nous avions d'abord imaginée était devenue une contradiction secondaire. De sorte qu'après avoir saisi la contradiction principale, nous avions négligé (momentanément oublié) la contradiction secondaire. A présent, la contradiction principale étant fondamentalement résolue, la secondaire revint au premier plan.

Je dis : « Chef Li, le partage des terres entre les foyers, c'est le maire Wang qui l'a préconisé, et c'est Zhao Xiuyu qui l'a mis concrètement en pratique. Mais le maire ne craint-il pas qu'un jour celle-ci le trahisse ? »

Le chef Li dit : « Oh, mais c'est impossible ! Sans parler du fait que Xiuyu est secrétaire de cellule, elle est aussi la cousine de Zhenhai. C'est la fille aînée de sa tante paternelle, comment pourrait-elle trahir son cousin ? »

La pleine lune était collée au ciel comme un rond de papier blanc humide, à l'entrée du village l'ombre des arbres oscillait sur le sol dans un froissement de branches. Au cœur de la nuit de ces montagnes plongées dans un formidable silence, nous entendions les blés croître en susurrant dans les parcelles réparties entre les foyers, et nous perçûmes, dans le ton de Lin Li, sa surprise et sa perplexité devant notre manque de connaissance des rapports sociaux dans cette région de montagne.

Il dit : « Ce qui compte le plus pour les gens des montagnes, c'est la dignité. C'est pour que la centaine de villageois de notre Vallée des Wang puissent manger à leur faim et se vêtir convenablement que Zhenhai a inventé ce plan de partage dans sa tête, qui aurait l'idée d'aller contre sa conscience et de le dénoncer ? »

(Alors c'était ça ! Il nous suffisait d'ALLER DES MASSES AUX MASSES, pour tout comprendre. LES MASSES SONT L'AUTHENTIQUE HÉROS, CE SONT LES MASSES LA FORCE MOTRICE QUI CRÉE L'HISTOIRE).

Je dis : « Il a des tripes, le maire Wang. »

Lin Li dit : « Il a fait la guerre, ses états de service sont admirables. »

Rouge Mei dit : « Qui aurait pu prévoir qu'un tel homme sortirait de la Vallée des Wang ? »

Le chef dit : « C'est notre orgueil à nous autres de la Vallée des Wang. »

(LA MODESTIE FAIT PROGRESSER, L'ORGUEIL FAIT RÉGRESSER ; la modestie rend intelligent, l'orgueil rend bête ; la modestie mène au succès, l'orgueil mène à l'échec et la chute.) Méditant ainsi sur la modestie et l'orgueil, nous arrivâmes chez le vieux Degui. Personne ne dormait encore, ils étaient tous là à nous attendre. Dès que nous entrâmes dans la cour, le vieil homme, couvrant d'une main la lampe à pétrole, vint à nous en me disant : « Toi et le fils dormirez dans la chambre ouest de ma maison, les draps sont neufs aussi ; la femme du fils et elle dormiront dans la chambre nuptiale, ce sont des jeunes. »

Moi et Rouge Mei restâmes un instant sous le choc. Oh, comme nous avions besoin de fêter notre grand succès, tout nus dans le lit, à nous embrasser, nous enlacer, nous caresser, à devenir sauvages et fous ! Oh, comme nous avions besoin de nous étreindre fort, et de concocter la prochaine action révolutionnaire sur l'oreiller ! Je regardai Rouge Mei, je vis à la lueur de la lampe sous la lune une flamme crépiter *cric-crac* dans ses yeux, et mes yeux furent à la seconde consumés par son regard (ou peut-être est-ce son regard qui fut consumé par le mien). Nous baissâmes les yeux, communication des âmes, comme si un même sang coulait dans nos veines (ça c'est de l'amour, le grandiose amour et le grandiose désir révolutionnaires). Je dis au vieux Degui :

« Tout me va, nous ne sommes pas un vieux couple, même si nous sommes mariés depuis quelques années. »

Le chef d'équipe et le vieil homme ouvrirent de grands yeux :

« Vous êtes en couple ? »

Rouge Mei, en rougissant : « Depuis quelques années seulement. »

Li Lin s'écria : « Mais pourquoi ne pas l'avoir dit plus tôt ! » Et se tournant vers le vieux Degui, il dit : « Demande au fils et à sa femme de dormir dans la pièce principale, pour que les cadres puissent dormir dans la chambre nuptiale. »

Ainsi tout était en place, tout avait réussi. Grâce à notre voyage dans les monts Balou, prenant à revers l'ennemi, nous détenions désormais toutes les informations internes et les preuves contre lui. Et nous passions notre première nuit dans un véritable lit de noces.

Ce fut une nuit d'amour à vous renverser l'âme.

Prendre l'ennemi à revers (4)

Nous prenons l'ennemi à revers
Nous anéantissons tous les Japs
Ah, frères ouvriers, frères paysans
Nous sommes une même famille
Nous sommes d'une même racine
Tous des gens de peine
Les maisons que nous avons élevées
Les graines que nous avons semées
Propriétaires terriens et compradores aux noirs desseins
Jusqu'à l'os nous ont exploités.

Nous prenons l'ennemi à revers
Nous anéantissons tous les Japs
Dans les pas du Parti
Hauts les sabres et les fusils
Voici venu le jour de la guerre de résistance
Les rayons de l'aube sont devant nous
Les Japs verront les sabres s'abattre sur leur cou
Nous exigeons la libération
J'en tue un, j'en prends un
Je saisis les fusils américains.

11

BRUSQUE RETOURNEMENT DE SITUATION

La tragédie du Village des Sophoras

Par moments, la vitesse à laquelle arrive le triomphe révolutionnaire provoque une sorte de paralysie de la pensée, on croit qu'un revirement du chemin révolutionnaire est temporaire mais que le succès est inévitable, inévitable et simple comme le rayon de soleil qui pointe à l'aurore ou perce les nuages. C'est une pensée erronée. Elle allait nous faire subir une irréparable perte, elle allait nous donner une sanglante leçon, à nous et à la base révolutionnaire et populaire que nous avions eu tant de mal à établir. Il faut se rappeler la raison pour laquelle le succès de la révolution arrive parfois en avance, c'est le résultat de la mise en œuvre correcte de l'orientation politique, de la ligne politique et des mesures politiques du Parti, c'est le résultat de l'immersion parmi les masses, de l'agitation des masses, du soutien des masses. Si, à cause du succès, on oublie cette donnée, c'est comme si on oubliait l'existence de l'ennemi, c'est comme si on laissait le succès creuser notre tombe. Se rappeler : il faut se le rappeler des millions et des millions de fois. Sinon c'est l'échec : un échec plus grand que le succès, qui arrivera lui aussi en avance et de la plus simple, la plus soudaine, la plus rapide des façons.

Dommage, j'oubliai cette donnée. Nous oubliâmes cette donnée essentielle. Ce brusque succès, inattendu, trop rapide, dépassant de très loin tout ce que nous attendions, embruma complètement notre cerveau. Nous oubliâmes la grandiose leçon selon laquelle il faut conserver son sang-froid devant la victoire, savoir rester humble devant les bouquets de fleurs et les honneurs, se garder de toute suffisance, ce qui nous conduisit finalement à une défaite qui suivit de près le succès, arriva presque en même temps que lui. Le succès dépassa nos attentes, mais la défaite fut bien plus grande, bien plus grave que tout ce à quoi nous nous attendions, qui l'eût cru ?

La comédie nous fit HAHAHA rire aux éclats, mais la tragédie à laquelle menèrent ces rires nous enleva jusqu'au goût des larmes, à vouloir en mourir. La comédie du succès posa le décor de la tragédie qui allait ruiner nos jeunes vies, à Rouge Mei et moi, et dans le même temps, composa pour nous une oraison à la vie.

Si nous l'avions dit, personne n'aurait eu les tripes de nous croire, alors, en même temps que nous envoyions au district les dépositions (les témoignages individuels) selon lesquelles Wang Zhenhai avait partagé la terre entre les familles, ainsi que les bâtonnets enfouis dans la terre (les preuves matérielles), afin d'attirer toute l'attention des autorités, j'adressai une lettre de dénonciation au comité préfectoral du Parti, en nommant cela une conspiration visant à renverser la collectivité socialiste (je ne croyais pas avoir été aussi perspicace, en tout point pareil à un sublime prophète). A ce moment-là, l'événement inattendu dont je parlais à l'instant se produisit, bouleversant tout le monde.

Au début, nous pensions que le district nous contacterait dans le mois qui suivrait, afin que nous en révélions un peu plus sur la pensée capitaliste de Wang Zhenhai, mais le mois n'était pas achevé que l'information qui arriva, en fait, fut celle-ci : Wang Zhenhai et Zhao Qing, l'ancien secrétaire de la commune de Da Miao, actuellement secrétaire adjoint du comité de district, avaient été arrêtés la même nuit, ils allaient tous deux être condamnés à vingt ans de réclusion (cela prouve encore une fois la cruauté de la lutte des classes et l'impossibilité du compromis). Car il se trouvait qu'en effet, Zhao Qing, à l'instar de Wang Zhenhai, avait lui aussi procédé à un partage des terres dans sa brigade de production des montagnes (ô ciel, pour son malheur, j'avais deviné juste. Suis-je homme ou suis-je dieu ? Je ne sais. J'avais seulement entendu dire qu'il avait porté le rendement de sa brigade de 132 à 270 kilos par parcelle, et qu'il avait été ainsi promu secrétaire adjoint du comité du district, mais j'ignorais qu'il avait, comme Wang Zhenhai, sacrifié la collectivité socialiste sur l'autel de sa cause). Plus important encore, et que même en rêve je n'aurais espéré : Zhao Xiuyu fut elle aussi arrêtée, elle resta à peine quinze jours en prison avant d'écrire la déclaration « Il n'y a aucun lien entre le partage des terres et Wang Zhenhai, tout est de mon fait (puéril) à moi, Zhao Xiuyu », et après avoir subi un interrogatoire, elle se suicida. Quant au chef de l'équipe de production, Li Lin, j'entendis dire qu'il avait été battu à mort par une dizaine de paysans de la brigade de production de la Vallée des Wang, parce que c'était lui qui nous avait conduits, Rouge Mei et moi, dans chaque maison afin de recueillir des témoignages. Les gens de la Vallée des Wang pensaient que, sans ce Li Lin, jamais nous n'aurions découvert l'histoire du partage des terres, Wang Zhenhai n'aurait pas été arrêté par le gouvernement, Zhao Xiuyu ne se serait pas suicidée en prison, et leurs terres ne seraient, bien entendu, pas retournées dans le panier de la collectivité. Voilà, ils le battirent donc à mort. Tragédie, déchirante tragédie ! Grande tragédie écrite par la mentalité de gagne-petit et la vue à court terme de paysans, leur bêtise obtuse et leur ignorance de ce qu'est le collectif. Mais souvent, quand je repensais à Zhao Xiuyu, à Li Lin, au vieux Degui, à son fiston et à sa belle-fille si bons et honnêtes, et aussi à la femme de Wang Zhenhai et sa fille de seize ans qui par piété filiale dormait encore aux pieds de sa mère, ah ! au fond de moi j'étais vraiment navré pour eux, oh que j'avais mauvaise conscience. A ce moment-là j'imaginais que, lorsque Rouge Mei et moi nous serions devenus maire ou chef de district, chaque année nous ne manquerions pas d'envoyer plusieurs tonnes de céréales de surplus à la brigade de production de la Vallée des Wang, et de leur faire parvenir de l'engrais bon marché. C'était tout ce que Rouge Mei et moi pouvions faire pour ce village, nous avions beau être un couple révolutionnaire, après tout, nous étions aussi des humanistes révolutionnaires. Quant à Wang Zhenhai et Zhao Qing, ils en avaient pris chacun pour vingt ans, le chef du district allait peut-être être expulsé du Parti et démis de toutes ses fonctions à l'intérieur et à l'extérieur du Parti, cela aurait été surprenant, mais semblait en ligne avec les principes de la révolution. Pensez un peu, l'idéal collectif de l'Etat, de la nation, du Parti et du peuple est de créer VITE, PLUS, MIEUX, AVEC MOINS, et l'idéal du socialisme est de mettre en œuvre, à bride rabattue, le communisme. Les *Statuts du Parti communiste chinois* et la *Constitution* disent que la nature de notre pays est socialiste, que le but ultime de notre Parti est de réaliser le communisme, or le fondement du socialisme et du communisme c'est le collectivisme, c'est de mettre en pratique la propriété publique des moyens de production socialistes, c'est un principe très simple à suivre, aussi simple que des fourmis rentrant à la queue leu leu à la fourmilière, que le chien qui pisse sur le bord de la route pour retrouver son chemin. Mais Wang Zhenhai et Zhao Qing avaient osé partager les terres de la commune populaire entre chaque famille, si ce n'était pas le capitalisme détrônant le socialisme, qu'est-ce que c'était, hein ?

Si de minables petits maires et secrétaires de cellule osaient aller contre l'Etat, la nation, le Parti et le peuple, et que l'inflexible dictature du prolétariat ne leur dictait rien du tout, à qui pourrait-elle dicter quoi que ce soit ? Vous avez bien dû entendre parler de ce célèbre drame, *Le Village des Sophoras* ? N'avez-vous jamais entendu ce fameux dialogue où la mère Guo et Cui Zhiguo s'opposent diamétralement ?

Cui Zhiguo : (rires) Je te le demande, quel est ce socialisme dont tu parles ? Avez-vous des tracteurs ? Des stations hydroélectriques ?

Mère Guo : Nous avons la direction du Parti, nous avons le Président Mao ! Il suffit que nous, les pauvres, les petits et moyens paysans, nous soyons unis, que nous nous organisions, que nous gérions bien les coopératives, que nous suivions pour toujours le Président Mao, et nous atteindrons le Socialisme, nous atteindrons le Communisme !

Cui Zhiguo : A mon avis, pour remplir les silos, il faut qu'on ait des fermes individuelles, il faut avoir « trois chevaux, une charrue », il faut enrichir les familles. Il faut que quatre-vingts pour cent des habitants du Village des Sophoras aient « trois chevaux et une charrue », alors viendront les jours heureux !

Mère Guo : D'où tiens-tu toutes ces sottises ? Si nous faisons vraiment comme tu dis, les pauvres seront plus pauvres, les riches plus riches ! Les pauvres, les petits et moyens paysans mendieront à nouveau, subiront encore l'exploitation ! Est-ce que ce ne sera pas le retour à l'ancienne société ? C'est ce que veut ton père ?

Cui Zhiguo : Non, non, non ! Il n'est pas d'un niveau aussi élevé. C'est un grand homme qui l'a dit, mais mon père est tout à fait d'accord avec cette opinion…

Mère Guo : Alors, ce grand homme est cul et chemise avec les propriétaires terriens et les capitalistes…

A la fin de l'histoire, la coopérative dirigée par la mère Guo remporte une victoire totale, elle débusque le secrétaire Deng qui, en coulisses du début à la fin, tirait les ficelles, imposait des restrictions, soutenait la voie du capitalisme…

EN JUIN L'INVINCIBLE ARMÉE A PUNI LE MAL ET LA CORRUPTION, UNE CORDE DE DIX MILLE BRASSES ENCHAÎNE LA CHIMÈRE PENG.

On a dit que le transfert des terres aux paysans par Wang Zhenhai et Zhao Qing était entièrement connu du chef du district Wang, il fallait qu'il ait donné son accord tacite. Une analyse plus fine et des recherches approfondies montrèrent que le chef de district Wang, le maire Wang et Zhao Qing étaient tous les trois des cadres passés de l'armée au civil, ils avaient participé à la guerre de Corée et à la guerre avec l'Inde, ils étaient frères d'armes et amis, des soldats de grades différents dans la même tranchée : comment prouver alors qu'ils n'étaient pas un groupe contre-révolutionnaire ? Comment prouver qu'ils ne l'avaient pas fait pour renverser la collectivité socialiste et rétablir le capitalisme ? Cette surprenante, cette excitante nouvelle me tomba dessus comme la foudre, j'en restai tout ébahi, perplexe et stupide, alors que j'étais en train de prendre mon repas dans la cour, ma bouche grande ouverte comme un bol, mes yeux grands ouverts comme des bols, et après un moment de profonde empathie pour Zhao Xiuyu, Li Lin, Degui et les villageois de la Vallée des Wang, je me dressai soudain et, face au ciel, criai à tue-tête :

LE ROUGE DRAPEAU FLOTTE AU VENT D'OUEST, AUJOURD'HUI JE CAPTURE LES DRAGONS MALFAISANTS / ETROITS CHEMINS, PROFONDES FORÊTS, LUISANTES MOUSSES, ENFIN LE VENT DÉPLOIE EN ROULEAU LE ROUGE DRAPEAU / Rouge soleil écarlate / Gazouillis des oiseaux / Vert sophora vert paulownia / Orme émeraude tendre cédrèle / *PARTOUT LE CHANT DES HIRONDELLES ET DES LORIOTS, LES COURS D'EAU N'EN SONT QUE PLUS RIANTS, LA HAUTE ROUTE MONTE JUSQU'AUX NUAGES / PUIS-JE VOUS DEMANDER GENT OISEAU OÙ VOUS ALLEZ, IL RÉPOND : AU PALAIS DE JADE DES IMMORTELS, LE CIEL COMME FARDEAU JE REGARDE EN BAS, CE SONT LES MURAILLES DES VILLES HUMAINES.*

La révolution remporte un grand succès à une vitesse surprenante

Peu de temps après que ces nouvelles nous étaient parvenues, Rouge Mei et moi fûmes emmenés en berline. Celui qui nous avait envoyé chercher n'était pas un cadre ordinaire, c'était le secrétaire Guan du comité préfectoral du Parti (commissaire politique de deux circonscriptions miliaires), il avait participé à la Longue Marche, maigre, mat, grisonnant, le regard vif et perçant, il portait son vieil uniforme militaire, exactement comme nous l'avions imaginé. Nous savions déjà ce qui s'était passé, deux cadres du district que je ne connaissais pas bien avaient fait irruption chez moi à l'heure du petit-déjeuner. Ils m'avaient forcé à poser mon bol et, tout en jetant un coup d'œil à ma soupe aux épis de maïs, avaient dit : « Tu manges encore ça ? Viens vite, à partir d'aujourd'hui tu seras traité aux petits oignons. » Je les avais regardés, un peu abasourdi. Ils m'avaient alors lancé, toujours très familiers : « Les huiles à la préfecture veulent avoir un entretien en privé avec toi et Xia Rouge Mei, vous avez débusqué une importante organisation anti-socialiste et anti-Parti, vous allez certainement devenir maire ou secrétaire du comité municipal du Parti. »

Ce que nous allions être, ce n'était pas maire ou petit secrétaire dans le bourg. Quand nous vîmes la berline arrêtée sous le portique des deux Cheng, nous sûmes que la personne venue nous chercher en voiture était Liu, chef de service du groupe dirigeant en charge de chaque district dans l'organisation du comité préfectoral. Posé et expérimenté, Liu avait la quarantaine, mais se tenait légèrement voûté comme un vieil homme de plus de cinquante ans. Il vint de loin nous accueillir. En me serrant la main, il m'appela doucement « monsieur le chef de district Gao ». Cette appellation me foudroya sur place, j'aurais voulu aussitôt demander une explication, mais à cet instant une cadre du comité de district, accompagnant Rouge Mei, sortit de l'allée, Liu me dit alors d'un air excessivement mystérieux : « Montez en voiture, chef de district Gao, ne posez pas de questions, vous saurez tout quand vous serez arrivés au district. »

C'est ainsi que nous fûmes emportés de la Colline des Cheng. Nous fîmes nos adieux au portique des deux Cheng, au temple des Cheng, au millier de personnes de la brigade de production de la Colline des Cheng, à la révolution et à la lutte, à la guerre et aux serments d'amitié, aux ennemis et aux amis, à Cheng Qingping et consorts, à Cheng Tianqing, aux rues et aux ruelles, au tunnel et aux champs de blé, aux monts Balou et à leurs arbres, aux poulets et aux cochons, aux bols et aux baguettes, et ainsi de suite, adieu. J'étais assis à l'avant, les trois autres sur la banquette arrière. Dans le rétroviseur, je voyais l'incertitude ravie voiler, telle une lumineuse nuée rose, le visage de Rouge Mei. Comme j'aurais voulu, en cet instant, être assis à l'arrière, serré contre elle, épaule contre épaule, jambe contre jambe, discrètement main dans la main, afin de nous transmettre mutuellement notre écarlate émotion, notre joie bondissante et notre oppressant amour. Cependant le chef de service Liu m'avait réservé, à moi la nouvelle étoile de la révolution, le siège avant. Chef de district – mais était-ce chef ou chef adjoint ? Peut-être chef adjoint, après tout je n'avais pas encore trente ans et je n'étais qu'adjoint au maire, j'étais encore rattaché à la brigade de la Colline des Cheng, en somme, ben, je n'étais encore qu'un paysan. La mode, en société, était de ne jamais ajouter le mot « adjoint » aux postes d'adjoint, cela me fit mal. La joie et l'anxiété de vouloir comprendre si j'étais chef de district ou chef adjoint, sans pouvoir plus me renseigner, me tourmentèrent tout au long de la route. Afin de prendre la contenance du révolutionnaire exceptionnel, je me contentai de rester assis bien droit absolument immobile sur mon siège, jusqu'à ce que la voiture passe à l'endroit, à quelques kilomètres de la Colline des Cheng, où était le tombeau où Rouge Mei et moi nous nous étions follement aimés, je me penchai alors par la fenêtre pour toussoter légèrement.

Rouge Mei toussa deux fois, écho spirituel à mon toussotement, communication des âmes. Ensuite, la voiture (c'était la première fois que nous montions dans une berline, les sièges étaient moelleux... je ne pourrai pas vous en dire plus ; sur la route je ne cessai de me demander si cette voiture à la carrosserie noire et luisante me reviendrait si je devenais en effet chef du district ?) traversa la brigade de production de la Colline des Huang, traversa la commune de Hongku, la commune de Daping, le vieux quartier du chef-lieu du district, quarante kilomètres parcourus en un éclair, nous arrivâmes très vite dans la cour du comité du district.

C'était une petite cour carrée, entourée sur trois côtés par des bâtiments rouges en tuiles fabriquées à la machine, en face il y avait un portail en fer dont les battants étaient entrouverts. Quand nous arrivâmes, des sentinelles en armes examinèrent attentivement la plaque d'immatriculation, puis se dépêchèrent d'ouvrir le portail. La voiture s'arrêta dans cette petite cour aux murs en briques rouges et pavée de briques rouges (c'était comme si nous avions atterri dans une mare de sang). Liu descendit le premier, il entra dans une salle un moment, puis il nous mena dans un salon de réception qui faisait partie d'un autre appartement, il nous servit à boire très respectueusement en nous faisant asseoir dans des fauteuils. (C'était la première fois que Rouge Mei et moi nous asseyions dans un fauteuil, surpris qu'il soit encore plus moelleux que le siège de la voiture, nous nous assîmes exactement comme si nous prenions place dans une prison, avec le même mouvement brusque nous nous soulevâmes un peu pour pousser nos fesses au bord. Heureusement, Liu ne le vit pas, occupé à préparer le thé. Un chef de service de l'organisation du comité préfectoral qui faisait lui-même le thé, mais qu'est-ce que cela voulait dire ? Qu'est-ce que cela prouvait ?) Il posa deux verres de thé vert devant nous sur la table à thé (c'est plus tard que je sus que cette longue table basse rouge sombre s'appelait une table à thé), ensuite il dit mécaniquement : « Le secrétaire Guan habite ici, il va venir parler avec vous dans un instant, prenez le thé en attendant. » Puis il se retira.

Nous savions que le secrétaire du comité préfectoral du Parti à Jiudu s'appelait Guan Mingzheng, mais nous n'osions pas croire qu'il nous recevrait en personne, nous n'osions pas croire que la révolution produise un tel bouleversement de la terre, un tel retournement du ciel. A la vérité, nous n'étions allés qu'une fois dans les monts Balou, nous avions dévoilé au grand jour de la

Révolution la conspiration du partage des terres ourdie par Wang Zhenhai. Notre but très immédiat était de le renverser aussi vite que possible et de nous emparer du pouvoir qu'il tenait entre ses mains, comment aurions-nous pu savoir que ce que nous dénoncions, c'était un immense projet de restauration du capitalisme à l'échelle nationale ? Comment pouvions-nous savoir que cette affaire de premier ordre provoquerait la chute fracassante du chef du district ? Le brûlant éclat du succès avait paru précocement, et précocement nous avait aveuglés à en perdre nos sens, il nous avait si bien enflammés qu'il nous fut impossible de garder notre calme. Nous n'étions nullement préparés à ce succès précoce, à l'instar de l'erreur de jeunesse que nous avions commise au tout début de la révolution à la Colline des Cheng, ce succès-là nous plongea, moi et Rouge Mei, dans de terribles affres.

Après le départ du chef de service Liu, nous n'osâmes pas parler trop fort. Nous nous jetâmes un coup d'œil ardent, passionné, assoiffé de désir, nous sentions chacun que le regard de l'un, comme la barre chauffée à blanc dans le four de la forge doit être trempée de toute urgence dans l'eau glacée, devait de toute urgence être trempé et apaisé par l'autre. Assis dans le sofa, nous aperçûmes par la vitre Liu qui disparaissait au coin, alors nos mains (sa main gauche et ma main droite) se saisirent *crac-boum* en même temps. Je sentis sa main dans la mienne, et chaude, et brûlante, et molle, et vivante, le sang dans les veines de ses doigts cognait contre ma paume, comme si une cascade du haut d'une falaise chutait sur ma main.

Elle dit : « Tsé-toung, notre révolution a réussi. »

Je dis : « Est-ce que tu sais à quel échelon de la structure nous allons, toi et moi, exercer le pouvoir ? »

Elle dit : « L'autorité sur le bourg de la Colline des Cheng nous reviendra à coup sûr. »

Je souris.

« Toi et moi nous allons être promus, au minimum, à un poste d'adjoint au niveau du district. »

Elle retira brusquement sa main et me dévisagea, les yeux hagards.

Je baissai la voix pour dire d'un ton plus doux :

« Et peut-être même un poste de direction. Les jours de notre ascension vers les sommets ont commencé. »

Elle regarda dans la pièce et à l'extérieur, elle secoua lentement la tête avec l'air de ne pas me croire.

J'aurais voulu employer les paroles et les gestes du chef de service Liu pour justifier auprès d'elle mes suppositions et mes prédictions, mais un bruit nous parvint de nulle part, comme si un minuscule bout de bois était tombé du rebord de la fenêtre ou de la table. Ce bruit bref et poussiéreux nous prit par surprise. Juste à ce moment-là, juste à cet instant précis, nous découvrîmes le battant ouvert d'une porte dans le mur en face de nous, nous découvrîmes que dans la salle de réception où nous étions assis, à part une paire de fauteuils, une table basse à thé, un bureau, un téléphone à combiné, un guéridon pour la toilette avec une bassine d'eau claire, il y avait aussi, au-delà du guéridon, le battant rouge d'une porte parée d'une demi-courtine blanche sur laquelle étaient brodés les mots SERVIR LE PEUPLE. Derrière la courtine, la porte était close. Nous ne savions pas si le bruit que nous venions d'entendre venait de cette pièce ou de l'extérieur. Nous eûmes peur que le secrétaire du comité préfectoral surgisse soudain par cette porte, peur qu'il ait entendu notre dialogue à l'instant, qu'il ait vu nos doigts enlacés serrés-collés.

Clic-clac nos mains se séparèrent, nous calâmes nos fesses, bien droits, bien rigides, sur le bord des deux fauteuils rouges, avec la sensation que nos gorges étaient un peu sèches, sans oser cependant toucher à nos verres de thé. Nous brûlions d'enlever sur-le-champ nos vêtements pour rouler tout nus ensemble, mais nous ne pouvions même pas nous asseoir plus près l'un de l'autre. Nous savions que le secrétaire Guan se trouvait dans la salle de réunion, mais nous étions terrifiés à l'idée de le voir émerger par ce rideau blanc. Sans un geste, sans un mot, nous attendions l'arrivée du secrétaire Guan tel un souffle de vent dans l'impitoyable été, telle une lueur dans la longue nuit des provinces de Cathay, tel l'inexorable lever du soleil rouge sur le monde tant attendu dans la vieille société arriérée. Le temps enflait comme des eaux retenues par l'écluse, notre anxiété était comme une fourmi courant ici et là dans une casserole d'eau bouillante. Il faisait assez chaud dans la pièce, il y avait dans l'air un visqueux parfum rouge-vert, les grains de poussière dorée brillaient en virevoltant dans la lumière qui entrait par la fenêtre et par la porte. On pouvait entendre le *ding-dang* des particules se heurtant, voir leurs ombres sur le sol qui tels de petits papillons noirs s'élevaient et retombaient, on décelait une senteur spécialement répandue pour le secrétaire Guan, une odeur d'eau de Cologne qui emplissait les quatre coins de la pièce rafraîchie. Le temps devint de plus en plus lent et visqueux (je décidai que, une fois chef de district, j'habiterais dans cette petite cour, dans cet appartement), l'air de plus en plus tiède et trouble (je me demandai si, après un autre immense succès de la Révolution, je devrais me marier avec Rouge Mei), les grains de poussière de plus en plus gros, le rayon doré de plus en plus terne (je pensai, comme ce serait formidable d'être seul à présent avec Rouge Mei dans cette vallée des monts Balou où il n'y avait pas âme qui vive !), le parfum dans la pièce de plus en plus semblable à une odeur mêlée d'herbes au matin, de crottin de cheval chaud et de viande bouillie dans une maison (je rêvai que si nous étions en ce moment dans les monts Balou ou au bourg de la Colline des Cheng, je demanderais à coup sûr à Rouge Mei d'exécuter, absolument nue, une folle danse devant moi). Nous mourions d'ennui, nous étions mals à l'aise, nous avions envie de boire sans oser prendre notre verre, envie de nous rafraîchir sans pouvoir nous déboutonner, envie de faire l'amour sans oser même nous tenir la main. Nous aurions tant voulu trouver quelque chose à faire (par exemple, lire le journal, étudier des documents), tant voulu trouver un sujet de conversation adapté aux circonstances (par exemple, un événement international récent, ou l'esprit des nouvelles directives émises par le Comité central). Je portai donc mon regard de la table basse à thé au bureau de travail, où j'aperçus coincé sous le téléphone un grand exemplaire du journal de l'agence Chine Nouvelle. Je me levai pour le prendre, il en tomba soudain une photographie en couleur d'une dizaine de centimètres. En la ramassant j'y jetai un coup d'œil, c'était celle d'une digne femme militaire d'un âge plutôt avancé, elle portait des lunettes et une toque, son visage paraissait familier mais sévère, c'était comme si elle regardait avec mépris quelque chose devant elle. Au-dessous de la photo, surprise, deux lignes à faire trembler ciel et terre étaient écrites :

Si tu pouvais être ma femme !!!

J'aimerais vraiment te baiser, salope !!!

Cette femme sur la photo me paraissait extrêmement familière, mais pendant un instant je ne parvins pas à me rappeler qui elle était. Je n'osais croire qui elle était. Et si elle était elle en effet, qui aurait eu les tripes d'écrire ces deux phrases sous la photo ? Je regardai fixement la photo, les mots dont chaque trait, chaque point était tracé avec force : *Si tu pouvais être ma femme !!! J'aimerais vraiment te baiser, salope !!!* Je la regardai un moment, puis la tendis avec intérêt et délectation à Rouge Mei.

Elle la prit, la balaya rapidement du regard, mais le solennel, l'inoubliable, le tant attendu instant arriva soudain, le grandiose moment arriva. De l'extérieur nous parvint un paisible bruit de pas. Résonnant sous la fenêtre. C'était un bruit de pas ni pressé, ni lent, plein de rythme et de chaleur, inoubliable pour la vie. Nous comprîmes que c'était le secrétaire Guan qui sortait de la salle de réunion. Enfin arrivait à nous l'instant historique qui ferait de nous les continuateurs de la révolution dans le bourg ou les timoniers de la révolution dans le district. Allait s'ouvrir la discussion clé qui nous propulserait dans l'atmosphère ou nous ferait grimper un à un les degrés de l'échelle et de l'escalier. Nous échangeâmes un regard et nous bondîmes en même temps de nos fauteuils aussitôt que, ainsi que nous l'avions prévu, le secrétaire Guan, un homme entre deux âges, apparut sur le seuil. J'ai dit tout à l'heure qu'il était exactement comme nous l'avions imaginé, maigre, mat, grisonnant, les yeux vifs et ardents, dans son vieil uniforme militaire (mais quels étaient ses liens avec cette femme militaire d'âge plutôt avancé que je venais de voir sur la photo ?). Arrivé dans la pièce, éclatant de santé, plein de vigueur il nous jeta un coup d'œil et nous fit signe de la main : « Asseyez-vous, asseyez-vous. Prenez votre thé. »

(Quelle cordialité, quelle affabilité, ah ! je ne l'oublierai jamais de ma vie ! Mais, en vérité, quelle était sa relation avec la femme que je venais de voir sur la photo ?)

Tout en nous invitant à nous rasseoir et à boire notre thé, le secrétaire Guan tira la chaise de son bureau et s'assit, occupé à ses mille affaires d'Etat, il nous parla pendant trois minutes.

« J'ai pris connaissance de vos dossiers et de votre conduite, c'est très bien, la révolution a besoin de successeurs tels que vous.

Savez-vous à quel point ont été importantes votre découverte et votre dénonciation de Wang Zhenhai ? La province y attache une extrême importance, les dirigeants du Comité central nous ont fait passer une note à ce sujet. C'était une terrifiante bombe à retardement cachée dans le corps de la collectivité socialiste, si vous ne l'aviez pas découverte, elle aurait explosé tôt ou tard, peut-être aurait-elle percé un trou noir dans le ciel bleu du socialisme.

Mon petit Gao, réfléchis bien, moi et les camarades de l'organisation du comité préfectoral nous pensons à un poste de direction dans le district pour toi, soit chef du district, soit secrétaire du comité du district, nous allons en rediscuter. Plus la charge sera lourde, plus l'organisation du Parti te mettra à l'épreuve, mais ne crains rien, ne t'en fais pas, travaille avec audace, du moment que tu gardes la bonne direction et la bonne ligne, tu pourras poursuivre ton chemin. » Ayant dit cela, le secrétaire Guan tourna la tête vers Rouge Mei : « Ma petite Xia, pendant ces quelques années passées à la préfecture, j'ai rarement rencontré une camarade aussi éveillée que toi, surtout dans les campagnes. Toi et le petit Gao, vous êtes de jeunes cadres tout à fait exceptionnels, tu es jeune et prometteuse, tu as tout l'avenir devant toi, tu seras à la direction de l'association des femmes du district ou adjointe au chef du district, il faut aussi attendre la décision après examen. Bien entendu, la direction de l'association des femmes est également un poste de membre du comité du district, et c'est aussi un échelon d'adjoint dans le district. »

Pour finir, le secrétaire Guan, au milieu de nos remerciements tremblants d'émotion, de nos déclarations comme quoi nous ne serions pas indignes du choix des hautes autorités, se leva de son siège en laque rouge et de sa voix sourde, rauque et puissante dit :

« Ma réunion n'est pas encore terminée, descendez à la résidence d'hôtes et cet après-midi je prendrai le temps d'en discuter plus en détail. » Il nous regarda, un sourire flotta sur son visage : « Je sais quelle est votre situation familiale, vous n'avez pas eu de chance, tous les deux ! Mais aucun de vous n'a laissé ces malheurs familiaux étouffer sa volonté. Vous faites la paire, une paire rare, si vous avez l'un pour l'autre une affection de camarades, un amour révolutionnaire, un but commun, moi, en tant que secrétaire du comité préfectoral, je serai d'accord pour jouer les entremetteurs, mais à condition qu'une fois mariés, vous ne travailliez pas dans la même unité. Il faudra que l'un de vous soit muté en dehors du district ou aille travailler à la préfecture, c'est le règlement du Parti. Le Parti communiste ne permet pas le mélange des affaires de famille avec le travail révolutionnaire. »

Le secrétaire Guan nous serra la main avec cordialité et amitié et nous raccompagna à la porte, où il appela quelqu'un pour nous conduire à la résidence d'hôtes du district.

L'ombre sous le soleil

Comme le bouton de la fleur se languit de la brise printanière, comme la terre sèche espère le cours d'eau, comme le pétrel attend la tempête, comme le torrent appelle l'ouverture de l'écluse. Après avoir été introduits dans nos chambres individuelles, j'attendais que l'obscur employé s'en aille vite. Mais il semblait avoir compris que moi et Rouge Mei étions les futurs timoniers du district, il ne cessait de m'expliquer où étaient les serviettes, où était le savon, que je n'avais qu'à appeler une fois ma bouteille d'eau finie et qu'il viendrait la remplacer, parmi les interrupteurs sur la table de chevet lequel allumait la lampe murale, lequel allumait le plafonnier, lequel allumait la radio (tiens tiens, il y avait la radio, tiens tiens je pouvais passer quand je voulais des chants et de la musique révolutionnaires). Il blablatait, en même temps chaleureux, hospitalier, ennuyeux et touchant. Dès qu'il fut parti, je me précipitai pour presser le bouton de la radio sur la table de nuit, qui aussitôt diffusa des morceaux d'opéras révolutionnaires. Sur ce, je courus en toute hâte de ma chambre n° 2 à la chambre n° 8 de Rouge Mei. En arrivant dans le couloir impeccable, je tombai sur elle, qui venait dans ma chambre, en me voyant elle me dit ce que je voulais lui dire :

« Tsé-toung, il y a une radio sur la table de nuit de ma chambre, on est en train de passer l'opéra *Prendre la montagne du Tigre par la ruse.* »

Je dis : « Viens dans ma chambre, il y a aussi une radio sur ma table de nuit. »

Nous retournâmes dans la n° 2.

A l'intérieur, brûlants d'impatience, nous fermâmes la porte à clef, tirâmes les rideaux, allumâmes la radio, enlevâmes tous nos vêtements. Consumés par le désir, submergés par la passion, sans nous dire une phrase de plus, sans échanger aucun signe de connivence, par un tacite accord, nous commençâmes furieusement à faire l'amour sur le lit.

Nous voulions célébrer notre succès et notre joie, apaiser notre excitation et notre tumulte intérieur, approfondir notre affection de camarades et notre amour révolutionnaire.

Quand, accompagné par la radio, j'entrepris de faire cette chose qui me ravissait le cœur, faisait mon âme se pâmer, je croyais qu'au-dessous de moi Rouge Mei pousserait comme d'habitude de jouissifs gémissements, et même, pâlissante comme d'habitude, inondée de sueur, qu'elle défaillirait. Mais en réalité, elle ne poussa pas de cris rouge écarlate, et encore moins s'évanouit-elle dans une vaste étendue blanche. Au-dessous de moi, elle me dévisageait toute hébétée, ses mains caressant mon visage, et soudain elle se mit, *bou bou bou*, à sangloter, les larmes coulant sur l'oreiller à seaux renversés. Ses pleurs me frappèrent de surprise. En voyant couler ses grosses larmes salées, ne sachant où ma sauvagerie l'avait blessée, *crac !* je freinai aussitôt le mouvement, j'essuyai de la main les larmes sur son visage.

Je dis : « Qu'est-ce que tu as ? »

Elle caressa mon visage plus tendrement encore.

« Mais rien. »

Je dis : « Ben tu pleures, l'oreiller est tout mouillé. »

Elle dit : « Tsé-toung, ça valait le coup, la révolution en valait le coup, la vie et la mort en valaient le coup. »

Je recoiffai ses cheveux mouillés de larmes derrière son oreille.

« C'est pour ça que tu pleures ? »

Elle dit : « J'ai repensé à ce qui s'était passé, la frayeur de l'après-coup m'a fait pleurer de peur. »

Je dis : « Mais peur de quoi ? Nous avons un idéal, nous avons de l'ambition, nous avons le courage de lutter. Nous sommes passés d'un seul coup de l'échelon de base à un poste de direction au district, il suffit que nous fassions des efforts, des efforts, et encore des efforts, que nous fassions la révolution, la révolution, et encore la révolution, pour passer de la direction du district à un poste d'adjoint à la préfecture, puis un poste de direction à la préfecture, puis un poste d'adjoint à la province, puis un poste de direction à la province, échelon après échelon, et ainsi de paysans nous serons devenus cadres supérieurs ; et quand nous serons cadres supérieurs, quel sens auront les choses du passé ? Pour faire la révolution, il faut faire des sacrifices, ce que toi et moi nous savons, le ciel ne le sait pas, de quoi t'inquiètes-tu donc ? »

A cause du sujet d'une extrême gravité que nous venions d'aborder, à cause de ses pleurs qui redoublaient à mesure que j'essuyais ses larmes, à cause de sa soudaine tristesse qui avait ramolli notre fervente passion prête à tout engloutir, l'impatience insoutenable de tout à l'heure partit peu à peu en fumée. Le calme revenu, je la contemplai avec un regret infini. Toute honteuse, elle dit : « Tsé-toung, tout est de ma faute. » Je coupai la radio et lui dis : « Ce n'est rien, ici il y aura toujours la radio, on pourra le faire quand on voudra. » Elle s'assit sur le lit et s'arrangea, puis elle arrangea les draps. Elle enfila ses vêtements, plia la couette, égalisa les draps, elle retourna la taie mouillée de larmes avant de la remettre sur l'oreiller, puis elle ouvrit les rideaux pour que le soleil d'avril se déverse en crépitant dans la pièce et l'illumine tout entière, comme le cœur du révolutionnaire.

Il était déjà midi, des grains de poussière dorée dansaient pareillement dans le rayon de soleil qui pénétrait à l'intérieur de la pièce. Aux murs, le portrait du Président Mao et les photos de scène de l'opéra *La Lanterne rouge* étaient brouillés dans la lumière et nous éblouissaient. Par la fenêtre, je vis au milieu du grand étang, dans la cour de la résidence d'hôtes, une yeuseraie dont les arbres, en ce début de printemps, étaient d'un vert, non pas tendre, mais aux teintes sombres. Ils avaient été taillés bas à la même hauteur et en les regardant plus attentivement, je découvris qu'ils avaient été plantés de façon à former le caractère de la fidélité, 忠, en cette période où ils étaient touffus, le caractère se dessinait indistinctement mais avec force. J'ouvris la fenêtre pour le regarder, j'appelai Rouge Mei pour qu'elle vienne voir. Le secrétaire Guan m'avait dit de bien réfléchir à mon travail au district, je réfléchissais que, après être devenu chef du district ou secrétaire, la première chose que je ferais serait de construire une grande terrasse fleurie à chaque rond-point de la ville, où l'on planterait des pins et des cyprès pour former ce même caractère de la fidélité. Rouge Mei vint près de moi après avoir fait le lit, elle regarda comme je le lui disais ce verdoyant caractère dans l'étang, mais déclara que c'était trop monotone de planter ce caractère partout en ville, que l'on pourrait planter les slogans LES TROIS FIDÉLITÉS et LES QUATRE INFINIS. Je dis : « Hé oh, il faudrait combien d'arbres pour ça ? Et des terrasses de quelle longueur ? » Elle réfléchit un instant puis fit un sourire et, avec la même désinvolture que les gens de la ville, pendit ses mains croisées à mon épaule, en disant que nous n'allions pas seulement faire la révolution, empoigner l'agriculture, mais que nous allions aussi empoigner la sylviculture, les travaux d'irrigation et les élevages dans les villages. « Quand tu empoigneras la sylviculture, tu chercheras une haute colline sur laquelle tu feras planter des arbres : LONGUE VIE AU PRÉSIDENT MAO ! A des kilomètres, les gens pourront voir ces cinq mots, en avion ils liront : LONGUE VIE AU PRÉSIDENT MAO ! Ainsi, toi et moi nous deviendrons d'un coup célèbres dans tout le pays, peut-être qu'on viendra de Pékin pour tourner un documentaire sur notre œuvre, qui sera diffusée partout en Chine. »

L'idée de Rouge Mei me fascina, me tournant vers elle je pris son visage dans mes mains, je vis resplendir la nuée rose de son sourire, ses yeux étaient brillants, cependant des pattes d'oie se creusaient aux coins. Ces pattes d'oie, comme une aiguille, me percèrent le cœur. Elle s'aperçut du changement sur mon visage. « J'ai vieilli ? » me demanda-t-elle soucieuse et blessée. Je dis : « *Les humains vieillissent mais non le Ciel ; si le Ciel aimait il vieillirait aussi.* » Elle dit : « Quand je serai vieille et desséchée, tu m'aimeras vraiment encore ? » Je dis : « Nous sommes un couple d'amants révolutionnaires, ce qui nous lie toi et moi, c'est la Révolution, ce n'est pas juste la jeunesse et la beauté. Tant que la révolution durera, notre amour durera éternellement. » Ben, je ne sais pas si ma réponse la satisfit entièrement, mais je sais qu'elle ne répondit rien. Et sans me répondre, elle retourna s'asseoir au bord du lit. Pour la consoler, je tirai la chaise et m'assis à côté d'elle, je pris sa main dans les miennes et lui dis : « Tu préfères être responsable de l'association des femmes du district ou bien adjointe au chef du district ? Adjointe au chef du district, ça sonne bien, mais tu devras obéir aux instructions, c'est le chef qui a le dernier mot. Responsable de l'association des femmes, ça sonne moins bien, mais là c'est toi qui auras le dernier mot. »

Elle me laissa pétrir sa main à ma guise, tel un chaud et tendre oiseau blotti dans son nid. Son regard plein d'espoir s'attachait à mon visage et à ma bouche, un sourire inquiet et incertain continuait cependant à frémir aux coins de ses lèvres. « Je sais que toi, tu voudrais être secrétaire du comité préfectoral du Parti, et non chef du district. La force motrice qui nous guide est le Parti communiste chinois. Ah, le Parti dirige tout ! Et aussi, le Parti commande aux fusils ! C'est pour ça que tu veux devenir secrétaire. Et toi, tu as deviné ce que je veux être ? Je voudrais être en même temps cheffe adjointe du district et présidente de l'association des femmes. Je voudrais que quand nous serons mariés en bonne et due forme, nous ne soyons pas séparés, je voudrais qu'un jour tu sois transféré à la préfecture pour que je devienne cheffe du district ou secrétaire.

Je dis : « Mais est-ce que ce sera possible ? »

Elle dit : « Et pourquoi pas ? »

Je dis : « Le secrétaire Guan sera-t-il d'accord ? »

Elle dit : « Nous ne le laisserons pas seulement jouer les entremetteurs de notre mariage, le mieux serait d'établir avec lui des liens de famille. »

Je relâchai sa main : « Tu voudrais tout simplement TE FAIRE UN NOM EN IMITANT LE TYRAN DE CHU ? »

Elle sourit : « Tu penses que ce n'est pas possible ? » Elle essuya sur les draps sa main que j'avais tant serrée qu'elle était trempée de sueur, puis avec ses yeux brillants d'intelligence, elle me regarda, comme une grande sœur regarde son petit frère. « Quand j'étais petite, j'ai connu des militaires de l'Armée rouge en maison de repos au district qui aimaient beaucoup être parrains. Si le secrétaire Guan devient notre entremetteur, notre relation avec lui ne sera plus ordinaire. Notre relation n'étant plus ordinaire, nous pourrons lui rendre visite dans sa famille de temps en temps. Quand nous irons chez lui, nous amènerons tour à tour Rouge Sheng, Rouge Hua et Tao'r, qui appelleront toujours le secrétaire Guan "parrain" et sa femme "marraine". Ensuite, nous nous renseignerons sur sa province d'origine. S'il est originaire du Sud, nous lui apporterons des piments et des légumes en saumure, surtout rien de cher ni de rare, s'il est originaire du Nord, nous apporterons du millet et des jujubes. Ton fiston et les filles les adouciront encore plus à coups de “parrain” et “marraine”, après ça, dis-moi qu’il ne sera pas devenu un membre de la famille par alliance ? Et alors, est-ce qu’il pourra refuser de nous laisser travailler ensemble ? Est-ce qu’il pourra me refuser d’être en même temps cheffe adjointe du district et présidente de l’association des femmes ? Et si cette fois on te nomme chef de district plutôt que secrétaire, tu ne crois pas que tu pourras à tout moment changer de poste ? »

(Mon âme ma chair, ma femme et mon amante révolutionnaire !) Les paroles de Rouge Mei me transportèrent de joie, me laissèrent bouche bée, comme si l’élève avait résolu à la place de son professeur une énigme qu’il avait tout sa vie cherché à déchiffrer. Je commençai par fixer, stupide, sa bouche, puis son visage, puis ses cheveux, puis ses épaules, je la fixai un moment puis soudain j’attrapai ses mains comme j’aurais attrapé un couple d’oiseaux sur le point de s’envoler, je dis : « Le secrétaire Guan a l’air d’être quelqu’un du Nord, s’il est du Dongbei, chaque fois que nous irons le voir, nous lui apporterons des feuilles de soja en gelée et des pâtes froides, s’il est du Shandong, nous apporterons de la ciboulette et des galettes, s’il est du Shanxi, du millet et du sorgho, s’il est du Shâanxi, du vinaigre vieux. »

Pendant un bon bout de temps avant le déjeuner, nous restâmes assis dans la chambre de la résidence d’hôtes, à tirer des plans sur la révolution et le travail, notre carrière et notre avenir, le mariage et le foyer, les relations et l’amitié. Nous avions déjà décidé d’attendre la déclaration de notre prise de poste pour nous marier, afin qu’un double bonheur ajoute l’éclat de son sourire à la gloire radieuse de nos vies, qu’une grande force propulse la voile de notre vaisseau révolutionnaire, notre triomphe resplendissant, florissant, magnifique illuminerait le monde des hommes et nous monterions vers le ciel à pas de géants – le mieux serait que nous (moi), avant trente-trois ou trente-cinq ans, quittions le district pour aller à la préfecture, et que je devienne commissaire préfectoral adjoint ou maire de Jiudu.

Et c'est à ce moment-là que le directeur de la résidence nous appela pour le repas.

Les plats étaient bien entendu absolument exquis, la résidence avait préparé un menu complet digne de la réception du nouveau chef de district : poisson grillé, poulet à l'étuvée, côtelettes, canard salé et soupe aux boulettes, posés çà et là sur quatre tables. Mais le seul qui nous accompagna fut le chef de service Liu. Au début, il avait été convenu que les membres de l'équipe dirigeante du district seraient tous présents, le secrétaire Guan nous aurait présentés à table « pour information interne » et leur aurait fait une annonce formelle, afin que nous fassions connaissance au plus vite avec les directeurs de services et le travail de chacun. Mais le secrétaire Guan ne vint pas. Les membres de l'équipe dirigeante ne vinrent pas non plus. Dans la grande salle à manger de la résidence d'hôtes, où étaient disposées les quatre tables, nous n'étions que trois : le chef de service Liu, Rouge Mei et moi. En y repensant, le séisme de notre carrière révolutionnaire mijotait déjà sous nos pieds, la terre ferme commençait à trembler, mais la victoire nous avait embrumé le cerveau, l'excellente perspective révolutionnaire masquait l'immense tragédie qui était en train de se jouer. Quand nous étions descendus de l'étage, nous avions tourné à droite pour rejoindre le bâtiment de la grande salle à manger, voyant le chef de service Liu, j'avais adopté pour lui serrer la main l'attitude affable du nouveau chef de district, et Rouge Mei prononcé un « Bonjour, monsieur le chef de service » croquant et suave, comme un abricot trop mûr, mais le chef de service s'était contenté de me prendre le bout des doigts, et à Rouge Mei il avait répondu « hum », en lui jetant un simple coup d'œil.

Tout en contemplant les plats sur les tables, les alcools et les coupes, je demandai :

« Le secrétaire Guan n'est pas encore arrivé ? »

Liu, assis à l'une des tables :

« Vient pas. »

Un peu étonné, je demandai : « Et les autres directeurs du district.... »

Liu prit son bol et ses baguettes :

« Allez-y, mangez, je vous expliquerai après. »

Je commençais à sentir un peu de houle sous mes pieds, sous leur plante je sentais naître un vent froid. Je regardai Rouge Mei, une légère pâleur voilait son visage, il va sans dire qu'elle avait déjà senti dans l'attitude et les gestes du chef de service Liu un mauvais présage, quelque chose qui clochait. Mais après tout, nous étions d'audacieux généraux sortis du maelström des batailles. Après tout, nous étions tous des révolutionnaires riches en expériences de la lutte. Après tout, dans la révolution, quelles tempêtes n'avions-nous pas vues, et sinon vues, du moins entendues. Nous le savions, la révolution, parfois, réussissait le temps d'une pensée, ou le temps d'une pensée elle échouait. Mais le succès de la révolution n'équivaut en rien à la fin de la lutte. Tant que les classes existeront, la lutte des classes ne finira jamais, la lutte entre le prolétariat et la classe capitaliste, la lutte des classes entre les forces de chaque faction du pouvoir politique, la compétition pour la prise du pouvoir entre le prolétariat et les capitalistes ainsi que la conquête idéologique dureront encore longtemps, connaîtront des revirements, parfois même de brusques retournements de situation, deviendront incroyablement féroces. En voyant Liu qui attaquait déjà les plats, je lançai un regard à Rouge Mei pour que nous nous asseyions de chaque côté de lui, et nous commençâmes à manger.

Les fumées des plats sur les quatre tables montaient dans la salle claire, les mouches pleines d'une nouvelle vie après l'hibernation s'en donnaient à cœur joie, sans vergogne, sur les trois autres tables, leurs gris bourdonnements ressemblaient au duo de *huqin* dans *L'Attaque du régiment du Tigre blanc*. Le rayon de soleil se déplaça des tables sur nous et nos visages, chaud et luisant comme si on avait tiré une nappe graisseuse sur Rouge Mei et moi. Le directeur de la résidence, ne comprenant pas ce qui se passait, se tenait prudemment au seuil de la salle. Le chef de service Liu avait mangé la moitié de son riz blanc et piochait avec ses baguettes dans l'assiette de porc sauté au piment. Rouge Mei et moi avions rempli notre bol de riz, mais il restait immobilisé en l'air, nous avions perdu l'appétit, nous ne nous servions que dans le plat de légumes, sans oser toucher aux viandes et aux poissons, aux côtelettes, au poulet à l'étuvée, au canard salé. Le temps semblait un bout de lard figé au bout de nos baguettes. Les bruits de mastication de Liu s'écrasaient contre la table comme des tuiles d'argile. Rouge Mei ne cessait de m'observer, le regard hésitant et sombre comme un rideau noir trempé d'eau.

Finalement, mon bol toujours immobilisé en l'air : « Monsieur le chef de service, que se passe-t-il ? »

Liu me jeta un coup d'œil en coin : « C'est à vous qu'il faut demander ce qui s'est passé, c'est à vous deux. »

Je posai mon bol sur la table : « Nous sommes tous des membres du Parti, nous sommes des camarades, des révolutionnaires corps et âme, corps et âme pour le Président Mao, pour le Parti communiste, que s'est-il passé enfin ? Je vous en prie, monsieur Liu, parlez-nous franchement. »

Le chef de service Liu me lança un regard suspicieux.

Rouge Mei posa elle aussi son bol et ses baguettes : « Monsieur Liu, vous avez environ l'âge de nos parents, vos états de services sont ceux d'un révolutionnaire de la génération de nos aînés et vous êtes notre supérieur hiérarchique, tout cela va de soi. Si vous devez faire notre critique, si vous devez nous juger, critiquez-nous et jugez-nous, mais si vous ne dites rien, nous n'aurons aucun moyen de rectifier le malentendu. »

Le chef de service posa enfin lui aussi son bol. Il alla jusqu'à la porte de la grande salle pour bien la fermer, revint s'asseoir à sa place, s'essuya la bouche de la main, puis cracha sous la table un grain de riz resté coincé entre ses dents : « Mon petit Gao, ma petite Xia », le visage aussi expressif qu'une dalle bleu-vert, « considérez cela comme un entretien formel. Considérez que c'est l'organisation qui s'adresse formellement à vous. Vous êtes deux successeurs plein d'avenir. Le secrétaire Guan, en lisant votre dossier, avait décidé de mettre l'accent sur votre formation, et le secrétaire Guan est homme à être promu, tôt ou tard, au niveau de la province. Le secrétaire Guan et les dirigeants du Comité central sont en relation. Mais vous n'avez pas été dignes de ses attentes, vous n'avez pas été dignes de la formation et de l'éducation que vous a données l'organisation du Parti. Quant à ce qui s'est passé, moi, Liu, je l'ignore, mais vous avez plongé le secrétaire Guan dans une colère noire, au point qu'il en a jeté le téléphone par terre. Pourquoi ? Vous le savez mieux que quiconque. A présent, examinez si votre fidélité à l'organisation, au Parti, au Président Mao est vraie ou fausse. Il est peut-être encore temps de parler, ne serait-ce qu'un tout petit peu, mais si vous ne parlez pas, les conséquences ne se limiteront pas à savoir si vous serez ou non chef de district ou présidente de l'association des femmes, elles ne signeront pas seulement la fin de votre avenir politique. » Arrivé à ce stade de son discours, le chef de service Liu jeta un coup d'œil en biais par la fenêtre de la salle du restaurant, il nous regarda, la bouche close un instant, il attendit que deux promeneurs au-dehors soient passés, puis dit, moitié pour nous éclairer, moitié pour nous intimider : « A quel point cette révolution est dure, vous le savez mieux que moi. Que la lutte des classes soit complexe et sans pitié, vous en êtes conscients. Mais il y a un point essentiel : dans la lutte des classes, il ne faut surtout pas se croire intelligent, surtout pas se tirer une balle dans le pied, on ne peut pas passer du camp de la révolution au camp de la contre révolution. »

Après ces mots, le chef de service reprit son bol et recommença à manger, comme s'il avait terminé ce qu'il avait à dire, la conscience tranquille il enfourna une cuisse de poulet dans sa bouche. *Brusque retournement de situation, les seigneurs de guerre reprennent les combats ; Pluie et brouillard brouillent l'azur, les monts Serpent et Tortue ferment le Grand Fleuve ; où va cette marche ? Vers la vaste tempête du fleuve Gan ; En haut du mont des Nuages blancs les nuées vont se lever, au pied du mont des Nuages blancs les cris de s'impatienter ; Dit-on soudain parmi les hommes que le tigre est vaincu ? Les larmes s'envolent aussitôt comme une pluie se déverse.* Nous savions qu'un événement très grave s'était produit, ce devait être peu après notre entretien avec le secrétaire Guan, pendant que nous nous ébattions dans nos plaisirs de couple et préparions l'avenir dans la chambre. Nous avions le pressentiment qu'il s'agissait de l'affaire du tunnel et de la mort de Cheng Qingdong. Je regardai à la dérobée Rouge Mei, son visage était livide comme une feuille blanche, les coins de sa bouche tremblotaient *ding ding*, ses mains posées sur le bord de la table étaient agitées d'un mouvement de va-et-vient comme si on lui avait saisi les poignets pour les secouer. Comme elle, j'étais plutôt nerveux, mais j'étais un homme, j'étais le maire, j'étais le nouveau chef du district, un jeune révolutionnaire, un homme politique d'exception, un stratège militaire passé par bien des champs de bataille idéologiques. Rouge Mei cherchait mon regard comme l'enfant emportée dans un tourbillon regarde son père sur la berge, je ne pouvais la laisser penser que je n'étais pas un homme, que je n'étais pas un révolutionnaire, que je n'étais pas un stratège militaire et un politique, elle était mon âme ma chair, ma quintessence et ma compagne, bien entendu je n'allais pas l'abandonner au désespoir. Je m'éclaircis la gorge pour lui signifier, pas de panique, du calme, même si nous allons en prison, il faut avoir la volonté et le courage du fervent révolutionnaire He Zunping dans son poème *Assis dans ma prison.*

Mon regard alla du visage de Rouge Mei aux mains graisseuses de Liu : « Monsieur le chef de service, le Président Mao a dit, quand nous parlons et quand nous agissons il faut avoir une cible précise, il faut avoir un fondement, ce n'est que de cette façon que ceux qui nous écoutent seront convaincus, seront sincèrement convaincus. »

Le chef de service s'arrêta de mordre dans sa cuisse de poulet, il me dévisagea d'un œil froid : « Mon petit Gao, je vous ai dit la vérité, celui que vous avez mis en colère, ce n'est pas moi, c'est le secrétaire Guan. Comment vous y êtes-vous pris pour le mettre en colère, vous seuls le savez. Si vous n'avez plus faim, retournez réfléchir dans votre chambre, après le repas je ferai mon rapport au secrétaire et j'attendrai ses instructions, plus tard il viendra peut-être en personne avoir une franche discussion avec vous. »

Rouge Mei et moi quittâmes donc la salle du restaurant en premier.

La salle d'interrogatoire spéciale

Si je vous ai raconté que l'emprisonnement de Wang Zhenhai et de Zhao Qing ainsi que l'expulsion du Parti et le renvoi du chef de district Wang n'avaient pris qu'un mois, de notre côté il ne fallut même pas une journée pour que moi et Rouge Mei nous passions de futurs chef de district et présidente de l'association des femmes à la salle d'interrogatoire spéciale au poste de la sécurité publique.

Peu de temps après le déjeuner, le chef de service Liu vint dans ma chambre et nous adressa, à moi et à Rouge Mei, uniquement trois phrases. Ensuite, il nous remit à la sécurité publique et nous fûmes placés en salle d'interrogatoire spéciale.

Il avait déclaré : « Premièrement, le secrétaire Guan est parti au siège de la province cet après-midi pour une réunion urgente, il a décidé de pas revenir vous voir. Deuxièmement, quant à la gravité de votre faute, je crains qu'il n'y ait que vous pour savoir clairement de quoi il s'agit ; quand il aura le temps, le secrétaire Guan viendra en personne vous poser des questions à propos de cette affaire, il espère que vous ne persisterez pas dans votre erreur, que vous ne foncerez pas tête la première contre la muraille de fer de la dictature du prolétariat. Troisièmement, le secrétaire a dit que, s'il n'a pas le temps, il enverra son homme de confiance pour s'entretenir avec vous, il espère que vous ne dissimulerez rien, que vous ne fuirez pas, que vous parlerez franchement, et alors le secrétaire Guan vous pardonnera. »

Après ces mots, le maigre et petit chef de service Liu quitta la chambre n° 2. D'ailleurs, en parlant de lui, je le considère comme un bon camarade, car en arrivant à la porte, il se retourna quelques secondes pour nous contempler avec sympathie : « Vous êtes encore jeunes, ne cachez rien, dites ce que vous avez à dire. Par les temps qui courent, quelqu'un peut tuer des dizaines de personnes au nom de la révolution et garder son poste comme avant, alors pourquoi ne pas parler ? »

Et il s'en alla.

A peine était-il parti que quatre gaillards costauds en uniforme entrèrent dans la chambre, sans mot dire ils procédèrent à une fouille au corps complète, ils examinèrent même les cheveux de Rouge Mei et l'arrière de ses oreilles sous les cheveux, puis ils nous passèrent les menottes. Des larmes mouillaient les yeux de Rouge Mei mais elle se mordait les lèvres pour qu'elles ne coulent pas. Avant l'arrivée de Liu, nous nous étions mis d'accord. J'avais dit : « Rouge Mei, est-ce que tu regrettes ? » Elle avait dit : « Tant que tu m'aimes du fond de ton cœur, je ne regrette rien. » J'avais dit : « J'ai un regret. C'est de ne pas t'avoir épousée à temps dans les formes. » Elle avait laissé échapper un sanglot et s'était accrochée à moi en pleurant : « Tsé-toung, ça me suffit, ça valait le coup, rien que pour ce que tu viens de dire, ça valait le coup de te suivre dans cette révolution. » Nous nous étions mis d'accord pour que, quoi qu'il arrive, nous ne pleurions pas. Nous nous étions mis d'accord pour ne laisser personne considérer notre couple révolutionnaire comme un couple d'argile, de paille, de papier. *Nos têtes peuvent sauter, notre sang couler / La volonté révolutionnaire ne peut rompre / ♫ ~ Peu importe nos fers nos chaînes / A nos chevilles à nos poignet-et-ets ! / Ils n'enfermeront pas notre idéal qui s'envole au cieeeee-eee-eee-e-el / Hatoyama le bandit voulait les documents secret et ets, et usa de tortures cruelles / Os brisés peau déchirée notre volonté est ferme / Au champ d'exécution, le cœur léger, la tête haute nous regardons au loiiiiiii-iiiinn-in-in / Nous voyons… / Le drapeau rouge ! de la révolution ! haut levé ! / Les feux de guerre de la lutte brûlent déjà sur la plaine ! / Soudaiiiiiiiiii-aiiii-aiiin là-bas, vient la tempêêêêêêêêê-ê-ê-te / Ceeeen-eeen-ent fleu-eu-eurs éclatantes ! / Sur les nouveaux villages le soleil levant semble éclairer le monde ! / Alors toute la Chi-i-ine est plantée de rou-ou-ges drapeaux ! / En y pensant, notre confiance ! l'esprit de combat ! grandiiiiii-iii-ii-it-it-it / Moi pour le Parti ! elle pour le Parti ! nous avons très peu à offrir / Notre plus grand souci est de savoir si / Notre sentiment révolutionnaire, notre amour de camarades, laissera un nom dans le siècle / Et se transmettra de génération en génération !* ~ ♫

Après nous avoir passé les menottes, on nous couvrit les yeux d'un tissu noir, comme à de vrais prisonniers, puis nous fûmes emmenés en voiture pendant une heure environ. Lorsqu'on nous enleva les menottes et le tissu sur nos yeux, nous étions déjà arrivés dans la salle d'interrogatoire spéciale d'une prison quelque part. La salle était grande comme trois pièces, à peu près de la même taille que la salle de réunion du comité du Parti de la Colline des Cheng, la différence étant que les fenêtres de celle-ci étaient lumineuses et claires, alors qu'ici elles étaient aussi petites que la moitié d'un portrait officiel du Président Mao ; en outre, il n'y en avait que deux et elles étaient placées bien plus haut qu'à hauteur d'homme, on n'atteignait même pas le rebord inférieur en se hissant sur la pointe des pieds, le bras tendu. Les barreaux d'acier avaient l'épaisseur d'un doigt, serrés comme un buisson de ronces, on pouvait tout au plus passer un poing à travers. En somme, cette salle de détention spéciale ressemblait à un silo à grains financé par l'Etat dans la guerre contre l'impérialisme américain et le révisionnisme soviétique. Mais ce qu'elle avait de plus spécial, ce n'était pas qu'elle ressemblait à un silo, mais c'était que, hormis les ampoules installées dans tous les coins, sur le sol, au plafond, sur les quatre murs étaient alignés bien en rangs, bien serrés les uns contre les autres, des portraits et des citations de Marx, Engels, Lénine, Staline, Mao (à plus de quatre-vingts pour cent du Président Mao), imprimées en rouge, jaune, vert, avec des caractères typographiques dans le style Song, ou dans le style du calligraphe Liu ou des stèles des Wei, ou encore dans le style cursif et virevoltant du pinceau du Président Mao. Quand le tissu noir fut retiré de nos yeux (nous ne nous attentions pas à ce qu'ils nous enferment tous les deux dans la même pièce), nous fûmes un moment déboussolés. La flamboyante et écarlate atmosphère révolutionnaire nous coupa le souffle. Pile au milieu du plafond, au-dessus de nos têtes, il y avait une immense étoile à cinq branches, peinte en rouge et jaune, au bout de chaque branche était suspendue une grosse ampoule, entourée des cinq portraits de Marx, Engels, Lénine, Staline et Mao, et tout autour de ces portraits il y avait des citations et des sentences des grands hommes, elles couvraient tout le plafond jusque dans les coins. Sur les quatre hauts murs, on avait collé des citations toutes écrites sur fond rouge avec des caractères jaunes de la même taille en cinq colonnes, elles montaient du sol au plafond, et ces colonnes de citations semblables à un océan ne laissaient pas voir une seule brique des murs. Enfin, il y avait par terre, au milieu, un carré en ciment d'un mètre sur un mètre sur lequel étaient posés deux tabourets d'environ un mètre de haut, dont les sièges avaient la taille d'une feuille de livre, tandis que l'espace qui menait à la porte était entièrement recouvert de statuettes en plâtre du Président Mao de toutes les dimensions. Celui qui nous retira les bandeaux et les menottes était un jeune soldat portant insigne au col et insigne à la casquette, il prit *cling cling clang clang* les menottes dans la main gauche, les bandeaux dans la main droite, et nous regarda d'un drôle d'air, du pied il écarta les deux tabourets à un mètre de distance et prononça ces phrases dénuées du moindre sentiment de classe : « Montez là-dessus ! Quand vous serez prêts à fournir une explication franche, vous nous appellerez. »

Paroles aussi bleues que violettes, d'un vert noirâtre, et moi et Rouge Mei, après une hésitation, montâmes sur les tabourets et nous tînmes dessus pareils à des arbres plantés. C'est alors que nous découvrîmes, au centre des tabourets, trois grands clous plantés à l'envers qui dépassaient d'un pouce. Autrement dit, nous ne pouvions que nous tenir debout ou bien nous accroupir, sans possibilité de nous asseoir. Si on s'asseyait, les trois clous rentraient dans la chair. Je me souvins de ces paroles selon lesquelles nous devions mettre en pratique l'humanisme révolutionnaire, j'aurais voulu échanger quelques mots avec le soldat, mais je le vis marcher à reculons, penché en avant, il commença par encoller le dos d'un immense portrait du Président Mao, pour le fixer sur le sol entre nos tabourets. Puis, comme s'il était en train d'effectuer un tour de magie, il sélectionna, parmi celles qui étaient entassées de chaque côté, des statuettes du Président Mao qu'il posait tantôt à gauche, tantôt à droite sur le passage menant à la porte. Ses gestes étaient agiles, il marmonnait entre ses dents comme s'il récitait une formule secrète. Quand il eut reculé jusqu'au seuil, les statuettes du Président Mao faisaient quatre rangées ondulantes sur le sol et bloquaient entièrement le passage pour entrer et sortir. C'est à ce moment-là seulement que je compris que nous étions enfermés dans la salle de détention spéciale d'une prison d'un genre particulier. Une salle de détention dont nous n'avions jamais entendu parler. Jamais nous n'avions pensé que dans le monde de la grande révolution, il y eût encore ce genre de salle de détention. Après un *cling-clang* glacé, le soldat verrouilla l'épaisse porte en fer dans son cadre en bois, le rai de lumière dans la pièce s'assombrit dans un *aïe !* puis le silence tomba. Nous fûmes soudain complètement coupés du monde, nous avions beau nous trouver encore dans un environnement révolutionnaire, c'était une tout autre révolution, une tout autre atmosphère. Rouge Mei était debout sur le tabouret de gauche, moi sur celui de droite, séparés par la ligne de démarcation de l'immense portrait du Président Mao. Dans le double rayon du crépuscule qui passait par les fenêtres, j'aperçus le visage de Rouge Mei qui paraissait plus paisible que tout à l'heure, comme si elle avait tout compris et pouvait faire face à tout, avec une nuance grave et imposante. Je ne savais pas si dans cette voiture inconnue (ce devait être une jeep avec le cul carré), assise à côté de moi, au gré des cahots de la route, ses larmes avaient coulé à flots ou lentement, ou si elle était restée aussi digne que Li Yuhe se rendant au champ d'exécution dans *La Lanterne rouge*. Mais le soleil devait être en train de se coucher derrière les montagnes à l'ouest, au milieu de l'éclat des imprimés et du rouge qui envahissait la pièce, le rayon écarlate qui se déversait par les fenêtres, réfracté, formait un feu ardent. On entendait les bruits de pas oisifs des gardes marchant au-dehors, on pouvait voir un visage qui venait regarder à l'intérieur (ils devaient sûrement se tenir sur une sorte d'estrade), et *clic-clac* cachait la mince lumière. A chaque obscurcissement, nous savions que nous étions surveillés, que nous étions gardés. Je lus en diagonale les citations et les sentences dans la pièce, c'étaient celles que l'on voyait habituellement pendant la révolution, et que huit personnes sur dix pouvaient réciter par cœur. Par exemple : C'EST LE PARTI COMMUNISTE CHINOIS LA FORCE MOTRICE QUI DIRIGE NOTRE CAUSE ; C'EST LE MARXISME-LÉNINISME LE FONDEMENT THÉORIQUE QUI GUIDE NOTRE PENSÉE. Par exemple : COMPRENDRE LA LUTTE DES CLASSES RÉSOUT TOUS LES PROBLÈMES, LA LIGNE POLITIQUE EST UN FILET, IL SUFFIT DE LE TIRER. Ou encore : APPRENDRE, APPRENDRE, ENCORE APPRENDRE, PROGRESSER, PROGRESSER, ENCORE PROGRESSER, etc. Mais au milieu de chacun des quatre murs et aux endroits les plus visibles, c'était différent : le contenu des sentences était fouillé et précis, le sens profond, d'une certaine portée, il restait longtemps en bouche, il était riche, il incitait à la réflexion, et en même temps provoquait l'effroi. Sur le mur en face de l'entrée, à l'endroit le plus visible, ces mots : A L'AVEU, PEINE LÉGÈRE ; À L'OBSTINATION, PEINE LOURDE. Sur le mur en face de moi : QU'EST-CE QUE LE PEUPLE ? EN CHINE, AU STADE ACTUEL, C'EST LA CLASSE OUVRIÈRE, LA CLASSE PAYSANNE, LA CLASSE DES PETITS-BOURGEOIS DES VILLES ET LA BOURGEOISIE NATIONALE. CES CLASSES, SOUS LA DIRECTION DE LA CLASSE OUVRIÈRE ET DU PARTI COMMUNISTE, UNIES ENSEMBLE, FORMENT LEUR

ETAT, ÉLISENT LEUR GOUVERNEMENT, METTENT EN ŒUVRE LA DICTATURE CONTRE LES LAQUAIS DES IMPÉRIALISTES, C'EST-À-DIRE LA CLASSE DES PROPRIÉTAIRES TERRIENS, LA CLASSE DE LA BUREAUCRATIE CAPITALISTE, AINSI QUE LE PARTI RÉACTIONNAIRE DU KUOMINTANG QUI REPRÉSENTE CES CLASSES ET LEURS COMPLICES, ELLES METTENT EN ŒUVRE UNE AUTOCRATIE, POUR ÉCRASER CES GENS ET NE LEUR PERMETTRE QUE D'OBÉIR, SANS DISCOURS NI ACTIONS IRRESPONSABLES. Derrière moi, Rouge Mei était en train de lire sur le mur : LE RÉSUMÉ DE NOTRE EXPÉRIENCE SE CONCENTRE SUR UN POINT : C'EST LA DICTATURE DÉMOCRATIQUE DU PEUPLE SOUS LA DIRECTION DE LA CLASSE OUVRIÈRE (À TRAVERS LE PARTI COMMUNISTE) DONT LE FONDEMENT EST L'ALLIANCE AVEC LA CLASSE PAYSANNE. CETTE DICTATURE DOIT S'UNIR AVEC LES FORCES RÉVOLUTIONNAIRES INTERNATIONALES. TELLE EST NOTRE FORMULE, TELLE EST NOTRE EXPÉRIENCE PRINCIPALE, TELLE EST NOTRE PRINCIPE DIRECTEUR. Et sous les fenêtres, il y avait ces deux paragraphes célèbres, et puissants, comme le détonateur et l'explosif. Sous la fenêtre gauche : LUTTER, PERDRE, LUTTER À NOUVEAU, PERDRE À NOUVEAU, JUSQU'À LA VICTOIRE : TELLE EST LA LOGIQUE DU PEUPLE, C'EST UNE LOGIQUE CONTRE LAQUELLE ILS N'IRONT JAMAIS. Sous la fenêtre de droite : DANS LA LUTTE DES CLASSES, CERTAINES CLASSES GAGNENT, D'AUTRES SONT ANÉANTIES, C'EST L'HISTOIRE, C'EST L'HISTOIRE DE LA CIVILISATION MULTIMILLÉNAIRE. Et au plafond, le grandiose jugement éclairé de Marx sur la dictature du prolétariat, qui anticipait la course du socialisme tel un phare illuminé : ENTRE LA SOCIÉTÉ CAPITALISTE ET LA SOCIÉTÉ COMMUNISTE, IL Y AURA UNE PÉRIODE DE TRANSFORMATION RÉVOLUTIONNAIRE DE LA PREMIÈRE VERS LA SECONDE, EN MÊME TEMPS IL Y AURA UNE PÉRIODE DE TRANSITION

POLITIQUE CORRESPONDANTE, LE PAYS, À CETTE PÉRIODE, NE POURRA QU'ÊTRE LA DICTATURE RÉVOLUTIONNAIRE DU PROLÉTARIAT. Sur le sol, c'était l'explication essentielle de la grandiose doctrine marxiste, plus approfondie, plus développée par Lénine, c'est-à-dire la doctrine de la révolution de la lutte des classes : LA DICTATURE DU PROLÉTARIAT EST UNE GUERRE CRUELLE. LE PROLÉTARIAT A REMPORTÉ LA VICTOIRE DANS UN PAYS, MAIS IL EST PLUTÔT FAIBLE DANS L'ENVIRONNEMENT INTERNATIONAL... LA LUTTE À LAQUELLE NOUS ASSISTONS NE S'ÉTAIT ENCORE JAMAIS PRODUITE DANS L'HISTOIRE... LE PEUPLE NE PEUT PAS AVOIR EU L'EXPÉRIENCE DE CETTE SORTE DE GUERRE. NOUS DEVONS CRÉER CETTE EXPÉRIENCE.

Dans la vie quotidienne de la révolution, peut-être ne sentions-nous pas la merveille et la puissance de ces citations et de ces sentences, mais dans cette prison, dans cette salle d'interrogatoire spéciale ou salle de détention, après les avoir lues, je sentis les soubresauts discrets d'un immense courant de fond sous les pieds du tabouret, pareils aux rapides courants qui labourent le Fleuve Jaune et le Fleuve Bleu, à dix, à cinquante mètres sous terre, telle une coulée de boue hurlante et tumultueuse sous nos deux tabourets, telle la lave d'un volcan sur le point d'exploser brisant la croûte terrestre comme lorsqu'on a mal au ventre. Je pouvais vaguement sentir le sol osciller, les pieds du tabouret trembler, comme si à tout moment nous allions en tomber.

Après que j'eus jeté un rapide regard circulaire sur ces citations et sentences autour de moi, Rouge Mei, se tournant sur son tabouret, les lut elle aussi en silence. Son visage avait un teint gris poussière sur lequel se posa, à la lueur du soleil couchant, un voile rouge sombre. Nous étions distants d'un peu plus d'un mètre, l'immense portrait du Président Mao nous séparait tels monts enneigés et verte prairie. Il semblait y avoir entre nous une montagne de verre, une muraille de verre, nous pouvions nous voir mais pas nous prendre la main, nous pouvions nous parler, mais nous ne pouvions pas laisser une goutte de salive ou un postillon tomber au sol. Nous croyions qu'ils nous avaient enfermés dans cette salle de détention spéciale parce que nous étions un couple de révolutionnaires radicaux de la tête aux pieds, des dirigeants à la fois rouges et experts, chef de district et membre du comité proclamés à un jour près, nous croyions que par humanisme révolutionnaire et par un sentiment d'amour-haine entre camarades ils ne nous avaient pas enfermés dans une vraie prison, nous croyions qu'après avoir ainsi reçu cette punition révolutionnaire, nous serions emmenés ailleurs.

Je dis : « Rouge Mei, ça va ? »

Elle me fit un signe de tête : « Mes jambes tremblent un peu. »

Je dis : « Si elles tremblent, accroupis-toi, il ne faut surtout pas descendre. »

Elle dit : « J'ai compris. »

L'ombre devant la lucarne oscilla, nous aperçûmes un visage maigre qui regardait à l'intérieur, la baïonnette au fusil qu'il portait à l'épaule se dressait parallèle à son cou maigre. Moi et Rouge Mei jetâmes un coup d'œil dans sa direction, voyant qu'il ne nous interdisait pas de parler ni de nous accroupir, nous ressentîmes plus encore la chaleur de l'humanisme révolutionnaire. Nous nous accroupîmes, les mains accrochées à ce siège en bois (ce devait être du saule) de la largeur d'une feuille de livre, je dis : « Les citations sur les murs rééduquent notre pensée, les figures du Président Mao étalées partout sur le sol nous interdisent de fuir, en posant un pied par terre nous commettrions une faute politique, nous serions doublement coupables. » Elle fixa le portrait du Président Mao sur le sol, un morne sourire passa sur son visage, elle voulut dire quelque chose mais ne dit rien.

Je dis : « Tant que notre amitié révolutionnaire est là, que nos cœurs sont à l'unisson, tu n'as pas besoin de parler, un regard suffit pour que je comprenne. »

Elle dit : « Ils vont nous laisser passer la nuit sur ce tabouret ? »

Je dis : « Je ne sais pas. »

Elle dit : « Si nous restons accroupis toute la nuit, nous tomberons par terre, et nous piétinerons le portrait du Président Mao. »

Je dis : « C'est exactement ce qu'ils veulent, alors nous serons doublement coupables. »

Un ultime rayon de soleil s'attardait encore et une certaine pénombre venait juste de s'installer lorsque la salle de détention fut soudain tout illuminée. Toutes les lampes s'allumèrent ! Il y avait cinq projecteurs au plafond, deux sur chaque mur. Les treize ampoules étaient toutes de deux cents ou cinq cents watts, les réflecteurs qui ressemblaient à des haut-parleurs étaient pointés sur nous, bouillants et lumineux. D'un coup, nous sentîmes tout notre corps griller sous la flamme, nos yeux piquaient, douloureux, comme si des bottes d'aiguilles de métal chauffées à blanc nous avaient été enfoncées dans les orbites. Nous nous frottâmes les yeux en panique et, une fois accoutumés à cette brûlante lumière, nous vîmes que les deux petites fenêtres avaient été refermées. Nous entendîmes les bruits de pas de la sentinelle qui descendait de sa guérite et les grincements des degrés sous ses pas, comme si on nous abandonnait dans la fournaise révolutionnaire, sans souci ni question, attendant seulement que nous soyons réduits à l'état de déchets contre-révolutionnaires pour nous sortir de là et piétiner nos déchets contre-révolutionnaires, et les piétiner encore, satisfaits seulement par notre mort, à jamais un tas de caca de chien méprisé des humains.

Ma perspicacité me le fit clairement comprendre.

Notre intuition nous fit clairement comprendre tout cela.

Nous avions anticipé à cent pour cent leurs intentions et leur objectif. Le portrait du Président Mao au-dessous de nous était impeccable, il suffisait de descendre du tabouret pour laisser une trace de chaussures dessus, et même si nous les avions retirées, notre empreinte de pied serait restée. Il y avait aussi ces statuettes en plâtre du Président Mao disposées en quatre lignes ondulantes jusqu'à la sortie. Aussitôt les lumières allumées, je vis sur certaines d'entre elles un caractère avec peu de traits, comme 工 *travail* ou 十 *dix*, 五 *cinq*, 三 *trois*, mais aussi 或 *ou*, ainsi qu'une virgule. Evidemment, chacune de ces statuettes de tailles et de factures différentes était posée là selon une formule secrète. Plus piégeux encore, les visages de ces figures étaient tournés dans une certaine direction, ces signes n'étaient pas seulement faits pour se souvenir de la position et de l'ordre des statuettes, mais aussi de leur orientation. Nous les observâmes avec attention : si on n'en enlevait que deux ou trois, il était impossible de poser un pied ; en descendant de ce tabouret, il fallait en enlever cinq ou six d'un coup pour pouvoir poser les pieds au sol, et à chaque pas, il fallait replacer chacune à sa place d'origine derrière soi. Et c'est là que les ennuis commençaient, car même si vous vous rappeliez l'emplacement de la troisième, la quatrième et même la cinquième ou la sixième figurine, il vous était impossible de vous rappeler leur orientation. Il n'y en avait presque aucune avec des orientations identiques, et l'orientation de chacune n'était pas est, ouest, nord ou sud, mais plutôt nord-ouest ou un peu plus nord-est, sud-ouest ou un peu plus sud-est, ou encore sud-est ou sud-ouest un peu plus tourné vers le nord. Ces statuettes serrées les unes contre les autres en quatre lignes ondulantes étaient pareilles à un labyrinthe révolutionnaire, pour en sortir il fallait absolument connaître la formule secrète du chemin.

Nous nous regardâmes sans rien dire. Heureusement, ce n'était pas encore le plein été, nous n'étions pas encore enveloppés de touffeur comme dans un panier à vapeur. Dans le silence qui suit le crépuscule (ce devait être après le crépuscule), nous n'entendîmes plus le vacarme des usines dans la ville, ni le sifflet des trains convoyant le charbon qui passaient le soir sur les rails des faubourgs (ô inoubliable chemin de fer des faubourgs), nous sentions vaguement une puissante odeur champêtre qui tel un velours se glissait par les interstices de la porte et des fenêtres, nous distinguions, mêlée à cette senteur, l'odeur d'un four où cuisaient des briques et des tuiles (ou alors c'était l'odeur des champs qui se mêlait au soufre du four à briques). Je ne voyais pas l'expression de mon visage, mais je savais que mon cœur était morne et froid comme un tissu bleu ou gris tout mouillé. Je voyais le visage de Rouge Mei qui, à je ne sais quel moment, était devenu assez pâle, elle paraissait à nouveau nerveuse et troublée. Le temps était aussi épais et collant qu'une coulée de boue jaune qui n'avance pas, lent, lent, lent, il débordait et saturait l'environnement révolutionnaire de cette salle immense et vide. Nous étions là, accroupis à un mètre de hauteur, nos pieds tenant tout juste sur ce siège en saule, regardant tantôt nos pieds, tantôt le Président Mao sous nos pieds (et notre Grand Timonier souriait avec tant de bonté), tantôt relevant la tête pour nous regarder. J'aurais bien voulu trouver une phrase qui puisse nous remonter le moral (la matière est primordiale, l'esprit est secondaire, mais dans certains moments précis, dans certaines conditions spécifiques, la matière laisse place à l'esprit, l'esprit remplace la matière pour devenir primordial, il devient le guide et le maître : telle est la dialectique matérialiste, la vision globale du matérialisme historique). Nous aurions vraiment voulu trouver un sujet qui puisse motiver notre esprit combatif. Je réfléchis longtemps et finalement je trouvai :

Je dis : « Rouge Mei, tu as faim ? »

Elle secoua la tête dans ma direction.

Je trouvai un nouveau sujet de conversation : « Si on avait su, on aurait un peu mieux mangé à midi, le repas était si bon. »

Elle se contenta de sourire sans rien dire, le sourire resta suspendu à son visage tel un mince nuage jaune.

Je trouvai un sujet de conversation un peu plus neuf. Inconsciemment, je regardai la porte et les fenêtres fermées à double tour : « Dis-moi comment tu penses que le secrétaire Guan a su pour nous deux. »

Elle écarquilla les yeux, réfléchit un moment, puis murmura d'une petite voix : « Est-ce que quand nous étions dans ta chambre, quelqu'un… ? »

Je la coupai, catégorique : « Impossible. Le rideau était bien fermé, il n'y avait aucun interstice. »

Elle dit : « Alors… une dénonciation ? »

Je dis : « C'est certain. »

Elle dit : « Qui donc ? Personne ne sait, pas même le ciel, ni la terre… »

Je dis : « Il n'y a que ton beau-père, il n'y a que Cheng Tianmin. Wang Zhenhai arrêté, Cheng Tianmin a pressenti le succès de notre révolution et notre ascension fulgurante à tous les deux. Crois-tu qu'il se soit résolu à notre ascension fulgurante, à nous voir convoler ? Qu'il ne nourrissait pas de méfiance quant à la mort de son fiston ? Qu'il n'aurait pas en secret épié attentivement nos mouvements ? » Je jetai un nouveau coup d'œil vers la porte et les fenêtres, j'entendis le silence au-dehors qui tel un coup de vent s'engouffra violemment dans mes oreilles. « Notre départ du bourg ce matin, il l'a vu. » Je dis : « Peut-être qu'en nous voyant partir tous les deux, il est rentré à la maison. Là, il est allé dans ta chambre. Et là il a découvert l'entrée du tunnel sous l'armoire. Et s'il a découvert l'entrée du tunnel, il a pu tout découvrir. Ensuite il nous aura suivis de près en ville, et il nous aura dénoncés juste après notre entretien avec le secrétaire Guan. »

Rouge Mei me regarda avec un air à moitié convaincu. A force d'être accroupie là en face, ses jambes étaient engourdies, elle se leva avec précaution, s'étira lentement, le tabouret branla un peu, elle s'accroupit à nouveau précipitamment, les mains agrippées au rebord.

Sous le coup de la peur, la sueur inonda son visage, plus pâle encore, comme une feuille blanche (pouvait-on encore y FAIRE LE DESSIN LE PLUS BEAU, LE PLUS NEUF ?). Je dis : « Fais très attention. » Le visage recomposé, elle dit : « Tes jambes ne sont pas engourdies ? » Je dis : « Si. » Elle dit : « Ma chambre dans l'aile de la maison est fermée à clé, comment aurait-il pu entrer ? » Je dis : « C'est un vieux renard, ce Cheng Tianmin, il aura peut-être fait un double de tes clefs. »

Elle me fixa, perplexe : « S'il a fait un double de la clef de ma chambre, il n'a pas pu en faire un de la clef de l'armoire. Personne d'autre que moi n'a la clef de cette porte. »

Je demandai : «Tu l'as fermée quand tu es partie ? »

Elle dit « oui ». Mais après un instant de réflexion, elle regarda sa chemisette rose à col rabattu, elle n'était plus certaine de l'avoir fermée, et elle dit comme si elle pensait tout haut : « Au moment de sortir, j'ai ouvert l'armoire pour changer de chemise, est-ce que je l'ai bien refermée ? »

Je dis : « Réfléchis bien. »

Elle dit : « Peut-être pas. »

Je dis : « C'est même certain. Plusieurs fois je t'ai vue ne pas la refermer. »

Elle ne dit plus rien. Elle paraissait se souvenir enfin qu'elle n'avait pas refermé la porte de l'armoire, un remords jaune argile se peignit sur sa figure, comme si sur cette belle et gracieuse figure s'était entassée une couche de terre jaune des champs et de poussière des récoltes mûres. Elle me regarda en silence, puis baissa la tête très bas.

Je dis : « Petite négligence, grand désastre, telle la

fourmilière qui fait s'effondrer la longue digue. »

Elle releva la tête, les larmes coulaient sur son visage, on voyait qu'elle s'en voulait profondément et qu'elle avait honte d'elle-même, elle aurait été prête à se jeter tête la première contre le sol pour reconnaître sa culpabilité et son erreur. Sous la brûlante lumière des lampes, son teint virait au violacé, les larmes tombaient en gouttes d'encre noire sur sa chemise rose. « Si j'ai vraiment oublié de la fermer, est-ce que tu me haïras ? » Me questionnant ainsi, son regard implorant le pardon brillait fort, on aurait dit que des épis de blé pelés étaient posés entre nos visages, sa voix tremblotait en posant la question, deux larmes tombèrent au bas du tabouret, firent rebondir la couche de poussière, et se brisèrent en plusieurs minuscules gouttelettes sur le portrait du Président Mao, comme des grains de sable fin sur le papier. Je dis : « Rouge Mei, surtout ne pleure pas, surtout ne laisse pas tomber de larmes sur le portrait du Président Mao. »

Elle ne s'en souciait pas tant, elle laissait couler ses larmes qui éclaboussaient le portrait du Président Mao, elle insistait avec obstination : « Dis-moi, si c'est vraiment ça, si c'est moi qui ai condamné ta carrière politique, tu me haïras ? »

Je commençai aussi à croire que la grande tragédie d'aujourd'hui était due au fait qu'elle avait oublié de fermer la porte de l'armoire, mais j'aurais eu beau vouloir la haïr que je n'y serais pas arrivé, de quelque manière que ce soit. Elle était mon âme ma chair, ma compagne révolutionnaire et le grand moteur de mon enthousiasme révolutionnaire. Je dis très sérieusement en détachant chaque mot : « Rouge Mei, je ne te hais pas du tout, je ne regrette rien. Je m'en veux à moi, je regrette seulement de ne pas m'être dépêché de t'épouser en bonne et due forme. »

Elle me regardait, les larmes aux yeux, comme si elle avait voulu tirer au clair ce qui dans mes paroles était vrai et ce qui était faux.

Je lui dis, toujours en détachant bien chaque mot, très sérieusement : « Si je t'avais épousée dans les formes, après notre exécution les villageois nous auraient enterrés tous les deux dans la même tombe. »

Dans ses yeux, les deux larmes devinrent soudain bien plus grosses que des graines de soja, scintillantes et transparentes, suspendues au bord de ses paupières comme sur le point de choir, elle les retint cependant et les larmes ne roulèrent pas. Je sentis le très intense goût de sel de ses larmes. Elle était tout émue de ma confession. Je fus entièrement conquis par ces deux larmes, conquis par son regard triste posé sur moi, conquis par le teint pâle et fade de son visage. J'étais vraiment sûr tout au fond de moi que si, en effet, c'était sa négligence qui nous avait envoyés dans cette salle de détention spéciale d'une prison spéciale, alors non seulement je lui pardonnais, je l'absolvais avec la magnanimité d'un politique et d'un révolutionnaire, mais je ne l'en aimais que plus ardemment, la chérissais plus encore. J'aimais ardemment notre amour révolutionnaire, je chérissais notre amour de camarades. Je voulais que notre amour révolutionnaire devienne un modèle et une gloire pour la postérité, qu'il devienne une œuvre d'art et un poème sans égal éternellement chanté par les générations futures. J'aurais bien voulu dire encore quelques belles et grandes paroles qui puissent exprimer ma fidélité à nos sentiments, mais une douleur forte monta en moi, qui m'empêcha de parler, me réduisit à me mordre la lèvre inférieure. Je regardai sans ciller ce visage que la pâleur rendait encore plus beau et plus gracieux, ces yeux que les larmes rendaient plus émouvants encore. Nous nous fîmes face pendant très longtemps, dans un silence profond, profond. Nous distinguions l'humidité et la gravité du regard de chacun, nous distinguions la pureté et la noblesse de nos sentiments, nous entendions le *tic-tac tic-tac* du temps éclairé par les lampes qui passait devant nous, entendions le *plic-ploc plic-ploc* de nos cœurs clairs et brillants comme la rosée à la pointe des herbes et sur les feuilles des arbres qui tombe sur le sol et sur les feuilles mortes. Nous sentions cette jaune odeur de soufre venue du four à briques qui se déversait par les interstices de la porte et du toit là-haut, si prégnante qu'elle s'infiltrait par nos narines et notre gorge, si intime qu'on l'ingurgitait en ouvrant la bouche. Tels nous nous contemplâmes, silencieux, jusqu'à être fatigués par cette silencieuse contemplation. Soudain elle leva la main pour essuyer les deux larmes et, baissant la tête, elle s'illumina d'un sourire et dit : « Tsé-toung, tu sais ce que j'aurais le plus envie de faire, là, tout de suite ? »

Je fis non de la tête.

Elle remballa son sourire et dit avec un peu de solennité : « Ce que je voudrais le plus, c'est me dévêtir une dernière fois devant toi et, absolument nue, devenir folle, folle sauvage, improviser une danse comme la fois où nous étions dans la tombe, puis m'allonger devant toi, bien détendue, et faire tout ce que tu me demandes, te laisser faire tout ce que tu désires. »

Je ne fus pas du tout surpris par ses paroles. C'était comme si elle venait de me dire ce que j'aurais aimé le plus entendre. Je fus tout ému par sa confession, comme je l'avais émue tout entière, elle m'émut tout entier. J'ignore si les paroles que je proférai alors avaient été longuement mûries ou bien si elles m'étaient venues comme ça, pour vérifier la pureté de sa sincérité. En la contemplant, je vis une mèche de cheveux noirs qui rebiquait derrière son oreille, et qui fit onduler en moi une satisfaction et une joie rares :

« C'est vrai ce que tu dis ? »

Un peu surprise, elle parut ne pas comprendre ma question : « Tu ne me crois pas ? »

« Si, je te crois, dis-je, mais tu sais ce que moi j'aimerais le plus faire en cet instant ? Ce que je désirerais à l'extrême c'est, là maintenant, tel l'héroïque soldat Dong Cunrui faisant exploser un bunker, prendre de la dynamite et faire exploser le temple des Cheng. Puis je voudrais que toi et moi, tout nus à l'intérieur du temple, en plein jour, sans peur du ciel, ni de la terre, on le fasse comme des fous. »

Elle demanda : « Pourquoi tu as cette idée maintenant ? »

Je dis : « Je sais pas, elle m'est venue soudainement. »

Elle dit : « Faire exploser le temple des Cheng, ce n'est pas notre objectif révolutionnaire. »

Je dis : « Mais depuis que je suis tout petit et que je voyais les Cheng s'y réunir pour prier leurs ancêtres, j'ai toujours voulu un jour démanteler ce temple et ce portique, faire exploser le temple des Cheng et le portique des deux Cheng. »

Elle bougea légèrement ses jambes engourdies à force de rester accroupie, avec précaution elle se releva un peu, puis se raccroupit et me dévisagea : « Pourquoi tu veux que nous le fassions comme des fous dans le temple des Cheng ? »

Je dis : « Ah ! si nous pouvions le faire, ce serait plus jouissif encore que de gifler la face de ce temple, que de lui piétiner le creux de l'estomac. »

Elle demanda : « Tu penses qu'on sortira d'ici ? »

Je dis : « Je n'en sais rien. »

Elle dit : « Si on en sort, nous ferons ce que tu dis ! »

A ce moment-là, il y eut un bruit de pas à l'extérieur, on se rapprocha, arrivé sous la fenêtre, on monta sur l'estrade, quelqu'un ouvrit le battant de la fenêtre pour jeter un coup d'œil à l'intérieur, puis on redescendit et on s'en alla je ne sais où. Cet aller-retour nous fit comprendre qu'il faisait nuit noire dehors, l'heure du dîner devait être passée depuis longtemps déjà. Tout à coup, j'eus faim, mes mollets étaient courbaturés, j'avais des fourmis dans les jambes. J'aurais bien voulu appeler celui qui était venu jeter un coup d'œil pour qu'il nous donne quelque chose à manger ou nous porte un bol d'eau fraîche, mais le bruit de pas s'éloigna, et s'éteignit. Nous décidâmes que, dès que quelqu'un viendrait nous voir, nous lui demanderions à manger et à boire, nous ne savions pas que personne ne reviendrait de toute la nuit regarder par la fenêtre.

Nous avions sous-estimé le sens historique révolutionnaire concret de notre punition dans cette salle de détention spéciale. Quand la faim arriva, quand notre bouche fut sèche d'avoir parlé, quand nous nous fûmes accroupis, levés, raccroupis, relevés, re-raccroupis, re-relevés jusqu'à minuit, nous sentîmes alors la cruauté de la punition infligée.

Le sommeil nous assaillit de toutes parts. Les aiguillons de la violente lumière s'enfonçaient dans nos yeux. Les pointes luisantes des trois clous entre nos pieds montraient les dents, sortaient leurs griffes. Impossible de s'asseoir, mais les jambes mollissaient en station debout, accroupies elles s'engourdissaient. Je ne sais pas comment nous endurâmes la torture de cette nuit, accroupis, debout, accroupis, debout, quand le sommeil devenait irrésistible, nous nous accroupissions là, les mains agrippées au rebord, pour piquer un petit somme. La salle était grande et vide, plus de sentinelle aux fenêtres, il aurait suffi d'un pas et nous serions descendus du tabouret, pour nous étendre par terre et dormir. Mais nous ne pouvions descendre. Nous ne pouvions absolument pas descendre. Nous seuls comprenions quel crime nous aurions commis aussitôt qu'un pied se serait posé sur le portrait du Président Mao, aussitôt qu'un des bustes aurait été renversé, aussitôt que nous aurions marché sur l'un des mots d'une citation du Président Mao, un crime bien plus grand que celui que nous n'avions pas confessé, celui de marcher sur le portrait, de renverser une statuette. Nous étions passés par les tempêtes de la révolution, nous étions de purs révolutionnaires, nous comprenions profondément la gravité des conséquences si nous descendions de ce tabouret. Nous étions sages et intelligents, bourrés de talent, nous n'allions sûrement pas monter de nous-mêmes sur l'échafaud politique.

A minuit, il n'y avait plus en ce monde ni souffle, ni son, nous entendions vaguement un bruit de machines venu d'une usine quelque part, et vaguement nous sentions le fracas de rails sur lesquels deux trains passaient. D'après ces bruits, nous estimions la distance du chef-lieu du district à au moins quinze, peut-être vingt-cinq, kilomètres de là. L'odeur de la rosée nocturne imprégnait de sa fraîcheur la salle de détention. Sous la chaleur de la violente lumière l'envie de dormir devenait de plus en plus irrésistible, de plus en plus impérieuse. Plusieurs fois en piquant du nez nous faillîmes tomber du tabouret et nous écraser sur le portrait du Président Mao, plusieurs fois le sommeil nous fit asseoir sur le siège, les clous s'enfonçant dans la chair de nos fesses. Une fois, piquée, Rouge Mei poussa un cri aigu, *aouh !* qui secoua la poussière du plafond et la fit tomber en poudre. Cependant, même réveillés, le sommeil engluait toujours nos paupières. Elle dit : « Tsé-toung, nous risquons de ne pas endurer cette torture. » Je dis : « Tu ne résisteras pas au sommeil ? » Elle dit : « A un moment, nous allons tomber de ces tabourets et devenir effectivement des contre-révolutionnaires. » Je dis : « Souvent il s'agit de tenir jusqu'à la dernière minute, et un tournant favorable se présente, la victoire est là. » Elle dit : « J'ai des fourmis dans les pieds, j'ai les jambes en coton, mes paupières sont lourdes, ah ! j'ai peur de ne pas pouvoir tenir longtemps. » Je dis : « Tiens-toi au siège, ferme les yeux, pique un bon petit somme, tout en m'écoutant attentivement compter, quand j'arriverai à dix tu ouvriras les yeux, si tu ne les ouvres pas je t'appellerai. » Elle agrippa le rebord du siège et ferma les yeux, tout en comptant, je gardais les yeux rivés sur elle, quand je vis que sa tête dodelinait un peu, je me dépêchai de crier pour la réveiller. Et nous avons continué ainsi, l'un piquait un somme, l'autre comptait en le surveillant jusqu'à dix ou un peu plus, puis criait pour réveiller le dormeur.

Grâce à notre volonté et notre sage intelligence, nous traversâmes finalement cette très longue nuit (*LONGUE NUIT AGITÉE SUR LES PROVINCES DE L'ANCIENNE CATHAY*).

Il faisait jour quand le jeune soldat, tenant à la main sa brosse à dents et le verre dont il venait de se servir, ouvrit la porte. Il posa le verre et la brosse à dents sur le sol, il déplaça et regroupa en désordre les bustes du Président Mao de chaque côté, libérant le passage et révélant deux rangées de mystérieux caractères tracés à la craie au milieu desquels il marcha jusque devant nos tabourets. Il examina le portrait du Président Mao entre nous, ne voyant nulle trace de pas ou d'autre chose, il se baissa pour chercher, à la faveur du soleil qui entrait par la porte, des empreintes de pieds ou de mains. Quand il fut assuré que nous n'avions pas marché sur cet immense portrait, il alla voir les autres portraits et citations derrière nos tabourets, à droite et à gauche. Il tourna au moins dix minutes autour de nous, quand il eut enfin confirmation que nous n'avions pas bougé de toute la nuit, il releva la tête pour nous regarder avec étonnement.

Je dis : « C'est la vérité, nous ne sommes pas descendus des tabourets de la nuit. »

Il dit : « Vous êtes les premiers à avoir tenu toute une nuit sur ces tabourets. »

Je dis : « Nous avons faim et soif, apporte-nous quelque chose, au moins une gorgée de soupe. »

Il dit : « Il y a à manger et à boire, mais si je vous en donne, j'ai bien peur de me retrouver à votre place. »

Je dis : « Allez, laisse parler ton humanisme. »

Il dit : « Confessez tout. Si vous confessez tout, vous pourrez descendre des tabourets, sinon vous finirez non seulement par devoir vous confesser franchement, mais vous aurez en plus commis un double crime contre-révolutionnaire. »

Je le sondai : « Et qu'est-ce qu'on nous demande de dire ? »

Il me contempla froidement : « C'est à moi que tu le demandes ? Tu sais très bien quel crime tu as commis. Tu ne veux rien dire, eh bien, attends donc sur ton tabouret de commettre un deuxième crime. » Et il se retira à reculons en remettant à leur place une par une les statuettes en plâtre éparpillées. Parfois, il semblait oublier à quel endroit devait être posée l'une d'elles, il la retournait alors, regardait dessous, regardait à nouveau les caractères sur le sol, et changeait la place d'une statuette pour la poser à l'endroit du caractère. Ses faits et gestes nous fascinaient, nous n'entendions pas distinctement ce qu'il marmonnait, mais nous pouvions voir qu'à chaque fois qu'il ouvrait la bouche, il récitait quelque chose. Nous aperçûmes sur les deux lignes ondulantes les plus proches de nous, en dessous des figurines, les cinq premiers caractères de la première ligne : il y avait 五 *cinq*, 山 *la montagne*, deux fois le composant de caractère 辶 indiquant un mouvement, et peut-être 浪 *la vague*. Les cinq premiers caractères de la deuxième ligne étaient 金 *l'or*, 氵 la clé de l'eau, 水 *l'eau*, 山 *la montagne*, et 云 *le nuage*. Derrière on ne distinguait pas bien, et la mémoire nous fit défaut. Afin de graver rapidement cette dizaine de caractères et de composants dans mon cerveau, je les insérai aussitôt dans deux phrases : « Cinq montagnes marchent dans les vagues » et « L'eau dorée coule des nuages de la montagne ». Lorsque notre jeune garde sortit, je me répétai une fois les deux phrases dans ma tête, et tout en regardant Rouge Mei je dis :

« Est-ce que tu as retenu les caractères sous les bustes ? »

Elle dit : « J'en ai retenu sept ou huit ; d'abord *cinq*, *la montagne* et deux composants indiquant le mouvement, puis *l'or*, quelque chose en rapport avec *l'eau*, et *le nuage.* »

Je dis : « Tu comprends ce que ça veut dire ? »

Elle dit : « Si je comprenais, on pourrait descendre de ces tabourets ! »

J'essayais de deviner quel rapport les figurines du Président Mao pouvaient avoir avec tous ces caractères, et pourquoi ces figurines associées à ces caractères devaient forcément être orientées à l'ouest ou à l'est. Nous savions que chaque signe correspondait à une statuette, mais quel était le rapport entre un caractère et un autre, ou entre un caractère et un composant ? Nous restâmes très longtemps plongés dans ce jeu de conjectures, oubliant ainsi la faim, la soif et le sommeil, tuant ainsi ce temps intolérable, espérant ainsi qu'il passe très vite devant nous. Nous pensions qu'un caractère avec un grand nombre de traits représentait une figurine de grande taille, cependant nous découvrîmes que le caractère de *l'or*, 金, qui comptait huit traits, correspondait à une statuette de moyenne taille. Nous supposâmes alors à l'inverse qu'un nombre de traits moins élevé représentait une figure de grande taille, mais nous découvrîmes qu'une figurine en pied d'une trentaine de centimètres était posée sur le caractère 云

nuage, quatre traits, et qu'un composant de l'eau, 氵, trois traits, accueillait une statuette ni petite ni grande. Nous supposâmes que les figurines posées sur un mot étaient toutes orientées vers l'est, le sud-est ou le nord-est, mais nous découvrîmes que celles qui étaient posées sur un simple composant de caractère pouvaient aussi être tournées vers l'est. Nous supposâmes que les figurines posées sur un composant de caractère étaient orientées vers l'ouest, le sud-ouest ou le nord-ouest, mais celle qui était sur la clé de l'eau 氵 était orientée vers le nord-est. Nous fîmes une nouvelle supposition qui était qu'en assemblant les caractères et les composants isolés ils formaient une phrase, un dicton ou un vers, mais nous nous creusâmes la cervelle sans parvenir à comprendre quel était le sens de « Cinq montagnes marchent dans les vagues », ou de « L'eau dorée coule des nuages de la montagne ». Nous étions persuadés, cependant, que les « vagues » de la première phrase entraient en correspondance poétique avec les « nuages » de la deuxième phrase. Nous fouillâmes tous les poèmes réguliers des Tang, toutes les poésies chantées des Song que nous connaissions, nous fouillâmes les quelques malheureux vers de poèmes antiques que nous savions par cœur qui contenaient les mots « vagues » et « nuages », mais rien ne permettait de faire le lien entre « Cinq montagnes marchent dans les vagues » et « L'eau dorée coule des nuages de la montagne », ni de produire un rapport quelconque qui aurait fait apparaître soudain devant nous la clef de ce labyrinthe révolutionnaire. Nous pouvions presque réciter par cœur l'œuvre poétique complète du Président Mao, mais nulle part dans cette poésie qui chérissait l'humanité, fringante et superbe, on ne trouvait de vers célébrant les vagues ou les nuages ou d'inspiration champêtre. Au fil de nos suppositions nous aboutîmes à une impasse, comme si nous nous étions retrouvés enfermés dans une pièce toute noire, comme si au bout d'une vallée nous étions arrivés à une falaise ou un ravin, obligés de faire volte-face et de nous en retourner.

« On crèvera avant d'avoir découvert le sens de tout ça », dit Rouge Mei, et elle détourna les yeux de ces quatre lignes ondulantes de figurines en plâtre.

A ce moment-là, je vis à nouveau une sentinelle remuer devant la lucarne qu'on avait ouverte à un certain moment, un rayon de soleil passa à travers, pareil au faisceau d'un projecteur. Il devait être environ midi, je sentis dans ce rayon une chaleur brûlante qui commença à se diffuser dans la pièce. Rouge Mei, debout, se frotta les genoux, se pinça les mollets, et pour finir tapota du poing le dessus de ses pieds et ses talons. Cela faisait déjà une nuit et une bonne partie du jour que nous étions sur ces tabourets à nous lever et nous accroupir, quinze heures au bas mot, si le secrétaire Guan n'envoyait personne aujourd'hui parler avec nous, il nous faudrait passer le reste du jour et encore une nuit sur ces tabourets. Ce jour et cette nuit, que nous les passions debout ou accroupis, accroupis ou debout, deviendraient la plus cruelle des luttes avec notre ennemi et, bien entendu, à la fin nous serions sans doute les grands perdants. Mais nous ne pouvions pas tout dire sans d'abord passer par un entretien formel – ne serait-ce qu'un interrogatoire –, nous ne pouvions pas nous vendre nous-mêmes au moment où nos grandes espérances n'étaient pas réalisées. Nous devions voir le secrétaire du comité préfectoral du Parti. C'était lui, après tout, qui nous avait reconnus dignes d'être de rouges successeurs, peut-être qu'au regard de nos mérites et de nos succès révolutionnaires, il passerait l'éponge sur notre faute. Son pouvoir administratif était grand et il serait sûrement magnanime avec nous. Le chef de service Liu n'avait-il pas dit avant de nous quitter, « quelqu'un peut tuer des dizaines de personnes et garder son poste, votre affaire ne peut pas être aussi grave. » La révolution comporte des sacrifices, la mort en est souvent le prix. Cette loi et cette logique de la révolution, le secrétaire Guan ne pouvait pas ne pas les comprendre, ne pouvait pas ne pas y être sensible. L'important, c'était d'attendre la venue du secrétaire Guan, ou qu'au moins il envoie quelqu'un. Mais avant cela, le plus important, c'était d'endurer ce temps intolérable, de trouver un moyen de tenir sur ce siège de seize centimètres de large sur vingt-six de long, d'oublier la faim, la soif, la raideur du dos, la fatigue des jambes, les courbatures des muscles, l'ankylose des pieds, et surtout, surtout de ne pas tomber de ce tabouret, de ne pas poser un pied sur le portrait du Président Mao.

Rouge Mei dit : « Tsé-toung, est-ce que quelqu'un va nous interroger aujourd'hui ? »

Je dis : « Le plus important, c'est de ne pas tomber du tabouret. »

Rouge Mei dit : « Tsé-toung, je ne tiendrai pas jusqu'à la nuit, je vais tomber et piétiner le portrait du Président Mao, mes mollets et mes chevilles sont gonflés comme du levain. »

Je lui demandai de rouler son pantalon, et en effet ses chevilles avaient la taille de ses mollets, brillantes, luisantes, scintillantes. Elle dit : « Alors, comment faire ? On attend la mort sur ces tabourets ? » Je dis que, bon, j'allais lui raconter une histoire, mais elle dit qu'elle ne voulait pas écouter. Je racontai : « Il était une fois un homme très fidèle au Président Mao, très fidèle au Comité central, dont la pensée était bien plus éveillée que la nôtre. Il entendit dire que des centaines de milliers d'étudiants se rendaient place Tiananmen pour rencontrer le Président Mao. Pourquoi ne pas faire le voyage à Pékin ? se dit-il. C'est ainsi qu'il vendit ses cochons, ses moutons, les céréales et le bois de chez lui, et avec cet argent, il se hâta de partir pour la lointaine Pékin, il prit le bus, le train, sur les sentiers de montagne où les véhicules ne passaient pas, il marcha à pied, il marcha de l'automne à l'été, de l'été à l'automne, et arriva enfin à Pékin, sur la grande place devant la porte de Tiananmen. Et devine ce qu'il dit, debout au milieu de la place ? »

Rouge Mei me regardait.

Je dis : « Vas-y, devine, il a dit quoi ? »

Rouge Mei dit : « Il a levé les bras et crié : Longue vie au Président Mao ! »

Je dis : « Non. »

Elle dit : « Longue vie au Parti communiste chinois ? »

Je dis : « Non. »

Rouge Mei dit : « Au milieu de la place Tiananmen, il y a le monument des héros de la nation, il a sûrement lu le poème écrit dessus, quelque chose comme : *Libéré, n'oublie pas le Parti, libre, n'oublie pas le Président Mao, quand tu bois, n'oublie pas ceux qui ont creusé le puits, heureux, n'oublie pas de planter le rouge drapeau.* »

Je dis : « Oh que non. »

Rouge Mei dit : « Alors, il a dit quoi ? »

Je dis : « Essaie encore de deviner. »

Elle dit : « Non vraiment, je ne sais pas. »

Je dis : « Il fit le tour de la place Tiananmen, finalement il se posta au beau milieu et dit d'une voix forte : Oh là là, elle est bien grande cette place ! Il y a je ne sais combien d'hectares, c'est propre, sans arbre, le Président Mao devrait lancer une directive pour transporter toutes les céréales du pays et les faire sécher ici ! »

Quand j'eus fini, Rouge Mei riait, les mains accrochées au rebord, elle rit tellement qu'elle faillit tomber du tabouret. En l'entendant rire, la sentinelle jeta un coup d'œil intrigué à l'intérieur et toqua au carreau pour nous interdire de rire et de nous amuser. On avait beau lui interdire de rire, Rouge Mei avait oublié ses chevilles enflées, elle avait oublié qu'elle n'avait pas dormi de la nuit, que nous étions dans la salle d'interrogatoire d'une prison. Elle dit : « Tsé-toung, une autre. » Je lui racontai trois autres histoires drôles révolutionnaires à la suite. Elle voulait en entendre encore une, mais j'eus beau me creuser les méninges, je n'en trouvai pas (je découvris que j'étais un révolutionnaire, mais pas un conteur révolutionnaire, ni un blagueur révolutionnaire, ni un humoriste révolutionnaire). Alors, nous commençâmes à jouer aux poèmes, je récitais un vers, elle devait se rappeler le suivant, puis elle en récitait un, et je devais me rappeler le suivant.

Je dis : « *Sur le mont Zhong, la tempête déclenche le chaos*... »

Elle dit : « ... *Des héros par milliers traversent le Grand Fleuve.* »

Je dis : « *Dizaines de milliers de saules dans la brise printanière…* »

Elle dit : « *… Six cents millions de Shun et de Yao sur la terre sacrée.* »

Je dis : « *J'ai perdu la fière Yang, vous avez perdu Liu…* »

Elle dit : « *… Elles se sont envolées au plus haut de l'éther.* »

Je dis : « *Je suis seul dans l'automne froid, la Xiang au nord s'écoule, à la pointe de l'île aux Oranges…* »

Elle dit : « *… Je vois les montagnes rouges, les forêts colorées, les flots de jade limpide, cent bateaux qui filent.* »

Je dis : « *Montagnes ! Je tire sur le mors, je donne de la cravache, sans descendre de ma selle. Surpris, je me retourne. Le ciel est à trois pas…* »

Elle dit : « *… Montagnes ! c'est une mer démontée, un fleuve en crue, des vagues immenses, elles s'élancent au galop, myriade de chevaux de guerre qu'on dirait ivres.* »

Elle dit : « *Sol de la révolution, Ciel de la révolution…* »

Je dis : « *Resplendissant soleil, resplendissante lune…* »

Elle dit : « *La pagode de Yan'an, lumière pour les marins…* »

Je dis : « *La porte de Tiananmen, étoile pour le peuple…* »

Elle dit : « *Les cœurs des ethnies tournés vers le Parti, nos cœurs tournés vers le soleil rouge…* »

Je dis : « *Autour de la Terre tourne le soleil, un peuple d'un milliard derrière le Parti…* »

Elle dit : « *Ouvrir grand nos bras, accueillir le nouveau soleil levant…* »

Je dis : « *Ouvrir nos cœurs, gonfler nos poumons, semer l'amour révolutionnaire…* »

Elle dit : « *Soyons simples comme le brin d'herbe, sans égo comme le rail, jamais rouillés comme la vis…* »

Je dis : « *Soyons vastes comme les champs, forts comme les chaînes de montagnes, l'esprit combatif jamais au repos comme les grands fleuves qui coulent sans cesse…* »

Je dis : « *Lanterne rouge en main je scrute les environs, nos supérieurs ont à Longtan un espion...* »

Elle dit : « … *Le rendez-vous fixé à sept heures et demie, j'attends le train qui doit venir ici.* »

Je dis : « *On dit qu'en ce monde il n'y a de plus grand lien que la chair et le sang….* »

Elle dit : « … *Et moi je vois que les liens de classe sont plus grands que le mont Tai.* »

Je dis : « *Vos vies ont le même goût amer. Il tire son pousse-pousse, tu portes le palanquin, une même haine au cœur, la haine de ce chemin qui n'est pas égal, qui n'est pas égal….* »

Elle dit : « … *Mais j'ai vu sa chemise en lambeaux et les traces de sang, comment l'endurer, ô, comment l'endurer, une nouvelle blessure recouvre l'ancienne.* »

Je dis : « *Sous la pluie de balles l'armée serre les rangs, chez les femmes de l'association, c'est à qui sera marraine la première…* »

Elle dit : « … *Pour aller dans la grande plaine, et soutenir le front, je ne crains pas les rumeurs qui parlent de disparitions.* »

Je dis : « *Nous, soldats fils d'ouvriers et de paysans, arrivons dans la montagne reculée, afin d'exterminer les réactionnaires et bouleverser ciel et terre…* »

Elle dit : « … *Dix années de révolution, du nord au sud nous nous battons, le Parti communiste et le Président Mao guident nos pas. L'étoile rouge sur ma casquette, le drapeau rouge de la Révolution de chaque côté, le drapeau rouge chasse les noires nuées, dans les zones libérées le peuple a renversé les propriétaires terriens et s'est libéré.* »

Je dis : « *Bataille sur le Jiulong, serment éternel d'assistance et d'amitié….* »

Elle dit : « … *Je lève la tête, on va et vient sur la longue digue, j'ai l'humeur combative. Résolu, je prends modèle sur les héros, je porte mon fardeau sur l'épaule, les pieds au bord du champ, le cœur tourné vers le soleil rouge, un nouveau général audacieux en ces temps de guerre fait resplendir le printemps de lumière révolutionnaire.* »

Elle dit : « Tsé-toung, maintenant je vais dire un vers, et toi tu devras improviser, tu n'as pas le droit de réfléchir trop longtemps.

Je dis : « RIEN AU MONDE NE PEUT ARRÊTER UN MEMBRE DU PARTI COMMUNISTE CHINOIS ! Vas-y. »

Elle dit : « *Vivant à Anyuan depuis trois générations, telles des bêtes de somme à extraire le charbon…* »

Je dis : « … Je me rappelle l'ancienne société, et tête basse mes larmes de couler. »

Elle dit : « Bien ! *Sur le sentier de guerre que la lune éclaire, dans la fraîcheur de la brise, sur Shajiabang l'aviation lance son attaque surprise….* »

Je dis : « … Je marche sur le chemin, en chemin je chante, malgré la nuit noire mon cœur est en joie, ma volonté ferme, mon esprit combatif. »

Elle dit : « Ce n'est pas original… On dirait que tu as copié des paroles d'opéra. Maintenant fais attention, je vais dire un vers, et tu devras lui trouver son pendant, avec la rime correspondante. »

Je dis : « D'accord. »

Elle dit : « *UN CHANT DE COQ, LE JOUR BLANCHIT...* »

Je réfléchis un peu : « … Dix mille appels de loriots, sous l'astre de la nuit. »

Elle réfléchit un peu : « *A la porte du relais de poste, à côté du pont brisé…* »

Je réfléchis un peu : « … Une fleur solitaire, aux couleurs chamarrées. »

Elle réfléchit encore un peu : « *D'UNE CAMPAGNE LOINTAINE L'ARMÉE ROUGE NE REDOUTE LES DURETÉS.* »

Je ris un peu et dis : « Montagnes et fleuves sont par elle méprisés. »

Elle dit : « On ne doit pas rire, c'est le dernier qui rit qui a gagné. *CINQ PICS À FRANCHIR, UNE VAGUELETTE À SAUTER…* »

Je dis : « … Montagnes et chaînes, simples mottes de terre ».

Elle dit : « Ce n'est pas un vers, c'est juste une phrase que tu arranges comme ça. *LE FLEUVE AUX SABLES D'OR BAT LES FALAISES NUAGEUSES*. Tu dois trouver un vers avec la rime correspondante. »

Je réfléchis sans répondre immédiatement.

Elle dit : « Allez, réfléchis bien… Tu n'as pas dit que tu avais publié des poèmes dans le *Journal de l'Armée populaire de Libération* quand tu étais soldat ? »

Je continuai à réfléchir mais je ne disais toujours rien.

Elle dit : « *Le fleuve aux sables d'or bat les falaises nuageuses*… Tu as déjà pris pas mal de temps pour réfléchir. »

Je dis : « C'est quoi le vers que tu viens de dire ? *Cinq pics à franchir, une vaguelette à sauter*… ? »

Elle dit : « C'était l'avant-dernier. Maintenant c'est *Le fleuve aux sables d'or*… »

Mon crâne fut frappé par la foudre. J'entendis dans ma tête un fracas aussi puissant que si une montagne était tombée. J'avais compris le secret dissimulé entre 五 *cinq*, 山 *la montagne*, les composants 辶 et 浪 *la vague*, ainsi que 金 *l'or*, 氵 la clé de l'eau, 水 *l'eau*, 山 et 云, et les vers : *Cinq pics à franchir, une vaguelette à sauter*, *Le fleuve aux sables d'or bat les falaises nuageuses* ; j'avais trouvé leur rapport avec la position des cinquante-six figurines du Président Mao sur le sol. Je m'étais soudain emparé de la clef qui ouvrait le labyrinthe révolutionnaire devant nous. Presque en un clin d'œil, j'avais compris que 五 *cinq*, 山 *la montagne*, qui était en fait un composant de 岭 *le pic*, les deux occurrences de 辶 qui entraient en composition avec les caractères 逶 et 迤, et 浪 *la vague*, formaient le vers : *Cinq pics à franchir, une vaguelette à sauter* 五岭逶迤腾细浪 ; de même que 金 *l'or* et les autres caractères 氵, 水, 山 et 云 correspondaient au vers : *Le fleuve aux sables d'or bat les falaises nuageuses* 金沙水拍云崖暖. Je tournai la tête vers les quatre lignes ondulantes formées par les figurines du Président Mao. Rouge Mei disait : « Tu ne trouves pas pour *Le fleuve aux sables d'or bat les falaises nuageuses*, c'est ça ? » J'agitai un peu la main, puis abattis la paume d'un geste ferme pour lui signifier de ne plus parler, de s'accroupir et d'examiner comme moi ces figurines. Elle comprit que j'avais trouvé le passage secret qui permettait d'entrer et de sortir, son regard se fixa sur ces statuettes qui ressemblaient à de petits bonshommes de neige. Je comptai qu'il y en avait en tout cinquante-six, exactement le nombre de caractères d'un huitain heptasyllabique. En outre, il y avait quatorze statuettes sur chacune des quatre lignes, ce qui faisait pile le nombre de caractères de deux vers. Autrement dit, la première ligne de quatorze statuettes correspondait aux deux premiers vers du poème *La Longue Marche* du Président Mao : *D'UNE CAMPAGNE LOINTAINE L'ARMÉE ROUGE NE REDOUTE LES DURETÉS, MILLE MONTS ET DIX MILLE FLEUVES SONT POUR ELLE PROMENADE DE SANTÉ.* La deuxième ligne de quatorze figurines correspondait aux vers : *CINQ PICS À FRANCHIR, UNE VAGUELETTE À SAUTER, LE MAJESTUEUX WU MENG, UNE MOTTE SOUS LE PIED*. La troisième ligne correspondait aux cinquième et sixième vers, et la quatrième aux septième et huitième vers. Pour preuve, je distinguai, dépassant de la septième figurine de la première ligne, une partie du septième caractère du premier vers de *La Longue Marche*, sous la deuxième figurine de la quatrième ligne, il y avait le deuxième caractère du septième vers. Après avoir vérifié que l'ordre des statuettes coïncidait bien avec l'ordre des cinquante-six caractères du poème, il ne me fallut presque aucun effort pour comprendre que les orientations nord, sud, est, ouest correspondaient aux prononciations suivant les quatre tons de la langue. Je supposai que le premier ton pouvait être l'est, le deuxième ton l'ouest, le troisième ton le sud, et le quatrième ton le nord. Je récitai à voix haute « *Hóng jūn bú pà yuǎn zhēng nán* », dont les tons de chaque caractère étaient 2, 1, 2, 4, 3, 1 et 2, lesquels devaient correspondre aux orientations ouest, est, ouest, nord, sud, est, ouest. Je regardai la première ligne de figurines, elles étaient en effet orientées selon ces directions. Je récitai : *APRÈS LE PASSAGE DES TROIS ARMÉES, LES VISAGES SONT FENDUS D'UN SOURIRE*, « *Sān jūn guò hòu jìn kāi yán* », dont les tons étaient 1, 1, 4, 4, 4, 1 et 2, en présumant qu'ils devraient correspondre aux orientations est, est, nord, nord, nord, est, ouest, qui en effet étaient celles des sept dernières figurines du Président Mao. J'avais trouvé la clé de l'infernal labyrinthe révolutionnaire formé par ces cinquante-six statuettes.

Tout s'éclairait. Une fois de plus, je prouvais que je n'étais pas seulement un révolutionnaire et un politique de génie, mais aussi un stratège, un Dédale de génie. J'expliquai ma découverte d'une voix douce à Rouge Mei. Après qu'elle eut compté les statuettes, réfléchi au rapport entre les signes tracés sur le sol et les vers, observé la position de quelques figurines des troisième et quatrième lignes, ses yeux *cling* s'illuminèrent, comme ceux du condamné à mort entendant prononcer sa grâce, de l'assoiffé apercevant un riant cours d'eau, de l'homme enterré depuis dix jours voyant l'aube se lever. Dans la salle, les projecteurs étaient éteints depuis longtemps, un rayon de soleil entrait par la fenêtre avec le grésillement d'un pneu lancé à toute vitesse sur la route. Une tête de sentinelle pointait toujours à la fenêtre, que regardait elle, à quoi pensait-elle ? La violente odeur jaune de soufre d'un four à briques sentie la veille avait disparu, tout ce qu'on pouvait respirer en cet instant, c'était le parfum de la campagne cuisant dans la chaleur et l'odeur de l'humidité qui s'évaporait dans la salle sous le rayon de soleil. Transportés par cette découverte, nous nous regardâmes un moment sans rien dire. Je vis une ardeur rouge écarlate s'épanouir sur son visage, la même ardeur que lorsque nous faisions l'amour, que nous étions sur le point d'atteindre l'orgasme. Son charme et son émotion écarlates, ainsi que ce magnifique déchiffrement, cette magnifique découverte, réchauffèrent en un clin d'œil mes ardeurs glacées, firent glouglouter mon sang à gros bouillons, firent galoper par tout mon corps mon désir pour elle comme un long fleuve, le firent dévaler, et éclore en une furieuse floraison. Je regardai les citations, sentences et peintures du Président Mao qui emplissaient la salle, elles étaient pareilles à des écluses, pareilles à des digues posées partout dans mes veines, qui me bloquaient et m'entravaient. Je me rappelai sa délicatesse pudique et son dévergondage la première fois sur les rails dans les faubourgs, je me rappelai notre folie et notre débauche dans la tombe, je me rappelai notre confort et notre insouciance dans le tunnel ces deux années, c'est alors que je décidai de m'échapper de cette prison. Je voulais m'évader avec elle pour qu'une dernière fois au moins, tout nus dans un coin de campagne, nous fassions l'amour comme des fous de toutes nos forces, de tout notre cœur, avec tout notre désir, tout notre soûl, pour le faire encore rien qu'une fois, nous devions nous enfuir de là.

En pensant à l'évasion, mes poings se trempèrent de sueur, mon visage brûlant d'angoisse me cuisait comme une flamme. La sentinelle jeta un coup d'œil à l'intérieur, voyant que nous étions toujours accroupis à notre place, l'homme détourna la tête pour regarder au loin. Je coulai un regard vers la fenêtre, vers la porte et, faisant face à Rouge Mei, je traçai dans l'air le mot « fuir ». Je dus m'y reprendre à cinq reprises pour qu'elle comprenne enfin de quel mot il s'agissait. Son visage ne trahit aucune terreur, elle ne pâlit pas, les lèvres closes elle me fixa un instant, et traça dans l'air un « sûr ? ».

Je hochai la tête avec force.

Gardant les lèvres bien serrées, elle réfléchit un instant, et à ma surprise hocha la tête avec plus de force encore.

(Mon âme ma chair, ma quintessence ma moelle !)

Un grand, un audacieux, un surprenant, un inédit, un mémorable plan naquit dans ce hochement de tête de Rouge Mei.

12

RETOUR TRIOMPHAL APRÈS LA VICTOIRE

« Nos grandes aspirations inachevées, nous jurons de ne pas abandonner. »

Nous sortîmes enfin du dédale de *La Longue Marche*, nous nous échappâmes de la salle de détention spéciale et de la prison. Celle-ci était en effet un silo à grains qu'on avait reconstruit dans le district en prévision de la guerre. Nous ne sûmes que plus tard qu'à l'époque, les prisonniers politiques étant innombrables, les prisons étaient pleines à craquer. Le district s'était inspiré d'autres expériences pour agrandir ses prisons, on avait construit celle-ci à l'usage exclusif des détenus politiques, avec cette salle de détention spéciale. Ce jour là, nous n'avions toujours pas mangé, ils ne nous avaient toujours pas donné une gorgée d'eau (pas un seul grain d'humanisme dans ce silo). Encouragés par notre découverte, portés par notre plan d'évasion, le cœur gonflé, inondés, submergés par une ardeur bouillonnante, un fantastique courage avait jailli en nous, prêts à défier les monts, à braver les fleuves, nous avions décidé de sortir du labyrinthe. Quand le garde quitta le blockhaus pour aller dîner, nous restâmes accroupis à notre place, silencieux, sans bouger. Nous attendîmes son retour après la fin de son repas, il éclaira notre salle, de sorte que tout autour de nous s'illumina et se mit à briller, puis il nous cria : « Si vous voulez avouer, appelez-nous ! » et il partit.

A ce moment-là, nous entrâmes en action.

J'avais posé en premier un pied au bas du tabouret, devant les figurines qui se trouvaient le plus près de moi. Je soulevai les premières statuettes de chaque ligne afin de vérifier qu'en dessous étaient bien tracés les caractères qui débutaient chaque vers, ensuite j'aidai Rouge Mei à descendre. Nous nous étreignîmes à la hâte, puis nous commençâmes à écarter toutes ces figurines de tailles différentes, et d'orientations diverses, nous traversâmes en les replaçant correctement selon le code secret de *La Longue Marche*, et en deux temps trois mouvements nous avions atteint la porte. Nous ne pensions pas nous évader aussi facilement de la prison, ni que la porte en fer de la salle de détention spéciale ne serait pas verrouillée de l'extérieur, en fait elle était simplement fermée par un loquet, c'est tout, ni que le portail de cette prétendue prison serait toujours le vieux portail du silo à grains sur lequel était encore écrit *Silo 208*.

Nous n'eûmes pas le loisir d'examiner en détail les alentours, ni d'écouter attentivement si le raffut dans la pièce d'en face restée ouverte était celui d'une discussion ou d'une partie de poker entre soldats. Rouge Mei, de son long index effilé, souleva le loquet, nous sortîmes, le garde au portail était en train de demander à un autre de lui apporter un verre d'eau, tandis que l'autre lui répondait qu'il n'avait qu'à y aller lui-même, puisque le chef de peloton et le chef de compagnie étaient en train de jouer à l'intérieur, alors le garde, fusil à l'épaule, pénétra dans une pièce à gauche du portail (c'est quand l'ennemi relâche sa vigilance que nos troupes attaquent, c'est le moment de la victoire). A cet instant j'entraînai Rouge Mei qui tremblait de tout son corps hors de la salle de détention, je remis le loquet en place, nous nous faufilâmes à pas de loups le long du mur, puis nous nous glissâmes sous le portail par l'espace d'une trentaine de centimètres entre celui-ci et le sol.

On était au milieu du cycle lunaire, l'éclat de la lune était de toute beauté. Après avoir rampé sous le portail de la prison, nous nous relevâmes et sentîmes alors l'eau abondante de cette clarté éclabousser nos visages, nos corps et nos cous levés. L'humidité ramollissait tant nos yeux qu'il nous semblait qu'on y versait un collyre. Nous prîmes la direction de l'est, le pas léger, en tournant le dos à la prison, nous annulions chaque herbe sous notre pas, chaque arbre à côté duquel nous passions, lorsque nous fûmes sûrs que les gardes ne pouvaient plus du tout nous entendre, nous nous mîmes à courir à toutes jambes vers une éminence, suant à grosses gouttes, hors d'haleine. *(Je me mets en chemin, urgente est la tâche, sur les flancs du cheval, je joue de la cravache. Lève les yeux au ciel, regarde autour de moi, les astres de la nuit sur la grande terre flamboient. Et pour que demain l'aube resplendisse, cette nuit sera noire, traversée de grands vents. L'ennemi est partout, j'en ai le sentiment ! Ces buissons sont des armes, et partout des soldats. Est-ce un souffle de vent ? Est-ce le cri d'une grue ? Mais ma tête peut rouler, et mon sang couler, rien ne vaut que j'hésite !)* A mi-pente, Rouge Mei n'en pouvait plus de courir, nous nous arrêtâmes et découvrîmes que nous étions dans un bois de sophoras. Leur capiteux parfum de mai fondait sur nous de tous côtés, des feuilles grignotées par les vers, détachées, dansaient dans les airs en virevoltant sous le clair de lune, comme si elles avaient été les âmes de ces arbres, et touchaient le sol avec un léger bruit à la fois craquement et bruissement. A travers le treillis des feuillages, on voyait la pleine lune monter au ciel, blanche comme neige, ronde comme un disque, et à sa lueur on pouvait même voir se balancer la chaîne des montagnes, les arbres, les cours d'eau, les silhouettes humaines ainsi que les lièvres et les chèvres. Tout était étrangement calme dans ce bois, les lièvres, les chèvres et les hommes nous les entendions aussi qui marchaient au pied de la colline baignée de clarté, nous entendions le chant des grillons et des autres insectes dans les arbres, se disputant à qui mieux mieux, tels des tambours de guerre, engloutissant le monde entier dans leurs clameurs et leurs cris de joie. Nous comprîmes que nous étions en sécurité. Nous jetâmes un coup d'œil vers la prison au bas de la colline sans vraiment regarder précisément le paysage d'ensemble où elle s'insérait, nous regardions seulement d'où nous venions, ce rai de lune inchangé pareil à un chemin sans en être un, qui épousait fidèlement la forme de la digue à sec, il n'y avait pas âme qui vive, nous pûmes ainsi reprendre haleine et recouvrer notre calme. Aussitôt, nous nous regardâmes, réjouis, triomphants, et nous tombâmes en même temps dans les bras l'un de l'autre, nous pressant l'un contre l'autre dans une furieuse étreinte et de folles caresses, avec de furieux baisers et de folles morsures. Mes lèvres se posant sur elle, j'aurais voulu arracher sa lèvre inférieure et l'avaler. Tandis que je caressais ses cheveux, son cou, sa poitrine, elle écarta mon maillot et mordit mon épaule dont la chair s'échauffa, gonfla, douleur intolérable, joie sans pareille, je désirais extrêmement qu'elle me morde, oui, et avale un bout de moi. Nous ne prononçâmes pas un mot en dehors de nos respirations, ce ne furent que caresses et baisers, roulant sur le sol en nous mordant. C'était comme si nous ne nous étions évadés que pour venir dans ce bois et, ici, nous caresser et faire l'amour. Parmi les herbes et les feuilles à hauteur de cheville, il y avait des bouts de branches sèches et des feuilles mortes de sophoras de l'année passée. Au début, elles étaient toutes silencieuses, noyées dans le verdoiement luxuriant du début de l'été, mais à cause de nous, elles recommencèrent à respirer, à parler et à rire en chuchotant, promesses d'un nouveau printemps, d'une nouvelle vie, promesses d'une nouvelle joie, d'un nouvel idéal. Un étranger dont j'ai oublié le nom mais que tout le monde connaît, a dit quelque chose d'absolument grandiose, sage et juste : le plus précieux dans une vie, c'est, au moment de se retourner une dernière fois sur son passé, de ne pas regretter d'avoir gâché son temps. En cet instant, nous mettions cette phrase en pratique. J'écrasai Rouge Mei sous moi (ou peut-être est-ce Rouge Mei qui m'avait renversé pour que je sois au-dessus d'elle). Instantanément, tous les insectes cessèrent de chanter pour se concentrer sur nous, nous écouter, nous sentir. Ils voulaient même venir nous toucher tous les deux. Suivant son désir, je passai les mains sous son vêtement pour les poser sur sa poitrine, et ses seins que je connaissais si bien mais qui, parce que nous sortions de prison, semblaient un peu plus mystérieux, étrangers, au creux de mes mains, étaient chauds et humides de transpiration, vivants, bondissants, comme pressés de leur échapper, pressés de traverser mes mains pour se faufiler quelque part en un endroit de mon corps. Le rayon de lune au-dessus de nous était frais et pur. Je vis le regard de Rouge Mei, brillant, clair, rougeoyant comme deux boules de feu. En cet instant, nous oubliâmes la prison derrière nous, oubliâmes que nous en étions séparés d'un kilomètre tout au plus, oubliâmes ce dont nous voulions parler avant de nous évader, oubliâmes la direction vers laquelle nous nous étions enfuis, la route et la destination, oubliâmes que nous n'étions pas seulement des révolutionnaires et des politiques, mais aussi des stratèges et Dédales de génie, oubliâmes le futur et le destin, oubliâmes la complexité de la situation révolutionnaire ainsi que notre tâche urgente et notre but, oubliâmes les cinq catégories noires à l'intérieur du pays (vous savez, les propriétaires terriens, les paysans riches, les contre-révolutionnaires, les rebelles et les droitistes), oubliâmes les impérialistes, révisionnistes et réactionnaires à l'extérieur du pays, oubliâmes la topographie et la configuration du paysage autour de nous, la situation présente et nos ennemis. Nous oubliâmes tout, tout disparut pour nous. Un court moment après notre évasion, sous ce rayon de lune, non loin de la prison, dans ce bois, sur la colline, nous accomplîmes cette grandiose, cette glorieuse, cette juste chose. Trois jours plus tôt, nous étions encore à la Colline des Cheng, profitant que Tao'r fût à l'école pour nous ébattre tout nus dans l'aile de la maison occupée par Rouge Mei, mais nous avions l'impression qu'il y avait trois mois que nous ne l'avions pas fait, qu'il y avait trois ans que nous ne nous étions pas vus et que, nous rencontrant soudain, c'était la première chose que nous voulions faire. Cette fois, nous n'eûmes pas besoin de musique révolutionnaire, pas besoin de retirer tous nos vêtements pour nous reluquer et nous échauffer, encore moins besoin qu'elle me gifle et me pince partout comme une belle-doche ses enfants, nous ne nous déboutonnâmes même pas, sans proférer la moindre parole préliminaire, torturés de désir, d'un seul et même cœur, nous roulâmes ensemble et nous fîmes l'amour.

En un rien de temps ce fut fini, ce fut aussi court qu'une moitié de baguette, aussi bref que la chute d'une goutte d'eau de l'auvent. Sans échanger un mot, nous nous arrangeâmes en vitesse et, nous donnant instinctivement la main, nous nous élançâmes dans le bois sur un petit sentier ténébreux qui grimpait dans la montagne. Nous venions de faire l'amour sans la joie à se pâmer l'âme des jours passés, mais sans plaintes ni regrets de la brièveté et de la hâte. Nous avions l'impression que ce n'était que pour cela que nous nous étions évadés, et que sans cela il nous eût été impossible d'apaiser, de tranquilliser notre cœur, qu'il nous eût été impossible de réfléchir calmement à la révolution et à notre destin, à la situation générale et à la vie. Avoir fait l'amour nous apporta une paix profonde, comme boire quand on a soif, comme manger quand on a faim, comme faire une halte quand on est fatigué, comme la pluie abondante par temps de sécheresse, comme lorsque par grandes chaleurs on entre dans l'épaisse fraîcheur des frondaisons. Pendant que nous grimpions dans la montagne, malgré notre pas rapide, nous n'étions nullement agités ni paniqués, c'était comme si, à présent, nos poursuivants avaient pu nous rattraper et remettre la main sur nous sans que nous en éprouvions de regrets.

Après avoir fait l'amour, nous montâmes jusqu'au sommet.

En haut, tout baignait dans le calme et la transparence scintillante de la lune. Nous émergeâmes tous deux du bois pour arriver à un endroit surélevé dont le sol était couvert de gravillons, nous respirâmes, détendus, à longs traits, en nous retournant pour regarder un instant au bas de la montagne, nous distinguâmes alors, rassurés, les quelques rangées de baraques de la prison, dispersées çà et là, où quelques fenêtres étaient allumées. Sous le clair de lune, les bâtisses aux tuiles rouges paraissaient brunes, pareilles à des mottes de lœss couchées au pied de la colline. Derrière elles, indistinct, le mur d'enceinte surmonté de barbelés faisait une ombre carrée qui oscillait, tantôt visible, tantôt invisible. Dans le coin le plus éloigné de ce carré, il y avait une rangée de quatre fours à briques qui s'élevaient du sol, des hommes étaient en train d'éteindre deux d'entre eux, nous pouvions apercevoir vaguement leurs ombres – inutile de dire que c'étaient tous des prisonniers. Ils transportaient des seaux d'eau aux fours, puis redescendaient. L'épaisse fumée laiteuse qui s'élevait du toit des fours devenait bleue sous la lune et se dissipait vite dans sa clarté. Notre regard dépassa ces fours, à environ un kilomètre nous vîmes un hameau plongé dans le noir, paisiblement endormi, sans un bruit, comme si les habitants avaient par fantaisie abandonné derrière eux leurs maisons et leurs terres boisées. Nous étions assez contents de ne pas avoir été jetés parmi ces prisonniers pour fabriquer des tuiles ou des briques ou allumer les fours. Après tout, nous étions des révolutionnaires, après tout, nous étions des révolutionnaires qui avions offert à la révolution des campagnes chinoises l'exemple d'une expérience réussie, après tout, nous avions transformé le bourg de la Colline des Cheng de flaque d'eau morte féodale en nouvelle et rouge base révolutionnaire. Le rapport écrit sur notre expérience révolutionnaire avait été reproduit plus de dix fois dans tout le district et la préfecture, les dirigeants de la province y avaient ajouté des notules de leur propre main. Après tout, le bourg de la Colline des Cheng était le phare et la perle révolutionnaire des villages du Nord de la Chine, après tout, nous étions un rare et génial couple révolutionnaire des campagnes. Ils ne pouvaient sûrement pas nous envoyer faire cuire des briques comme de vulgaires criminels, un jour peut-être, ils seraient heureux de ne pas s'être conduits en fascistes avec nous en prison, et ils regretteraient de ne pas nous avoir donné à boire et à manger. Rouge Mei et moi, nous avions presque été chef du district et présidente de l'association des femmes, si je devenais chef du district, je mettrais en prison qui je voudrais, je ferais accroupir sur un tabouret qui je voudrais. Le jour venu, le côté dur et le côté doux de la dictature du prolétariat seraient sous mon contrôle, mais nous avions été victimes d'un malheureux concours de circonstances. Est-ce que, parce que j'étais allé en prison, je ne serais jamais chef du district ? Est-ce que Rouge Mei ne serait jamais la présidente de l'association des femmes ? Incompréhensible est le présent, imprévisible l'avenir au cours de la longue histoire de la révolution en Chine, combien de ceux des générations précédentes étaient allés en prison ? Leur grandeur ne venait-elle pas de ce qu'ils étaient allés en prison ? L'un des membres fondateurs du Parti communiste chinois, Li Dazhao, le théoricien Qiu Qiubai, et le général Ye Ting dont il y avait le portrait dans les manuels scolaires *(Les portes sont souvent fermées aux hommes, souvent ouvert le trou où rampent les chiens)*, tous étaient allés en prison et leur biographie en était éclaboussée de splendeur et de gloire, c'est justement parce qu'au cours de la révolution ils étaient allés en prison, puis que de la prison ils étaient retournés dans le flot de la révolution, qu'ils avaient été portés jusqu'au sommet de l'armée et de l'Etat, qu'ils étaient devenus pour nous des modèles révolutionnaires et de grandioses exemples immortels, à jamais auréolés de splendeur. Supposons qu'ils ne soient pas sortis du flot révolutionnaire pour aller en prison, leur destinée aurait-elle aujourd'hui cette allure ?

Nous n'étions pas du tout tristes d'être restés une nuit et un jour en prison, ni fâchés d'avoir souffert de la faim, de la soif sous la surveillance des gardes dans cette salle de détention pleine de sagesse révolutionnaire, peut-être que ce bref moment d'histoire acquerrait un sens nouveau dans nos combats futurs, ah ! s'il pouvait compenser plusieurs fois la perte de notre destinée ! Dommage, il aurait mieux valu que ce contretemps arrive un jour plus tard ; un jour plus tard, le secrétaire Guan aurait annoncé au district notre nomination, Rouge Mei et moi aurions été chef du district et présidente de l'association des femmes en titre. Si nous avions été chef de district et présidente de l'association des femmes, auraient-ils osé ne pas nous donner à boire et à manger ? Auraient-ils osé installer le labyrinthe de *La Longue*

Marche jusqu'à la porte ? La lune voyagea dans le ciel du nord au sud, la paix des montagnes avançait sur le monde, la vaste campagne au loin était plongée dans le noir, tout n'était que ténèbres épaisses, on ne savait plus où commençait le blé mûr, où montait l'herbe sauvage jusqu'aux genoux. Nous apercevions vaguement, qui se balançaient au vent, l'herbe ou les récoltes, comme lorsque j'étais à l'armée j'avais vu la mer onduler. Je tenais toujours la main de Rouge Mei dans la mienne. Son visage était pareil à un gris brouillard de pluie, ses doigts étaient frais et glacés. A dire vrai, elle était une femme, une camarade, une révolutionnaire dont la maturité n'était pas totale, elle souffrait encore d'une fragilité révolutionnaire qui consistait à considérer les gains et les pertes. Je me dis que, moi, l'homme, son guide et son frère d'armes, un révolutionnaire aux grandes ambitions, un amant exceptionnel pour elle, son timonier dans la révolution, un politique qui voyait haut et loin, je me devais de la soutenir, pour qu'elle comprenne qu'il n'y avait rien de grave à être allés en prison, qu'il n'y avait rien à craindre de s'en être évadés, que c'était juste une petite blague que la révolution faisait aux révolutionnaires, une petite erreur qui s'était produite, de la même façon que dans l'histoire de la révolution notre Parti avait commis quelques erreurs sur l'opportunisme de droite et de gauche, mais sans ces erreurs de ligne politique, notre Parti serait-il aussi mature et aussi solide aujourd'hui ? Pour la même raison, si dans notre carrière révolutionnaire nous ne faisions jamais le moindre faux pas, si nous ne connaissions jamais le moindre égarement, si la révolution ne nous jouait pas quelques tours, si elle ne commettait pas des erreurs, deviendrions-nous aussi matures et aussi forts ? Accumulerions-nous toute cette expérience révolutionnaire ? Plus tard, lorsque nous aurions jeté toutes nos forces dans la révolution, les dizaines de milliers de gens qui organiseraient un rassemblement à notre mémoire pleureraient-ils à chaudes larmes ? Nous reconnaîtraient-ils comme des leaders et des politiques qui avaient accompli un remarquable travail révolutionnaire dans les campagnes ? Je devais consoler ma Rouge Mei, éduquer et encourager ma Rouge Mei, elle était mon âme ma chair, mon enveloppe mon cœur, ma moelle ma quintessence. Je serrai sa main plus fort, je pris ses doigts entre mes mains pour les frotter.

Je dis : « A quoi penses-tu ? »

Elle dit : « A rien de spécial. »

Je dis : « Tu as déjà vu la mer ? »

Elle dit : « Non. »

Je dis : « Eh bien, un jour, je t'emmènerai voir la mer à Qingdao, et je t'emmènerai faire connaissance avec la place Tiananmen à Pékin. »

Elle me dévisagea :

« Est-ce que ce jour viendra ? »

Je la fixai dans les yeux :

« Et pourquoi pas ? »

Elle dit : « Tsé-toung, dis-moi pourquoi nous nous sommes échappés, en fait. Si on nous rattrape, ne serons-nous pas coupables d'un autre crime ? »

Je dis : « Tu m'en veux parce que ça a été trop court tout à l'heure ? »

Elle retira sa main des miennes :

« Hé oh, nous ne nous sommes échappés rien que pour ça ? »

Je dis : « Bien sûr que non. Nous devons rentrer pour faire exploser le temple et le portique des Cheng, réaliser notre ancien vœu révolutionnaire de jeunesse. Tu vas rentrer chez toi pour vérifier si l'entrée du tunnel a été découverte. Si oui, nous confesserons notre erreur conformément aux faits, nous nous battrons pour que la Révolution soit magnanime à notre égard, pour qu'elle nous redonne une chance de faire à nouveau la révolution et de renouveler nos exploits. Si le tunnel est toujours secret, c'est que le secrétaire Guan ne nous a pas enfermés pour cette raison, nous pourrons alors employer d'autres moyens, adopter une autre attitude pour négocier avec eux. »

Rouge Mei, un peu inquiète, leva la tête pour regarder le ciel et essaya de reconnaître l'endroit où nous nous trouvions : « Puisque c'est comme ça, pourquoi ne nous dépêchons-nous pas, qu'est-ce que nous faisons encore ici ? Si on n'est pas rentrés avant qu'il fasse jour, comment fera-t-on ? »

Je dis : « Laisse-moi voir d'abord où nous sommes… Tu le sais, toi, si nous sommes à l'est ou à l'ouest du chef-lieu du district ? S'il faut partir au sud ou au nord pour rentrer à la Colline des Cheng ? » La perplexité et l'impatience sur son visage s'atténuèrent. Je portai mon regard par-delà la cime des arbres, à cinq ou dix kilomètres dans la nuit, il y avait une grande et vague étendue lumineuse déployée et là-bas l'arc d'étincelles d'un fer à souder s'illuminait parfois quelques secondes dans le ciel noir. Je dis : « Est-ce qu'il y a une fabrique de machines ou un atelier de réparation dans le district ? » Rouge Mei dit : « Oui. Il y avait aussi une fabrique de machines agricoles, mais elle a fermé depuis longtemps. » Je dis : « Quand certains empoignent la révolution, d'autres poussent la production, plus il y a d'usines à l'arrêt, plus il y a de gens pour travailler la nuit, cela est déterminé par les lois de la révolution et les lois de la lutte – je suis sûr que c'est le chef-lieu du district là-bas. » Je m'approchai d'un arbre, j'en tâtai la surface lisse à l'ombre et la surface rugueuse orientée vers le soleil, je pus ainsi positionner la prison au nord du chef-lieu du district tandis que nous, nous étions au sud de la prison, le bourg de la Colline des Cheng était situé entre la prison et le chef-lieu, un peu au nord. La prison, le chef-lieu et le bourg formaient un triangle à angle aigu, et le bourg et la prison se trouvaient très probablement à chaque extrémité du segment le plus court de l'angle aigu. Autrement dit, la géométrie étudiée au collège était encore gravée dans mon esprit, je n'avais pas oublié non plus les connaissances fondamentales sur l'orientation et les positions enseignées dans les matières du tronc commun à l'armée. Nous étions au sommet d'une colline près de la prison et nous n'étions pas loin de chez nous. Nous pouvions très bien atteindre la Colline des Cheng dans la nuit et, avant le lever du jour, retourner par le même chemin pour reprendre ni vu ni connu nos places sur nos tabourets de la salle d'interrogatoire spéciale de la prison.

Après l'épineuse épreuve, nous étions sortis de la prison ennemie / *Le regard au loin, pensant à* la Colline des Cheng, *notre ardeur n'en fut que plus ravie / Le Parti avait placé en nous un espoir infini / Parents et camarades nous adressaient des paroles chéries / Exhortant notre force par mille conseils, dix mille avis / Notre sein réchauffé par la flamme de leur cœur rougi / Souvenez-*

vous d'être braves, sincères et hardis / Comptez sur le courage, comptez sur votre tête, vous en serez grandis / La victoire est garantie par chaque phrase du Parti / La pensée de Mao Tsé-toung à jamais resplendit / Mais bravoure et intelligence sans esprit de décision, c'est regarder la grande route avec des yeux éblouis / *Qu'importe dans la montagne du Tigre les obstacles en série* / Qu'importe si le chemin qui descend mesure dix mille lis / Qu'importe la pluie de balles, les forêts de fusils / *Blockhaus en haut, tunnels en bas, des défenses là et ici* / Pour savoir ce qu'il faut faire, ma sagacité me suffit / Et comme sur un large chemin je marcherai sur la couche de glace amincie / Après deux jours j'ai déjoué et embrouillé l'ennemi / J'ai dû m'enfuir pour enquêter en détail, obtenir un savoir des plus précis / Se connaître comme on connaît l'ennemi, c'est s'éviter bien des soucis / Etre sûr que de cent batailles cent victoires seront le prix / Mais outre tout cela, je dois réaliser le rêve de quand j'étais petit / Faire exploser le temple, détruire le portique, balayer la féodalité, qu'elle soit anéantie / Puisqu'il faut se jeter dans la révolution, c'est dit / Dévoué corps et âme au Parti / En m'échappant j'ai bien jaugé les risques que j'ai pris / Je puis faire d'une pierre deux coups si je ne suis pas indécis / Devant les armes hérissées j'avancerai, tant pis / Surmonterai tous les obstacles, descendrai la colline, pardi ! / Rater l'occasion, ruiner le plan, c'est me trahir moi-même et le Parti / Rater le destin, ruiner la révolution, c'est trahir le peuple et mon pays / Si haute soit la montagne, elle sera franchie / Et malgré le danger, mon cœur n'a pas fléchi / Nourrir des ambitions, faire la révolution, surtout pas de gâchis / Faire la révolution, nourrir des ambitions, dans nos poitrines le soleil du matin luit / A travers les grands bois et la plaine enneigée, mon héroïsme s'exalte / Face aux chaînes de montagnes je crie mes ambitions, je chante mon idéal / Désire que le drapeau rouge se déploie sur tous les océans et les continents / Mers en feu, pics acérés, qu'importe, il faut se ruer vers l'avant / Que ne puis-je hâter la neige en pluie de printemps / Que ne puis-je hâter la nuit noire en lendemain brillant / Bienvenue saison qui change le monde humain / Bienvenue cosmos en son premier matin / Bienvenue chambre nuptiale, reflet de la vie / Bienvenue nouvel avenir, qui une nouvelle partition écrit / Les chroniques de l'Histoire s'écrivent dans le sang chaud / *Nos grandes aspirations inachevées, nous jurons de ne pas abandonner* / En attendant le jour où nous lèverons la coupe de la victoire / Au drapeau rouge qui flottera sur le globe.

Je dis : « Rouge Mei, partons vite en direction du nord-est. »

Elle dit : « On ne va pas se perdre ? »

Je dis : « Mais non. »

Je pris alors sa main gauche, et fis un pas sur le sentier au clair de lune en direction du nord-est. Nous laissâmes au loin derrière nous la prison et le chef-lieu du district.

Nous ne fîmes pas un seul détour, nous franchîmes un chemin de crête, puis du petit sentier illuminé nous rejoignîmes la grand-route en direction de la Colline des Cheng, là nous arrêtâmes un tracteur qui charriait du charbon. Il nous transporta pendant environ cinq kilomètres, nous lui expliquâmes que, mari et femme, nous étions tous deux ouvriers dans une usine du district, ma vieille maman était tombée malade, nous étions si pressés que nous n'avions même pas dîné et faisions la route de nuit. Le conducteur, la quarantaine, fut touché au cœur, plus qu'ému par notre histoire, non seulement il nous fit monter mais il nous donna ses provisions de voyage. Il dit : « Qu'un fils coure des kilomètres la nuit pour aller voir sa mère, ce n'est pas extraordinaire, mais qu'une belle-fille ne mange rien pour aller voir sa belle-mère à des kilomètres, c'est plutôt rare – rien que pour ça, prenez mon casse-croûte. »

Le sentiment de classe, l'amour fraternel remuent les entrailles ; l'amour d'un frère ou d'une sœur, le sentiment de classe font que le cœur défaille. Nous le remerciâmes plusieurs fois et, altruistes, nous engloutîmes les trois pains vapeur de son casse-croûte dans son balluchon (un jour, quand je serai à nouveau chef de district, je le nommerai sans faute chef ou chef adjoint de l'usine de machines du district. Je me souviendrai de son nom, il s'appelait Liu Rouge Li, de la brigade de production Liu Lin dans la commune de Kunei, éducation primaire, classe des paysans pauvres). Grâce à ce tracteur, nous revînmes à la Colline des Cheng à l'heure prévue. La nuit était claire et profonde, moi et Rouge Mei, debout devant le portique, regardions le bourg dormir à poings fermés, regardions les arbres et les poteaux électriques le long de la rue Cheng de devant, le fumier et la fosse à purin à l'entrée de chaque maison, une vieille meule à l'abandon au milieu de la rue, il y avait aussi les bœufs et leur foin dans l'enclos de la deuxième équipe de production, le clair de lune les baignait de son eau et la distribution égalitariste baignait chaque maison du village, chaque pouce de terre, chaque chose. Depuis les champs de derrière flottait jusqu'à nous la forte et douce odeur du blé mûr, tantôt verte, tantôt blanche, qui nous fit ressentir la blessure et le déchirement de nos nombreux échecs révolutionnaires. Nous savions que nous ne pouvions pas nous arrêter au bourg trop longtemps, nous devions nous hâter de rentrer à la prison avant le lever du jour pour remonter sur nos tabourets dans la salle de détention spéciale. Nous placions notre espoir dans un retour précoce, peut-être que la sentinelle se serait endormie, ou bien le froid qui précède l'aube la ferait rentrer au chaud, de sorte que nous pourrions à nouveau ramper sous le portail. LA RÉVOLUTION N'EST PAS ACHEVÉE, CAMARADES ENCORE UN EFFORT ! Le temps était, pour nous, pareil à une poignée de blé offerte à une faim insatiable, si nous ne nous en emparions pas les premiers, effroyables en seraient les conséquences. Nous restâmes sous le portique quelques secondes, juste quelques secondes. J'allai pisser contre l'une des vénérables colonnes, elle alla s'accroupir au pied de l'autre colonne pour pisser aussi, nous nous rejoignîmes avant de nous séparer.

Elle dit : « Où vais-je te retrouver ? »

Je dis : « Inspecte bien attentivement chez toi. Si Tao'r et la tante sont là, ne les alarme pas (quand elle était partie de chez elle, elle avait laissé Tao'r à sa tante maternelle), quand tu ressortiras, va au pied du mur d'enceinte du temple des Cheng, si tu ne me vois pas, frappe trois fois dans tes mains. »

Elle dit : « Tu ne rentres pas chez toi voir la mère et les quinquins ? »

« Pas le temps, dis-je, tout au plus, toi tu peux grimper à la fenêtre pour voir Tao'r, mais surtout ne la réveille pas. Et rappelle-toi de me rapporter des allumettes. » Et elle partit en direction de la haute maison en tuiles sur la rue Cheng de devant.

Le baroud d'honneur

Je quittai le portique, après un coude je pénétrai dans la rue Cheng centrale, j'allai directement au quartier général de la brigade de production. L'écho des pas du révolutionnaire surprenant des chiens, ils se mirent à aboyer, puis se turent, comme un bout de tuile jeté dans l'eau fait naître des cercles concentriques, puis coule au fond. Dans les rues du bourg, pas âme qui vive. Le clair de lune s'écoulait dans les rues dans une sorte de rumeur. Le chat d'une maison, fatigué de sa chasse nocturne, traversa la rue, tenant en sa gueule une souris, et sauta sur le mur de chez Cheng Qingxian. J'arrivai au seuil du QG, je sortis de ses gonds la grande porte, puis celle de la réserve à côté des toilettes. Il y avait là deux cents kilos d'explosifs et des détonateurs pour les travaux de réparation hydraulique et le creusement des canalisations. Je pris trente bâtons de dynamite d'une charge de deux cent cinquante grammes, bien enveloppés dans du papier huilé, trois détonateurs, deux rouleaux de mèches et une paire de ciseaux neufs, puis je replaçai la porte de la réserve, replaçai la porte en orme du QG, et je partis à grandes enjambées en direction du temple des Cheng. *(Il n'y a pas d'autre voie pour la tâche révolutionnaire : il faut recourir à la violence pour élargir la base, libérer toute la Chine, puis toute l'humanité.)* L'odeur brute et humide de l'explosif monta d'entre mes bras jusque sous mes narines et me donna instantanément un regain de vigueur, excita mon esprit combatif, j'avais les paumes chaudes et moites, mon cœur sonnait *ding ding dong*, afin d'apaiser l'excitation en moi, j'aurais voulu pouvoir chanter à pleine voix le couplet de Yang Zirong attaquant la montagne du Tigre : *A travers les grands bois et la plaine enneigée, mon héroïsme s'exalte* ; ou encore le couplet de Zhao Yongang dans *Combats dans la plaine* : *Plusieurs jours sur la plaine, je tins tête à l'envahisseur / Je me sens poisson dans l'eau, transféré au bunker / Qu'ils sont cruels, arrogants ces Japs, ces collabos, ces nationalistes / Les villageois ont souffert mille maux, subi tant d'injustices / J'écoute dans la chambre mes proches dormir sans bruit / Comme je voudrais vous voir, mais je crains d'effrayer mamie / Du bien-être du peuple, je dois me rappeler / Je n'avais pas vu, après l'orage, le ciel tout étoilé.* Il me semblait que ce couplet avait été composé pour moi, en changeant légèrement les paroles, il peignait ce que je ressentais : Plusieurs jours dans les monts, je fuis l'ennemi / Je me sens poisson dans l'eau, revenu à la Colline des Cheng / Qu'il est encore arrogant, mon ennemi sinistre / Il nous a fait souffrir mille maux, subir tant d'injustices / J'écoute dans le bourg mes proches dormir sans bruit / Comme je voudrais les voir, mais je crains d'effrayer la mère et les petits / Du bien-être du peuple, je dois me rappeler / Mais je vois, au-dessus, le ciel tout étoilé.

En chemin vers le temple des Cheng, j'aurais voulu chanter mais n'osais, je réfléchissais seulement à la façon dont je pouvais modifier les paroles du couplet. Mon esprit ne cessait de s'égarer dans d'autres directions, mais quand vint le vers « Je me sens poisson dans l'eau, revenu à la Colline des Cheng », *crac clac* mon cœur s'arrêta sur ces paroles transformées, et le trouble en moi s'apaisa peu à peu. Jamais je n'aurais cru que ces paroles puissent lentement calmer le cœur d'un homme qui transporte des explosifs, je me sentais plein de gratitude pour les artistes soldats qui les avaient écrites. J'aurais voulu leur présenter mes respects, oh ! que j'aurais aimé qu'ils voient comme j'étais calme en enterrant les explosifs dans le temple des Cheng, qu'ils puissent me voir de leurs yeux faire exploser le temple, quel point d'orgue dramatique émouvant et splendide c'eût été !

Enterrer la dynamite, installer les détonateurs, poser les mèches, rien de plus facile pour un soldat du génie comme moi. Il ne me fallut même pas une heure pour achever tous les préparatifs dans la cour arrière du temple des Cheng. J'enterrai des charges et des détonateurs sous le mur du fond de la Grande Salle et aux quatre coins entre les pierres de fondation, à chacun de ces coins j'enterrai deux bâtons, cinq cents grammes de dynamite, puis je plaçai à divers endroits de l'enceinte d'autres charges de deux cent cinquante, enfin je fourrai le sac avec les détonateurs et la dynamite restante dans ma veste en toile, je la mis en bandoulière et grimpai dans un sophora à proximité pour atteindre le haut du mur de la cour centrale, puis, m'accrochant à un cyprès, je redescendis et me dirigeai vers les colonnes du kiosque de la Brise printanière et du pavillon de l'Elève modèle dans la grande cour de devant pour y placer des explosifs. Quelques minutes plus tard, je gagnai la cour centrale et enterrai des explosifs au pied des colonnes de la Grande Salle de l'Etude de la Voie et du mur avant des deux ailes « De vent doux, de bonne pluie » et « De dur soleil, de givre d'automne », ainsi que sous le mur d'enceinte. Au moment où j'allais placer la dynamite au pied des colonnes de la Grande Salle de l'Etude de la Voie, une souris sortit en courant de son trou et marcha sur le détonateur qui était à mes pieds, j'eus si peur que mon cœur craqua comme la foudre et la sueur déferla dans un grondement sur mon visage. La fausse alerte passée, je mis donc un bâton de dynamite dans le trou de souris.

Un calme incomparable régnait dans le temple des Cheng, la clarté laiteuse de la lune flottait sur les bâtiments, les frondaisons des arbres dansaient en tournoyant, tout était empli de mystère. J'avais enterré vingt-huit bâtons de dynamite en vingt-deux endroits, je mis les derniers bâtons et la mèche dans mes poches de pantalon. Comme je me redressais, il me vint à l'esprit que Rouge Mei aurait dû être là, le temps qui s'était écoulé depuis qu'elle était retournée chez elle était aussi long qu'un rouleau de fil de mèche, si elle ne se dépêchait pas, elle allait perturber le planning et compromettre l'opération.

J'ouvris tout doucement la porte de la cour centrale, puis celle de la cour de devant et, à peine sorti, je vis Rouge Mei, debout dans l'ombre de la grande porte du temple.

« Pourquoi tu n'as pas frappé dans tes mains quand tu es arrivée ? » dis-je.

« Je t'entendais bouger à l'intérieur, dit-elle. J'ai monté la garde pour toi ici. »

« Comment se présente la situation ? »

Elle baissa la tête, son visage était pâle sous la lune.

« On dirait que ça s'est passé comme tu l'as dit... »

Elle se tut et leva la tête pour me regarder comme quelqu'un à qui elle pouvait se lamenter en pleurant, quelqu'un à qui elle pouvait parler à cœur ouvert, quelqu'un à qui elle pouvait se confesser et demander pardon. D'une voix lente et basse, elle dit bien tristement : « Tsé-toung, on dirait bien que ça s'est passé comme tu l'as dit. Tao'r est toujours chez la tante, en revenant chez moi, je suis d'abord allée dans l'aile de la maison, la porte était fermée à clef, mais j'ai poussé une fenêtre, elle s'est ouverte, surprise, je me suis dépêchée d'entrer dans ma chambre, j'ai allumé la lampe, j'ai vu qu'on avait touché aux draps du lit, l'oreiller aussi paraissait avoir été déplacé, la porte de l'armoire était grande ouverte, tous mes vêtements étaient là mais la couette posée sur l'entrée du tunnel ne m'a pas semblé disposée comme avant. Je me souviens, j'installe toujours la pivoine de la couette bien en face de la porte de l'armoire, mais cette fois elle était clairement penchée vers la droite. » Les larmes coulèrent à nouveau de ses yeux, le remords s'accrocha à son visage pareil à ces étoffes grises qu'on file chez nous, des larmes de regret se déversèrent *plic plic ploc ploc* sur le sol. La lune avait déjà atteint le sud du bourg, les étoiles déjà se clairsemaient. Le souffle d'un vieux bœuf qui ruminait au ras du sol dans la rue nous parvenait, tel le vent qui roule les feuilles mortes et les herbes desséchées. Je fixais ce visage trempé de larmes, que j'aurais tant voulu gifler, que j'aurais tant aimé mordre. A cause d'elle, notre secret avait été révélé, plus grave encore, deux ou trois jours plus tard, peut-être même le lendemain, j'aurais été nommé chef du district et elle présidente de l'association des femmes au grade d'adjointe du district. Alors qu'à présent, tous nos projets étaient à l'eau, tout allait à vau-l'eau, exactement comme si la grande digue de la destinée que nous avions construite au prix d'innombrables souffrances, de la sueur et du sang, s'était effondrée à cause d'un trou de souris, d'un trou de fourmis, chaque pierre, chaque motte de terre, précipitée dans le néant. Telle était la situation, je ne serais pas chef du district, elle ne serait pas présidente de l'association des femmes, en fin de compte, après tant d'années de révolution nous n'étions toujours que des paysans ! Nous étions toujours des paysans de la Colline des Cheng dans les monts Balou. A cette pensée, mes mains pendant le long de mes jambes se mirent à trembler un peu, un goût de sucre noir, mi-amer, mi-âcre, remonta de mes mains. Je compris que c'était l'odeur de l'explosif resté sur elles qui s'évaporait. C'est en respirant cette odeur que je m'aperçus que mes poings étaient fermés, la sueur et l'odeur d'explosif se faufilaient par les interstices des phalanges serrées. Je m'essuyai sur mon pantalon, tâtai la dynamite et les détonateurs répartis dans mes deux poches, je levai la tête pour regarder le ciel. Vénus était déjà suspendue à l'entrée du bourg, il y avait aussi cet astre rouge que l'on voit des monts Balou durant la deuxième partie des nuits d'été, lointain et brillant, il scintillait d'un tendre éclat, telle une boule de feu enveloppée dans un carré de tissu bleu nuit. A cette seule étoile rouge, on pouvait dire que la première partie de la nuit était passée et que la seconde moitié était bien entamée. Rouge Mei, de la main, essuya ses larmes, recoiffa un peu ses cheveux tombés sur son front et ses oreilles, elle dit : « Tsé-toung, j'aurais dû faire comme toi, condamner plus tôt cette entrée du tunnel. »

Je dis : « Tu n'as pas déplacé la couette pour voir si par hasard quelqu'un avait bougé la planche du fond de l'armoire ? »

Elle dit : « Si. Mais je n'arrive pas à me rappeler comment elle était. »

Je dis : « Tu n'as pas regardé sur le rebord de la fenêtre et la table pour voir s'il y avait des traces de pieds ou de mains de Cheng Tianmin ? »

Elle resta un peu interdite : « Je retourne voir maintenant ? »

Je dis : « Pas la peine. Il est rusé le bandit ! S'il y avait des traces, il les aura effacées. »

Elle dit : « Tu veux dire que tous les deux… toute cette révolution aura eu lieu pour rien ? »

Sa question fut comme un bâton qui me serait tombé sur la cervelle, se serait bloqué en travers de ma gorge. Je la dévisageai, la tristesse de tout à l'heure semblait s'être évanouie de son visage, où ne flottaient plus que les regrets de sa bévue qui avait annulé notre succès révolutionnaire. Ces regrets donnaient à son visage une teinte laiteuse semblable à la clarté de la lune qui s'y fondait complètement, et sans son pull rose et ses brillants cheveux noirs, peut-être sa figure serait-elle devenu un tendre clair de lune. Une boucle de cheveux retomba sur son front, pile entre ses sourcils, comme un accroche-cœur. Et cette mèche de cheveux noirs, *crac*, alluma une étincelle dans mon cerveau. Je dis : « Nous ne pouvons évidemment pas laisser notre avenir mourir de cette façon, ni la révolution mourir de cette façon. Pourquoi est-ce que je veux faire exploser le temple et le portique des Cheng ? Il ne s'agit pas seulement d'un idéal et d'un vieux rêve d'enfance, ce sera un coup radical sur l'échiquier de la révolution, notre dernier hommage à la révolution. Ton beau-père nous a fait mettre en prison, il a ruiné nos carrières de chef du district et de présidente de l'association des femmes, dis-moi, est-ce qu'il suffira de faire exploser le temple des Cheng ? N'est-ce pas faire bon marché de Cheng Tianmin ? »

Elle dit : « Qu'est-ce que tu veux de plus ? »

Je dis : « Si on ne me prend ni œil, ni dent, je ne prends ni dent, ni œil ; sinon, c'est œil pour œil, dent pour dent. Fais aux autres ce qu'ils t'ont fait subir. N'a-t-il pas dénoncé notre adultère ? Ne nous a-t-il pas dénoncés pour nous mettre en pièces ? Eh bien, d'accord, nous sommes adultères, et nous allons le mettre en pièces. Nous allons, maintenant, aller enterrer les deux derniers bâtons de dynamite sous les piliers du portique des deux Cheng, en revenant nous pénétrerons dans la cour arrière du temple et nous ferons l'amour devant Cheng Tianmin, afin qu'il voie de ses yeux que nous sommes adultères, qu'il soit témoin de comment moi, Gao Tsé-toung, je t'aime toi, Xia Rouge Mei, et comment toi, Xia Rouge Mei, tu m'aimes moi, Gao Tsé-toung, afin qu'il comprenne bien clairement que nous ne sommes pas seulement un couple révolutionnaire, mais aussi un couple d'amants révolutionnaires et deux personnes qui s'aimeront jusqu'à la mort, afin qu'il ait un aperçu du véritable amour et de la véritable force des révolutionnaires, et qu'il sente à quel point nous sommes totalement et radicalement dans la révolution. Nous lui ferons comprendre que nous sommes un couple de révolutionnaires fous furieux. Nous lui ferons regretter de nous avoir dénoncés, nous le ferons crever de regrets ! »

La première partie de mon discours, j'avais bien prévu de la dire à Rouge Mei, mais la seconde m'avait échappé sous le coup de la fureur qui était montée pendant que je parlais. Je crus que Rouge Mei n'approuverait pas ce plan, après tout, elle n'était pas une révolutionnaire aussi radicale que moi, après tout, l'ennemi de classe en face de qui nous ferions la chose serait son beau-père, le propre père, le paternel, le papa de Cheng Qingdong. Cependant, ayant entendu mes paroles, elle n'éleva pas immédiatement de protestation ou d'opposition. Elle me jeta un regard en coin, comme si elle cherchait à déchiffrer sur mon visage si mes paroles étaient un plan mûrement réfléchi ou alors une vengeance irréfléchie et un accès de haine. A la faveur de la lune, elle me dévisagea quelques secondes, mi-chaude, mi-froide, puis résolue, déterminée, prononça cette phrase que seule la plus remarquable des femmes au monde pouvait prononcer :

« Tsé-toung, au point où nous en sommes, nous devons le faire, pour la révolution, pour la lutte. »

Encore une fois, un bouleversant, à faire pleurer dieux et démons, un époustouflant plan avait vu le jour, que nous allions mettre à exécution (tout notre plan devait être mis en action avec fermeté, sans cela, c'était parler pour ne rien dire). Il en est ainsi, être un révolutionnaire, c'est être un géant qui agit, et non un nain qui parle. Pour la révolution, pour la lutte, nous décidâmes d'employer notre arme ultime, d'abord nous ferions la chose devant Cheng Tianmin à faire trembler ciel et terre, ensuite sans remords aucun nous ferions sauter le temple et le portique des Cheng.

Nous allâmes aussitôt enterrer les derniers bâtons de dynamite sous les piliers du portique.

Nous nous en retournâmes triomphalement. Elle me suivait, tenant à la main la dernière moitié de la mèche, et quand nous entrâmes par la porte du temple, la gravité de la lutte des classes nous enveloppa tel un nuage, telle une brume. Nous sentions l'effervescence et le mystère qui précèdent l'apothéose, nous sentions notre sang transformé en un puissant courant par la joie de la victoire reprise à la défaite, notre cœur battait *bong bong* comme un tambour de guerre. La large ombre noire du vieux cyprès dans la cour ressemblait à une dépouille géante déposée sur le sol. Rouge Mei ferma la grande porte derrière moi. Une blanche et épaisse odeur de pourriture se rassemblait dans la cour. A cette odeur, je fus pris d'une certaine panique, mais je songeai que j'étais un révolutionnaire, ce que j'étais en train d'accomplir faisait partie de la grandiose révolution, peut-être mon action serait-elle mal comprise par les générations futures, mais plus vraisemblablement elle entrerait dans leurs manuels d'histoire, et ma panique se changea alors en émotion et en force, elle me procura le calme en même temps que la détermination. Nous pénétrâmes dans la cour centrale. Le treillis des vignes, dont le foisonnement avait épargné seulement les quatre angles de la cour, faisait comme une tente tendue au-dessus de nos têtes, le clair de lune poudroyait comme de la chaux. Je vis la dynamite que j'avais enterrée au pied de la Grande Salle de l'Etude de la Voie, un bout dépassait du sol, le détonateur semblait lui aussi affleurer à la surface, la mèche longeait le mur comme une corde à moitié enroulée, à moitié déroulée. J'avais pris soin de calculer la longueur des mèches, j'avais élaboré un plan d'allumage : la cour centrale, la cour avant, sortir en courant du temple pour gagner la Grande Salle de la cour arrière, et pour finir les deux piliers du portique des Cheng ; une fois que tout aurait été allumé, il resterait plus de cinquante centimètres à brûler pour les mèches des bâtons de dynamite placés en vingt-six endroits, cette cinquantaine de centimètres nous laisserait tout le temps, à Rouge Mei et moi, de grimper tranquillement sur la crête des monts Balou pour admirer dans ce paysage du Nord le feu d'artifice qu'on verrait à des kilomètres et des kilomètres. Seulement ce détonateur affleurait un peu trop, je voulais aller l'enterrer un peu plus, mais Rouge Mei ayant refermé la grande porte de la cour centrale, je me dirigeais vers la Grande Salle, quand la porte de la cour arrière s'ouvrit en grinçant :

« Qui est là ? »

Cette question inattendue nous laissa tous deux abasourdis, comme si un bâton s'était abattu sur nos têtes.

Cheng Tianmin, vêtu d'un caleçon blanc et d'une chemise en soie blanche déboutonnée (on dirait bien que c'était ce genre d'étoffe que portaient les propriétaires terriens et les paysans riches avant la Libération), se tenait debout dans l'encadrement de la porte. Dès qu'il reconnut Rouge Mei, il s'empressa de se reboutonner, puis d'une voix inquiète et lente il demanda à nouveau :

« C'est toi, Rouge Mei ? Qu'est-ce que tu fais là ? Et qui est-ce ? »

Rouge Mei, pétrifiée sous la vigne, n'osait pas parler. Inutile de dire que le moment d'agir était venu, si nous n'agissions pas, Cheng Tianmin, d'un cri, rameuterait les villageois, et ce serait encore une fois un succès imminent qui tournerait en eau de boudin. Je vis Rouge Mei tourner la tête vers moi pour me jeter un regard en coin. Je m'approchai de Cheng Tianmin, ce vieux débris de maire de la Colline des Cheng, notre ennemi :

« Ce n'est pas ta belle-fille, Xia Rouge Mei, déclarai-je avec humeur, c'est une prolétaire d'exception, une révolutionnaire, une politique et une organisatrice du travail rural, elle est mon amie la plus intime et ma femme à moi, Gao Tsé-toung, c'est ma camarade et ma sœur d'armes, à la vie à la mort. » Tandis que je parlais ainsi en m'avançant vers Cheng Tianmin, son visage était masqué par le cadre de la porte dans l'ombre de la lune, de sorte que je ne voyais pas son visage, ni le changement de son expression, je vis seulement ses mains en train de reboutonner sa chemise se figer sur sa poitrine. Durant ce bref instant de stupéfaction, je fondis sur lui, l'encerclant de mes bras, je lui couvris la bouche de ma main gauche, étouffant un cri de surprise – trop tard ! – dans sa gorge.

Je ne l'aurais pas cru aussi léger qu'un fagot de bois sec. Je n'aurais pas cru que les techniques d'immobilisation que j'avais apprises à l'armée il y a des années pour lutter contre l'impérialisme, le révisionnisme et les réactionnaires me reviendraient sans réserve dans les mains, les jambes, les pieds. Comme si j'enserrais une boule de coton, je traînai Cheng Tianmin jusque devant la porte de la salle d'études est de la cour arrière, Rouge Mei était encore pétrifiée sous la treille de la cour centrale, la moitié du rouleau de mèche, prête à servir de liens, tombée à ses pieds.

Je dis : « Rouge Mei, vite, donne-moi de la corde. »

Elle restait clouée là sans rien dire.

Je criai : « Le moment de la lutte à mort est venu ! Qu'est-ce que t'as à rester immobile ? »

Mon cri la tira de sa stupeur. Elle se baissa brusquement, ramassa le rouleau de mèche et courut vers moi pour me le donner, puis elle repartit aussitôt en courant vers la gauche de la Grande Salle de la Connaissance et de la Vertu, et en un clin d'œil elle ressortait en courant de la salle d'études ouest avec une chaise et une taie d'oreiller à la main. Elle plaça la chaise au milieu de la cour, me donna la taie et s'en retourna en courant vers la salle d'études ouest. Je ne savais pas ce qu'elle voulait y faire encore. Au moment où je pris la taie, je sentis une odeur graisseuse de cheveux, brillante et noire, et compris alors que c'était l'endroit où vivait Cheng Tianmin. Je regardai Rouge Mei y pénétrer à grandes enjambées. La lumière de la lampe, passant à travers la fenêtre, dessina un carré lumineux dans la cour, comme si un mince quadrilatère de bois, d'un blanc aveuglant, avait échoué là. *Clac-clac,* mon regard revint sur Cheng Tianmin et, en deux temps trois mouvements, je lui fourrai la taie dans la bouche, le fis asseoir sur la chaise, puis, tranchant et résolu, je liai ses mains derrière le dossier. Je l'attachai avec la douceur et le naturel d'une maman qui donne la tétée à son enfant, il avait plus de soixante ans, on aurait dit que, si le cerveau continuait à vivre, le corps, lui, était sans fluide, sans force. A son âge, il aurait dû prendre soin de lui, au lieu de quoi il nous avait déclaré la guerre, à moi et Rouge Mei, il avait tenté d'envoyer des révolutionnaires en prison. C'était sans recours, vraiment, c'était sans recours, sa position de classe et son idéologie en avaient décidé ainsi. Sa conscience était le produit du monde matériel qui avait évolué jusqu'à un certain stade, elle était la conséquence nécessaire de la lutte des classes qui s'était développée jusqu'à ce jour, elle était une fonction de cette matière particulière hautement organisée qu'était son cerveau, elle était le quartier général de la classe capitaliste qui s'était formé au cours des longues années de son activité sociale, et qui ne pouvait être ni éduqué, ni transformé. A présent, ce quartier général nous avait ouvertement et impudemment déclaré la guerre, il avait remporté une victoire et un gain auxquels il ne s'attendait pas, mais nous n'allions pas rester assis à attendre notre exécution, nous allions lui faire goûter une défaite et des remords auxquels il ne s'attendait pas non plus. Je ligotai ses mains, son buste, puis je ligotai ses jambes aux pieds de la chaise. Zhuxi, ce philosophe réactionnaire de la dynastie des Song, fier héritier de Cheng Yi et Cheng Hao, la pensée puante qu'il avait développée et refourguée, les si nombreux livres qu'il avait écrits, les si nombreuses paroles qu'il avait dites, tout cela était aujourd'hui du passé, plus personne ne s'en souvenait, mais il y avait une phrase que nous n'avions pas oubliée : « Applique à un homme la loi que lui-même applique aux autres. » C'est ce que nous avions appris, c'est ce que nous allions faire. C'est ce que nous ne pouvions que faire. Ainsi soit-il, qu'aurions-nous pu faire d'autre ? La dictature de la révolution et la dictature de la contre-révolution, leur nature est opposée, mais la première apprend de la deuxième. Cet apprentissage est tout à fait crucial. Si le peuple révolutionnaire n'apprenait pas de la classe contre-révolutionnaire ses méthodes de gouvernement, il ne pourrait pas conserver son pouvoir, il serait renversé par la faction réactionnaire qui restaurerait l'ordre ancien d'abord dans la Chine rurale, et le peuple révolutionnaire irait alors au-devant d'un désastre – les leçons et expériences passées le prouvaient. Ce jour-là, dans la cour arrière du temple des Cheng, nous mettions en œuvre une fois de plus cette théorie et ce principe. J'ignore pourquoi Cheng Tianmin ne fit pas un mouvement tandis que je le ligotais, il ne résista pas, ne se débattit pas, ne fit pas entendre des *mmm-mmm* derrière son bâillon. Peut-être attendait-il ce jour-là depuis longtemps, peut-être son âge lui disait-il que plus il résisterait, plus les conséquences seraient funestes. Résistance – défaite – résistance à nouveau – défaite à nouveau : il savait qu'il n'échapperait pas à une telle logique et une telle loi. Lui qui toute sa vie avait été habile à tirer les ficelles derrière le rideau de la scène contre-révolutionnaire, dans ce *mano a mano* où les coups étaient réels entre lui et nous, le voilà qui se retrouvait malgré tout à court de moyens, impuissant. Tel est le défaut largement répandu dans la classe des propriétaires terriens et dans la classe capitaliste féodale, tel est notre avantage sur eux pour les détruire et les dominer. Vous voyez, Cheng Tianmin restait assis sur sa chaise, les mains liées, sans lutter, sans résister, en me regardant comme si c'était lui qui m'avait ligoté, comme si je lui faisais une bonne blague, son visage jaune et fatigué, sous le clair de lune, était calme et sûr de lui, nulle colère, nul feu dans ses yeux simplement un peu plus grands ouverts que d'ordinaire, avec un peu plus de blanc, les rides de son front un peu plus creusées aussi, le cou un peu plus étiré que d'habitude.

Quels changements encore ? Oh, ses vêtements de soie blanche, saucissonnés dans le fil de mèche que j'avais utilisé pour l'attacher de la façon dite « grande ligature à cinq fleurs », ressemblaient à un torchon en boule, il y avait une chaussure abandonnée au seuil de la dernière cour, sans sa chaussure, il avait vraiment l'air d'un prisonnier aux mains d'un révolutionnaire. Tu ne t'attendais pas à un tel dénouement, hein ? Tu ne t'attendais pas à ce que la révolution te dictature sur le coin de la figure, hein ? Tu ne t'attendais pas à ce que nous appliquassions à un homme la loi qu'il applique aux autres, hein ? Si on ne me prend ni œil, ni dent, je ne prends ni dent, ni œil ; sinon, c'est œil pour œil, dent pour dent. Je suis même obligé de te rendre le double de tes offenses, tes attaques et tes coups. Telle est la loi de la lutte, telle est la méthode de la lutte révolutionnaire, tel est le moyen de la guerre. LES ENNEMIS QUI ONT PRIS LES ARMES SONT MORTS, MAIS LES ENNEMIS QUI N'ONT PAS PRIS LES ARMES VIVENT ENCORE, un beau jour ils lanceront sur nous une attaque plus cruelle encore, sans faire de quartier. Contre ces ennemis qui n'ont pas pris les armes, nous devons être plus implacables que l'implacabilité, plus cruels que la cruauté. Nous n'avons pas d'autre choix. Nous n'avons pas d'autres moyens. Ex-maire Cheng Tianmin, toi l'ancien, assieds-toi là, tu vas nous regarder, Rouge Mei et moi, faire la chose devant toi ! Tu vas nous regarder, moi et ta belle-fille à poil, nous amuser aux humides jeux de l'amour ! Tu n'as pas fini de regretter d'être allé au district dénoncer notre adultère auprès du secrétaire Guan !

Mais pourquoi Rouge Mei n'était-elle pas encore revenue ?

J'allai vers la pièce nord de la salle d'études ouest. En pénétrant dans cette chambre pas très grande, je vis Rouge Mei en train de déchirer le matelas bleu du lit de Cheng Tianmin. Je lui demandai : « Qu'est-ce que tu fabriques ? » « Viens vite voir, dit-elle en montrant le matelas à moitié déchiré. Au début je suis venue déplacer le lit, mais dès que j'ai soulevé le matelas, ça m'a paru louche, en tâtant il m'a semblé que c'étaient des livres, je l'ai déchiré pour voir : il les avait cousus à l'intérieur, ce sont bien les écrits des frères Cheng et les œuvres complètes de Zhuxi qui se trouvaient avant dans le pavillon des Ecritures. » Je sentis une grise et chaude odeur de moisi, comme quand en hiver on écarte un tas de paille de blé qui a pris l'humidité. Mon regard suivit cette odeur, et je vis que sur le lit que Rouge Mei avait déplacé près de la fenêtre, dans le matelas éventré, il y avait en effet, éparpillés les uns sur les autres, des livres à reliure cousue, chaque volume, afin qu'il ne soit pas abîmé par la transpiration et l'humidité, était enveloppé dans un film plastique.

Je mis le matelas debout et fis tomber les livres comme on fait tomber les grains d'un sac. Et *patatracatac*, un à un, les livres, les volumes, longs et étroits, toutes ces œuvres des ancêtres des Cheng avec leur vieille couverture bleue, écrits en colonnes de caractères traditionnels estampés, glissèrent sur le sol et le lit, *Œuvres posthumes, Ecrits complémentaires, Recueils de textes, Commentaires sur les Mutations*, etc., couchés sous la lumière jaune et brillante de la lampe. Ils semblaient encore endormis, certains étaient sortis de leur housse en plastique, les pages enroulées, comme s'ils clignaient de leurs paupières embrumées, d'autres restaient bien sagement à l'intérieur, comme blottis au creux de leur couette. Ils ignoraient que leur propriétaire était ficelé dans la cour, ils ignoraient que leur dernière heure était venue. Je libérai tous les livres de leur film plastique et découvris qu'en plus de ceux dont j'ai parlé, il y avait aussi *Explication des Classiques*, *La Parfaite Parole*, les volumes isolés de *Mémoire à l'empereur Renzong*, *La Triple Pratique du bouddhisme*, *Ce que maître Yan aimait apprendre*, *Mémoire au chancelier de la part de mon humble père*, de Cheng Yi, ainsi que *Mémoire au palais*, *Réponse à une lettre de Zhang Zai*, *Poème pour Yan Hui*, de Cheng Hao. Certains étaient en un seul tome, d'autres en plusieurs, tous en bon état, bien propres, ils ne portaient aucune trace de lecture. Depuis que j'étais petit, j'avais entendu dire que Cheng Tianmin pouvait réciter par cœur maintes œuvres de ses ancêtres, on racontait qu'à l'époque où il était directeur de l'école du bourg, avant la Libération, il lisait toute la journée les *Œuvres complètes des frères Cheng*, mais si aucune page n'était cornée, qu'est-ce qu'il lisait alors, hein ? Je fouillai partout dans la pièce, je n'aurais jamais cru que la chambre d'un Cheng Tianmin soit aussi bordélique que celle d'un membre du peuple, à part le lit et le bureau, derrière moi sur une longue table étaient posés une dame-jeanne en bambou, deux bols à riz, une paire de baguettes, sous la table il y avait une casserole et un panier à légumes, sur le côté une malle en bois. Je l'ouvris, elle ne renfermait que des draps et des vêtements. J'ouvris un tiroir, à l'intérieur duquel il y avait des pinceaux, des stylos et une bouteille d'encre bleue, il y avait aussi une vieille pierre à encre. J'ouvris un autre tiroir, y trouvai quelques livres du Président Mao bien rangés, enveloppés dans du papier rouge sur lequel étaient écrits au pinceau, dans le style du calligraphe Liu Zongyuan de la dynastie Song, les mots *Œuvres choisies du Président Mao Tsé-toung* et le numéro du volume. Au-dessus de ces *Œuvres choisies* et de chaque côté, il y avait aussi les éditions de poche avec leur couverture plastifiée des *Citations du Président Mao* et des *Poèmes du Président Mao*, ainsi que quelques badges à son effigie. Ce décor n'était en rien différent de celui de n'importe quelle maison de la Colline des Cheng, la seule différence c'est que les gens posaient les livres du Président Mao au chevet de leur lit, ou sur le rebord de la fenêtre, ou sur la table.

Je fermai le tiroir.

Aussitôt après l'avoir fermé, je le rouvris. J'avais soudain trouvé que ces volumes des *Œuvres choisies du Président Mao* étaient un peu grands, il y avait quelque chose d'inhabituel. J'ouvris l'un d'eux et aussitôt me sauta aux yeux une colonne en caractères traditionnels tracés en rouge au pinceau, dans une graphie carrée et régulière :

La voie de l'homme de bien a pour principe la sincérité, la loyauté et l'amour.

Je lus encore quelques mots et phrases, c'était du même acabit pédant et prétentieux. Je retournai aussitôt la couverture, et lus au dos les mots *Œuvres complètes des frères Cheng*. Je tendis à Rouge Mei ces *Œuvres complètes des Frères Cheng* maquillées en *Œuvres choisies du Président Mao*. Je secouai un peu l'oreiller à la tête du lit, comme je m'y attendais, je découvris deux douzaines de feuilles épaisses écrites au pinceau qui, empilées, faisaient la taille d'un empan, c'était du papier à lettres ligné, l'en-tête portait l'inscription *Servir le peuple*, mais en réalité c'était une œuvre de Cheng Tianmin à laquelle il avait consacré ces dix dernières années. Putain de ses aïeuls, je n'avais encore rien écrit, mais lui, il avait écrit un livre ! Putain de putain de ses aïeuls, qui pouvais-je anéantir si je ne l'anéantissais pas ? Je soulevai la première page, la deuxième était noircie de caractères, je lus avec terreur ces quelques lignes :

Nouvelles pistes pour l'étude des Cheng

1. Sur le rôle de l'étude des Cheng dans le gouvernement de la dynastie des Song.

2. Sur le rôle de la philosophie des Cheng et de Zhuxi dans le gouvernement des dynasties qui ont suivi les Song.

3. Quel rôle doit jouer l'étude des Cheng dans la nouvelle société.

4. Quelle a été l'influence de l'étude des Cheng dans la région des monts Balou à l'ouest du Henan.

(Dans le genre de la chanson populaire dite Fleur de Lotus)

Derrière le rideau de scène, chant accompagné de claquettes en bambou :

♫ ~ *Mon Dieu, mon Dieu, mon Dieu, ah mon Dieu. Les oiseaux veulent entrer sous terre, les souris monter au ciel. L'herbe veut être grain, les arbres être arc-en-ciel, les fourmis pour montrer leur bravoure veulent traverser la mer, le nid du phénix est devenu poulailler, les fuyards et les cuisiniers veulent aussi fonder une dynastie et une cour.* ~ ♫

X (abasourdi) : Viens vite voir, qu'est-ce que c'est ?

Y (stupéfait) : Ah mon Dieu... une conspiration de l'ancien régime !

(Silence dans l'assistance, tout le monde a les yeux fixés sur le vieil homme qui tremble à l'avant de la scène.)

X (fait un pas vers le devant de la scène) : Libérée, la nouvelle Chine est sur pied, les ennemis qui avaient pris les armes, nous les avons chassés, mais les ennemis qui n'ont pas pris les armes, les ennemis tapis dans l'ombre (il jette un coup d'œil au vieux bonhomme agenouillé), pas un seul jour ils n'ont cessé d'entretenir le rêve de renverser notre mère patrie socialiste, ils n'ont cessé de conspirer pour usurper le pouvoir de la dictature du prolétariat.

(Z prend le plan de la conspiration, bouleversé, il soupire) : Sans ce plan comment aurions-nous pu soupçonner que Wang Laowu, sous ses airs de paysan débonnaire, était en fait un agent au service de Chiang Kai-shek pour reprendre le continent ?

Y (regarde avec fureur Wang Laowu agenouillé à l'avant de la scène, il se donne un coup de poing sur le genou) : Pouah... dire qu'hier Wang Laowu racontait qu'il n'avait pas de céréales chez lui, et moi qui lui ai apporté sur mon dos un sac de la réserve.

X : C'est bien, les écailles te tombent des yeux, tu reconnaîtras la face des ennemis de classe. (Il se tourne vers l'assistance.) Camarades, payses, le plan de la conspiration est désormais entre nos mains, dites-nous, que devons-nous faire de Wang Laowu ?

Y (furieux) : Nous allons l'arrêter et l'écorcher vif !

Z (les dents serrées, il fait un geste des mains dans l'air comme pour déchirer quelque chose) : Arrachons-lui les tendons !

(Sous le coup de la terreur, Wang Laowu transpire à grosses gouttes.)

A (sifflant entre ses dents) : Coupons-lui la tête pour la pendre à l'entrée de notre village !

B : Perçons un trou dans son crâne, versons de l'essence et allumons !

C : Sur le banc du tigre !

(Devant la vague d'excitation générale, paniqué, Wang Laowu ne cesse de changer d'expression, le dernier révolutionnaire gronde à s'évanouir de frayeur sur la scène.)

D : Et moi je vais lui…

X (d'une voix forte il l'arrête) : Ça suffit, ne vous laissez pas emporter par l'émotion. Nous avons notre démocratie, nous avons nos lois, nous avons notre dictature. Et maintenant, emmenez Wang Laowu !

(Wang Laowu qui tremble comme une feuille est emmené sous escorte. Applaudissements.)

Nous transportâmes le lit de Cheng Tianmin au beau milieu de la cour et le déposâmes devant lui. Il ne comprenait sans doute pas encore ce que nous étions en train de faire, il ne savait pas quelle était la prochaine étape de l'action révolutionnaire. Assis sur la chaise, il nous regardait tous les deux, son cou suivait nos va-et-vient entre l'intérieur et l'extérieur du logement, son visage inexpressif ressemblait, sans la poussière, à une vieille planche abandonnée depuis des années sous un lit. Jamais la lune n'avait été plus brillante que cette nuit-là, à nos pieds nous pouvions même distinguer les diverses teintes de l'herbe entre les pavés du temple, parfois un nuage passait, blanc comme une étoffe de soie accrochée loin de la lune dans l'autre moitié du ciel. Le bourg était toujours aussi calme, nul bruit de pas, nul aboiement, nul caquètement. Les corbeaux qui nichaient dans le cyprès poussaient des cris intermittents qui se détachaient de leurs nids à l'image de minces stalactites, se répercutaient, s'éteignaient dans le silence du temple, auxquels répondait, sous l'auvent de la Grande Salle de la Connaissance et de la Vertu, le piaillement des moineaux qui douillettement se déversait dans la cour. Nous n'avions pris ni le matelas, ni la couverture, ni les draps de Cheng Tianmin, juste une natte en bambou tressé qui était étalée sur son lit. Rouge Mei dit qu'il faudrait peut-être mettre le matelas, non ? Je lui demandai si elle n'avait pas peur qu'il soit sale. Elle dit que ce matelas venait d'être lavé par la sœur cadette de Cheng Tianmin, revenue depuis quelques jours dans la famille de ses parents. Je dis que même lavé, ça restait un matelas de l'ennemi de classe. Elle dit que, ben, on n'allait pas juste s'allonger sur une natte en bambou, quoi.

Je dis : « On va couvrir le lit de toutes les œuvres des frères Cheng et des papiers de Cheng Tianmin. »

Elle dit : « Bonne idée ! Envoyons au diable les saints écrits de la famille Cheng. »

Transportant dans nos bras les œuvres de Cheng Yi, Cheng Hao et les commentaires de Zhuxi, nous les étalâmes comme de la paille sur la natte en bambou. Pendant que nous étions ainsi occupés, les yeux de Cheng Tianmin s'ouvrirent un peu plus grands, enfin de sa gorge sortirent d'épais et blancs glouglous comme s'il nous demandait ce que nous étions en train de faire. Nous ne lui dîmes pas ce que nous étions en train de faire. Il le verrait bien. Quand enfin nous prîmes le tas de feuilles de son soi-disant manuscrit des *Nouvelles pistes pour l'étude des Cheng* pour le déchirer et le mettre en boule afin d'en faire un matelas, il parut deviner ce que nous étions en train de déchirer et de mettre en boule, il branla du chef sur sa chaise en poussant des *mmmmm-mmmmm* plus forts, jusqu'à ce qu'il voie clairement à la faveur du clair de lune que j'étais en train de déchirer ses *Nouvelles pistes pour l'étude des Cheng*, il se mit brusquement sur la pointe des pieds pour se redresser, soulevant de terre la chaise sous ses fesses. Quand la chaise retomba sur le sol, un *clang !* sonore et clair fit trembler l'éclat de la lune et des astres, l'ombre des bâtiments et des frondaisons dans la cour.

« Cheng Tianmin ! grondai-je à son adresse d'une voix dure et sourde. Ne bouge pas. Tu croyais pouvoir restaurer l'ancien régime en écrivant ce torchon ? Tu croyais pouvoir renverser le pouvoir socialiste et la dictature du prolétariat ? » Tout en parlant, je laissai tomber de mes mains sur le lit une feuille après l'autre, un fragment après l'autre de son manuscrit, comme si je faisais tomber des flocons de neige à la place qui leur était due.

Comme de juste, Cheng Tianmin ne broncha plus, même les glouglous de sa gorge se turent. C'était comme si le mouvement qu'il avait fait lui avait rappelé qu'il était lié à la chaise par la dictature du prolétariat, lui avait fait comprendre que ceux qu'il avait en face de lui n'étaient pas seulement un couple de jeunes révolutionnaires intrépides et énergiques, mais plus important encore, qu'ils représentaient le camp puissant des révolutionnaires, alors que, lui, il représentait la classe féodale capitaliste pourrie et dégénérée. *FOURMIS SUR UN SOPHORA QUI SE VANTENT DE LEUR GRAND PAYS, INSECTES*

QUI PARLENT D'ÉBRANLER UN ARBRE. MONDE BIEN PETIT, OÙ QUELQUES MOUCHES SE COGNENT CONTRE LES MURS. Face à la réalité / Ne pète pas n'importe quoi / Dans la salle du tigre, on interroge Luan Ping / Dans la gueule du loup, Yang Zirong est héroïque / Il traîne Luan Ping dans le coin sud-ouest de la salle / Le canon du pistolet pointé sur sa poitrine / « Luan Ping, tes méfaits se comptent par dizaines / Intolérables sont tes dettes de sang / Je t'exécute au nom du peuple ! » Pan pan pan ! Les coups de fusil résonnent, Luan Ping tombe face contre terre. Nous étalâmes les *Œuvres complètes des frères Cheng.* Nous jetâmes en l'air les confettis des *Nouvelles pistes pour l'étude des Cheng.* Les étoiles scintillaient dans la cour du temple, les putains d'études de ces bâtards de Cheng flottaient dans les airs, tombaient sur le sol comme neige, le lit d'amour n'en était que plus sacré. Cheng Tianmin, ouvre bien grand tes yeux, regarde Rouge Mei et moi faire fleur dans le vent, faire neige sous la lune, à renverser le palais du ciel, sans crainte de tes ignobles délations secrètes, sans crainte de tes folles délations secrètes, sans crainte que tu dénonces notre adultère et dises que nous ne faisons pas la révolution. Quelle est la vraie révolution, quelle est la fausse révolution, l'Histoire le dira. *VENT ET PLUIE AVAIENT RACCOMPAGNÉ LE PRINTEMPS, CE SONT LES FLOCONS VIREVOLTANTS QUI L'ACCUEILLENT. ELLE ATTEND LE MOMENT OÙ LA MONTAGNE EST EN FLEURS, ET RIT PARMI LA FOULE.*

Le lit prêt, Rouge Mei fit un pas en avant, elle me regardait, comme si elle attendait un signal pour appuyer sur l'interrupteur qui allumerait la lumière du monde. La lune penchait déjà vers le sud-ouest, nous avions dû passer un certain temps aux préparatifs du lit, l'ombre des murs projetée dans la cour centrale semblait un peu plus longue, un peu plus épaisse qu'au début, et c'est seulement alors que j'eus le temps de regarder plus attentivement les alentours de cette vieille académie des enseignements classiques. La Grande Salle de la Connaissance et de la Vertu était exactement la même que lorsque je la voyais enfant, grande, haute, avec le faîte aérien de son toit, ses auvents en suspens, elle paraissait plus mystérieuse et plus sévère dans cette nuit de lune. On racontait que les quatre salles d'études qui se faisaient face dans cette vaste cour de plus de mille mètres carrés servaient à l'époque de salles de cours pour les disciples des frères Cheng, par la suite elles devinrent l'endroit où se rendaient les héritiers de la pensée des Cheng pour prendre le thé et deviser sur la Voie. Après la Libération, ces salles n'avaient plus la moindre utilité, elles étaient pleines de vide et de la poussière de l'Histoire, seuls des oisifs par oisiveté venaient les visiter pour rendre hommage aux deux Cheng, bavasser sur l'antiquité et le présent, intarissables, pédants, péremptoires, portant la confusion dans le cœur des gens et préparant l'opinion publique au retour des temps féodaux. A présent, la Grande Salle de la Connaissance et de la Vertu, les quatre salles d'études, les tuiles rondes et jaunes du toit, les cloches à vent aux angles des auvents, les riches sculptures des piliers, les arbres florissants, les herbes de l'été, et aussi ces pavés carrés sous le lit, tous savaient que leur dernière heure était venue, la Révolution ne permettrait plus que tout cela se prélasse ainsi sans rien faire en attendant l'occasion d'une contre-attaque des classes revanchardes. Tout cela était silencieux, sans un bruit, sans une parole, même les cloches à vent suspendues aux quatre coins de la Grande Salle ne mouftaient pas.

Cheng Tianmin semblait ne pas encore avoir compris pourquoi nous avions apporté cette natte en bambou, pourquoi nous l'avions recouverte des *Œuvres complètes des frères Cheng* et de ses *Nouvelles pistes pour l'étude des Cheng*. On l'aurait battu à mort qu'il n'aurait pas imaginé que moi et Rouge Mei nous allions ouvertement faire devant lui les choses romantiques, fleuries et neigeuses de l'amour, tout comme la classe capitaliste sur le point de disparaître de ce monde n'ose croire à l'impulsion du socialisme à partir d'une seule étincelle embrasant la plaine. La vérité possède cette espèce de puissance énigmatique : plus tu l'attaques, plus tes attaques la confirment et la renforcent, la font briller avec plus d'éclat. La source de cette puissance de la vérité, ce sont les humains, les choses et les phénomènes qui l'attaquent. Cheng Tianmin ne comprendrait jamais cela, parce qu'il jouait le rôle de l'attaquant de la vérité. Jamais il ne comprendrait la politique, la société, la nature humaine. Du lit disposé devant lui, une rouge et épaisse odeur de moisi s'éleva, comme si on n'avait pas lavé la natte depuis des années. Devant cette odeur qui nous bondit dessus, Rouge Mei fronça brusquement le nez, la tête levée, elle regarda la lune et les étoiles dans le ciel, elle dit : « Tsé-toung, mettons un drap. » Je regardai moi aussi le ciel, et dis : « Non, nous devons faire la révolution, il faut que l'assaut et la destruction frappent le plus directement possible tous ces trucs pourris. »

« Nous ne sommes pas en avance », elle me regarda avec hésitation, lança un regard en coin à Cheng

Tianmin, et comme si elle me demandait une faveur : « Vas-y, déshabille-toi en premier. »

Je compris qu'en cet instant sa pudeur féminine prenait le dessus, elle oubliait que ce que nous étions en train de mettre en œuvre, c'était la lutte, que nos faits et gestes constituaient une défense contre les attaques de l'ennemi et une contre-offensive, que nous faisions tout pour accélérer le développement de la révolution et amplifier les accomplissements et la victoire de la révolution.

Je commençai à me déboutonner.

Je dis : « Hé, tu ne te déshabilles pas ? »

Elle déboutonna alors elle aussi ses vêtements, *chic-chac*, les boutons sautaient comme on fauche les blés.

En fait, c'est elle qui eut la première enlevé tous ses vêtements. Tandis que nous nous dévêtions, Cheng Tianmin comprit enfin ce que nous nous apprêtions à faire devant lui. Son expression commença vraiment à se pétrifier, au moment où Rouge Mei enleva sa chemise, il vira *crac boum* pâle comme un linge, sa gorge recommença à faire entendre des cris secs et ardents, telle une vieille grenouille dans un champ desséché qui ne supporte pas une nuit d'été torride. Au milieu de ces *grmmm-grmmm*, au milieu des *criic criic* de sa chaise qui, tandis qu'il se balançait, craquait sous ses fesses, nous ôtâmes tous nos vêtements, que nous suspendîmes à la tête du lit. Toute nue, Rouge Mei se tenait du côté du lit le plus éloigné de Cheng Tianmin, de son pied nu elle marcha sur une page des *Nouvelles pistes pour l'étude des Cheng*. Malgré son séjour en prison, son corps était aussi brillant, étincelant, translucide que par le passé, sa peau était toujours tendre et blanche, exactement comme le clair de lune cette nuit. Sa blancheur, sa peau douce, sa nudité firent éclater dans la gorge de Cheng Tianmin un bizarre, un rauque, un lourd cri, long de plusieurs kilomètres, puis inexplicablement il ne fit plus un bruit, la chaise ne se balança plus, comme si après avoir lâché un juron, il commençait à se calmer, sa colère étouffée. Mais une fois calmé, son visage tourna au gris-vert, les veines de son cou tressautaient à l'œil nu, ses yeux rivés à Rouge Mei, écarquillés comme s'ils allaient rouler hors de leurs orbites.

Sa colère avait peut-être atteint son acmé.

Vas-y, mets-toi en rogne, grogne, le Long Fleuve galope, le Fleuve Jaune rugit. ♫ ~ *Mon trente-huit est essuyé, HEY ! mon trente-huit est chargé HEY ! La cartouchière sur le dos-o-o, j'avance comme un héros-o-o ; les grenades à l'épau-aule, HEY ! la clique de Chiang Kai-shek sau-aute ! ; la baïonnette au clai-ai-air, la lame brille tel l'éclai-ai-air !* ~ ♫ Mais. Mais, en cet instant, en cet instant où Rouge Mei avait ôté tous ses vêtements, je découvris que malgré l'enthousiasme révolutionnaire qui était en moi et la soif de me venger, mon corps n'avait plus la force, ni l'envie de faire la chose. Je sus que les humiliantes pannes des jours passés étaient revenues. Ma saloperie de machin pendouillait entre mes jambes, comme un petit oiseau qui ne veut pas se réveiller. C'est quand je voulus enlever mon caleçon que je m'en rendis compte, je compris que j'avais, avant cela, trop pensé à la révolution et au temple des Cheng, toute mon attention s'était concentrée sur les livres des frères Cheng et le manuscrit de Cheng Tianmin.

Rouge Mei vit que mes mains s'étaient arrêtées sur mes hanches au moment où je m'apprêtais à retirer mon caleçon, elle comprit ce qui nous arrivait, une gêne passa sur son visage, elle s'assit sur le bord du lit, le dos tourné à son beau-père. Mon âme ma chair, ma quintessence ma moelle. Ainsi assise, elle se redressa soudain et, arrachant mon caleçon, envoya alors, coup de tonnerre dans un ciel serein, une paire de claques sur mon machin. Le son des claques était bleu, était blanc, glaçon à l'éclat neigeux qui se répercuta très vite aux quatre coins du temple, se heurta au clair de lune *cling cling cling*, bris de verre qu'on casse, se heurta au mur, *bong bong bong*, coup de bâton qu'on frappe. Je poussai un cri de frayeur et reculai d'un pas, ne comprenant pas encore ce qui venait de se passer, Rouge Mei ne me lâcha pas, mi-accroupie, mi-agenouillée elle était penchée, tout échevelée, et comme une folle envoyait une claque après l'autre sur mon membre, le tirait à pleines mains vers mon aine. Elle frappait, et tirait, et pinçait, et fouissait, tout en poussant une série de jurons : « Vas-y, dénonce-nous ! Vas-y, dénonce-nous ! Dénonce notre adultère, notre meurtre contre-révolutionnaire, mais c'est toi l'authentique contre-révolutionnaire, le sinistre bourreau, le conspirateur qui tue de sang-froid ! » Elle jurait, frappait, je ne cessais de reculer, mais elle ne cessait de me poursuivre. A ce moment-là, une douleur de feu, un gonflement bouillant apparut dans mon entrejambe. Toute la zone enfla comme une pâte levée, tout le sang de mon corps afflua en hurlant à cet endroit.

Mon machin banda tout dur sous l'effet de ce gonflement douloureux.

J'enlaçai aussitôt Rouge Mei.

Tandis que je l'enlaçais, elle continuait à marmonner : « Vas-y, dénonce-nous ! Vas-y, dénonce-nous !

C'est toi le contre-révolutionnaire qui dit que nous sommes des contre-révolutionnaires… »

L'instant de l'émoustillement sacré arriva.

Coite se tint la lune, les étoiles clignèrent des yeux, chaque arbre se leva en signe de déférence, tête baissée la Grande Salle, muettes les cloches, les cyprès se courbèrent avec respect, la vigne nous fixa de ses regards, le mur d'enceinte bomba le torse, les tuiles tendirent leurs bras, les ombres s'immobilisèrent, les villages retinrent leur souffle, les montagnes s'arrêtèrent de respirer, bœufs et moutons étirèrent le cou, les oiseaux ouvrirent grand les yeux, les moustiques suspendirent leur vol, l'air cessa de couler, la nuée se ramassa en boule. Au moment où je m'apprêtais à pénétrer en elle, Rouge Mei frissonna comme à son habitude, de son gosier étranglé monta un rouge et ardent, un écarlate et brûlant cri aigu, comme si c'était la première fois de sa vie qu'elle vivait cela, la première fois de sa vie qu'elle désirait ce quart d'heure sacré et émoustillant. Je savais que pour moitié c'était parce qu'elle ne pouvait pas ne pas crier sa joie, et que pour moitié elle l'exagérait à dessein afin que son beau père l'entende bien. Néanmoins ce rouge cri ardent m'enthousiasma, et je me mis en train sans plus me soucier de rien, tout entier consacré à elle. Je ne voyais pas Cheng Tianmin. J'entendais les *mmm-mmm* entre ses dents serrées, les raclements de la chaise sur le pavé tandis qu'il essayait de nous tourner le dos. Mais ce qui surtout me perçait les oreilles, entrait dans mon cœur, ce n'étaient pas les bruits que faisait Cheng Tianmin, mais les vagues du corps de Rouge Mei qui suivait mon mouvement, les grincements secs du lit *griiin-griiiin* une note haute une note basse, les pleurs des livres et des pages aux membres déchirés sous notre poids. Une forte odeur laiteuse emplissait l'air, éclaboussé de gouttes de sueur cristallines, inondé du parfum violacé des chairs ; les bruits s'envolaient, s'entrechoquaient, le clair de lune était bleu, était blanc, et les étoiles rouges, vertes. Je ne pensais plus à Cheng Tianmin ni au temple des Cheng, je ne pensais plus qu'érection et révolution, je pensais à jouir, à perdre la tête, à moi et à Rouge Mei toute nue, mais aussi à combien de temps je pourrais tenir cette fois. A cette pensée, je compris que ça risquait de mal tourner, que la grande catastrophe allait arriver, que l'effondrement était proche. A ce moment-là, je vis que l'ombre du mur était à la même place, la ligne d'ombre du lit suivait le même interstice des pavés, et je sus alors que je ne bandais que depuis environ une demi-baguette, à peine le temps pour un homme qui fume d'avaler la fumée et de la recracher. Je craignis de ne plus pouvoir tenir, de jouir et de m'effondrer *boum*, de sombrer *plouf*. Après tout, j'étais resté en prison une nuit et un jour, je n'avais rien mangé à part ce petit pain à la vapeur en début de soirée, après tout nous avions marché plus de cinq kilomètres cette nuit. Tout mon corps se rétracta, ma gorge devint sèche, une sueur chaude m'inonda. En effet, l'érection allait retomber. Mais la débandade, cette fois-là, ne touchait pas que moi et Rouge Mei, c'était l'abandon en cours de route de la révolution, c'était être à court de munitions et de vivres en pleine contre-attaque lancée sur l'ennemi, c'était, après avoir mis l'ennemi en déroute, lui offrir une échappatoire.

Je craignais de me répandre, puis de m'affaisser.

Je ne pouvais résister à la tentation de la jouissance qui m'amènerait à l'éjaculation.

Je bougeais avec de plus en plus de frénésie.

Au-dessous de moi, Rouge Mei sentit indistinctement quelque chose. Nous étions enlacés, non pas comme mari et femme, mais mieux que mari et femme. Elle me connaissait comme la paume de sa main, comme si elle m'avait fait, sentant mon élan sur le point d'atteindre le sommet, tout à coup elle ne cria plus, tout à coup ses mains secouèrent mes épaules, elle dit : « Tsé-toung, écoute. Ecoute, vite ! »

Je tressaillis : « Quoi ? »

Elle dit : « On dirait qu'il y a quelqu'un qui chante là-bas. »

Je tendis l'oreille, j'entendis un calme infini qui avançait sur le temple.

Je repris mes mouvements.

Elle me donna une violente claque sur le dos.

« Ecoute encore, on dirait *La Révolte de la moisson d'automne* qui vient des montagnes là-bas. »

J'écoutai à nouveau attentivement.

En effet, il me sembla entendre une musique, tel un ruban de soie, se dérouler là-bas dans les montagnes sous le clair de lune en sinuant sur le sol, il me sembla encore, au milieu de cette musique, entendre les paroles : *Dans le parfum des osmanthes en automne / Les chants de guerre que partout on entonne / Les pauvres gens se lèvent pour la liberté / Travailleurs, paysans brandissent leurs armes levées*. Rouge Mei me demanda si j'entendais. Je lui fis un signe de tête. Elle me dit de bien écouter encore, le flot de musique était de plus en plus fort. Posant alors mes mains sur ses seins, je dressai l'oreille. Mais ce que j'entendis alors, ce n'était pas *La Révolte de la moisson d'automne* descendant du sommet des monts Balou, mais, venu du sud, tantôt clair, tantôt indistinct, *La bonté du Président Mao est plus profonde que la mer.* Ce chant semblait très loin de nous, à des milliers de kilomètres, et le haut-parleur qui le diffusait, comme s'il y avait un mauvais contact des circuits, cessait un instant d'émettre, avant de recommencer. ♫ ~ *Quand le Président Mao était à Yan'an, à se tourmenter pour la misère du monde, il traversa monts et vallées, à Zoayuan la lumière de la lampe brillait chaque nuit.* ~ ♫ Je désirais me laisser porter encore par ce chant, je savais que les deux vers suivants étaient : *Treize années de gloire, partout les chants de triomphe.* Mais la musique changea brusquement pour *La Liuyang*, le son était bien plus fort que tout à l'heure, comme si une femme à la voix aussi pure qu'une source de montagne s'était mise à chanter au bord de l'eau au sud du bourg, comme si je ne sais quels instruments, un violon à trois cordes, une flûte en roseau, avaient été installés sur la grande digue parmi les saules de la berge. J'aimais bien *La Liuyang*, je l'écoutais souvent, elle me faisait penser à une gracieuse et jolie petite villageoise qui, un panier en bambou et une serpe à la main, marchait le long d'un ruisseau, tout en chantant, tout en coupant de l'herbe, puis, son panier une fois rempli, ah ! comme elle avait chaud, elle se dénudait pour aller se laver au ruisseau, et tout en aspergeant d'eau son corps blanc et replet, elle chantait : ♫ ~ *Combien de méandres fait la Liuyaaang ? Combien de lis pour se jeter dans la Xiaaang ? Quelle est la province qui la borde ? Qui en est sorti pour guider le peuple à la libératiooon ? tralalalala* ~ ♫ En cet instant, ce paysage m'apparut, la jeune fille de dix-huit ans, nue, chantait la première strophe et m'appelait en faisant des signes de la main, sans cesser de sourire. Je ne pouvais pas ne pas aller vers elle. Tout en marchant dans l'eau, je gardais le regard rivé au corps virginal et nu de la demoiselle, arrivé devant elle, avec la même précaution que j'aurais eue pour essuyer les perles de la rosée sur des raisins, je caressais ses mamelons d'un violet profond constellé de petits points bleus de la taille de grains de riz, tout en l'accompagnant tandis qu'elle entonnait la deuxième strophe. Je chantai : ♫ ~ *La Liuyaaaaang fait neuf méandres, cinquante lis jusqu'aux monts Balouuuu, au pied d'une montagne ô c'est le bourg des Cheng, où naquit Gaooo Tsé-toung, lui qui guide le peuple pour se libérer.* ~ ♫ Après m'avoir écouté, la jeune fille d'à peine dix-huit ans posa sa tête sur mon épaule, ses mains caressaient mon poitrail, elle chanta pour moi la troisième strophe de *La Liuyang* : ♫ ~ *La Liuyaaang fait neuf méandres, cinquante lis jusqu'à la Colline des Choooong, ah ses eaux coulent, coulent sans fin, sans égaler la bonté de Gaooo Tsé-touuung pour le peuple.* ~ ♫

J'étais tout ému par son chant, entièrement conquis par son corps nu, lisse, nubile, d'un blanc pur. Tandis qu'elle chantait, il y avait dans sa voix le bruissement d'un cours d'eau après les grandes chaleurs de l'été et de l'automne, il y avait aussi une odeur de lait ainsi que le vert et tendre parfum des herbes et des feuillages au début du printemps. Elle était si jeune, pas un pli sur la peau, une molle couche de lumière brillait sur le fin duvet blanc au-dessus de ses lèvres, comme si l'humidité s'y était accrochée, il aurait suffi d'un petit coup de la main pour que, devenue goutte d'eau, elle tombe et disparaisse ; mais elle était aussi tellement mature, quand elle riait ou chantait, tout son visage resplendissait d'automne. Beaux seins, belles fesses, elle avait la taille fine, les jambes longues, debout dans l'eau elle ressemblait à l'un des saules sur la berge. Mis à part ces choses émouvantes, ce qui me touchait le plus, c'étaient son respect et sa déférence envers moi, sa loyauté et ses éloges. Je baisai ses cheveux, je baisai l'arête de son nez, je baisai ses lèvres, je mordillai le bout de sa langue. Après que je l'eus ainsi embrassée, elle courut nue sur la berge, de sa voix sucrée et claire, en un long flot coulant, elle m'offrit la quatrième et la cinquième strophe de *La Liuyang* : ♫ ~ *O GaooOOo Tsé-tooOOoung est un sooOOoleil / Qui nous indique le chemin / O nous te suivrons à jamais / Vive l'heureux pays / O la Liuyaaaang est large et longue / Les chants montent de chaque berge / Des chants doux comme le miel et sans fin / Vive l'heureuse existence !* ~ ♫ Quand elle eut fini de chanter, l'éclat rouge sur son visage resplendissait, elle avait les yeux remplis d'espérance. Ses louanges m'avaient ému aux larmes, je tremblais de tous mes membres, je ne savais plus que faire, mais à ce moment, à cet instant, à cette seconde, elle me demanda soudain, toute déçue : « Je ne te plais pas ? Tu as vu d'autres femmes avec un corps plus joli que le mien ? » Et finalement, je fondis en larmes, mes larmes s'écrasèrent sur le sol, *plic ploc*, je me jetai sur elle pour la prendre dans mes bras et la déposer sur un lit. Sur ce lit s'entassaient des papiers de paille d'où se dégageait une odeur de moisi, mais elle dit que ça allait, que si elle me plaisait, c'était l'essentiel, peu importait l'endroit. Nous nous allongeâmes donc, et nous nous fîmes des caresses, des confidences à l'oreille, du matin jusqu'au soir, et du soir jusqu'à la nuit, j'entendais des chants révolutionnaires venus d'autres villages, d'autres campagnes, je faisais l'amour, avec tant de vigueur, tant de détermination, tant d'endurance. Et pendant ce temps-là résonnaient des chants venus de tous les points cardinaux, de l'est « Les pins de Taishan ont les mêmes racines », du sud « Portant des feuilles de thé, je pars pour Pékin », du nord c'était la chanson du film *Un beau jour de printemps* : « D'un même cœur, en avant ! », du sud-est « Chaque commune populaire imite Dazhai », du nord-est « Chant de la bonne huitième compagnie sur la route de Nankin », du sud-ouest la chanson du documentaire *Le Pont sur le Yangtze à Nankin* : « La haute montagne Zhong accueille le soleil », du nord-ouest la chanson du documentaire *Shashiyu* : « Conte contemporain du vieux fou qui réforma le ciel », et du haut du ciel tombait « Chanson du tir à la cible », et de la terre surgissaient « Comme le camarade Lei Feng », « Le peuple de sept cents millions est une armée de sept cents millions » et « Unissons-nous aux peuples de la terre ». Nous étions de toutes parts encerclés par les voix, nous étions transportés par ces voix. Les chants emplissaient le ciel, les mélodies emplissaient la terre, les notes étaient pareilles à de gros grains de riz, les exquises paroles pareilles à des fleurs fraîches, les partitions de la lutte pareilles aux fourches en mûrier des paysans. Chanter, danser, lutter, parler, rire, gronder. Sans crainte du ciel, sans crainte de la terre, seulement de voir la musique et les chants se taire. Sans crainte du haut temple perçant la nuée, sans crainte de ce Cheng Tianmin l'idolâtre, seulement de voir le flot du torrent s'arrêter, les portes de l'écluse se fermer. Avec les chants pour lit et la musique pour draps, sans dormir aller bravement au combat ; dans les draps de musique et dans le lit des chants, la révolution brille de tout son éclat chantant. Lutter, lutter, et encore lutter, vaincre, vaincre, et encore vaincre. La lutte c'est l'attaque, l'attaque c'est la victoire, et après la victoire, le retour triomphal et pour le retour triomphal, les fleurs fraîches. Rouge Mei dit : « Tsé-toung, écoute, quelle est cette musique ? L'accordéon joue avec une de ces vigueurs ! » Je dis : « Tu ne la reconnais pas ? C'est *La Marche de la guérilla.* » Rouge Mei dit : « Ecoute, de ce côté-là, quel est ce morceau d'erhu ? » Je dis : « N'est-ce pas le passage du film *La Guerre du tunnel*, quand les Japs entrent dans le village ? » Elle dit : « Il y en a un autre, tends l'oreille vers le sud-est. » Je me mis à califourchon sur elle et tendis l'oreille de ce côté-là, j'entendis un orchestre à la fois de chez nous et d'ailleurs, mi-chinois, mi-occidental, où jouaient erhu, flûtes en roseau, piano et flûtes traversières, tantôt petit ruisseau, tantôt grand fleuve coulant à l'est, tantôt haute montagne parmi les nuages blancs, tantôt lit gonflé d'un torrent. Je demandai quel était ce morceau. Elle me répondit que, de toute façon, c'était une marche révolutionnaire. Je dis que je n'avais jamais entendu une telle marche révolutionnaire. Elle dit, ah mais ! la sueur de ton visage me coule dans les yeux. Je lui demandai quelle heure il était, pourquoi n'avait-on pas entendu le coq chanter ? Elle dit qu'on se fichait pas mal de l'heure, que nous ferions mieux de mourir cette nuit à faire l'amour dans ce lit. Je dis que j'allais me sentir mal, elle me dit de m'allonger pour me reposer un peu.

Je m'allongeai sous elle, la laissant se retourner et se mettre au-dessus de moi. Aussitôt, je sentis ma sueur tremper les *Œuvres complètes des frères Cheng* et le manuscrit des *Nouvelles pistes pour l'étude des Cheng*, dans mon dos ces papiers devinrent autant de feuilles mortes détrempées, la puanteur de l'encre et l'odeur de la peau de Rouge Mei mêlées s'infiltrèrent dans mes narines. Le clair de lune paraissait plus diffus, les étoiles étaient plus clairsemées que tout à l'heure, seule l'odeur de la rosée qui naît dans la seconde moitié de la nuit s'était épaissie dans le temple. Nous oubliâmes le temps, l'espace environnant, nous oubliâmes la révolution et le monde, les ennemis et la lutte, nous n'entendîmes pas les coqs se mettre à crier ni les chiens aboyer dans le bourg, nous ne vîmes pas que, la moitié des étoiles éteintes, la lune était plus pâle et plus humide, nous ne nous demandâmes plus si Cheng Tianmin, depuis tout ce temps, nous regardait ou bien s'il s'était détourné en serrant les dents. Un temps si long, un cycle, un âge, une ère, y avait il encore dans sa gorge un glouglou pour nous insulter ? Le siège où il était ligoté sonnait-il encore sur le pavé ? Les chants dans tout le ciel volaient, l'amour sur toute la terre se levait. Le lit griiin-griiiinçait, les pages des livres faisaient une boue qui gouttait. Rouge Mei me grimpa dessus. Rouge Mei s'assit sur moi. Je la pris par-devant. Je la pris par-derrière. Je lui fis lever les deux pieds au ciel, je me mis debout au pied du lit. Je la fis se mettre à quatre pattes, lever les fesses, debout derrière elle. Je la fis s'allonger sur le côté, et sur le côté je m'allongeai derrière elle. Je lui fis plier une jambe, tandis qu'elle écrasait une de mes jambes sous la sienne. Elle me fit asseoir au bord du lit pour m'enfourcher. Elle me fit allonger sur le dos au bord du lit, tandis qu'elle était debout au pied du lit. Elle employa sa bouche, elle employa ses mains, elle employa sa bouche, ses mains et son corps, et me fit employer ma bouche, mes mains et mon corps en même temps. Nous étions insatiables, nous étions inépuisables. Nous nous creusâmes la tête pour inventer des positions, nous expérimentâmes toutes les manières de faire l'amour en ce monde. Nous étions cochons, nous étions lévrier et levrette, nous étions coq et poule, nous étions phénix. Doux tels les chatons de saule, fous comme les hyènes folles. *CÉLESTE GROTTE D'IMMORTELS, INFINI PAYSAGE EN HAUT DU PIC PÉRILLEUX*. La vie s'écoulait tel un courant emporté à l'est, nous regardions la mort en face, nous faisions la révolution. Cochons nous étions, chiens nous étions. Non, nous n'étions pas coq et poule, encore moins phénix. En vérité nous étions mulets, vache et taureau, nous étions chevaux, âne et ânesse. Un loup avait plus de bonté que nous, un lion plus de retenue, un tigre plus de douceur, un chacal plus de tendresse. Nus, tout nus, nous étions sans répit et sans repos, nous ne faisions que commencer et jamais nous n'arrêterions. Etre à poil est l'arme la plus puissante. Nul besoin de se cacher, nul besoin de pudeur, à quoi bon craindre que l'ennemi nous lance à la figure notre linge sale si c'est pour la révolution ? La révolution, c'est l'amour, révolution et amour prennent source au même puits. Une femme n'est désirable qu'au nom de la révolution, un homme n'est héroïque qu'au nom de la révolution. Aucune arme n'est plus puissante qu'un corps nu, aucune révolution n'était plus glorieuse qu'un corps nu. Faisons la révolution, contre la nuit noire, et la face tournée vers l'aube, luttons. Si vous dites que nous sommes des cochons, eh bien nous sommes des cochons ; si vous dites que nous sommes des chiens, eh bien nous sommes des chiens. Si vous nous traitez de bêtes, nous vous rirons au nez, si vous nous traitez de moins que des bêtes, nous approuverons d'un signe de tête. Personne n'a la poitrine plus large que les révolutionnaires, personne n'a de volonté plus ferme. Nous faisons la révolution, nous luttons. Vivre sans répit, lutter sans repos. ♫ ~ *Nous portons sur l'épaule de la lutte le drapeau, nous recevons les armes des mains de nos martyrs, nous suivons dans leurs traces les pas de nos héros, pour que la révolution avance sans finir. Nous allons bravement à la bataille, sans jamais déserter le front. Partout où nous posons les yeux, le monde n'est que tonnerre et éclairs. Dans la plaine le feu fait rage, ouvriers et paysans ont tout leur équipage. D'enterrer toutes les cliques réactionnaires de ce monde, nous en faisons le serment, celui qui nous éclaire est le soleil rouge qui jamais ne descend !* ~ ♫ Au ciel l'étoile polaire, au sol l'éclat lunaire ; dans la paisible nuit des monts Balou, pendant les sommeils pleins de rêves ; la Colline des Cheng a la respiration légère, le portique a les yeux grands ouverts ; la dynamite enterrée, le temple des Cheng n'en mène pas large ; à quelle heure le jour se lèvera-t-il ? *Badaboum* il ne restera plus rien ! Tsé-toung et Rouge Mei, jamais ne cesseront de s'aimer, sur un lit en saule, ils écrivent le livre de la vie, sur les feuilles moisies, l'avenir le prouvera ; si la vie est un morceau de terre, l'amour en est l'herbe verte ; vent givre tonnerre pluie éclairs, rien n'arrête la pleine floraison ; le temps viendra, où le monde entier sera rouge ; non seulement aussi beau qu'avant, mais empli de rires clairs. Voyez, à l'est déjà pointe l'aube ; écoutez, déjà dans le temple résonne le clairon ; sentez, l'odeur de poudre emplit l'air ; touchez comme elle est lisse, douce et belle, la peau de l'amour. Peau contre peau, jaillissent les étincelles, un rai de lumière rouge, le ciel comme enflammé ; baisers contre baisers, à bout de souffle, haletants, *ding dong ding dong*, *clac clac clac clac*, comme éclatent épis de blé en feu, cosses de haricots mûrs. Les cris des pieds du lit s'envolaient dans les airs, se heurtant aux chants qui venaient de toutes parts, les notes dansaient comme feuilles d'automne, les paroles s'abattaient en grêlons ; les cris perçants de Rouge Mei jouissant, mêlés aux bruits du lit, s'en allaient percer les nuées, faisaient trembler la lune, frissonner les étoiles, dissipaient la brume, chassaient les nuages, ils percutaient les chants qui venaient de toutes parts, les paroles tombaient à terre comme des fruits mûrs, les notes se déversaient aux quatre coins de la cour en flots brisant la digue. D'avant en arrière, *QUE LES QUATRE MERS SE DÉCHAÎNENT, QUE LA TEMPÊTE FASSE RAGE,* d'arrière en avant, *QUE LES CINQ CONTINENTS TREMBLENT SOUS LE TONNERRE.* Je débroussaillai le chemin, poussai les obstacles, luttai au cœur de l'ennemi, bravai vagues et tempêtes, mon humeur combative ne cessait de grandir ; voyageant à la belle étoile, tout empli de ferveur je fourbis mes armes, mais pris dans la tourmente, j'osai me jeter dans la gueule du loup. En prison, j'élaborai un plan d'évasion. L'amour nous porta loin, mais c'était toujours le champ de bataille. Je redressai la taille, combattis les charognards, anéantis les fauves cruels, mon corps était puissant et ma volonté tenace, force guerrière et grandeur héroïque, j'avais la tête haute en face de la mer profonde. Aux sournoiseries de l'ennemi, j'opposai mille ruses, inébranlable révolutionnaire dressé comme une montagne, solide, majestueux. Je contemplai Xia Rouge Mei, le cœur en arrêt, l'esprit fasciné, c'était un sentiment révolutionnaire, l'amour du camarade inscrit dans mes tréfonds. Au-delà des nuages, je percevais l'écho des chants guerriers, j'aperçus le grand drapeau de la révolution flottant haut dans la nuit vide. Les monts Balou étaient radieux, la grand-route large et belle, un chant d'amour écrivait un nouveau chapitre de l'humanité. La beauté de son corps, la grâce de son visage donnaient des ailes à mon âme, mais plus important encore était notre but commun, notre accord à tous deux pour sacrifier nos vies à la révolution. Le temps fila, la lune discrètement s'en alla ; la rosée du matin perlait dans l'ombre, l'aube fermentait dans ses premières clartés. Un moment de distraction, et la musique parut s'en retourner au loin, nous n'entendions plus que nos halètements, lourds et épais. Exténués, nous unîmes nos dernières forces, pour les cent mètres du sprint final vers les lueurs du matin. Nos corps étaient trempés de sueur, comme lavés, nos membres douloureux et faibles, le dernier orgasme fut inarrêtable. Face à la vague, elle respirait éperdument ; en crête de vague, je portais le soleil du matin dans ma poitrine. Composant ensemble de notre mieux la partition de la vie. Après maintes et maintes contorsions, Rouge Mei semblait comme blessée, comme morte. Les yeux au ciel, son cri de jouissance s'envola dans les roses nuées ; entendant ce cri, le clairon de mon attaque n'en sonna que plus fort. Au début, je crus que j'avais éjaculé mon flot une seconde trop tôt, mais elle dit que le timing était parfait. Je dis que cette fois avait été la plus enivrante, la plus incroyable et la plus incomparable de toutes, et que je pouvais mourir désormais. Elle dit que, sur les centaines de milliers de fois que nous l'avions fait, jamais nos deux orgasmes n'étaient arrivés ainsi en même temps, les sommets du plaisir se succédant, son cœur de jeune femme s'était rompu, comme si elle avait pénétré la brume, chevauché les nuages, tutoyé les cieux, pâmée de désir et d'extase, son âme était montée au septième ciel, elle s'en était allée flotter dans les parages du paradis. Grâce à cette seule nuit d'amour, la douceur du monde resterait à jamais dans notre cœur, cette fois-là en valait cent, cette singulière beauté d'une poignée de secondes durerait plus longtemps que la fadeur de cent années. Une nuit de brume et de nuages, de rosée devenue givre, à l'aube nous retournerions en prison, souriant à nos gardes, et nous pouvions bien être exécutés, putain de bordel de merde, nous remercierions encore la révolution de nous avoir offert cette belle opportunité. Pour ce grand arbre robuste qu'est l'amour, la révolution est l'engrais, le sentiment le fruit, et si l'amour est une roue et la révolution l'axe, c'est en actionnant l'axe que la roue tourne. L'amour nous donnait une incomparable force révolutionnaire, une volonté plus ferme, la révolution nous donnait le vrai et grand amour, un amour qui ne changerait pas jusqu'à la mort, qui traverserait les âges. Plus de contra- ni de -diction, plus d'axe ni de je ne sais quelle roue, c'est grâce au soleil que brille la lune, mais que vaut le soleil sans la lune ? Nous complétant l'un l'autre nous faisions la révolution, la gloire radieuse de sa signification brillerait mille ans, dix mille ans, et brillant dix mille ans brillerait sur toutes les places. Remettant un peu d'ordre, nous descendîmes du lit et vîmes l'intérieur du temple d'un calme sans pareil, plongé dans une vague obscurité sous la clarté diffuse de la lune, les frondaisons se balançaient, la rosée gouttait, *plic ploc*, sur le monde s'éveillant, à l'est apparut une lueur blanche…

Ah…

Ah…

Aaaaaaaaaaaaaaaaaaaaaaaaaaaah.

O final, final, final instant, comme si une corde nous liait pieds et poings. O final, final, final instant, comme si une épée nous perçait le cœur, faisait couler le sang.

O final…

O final…

Finalement, nous nous tournâmes vers Cheng Tianmin, il était toujours ligoté là-bas, la taie d'oreiller toujours fourrée dans la bouche, mais la chaise n'était plus exactement en face de nous, elle nous tournait le dos. De cette façon, Cheng Tianmin pouvait ne pas nous regarder, mais il avait la tête tournée par-dessus son épaule, les yeux accrochés, rivés au lit, le cou aussi rigide qu'un bambou vert, la bouche légèrement entrouverte, la mâchoire fermement serrée, et ses yeux myopes, exagérément ouverts, sans un clignement, avaient la fixité des yeux des morts, deux épaisses traînées de sang noir avaient coulé et s'étaient figées de chaque côté de son nez, telles les franges rouges d'un drapeau.

O final…

O final…

Finalement, main dans la main, nous quittâmes la cour, pendant que la plupart des villageois n'étaient pas encore éveillés et que ceux qui l'étaient paressaient encore dans leurs lits. Nous avions allumé toutes les mèches des explosifs. Peu de temps après retentit une violente déflagration, suivie d'une série de fracas immenses BADA-BOUM ! Puis le *plic-ploc-plic-ploc* des briques et pavés retombant sur le sol telles des gouttes de pluie. Le bruit se fit entendre jusqu'à cinq kilomètres de là. Quand il cessa, le bourg de la Colline des Cheng se trouva noyé dans une odeur de soufre, plongé d'un coup dans un silence de mort, comme si ce n'étaient pas le temple et le portique des Cheng qui s'étaient écroulés, étaient morts, mais le monde entier qui avait sauté dans ce *boum* et avait disparu.

Le soleil parut. Sanglant, rougeoyant, c'était comme si les explosifs l'avaient expulsé. Puisqu'il était déjà trop tard pour être de retour à la prison avant le jour, à nos places sur les tabourets ; puisque, après être rentrés, nous avions l'intention de tout raconter, de ne rien cacher au Parti, avec la ferme détermination d'être un honnête, un noble, un pur, un vertueux couple, dénué de bassesse, bon envers le peuple, à quoi bon nous hâter maintenant sur la route ?

Main dans la main, tels de jeunes mariés, nous marchâmes d'un pas tranquille vers la prison dans les belles et roses brumes de l'aube.

13

ÉPILOGUES

Epilogue (1)

Nous étions de retour à la prison.

Le soleil était déjà au zénith quand nous arrivâmes.

Peu après midi, le secrétaire Guan envoya un homme entamer avec nous, un jour et une nuit durant, des kilomètres de discussion. Le secrétaire Guan avait quitté précipitamment le chef-lieu du district, sans avoir eu le temps d'une dernière confrontation avec nous, car le Comité central du Parti avait envoyé, *crac !* un télégramme urgent à tous les cadres supérieurs du district, où il était dit : *Situation critique à la frontière sino-soviétique, l'ennemi déploie ses troupes jour et nuit sur notre île Zhenbao, avion artillerie tanks tracteurs, envoi massif d'hommes par centaines de milliers, ne pas se résigner, espérons que le pays et l'armée resteront unis, repousser l'invasion à tout moment et en tous lieux, toute la nation doit être en armes, construire une grande muraille, réduire en miettes les appétits de hyène du révisionnisme soviétique.* Le secrétaire Guan dut prendre part immédiatement aux réunions de coordination des travaux de défense aérienne civile dans la préfecture, aux réunions de mobilisation pour la compétition des attributions militaires entre les milices populaires, et en plus de tout cela, il dut encore organiser plusieurs envois de troupes locales pour aller relever la garnison à la frontière. Occupé à protéger la nation en péril, le destin du pays entier, naturellement le secrétaire Guan ne put pas venir en personne discuter avec nous. Il envoya donc son homme de confiance, Zhao, chef du bureau de la défense à la préfecture, lequel mena avec nous une discussion aussi longue que la distance qui sépare les monts Balou de l'île de Hainan.

Nous parlâmes en tout un jour et une nuit.

Ce furent moi et Rouge Mei (surtout moi) qui lui firent ce rapport d'un jour et d'une nuit.

Quand nous eûmes fini de parler, nous avions la bouche sèche, les lèvres ankylosées, les membres sans force, et très envie de nous écrouler ici même pour dormir trois jours et trois nuits, une semaine, puis une autre semaine encore. Celui qui nous avait écoutés était pétrifié, l'œil hagard, comme s'il avait assisté à un spectacle renversant, écouté une chanson pleine de larmes, lu un intense et exaltant poème. A ce moment-là, le soleil d'un jour nouveau se fraya un chemin par la fenêtre de cette pièce qui jouxtait la salle de détention spéciale et tomba sur mon visage, ma bouche, mes sourcils.

A l'est s'était levé le disque rouge, avec lui l'esprit combatif des jeunes révolutionnaires, qui de la terre ni du ciel ne craignent rien, seulement que vous classiez nos petites erreurs sur le plan idéologique et politique. Si vous n'en faites une affaire ni idéologique ni politique, nous pourrons continuer à porter sur l'épaule le drapeau rouge, semer dans les champs de la commune modèle de Dazhai, brandir les fusils sur la montagne du Tigre ; la révolution foncera en avant comme par le passé, la bataille résonnera encore du bruit des tueries, et nos cœurs sur leur pouce de terre seront chacun la graine d'où fleurira un cœur rouge tourné vers le Parti, nous tiendrons les positions sans que notre volonté fléchisse, et au mépris de la mort nous nous ruerons vers l'avant. Si vous en faites une affaire idéologique et politique, la lune se lèvera sans qu'on voie son éclat, le ciel constellé d'étoiles restera noir, le soleil se lèvera à l'est mais il pleuvra sans fin. L'amour révolutionnaire deviendra bouse de vache, la passion révolutionnaire purin, l'esprit révolutionnaire souffle malfaisant, latrines le sang chaud révolutionnaire, caca le courage révolutionnaire, gros intestin l'éveil révolutionnaire, si vous maintenez que la révolution a suivi un chemin contre-révolutionnaire, les ongles rouges de la révolution auront été un mauvais exemple à suivre, les sandales de la révolution deviendront cendres, pot de chambre la casquette de la révolution, chaîne l'écharpe de la révolution, travestissement le pantalon de la révolution, la veste de la révolution sera remise au placard, le visage de la révolution se tournera vers le couchant, les genoux de la révolution plieront, le Parti ne verra plus que le dos de la révolution, l'âme rouge de la révolution pleurera, le cou de la révolution s'inclinera, le crâne de la révolution deviendra une cible de tir, le cœur de la révolution saignera d'un sang noir. Ciel ô ciel, terre ô terre, ce seraient donc des révolutionnaires qui tireraient dans la tête des révolutionnaires ? Je ne crains ni le sang, ni la mort, seulement qu'il n'y ait personne pour porter sur son épaule le rouge drapeau ; ma tête peut sauter, mon sang peut couler, mais il faut laisser le soleil se lever à l'orient pour répandre sa lumière, que l'astre paraisse et déchire les nuages, que le soleil s'éclipse derrière les montagnes à l'ouest pour que la lune monte, et levant la tête nous verrons la Grande Ourse, nous éveillant d'un rêve, nous verrons l'orient briller. Nous nous sacrifierons sans terreur si c'est en échange d'une vie de bonheur éternel pour le peuple. La discussion terminée, Rouge Mei laissa couler ses larmes, à côté le chef Zhao réfléchissait en silence. Mon histoire une fois terminée, *hahaha* je ris aux éclats, le chef Zhao, après avoir réfléchi un instant, dit :

« Hé, continue ton histoire.

— C'est fini.

— Elle finit comme ça ?

— Oui.

— A quelle heure êtes-vous revenus à la prison après avoir fait exploser le temple et le portique ?

— C'était déjà midi, le soleil était haut, tout le monde ici était occupé à nous rechercher dans la campagne et dans la montagne.

— Quelles motivations vous ont poussés à revenir de vous-mêmes à la prison ?

— Le révolutionnaire est franc comme l'or, loyal et honnête, il ne complote pas en secret, ne ruse pas pour se dissimuler.

— Cheng Tianmin est mort, vous le saviez ou pas ?

— C'est dans l'ordre naturel des choses, c'est une bonne fin pour lui.

— Il ne reste plus un mur debout dans le temple des Cheng, Cheng Tianmin a été enterré sous les décombres, il n'en reste plus un ongle, vous le saviez ou pas ?

— Non, non, nous ne le savions pas… et même si nous le savions, qu'est-ce que… ?

— Et maintenant que vous le savez, qu'est-ce que ça vous fait ?

— Etre enterré parmi les briques et les tuiles du temple des Cheng, c'est ce qu'il y a de mieux pour lui. Et ça laisse de la bonne terre jaune à la révolution pour semer et transplanter le riz.

— Gao Tsé-toung, as-tu quelque chose à ajouter ?

— Non, plus rien, j'ai fini mon histoire, tout mon cœur rouge va au Parti.

— Réfléchis encore un peu, tu n'as vraiment plus rien à dire ?

— A bien réfléchir, je peux ajouter que je n'ai absolument rien caché au Parti.

— Et toi ? Xia Rouge Mei ?

— Tsé-toung a dit tout ce que je voulais dire. Ses paroles sont les miennes, ses pensées sont les miennes.

— Regrettes-tu ce que tu as fait ? En as-tu honte ?

— Tout mon cœur bat pour la révolution, tout mon sang coule pour le Parti, les sentiments que j'ai pour Tsé-toung sont des sentiments révolutionnaires, l'amour que j'ai pour Tsé-toung est un amour révolutionnaire, s'il faut offrir mon sang en sacrifice, je n'ai pas de regrets, on peut me décapiter, je n'aurai aucune peine.

— Alors… pourquoi tu n'arrêtes pas de pleurer ?

— Je pleure parce que les flots de la révolution ont heurté le navire de la révolution, que la hache de la révolution a brisé le fusil de la révolution. Si c'étaient mes ennemis qui me faisaient saigner, je sourirais, mais comment ne pas être triste que ce soient des révolutionnaires qui m'aient jetée en prison ? Le bonheur en ce monde est de pouvoir mourir sous le feu de l'ennemi, le plus grand malheur en ce monde est que le père et la mère aient l'horrible idée de tuer leurs propres enfants.

— Bon, on va arrêter ici. Vous êtes sincères, vous êtes loyaux au Parti. Vous n'avez rien caché du tout. Je vais partir faire mon rapport sur votre comportement au secrétaire Guan et lui suggérer d'être magnanime avec vous, j'essaierai qu'on vous donne une chance pour un nouveau départ, pour recommencer la révolution.

— Nous te remercions, chef Zhao, nous nous souviendrons de ta bonté, nous nous souviendrons de l'amour du Parti, nous nous souviendrons de l'infinie attention que nous portent les supérieurs ; si un jour nous pouvons à nouveau nous jeter dans la tempête de la révolution, nous redoublerons tous deux de tendresse et d'amour ; nous serons prêts à mourir pour la révolution, à nous faire réduire en morceaux pour en écrire un nouveau chapitre.

— Je repars aujourd'hui, avant de m'en aller j'ai une dernière question à vous poser. En fait, c'est la raison principale pour laquelle le secrétaire Guan m'a envoyé vous parler, en espérant que tous les deux vous ne cacherez rien et que vous me répondrez sans détour.

— Je t'en prie, chef Zhao, demande, nous dirons tout ce que nous savons, tout, tout, tout, nous mettrons nos entrailles sur la table pour que l'organisation les voie, que le secrétaire Guan les soupèse.

— Bien… voici, au tout début, le jour où le chef de service Liu vous a conduits de la Colline des Cheng au chef-lieu du district, n'y a-t-il pas eu un moment où le secrétaire Guan a été absent ? Un moment où vous êtes restés seuls tous les deux dans les appartements du secrétaire Guan ? »

Je dis : « Oui. »

Le chef Zhao demanda : « Environ une trentaine de minutes, c'est ça ?

Rouge Mei dit : « Oui, une demi-heure ».

Zhao demanda : « Pendant cette demi-heure, qu'est-ce que vous avez fait ? N'auriez-vous pas vu une photo sur le bureau du secrétaire Guan ? C'était celle d'une camarade en uniforme d'âge mûr. »

Je dis : « Ah oui, oui, je l'ai vue. »

Zhao fixa sur moi un regard nerveux : « Et cette photo ? Tu l'as emportée avec toi ? »

Je regardai Rouge Mei.

Elle dit : « Non, il ne l'a pas emportée. Personne ne l'a emportée. Il l'a regardée, il me l'a montrée, j'étais en train de la regarder quand le secrétaire Guan est entré. Et comme il y avait des grossièretés écrites dessous, dès qu'il est entré, j'ai paniqué, j'ai jeté la photo.

— Tu l'as jetée où ?

— Dans un pli du fauteuil, je crois.

— Réfléchis bien, est-ce que c'était oui ou non dans un pli du fauteuil ? »

Rouge Mei réfléchit un instant : « C'était dans un pli du fauteuil, j'en suis certaine. »

Zhao se leva de son siège avec l'air de vouloir s'en aller immédiatement.

« Vous savez qui est la femme sur cette photo ? »

Moi et Rouge Mei nous secouâmes la tête.

Zhao dit : « Vraiment, vous ne savez pas ? »

Je dis : « Vraiment, on ne sait pas. »

Rouge Mei dit : « Son visage m'est très familier, mais je ne me souviens plus qui c'est. »

« Au point où on en est, je vais vous dire la vérité, dit le chef Zhao. C'est l'intime compagne d'armes et épouse de notre grandiose Président Mao. Oui, c'est la photo de la camarade Jiang Qing ! Et c'est le secrétaire Guan qui a écrit ces mots sur la photo. Si on la retrouve, vous aurez la vie sauve. Sinon, si un beau jour elle tombe entre les mains de quelqu'un, non seulement le secrétaire Guan perdra son poste, mais il pourrait perdre la vie. Il risque de perdre son poste et sa vie, et vous, vous pourriez rester en vie ? A ce moment-là, vous aurez vraiment atteint le fin fond de la révolution. Il ne sera plus question d'y penser. »

Et le chef Zhao s'en alla, à la vitesse de l'éclair, PLUS, PLUS VITE, MIEUX, AVEC ÉCONOMIE, avec la célérité du cheval au galop, chercher cette photo.

En avant, en avant, nous devons faire la révolution, nous devons lutter. La révolution est un navire, nous en sommes le timonier. La révolution est une roue, nous en sommes l'essieu. La révolution est une moisson, nous sommes la terre grasse. La révolution est une terre grasse, nous sommes l'automne doré. La révolution est une bataille, nous sommes des ogives. La révolution est une montagne, nous en sommes le beau paysage. La révolution est un cours d'eau, nous nous y baignons. La révolution est une plaine, nous sommes le bétail. La révolution est le désert de Gobi, nous sommes l'oasis. La révolution est la haute mer, nous en sommes les vagues. Le poisson ne peut se passer d'eau, loin de la révolution nous rouillons. Le cheval ne peut se passer d'herbe, loin de la révolution nous perdons la vie. O le printemps ne peut se passer de l'éclat du soleil, comment pourrions-nous être loin de la pluie de bienfaits ? O la révolution ne peut se passer de drapeau, et nous sommes les porte-drapeau. O la charge ne peut se passer du clairon, et nous sommes le clairon. O le train ne peut se passer de ses roues, nous sommes l'essieu qui jamais ne rouille. O la navigation ne peut se passer du phare, nous sommes le feu de cette haute tour. Sans eau, le poisson meurt, sans poisson, l'eau croupit. Sans sol fertile, pas de récolte exceptionnelle, sans semences, la terre ne nourrit que les vers de terre. Nous devons faire la révolution, nous devons lutter. Nous devons hisser haut le drapeau rouge, pour que le clairon de la charge résonne au sommet de la montagne ennemie. Vivre sans repos, lutter sans répit, l'eau courante ne croupit pas, la roue en métal ne pourrit pas. En avant, en avant, en avant, luttons, luttons, luttons. Luttons, luttons, luttons, pour que le drapeau rouge de la révolution brille mille ans. Brille, brille, brille. Mille ans, mille ans, mille ans.

Epilogue (2)

Photo, photo, photo…
Photophotophoto…
Photo photo photo to…
Photo photo photo pho…
Oh photo ! Photo, putain de putain de tes aïeuls de photo !

Epilogue (3)

Nous avions été sincères, et honnêtes aussi. Nous avions été des révolutionnaires, nous avions agi noblement. Mais ils n'eurent pas la moindre magnanimité envers nous.

Au départ, je crus que, comme nous étions un couple de révolutionnaires de génie, comme nous avions apporté une contribution exceptionnelle à la révolution rurale, ils nous libéreraient au nom des principes communs de la révolution, et nous laisseraient retourner dans la fournaise de la révolution. Mais ils nous jetèrent au contraire dans une vraie prison. Une minuscule pièce où même une fourmi n'aurait pas trouvé de place, avec un lit et un seau d'aisance, des murs épais en briques, une petite fenêtre avec de gros barreaux à travers lesquels on me passait les repas et à travers lesquels je devais crier si je voulais quelque chose. J'y restai enfermé huit mois, ou peut-être fut-ce un an et huit mois. J'oubliai presque l'époque et la saison où j'avais été mis en prison, j'oubliai l'expression sur le visage de Rouge Mei et l'allure qu'elle avait au moment où nous nous étions quittés. Chaque jour, en dehors des moments de tourments où, pour rééduquer ma pensée, je lisais les œuvres du Président Mao à mon chevet et les pièces d'opéras révolutionnaires modèles, je restais allongé sur mon lit à nourrir les puces et les poux. A tel point que j'oubliai presque le ciel, la terre, le révisionnisme soviétique et l'impérialisme américain ; je ne savais plus l'année ni le mois, j'ignorais que la situation révolutionnaire était devenue tendue, j'ignorais le niveau du torrent révolutionnaire, j'ignorais qu'au moment où la haute vague venait lécher la plage, les temps étaient bouleversés, et que le soleil en effet s'était levé au couchant. D'aubes en crépuscules, tu n'attends rien du ciel, de crépuscules en aubes, tu n'attends rien de la terre, de l'aube au crépuscule tu attends seulement qu'on te mène devant le tribunal, rien, rien tu n'attends rien, sinon des nouvelles de Rouge Mei.

Mais je n'avais pas une seule nouvelle d'elle.

Chaque nuit je rêvais que nous étions ensemble.

Mais quand ils se mirent soudain à m'interroger sans cesse, l'annonce de mon exécution et de celle de Rouge Mei était déjà placardée partout dans les avenues et les boulevards de la ville, dans les rues et les ruelles du bourg de la Colline des Cheng, et même sur la margelle du puits de la rue Cheng de devant et sur la meule de la rue Cheng centrale il y avait notre photo et notre nom barré d'un X rouge. Dans les ruines immobiles du temple à l'arrière du bourg, sur les piliers de la Salle de la Connaissance et de la Vertu et du pavillon des Ecritures qui étaient encore debout, l'annonce de notre fusillade était affichée et claquait au vent. Ce fut Cheng Qingping, venu me voir à la prison, qui me raconta la situation, et c'est aussitôt après qu'il fut parti qu'ils ouvrirent les vannes des interrogatoires continuels.

Ils me demandèrent de raconter mon histoire, encore et encore, de l'armée au bourg de la Colline des Cheng, du premier jour de la révolution rurale à l'explosion finale du temple des Cheng (*badaboum*, dans le ciel une secousse, j'attends que le grandiose Parti vienne à la rescousse), de la mort de Cheng Guizhi à celle de Cheng Qingdong, je racontai la démence de Cheng Tianqing et l'ensevelissement vivant de Cheng Tianmin sous les décombres du temple (le peuple se libère, c'est l'émancipation, des terres et des champs l'équitable distribution). Envers eux, envers ces hommes aux mêmes principes assis à leurs places d'interrogateurs pour écouter mon histoire, je fus du début à la fin loyal et confiant dans l'organisation, je ne leur cachai aucun fait, ne fis aucune exagération (cœur rouge offert au

Parti communiste chinois, cœur rouge à jamais tourné vers le soleil qui flamboie). Ils dirent que Rouge Mei et moi étions les prisonniers les plus sincères qu'ils aient jamais rencontrés (c'est bien regrettable, ils ne dirent pas que nous étions un couple révolutionnaire), ils dirent que les explications de nos crimes (ça aurait dû être, de nos actions révolutionnaires) étaient exactement identiques, avec une seule différence concernant nos rapports sexuels : selon eux, Rouge Mei avait été évasive et imprécise, alors que j'avais été direct et exhaustif (sentiments révolutionnaires, camarades qui s'aiment, étincelle embrasant la plaine, brasier extraordinaire, avec franchise et sincérité j'ai parlé au Parti, sans rien lui cacher je lui ai tout dit, la révolution comble les trous grands comme le ciel, nous rectifions les erreurs grandes comme la terre, la fournaise de la révolution fond même l'infongible, les sentiments révolutionnaires contiennent dix mille sortes d'amours).

Toujours est-il qu'ils décidèrent de nous fusiller.

Ce jour-là, succédant à l'hiver, c'était à nouveau le premier jour de printemps, le monde débordait de la tendre jeunesse des pousses verdoyantes. L'exécution devait avoir lieu sur les berges de la Treize Lis, à un kilomètre en amont de notre bourg de la Colline des Cheng, à l'endroit où la grève est large, le courant clair et sonore, avec des galets rouges et blancs partout. Et partout, il y avait des slogans, des imprécations : « A BAS LA BANDE DES QUATRE, LE PEUPLE DOIT SE LIBÉRER ! » et « Critiquons sans pitié l'adultère et le meurtre contre-révolutionnaires de Gao Tsé-toung et Xia Rouge Mei ! Ce sont des crimes éternels ! Piétinons leur carcasse à jamais puante ! » (*BRUISSE ENCORE LE VENT D'AUTOMNE,*

QUI CHANGE LE MONDE DES HOMMES.) Sur la digue, sur les saules, sur les pierres, et sur les poteaux de l'échafaud dressé, ces slogans frénétiques ressemblaient à des feuilles voletant dans le soleil d'automne, l'encre de ces injures ressemblait à une pluie d'été. L'estrade, de plus d'un mètre cinquante de haut, était adossée à la digue. En bas de cette estrade, c'était une marée de gens des communes populaires venus de toutes parts, les têtes faisaient comme de petites crottes de biques semées sur une vaste prairie, ceux qui affluaient des chemins vers cet endroit ressemblaient à des bœufs, des chevaux, des cochons échappés de l'enclos. Sur l'estrade l'ambiance était sévère et solennelle, le parterre était bruyant et confus, j'ignorais s'il s'agissait de membres des communes populaires appartenant à la dizaine de brigades de production du bourg de la Colline des Cheng, venus du nord, du sud, de l'est, de l'ouest pour assister à l'exécution publique, ou bien de gens de tous les coins qui se pressaient comme à une kermesse de temple sur les berges de la rivière. Au moment où le personnel judiciaire, avec l'autorité du haut-parleur, ordonna que je sois escorté du camion bâché jusqu'à l'estrade (♫ ~ *Leeeeeees gaaardes poussent des huuu-u-u-u-urlements de loooooups, je sooooo-o-o-ooo-ors de la prisoooooooooooo-o-o-on-on-on-ON* ~ ♫), je vis toutes ces têtes rassemblées, tel un flot roulant, les slogans s'élevaient ici, retombaient là-bas, on criait, les postillons giclaient, les slogans s'entrechoquaient dans l'air, marée montante, puis descendante, sur le sol les paroles se pressaient contre les paroles, mots bleu-vert, bruits blancs. Ceux qui criaient les slogans levaient les bras, et les bras levés formaient une forêt ; ceux qui étaient venus voir l'animation chuchotaient dans un brouhaha, et les *brou* et les *ha* formaient une tempête menaçante, pleine de danger. Les gens qui se trouvaient devant tendaient le cou pour voir l'estrade, ceux de derrière se mettaient sur la pointe des pieds en insultant ceux de devant (*QUE LES QUATRE MERS SE DÉCHAÎNENT, QUE LA TEMPÊTE FASSE RAGE, QUE LES CINQ CONTINENTS TREMBLENT SOUS LE TONNERRE*), et que je t'écrase un pied à te faire coasser, et qu'on se cogne la tête avec des cris de bêtes. En proie à une pâle agitation, j'aurais bien voulu apercevoir s'il y avait au bas de l'estrade ma mère, mon fiston Rouge Sheng, ma p'tite quinquine Rouge Hua, et si Tao'r, la fille de Rouge Mei, était venue, mais dans cette masse noire et luisante de têtes, je ne vis même pas une seule connaissance du bourg de la Colline des Cheng. Sous l'éclat du soleil resplendissant, ils étaient pareils à des brins d'herbe perdus dans le gazon. *Le ciel est d'azur, la terre est vaste, l'herbe danse au souffle du vent, on voit des vaches et des moutons, la terre est vaste, le ciel d'azur, hé parents ! où êtes-vous ? Je regarde les étoiles, je regarde la lune, mais j'espère seulement voir le soleil sortir de la montagne profonde, j'espère seulement voir ma famille au pied de l'estrade pleine de monde, j'espère seulement que Rouge Sheng deviendra un robuste petit gars, que Rouge Hua comme la rouge fleur de prunier en hiver fleurira, j'espère seulement, comme la vague en chasse une autre sur le Long Fleuve, que la révolution aura des héritiers, qu'ils prendront le fusil qu'on va leur donner et porteront sur leur épaule le drapeau rouge, qu'ils suivront le Parti dans la tempête sans se retourner, avanceront dans la tourmente sans abandonner. C'est ainsi qu'il faut agir, c'est ainsi qu'il faut être. Oh, mes enfants ! Vous qui n'êtes ni petits, ni grands, pourquoi ne pas prendre un peu du père les tourments ? Disons que le fardeau du père pèse mille livres, vous devriez en porter huit cents. Sévère et solennelle est cette estrade où le ciel est d'azur, les têtes se bousculent en bas sur la vaste terre, les slogans se lèvent ici, retombent là-bas comme le tonnerre, les paroles roulent comme des flots sous les nuages noirs. C'est la guerre, les gens se cognent, un éclat sanglant brille, c'est la crise, les poings s'entrechoquent, un bruit de meurtre fait trembler le ciel. Et dans le monde on voit quatre mers qui se déchaînent, une tempête qui fait rage, sur le globe on observe cinq continents qui tremblent sous le tonnerre. Soudain le vent s'arrête, les vagues cessent, le calme se fait, les bruits se taisent, on ne parle plus beaucoup.* J'ignorais ce qui se passait vraiment, je perçus juste l'appel strident et blanc du haut-parleur qui déchira mon cerveau embrumé, le silence se fit aussitôt au pied de l'estrade. Rouge Mei, dans ce cri du haut-parleur, ligotée comme moi, fut amenée sous escorte de la voiture là-bas et agenouillée sur l'estrade.

C'était la première fois que je voyais ma Rouge Mei depuis l'explosion du temple des Cheng (mon âme ma chair, ma quintessence ma moelle !), elle portait toujours sa chemise rose en nylon avec son petit col rabattu, et ses chaussures en velours à ouverture carrée. Au moment où elle s'agenouilla, nos regards se croisèrent et j'eus un coup au cœur en la voyant *cric-crac* tout amaigrie, mais son visage était encore plus gracieux et plus joli qu'avant. En me voyant, sa figure mi-jaune mi-blanc, dont l'expression était un peu figée, redevint légèrement rouge. J'aurais voulu lui demander : « Où t'ont-ils détenue pendant tous ces mois, ou peut-être même durant cette année et quelques mois ? Que t'ont-ils fait chaque jour à la prison ? » Mais à peine nos regards se furent-ils croisés, avant même que les larmes *ding dong* coulant de ses yeux fussent tombées, deux soldats en armes de la police du peuple vinrent se mettre debout entre nous, et nos regards, et mes pensées, vinrent se briser contre eux comme contre des murailles.

Au départ je croyais qu'on nous avait fait agenouiller ensemble pour un grand procès public qui, comme lors des séances de critique publique, allait durer une éternité. Je ne m'attendais pas à ce que ce prétendu grand procès public ne dure qu'une dizaine de minutes, ou même à peine quelques minutes. Ils nous firent simplement agenouiller là, un juge du tribunal du district présida la séance, un autre lut une citation du Président Mao, puis il lut notre verdict, puis *clic-clac* l'audience fut levée.

Il déclara que nous étions des meurtriers adultères contre-révolutionnaires, coupables de plusieurs chefs d'accusation, condamnés à la peine capitale, exécution immédiate.

La voix du juge qui prononça notre peine de mort était forte et rauque, d'une puissance impressionnante, il martela « exécution immédiate » en détachant bien chaque mot et chaque syllabe, comme si c'étaient des obus lancés sur moi et Rouge Mei. Je pensais que je resterais de marbre en entendant ces mots, mais quand ils explosèrent dans le haut-parleur, à ma grande surprise un frisson me parcourut de la tête aux pieds, mon cœur s'emballa violemment, puis aussitôt je recouvris mon calme, en héros qui passe le fleuve sans frémir. Je repensai à Li Yuhe dans l'opéra *La Lanterne rouge*, et à ses airs dignes au moment où il va être fusillé :

♫ ~ *Leeeeeees gaaardes poussent des huuu-u-u-urlements de loooooups, je sooooo-o-o-ooo-ors de la prisoooooooooooo-o-o-on-on-on-ON* ~ ♫ *(il entre en scène, pose dramatique)*

(Deux soldats japonais le poussent en avant, Li Yuhe, majestueux dans son sens de la justice, les repousse fermement. Exécute « pas horizontal sur deux jambes », change en « pas en arrière sur une jambe », s'arrête ; « demi-tour sur une jambe », « changement de jambe, pose dramatique ». Il s'avance sans crainte, forçant les deux soldats japonais à reculer.)

Li Yuhe passe la main sur sa poitrine blessée, il frotte son genou droit qui boite ; il jette un regard de dédain sur ses chaînes, sa noblesse est sans pareille.

(Rythme rapide) ♫ ~ *Peu importe mes fers mes chaînes / A mes chevilles à mes poignet-et-ets ! / Ils n'enfermeront pas mon idéal qui s'envole au cieeeee-eee-eee-e-el (Rythme modéré) Hatoyama le bandit ! voulait les documents secret-et-ets, et usa de tortures cruelles / Os brisés peau déchirée ma volonté est ferme / Au champ d'exécution, le cœur léger, la tête haute je regarde au loiiiiiii-iiiinn-in-in / Je vois… / Le drapeau rouge ! de la révolution ! haut levé ! / Les feux de guerre contre l'envahisseur ! brûlent déjà sur la plaine ! Maaaaaais quand la tempête sera passéééééée-ée-ée (Rythme lent) Ceeeeeent fleurs éclateront de couleurs ! / La Nouvelle Chine ! telle l'aurore, illumineraaaaaa l'humanité / Alors toute la Chi-i-ine sera plantée de rou-ou-ges drapeaux ! / En y pensant, la confiance ! et l'esprit de combat ! en moi grandiiiiii-iii-ii-it-it-i-ssent*

/ (Rythme modéré) Mon travail pour le Parti, est une modeste contribution ! / Les révolutionnaires, en intrépides colosses, bravement, avaaaaaaaaaaaaaa-aaaa-aaaan-cent tout droit ! ~ ♫

Cependant, Rouge Mei avait été atteinte par l'obus « exécution immédiate ». Au début, elle était agenouillée bien droite aux pieds du soldat, mais après que la sentence « exécution immédiate » eut été prononcée, je la vis, grand arbre abattu, montagne effondrée, assise prostrée sur l'estrade, comme si elle venait seulement de comprendre qu'elle allait être fusillée. Par-delà les deux soldats, je criai : « Rouge Mei, il n'y a pas d'autre issue que la mort ! Nous avons vécu notre vie avec dignité, nous allons être dignes dans la mort. »

Dans la confusion, Rouge Mei entendit mes paroles. Elle leva la tête pour me regarder, en me voyant, à l'avant de l'estrade, le torse bombé, la tête haute, majestueux, imposant, plein d'allant, ce fut comme si elle avait reçu un encouragement, elle tenta de redresser son corps abattu. A ce moment-là, le haut-parleur commença à diffuser la musique qui clôturait les réunions comme d'habitude, c'était de la musique révolutionnaire (tout comme une averse qui arrive au moment opportun). Outre les haut-parleurs aux quatre coins de l'estrade, peu après, ceux des véhicules qui nous avaient transportés commencèrent aussi à diffuser de la musique, puis ceux des villages et des bourgs. En un clin d'œil, comme une épidémie qui se répand, semblant venir de toutes parts, les haut-parleurs de chaque village et chaque bourg, après avoir annoncé notre condamnation, se mirent à diffuser de la musique. Les haut-parleurs sur l'estrade du procès diffusaient « La victoire dépend entièrement de la direction du Parti », ceux des camions : « Avançons en brandissant haut le drapeau de la dictature du prolétariat ! », ceux du bourg de la Colline des Cheng : « Chantons la grande unité nationale », quelque part au sud du bourg, c'était l'air : « Des temps tout nouveaux illuminent le pays » dans l'opéra *Le Détachement féminin rouge*, du côté est de la Treize Lis : « Se battre toute sa vie pour libérer l'humanité » dans l'opéra *Le Chant du fleuve du dragon* ; et tombant du ciel, « Attaque aérienne surprise sur Shajiabang », surgissant de l'ouest : « Plantons partout le drapeau rouge de la révolution », brusquement du nord retentirent les grondements du héros Zhao Yonggang dans *Guerre sur la plaine* : « Dent pour dent, le sang se repaît de sang ». La musique était pluie, vent, flocons de neige virevoltants, les paroles pleuvaient des cordes d'eau glacée, les strophes étaient vagues déchaînées d'une mer démontée. L'estrade était à ce point imprégnée de musique que nous étions trempés, en bas elle tombait en neige sur la foule de gens des communes populaires, la Treize Lis endiguée par les chants gonflait comme une mer, le bourg de la Colline des Cheng suffoquait sous le flot, entre la vie et la mort. Au milieu de la musique, je ne sais pourquoi les gens vociféraient, hurlaient comme des fous, je ne savais pas si c'étaient des cris de réjouissance, ou bien des injures parce que le procès avait été trop bref, que ça ne valait pas le coup de les avoir fait cavaler cinq, dix, vingt kilomètres. Moi et Rouge Mei étions soulevés par les cris au-dessous de nous, submergés par les chants et la musique qui de toutes les directions, en haut, en bas, nous encerclaient. J'en vis certains lancer les chaussures sur lesquelles ils avaient posé leurs fesses pour s'asseoir. Je vis une marée humaine déferler vers la rive opposée (c'était l'endroit où l'exécution était prévue), un homme qui ressemblait à Cheng Tianqing fut presque piétiné par la foule, il leva tout à coup la main comme pour frapper. Je vis Rouge Mei qui, au milieu de cette bienfaisante musique, sans l'aide de personne, se relevait, le teint pâle et cireux qu'elle avait à l'annonce de la condamnation fondit lentement, puis rosit d'excitation. A mesure que la musique augmentait, que les paroles tombaient devant elle comme des fruits mûrs, l'excitation sur son visage se transforma en une irrépressible passion rouge foncé, d'un pourpre exubérant. Elle tourna la tête vers moi, elle me regarda entre les épaules des soldats, son regard brillait comme une torche, se tordait de chaleur. Je compris que son sang, tout comme le mien, commençait à tourner follement dans ses veines, à bondir, à s'affoler, faisant reluire et chauffer son front.

Je fis un pas vers elle.

Elle fit aussi un pas vers moi.

Soudain, faisant fi des soldats entre nous, nous prîmes notre élan pour, serrés l'un contre l'autre, nous embrasser violemment, échanger de furieux baisers. Comme nous étions ligotés tous les deux, nous ne pouvions pas nous étreindre, ni nous caresser, elle pressa seulement sa poitrine contre la mienne et j'appuyai seulement mon épaule contre la sienne. Ainsi pressés l'un contre l'autre, nous relevâmes la tête sur l'estrade du jugement, ses lèvres touchant les miennes étaient glacées comme le feu, le bout de ma langue s'enroula à la sienne comme le feu lèche la glace. O le sentiment révolutionnaire, qui consume de la neige mille brasses, ô l'amour d'un frère et d'une sœur de guerre, qui fait fondre mille couches de glace. Sur les quatre mers le soleil d'orient brille, un tournesol et un autre se tournent vers lui. Vent printanier, rosée et pluie, robustes bourgeons, les mers peuvent s'assécher, les rochers s'émousser, jamais nous ne changerons. O mon cœur ma chair, mon âme mon amour…

O ciel ô ciel ô ciel, ô terre ô terre ô terre. En cet instant, on n'entendait plus que la musique rouge diffusée avec fureur, les chants révolutionnaires joués avec fureur, les gens au bas de l'estrade s'étaient tus soudain. Ceux qui se ruaient vers la berge *badaboum* tournèrent la tête, *cling-clang* firent volte-face, leurs regards se vissèrent à l'estrade, toute l'attention se concentra sur Rouge Mei et moi. S'arrima à nos sentiments, fixée à notre amour, aux lèvres et à la pointe de la langue des révolutionnaires. Les soldats en armes sur l'estrade en restèrent tout hébétés. Les juges qui avaient quitté leur place après la sentence furent décontenancés. Les visages dans la foule n'étaient plus qu'un regard pétrifié, la poussière dans l'air ne bougeait plus. Les galets de la berge se mirent sur la pointe des pieds car ils ne nous voyaient pas nous embrasser. Les poissons, les crabes, dans l'eau, bondissaient de joie, criaient leur enthousiasme. Le bout de ma langue sur ses lèvres évoquait deux serpents qui s'ébattent, ses lèvres humides sur les miennes étaient pareilles à deux poissons qui se battent ; mon épaule contre la sienne se faisait rempart contre l'inondation, sa poitrine supportant la mienne était le pilier d'une maison écroulée. Notre sentiment grésillait d'ardeur, notre amour brillait de tous ses feux…

Mais. Mais à ce moment-là, en l'espace de ce bref instant, suspendu durant peut-être une minute, peut-être une nuit, un jour, cent ans, ou juste une poignée de secondes, les révolutionnaires sur les révolutionnaires firent feu.

Ils ne nous fusillèrent pas dans la fosse de sable qu'ils avaient creusée sur la berge. Ils nous exécutèrent sur l'estrade même où, suite au procès, la musique continuait de jouer. Cependant, au moment où nos corps sacrifiés et sanglants s'effondrèrent, Rouge Mei et moi étions toujours bien serrés l'un contre l'autre, nos deux bouches prises dans un inextricable baiser.

LA MORT DES HOMMES EST CHOSE COURANTE, CERTAINES SONT AUSSI PESANTES QUE LE MONT TAI, D'AUTRES LÉGÈRES COMME UNE PLUME D'OIE. La révolution n'est pas achevée, camarades encore un effort !

Epilogue (4)

Des jours et des jours plus tard, Rouge Mei et moi fûmes autorisés à revenir une fois du Doux Pays aux monts Balou. Nous découvrîmes que les gens du coin lisaient tous un roman intitulé *Aussi dur que l'eau*, et que ceux qui ne savaient pas lire racontaient notre histoire en la jouant. Quand nous parvînmes sur les berges de la Treize Lis où nous avions été fusillés, à l'ouest de notre Colline des Cheng, nous vîmes que l'estrade avait disparu depuis longtemps, mais à l'endroit où notre sang avait coulé, l'herbe était abondante, étonnamment vivace. A cet endroit verdoyant, il y avait un petit bonhomme et deux fillettes qui coupaient des herbes, menaient leur troupeau. Ils jouèrent à cache-cache, après qu'ils se furent trouvés, ils imitèrent les grandes personnes et, se dévêtant sous le soleil, tout nus, ils jouèrent un peu au papa et à la maman, jusqu'à ce qu'une vieille femme courbée, bossue, les cheveux blancs et rares, les appelle à l'entrée du bourg pour manger, il leur fallut alors se lever en vitesse de l'herbe, se rhabiller, mettre leur panier d'herbes sur l'épaule et ramener leur troupeau à la maison.

Moi et Rouge Mei, nous n'avions plus qu'à nous en retourner pour le Doux Pays.

La révolution n'est pas achevée, camarades encore un effort !

TABLE

1. RENCONTRE DE HASARD ET RÉVOLUTION
Au nom de la révolution 5
Le récit douloureux d'une lignée révolutionnaire 6
La révolution change de direction 17
Le torrent de la révolution se tarit 33

2. AUTANT EN EMPORTENT LE VENT ET LES NUAGES
L'atmosphère du bourg de la Colline des Cheng 37
Histoire d'un mariage hors révolution 47
Pour la première fois dans le temple des Cheng 51
Pensées d'un révolutionnaire (1) 61
La musique révolutionnaire résonne une nouvelle fois 71

3. LA BANDE ET LA DÉBANDADE
Moi et mon beau-père Cheng Tianqing 81
La révolution commence vraiment 83
La bataille du portique 106

4. LE CIEL S'ASSOMBRIT
Pensées d'un révolutionnaire (2) 117
La grande explosion (1) 126
La grande explosion (2) 157

5. POLITIQUE ET TACTIQUE
Retournement de situation 165
Le tournant (1) 194
Le tournant (2) 198
L'organigramme 205

6. LE ROMANTISME RÉVOLUTIONNAIRE
Rouge 209
Sous les meules de foin 217
Pensées sur le paulownia 230

7. UNE NOUVELLE BATAILLE
L'incident du temple des Cheng 241
La bataille du temple des Cheng 255
Victoire 282

8. FÊTE ET DÉFAITE
Le vieux fou qui déplaça les montagnes 295
La fête arrive enfin 296
La contradiction dialectique 325

9. LA RÉVOLUTION NOUVELLE
La contradiction dans le développement
et la nouvelle contradiction principale 327
Chant révolutionnaire de la pelle 370
Contre la maolancolie, la lutte est le seul remède 370

10. LA GRANDE VICTOIRE
Prendre l'ennemi à revers (1) 387
Prendre l'ennemi à revers (2) 396
Prendre l'ennemi à revers (3) 404
Prendre l'ennemi à revers (4) 421

11. BRUSQUE RETOURNEMENT DE SITUATION
La tragédie du Village des Sophoras 423
La révolution remporte un grand succès
à une vitesse surprenante 430
L'ombre sous le soleil 441
La salle d'interrogatoire spéciale 455

12. RETOUR TRIOMPHAL APRÈS LA VICTOIRE
« Nos grandes aspirations inachevées,
nous jurons de ne pas abandonner » 497
Le baroud d'honneur 515

13. ÉPILOGUES
Epilogue (1) 561
Epilogue (2) 569
Epilogue (3) 569
Epilogue (4) 582

Imprimé en France par
CPI Bussière
en janvier 2025
N° d'impression : 2082470
Dépôt légal : mars 2025